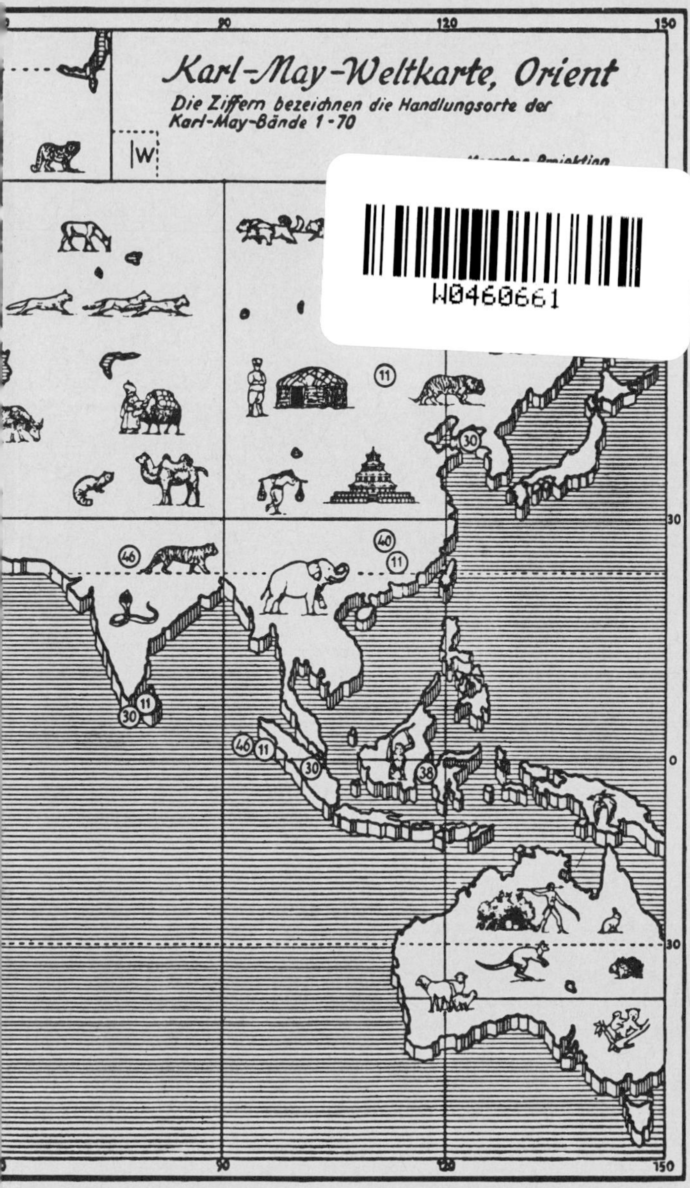
Karl-May-Weltkarte, Orient
Die Ziffern bezeichnen die Handlungsorte der Karl-May-Bände 1-70
W
90
120
150
30
0
30
11
30
40
11
46
11
30
46
11
30
38

KARL MAY'S GESAMMELTE WERKE

BAND 66

DER PEITSCHENMÜLLER

KARL-MAY-VERLAG BAMBERG

DER PEITSCHENMÜLLER

ROMAN

VON

KARL MAY

KARL-MAY-VERLAG BAMBERG

INHALT

Der vorliegende Roman spielt in den 70er Jahren des vorigen Jahrhunderts und ist der erste Teil des von Karl May in den Jahren 1886/1887 geschriebenen fünften Münchmeyer-Romans ‚Der Weg ins Glück' (Bd. 66/67, 68 und 73 der Ges. Werke). Über die Entstehungsgeschichte, den Werdegang und die Geschicke der fünf Münchmeyer-Romane findet man Näheres in Bd. 34 der Ges. Werke, „ICH".

Herausgegeben von Roland Schmid

Deckelbild: Zdeněk Burian

Satz und Druck: Fuldaer Verlagsanstalt GmbH, 36003 Fulda

ISBN 3-7802-0066-X

DER WILDERER UND DER KÖNIG

Ein schöner Herbsttag neigte sich seinem Ende zu. Die Sonne gleißte im Westen auf den Gletschern und Firnen der Alpenriesen und spiegelte sich im Wasser des Gießbachs, der hastig und in weiten Sätzen von der östlichen Höhe sprang. Hell und getragen verklang ein Lied von der Höhe ins Tal hinab. Kraftvolle, schmiegsame Töne der Zither hallten ihm nach, bis sich zwei tiefbraune, faltenreiche und wetterharte Hände behutsam auf die summenden Saiten legten.

Die beiden Sänger, ein siebzigjähriger Mann und ein siebzehnjähriges Mädchen, strahlten vor Freude an ihrem eigenen Gesang. Aus ihren Augen blitzte das fast kindliche Vergnügen über das Echo, das der Jodler an den gegenüberliegenden Felswänden wachrief.

Sonntägliche Ruhe lag unten im Tal, wo sich schon die Abendnebel zusammenzogen, und sonntäglich war auch die Sennerin gekleidet, die neben der Tür der Almhütte am Holzstoß lehnte und dem Zither spielenden Alten fröhlich zunickte: eine schlanke, doch kräftige Älplerin in kurzem Rock aus rot- und blaugestreiftem Zeug. Über den schmalen Hüften trug sie einen glanzledernen Gürtel, an dem einige Schlüssel hingen. Das gebräunte Gesicht verriet festen Willen, aber auch von Herzen kommende Güte. Das dunkle Haar war in zwei lange, schwere Zöpfe geflochten; um die Stirn und an den Schläfen hatten sich einige widerspenstige Kräusel befreit und krönten nun wie ein Diadem das frische Angesicht.

Die silbernen Spangen des Samtmieders waren von sehr alter Arbeit, wohl ein Erbstück; Kette und Kreuz hingegen nur von geringem Wert. Das Mädchen war arm, aber von der Natur mit dem größten Reichtum: Schönheit und Gesundheit, beschenkt. Dieser Vorzug erhielt einen besonderen Wert durch die ausgesprochene Sauberkeit, die aus jedem Fältchen glänzte. Dieses Mädchen hielt etwas auf sich.

Auch die Hütte und deren Umgebung waren ordentlich und rein. Die Tür stand offen; man erblickte die weißgescheuerten Holzgefäße und den glänzenden Kessel, der über dem Herd hing. Auf dem schmalen Fensterbrett stand ein Vogelbauer, in dem ein Fink sein helles „Fink-fink-finkferlink — würz-würz-würzgebür" ertönen ließ.

Neben der Tür saß auf einer Rasenbank der alte Zitherspieler. Sein graues, buschiges Haar und der mächtige weiße Schnurrbart unter der scharfgebogenen Nase stachen recht eigenartig von dem hageren, gebräunten Gesicht ab. Alter und Beschwerden hatten es tief gefurcht; aber aus diesen Falten lugten tausend Schalke und Schälkchen heraus. Die Augen, noch fast so scharf wie in den Tagen der Jugend, blickten hell und freundlich unter den Wimpern hervor, und so streng das Gesicht gezeichnet war, es wies dennoch einen gutmütigen und herzgewinnenden Ausdruck auf.

Die Kleidung dieses Alten bewies, daß auch er nicht mit Glücksgütern gesegnet war. Die derben, mit großen Nägeln versehenen Bergschuhe waren von gröbster Arbeit. Die grauen wollenen Halbstrümpfe bedeckten nur die sehnigen Waden, so daß die Fußknöchel und die wetterbraunen Knie nackt blieben. Die Hosen waren alt und vielfach geflickt, ebenso die lodene Joppe. Eine Weste trug er nicht, dafür einen breiten Gürtel mit den eingestickten Buchstaben J. und B. Das graue Wollhemd stand auf der Brust offen und ließ den Hals frei.

Neben der Bank lag ein alter Rucksack, der mit knolligen Gegenständen gefüllt zu sein schien. Den Hut hatte der Alte auf seinen Gebirgsstock gestülpt und mit ihm an die Wand gelehnt. Dieser Hut war ein wahres Prachtstück; er hatte seit langem die Krempe verloren; ein Löchlein saß neben dem andern, so daß er mehr einem Sieb glich; durch diese vielen Löcher aber hatte der praktische

Alte allerlei Alpenkräuter geschlungen, Aretia, Primula, Soldanella, Saxifraga und andere, so daß der Hut wie ein Blumentopf aussah, der beim Studium der Alpenflora als Anschauungsmittel hätte dienen können.

Der alte Pate der Sennerin hieß Josef Brendel. Weil er aber allerlei Wurzelwerk in den Bergen zum Verkauf sammelte, und die Abkürzung von Josef, Sepp, allen geläufiger war, so wurde er allüberall nur der Wurzelsepp genannt. Er war beliebt nah und fern. Zuweilen kam er sogar hinein in die schöne Hauptstadt München, den Apothekern wegen seiner seltenen Wurzeln und seines ehrlichen, gespaßigen Wesens ein willkommener Gast.

Magdalena Bergner, die Sennerin, war ein Waisenkind und diente bei dem reichsten Bauer der Umgegend. Das Gut ihres Herrn lag an einer Mure, wie der Volksmund für Moräne sagt, an einem Geröllhügel, der aus von dem Gletscher zu Tal gespülten Erd- und Steinmassen entstanden ist; und weil die Bergler es lieben, sich die Menschen und Dinge durch eigengewählte Namen näherzubringen, kannte sie jeder als die Murenleni. Beide, der Alte und die Junge, hielten große Stücke aufeinander und taten sich beinah mehr zuliebe, als ihre Armut erlaubte.

Sepp lehnte die Zither neben sich, griff in die Tasche und summte vor sich hin:

„So, da hab'n wir aans gesungen,
das hat so schön geklungen.
Ein andermal tun wir wieder singen,
und das soll noch schöner klingen.

Jetzt will ich mir einen Tobak in die Pfeif stopfen, dann nehm ich meine Kraxen und mach mich halt auf die Haxen."

„Pate Sepp, du willst heut noch hinunter?"

„Was sonst?" lachte der Alte gemütlich. „Wenn ich bei dir blieb, Leni, würden die Leut sagen, ich hätt mich in dich verschameriert, und das tät da meiner alten Zither weh; die ist die einzige Liebste, die ich noch hab."

„Geh! Mach kein solches Gespaß! Der Nachmittag ist vorbei, und du bleibst. Ich mach dir ein schönes Ei auf Butter und geb dir auch ein Käs und Brot dazu —"

„O jerum, ja!" fiel Sepp schnell ein. „Und das alles darbst du dir von deinem eigenen Mund ab; denn du bist viel zu ehrlich, um das Ei mit Butter und den Käs mit Brot von dem zu nehmen, was deinem Bauern gehört. Gelt, Leni, ich hab recht?"

„Recht hast, Sepp. Aber mein Vorrat reicht. Und was das Ei betrifft, so hat mir die Bauersfrau eine Henne mit heraufgegeben; ich kann also mit den Eiern, die die Putte mir legt, machen, was ich will."

„Legt sie auch die Butter und den Käs dazu?" blinzelte Sepp sie von unten an.

„Schweig, Pate, und sei nicht ungut! Ich kann dich doch nicht so spät noch den schlimmsten Steg hinunterkraxeln lassen. Wenn dir was geschehn sollt, würd man mir die Schuld geben, und ich könnt es gar nimmer verwinden."

„Ich weiß! Bist ein gutes Dirndl. Tust deinem alten Paten gern alles zulieb. Der Herrgott wird dirs vergelten. Heut aber muß ich doch noch hinunter. Weißt, der Wirt braucht Enzianwurzeln für einen neuen Schnaps. Die muß ich ihm noch heut bringen. Da gibts eine Abendsuppe und ein Bett und auch ein Geld. Wenigstens zwanzig Kreuzer zahlt er mir aus. — O weh! Da schau her! Was für ein Unglück ich hab. Die Pfeif ist da, aber in dem Beutel ist nix mehr. Ich hab halt geglaubt, daß noch ein Rest darin sei. Jetzt muß ich eben von meinem Hut rauchen."

Er griff nach den dürren Pflanzen, die seine merkwürdige Kopfbedeckung zierten, und wollte sie in die Pfeife stopfen.

„Halt!" sagte Leni. „Ich will sehn, ob ich etwas für dich find!"

Sie ging in die Hütte und kehrte gleich darauf mit einem Päckchen Tabak zurück.

„Da hast, Pate Sepp“, bot sie ihm lächelnd ihr Geschenk. „Es ist ein feiner, österreichischer Kaisertabak.“

Er griff schnell zu und schmunzelte vor Freude über das ganze Gesicht. Er hielt das Päckchen hoch und betrachtete die Überschrift.

„Ja, das kaiserliche Siegel ist schon oben drauf. Wie kommst denn du zu dieser Sorte, Leni?“

Sie errötete und antwortete dann unter halber Verlegenheit.

„Es war halt einmal ein Bergsteiger da; der hatte mehrere solche Pakete in der Tasche. Da hab ich mir von ihm eins für dich ausgebeten.“

„Schau, schau, daß du so immer an mich denkst, Leni. Du bist doch ein herziges Patchen! Aber wer war denn dieser Bergsteiger? Etwa einer von der Grenz drüben?“

Er zwinkerte dabei verdächtig mit den Augen.

„Mag sein.“

„Ein Jäger?“

„Weiß nicht.“

„Oder gar ein Wilderer? Ich hab einmal gehört, daß der Krikelanton stets nur vom besten Kaisertabak raucht.“

„Was geht mich der Anton an!“

Sie wandte sich ab, um die Röte, die abermals ihr schönes Gesicht überflog, nicht sehen zu lassen.

„Ja, der geht dich freilich nichts an“, meinte er ein wenig spöttisch. „Was hätte denn die Murenleni mit einem berüchtigten Wilddieb zu tun? Also kennen tust ihn nicht, den nämlich, von dem du dir das Paketerl ausgebeten hast; aber rauchen werd ich den Tabak dennoch. So einen feinen und guten hab ich nur selten in der Pfeifen gehabt.“

Er begann zu stopfen und brannte dann an.

„Oh, ah! Sapperment! Der ist nobel! Das reine Gewürz! Fast wie Krausemünz und Muskatnuß und ein Lorbeerblatt dazu! Riech einmal!“

Er blies ihr einen Mund voll Rauch ins Gesicht und fragte dann begeistert:

„Na, he? — Was sagst dazu?“

Sie wehte sich sachverständig mit der Hand den Rauch an das Näschen und nickte.

„Fein!“

„Ja, der ist halt noch besser, als dein Ei auf Butter. Aber ich muß mich aufmachen. Die Pfeifen dampft, und die Sonn geht hinab. — Horch! Wer ist das?“

Aus der Tiefe hallte ein lauter, durchdringender Juchzer empor. Der Älpler ist gewohnt, sofort darauf zu antworten.

Leni schritt zum Rand der Höhe vor, hielt die Hände an den Mund, so daß sie ein natürliches Sprachrohr bildeten, und jauchzte zurück.

„Juhuuu! — Holdriohoooo!“

Es schallte von unten abermals herauf. Leni antwortete. Endlich vermochte man die Stimme von unten deutlich zu verstehen.

„Dirndl, laß dichs nicht grämen,
du hast ja doch alls,
hast ein wunderliebs Köpfchen
und ein Kröpfchen am Hals!“

„Ein Trutzgesangerl“, sagte Leni. „Diese Stimme kenn ich. Es ist der ‚Jäger-Naz‘. Wart, ich werd ihm gleich antworten.“

Naz ist die Abkürzung für Ignatius. Jäger bedeutet so viel wie Forstwächter, Flurschütz. Das Mädchen sang als Antwort hinab:

„Du schreist wie ein Truthahn
und singst wie ein Pfau;
davon tut halt das Ohr weh,
und alles schreit au!“

Der Wurzelsepp lachte.

„Das war brav! Ich kann den Kerl auch nicht leiden. Polizei ist notwendig. Aber ein guter Polizist wird sich niemals zum Hausspion erniedrigen. Horch!“

Von unten herauf erscholl es:

„Das Dirndl hat Zähnerl,
so weiß wie ein Schnee,
doch sind sie halt eingesetzt,
drum tut ihr keins weh!"

Leni antwortete sofort, ohne sich zu besinnen:

„Fall nicht in die Schüssel,
könntst nimmer rausgucken;
ich tät dich ja gleich so
im Löffel neinschlucken!"

„Bravo!" lachte der Alte und klatschte sich vor Vergnügen auf die Oberschenkel. „Gibs ihm, gibs ihm!"

In den Alpen sind solche Gestanzeln und Trutzlieder gang und gäbe. Der eine beginnt, und der andere antwortet. Es geht herüber und hinüber, und ein jeder improvisiert die Reime, die er singt.

Der Jägernaz sang noch einen Vers, aber Leni antwortete ihm nicht wieder.

„Wahrhaftig, er kommt zu mir! Ich hab gemeint, er will den andern Pfad emporsteigen; jetzt aber hör ich, daß er auf meinem Weg geblieben ist. Was tu ich?" sagte sie ärgerlich zu ihrem Paten.

„Fürchtest du ihn etwa?"

„Nein; aber er ist mir zuwider; er ist ein zudringliches Mannsbild."

„Was? Hat er dich einmal falsch anrühren wollen? Dann —"

Der Alte hob die Fäuste in die Höhe.

„Er hat's wollen, aber es ist ihm nicht gelungen."

„Das glaub ich. Bist ein Mädel, das seinen Mann stellt. Aber besser ist besser. Wird er lang hier bleiben?"

„Nein. Er bleibt niemals lang; ich sorg schon dafür."

„So will ich noch ein wenig warten. Wehe ihm, wenn er meine Pat unrecht anblickt. Sag ihm aber nix, daß ich auch da bin!"

Er ergriff Zither, Hut, Rucksack und Bergstock, um sich zu verstecken.

„Brauchst keine Angst um mich zu haben. Dort steht mein Beschützer, der Peter.“

Leni deutete nach der Bergwiese, die sich hinter der Hütte hoch hinaufzog. Dort weideten die Kühe und Ziegen. In der Nähe der Sennhütte war eine sogenannte Salzlecke angebracht, ein breiter, leichter Holztrog, mit Viehsalz gefüllt. Die Wiederkäuer lecken gern davon, und ein solches Mittel erleichtert das Zusammenhalten einer Herde.

Eben jetzt befand sich der Held und Pascha der Ziegenherde dort, ein großer, ungewöhnlich starker Bock. Ihn bezeichnete die Sennerin als ihren Beschützer.

„Das Vieh kann dir da nix helfen. Es ist besser, ich bleib in der Nähe“, knurrte der Wurzelsepp.

Er verschwand in der Hütte, blieb aber nicht in dem Aufenthaltsraum, sondern trat in das danebenliegende Heustadel, um von dem Jäger nicht gesehen zu werden.

Kaum hatte der Alte sich verborgen, so tauchte der Naz hinter dem Felsen auf. Leni hatte sich auf die Bank gesetzt und sah ihm gelassen entgegen.

Er blieb vor ihr stehen und stemmte das Gewehr mit dem Kolben auf die Erde.

„Grüß Gott, Schatz!“

Sie schwieg.

„Hörst nicht?“

„Meinst etwa mich?“ Sie blickte zu ihm auf.

„Wen sonst? Ist noch eine andre da?“ spöttelte er.

„Nein. Aber wenn du ‚Schatz‘ sagst, mußt halt doch eine andre meinen.“

„Magst du mein Schatz nicht sein?“

„Nein.“

„Warum denn nicht?“

„Gefallst mir nicht recht.“

„Ah! — Wie müßt ich denn sein, wenn ich dir gefallen sollt?“

„In allem grad gegenteilig.“

„Und Jäger dürft ich auch nicht sein?“

„Warum nicht?“

„Die Polizei ist nirgend beliebt, und auf der Alm erst recht nicht.“

„Schwatz nicht so dummes Zeug! Die Polizei muß sein. Sie ist von unserm König Ludwig eingesetzt. Da hast meine Antwort.“

„Nun, wenn das so ist, warum magst da nicht mein Schatz sein?“

„Weil du eine richtige Zuwiderwurzen bist, auf die man Leibgrimmen kriegt, wenn man sie nur anschaut.“

„Der andre gefallt dir wohl besser?“ höhnte er.

Sie hob den Kopf und sah ihm voll ins Gesicht.

„Welcher andre?“

„Der Wilddieb, der Krikelanton!“

Ihre Wangen erbleichten, ob vor Schreck oder vor Zorn, das vermochten seine lauernden, funkelnden Augen nicht zu unterscheiden. Sie zwang sich, in ruhigem Ton zu antworten.

„Was soll mich der Krikelanton angehn?“

„Sehr viel, denk ich. Meinst etwa, man weiß nicht, daß ihr einander kennt?“

Da erhob sich Leni und trat nah vor ihn hin.

„Was ich denk, das geht dich nix an, und was du weißt, das ist mir gleich. Wer bist überhaupt, daß du zu mir gestiegen kommst und mich Schatz nennst? Nenn so, wen du willst, aber mich nicht! Ich hab mit dir nix zu schaffen.“

Er nickte ihr hämisch zu.

„Meinst? Aber ich hab mit dir zu schaffen. Ich komm aussuchen. Verstehst?“

„Aussuchen? Was suchst?“

„Den Krikelanton. Du bist seine Liebste.“

Lenis Augen flammten auf.

„Jetzt laß mich aus! Nennst mich noch einmal so, dann g'schieht was! Der Anton war im Winter auf dem Saal, und keiner hat ihn gekannt. Er hat mit mir getanzt. Aber hätt ich es gewußt, wer er war, so hätt ich es ihm abgeschlagen. Wer nun sagt, daß er mein Schatz sei, der ist ein schlechter Kerl. Ich bin ohne Vater und Mutter und und hab keinen, der mir hilft. Drum ists doppelt schlecht, mir solche Lügen nachzureden!"

„Wie? Du hast keinen? Auch den Wurzelsepp nicht?"

„Der ist immer unterwegs."

„Ja, der richtige Landstreicher. Stiehlt Pflanzen und Wurzeln und betrügt die Leut damit. Wenn ich ihn einmal mit seinem Rucksack erwisch, kann er sich in acht nehmen!"

Leni war glutrot geworden. Ihre Stimme zitterte.

„Hör, tu mir und dir den Gefallen, halt den Mund! Meinen Paten laß ich mir nicht verschimpfiern! Wenn du noch ein solches Wort über ihn sagst, geb ich dir eine Watschen, daß du von hier ins Tal 'nunterfliegst. Wann nur alle Leut so brav wären, wie der Sepp, dann wärs gut in der Welt."

„Ja, er ist brav, und du paßt recht gut zu ihm. Denn wenn der Krikelanton mit dir getanzt hat, so wird er dich wohl auch heimgeführt haben. Und das Busserln wird eine Lust gewesen sein."

„Er ist eher gegangen als ich. Und ich brauch nie einen Heimführer. Mit dem Busseln ists auch nix. Ich hätt mich da schon gewehrt!"

„Auch gegen mich?"

Er hatte das Gewehr gegen die Wand gelehnt, trat auf sie zu und breitete die Arme aus. Sie blieb ruhig stehen und blickte ihm in die flackernden Augen.

„Was willst?"

„Ein Busserl."

Um Lenis Mund zuckte Spott.

„Geh da hinauf und bussel die Rotscheckene! Sie steht grad so mundgerecht für dich da!"

Sie zeigte hinauf nach den Kühen und schnippste dabei

so laut mit den Fingern, daß der Ziegenbock es hörte. Er spitzte die Ohren und blickte scharf herüber.

Die rotscheckige Kuh stand bergan, mit den Vorderfüßen oben, mit dem Hinterteil abwärts.

Diese derbe Abweisung ärgerte den Jäger.

„Nein, dich will ich küssen! Willst nicht, dann mußt du!"

Er sah nicht, daß der Wurzelsepp nah hinter ihm den Laden des Heustadels geöffnet hatte und seinen Bergstock heraussteckte, um dem Zudringlichen eine Lehre zu geben.

Der Jäger griff Leni am Arm.

„Peter!" rief sie.

Der Ziegenbock war wie ein Hund: er sauste heran wie aus der Kanone geschossen.

Leni riß sich aus der Hand des Jägers los. Er verlor durch den Ruck das Gleichgewicht. Im nächsten Augenblick senkte der Bock die Hörner und sprang mit solcher Macht gegen ihn, daß er niedergeschleudert wurde und sich überkugelte. Mit einem Wutschrei suchte er in die Höhe zu kommen; aber das zornige Tier stieß immerfort auf ihn ein und bearbeitete ihn mit den Hörnern, daß ihm alle Rippen krachten.

„Hilfe, Hilfe!" keuchte er endlich. „Ruf die Bestie fort, sonst massakrier ich sie!"

„Massakrier sie doch!" sagte Leni ruhig.

Der alte Wurzelsepp war aus dem Stadel heraus zu ihr getreten; er schlug sich vor Entzücken mit der Hand den Schenkel und brüllte vor Lachen.

„Herrlich, herrlich! Nein, so a Gaudi! Nein, so ein Schauspiel! Da möcht man vor Freud gleich die Beine über dem Kopf zusammenschlagen. Peter, immer fest, fest, fest! Hopsa, hurra, zur Attacke geblasen, trärerä tätäh!"

Der Alte war früher bei der Reiterei gewesen, das einzige, worauf er sich etwas einbildete. Er war verwundet worden und nun stolz darauf, sein Blut für das Vaterland vergossen zu haben. Darum trug er an Sonn- und Feiertagen im Knopfloch das Bändchen des Tapferkeitszeichens.

Leni war zufrieden, von dem Zudringlichen befreit zu sein. Sie hielt die Lehre für hinreichend und rief den Bock zurück. Das Tier gehorchte, blieb jedoch abwartend stehen, bereit, sofort wieder auf den besiegten Gegner einzuspringen.

Der Jäger raffte sich kupferrot vor Wut auf. Er griff nach seinem Gewehr und hielt es schußbereit.

Der alte Sepp war mit drei großen Schritten bei ihm und faßte seinen Arm.

„Was tust? — Willst dich an fremdem Eigentum vergreifen, Jäger? Weißt nicht, was das zu bedeuten hat?"

„Laß mich aus!" rief der Naz. „Ich erschieß ihn!"

„Das wirst bleiben lassen! Verstanden?"

„Er hat mich verletzt!"

„Er hat nur seine Herrin beschützt. Was werden deine Vorgesetzten sagen, wenn du auf die Alm steigst, um Mädchen zu küssen und Ziegenböcke zu schießen? Nimm dich in acht! Der Bock ist tapfer. Er steht schon wieder bereit und wird dich gern und gut den Berg hinabkugeln."

Der Jäger sah ein, daß es gefährlich für ihn war, seinem Grimm zu gehorchen. Er senkte den Lauf des Gewehrs und fuhr den Alten an:

„Was tust hier auf der Alm?"

Sepp schob gemächlich die Hände in die Taschen.

„Was ich tu? Schau, Jäger, ich hab halt kein Geld, um in den Zirkus zu gehn; drum steig ich den Berg herauf und hab mein Vergnügen daran, zuzuschaun, wenn Ziegenböck sich stoßen. Das ist billiger, aber ebenso hübsch."

„Kerl, willst mich beleidigen?"

„Dich? Fällt mir nicht ein!"

„Bist etwa schon lang hier?"

„Schon, ehe du kamst."

„Und hast mich belauscht?“

„Ja. Es war sehr lustig.“

„Das möcht ich mir verbitten!“

„Nur net so ungemütlich, Jägernaz. Weißt, schön schaust nicht aus — der Peter hat dich schlimm zugerichtet. — Ich will die Bürste holen, um dich abzukehren, und dann kannst weiterreisen, mit Extrazug.“

Er trat in die Hütte. Der Jäger hielt es für das beste, auf das Abbürsten zu verzichten.

„Das sollst teuer bezahlen! Ich weiß schon, wie. Denk an den Krikelanton!“ zischte er Leni zu. Dann trat er nahe an sie heran. „Daß du es weißt: Er ist über die Grenze herüber, gestern schon, und hat bei uns gewildert. Die Wege sind alle besetzt; er kann nicht mehr hinüber. Wir halten eine Hetzjagd, und wenn wir ihn fangen, spaziert er ins Zuchthaus. Dann, wenn du mit ihm tanzen willst, kannst zu ihm gehn. Musik werden sie euch schon machen. Jetzt steig ich hinauf nach dem Joch. Treff ich ihn dort, geb ich ihm die Kugel vor den Kopf. Grüß dich Gott, Sennerin!“

Er ging mit hartem Lachen. Hinter der Sennhütte blieb er stehen, um sich den Schmutz von den Kleidern zu wischen; dann stieg er bergan.

Sepp kam wieder aus der Tür, die Kuhstriegel in der Hand.

„Ist er fort, Leni?“

„Ja.“

„Jammerschad. Ich wollt ihm doch das Fell glatt machen. Mich einen Spitzbuben und Betrüger zu nennen! — Himmelsakra! Na, ich trags ihm nicht nach; er hats im Zorn gesagt, und er ist jung. Wenn sein Haar einmal grau ist wie meins, wird er ruhiger geworden sein. Aber schön von dir wars, Leni, daß du mich so gut verteidigt hast. Bist ein wahrer Advokat. Dein einziger Paragraph lautet, die Leut den Berg ’nunterzuwerfen. Nun bist den Kerl los, und ich kann endlich absteigen.“

Er warf den Rucksack um, stülpte den Staatshut auf den Kopf, hängte die Zither in das Band, ergriff den Bergstock und verabschiedete sich.

„Behüt dich Gott und die heilige Jungfrau, Leni! Ich kraxle wieder herauf zu dir, wann ich nächstens in diese Gegend komm. Denk an den Sepp, Lenerl, bist seine einzige Freud in der Welt, du und die Zither und — das Bandel im Knopfloch."

Er reichte ihr die Hand und küßte ihre Stirn. Seine Augen waren feucht.

„Behüt dich Gott, Sepp! Ich werd oft an dich denken und die heilige Mutter Gottes bitten, daß sie dich beschütze und behüte."

Er nickte und begann in langsamer Berglerart den Abstieg.

Sie trat an den Rand des Felsens, um ihn so lange wie möglich zu sehen. Als er den Abhang erreichte, bei dem der steile Pfad um die Felsenecke bog, blieb er stehen, hielt die Hand an den Mund und sang mit heller Stimme:

„Holdriohooooh!"

„Holdriohoooh!" antwortete Leni von oben herab.

Und nun begann er aus dem Stegreif:

„Und die Leni ist eine Brave,
und die Leni ist eine Feine,
und wie die Leni, wie die Leni
ist gar nirgends noch eine!"

Ein Juchzer erschallte als Echo von dem Felsen zurück. Ohne Zaudern kam die Antwort der Sennerin:

„Und der Sepp mit dem Rucksack
und der Sepp ist mein Pat,
und der Sepp it mir lieber
als ein Offizier und Soldat."

Die Murenleni war bekannt als beste Jodlerin weit und breit. Ihre Stimme hatte einen ‚ungeheuren Umfang und außerordentliches Metall', wie der Kantor unten im Dorf oft sagte. Es klang, als hallten die Berge, so mächtig drang es aus der Brust des schönen Mädchens hervor.

Dem Sepp lachte das Herz im Leib. Er gab auch seiner Stimme größere Stärke:

„Und da drüben und da droben,
wo der Ziegenbock springt,
und da steht die Leni,
die den Wurzelsepp ansingt."

Sofort antwortete sie:

„Der König hat eine Krone,
und der Sepp hat einen Hut,
und der König wird mein Mann nicht,
doch dem Sepp, dem bin ich gut."

Dabei schwenkte sie ihr weißes Taschentuch.

Der Alte hatte keins, viel weniger ein weißes. Er behandelte seine Nase nicht so vornehm. Darum konnte er nicht auch mit einem ‚Nastuch' winken; er nahm den Rucksack vom Rücken und schwenkte ihn über den Kopf, daß die Wurzeln heraus- und umherflogen.

„Himmelsakra!" rief er erschrocken. „Da fliegen alle meine Gulden und Kreuzer durcheinand! Das hat man davon, wenn man mit einem hübschen Madel Gestanzeln macht. Nun kann ich das Zeug wieder zusammensuchen!"

Während des Wechselgesanges war ein Mann hinter der Felsenecke hervorgetreten. Er trug die Tracht des Gebirges: Bergschuhe, Halbstrümpfe, Joppe, Weste, breiten Gürtel, einen kleinen Hut mit Edelweiß und Spielhahnfeder, einen Rucksack auf dem Rücken und ein Gewehr von der Achsel herab. In der Hand hielt er den Bergstock, der oben mit einer Gamskrikel versehen war. Seine hohe, eindrucksvolle Gestalt, der edle, durchgeistigte Ausdruck des gebräunten Gesichts, die Augen, die bei aller Schärfe etwas Weiches, Unbestimmbares, fast Geheimnisvolles zeigten, wirkten gebieterisch und fesselnd.

Als Sepp den Wanderer erblickte, hob er sich aus seiner

halbgebückten Stellung, und seine Augen wurden rund vor Erstaunen und Ehrerbietung.

„Millionenschockteuf — — — ah, oh! Da hätt ich fast geflucht! Ists denn möglich?“ stotterte er.

„Was?“ lachte der Fremde.

„Daß du der Ludwig — nein, daß Sie der Ludwig bist! O nein, daß du — daß Sie — Himmelsakra! Jetzt geht mir sogar noch der Verstand in die Luft, grad wie die Wurzeln!“

„Welchen Ludwig meinst du denn?“

„Na, den Zweiten!“

„Ich versteh dich nicht.“

„Das glaub ich“, atmete Sepp geräuschvoll. „Ich bin ja vor Freud, nein, vor Verlegenheit — nein, auch nicht, Jesses, Jesses — vor lauter Dummheit so außer Rand und Band geraten, daß ich mich selber schon gar nicht mehr kenne. — Alsdann!“

Er schlug die Fersen zusammen, richtete sich stramm auf, präsentierte der Bergstock wie ein Gewehr und meldete:

„Ludwig der Zweite von Bayern, mein allergnädigster Herr! Und ich bin halt nur der Wurzelsepp!“

Der Wanderer strich sich über die Stirn, als wollte er einen aufsteigenden Unmut wegwischen. Dann glätteten sich seine Züge wieder. Es war bekannt, daß Ludwig II. schlichte, gerade Naturen liebte und sich gern mit den Gebirglern unterhielt.

„Woher kennst du mich?“ fragte er den Alten.

„Ich hab Sie drin in München gesehn, in Hohenschwangau, auf Linderhof, Schloß Berg und auch am Chiemsee.“

„So weit kommst du herum?“

„Allweil ja, und noch viel weiter.“

„Alle Achtung! Aber sag, wer ist denn eigentlich die Sängerin, die da oben sang:

‚Und der König wird mein Mann nicht,
doch dem Sepp, dem bin ich gut!‘

Du kennst sie doch sicher?“

„Kennen? Freilich. Das ist die Leni, die Murenleni, ein Madel wie eine Bachstelze, so sauber und . . ."

„So bin ich also auf dem richtigen Weg. Ich will zu ihr."

„Was? Da muß ich gleich voraus und ihrs sagen, damit sie schnell einen Schmarren oder einen Gugelhopf oder eine tüchtige Dampfnudel backt!" stammelte er aufgeregt.

Er wollte fort.

„Halt!" kommandierte Ludwig. „Ich möchte nicht, daß sie erfährt, wer ich bin. Ich hab gehört, daß da heroben ein Bär sein Wesen treibt; den will ich haben, und damit ich morgen früh gleich wohlauf bin, will ich heut zur Halbscheid steigen und in der Sennhütte bleiben. Man hat mir gesagt, daß es bei dieser Sennerin sauber sei!"

„Wie in einem Schatzkästerl!" beteuerte Sepp. „Die Leni ist ein schmuckes, bildsauberes Leutl. Aber einen Bären gibt es da oben nicht. Der hält sich jenseits der Alp auf. Ist erst vorgestern wieder in einen Stall eingebrochen."

„Ich weiß, ich will dort hinüber. Ich verbiete dir, irgendwo zu erzählen, daß du mich getroffen hast. Aber zum Oberförster magst du gehn und ihm sagen, daß ich bei der Leni bin. Er soll sich morgen früh dort einfinden. Hier hast du etwas!"

Er zog die Börse und hielt dem Sepp ein Goldstück entgegen. Der Alte fuhr zurück, als ob er eine giftige Otter angreifen solle.

„Für die paar Schritt soll ich mich bezahlen lassen?"

„Das ist keine Bezahlung. Mein Bild darauf schenk ich dir zum Andenken."

„Andenken?" Sepps Augen leuchteten auf. „Ja, ein Andenken solls mir sein, bis sie mich ins Grab legen!"

Er steckte die Doppelkrone ein.

„Ist die Leni arm?" fragte unterdes der König.

„Wie eine Kirchenmaus. Sie ist ein Waisenmädel und hat keinen Verwandten."

„Und sie singt gern?"

„Den ganzen, geschlagenen Tag, besonders in der Früh und abends, grad wie eine Amsel. Lassens sich halt etwas vorsingen; aber richten Sie ja den Gruß von mir aus, und sie soll Sie gut aufnehmen", sagte der alte Sepp eifrig. „Die Leni hat nicht gern mit den Stadtherren zu tun. Meine Empfehlung aber gilt sehr viel bei ihr, denn ich bin der Pate!"

„Schön!" lächelte Ludwig über die Harmlosigkeit des alten Sepp in sich hinein. „Erst aber wollen wir deine Wurzeln wieder auflesen."

Er bückte sich.

„Nein, nein! Kreuzschockschwerebrett! Jetzt werde ich mir auch noch von dem König von Bayern die Wurzeln aufklauben lassen! Das tu ich selber!"

Aber seine Einrede wurde nicht beachtet.

Ludwig weidete sich an seiner glückstrahlenden Verlegenheit. Dann schieden sie. Sepp machte eine so tiefe Verbeugung, daß ihm der Rucksack fast über den Kopf herabfiel.

Leni stand an der anderen Seite des Hauses, als Ludwig oben ankam; er sah sie nicht und stieß einen Juchzer aus. Sie kam mit ruhigen, leichten Schritten um die Ecke und betrachtete den Ankömmling.

„Grüß Gott, Murenleni!"

„Grüß Gott auch! Kennst mich denn?" fragte sie.

„Ja; ich hab von dir gehört. Ich möchte diese Nacht bei dir bleiben."

„Jesses! Da kommst falsch an. Geh weiter!"

Ludwig stutzte, dann glitt ein Lächeln über sein ernstes Gesicht. Die frische, kraftvolle Art Lenis tat ihm wohl.

„Ich kann nicht weiter. Der Wurzelsepp, dein Pate, kennt mich und läßt dir sagen, daß du mich gut aufnehmen sollst."

Sie blickte ungläubig zu ihm auf.

„Obs auch wahr ist?"

„Es ist wahr. Ich habe da unten an der Felsenecke mit ihm gesprochen.“

„Ein gutes Gesicht hast. Ich werd dich behalten. Setz dich einstweilen daher auf die Bank, bis ich wiederkomm! Ich muß die Rinder und Ziegen in den Stall heimsen.“

„Bleiben die heut nicht im Freien?“

„Sie könnten wohl; aber da jenseits gibts einen Bären, der vor vier Wochen aus einem Wanderzirkus auskommen ist. Man hat ihn nicht einfangen können; er ist schlau. In der kurzen Zeit hat er schon allerhand Viehschaden angerichtet. Wenn er daherkraxelt käm und mir eine Kuh erwürgte, würd ich mein Lebtag nicht wieder froh!“

Sie ging.

Ludwig setzte sich und blickte ihr wohlgefällig nach. Als sie dann die Tiere herantrieb, beobachtete er ihre Bewegungen und nickte befriedigt vor sich hin.

„Große Stimme, schöne Gestalt, gewandte Bewegungen, Umsicht und Gewissenhaftigkeit“, dachte er. „Wenn sie so singt, wie der Sepp es sagt, soll sie mir in die Schule. Ich glaub, ich habe da eine Brünhilde, eine Isolde gefunden.“

Leni tränkte die Herde und schloß sie in den Stall. Dann trat sie auf den Fremden zu.

„Hast mir deinen Namen noch nicht g'sagt — meinen kennst ja.“

„Ludwig nenne ich mich.“

„Gut; und jetzt werd ich dir ein Bett im Heu machen, ein schönes, weiches. Wirst aber Hunger haben?“

„Ja. Hier im Rucksack findest allerlei. Brings heraus und trag auf! Du sollst mit mir essen.“

Die sonst so zurückhaltende Leni gewann Vertrauen und gab sich ganz so, wie sie war. Sie aßen zusammen, grad als das Ave-Maria-Glöckchen aus dem Tal emporschallte. Da er nicht so schnell das Messer weglegte wie sie, sagte sie vorwurfsvoll:

„Mach, daß du dein Ave hersagst! So ist das hier Brauch!“

Dann saßen sie vor der Sennhütte auf der Bank.

Der Gast fragte dies und das.

Sie erzählte von ihrem Leben; es war einfach und ärmlich verflossen; aber das kleinste Ereignis gab ihr Gelegenheit, unbewußt ein reiches, tiefes Seelenleben zu entwickeln und eine Urteilsschärfe zu entfalten, über die sich der König wunderte.

„Hast auch einen Schatz?“ fragte er dann mit der natürlichen Einfachheit, mit der sie selber sprach.

„Nein.“

„Magst auch keinen?“

„Ich kenne einen, dem bin ich gut. Aber er weiß nix davon. Er ist ein — na, das brauchst net zu wissen. Aber es wird wohl nie was zwischen uns werden. — So bleib ich ledig. Glaubsts wohl nicht? Das Herz hat nur eine Lieb, und wenn man die begräbt, so steht sie nimmer auf.“

Das klang so selbstbewußt und doch so rührend, daß er ihre Hand ergriff.

„Du bist ein braves Mädchen.“

Die Firnen leuchteten goldig und dann purpurrot, bis sie dunkelten. Dann ging der Mond voll und silbern auf; er goß sein zauberhaftes Licht über die träumende Alpenwelt.

„Magst nicht ein Lied singen?“ bat der Gast.

„Ich bin nicht lustig dazu. Wannst mich ansingst, so will ich schon antworten. Oder kannsts nicht?“

„Es wird schwer gehn“, lächelte er. „Aber tu mir doch den Gefallen. Ich hörs so gern.“

Da besann sie sich nicht lange. Ihre Stimme setzte leise ein; und sie begann ein einfaches Volkslied. Er saß ganz still und schaute über das weite silberne Rund der Alpen. Nun hatte sie einmal begonnen und reihte Lied an Lied, lustig und traurig, wie es ihr grad einfiel.

Endlich wurde sie müde.

„Jetzt ists genug. Geh in dein Bett; ich werde dir leuchten“, sagte sie.

Noch ganz unter dem Bann ihrer Stimme folgte er.

Sie hatte ihm auf dem Heu mit reinem Linnen ein sauberes Lager bereitet, sagte ihm gute Nacht und kehrte dann in den vorderen Raum zurück.

Er konnte nicht schlafen. Daran war nicht allein der ungewohnte Duft des Heues schuld. Er mußte an die Sennerin denken. Er war überzeugt, ein Wesen gefunden zu haben, das Anlagen zu einer gottbegnadeten Künstlerin hatte.

Da hörte er draußen schleichende Schritte. Es schien jemand an den Brettern des Stadels zu kratzen.

Es tappte und stieß gegen die Holzwand.

Wer war das?

Ein Dieb?

Oder hatte die Sennerin doch einen Geliebten?

Er stand auf, stieg vom Heu herab und trat bei Leni ein. Sie saß auf dem Schemel, mit dem Rücken an die Wand gelehnt, und schlief, als sei sie beim Träumen und Sinnen eingeschlafen. Das Licht hatte sie nicht ausgelöscht.

Er zögerte, sie zu wecken, sie arbeitete viel und brauchte den Schlaf notwendig. Er nahm sein Gewehr, schob leise den Riegel von der Tür und trat hinaus.

Der Mond war höher gestiegen, so daß er die Alm fast tageshell erleuchtete. Wie unter mattem, flüssigem Glas lag das Tal. Die Spitzen der Berge schienen den Sternenhimmel zu berühren. Der fromme Sänger mochte ein solches Bild vor Augen gehabt haben, als er die Worte fand: „Herr, wie viele sind deiner Werke! Du hast sie alle weislich geordnet, und die Erde ist voll deiner Güte!"

Ludwig lauschte.

Er konnte nichts hören. Das Schleichen war auf der anderen Seite gewesen.

Er ging auf den Fußspitzen um die Ecke, das Gewehr schußfertig in der Hand. Hier lag Schatten. Er wollte um die nächste Ecke; im selben Augenblick aber rannte er mit einem dunkeln Etwas zusammen, das ihm aus dieser Richtung entgegenkam.

Die Büchse entfiel ihm; er hatte keine Zeit mehr, sie aufzuheben — vor ihm stand der — Bär.

Ludwig sprang blitzschnell zur Seite.

Mit gleicher Geschwindigkeit aber folgte ihm das Tier.

An der Mauer waren Scheite von Brennholz aufgeschichtet. Der Bedrohte riß eins an sich und schmetterte es dem Bären auf den Kopf; es war, als habe er mit einem kleinen Hammer auf einen Amboß geschlagen.

Er holte zum zweiten Hieb aus.

Der Bär richtete sich auf und griff mit den Pranken nach ihm. Der Streich fiel; das Holzscheit zersplitterte in des Königs Hand.

Ein wütendes Brummen war die Antwort des Bären. Er öffnete den Rachen — da blitzte es hart hinter Ludwig auf.

Ein Schuß krachte, und Ludwig wurde von einem mächtigen Ruck zur Seite gerissen, so daß er auf die Knie niederstürzte.

Als er auf die Füße sprang, erblickte er einen Menschen, der dem taumelnden Bären die Klinge in das Herz stieß und dann gedankenrasch wieder zurücksprang.

Ein Zucken, ein Röcheln — das Tier war tot.

„Das war Hilfe in der Not!“ atmete Ludwig tief auf.

„Bist wohl kein Jäger?“ fragte der andere kurz.

„Warum?“

„Sonst hättest müssen wissen, daß man nicht so unvorsichtig um die Ecke biegt, wenn man einen Bären schießen will. Da steckt man erst sacht die Nase herum. Ist die Luft rein, kann sich der Körper nachschieben. Und den Stutzen hast auch weggeworfen!“

„Weggeworfen? — Nein, er wurde mir aus der Hand geprellt! — Und ich ahnte nicht, daß es ein Bär sei.“

„Nicht? Was hast denn gemeint?“

„Nun — ich dachte — ich meinte —“

Da hörte man Schritte. Die Sennerin kam herbei. Sie erblickte zuerst die hohe Gestalt des Königs.

„Hast du geschossen?“ fragte sie. „Was ists? Ich wachte von dem Schuß auf. Dein Stutzen war fort und du auch, als ich nach dir schaute.“

„Der Bär wollte in den Stall.“

Jetzt erst erblickte sie das riesige Tier und zugleich den anderen Mann. Sie schlug vor Schreck die Hände zusammen.

„Ein Bär! — Wohl der von drüben? — Ist er tot?“

„Ja.“

„Der heiligen Jungfrau sei Dank! — Welch ein Unglück hätte er angerichtet, wenn du ihn nicht erschossen hättest!“

„Du irrst. Dieser Mann hier hat ihn erlegt.“

„Der? Ja, woher kommst denn? — Wer bist denn?“

Der andere stand bewegungslos. Sie konnte, da sie sich im Schatten befanden, sein Gesicht nicht erkennen. Darum trat sie näher zu ihm heran.

„Jesses Maria! — Der Anton! — Wie kommst du auf die Alm, mitten in der Nacht? Weißt nicht, daß —“

Sie hielt inne; denn sie erkannte, daß sie ihn beinah verraten hätte. Es war der Krikelanton, der Wilderer, den sie suchten.

Krikel werden die Hörner der Gemsen genannt. Den Namen Krikelanton hatte er erhalten, weil er mit unvergleichlicher Geschicklichkeit jedem Fremden, der ein Gemshorn aus den Bergen mit heimnehmen wollte, eins verschaffte.

Der König musterte den hochgewachsenen Gebirgler.

„Was für eine Beschäftigung führt dich in der Nacht hierher — welchen Beruf hast du?“ forschte er.

„Wildhäuer“, sagte der Anton kurz. Und dann zuckte ein bitteres Lachen um seinen Mund. „Ich hab eine alte Mutter und einen noch älteren Vater. Herr, die können beide nix mehr arbeiten. Eine Geiß haben wir auch und eine magere Kuh, ein Häusle dazu, wo man gleich durch die Wände hinein in die Stube laufen kann und wo die Diele schwimmt, wenn es ein bißl regnet. Die Kuh und die Geiß wollen fressen. Wiese und Feld haben wir net; so steig ich hinauf an die Abhänge, wo kein anderer sich hintraut und hol das Gras und Heu herab, das keinem Herrn gehört als nur dem, der mit dem Tod um die Wette lacht! — Das ist ein Wildhäuer, Herr. Und für diese Müh und Gefahr hab ich all Tag ein Stück trocken Brot, weiter nix."

„Das ist freilich schlimm!"

In den Augen des Krikelantons glomm ein düsteres Licht.

„Schlimm. Ja. Und wann ich nun da hinaufsteig und Hunger hab und weiß, daß die Eltern ebenso hungern wie ich, und der Herrgott schickt mir einen Gamsbock zu, damit ich ein bißchen Fleisch nach Haus bring, und ich schieß ihn weg, so kommt das Gesetz und steckt mich ins Zuchthaus. Und die Eltern mögen nur gleich ins Wasser gehn oder sich miteinand in den Abgrund stürzen, daß es halt auf einmal aus ist mit der Not."

„Du bist ein — Wilderer?"

„Hast noch nichts von dem Krikelanton vernommen? Der bin ich, Herr", lachte Anton trotzig.

„Ich hab gehört, daß man dich heut hier sucht."

„Ja, ich weiß. Ich hab einen Gamsbock geschossen, um dem Vater Fleisch zu bringen; dabei hat man mich ertappt; ich aber bin entwischt. Seht meine Hände an, wie blutig sie sind, und meine Knie! Ich hab mich an Felsenkanten festgehalten und an Wänden fortgegriffen, wo nie ein Mensch hinkommen wird. Sie haben auf mich geschossen. Dann kam ich hier herüber und sah den Bären durch die Felsen laufen. Ich folgt ihm nach im Mondlicht. Ich hatt Hunger und wollt mir ein Stück von seinem Fleisch holen und die Senner von dem Spitzbuben befreien. Er lief hierher. Ich kam grad noch zu rechter Zeit, um ihm den Bissen wegzuschnappen."

„Du hast mir das Leben gerettet."

„Red nicht. Was ist das Leben, wenn man den eigenen Eltern nicht einmal den Hunger stillen kann? Ich hab nicht dran dacht, dir's Leben zu retten — den Bär wollt ich — sein Fleisch!"

„Trotzdem —"

„Sprich nicht davon! Willst gut sein mit einem Verfolgten, gib mir ein Stückl Brot! Dann will ich weitergehn und schaun, ob ich meine Eltern wiederseh oder in irgendeinem Abgrund umkomm."

„Dein Wunsch soll erfüllt werden. Hilf mir, den Bären in die Hütte schaffen; dann kannst du essen, soviel du willst, und nachher mit im Heustadel schlafen."

„Dank schön! Werd mich hüten! Am besten ists, ich hab den freien Himmel über mir. In einer Hütte würden sie mich gleich ergreifen."

„Und du würdest dich fassen lassen? Nicht um dich hauen? Oder die Verfolger niederknallen?"

„Gott behüt, nein. So ein Halunk bin ich schon nicht, daß ich einen niederschieß, um der Straf zu entgehn. Aus Not schieße ich mir eine Gams; ein Mörder bin ich nicht."

„Brav. Du tust nicht recht, aber es kann dir wohl vergeben werden. Nur mußt du bessere Wege gehen."

„Bessere Wege gehn! — Leicht gesagt!" brauste der Krikelanton auf. „Du hast gut reden! Gib mir Arbeit, mit der ich mich und meine Eltern redlich ernähren kann, und ich werd weder dem Kaiser von Österreich noch dem König von Bayern eine Gams wegschießen. Ich hab dieses Leben satt. Schau, was für ein tüchtiger Jäger könnt ich werden, wann ich so eine Anstellung bekommen tät! Aber an unsereinen kommt so etwas nicht."

„Mach eine Bittschrift an deinen Landesherrn!"

„Wo denkst hin! Bei dem bayrischen König ging das wohl eher; aber ich bin halt ein Österreicher und kein Bayer."

„So, warum ging es bei ihm eher?"

„Das will ich dir sagen. Er ist ein Herr, der in allem etwas Besonderes haben will. Ein Wilderer, der ein Jäger wird, schau, das ist schon etwas Besonderes. Ihm tät ichs zutrauen, daß er zu mir spräch: Anton, du hast mir bis jetzt die Gamsen ohne meine Erlaubnis weggeschossen, von heut an sollst du es mit meiner Erlaubnis tun, und ich gebe dir sogar noch ein Gehalt dazu. Ja, der Ludwig, der tät das, wenn ich so richtig von der Leber weg mit ihm reden könnt. Aber er ist menschenscheu, da kann man nicht heran. Und wie dankbar wär ich — Herjesses! Mein Leben tät ich für ihn lassen!"

Er hob beide Arme hoch und schnippste zur Bekräftigung seiner Worte mit den Fingern. Seine dunklen Augen glänzten. Er war begeistert von dem Gedanken, von der Wilderei ablassen und ein anderes Leben führen zu können.

„Ja, der Forstner-Anton ist ein Braver", sagte Leni gerührt. „Er hat noch keinem ein Leid angetan. Und wann er hätt, was er und seine Eltern für den Schnabel brauchen, dann wär er ein Bub, vor dem man Achtung haben müßt. Das kannst halt glauben, Herr."

Da ergriff der Wilderer schnell ihre Hand.

„Leni, das ist so wahr wie das Evangelium! Du hast mich nur zweimal gesehn, heut zum drittenmal. Alle andern haben Angst vor mir und meiden mich. Du hast mit mir getanzt und mich nicht verachtet. Heut sprichst wieder für mich. Das werd ich dir nie vergessen."

„Plausch kein dummes Zeug, Anton! Ich hab mit dir getanzt, weil ich dich net gekannt hab. Du hast ein gutes Aug und ein aufrichtiges Gesicht. Darum hab ich dir nicht zuwider handeln können. Denn weißt, das Gesicht ist halt das Aushängeschild, was der Herrgott dem Menschen 'geben hat."

Der fremde Gast betrachtete sie nachdenklich.

„Was hab ich denn für ein Aushängeschild?"

Leni prüfte sein Gesicht ernsthaft.

„Du — du hast ein besonderes und vornehmes. Gut bist und können tust auch etwas. Vielleicht bist ein Stadtschulmeister oder gar ein Stadtverordneter, denn die schauen alle so vornehm und apart aus, als wenn sie von Zucker gebacken wären, und man darf ihnen nicht zu nahe kommen. Aber das Herz hast auf dem richtigen Fleck, wenn du meinetwegen auch ausschaust, als ob du einen mit einem einzigen Blick zur Maulsperre bringen könntst. Nun, aber macht — wir wollen schlafen! — Wer früh aufstehn will, der muß sich doch zuvor erst niedergelegt haben."

Sie ging nach der Ecke, in der das erlegte Raubtier lag. Der Bär war ausgewachsen und schwer; aber es gelang doch, ihn in die Hütte zu schaffen. Dann sagte Leni:

„So ists getan. Und nun will ich dir auch ein Lager machen, Anton, wo sie dich nicht finden, wenn sie wirklich kommen. Der Herr wird dich nicht verraten."

„Nein", antwortete Ludwig. „Ich verrate dich gewiß nicht."

„Meinst wirklich?" fragte Anton und blickte ihn mißtrauisch an.

„Ja. Ich geb dir mein Wort darauf. Du hast mir das Leben gerettet. Könnte ich da die Polizei auf dich hetzen? Mach, was du willst! Geh oder bleib! Mir soll beides recht sein. Für alle Fälle aber will ich dir beweisen, daß ich nicht undankbar bin."

Er griff in die Tasche und zog eine Börse.

„Willst mir wohl ein Geldl geben?" fragte Anton. „Das laß nur schön bleiben. Um Bezahlung steh ich keinem gegen ein Wildtier bei. Da kennst den Krikelanton schlecht!"

„Du verstehst mich falsch. Ich will nicht etwa deine mutige Tat bezahlen. Du hast dein Leben gewagt, das läßt sich nicht mit Geld abmachen. Und mein Leben — nun, es gibt Leute, die sagen würden, daß es sich auch nicht so auf den Pfennig berechnen läßt, wieviel es wert sein könnte.

Also kann ich dir weder für dein, noch für mein Leben Geld geben. Aber du hast mir gesagt, daß du oft mit deinen Eltern hungern mußt. Darum will ich dir etwas für deinem Vater geben. Es soll ein Geschenk für ihn sein."

„Wenn es so ist, dann nehm ich es, Herr. Ich hab kein Recht, ein Geschenk zurückzuweisen, das für meinen Vater bestimmt ist."

„Gut, hier hast du."

Er legte ihm eine Anzahl Goldstücke in die ausgestreckte Hand. Antons Augen wurden groß und rund vor Überraschung und Unglauben.

„Hast dich wohl verrechnet! Das sind fünfzehn Doppelkronen! Bist so reich, daß du solch eine Summ verschenken kannst, he?"

„Ich habe Vermögen. Diese dreihundert Mark fehlen mir nicht."

„Heilige Wassersuppen! Dann möcht ich alleweil mit dir tauschen! Ich verspürs schon, wenn mir ein Pfennig aus dem Sack gerutscht ist. Also machst Ernst? Wirklich?"

„Wirklich! Behalt es!"

„Himmelsakra! Dann Gottes Segen über dich! Wird das eine Freud sein, wann ich die Goldfüchs auf den Tisch zähl! Ich glaub, dem Vater nimmts vor Freud den Verstand und die Mutter wird weinen, als obs zur Kirmes regnen tät! Hab Dank! Wenn du einmal den Krikelanton brauchst, laß ihn rufen! Er geht durchs Feuer für dich."

Er gab dem König die Hand, die dieser ergriff und herzlich schüttelte. Bei dieser Gelegenheit bemerkte Ludwig, daß der Wilderer sich die Haut der Innenfläche abgerissen hatte.

„O weh! Das muß doch schmerzen", sagte er.

„Ja, schmerzen tuts freilich. Aber was ist das gegen die Freud, meinen Eltern soviel Geld mitzubringen? Wann die Leni gut ist und mir einen Branntwein gibt, so reib ich mir damit die Wunde ein und bekomm bald eine neue Haut drauf."

„Den sollst haben", sagte das Mädchen warm. „Und du, lieber Herr, bist ein braver Bub, daß du an die alten Eltern denkst. Hast auch mir eine große Freud damit gemacht. Ich werd dir am Morgen einen Kaffee kochen, der soll so dick sein, daß du drin auf dem Kopf stehen kannst, ohne umzufallen. Für so ein guts Hascherl wie du kann man allemal ein übrigs tun. Aber schau, wollen wir den Bären noch bei der Nacht auftun oder willst nun wieder ins Heu?"

„Wir können ihn bis zum Morgen liegen lassen. Der Schlaf ist notwendig. Wird der Anton sich mit hinaus zu mir legen?"

„Nein. Wo denkst hin? Wann sie kämen, hättens ihn ja gleich. Nein, ich weiß ein besseres Nest."

„Wenn sie auch kämen, sie würden ihm doch nichts tun."

„Meinst? Da kennst die Jäger und die Gegend sehr schlecht. Sie würden ihm ein paar Handstricke umbinden und ihn fortschaffen. Nein, so weit wollen wir es doch nicht kommen lassen."

„Sie würden es nicht tun. Weißt du, Leni, ich bin bei der Polizei gut bekannt", lächelte Ludwig.

„So denkst etwa, sie lassen ihn laufen, wenn du ihnen ein gutes Wort vergönnst?"

„Ja."

„Glaubs nicht! Da gilt die Freundschaft nix. Sie müssen ihre Pflicht tun."

„Und wenn sie es täten, so würde ich Fürsprach einlegen. Das hilft."

„Nix hilft es, gar nix. Hast etwa einen Vetter bei der Polizei?"

„Im Ministerium sogar."

„Na, das ist schön. So einen Vetter kann man sehr gut gebrauchen. Besser aber ists doch, man hat ihn nicht nötig. Ich will den Anton so gut verbergen, daß ihn auch die Katz nicht finden könnt, selbst wen sie sich eine Brille auf die Nas klemmen tät."

„Du scheinst in solchen Dingen viel Erfahrung zu besitzen, Leni?"

Das klang etwas scharf.

„O nein. Ich hab keiner Polizei und keinem Gericht was zu verheimeln; aber wann so ein armer Schacher kommt, den sie abgetrieben haben, weil er seinen Eltern ein Brot schießen will, so tu mirs im Herzen weh, und ich such einen Winkel, wo er sich einhuscheln kann, bis die Luft wieder rein für ihn ist. Meinst etwa, 's wär ein Unrecht?"

„Ich glaub doch."

„So will ichs auf Seel und Gewissen nehmen", sagte Leni hoch aufatmend. „Der Herrgott wird ein Einsehn haben und es mir nicht allzu hoch anrechnen, wann ich später die Augen zutu. Also geh zu Bett! Du brauchst nicht zu wissen, wohin ich den Anton steck. Und wann du ganz sicher schlafen willst, so schieb den innern Riegel vor; da beißt dich keine Maus und kein Bär. Schlaf wohl!"

Sie reichte ihm die Hand. Er drückte sie herzlich und trat in das Heustadel. Die beiden hörten, daß er den Riegel vorschob, wie Leni es ihm geraten hatte. Er tat es, um ihnen die Überzeugung zu geben, daß er sie nicht belauschen wollte. Anton aber nahm es anders.

„Hörst, daß er sich einsperrt? Er fürchtet sich vor dem Wilderer", sagte er gereizt.

„O nein. Er sieht gar nicht so aus, als ob er sich vor etwas fürchten könnt."

„Dann fürchtet er sich nicht vor mir, sondern davor, mit mir hier getroffen zu werden. Hat er sich eingeriegelt, so muß man ihm glauben, wenn er sagt, daß er von meinem Hiersein nix weiß."

„Das ist aber grad gescheit von ihm."

„Ja, gescheit ist es; aber ich bin auch so klug und trau ihm nicht."

„Dazu hast kein Ursach. Du hast ja gesehn, wie dankbar er ist. Er wird dich nicht verraten", mahnte Leni.

„Wer weiß! Hat er etwa nicht gesagt, daß es nicht recht von dir ist, wenn du mich verbirgst?"

„Das hat er doch nicht so gemeint, daß er dich ausliefern möcht, wann sie kommen!" begütigte sie. „Weißt, wohin ich dich steck? Über den Stall ins Stroh. Der Stall stößt an den Berg und hat im Dach ein Guckloch. Kommen sie ja und suchen nach dir, kannst in der Not zu dem Loch hinaus und bist gleich auf dem Berg."

„Und du? Was wird dann mit dir?"

Er sah ihr eindringlich in die Augen.

„Was soll mir mir werden? Nix."

„Das denkst nur; aber es wird doch anders. Wann sie kommen, und ich reiß aus, so merken sie, daß du mich versteckt hast. Dann nehmens dich mit anstatt meiner."

„O du talketer Hans! Weiß ich denn, daß du bei Nacht kommen bist und dich in meinem Stall versteckt hast? Gar nix weiß ich, gar nix!"

Anton stutzte; dann lachte er.

„Das ist freilich pfiffig!"

„Hast mich etwa für unpfiffig kaufen wollen? Dann hättst nicht zu mir kommen brauchen!"

Jetzt machte er eine rasche Wendung zu ihr und blickte dem Mädchen forschend in die Augen.

„Du denkst, ich hab zu dir kommen wollen?"

„Ja. Bist ja da bei mir!"

„Das wär schön! Da wär ich ja gar nicht wert, daß du mich nur mit einem Aug anschaust."

„Dann begreif ich dich nicht."

„Hast denn nicht gehört, was ich vorhin gesagt hab? Daß ich dem Bären nachgegangen bin?"

„So hast gar nicht Zuflucht bei mir suchen wollen?"

„Nein. Wie könnt ich das, Leni? Du bist das bravst Dirndl weit und breit! Grad weil ich so große Stücke auf dich halt, ist es mir gar nicht in den Sinn gekommen, deine Hütte aufzusuchen. Ich bin verfolgt. Man hat alle Wege besetzt; wer mir ein Obdach gibt, der wird bestraft.

Kann ich dich mit ins Unglück ziehn? Nein, ich hatt mich droben in den Felsen versteckt. Da kam der Bär, und ich folgte ihm. Nun hab ich ihm den Garaus gemacht und geh fort und schlaf droben auf dem Berg."

„Etwa beim Jägernaz?"

„Ist er da oben?"

„Ja, er ging vor dem Dämmern hier vorüber und sagte mir, daß er dich fangen will."

Anton zuckte zusammen; sein Blick suchte wieder ihr Gesicht.

„Du, Leni — der Jägernaz — ist er dein Schatz?"

„Der? Mein Schatz? Eher heirat die Katz den Hund!"

„Aber alle Leute sagen es!"

Leni warf den Kopf empört zurück.

„Was? Wie können sie das sagen? Wer hat gesehn, daß ich mit dem Naz freundlich bin?"

„Er selber sagt es."

„Er selber? Dieser Lügner!"

„Er sagt allüberall, du seist sein Schatz."

„Das hat er erzählt, der Erzhalunk, der Lump, der unverschämte?"

„Also ists nicht wahr?"

„Hasts etwa gar geglaubt?"

„Nein. Hätt ers mir erzählt, so hätt ich ihn zu Boden geschlagen, daß er vergangen wär wie Luft. Der Kerl ist mir Gall und Gift. Er hats grad immer auf mich abgesehn, und wenn wir einmal zusammengeraten, kanns leicht kommen, daß er in Scherben geht wie ein alter Milchkrug, den man zur Trepp hinunterkollert!"

Beide waren zornig geworden. Sie standen hochaufgerichtet voreinander und funkelten sich gegenseitig mit den Augen an, als ob sie aufeinander erzürnt seien.

Das fühlte Leni.

„Schau, sind wir nicht die richtigen Hansnarren?" lachte sie hell auf. „Ereifern uns gegeneinand und haben uns doch gar nix getan!"

„Hast recht!“ stimmte Anton in ihr Lachen ein. „Dieser Kerl ist nicht wert, daß wir von ihm reden.“

„Aber nimm dich nur in acht vor ihm!“

„Hast Sorg um mich?“

„Warum sollt ich das?“

„Also gleichgültig bin ich dir doch. — Wenn ich nun aber dein Liebster wär?“

Leni spürte, wie ihr heiß wurde im Gesicht. Sie legte die Hände an die Wangen.

„Mein Liebster?“ sagte sie erregt und abwehrend. „Nein, das bist nicht! Das kannst nicht sein! Du wärst mir der Richtige!“

Anton spürte, daß sein Herz dumpf und schwer klopfte.

„Warum?“ fragte er kurz.

„Weil keine dein Schatz sein kann, keine einzige.“

Er wechselte die Farbe. Ein Zittern lief durch ihn hin.

„Hab ich etwa nicht recht?“ fragte sie.

„Weiß nicht.“

Das klang hart und kurz.

„Du weißt es; du mußt es wissen!“ antwortete sie fast überstürzt und mit eindringlicher, warmer Stimme. „Schau, du bist ein sauberer Bub und ein guter dazu. Du bist arm; aber es gäb viele, viele Dirndln, die sich freuen täten, wenn sie dich haben könnten. Aber du gehst auf dunklen Wegen; überall ist die Polizei hinter dir. Dein Dirndl wäre stets in Angst, auch mit aufs Amt zu müssen. Und wenn du sie nähmst, was sollt werden? Eines Tages brächten sie dich aus den Bergen getragen, wo die Kugel des Jägers deinem Treiben ein End gemacht hätt. Ists so oder nicht?“

Anton schwieg; er hatte sich auf den Schemel gesetzt und den Kopf in die Hände gestemmt. Ohne zu ihr aufzublicken, fragte er leise:

„Hab ich nicht vorhin gesagt, daß dieses Leben mir leid tut und daß ichs gern ändern möcht?“

„Hasts freilich gesagt; aber nun ändre es auch!“

„Wie denn?"
„Hast nicht die Mittel in der Hand?"
„Meinst die dreihundert Mark?"
„Ja. Kannst nichts damit anfangen?"
„Oh, wohl! Einen kleinen Handel, irgendein Kleingeschäft."
„So tus!"
„Wie du das so sagen kannst! Muß ich nicht flüchten und immer wieder flüchten, weil man mich fangen will?"
„Doch nur hier in Bayern?"
„Ja, das freilich. Ich bin so klug gewesen, nur diesseits der Grenz auf die Jagd zu gehn."
„So komm halt nicht wieder herüber!"
„Man holt mich doch. Österreich muß mich ausliefern, ein Wilderer ist in ihren Augen ein Verbrecher."
„Einmal muß es doch anders werden!"
„Ja, wanns mich einstecken."
„Dann kommst aber doch wieder heraus."
„Ja, aber wann? Und wer da drin gesteckt hat, den sieht kein Mensch wieder an. Alle Leut zeigen mit Fingern nach ihm."
„Das kann nur ein grundschlechter Mensch tun!"
„Würdst etwa du mich anschaun?"
Er hob zum erstenmal wieder den Kopf. Seine Augen waren mit einem schmerzlich-angstvollen Blick auf ihr Gesicht gerichtet. Sie errötete; aber sie antwortete fest und mutig.
„Noch lieber als jetzt."
Da fuhr er schnell vom Schemel hoch.
„Was sagst? Ists wahr? Du würdst mich nicht verachten?"
„Das könnt mir nie in den Sinn kommen."
„Dann möcht ich gleich jetzt aufs Amt gehn und mich freiwillig stellen!"
„Tu es, Anton, tue es! Es ist das best für dich."
„Das geb ich zu. Ich hab selber schon daran gedacht.

Und wann ich freiwillig komm, gebens mir wohl eine gelindere Strafe als sonst. Aber meine Eltern —!"

„Wann du deine Pflicht tust, will ich gern zuweilen hinüberschaun nach dem Vater und der Mutter. Ich hab nur drei Stunden zu laufen, und wann der Winter kommt, zieh ich von der Alm und kann alle vierzehn Tag hinübergehn."

Er streckte seine Arme aus, um ihre Hände zu fassen, zog sie aber wieder zurück.

„Leni! Ist das wahr, daß du zu den Eltern gehn würdst, um sie zu beruhigen und zu trösten?"

„Ja, ich würd gehn."

„Aber warum?"

Jetzt wurde sie verlegen.

„Weil — weil es doch Christenpflicht ist und — weil ich es gern tu."

Da leuchteten seine Augen auf. Er ergriff ihre Hände.

„Und — weil du mich — gern hast?"

Tiefe Glut bedeckte ihr Gesicht.

„Dich gern? Wo denkst hin, Bub? Mußt nicht gleich meinen, daß du Kaiser bist!"

„Kaiser? Oh, der mag ich gar nicht sein", frohlockte er. „Der hat schon eine Frau. Wenn ich aber dich haben könnt, Leni, dann würd ich mit keinem Kaiser und mit keinem König tauschen. Weißt was? Sollst meine Kaiserin sein!"

„Wart, bis du halt Kaiser bist!" wehrte sich Leni.

„Nicht eher?"

„Nein. Jetzt bist derweil noch ein Wilderer, den sie suchen."

Sie hatte das mehr ernst als scherzhaft gesagt. Er ließ ihre Hände los und meinte traurig:

„So ists recht! Ich wollt gleich die höchste Alp ersteigen, und nun rutsch ich ins tiefste Tal. Aber es soll mir nicht umsonst gesagt sein, Leni. Es soll anders werden. Jetzt nehm ich meine Büchs und den Rucksack und geh. Siehst mich nicht wieder, so lieg ich irgendwo, und der Geier schwebt über meiner Leich. Siehst mich aber einmal wieder, wirst sehn, daß es anders mit mir geworden ist."

Er wandte sich ab und griff nach seinem Gewehr.

Da hielt sie seinen Arm fest. Ihre schönen, klaren Augen blickten ihn offen und warmherzig an.

„Nicht so, Anton! Ich meins gut und treu mit dir; aber wer ein Dach bauen will, der muß doch erst die Mauer haben, über die es kommen soll. Gib den Rucksack her! Ich werd dir eine Wenigkeit hineintun."

Er weigerte sich nicht und sah schweigend zu, als sie ihm von ihren Vorräten auswählte. Es war das Beste, was sie ihm gab. Seine Augen folgten jeder ihrer Bewegungen. Er sagte sich immer wieder, daß es weitum kein so schönes und braves Mädchen gebe. Dann, als sie für Speise gesorgt hatte, brachte sie ein Fläschchen mit Branntwein.

„Jetzt gib deine Händ her, damit ich nach den Wunden sehe!"

Er gehorchte ihr und zuckte mit keiner Wimper, als der Spiritus ihm in das rohe Fleisch brannte. Sie rieb ihm auch die zerschundenen Knie damit ein. Als er auch da beherrscht und stumm blieb, fragte sie verwundert:

„Macht das keinen Schmerz?"

„Nein."

„Dann kannst doch gar kein Gefühl haben."

„Oh, es würd schon weh tun, wenns nicht von dir käm. Aber deine Hand ist so lind, daß man gar nicht an den Schmerz denkt."

Sie blickte lachend auf ihre kräftigen, kleinen Hände.

„Schau, du machst mich fast begierig, meine Hand anzuschaun! Ich hab nicht gewußt, daß ich gar so besondere Finger hab."

„Das liegt nicht allein in der Hand."

„Wo sonst noch?"

„Im — Herzen."

„In meinem Herzen?"

„Nein, in dem meinigen."

Sie kniete vor ihm, noch so, wie sie ihm die Knie eingerieben hatte. Jetzt blickte sie zu ihm auf, und diese tiefen, stillen Augen wirkten so mächtig auf ihn, daß auch er langsam zu ihr niedersank. Ganz nah waren sie sich. All die Tiefe der Empfindung, all die Innigkeit, die von ihrer Stirn, ihren Augen, ihren Lippen leuchtete, strömte über auf ihn.

„Leni", stammelte er leise, „ich möcht gleich hier so bleiben und dich anschaun ... Weißt, so, wie man zum Himmel schaut, zu den Sternen, weil sie so licht, so rein, so mild sind. Ich kanns nicht sagen, wie ichs sagen möcht. Verstehst mich?"

„Ja, ich versteh dich, Anton", hauchte sie.

„Komm, steh auf und laß dir noch was sagen!"

Er zog sie mit sich hoch und drückte leise, leise ihren Kopf an seine Brust.

„Gehst wirklich zu meinen Eltern, wann ich da — da — drin steck?"

„Ja, ich tu es gewiß."

„So werd ich gleich morgen mich melden. Ich will sühnen, was ich g'tan hab; dann bin ich frei und kann jedem ins Gesicht schaun. Werd ich dann dich noch hier in der Gegend treffen?"

„Ich geh nicht fort."

„Und darf ich einmal zu dir kommen auf die Alm?"

„Ja, gern."

„Und dann — dann — darf ich dich dann fragen, ob du mich gern hast?"

„Du darfst."

„Und was wirst du antworten?"

„Mußt das jetzt schon wissen?"

„Es wird mir ein Trost und eine Zuversicht sein in der Gefangenschaft, Leni."

„Ich werd warten, bis du wiederkehrst; denn — ich hab — dich gern."

„Ists wahr, Leni, ists wahr?"

„Ja."

„Das mag dir Gott vergelten. Es macht aus mir einen Mann, vor dem die Leut Achtung haben sollen. Leni, jetzt brech ich auf und trag den Eltern die dreihundert Mark hinüber. Da haben sie zu leben, bis ich wiederkehr. Und dann will ich arbeiten, daß mir die Haut noch einmal von den Händen geht!"

„Das hast nicht nötig, Anton."

„O doch. Das Geld ist ja dann alle. Ich muß ganz von vorn anfangen."

„Ja, dein Geld ist dann alle, aber — da hab ich ja welches!"

„Du?"

„Ja. Weißt, was mein Vater gewesen ist?"

„Nein."

„Er war Botenmann, vom Dorf zur Stadt so hin und wieder her, weißt?"

„Aber Botenleut sind arme Leut."

„Aber mein Vater ist sehr sparsam gewesen. Die Mutter ist gestorben, als sie mich zum erstenmal im Arm gehalten hat, und da hat der Vater ihr versprochen, recht brav für mich zu sorgen. Das hat er auch getan. Er hat sich das Brot am Mund abgespart, um mir eine Milch und Semmel zu geben und einen Kreuzer in die Sparbüchs zu tun. So ist Kreuzer auf Kreuzer gewachsen; aber Vater hat sich zu sehr ang'strengt gehabt, und plötzlich ist er tot gewesen. Vorher hat er den Paten kommen lassen, den Wurzelsepp, und ihm die Ersparnis für mich anvertraut. Der Sepp hat das Geld nach München getragen, wo es eine Sparkass auf Zinsen gibt, und jetzt sind an die tausend Mark beisammen."

„O je, Dirndl, was bist reich geworden!"

Sie sah ihn glücklich lächelnd an.

„Schau, das ist nachher dein! Wann ich deine Frau bin, so ist doch mein Geld das deinige!"

„Himmelsakra! Wanns doch gleich soweit wär! Nun ist mir das Herz leicht geworden. Aber denk ja net, ich wollt dich wegen dein Geld! Dich will ich, dich! Also, jetzt lauf ich in der Nacht hinüber zu meinen Eltern und geb ihnen die dreihundert. Und dann stell ich mich!"

„Und ich besuch dich manchmal. Du bist mein Bräutigam, und ich komm zu dir, so oft ich darf, um dir ein freundlich Gesicht mitzubringen, damit es dir im Herzen nicht gar so dunkel wird. Gelt?"

Anton legte ihr die Hände auf den Kopf.

„Leni, was sag ich dir nur für diese Lieb und Barmherzigkeit? Ich möcht dir so vieles sagen und find doch nix, gar nix, als: Gott vergelts dir, und segne dich, meine liebe, gute Leni!"

Es blieb still in der Sennhütte, bis Anton flüsterte:

„Leni! Eins möcht ich halt noch von dir haben, bevor ich geh — ein Busserl."

Leni errötete und senkte den Kopf.

„Geh, Anton! Sowas darfst nicht — sowas —" Sie schwieg verwirrt.

Anton blickte sie stumm an. Dann ergriff er seinen Rucksack und warf ihn sich über den Rücken.

„Wann ich dir so zuwider bin, so will ich verzichten und lieber warten, bis du dich an mich gewöhnt hast."

Er langte nach seinem Gewehr. Doch da legte sie ihm sacht die Hand auf seinen Arm.

„Anton, willst mir bös sein?"

Er blickte ihr treuherzig in die Augen.

„Nein, Leni, bös kann ich dir gar nicht sein. Ich weiß, wie du bist. Es hat dich noch nie einer anrühren dürfen; darum fällt dirs schwer, dir den Kuß geben zu lassen. Aber ich will warten. Schlaf wohl, Leni! Ich geh!"

„Wart noch! Du!"

Sie trat rasch auf ihn zu, legte ihm beide Arme um den Hals und küßte ihn.

„Bist nun zufrieden? Das ist der erste Kuß den ich geb!"

„O Leni, ich bin so glücklich! Ich —“, er verstummte und ergriff sein Gewehr. „Ach, ich muß ja fort!“

„Wann du gehn willst, kann ichs nicht ändern. Aber laß dich nicht ergreifen!“

„Nun kann mirs gleich sein; ich will mich ja doch melden.“

„Aber freiwillig. Dann wird die Straf gelind ausfallen. Fangen sie dich, wirds schlimmer.“

„Ich nehm mich in acht.“

„Der Jägernaz sagte, du könntest nicht durch.“

„Laß ihn reden! Sie haben zwar alle Wege besetzt, aber ich fürcht mich nicht. Ich kenn meine Berge! Und nun werden sie mich erst recht nicht fangen! Weißt, die Lieb gibt Flügel. Wann sie jetzt kämen, und ich ständ am tiefsten Abgrund, ich käm doch hinüber. Darum — horch!“

„Herrgott! Es kommt wer!“

Man hörte Schritte.

„Hinaus! Hinaus!“ drängte Leni.

„Dazu ists zu spät.“

„So versteck dich!“

„Wohin?“

„Ins Heustadel!“

„Ich kann doch nicht hinein. Der Fremde hat ja von innen zugeriegelt.“

„Heilige Mutter Gottes! Was tun wir?“

Diese Worte wurden in höchster Eile gewechselt. Leni fühlte eine fürchterliche Angst. Anton jedoch verlor seine Kaltblütigkeit keinen Augenblick. Er sah sich um.

„Verstecken kann ich mich nun nicht. Ich setz mich hierher und tu, als ob ich schlaf. Was dann geschieht, das kommt ganz darauf an, wer die sind, die da kommen.“

Er zog den Schemel schnell hinter die Tür und setzte sich so, daß er ihr den Rücken zukehrte. Das Gewehr zwischen den Beinen, legte er das Gesicht auf die Hände und verbarg so seine Züge vor den Blicken Fremder.

Seit dem Augenblick, da die beiden die Schritte gehört

hatten, war noch keine Minute vergangen. Nun mußte die Entscheidung fallen. Jemand blieb hart an der Tür stehen und sprach leise einige befehlende Worte. Es befanden sich also mehrere Menschen draußen. —

Der Wurzelsepp hatte vom König den Befehl erhalten, den Oberförster mit Anbruch des Morgen zur Sennhütte zu bestellen. Der Beamte hatte aber aus Pflichteifer nicht so lange warten wollen; er war viel eher aufgebrochen und hatte sogar drei Jägerburschen mitgenommen, damit sie dem König die Gemsen vor den Lauf treiben sollten.

Als sie sich dem Häuschen näherten, leuchtete aus dessen kleinem Vorderfenster zu ihrem Erstaunen noch Licht.

„Die Leni wacht“, sagte der Oberförster zu den Gehilfen. „Nun will ich euch sagen, warum wir hier sind. Seine Majestät der König befinden sich auf der Alm, um mit Tagesanbruch zu jagen. Wir dürfen nicht stören; wir können uns hinter der Hütte ins Gras legen, um zu ruhen, bis Majestät erwacht sind. Da aber die Sennerin auch noch nicht schläft, wollen wir sehen, ob wir drin Platz finden oder auf dem Stroh überm Stall. Wartet hier! Ich will einmal nachschaun.“

Sie nahmen die Gewehre ab und blieben am Weg stehen. Der Oberförster ging zum Fenster. Da sah er die Sennerin am Herd sitzen, bleich und mit offenen Augen.

Er kehrte an die Tür zurück und klopfte leise, um den König, der sich wahrscheinlich im Stadel befand, nicht zu wecken.

„Herein!“ sagte Leni ebenso leise.

Er trat ein; da er die offene Tür in der Hand behielt und auf der Schwelle stehen blieb, bemerkte er zunächst gar nicht, daß sich hinter der Tür noch jemand befand.

„Guten Mor — — — “

Das Wort blieb ihm im Mund. Sein Blick war auf den Bären gefallen.

„Tausend Teufel!“ rief er unterdrückt. „Der Bär! Wie kommt der hierher?“

Die Sennerin war aufgestanden.

„Guten Morgen, Herr Oberförster. Du bist auf der Alm?"

Sie redete den Ankömmling mit seinem Titel an, damit Anton wußte, mit wem er es zu tun hatte.

„Ja, Leni. Aber sag doch, wie kommt der Bär hierher?"

„Leise! Der Herr wacht sonst auf, der da draußen schläft."

„Kennst du den Herrn?"

„Nein."

„Ach so! Hat etwa er den Bären geschossen?"

„Ja."

„Herrgott, welch ein Unglück, wenn der — — wenn der Herr von der Bestie getötet worden wäre! Wie hat sich denn das Abenteuer zugetragen?"

Er trat in die Hütte, ohne die Tür aus der Hand zu lassen.

„Ja weißt", antwortete Leni, „der Herr hat den Bären schnuppern hören und ist hinausgegangen."

„Allein?"

„Ja; ich schlief."

„Und er hat dich gar nicht geweckt?"

„Nein. Ich bin erst aufgewacht, als der Schuß fiel."

„Donnerwetter! Ich bin ganz starr vor Schreck! Welch ein Herzeleid wäre über das Land gekommen, wenn — — ah, da sitzt ja jemand."

Er hatte jetzt die Tür halb geschlossen und erblickte Anton, der noch immer tat, als ob er schlafe.

„Wer ist der Mann?"

„Ein Fremder."

„Ein Fremder? Mit einem Gewehr? Hm, den muß man sich einmal ansehn."

Der Oberförster trat zu Anton hin und rüttelte ihn an der Achsel.

„Heda! Aufgewacht!"

Anton gähnte und knurrte wie einer, der im Schlaf gestört wird.

„Na wach auf! Schau her, damit man dir ins Gesicht sehn kann!"

Jetzt wäre es Torheit gewesen, sich zu weigern. Anton erhob sich.

„Tausend Teufel!" rief der Oberförster. „Seh ich recht? Der Krikelanton!"

Im gleichen Augenblick war es vorbei mit der Verstellung. Alle Muskeln, alle Sehnen strafften sich; die scheinbare Schlaftrunkenheit war weggeblasen.

„Ja, der bin ich", nickte Anton kühn und setzte den Fuß zum Sprung an. „Hast was dagegen?"

„Im Gegenteil, ich freue mich darüber. Dein Gewehr her, Bursche!"

Das hatte der Wilderer erwartet; er hatte seine Waffe so neben sich hingelehnt, daß sie, als er aufstand, zwei Schritt weit von ihm entfernt war. Der Förster trat hinzu, sie an sich zu nehmen.

Dadurch bekam Anton freien Raum zum Handeln.

Ein schneller Sprung brachte ihn an die Tür. Aber der Förster hatte sich wieder umgedreht und sah, daß es für ihn zu spät war, den Wilderer mit der Hand zu fassen. Aber vor der Hütte warteten seine Gehilfen.

„Achtung! — Der Krikelanton! — Haltet ihn fest!" dröhnte sein Ruf.

Anton riß die Tür auf und stürzte hinaus; drei Burschen verlegten ihm sofort den Weg, so daß er weder aufnoch abwärts zu fliehen vermochte. Er blieb einen Augenblick halten. Sein Blick glitt über die mondhelle Alpenlandschaft.

„Haltet ihn! Haltet ihn!" rief der Oberförster hinter Anton her. „Da ist er! — Drauf!"

Er stürmte aus der Hütte und streckte beide Hände nach dem Wilderer aus.

„Heut noch nicht!" spottete Anton und schnellte zur Seite. In weiten Sprüngen floh er geradeaus.

„Ihm nach!" rief einer der Gehilfen.

„Halt! Nein! Um Gottes willen!“ schrie der Beamte. „Dort ist ja der Abgrund!“

„Und dort fassen wir ihn, weil er nicht weiter kann!“

„Hiergeblieben! Er muß auf alle Fälle zu uns zurück!“

Die Gehilfen gehorchten. Niemand folgte dem jungen Mann. Leni war auf zitternden Knien aus der Hütte getaumelt. Sie sah den Geliebten dem Abgrund zurasen, der jenseits des Pfades herabfiel.

„Herr, mein Heiland“, ächzte sie. „Anton, Anton, wohin willst du?“

Er wandte im Laufen den Kopf.

„Hinüber!“

„Unmöglich! Kehr um!“

„Hab heut Flügel!“

„Denk an deine Eltern!“ schrillte ihr Schrei.

„Eben darum! Gut Nacht!“

„Oh, heiliger Gott! Er wagts! Er ist verloren!“

Sie sank in die Knie und bedeckte ihr Gesicht mit den Händen.

„Der Kerl wird nicht so wahnsinnig sein! — Alle Teufel!“ fluchte der Oberförster.

Anton war an einem schmalen scharfen Felsengrat angelangt. Er bückte sich. Dann setzte er den Fuß auf den Grat. Er hatte nicht einmal den Bergstock.

„Er will wirklich hinüber!“ rief einer der Burschen.

„Jetzt, bei Nacht?“ schauderte ein anderer.

„Es ist sogar am hellen Tag unmöglich!“

„Wie er will!“ sagte der Oberförster entschlossen. „Er rennt auf alle Fälle in sein Verderben.“

Der Flüchtling schritt weiter vor, dem Abgrund zu. Die Gehilfen blieben an der Hütte bei der zusammengesunkenen Leni stehen.

Für einen Augenblick verharrten alle stumm und atemlos.

Da störte sie ein Geräusch in ihrem Rücken. Der König war von dem Lärm erwacht und trat ins Freie.

„Was geht hier vor?“ fragte er kurz.

Einer der Gehilfen wandte sich zu ihm und erklärte ehrerbietig:

„Der Krikelanton ist hier.“

„Wo?“

„Da drüben läuft er.“

Ludwigs Blick folgte dem ausgestreckten Arm. Im hellen Mondschein, der nur dann und wann durch weiße Wölkchen getrübt wurde, schritt der Wilderer langsam über den Grat, wie ein Luftkünstler über das hohe Turmseil, rechts und links gähnende Abgründe unter sich.

„Himmel!“ rief der König erschrocken, „ein unerhörtes Wagnis!“

„Er will entfliehn!“

„Vor wem?“

„Vor uns! — Der Herr Oberförster hat ihn erwischt.“

„Was will der schon hier? Wie kann man ohne meine Erlaubnis — ah! Anton, Anton, komm zurück, zurück!“

Er legte die Hand an den Mund, damit der Ruf weithin schalle.

„Der kann nicht zurück“, sagte der Gehilfe vor sich hin. „Sobald er sich umdreht, stürzt er in die Tiefe.“

„Anton, halt!“ hörte man jetzt den Ruf des Oberförsters. Er war dem Tollkühnen gefolgt und stand vielleicht sechzig Schritt weit entfernt, am Abgrund.

Der Angerufene kümmerte sich nicht darum; er kletterte weiter.

„Halt!“

Und als der Fliehende auch jetzt noch nicht gehorchte, zum drittenmal:

„Zum Teufel, halt, Kerl!“

Auch das half nichts. Der Oberförster legte das Gewehr an. Der König bemerkte es nicht; seine Augen hingen an der Gestalt des kühnen Bergsteigers.

„Er will schießen“, flüsterte der Gehilfe.

Jetzt erst wurde der König aufmerksam.

„Halt!“ gebot er laut. „Nicht schießen! — “

Es war zu spät.

Mit der letzten Silbe, die der König aussprach, krachte der Schuß.

Das Echo warf ihn dröhnend zurück. Anton wankte, taumelte, dann brach er langsam zusammen — ein Wölkchen trat vor den Mond; es glitt rasch vorüber — Anton war verschwunden. Man hörte Geröll und Steine von Zacke zu Zacke aufschlagen und in die schauerliche Tiefe fallen.

Jenseits des Abgrunds knallten Schüsse; laute Rufe schallten herüber. Die Rufenden mochten zu der Streife gehören, die des Krikelantons wegen unterwegs war.

Sprachlos standen alle, von Grauen und Entsetzen gepackt. Der Oberförster wandte sich um und kam langsam zurück.

„Er hat es nicht anders gewollt“, sagte er hart. „Nun schießt er uns keine Gemse mehr.“

Da erscholl ein Schrei, so schrill, so entsetzlich, als müsse sich alles Fürchterliche des Menschenlebens in diesem einen Laut Luft machen. Leni hatte sich, als der Schuß fiel, hochgeschnellt und starrte nach der Gegend hin, wo der Geliebte verschwand.

„Wo ist er, wo?“ rief sie aus.

„Da hinab“, antwortete der Förster. „Er hat es so gewollt.“

„Dann will ich zu ihm!“

Sie wankte dem Abgrund zu.

„Um Gottes willen, haltet sie!“

Die Gehilfen liefen ihr nach. Es gelang ihnen, sie zu erreichen und festzuhalten. Eine kurze Weile wehrte sie sich, dann ließ sie jäh nach.

„Ihr habt recht. Es muß nicht gleich sein“, sagte sie mit erloschener Stimme.

Sie ließ sich willig in die Hütte führen.

Dorthin rief der König auch den Oberförster. Trotz der geschlossenen Tür erklangen Ludwigs Worte in lautem, zornigem Ton. Es wurde wohl über eine Viertelstunde verhandelt; dann trat der Beamte heraus. Er glühte vor Verlegenheit und Scham.

„Kreuzhimmeldonnerwetter!“ knurrte er. „Wer hätte das denken können! Dieser Krikelanton hat dem König das Leben gerettet, und ich hab ihn erschossen. Der König hat ihm alles vergeben und ihn dann anstellen wollen, und da komm ich und schieß ihn weg. Was sagt ihr dazu?“

Die Gehilfen schwiegen. Endlich stotterte einer:

„Das ist freilich Pech!“

„Pech? — Schafskopf, was heißt Pech? Meinen Posten hab ich verloren! Nun sitzt noch die Sennerin da drin wie eine Wahnsinnige. Spricht kein Wort, gibt keine Antwort — hört ihr, wie der König in sie hineinredet? Am besten wärs, ich stürz mich auch in den Abgrund.“

Er warf sich schwer auf die Bank und stemmte den Kopf in die Hände. Seine Leute blieben wortlos daneben stehen.

Längere Zeit verging, dann trat der König heraus.

„Aus unserem Pirschgang wird nun nichts. Es wird sofort nach dem Leichnam gesucht.“

In kurzem waren alle unterwegs, Ludwig, die vier Forstbeamten und Leni, die wortlos an der Seite des Königs hinschritt.

Hätte der Mond weniger hell geleuchtet, so wäre dieser Abstieg höchst gefährlich gewesen; aber er wurde ohne Unfall zurückgelegt.

Der König begab sich zum Pfarrer, bei dem er den Rest der Nacht zubringen wollte. Die andern gingen nach der Schenke und zum Ortsvorstand, um Leute aufzubieten, die sich an der traurigen Suche beteiligen sollten.

Leni schloß sich den Jagdgehilfen an, die die Schenke aufsuchten. Sie wußte, daß ihr Pate dort übernachtete. Als der Sepp hörte, was geschehen war, sträubte er sich, es zu glauben. Sie sprach in so gebrochenem, mattem Klang, daß ihm Angst um sie wurde.

„Herr Jesses", sagte er, „laß doch nur deshalb den Kopf nicht sinken! Es ist halt einer erschossen worden, das ist alles."

„Alles?" erwiderte sie tonlos. „Erschossen worden! Ist das nichts?"

„Nun ja! Aber wie gehts im Krieg, wo in einer einzigen Schlacht gleich dreihundert Mann erschossen werden oder wohl gar zwanzigtausend!"

Sie starrte vor sich hin.

„Aber der Anton ist da nicht dabei!"

„Der Anton! Himmelsakra! Was hast du denn mit dem zu schaffen?"

„Er ist mein Bräutigam", weinte die Leni auf und schlug die Hände vor das Gesicht.

„Dein — — wa — wa — — waaas?"

„Mein Bräutigam."

„Das sagst so ernsthaft?"

„Hast etwa was dagegen?"

„Nein, gar nix, wann er noch lebte. Er war ein braver Bub; das weiß ich besser, als die andern alle. Aber nun, da er tot ist — — ah, ich möcht noch gar nicht daran glauben, daß er wirklich tot ist!"

„Er ists!"

„So ein Kerl und tot! — Na, wir werden bald Gewißheit haben. — Hörst, da sind die Leut alle beisammen; da gehts nun fort. Du willst doch nicht auch — ?"

„Ich geh mit."

„Ein Dirndl auf der Such? Sei gescheit und bleib da!"

„Es kann mich nix abbringen!"

„Auch meine Bitte nicht?"

„Nein."

„Aber denk an deinen guten Ruf! Was müssen die Leut sagen, wann du bei Nacht und Nebel kommst! ‚Er war ihr heimlicher Schatz; er ist diese Nacht bei ihr gewesen und darum erschossen worden.' Es ist aus mit dir, ganz und gar aus. Bleib hier in meiner Stube, die mir der

Wirt 'geben hat. Ich komm bald wieder und sag dir, was wir gefunden haben."

Sie sah ein, daß er recht hatte, und fügte sich in seinen Willen.

Als die Bewohner des Ortes mit Laternen, Leitern und Seilen abgezogen waren, begab sie sich in die Kammer, aber nicht um zu ruhen. Sie fand weder Worte noch Tränen. Als bei Tagesanbruch die Wirtin fragte, ob sie etwas genießen wollte, schüttelte sie den fieberhaft brennenden Kopf.

Endlich, endlich — nach langen Stunden kehrte der alte Wurzelhändler zurück.

„Wir haben nix gefunden. Er muß drüben auf der andern Seit abgestürzt sein. Nun sind sie hinüber zum Suchen und ich bin schnell her, um dir zu sagen, wie die Sache steht."

Sie blickte starr vor sich hin; dann hob sie plötzlich den Kopf.

„Hast du Geld?" fragte sie kurz.

Er fuhr zurück.

„Geld? — Sakra! Wie kommst du zu dieser Frage?"

„Hast Geld?"

„Nun ja, freilich! Was willst denn grad jetzt mit dem Geld machen?"

„Ich will es hinüber zu seinen Eltern tragen."

„Himmelsakra, was fällt dir ein! Bist etwa dem Krösus sei Frau oder dem Rothschild sei Tochter, he?"

„Ich bin reich!"

„Reich? Jetzt bleibt mir der Verstand im Kopf still stehn! Das Dirndl will reich sein! Wieviel hast denn im Vermögen?"

„Tausend Mark."

„So! Und die willst gleich hinübertragen?"

„Ja."

„Schön! Aber von mir bekommst sie nicht, das sag ich dir gleich. Da bin ich auch noch da, der Pat und Vormund. Heut wird überhaupt nix unternommen, gar nix. Man soll nicht im ersten Augenblick tun, was einem einfallt, sondern sich fein hübsch alles überlegen. Wart bis morgen; dann ist auch noch ein Tag!"

Er redete noch weiter in seiner kräftigen, halb drolligen Art auf sie ein, und es gelang dem guten Alten wirklich, sie einigermaßen zu beruhigen. Sie erklärte, warten zu wollen, bis man auf der andern Seite des Felsengrates gesucht habe. Indessen wurde ein Mädchen hinauf zur Alm geschickt, um Lenis Stelle zu vertreten.

Erst gegen Mittag kamen die Leute zurück.

Sie hatten nichts gefunden. Die eine Seite des Abgrunds war so unzugänglich, daß man nicht hinabgelangen konnte. Da unten mußte vermutlich der Leichnam liegen.

Als Leni diese Nachricht erhielt, brach sie zusammen. Der Wurzelsepp saß bei ihr und weinte mit. Sein Liebling war ihm so an das alte Herz gewachsen, daß er den Schmerz des schönen Mädchen tief mitfühlte.

„Wer hätt das gedacht", seufzte er, „weißt, gestern, als wir miteinander jodelten, und der König kam dazu. Hast denn nicht gewußt, daß er es war?"

„Nein."

„Ja, ich kanns mir denken, wie das gewesen ist. Erst hasts nicht gewußt, und nachher, als du es wußtest, hast keine Zeit gehabt, an den König zu denken. Jetzt gehts auch ihm nah, denn er ist wohl ein wenig mit schuld daran. Er denkt nicht an die Gamserln und sitzt beim Pfarrer wie ein Einsiedlermönch. Aber du darfst den Kopf nicht sinken lassen. Bist nicht die einzige, die so etwas erlebt. Andere können auch davon reden."

„Du nicht, Pat Sepp!"

„Ich nicht? Was?"

„Du bist ein alter Junggesell und hast keinen solchen Kummer gehabt."

„So! Sag doch einmal, was schlimmer ist, wenn der Liebste stirbt, oder wenn er einem untreu wird."

Leni sah müd vor sich hin.

„Untreu ist wohl noch schlimmer als Tod."

„Siehst, warum bin ich denn Junggesell geblieben, he? Ich hab auch ein Mädchen gern gehabt, so sehr gern, daß ich 'glaubt hab, ohne sie gar nicht leben zu können. Da bin ich eingezogen worden zum Militär. Erst hat sie mir geschrieben, dann immer weniger und endlich gar nicht mehr. Und als ich nachher wieder heim 'kommen bin, ist sie mit einem anderen verheiratet gewesen."

„O wie schlecht!"

„Meinst? Es hat da wohl einen Grund gegeben, daß sie nimmer an mich hat denken wollen. Ich bin verleumdet worden. Weißt, wie ihr Mann nachher geheißen hat?"

„Nein."

„Bergner war sein Name — und sie ist deine Mutter gewesen."

„Was? — Meine — ? — Aber davon weiß ich ja gar nix!"

„Ist auch nicht nötig. Heut aber, weil du tust, als ob du all's Elend der Welt allein zu tragen hast, da hab ich dirs sagen wollen. Damals ist mirs auch gewesen, als ob ich vor Gram und Harm zerfließen soll; aber ich hab mich halt aufgerafft und bin sogar der Freund des andern geworden. Er hat mich zu deinem Paten gebeten, und dann, als deine Mutter starb und nachher auch der Vater, da bin ich dir Vater und Mutter gewesen und will es bleiben, bis der Herrgott mich von hinnen ruft. Willst mir einen Gefallen tun, so geh jetzt mit zum Kirchhof, wo deine Eltern liegen. Dann wird dein armes Herz ruhig werden, so wie das meinige auch ruhig geworden ist durch das Gebet und in der Arbeit und Sorg des Lebens. Willst mit, Leni?"

„Ja komm, lieber Pat!"

Sie gab ihm die Hand, und so gingen sie durch das Dorf nach dem Gottesacker, in dessen Mitte die Kirche stand. Die Tür war offen.

„Horch!" sagte der Sepp. „Der Kantor spielt."

Die getragenen Töne eines Chorals waren zu vernehmen.

„Steig nieder, Gott, vom Himmelsthrone
und schenk mir deines Friedens Ruh!
Mich drückt des Schmerzes Dornenkrone;
mein einzger Trost, o Herr, bist du.“

„Kennst du das Lied?“ fragte der Sepp. „Das paßt für dich und auch für mich. Wollen wir eintreten und uns hinsetzen? Wann ich die Orgel hör, ists mir stets, als ob der Herrgott herniederlange, um mir Balsam in das alte Herz zu träufeln.“

Er führte sie hinein. Sie setzten sich in eine der Bänke und lauschten.

Leni saß mit gefalteten Händen, und in Tränentropfen löste sich der Schmerz von ihrem Herzen.

Beide hatten nicht bemerkt, daß sie nicht mehr allein waren, sondern daß hinter ihnen einer stand, der sie teilnehmend beobachtete. Als dann der letzte Ton verklungen war, legte sich eine Hand auf Lenis Achsel.

„Kommt mit mir! Ich habe mit euch zu sprechen.“

Sie drehten sich um.

„Der König!“ rief der Sepp.

„Erschrickst du vor mir?“

„Nein! — Mein Gewissen ist gut, wenn uns auch grad jetzt die Herzen schwer sind.“

„Geht mit mir! Vielleicht gelingt es mir sie zu erleichtern.“

BERGNOT

Seit der Krikelanton Lenis Liebe gewiß war, hatte er wirklich eine solche innere Leichtigkeit empfunden, als ob es Hindernisse für ihn nicht geben könne. Er war ein ausgezeichneter Bergsteiger, hatte tausendmal zwischen Himmel und Erde, zwischen Leben und Tod gehangen und dem Verderben kühn ins drohende Angesicht geschaut. Ein Wagnis wie das, da über den Grat zu gelangen, hatte er freilich noch nicht unternommen; aber er fühlte übermenschliche Kräfte in sich, und so rief er in seiner Verwegenheit Leni zu:

„Ich kann fliegen, weißts ja!"

Rasch entschlossen betrat er den gefährlichen Grat. Über sich den Vollmond, unter den Füßen den scharfen Felsen, sah er nur auf den Weg vor sich und hütete sich, einen Blick hinunter in die gähnende Tiefe zu tun.

Es ging besser, als er gedacht. Verlor er das Gleichgewicht, so konnte er sich niedersinken lassen, um sich auf den Felsgrat zu legen. Nur mußte er bedacht sein, nicht schwindelig zu werden, sonst war er verloren. Das Bewußtsein, niemals auch nur die geringste Anwandlung von Schwindel gefühlt zu haben, beruhigte ihn. Schritt um Schritt kam er vorwärts. Sorge machte ihm nur das Wölkchen, das sich sehr schnell dem Mond näherte. Verdunkelte es ihn so sehr, daß der Fels nicht mehr zu erkennen war, so konnte er die Rechnung mit dem Leben abschließen.

Da ertönte das zweimalige „Halt!" des Oberförsters hinter ihm.

Es stand nicht zu erwarten, daß die Kugel dieses ausgezeichneten Schützen bei der fast tageshellen Mondbeleuchtung fehlgehen werde. Ein rascher Gedanke durchzuckte den Wilderer. Er konnte die Beamten täuschen, so daß sie glauben mußten, er sei hinabgestürzt. Dazu war ihm das Wölkchen höchst willkommen.

Der Ruf des Oberförsters ertönte zum drittenmal; dann krachte der Schuß. Anton empfand ein Gefühl, als ob er durch ein Rohr stark angeblasen worden sei; es war der Luftdruck der hart an seinem Kopf vorüberpfeifenden Kugel. Im gleichen Augenblick zog das Wölkchen vor den Mond und verdunkelte ihn so stark, daß Anton nicht von der Alm aus gesehen werden, aber doch den Felsengrat unter seinen Füßen erkennen konnte. Schnell tat er fünf — zehn — zwanzig Schritte vorwärts; dann ließ er sich nieder auf die Knie und streckte sich auf dem Felsen aus.

Schüsse und Rufe ertönten aus der Richtung seiner Flucht, jedenfalls von Leuten, die dort aufgestellt waren, um ihm den Weg nach Österreich abzuschneiden. Dann trat Stille ein.

Anton nahm an, daß alle nach dem Ort blicken würden, wo er sich im Augenblick des Schusses befunden hatte; da er zwanzig Schritte weiter vorgerückt war, sah man ihn wohl kaum, obgleich der Mond jetzt wieder hell leuchtete. Er ließ einige Steine in die Tiefe fallen. Das Geräusch mußte die Leute auf den Gedanken bringen, er selber sei abgestürzt.

Laute Schreckensrufe erklangen hinter ihm; seine Absicht, die Männer zu täuschen, schien geglückt. Nun kroch er vorwärts, den Körper dicht an den Felsen gedrückt, gewandt wie ein Wiesel; er hörte eilige Schritte von der Höhe, nach der er seine Flucht richtete, herabkommen und laute, aufmunternde Stimmen erschallen. Er mußte eher als diese Leute an dem Rand des Abgrunds ankommen, sonst war alles vergeblich gewesen. Jetzt erreichte er die Stelle, wo der Schatten des Berges sich auf den Felsengrat legte. Er erhob sich und schritt vorsichtig weiter.

„Ist er getroffen worden?" fragte eine atemlose Stimme von der Höhe herab.

„Weiß nicht", antwortete eine andere, weiter abwärts und viel näher.

„Schnell, damit wir ihn noch auf dem Grat überraschen."

Jetzt galt es! Wohl noch dreißig Meter waren zwischen Abgründen zurückzulegen. Anton sprang mehr, als er ging. Da — noch ein kühner, gemsartiger Satz, und er hatte den Rand erreicht.

Zugleich aber tauchte die Gestalt des ersten, ihm entgegenkommenden Feindes auf. Anton hastete seitwärts weiter. Er war gesehen worden.

„Halt! Halt!"

Die Gefahr verlieh ihm doppelte Schnelligkeit. Er konnte unmöglich den steilen Berg hinauf, ebensowenig in den Abgrund, dem er soeben erst entgangen war. Er mußte also geradeaus, seinen Verfolgern entgegen.

Er schlug einen kleinen Bogen und warf sich dann glatt zur Erde nieder. Der erste Verfolger rannte in kurzer Entfernung an ihm vorüber. Jetzt erhob sich Anton und schnellte vorwärts. Vor ihm tauchte ein Alpengebäude auf, in dem Sommergäste wohnten. Jenseits des Hauses erklangen die eiligen Schritte der Verfolger, die ihm entgegenkamen und hinter ihm hatte sich der erste seiner Gegner wieder umgedreht und kam auf ihn zu.

Es gab nirgends Rettung als in dem Haus.. Er zog schnell die Bergschuhe aus, um seinen Tritt unhörbar zu machen und stürzte auf das Gebäude zu, das aus einem Erdgeschoß mit mehreren Räumen und zwei darüberliegenden Giebelstübchen bestand. Das Dach ragte nach der Sitte des Gebirges weit vor.

Eben wollte er um die Ecke des Hauses biegen, hielt aber den eiligen Schritt noch zur rechten Zeit an, um erst die Hauswand entlang zu spähen. Er erblickte zwei Gestalten, eine männliche und eine weibliche. Dahin konnte er also nicht.

Wohin nun?

Die hintere Seite des Häuschens war an den Berg gebaut, für ihn also gesperrt. Das Giebelfensterchen oben war erleuchtet. Unten im Erdgeschoß gab es auf dieser Seite zwei Fenster, deren eines mit einem Laden verschlossen war, das andere stand offen; doch war es im Zimmer dunkel.

Schnell stieg er ein. Gegenüber dem Fenster mußte die Tür liegen. Er huschte auf sie zu. Sie war nur angelehnt. Draußen im engen Flur stand eine Lampe. Hier unten durfte er nicht bleiben. Vielleicht fand er oben ein Versteck. Eine schmale Stiege führte empor. Indes er kurzentschlossen hinaufstieg, hörte er unten Stimmen.

„Ist er hier vorüber?"

„Nein."

„So muß er im Haus sein."

„Unmöglich! Als der Schuß fiel, bin ich mit meiner Kusine hier vor die Tür gegangen und habe bis jetzt den Platz nicht verlassen. Ich hätte es also sehen müssen, wenn jemand eingetreten wäre. Übrigens würde ich selbstverständlich einem Flüchtigen den Eintritt verwehrt haben."

„Einen zweiten Eingang gibt es nicht?"

„Nein."

„Aber am Giebel steht das Fenster offen. Er könnte dort eingestiegen sein. Ich muß Sie ersuchen, nachschauen zu dürfen."

„Tun Sie es!"

Wie gut, daß Anton nicht unten geblieben war! Es gab jetzt keine Wahl mehr, er mußte in die erleuchtete Oberstube treten.

Leise klinkte er die Tür auf. Ein überraschender Anblick bot sich ihm. In dem kleinen, niedrigen Raum befand sich ein weiß überzogenes Bett, ein länglicher Tisch, zwei Stühle, ein Spiegel, eine Kommode und ein kleiner Kanonenofen. Auf dem Tisch brannte die Lampe. Am Fenster stand, das Gesicht nach der Tür gerichtet, eine Dame von vielleicht dreißig Jahren. Sie trug ein langes, weißes, hemdartiges Gewand, das über den Hüften von einem Gürtel festgehalten wurde. Um den entblößten Hals legte sich eine breite Goldkette. Die Arme waren nackt und über dem Ellbogen und an den Handgelenken mit Spangen versehen. Die bloßen Füße trugen eine für das bayrische Oberland und die schon etwas herbstliche Jahreszeit verwunderliche Bekleidung: Sandalen. Das Haar war in einen griechischen Knoten geschlungen, und über der Stirn glänzte ein breites Diadem.

Das Gesicht der Dame war sehr bleich und gutmütig, nur in dem Augenblick nicht, da sie Anton eintreten und die Tür hinter sich zuziehen und verriegeln sah.

Sie erschrak sehr.

„Gott! Was woll —"

Sie rief das lauter, als ihm nötig schien. Er unterbrach sie schnell mit einer bittenden Armbewegung.

„Rette mich!"

Sofort nahm ihr Gesicht einen ganz andern Ausdruck an.

„Retten?" fragte sie. „Ists ein Abenteuer?"

„Ein lebensgefährliches sogar."

„Ein Liebesabenteuer?"

„Ist auch dabei."

„Oh, wunderschön!"

Sie nahm die Feder, die hinter ihrem Ohr steckte, hervor und legte sie auf den Tisch zu den Schreibereien, die sich dort häuften.

„Bist du der, den sie suchen?" ging sie auf seine volkstümliche Anrede ein.

„Ja."

„Sie wollten dich erschießen?"

„Grad als ich auf der Felswand lief."

„Herr, mein Gott! Dahin hast du dich gewagt? Du bist ein Held! Warum verfolgt man dich?"

„Weil ich ein Gamserl g'schossen hab."

„So bist du ein Gemsenjäger. Wohl gar ein Wildschütz?"

„Es ist schon so", gestand Anton.

„Dann rette ich dich! Leg dich ins Bett! Ich deck dich zu!“

„Nein, das tu ich nicht. Ich will mich nicht aus dem Schlafkasten heben lassen. Ich steig zum Fenster ’naus und setz mich auf den Dachbalken.“

„Auf den Sparren? Der Wächter wirds hören.“

„Nein, gar nicht. Ich weiß schon so leis zu machen, wie ein Mäusle. Tu mir das Licht einen Augenblick weg, damit man mich nicht hinaussteigen sieht, und mach das Fenster dann zu. Nachher aber, wann sie fort sind, kannst mich wieder hereinschlupfen lassen.“

„Gut! Schnell! Ich glaub, sie kommen schon.“

Es ließen sich wirklich Schritte auf der Treppe vernehmen.

Die sonderbare Dame stellte das Licht unter den Tisch.

Anton hatte die Schuh wieder angezogen und trat an das offene Fenster. Seine scharfen Augen zeigten ihm, daß der Wächter für einen Augenblick um die Ecke gegangen war. Über dem Fenster ragte der Dachwinkel wohl gegen zwei Ellen über die Mauer hervor, die Sparren waren durch zwei Querbalken verbunden. Anton schwang sich hinauf.

Da klopfte es auch schon an die Tür.

„Franza!“

Sie schloß das Fenster und hob die Lampe wieder auf den Tisch.

„Was ist?“

„Bitte, öffne! Es ist Polizei da.“

„Kann nicht. Ich bin im Kostüm. Ich dichte!“

„Wirf etwas über!“

„Warte!“

Die Dichterin wußte sich zu helfen. Sie zog die gewürfelte Tagesdecke vom Bett, warf sie um sich und schloß dann auf.

„Tretet ein, ihr Schergen des allmächtigen Gesetzes!“ forderte sie die Draußenstehenden in einer Haltung und einem Ton auf, als befinde sie sich auf der Bühne. Ein junger Herr in Zivil und zwei Jäger kamen herein.

„Verzeihung, Base!" bat der erste. „Diese Herren verfolgen einen Verbrecher und wollen sich überzeugen, daß er sich nicht bei dir befindet."

„Einen Verbrecher? Ich wollt, er wäre hier! Ich könnte ihn gebrauchen!"

„Du scherzest!"

„Nein. Es ist mein Ernst. Ich brauche ein schreckliches menschliches Ungeheuer als Sujet zu meinem neuen Roman. Meine Herren, wenn Sie den Kerl finden, so bringen Sie ihn für einige Stunden zu mir. Ich will sehn, was ich ihm über seine Greueltaten entlocken kann."

Die beiden Fremden wußten nicht, woran sie waren. Der eine machte ein Gesicht, als ob er vor Mitleid schluchzen wollte, und der andere sah aus, als ob er sich die größte Mühe gäbe, das Lachen zu verbeißen.

„Also, meine Herren, suchen Sie!" Die Dichterin wies mit erhobenem Arm in das Stübchen.

Die Jäger blickten unter den Tisch und unter das Bett, griffen auch hinein.

„Hier ist er nicht. Und das Fenster ist auch geschlossen. Er kann also nicht hereingestiegen sein."

„Nein, dazu müßte er auch eine Gestalt haben wie der Wolkenschieber Ranunkulus. Wollen Sie vielleicht auch noch hier hereinsehn, um sich zu überzeugen?"

Sie zog den Tischkasten auf. Der Jäger hatte eine scharfe Erwiderung auf den Lippen; auf einen begütigenden Blick des Herrn aber sagte er nur:

„Verzeihung, daß wir gestört haben, Fräulein von Stauffen!"

Sie gingen. Draußen sagte der Inhaber des Hauses:

„Sie dürfen meiner Base nicht zürnen. Sie leidet an Dichteritis. Sie will Romane schreiben und bringt nichts fertig; das hat ihr den Kopf verdreht, und darum ist sie zuweilen nicht ganz zurechnungsfähig."

Die Jäger verabschiedeten sich. Draußen am Giebel blieben sie noch einen Augenblick stehen.

„Ich wär zu dem Frauenzimmer grob geworden, wenn der Freiherr von Brenner mir nicht gewinkt hätte. Wo aber ist der Krikelanton? Vorüber konnte er nicht, rückwärts in den Abgrund wird er doch auch nicht gesprungen sein. Hast du ihn denn genau gesehn?"

„Hm! Ganz deutlich nicht. Hier scheint der Mond ja nicht. Ich hab aber doch seine Schritte gehört!"

„Das werden wohl die unsrigen gewesen sein. Nein, er ist sicherlich getroffen worden und in die Tiefe gestürzt."

„Wollen wir hinab?"

„Nein, das geht gegen unsern Befehl. Wir düfen unsern Posten nur dann verlassen, wenn wir abgelöst werden, also zur Mittagszeit. Kommt!"

Sie entfernten sich.

Anton hatte jedes Wort gehört. Er war nun seiner Rettung gewiß, wartete eine Weile und klopfte dann ans Fenster; Franza von Stauffen öffnete ihm. Sie betrachtete ihn neugierig.

„So, also sieht ein Wilderer aus!" Sie blickte ihm wohlgefällig in das kühn geschnittene Gesicht. „Du gefällst mir sehr gut, und ich freue mich, dich gerettet zu haben."

„Ich werds dir nimmer vergessen."

Er streckte ihr die Hand entgegen, die sie freudig ergriff. Ihr Gesicht nahm einen beinahe liebevollen Ausdruck an.

„Hast du jetzt noch Zeit?"

„Ja. Ich kann noch nicht fort."

„Setz dich! Ich will mir meinen Helden auch nicht so schnell entgehen lassen. Du scheinst ein tüchtiger Kerl zu sein."

Sie trat auf ihn zu und wollte ihn auf die Stirn küssen. Er wehrte erschrocken ab.

„Laß sein! Ich mag kein Geschmatz. Ich kenn dich ja gar nicht."

„Aber du wirst mich schon noch kennenlernen."

„Nein, nein! Ich danke schön! Ich hab der Leni —"

„Du hast eine Leni?" fragte Franza.

„Na, und was für eine! Die hat Augen wie Karfunkel und eine Stimm wie eine Nachtigall. 's ist eine Pracht!"

„Die möcht ich sehen!"

„Hast sie noch nicht gesehn, die Sennerin da drüben?"

„Die? Ja, die kenn ich wohl. S' ist ein bildsauberes Mädchen. Du hast sie gewiß sehr lieb?"

„Lieb! Freilich hab ich sie lieb. Sie ist herzig wie keine."

„Auch herziger als ich?"

Er kam in Verlegenheit.

„Ja, schau, das kommt halt auf den Geschmack an. Wer eine Sennerin haben will, so recht kräftig und stark, der muß sich eine Leni nehmen; wer aber eine Dichterin will, weich und fett wie eine Martinsgans, der muß zu dir kommen."

Sie brach in ein herzliches Lachen aus.

„Eine Martinsgans! Welch köstliche, glückselige Unbefangenheit! Du bezauberst mich. Dein Erscheinen begeistert mich zu einem Alpenroman. Schon wenn ich dich nur ansehe, möchte ich gleich singen:

‚Zu dir zieht michs hin
wo ich geh und bin,
hab nicht Rast und Rua,
bin ein netter Bua!'

Und dazu möcht ich in alle Welt hinausjodeln, daß man es von Island bis nach Sizilien hört."

„Verschluck nur kei Noten dabei", lachte Anton. „Laß das Jodeln lieber mir und der Leni!"

„Ja, die ist Meisterin im Jodeln; das hab ich oft gehört. Erzähl mir doch von ihr, damit ich euch kennenlerne und über euch schreiben kann!"

Anton blickte sie erstaunt an. Dann aber schmunzelte er.

„Wanns weiter nix ist!" lachte er unbekümmert.

Und nun begann er zu berichten, von sich und seinen

alten, armen Eltern, von der Leni, von den beiderseitigen Verhältnissen und Erlebnissen und endlich auch von den Ereignissen der letzten Nacht.

Das Mitgefühl der seltsamen Dichterin wuchs von Wort zu Wort. Sie hatte inzwischen die Bettdecke abgelegt und stand nun wieder in ihrem wunderlichen klassischen Gewand vor ihm.

„Anton, du bist wahrhaftig ein Held!" sagte sie am Schluß seiner Erzählung. „Ich finde keine Worte; ich muß es dir durch die Tat beweisen, wie ich dich achte. Komm her und laß dich küssen!"

„Halt! — Komm mir nicht zu nah! — Willst endlich Ruh geben! — Kauf dir einen Hampelmann vom Jahrmarkt! Mit dem kannst scharmeriern nach Noten!"

„Sie schüttelte sich vor Lachen.

„Anton, dein ganzes Leben ist ein Roman; ich will auch eine Rolle darin spielen. Ich will mit tätig eingreifen in die Gestaltung deiner Zukunft. Darf ich?"

„Aber vergreif dich nit!"

„Hab keine Sorge! Zunächst gilt es, dich aus der Verlegenheit zu reißen. Wohin willst du fliehen?"

„Zu den Eltern, jenseits der Grenz im Salzburgischen, in der Gegend von Elsbethen."

„Und kannst nicht hinüber?"

„Es wird schwer gehn. Überall sind die Wege besetzt."

„Ich bring dich doch hinüber. Wir verkleiden dich."

„Verkleiden? Meinst, daß ich ein andres Gewandl antu?"

„Ja, dann kennen sie dich nicht. — Und wann möchtest du da von hier fort?"

„Noch während der Nacht."

„Gut. Mein Vater ist verreist, und damit ich mit der Schwester indessen nicht allein bin, ist der Vetter Freiherr von Brenner einstweilen hier, weißt du, der vorhin mit den Jägern bei mir war. Der Vater hat fast deine Gestalt, und niemand wird es merken, wenn ich dir einen Anzug von ihm leihe. Soll ich ihn holen?"

„Ja, hol ihn! Ich will sehn, ob man aus so einem Gewand den Krikelanton herausfinden wird."

Er mußte lange Zeit warten, bis sie mit einem Packen Kleider und Wäsche zurückkam.

„Wir haben zu laut gesprochen", warnte sie. „Der Vetter fragte mich, was ich für einen Lärm hier oben mache."

„Was hast geantwortet?"

„Daß ich deklamier."

„In der Nacht?"

„Das sind sie von mir gewöhnt. Also hier hast du Hose, Weste, Rock, Überrock, Hut, Stiefel, Hemd, Taschentuch, Krawatte und Manschetten."

„Da schauts freilich schlimm aus. Ich hab noch nie eine Krawatten angezogen."

„Die wird umgebunden, aber nicht angezogen."

„Wann zieh ich mich denn um?"

„Jetzt gleich. Ich gehe fort und ziehe mich heimlich an."

„Du dich? Willst auch mit?"

„Natürlich. Ich bring dich heim. Wenn ich bei dir bin, so wird dich jeder für einen Verwandten von mir halten. Wir schlendern nach der Stadt hinein; dort bekommen wir Pferde und Wagen und fahren bis an deine Haustür."

Sie entfernte sich und schloß ihn ein. Er machte sich über die Kleider her. Trotz aller Gefahr saß dem Anton der Schalk im Nacken. Die Art, wie diese merkwürdige ‚Dichterin' sich dem ‚Naturkind' näherte, hatte bei all ihrer Hilfsbereitschaft doch manches Überhebliche, gegen das Anton sich in seiner Art zu wehren beschloß.

Die Dichterin lachte bei ihrer Rückkehr laut auf. Anton gewährte einen wunderlichen Anblick. Er hatte alles verkehrt angezogen. Das Oberhemd sah mit dem Brusteinsatz nach hinten, auch die Weste war falsch zugeknöpft. Statt des Kragens hatte er das Taschentuch umgebunden, kurz, er sah zum Totlachen aus, und das Spaßhafteste schien Anton, daß sie ihm diese übermäßige Unbeholfenheit auch glaubte.

Sie bemühte sich nun, ihm alles genau zu erklären; und obwohl der Krikelanton sein Unbehagen mit jeder Bewegung zum Ausdruck brachte, so hatte sie doch schließlich Erfolg. Wo es gar nicht gehen wollte, da half sie ihm, bis der ‚Stadtherr' fertig war.

„Nun der Hut. — Hier! — Es ist ein Chapeau claque."

„Ein Schapp und Klapp — was ist denn das?"

„Man kann ihn zusammenklappen. — Schau einmal her! So!"

„Donner und Doria! Was seid ihr für Leut! Da kauft ihr euch Hüt, die man zusammenquetscht wie einen Kuchenteller! Warum soll ich grad dieses Glump aufsetzen, das ausschaut, als ob ich einen Schornstein auf dem Kopfe hätt? Laß mich doch mein Hüterl aufsetzen! Das schaut viel manierlicher aus!"

„Nein, das geht nicht. Ein Herr muß unbedingt einen Zylinder tragen."

„Na, einmal Herr und nie wieder, das sag ich dir!"

„Streiten wir nicht darüber! Du mußt jetzt den vornehmen Mann spielen. Vergiß nicht, daß du ein Baron bist, wenn man dich unterwegs fragen sollte."

„Ein Baron. Das ist was Rechts. Aber wie heiß ich denn?"

„Artur von Höllenkamp. Wer diesen Namen hört, dem wird gleich so höllisch zumute, daß er es vergißt, weiterzufragen. Und wenn du dazu ein ernstes Gesicht machst, so fällt es vor Angst sicher keinem Menschen ein, sich weiter um dich zu kümmern."

„Was das Gesicht betrifft, brauchst keine Sorg zu haben. Ich werde so finster dreinschauen, daß jeder denken soll, die Cholera hab bei ihm eingeschlagen! — Wann gehts fort?"

„Jetzt gleich. Ich will noch den Mantel umlegen und den Hut aufsetzen."

Als sie sich umwandte, mußte sie sich Mühe geben, nicht überlaut aufzulachen.

Er stand hinter ihr bereit, den Zylinder auf dem Kopf und — den Rucksack auf dem Rücken.

„Was soll denn der alte Leinwandsack bedeuten?"

„Das ist mein Rucksack, weißt."

„Was ist denn drin?"

„Meine Kleider und der Käs mit Brot, was mir die Leni geben hat."

„Und das willst du mitnehmen?"

„Freilich! Ich bin arm, und ich muß den Anzug haben, denn den hier, den du mir aufzwungen hast, werd ich gar nicht lang auf den Achseln hangen haben. Ich steck in dem Stehkragen wie eine Ratte im Falleisen und kann fast keinen Atem kriegen. Ich will froh sein, wann ich wieder in mein eigenes Zeug schlupfen darf."

„Aber den Rucksack darfst du nicht mitnehmen! Der paßt unmöglich zu dem feinen Anzug."

„So gib mir halt etwas anderes, was nobler ist!"

„Gut, ich habe in der Kammer eine Reisetasche, in die wir die Sachen stecken können."

„So hol die Taschen! Aber schau, was ist das, was du mir hergelegt hast?"

„Das ist ein Klemmer."

„Soll ich ihn aufsetzen?"

„Natürlich. Der Zwicker gehört für jeden feinen Herrn."

„Hols der Teixel! Ich seh nicht ein, warum ich so eine Nasenquetschen in mein Gesicht klemmen soll."

„Versuchs nur einmal! Sie gehört meinem Vater. Hier an der Schnur wird sie um den Hals gehängt."

„Auch noch!"

„Ja. So! Jetzt setz sie auf! Du siehst prächtig aus!"

„Ja, wie ein dressierter Pudel, dem man die Brille auf die Nase steckt und die Tabakspfeife in die Schnauz. Will doch mal sehen, wie ich ausschau."

Er trat an den Spiegel.

Kleidete ihn schon der feine Anzug wunderlich, so sah er mit dem Klemmer in dem wettergebräunten Gesicht einfach unbeschreiblich aus. Er starrte eine Zeitlang in den Spiegel. Das war ihm nun wirklich etwas neues. Er trat hin und zurück.

„Tausend Donner! Jetzt seh ich gar nix mehr, nicht einmal mich selbst."

„Das schadet nichts. Wenn nur ich dich sehe. Jetzt hol ich die Tasche. Üb dich einstweilen am Spiegel. Nach einiger Zeit wirst du schon sehn können."

Sie ging, und er trat wieder an den Spiegel. Er gab der Brille verschiedene Stellungen, er schob sie hin und her — vergebens. Wenn er etwas sehn wollte, so mußte er drüber oder drunter wegblicken.

„Was sind doch Stadtherren für dämliche Kerle! Wozu eine Brille, wann man nicht mal die Nas mehr sieht!"

Franza trat wieder ein. Der Krikelanton steckte seine Sachen in die Reisetasche, und dann stiegen beide leise die Treppe hinab und verließen das Haus.

Anton wußte, in welcher Richtung die Posten standen. Nachdem auf ihn geschossen worden, waren sie vom Berg herabgekommen. Es ließ sich vermuten, daß sie sich nun wieder oben befanden. Er hielt sich also so tief wie möglich, und so gelang es ihm, unbemerkt von dieser Seite der Alm hinabzukommen. Sie mußten freilich nah am Abgrund vorüber. Da erblickten sie Lichter in der Tiefe.

„Da sind Leute, was mögen die dort wollen?"

„Sie suchen meine Leich. Sie denken, ich bin hinabgestürzt. Du liebs Hergottl!" stieß er plötzlich erschrocken hervor. „Vielleicht ist auch die Leni dabei! Wann ichs doch nur da hinunterrufen dürft, daß ich noch am Leben bin! Das arme Hascherl wird sich was grämen!"

„Sorg dich nicht! Ich wills ihr sagen, daß du glücklich entkommen bist."

„Vergelts Gott!" sagte er warm und packte ihr Rechte, um sie zu schütteln. „Bist eine liebe, gute Seele, Franza. Ich werde zu den Heiligen bitten, daß sie dir einen Mann verschaffen, mit dem du recht zufrieden sein kannst."

„Ja, bitt sie darum!“ lachte Franza, die sich ihre Finger rieb. „Aber ein Held muß er sein, so wie du oder Friedrich der Große.“

„Das ist sehr schön, daß du mich mit dem vergleichst“, sagte Anton geschmeichelt. „Nur hat er es a bisserl weiter bracht als ich, wie mein Schulmeister erzählt hat. Doch schau, nun wollen wir nix mehr sprechen. Wir sind grad über dem Dorf, und da könnens uns sehr leicht hören. Wir gehn rechts ab an der Halde hin und kommen nachher auf den Weg nach der Stadt.“

Franza legte ihren Arm in den seinen. Er mußte sie des ungebahnten, steinigen Bodens wegen halb tragen. Dennoch kamen sie schnell vorwärts, und der Tag war noch nicht angebrochen, als sie die Stadt erreichten.

Anton war hier bekannt. Er wußte einen Fuhrwerksbesitzer und ließ ihn wecken. Der Mann wunderte sich, daß er einen vornehmen Herrn mit einer Dame nach einem so kleinen Ort wie Elsbethen fahren sollte, und noch dazu in solcher Stunde, war aber für den Preis, den Franza ihm bot, sofort bereit.

Er hatte eine Laterne angebrannt und bat die Herrschaften, einstweilen in die Stube zu gehen; Franza zog es aber vor, auf der vor dem Haus angebrachten Bank Platz zu nehmen.

Da saßen sie, während angespannt wurde und plauderten leise.

Nach einer Weile hörte man einen schweren Schritt die Gasse herabkommen und sah eine Laterne schwanken. Der Mann, dessen Hand sie trug, war der Nachtwächter. In kurzer Entfernung blieb er halten, stieß ins Horn und sang dann:

„Hört, ihr Herrn, und laßt euch sagen,
die Glocke, die hat vier geschlagen.
Bewahrt das Feuer und das Licht,
daß der Stadt kein Leid geschicht,
und lobet Gott, den Herrn!
Und ich hab' die Latern!“

Das war ein Schluß, über den Franza hell lachen mußte. Der würdige Beamte hörte es und kam näher.

„Wer hat da zu kichern?"

Die beiden antworteten nicht. Er hielt ihnen die Laterne vor die Gesichter. Als er Antons bärtige Oberlippe erblickte, rief er erschrocken:

„Verdammi, verdammi! Was hab ich da gesehen! Bist nicht der Anton?"

„Welcher Anton?" übernahm Franza die Antwort.

„Der Krikelanton, der saubere Krampen, der von den Polizisten überall gesucht wird!" grollte der Nachtwächter.

„Da sind Sie wohl an den Unrechten gekommen!"

„Glaubs nicht. Den Anton kenn ich genau!"

„Kennen Sie auch mich? Ich bin die Baronesse Franza von Stauffen."

„Das glaub ich nicht."

„Wie, das glauben Sie nicht?" Hoheitsvoll richtete sie sich vor ihm auf.

„Nein", antwortete er aufrichtig. „Eine Baronesse setzt sich nicht mit einem Landstreicher hier auf die Schemelbank und tut mit ihm schön, so spät in der Nacht! Wer weiß, was du auch für eine Kabruschen bist. Ich werd euch beide ins Loch stecken."

Jetzt stand Anton auf, den Klemmer auf der Nase und stellte sich kerzengrad vor ihn hin.

„Schau mich an!" gebot er streng.

Der Nachtwächter hob die Laterne, um ihn zu beleuchten.

„Hat der Krikelanton eine Brille auf der Nase?"

„Nein."

„Hat er einen solchen Schlapp die Klapp?"

„Nein."

„Oder solche Handschuhe?"

„Auch nicht."

„Wie kannst also sagen, daß ich der Anton bin?"

„Weil du seinen Bart hast und auch sein Gesicht.“

„So, also nur deshalb! Weißt nicht, daß Bärte und Gesichter einander ähnlich sehn?“

„Das ist freilich wahr.“

„Na also! Hast schon mal solchen Hut gesehn?“

Er nahm ihn ab und ließ die Feder spielen, so daß der Hut sich zusammendrückte und dann vor des Nachtwächters Nase wieder zurückschnellte.

„Verdimmi, verdammi! — Das hab ich noch nie gesehn!“

„Wie kann ich also der Anton sein! Ich bin der Baron von Höllenkamp, und wann du noch ein einziges Mal sagst, daß ich der Anton bin, setz ich dir eine Watschen ins Gesicht, daß dei Nase in fünf Minuten wie ein Butterfaß ausschaut! — Und nun laß mich aus, und mach dich von dannen, sonst geb ich dir ein Sprungfeder in die Bein.“

Da nahm der Nachtwächter seine Kopfbedeckung ab und verbeugte sich.

„Bitt gar schön um Verzeihung, Herr Baron! Nur der Schnurrbart hat mich irrgemacht. Der Teufel soll ihn holen! Jetzt seh ich ein, daß du nicht der Anton bist. Wünsch glückliche Reis, und wann du wiederkommst, so brauchst halt nicht davon zu sprechen, daß ich mich an dir verschaut hab.“

„Na, so trab davon; ich will dirs vergeben.“

Der Mann ging mit seiner Laterne weiter.

„Verdimmi, verdammi!“ brummte er. „Da wär ich an den Unrechten kommen! Das war ein Feiner, ein Vornehmer! Wie der mich anschnauzt hat — wie ein General oder Armenhäuslervater! Die Sorte kenn ich! Wann ich nur so mit dem blauen Aug davonkomme! Der verteufelte Schnauzer! Aber die Brille, die Brille! Und der Hut! Wie kann das der Krikelanton sein! Wo hab ich halt die Augen gehabt und die Latern! Ja, die Latern, die ist nicht gut geputzt, und da schaut alles anders aus, als es ist.“

Anton hatte sich wieder niedergesetzt.

„Nun, was sagst? Hab ich den Baron gut gespielt oder nicht?“ fragte er.

„Sehr gut“, kicherte Franza.

„Ja, schau, so dieses Vornehme ist halt angeboren. Wers nicht hat, dem kanns kein Schulmeister geben. Der Wächter ist schön abgelaufen.“

Nach einiger Zeit fuhr der Wagen vor. Die beiden stiegen ein, und die Fahrt begann. Als sie die Stadt hinter sich hatten und auf der Höhe angekommen waren, brach der Tag an. Die Alpenspitzen warfen die Röte des anbrechenden Morgens zurück, und rundum erschollen die Jodler der Senner und Sennerinnen, die ihr Tagewerk begannen.

Zunächst war es einsam auf der Straße. Dann traf man Fußgänger und auch einzelne Wagen. Die beiden fuhren in einem sogenannten Berner Wägeli, ohne Verdeck. Darum waren ihre Gestalten und Gesichter deutlich zu erkennen. Anton verließ sich nicht auf Hut und Brille allein. So oft er jemand begegnete, zog er das ‚Sacktuch‘ hervor und hielt es vors Gesicht. Auf diese Weise kam er unerkannt über die Grenze hinüber.

Dort erst wurde ihm das Herz leicht.

Jetzt führte der Weg wieder abwärts. Links erhoben sich himmelhohe Felswände, und rechts stürzte der Abhang jäh ins Tal.

Es mochte gegen acht Uhr sein, als der Fuhrmann von der Straße in einen Seitenweg einbog. Anton hatte ihm den Namen seines Dorfes genannt. Als sie es erreichten, war sonderbarerweise kein Mensch zu sehen. Vor einem kleinen, ärmlichen Häuschen ließ Anton halten und stieg aus.

„Hier ists, wo du wohnst?“ fragte Franza.

„Ja. Nicht wahr, das ist kein Palast?“

„Nein. Aber nicht nur in Palästen gibt es glückliche Menschen. Gehn wir hinein!“

Jetzt nickte der Fuhrmann vor sich hin und stieß ein schmetterndes Lachen aus.

„Jetzt wird mirs hell im Kopf. Krikelanton, bist ein sakrischer Malefizbub! Wer hätte glauben sollen, daß du auch ein Baron sein könntst! — Jetzt hab ich dich vor der Polizei errettet!"

„Du? Bild dir das nicht ein! — Übrigens fahr ich wieder zurück mit dir."

„Dich nehm ich nimmer auf!"

„Warum nicht?"

„Weil ich sonst gar selber noch beim Schopf genommen werd."

„Brauchst keine Angst zu haben. Ich will zur Polizei, um mich zu melden. Fahr jetzt zum Wirtshaus! Wir kommen dann hin und werden zahlen, was du verzehrt hast."

Der Kutscher gehorchte dieser Weisung, und Anton trat mit seiner Beschützerin in die ärmliche Stube.

„Ja, wo sind sie denn? fragte er erstaunt und sah sich um. „Jetzt fangen die Leut an, am frühen Morgen spazierenzugehn!"

„Vielleicht kehren sie bald zurück."

„Ich werd gleich einmal nach ihnen ausschaun; aber in dieser Kleidung kann ichs nicht. Da würden mir alle Hunde und Gäns im Dorf nachlaufen. Setz dich auf den Stuhl und wart ein wenig.

Er trat mit der Reisetasche in die Kammer und kehrte schon nach kurzer Zeit zurück. Er trug seinen Gebirgsanzug wieder und hatte dafür die Verkleidung in die Tasche gepackt.

„So! Jetzt bin ich wieder ein Mensch", atmete er tief und zufrieden auf. „Es ist mir in deinen Kleidern zumut gewesen wie einer Schneck, der das Häuserl zu eng geraten ist. Jetzt will ich den Vater und die Mutter holen. Sie gehn nie weiter als zum Nachbarn hinüber. Ich werd bald wieder da sein."

Das traf nun freilich nicht zu.

Franza mußte wohl fast eine Viertelstunde warten. Endlich hörte sie die Schritte des Zurückkehrenden. Anton trat eilig ein. Seine Wangen waren hoch gerötet, seine Augen blitzten unternehmend.

„Hast du sie gefunden?" fragte sie.

„Nein. Sie sind gar nicht im Dorf, sondern droben auf der Alm. Das ganze Dorf ist hinauf, alt und jung, Mann und Weib. Nur die kleinen Kinder sind zurückgeblieben und die ganz schwachen Greise. Ich traf ein altes Mutterl, das es mir sagte."

„Ist denn etwas los?"

„Jawohl! Ein Unglück. Es hat gestern einen Felsensturz geben."

„Sind Leute verunglückt?"

„Einheimische nicht, aber zwei Fremde. Ein großer Musikmeister aus Wien hat sich die Alpen anschaun wollen und ist gestern früh ohne Führer hinauf. Dann später um Mittag hat es einen großen Donner geben. Da ist der hohe Stein herabgestürzt, und die beiden Leute sind nicht mehr vorhanden gewesen. Da hat man gesucht. Ihn, den Musikmeister, haben sie gegen Abend unter dem Schutt hervorgegraben, aber sein Weib ist erst heut in der Früh entdeckt worden, droben, wo der Felsrutsch begonnen, hat. Dort hängt sie an der Wand. Keiner kann hinauf, weil keine Leiter lang genug ist, und keiner kann herab von der unersteigbaren Felsspitz zu ihr."

„Herrgott! Lebt sie?"

„Ja. Man hört sie wimmern und rufen."

„So muß alles versucht werden, sie zu retten!"

„Hunderte von Menschen sind oben, aber keiner weiß Hilf. Auch mein alter Vater mit der Mutter ist dabei. Sie haben ihn begehrt, weil er der gewandteste Bergsteiger gewesen ist und vielleicht einen Rat hätt geben können. Gehst mit?"

„Ja."

„So komm!"

Sie stand auf. Zu ihrer Verwunderung ergriff er den hölzernen Stuhl, auf dem sie gesessen hatte.

„Willst den Stuhl mitnehmen?"

„Ja."

„Wozu?"

„Ja, das weiß ich auch nicht; aber es ist möglich, daß man ihn zu sowas braucht. Ich kenn den Ort nicht, an dem die Frau hängt. Kann man zu ihr gelangen, so ist es ihr jedenfalls unmöglich herabzusteigen; also muß sie abgetragen werden, und dazu ist der Stuhl sehr gut."

Seine Sicherheit machte einen eigenartigen Eindruck auf sie. Franza sagte sich unwillkürlich: ‚Wenn die Verunglückte zu retten ist, so ist er es, der es vermag.'

Sie ging im Schritt mit ihm, obgleich er im eiligen Gang gar keine Rücksicht auf sie nahm. Er hielt zunächst keinen gebahnten Weg ein. Es galt, eine hohe, mit kurzem Gras bewachsene Lehne zu erklimmen. Oben auf der Höhe führte dann ein schmaler Pfad aufwärts. Dort kam ihnen ein Weib entgegen, das, als es die beiden erblickte, stehenblieb und froh die Hände zusammenschlug.

„Anton! — Da bist endlich! — Gott sei Dank! — Das ganze Dorf hat auf dich gewartet."

„Warum auf mich?"

„Weil du die Frau holen sollst!"

„Ich? Ist kein andrer da?"

„Wir haben mutige Buben, aber das ist ihnen zu gefährlich!"

„Und da soll grad ich den Hals brechen? Ja, um den Krikelanton ists nicht schad!"

„So ists nicht gemeint; aber 's ist kein andrer, der dein Aug hat, deine Ausdauer und deine Kniekehlen!"

„Kann man denn zu ihr hinauf?"

„Keiner hälts für möglich; aber dein Vater sagt: Wann mein Anton da wär, so möcht ers wohl zwingen."

„Dann zwing ichs auch. Der Vater versteht sei Sach. Wo ist der Platz?"

„Folg nur immer dem Weg! In einer halben Stund kommst zur Stelle. Ich muß hinab, um nach der Wirtschaft zu sehn."

Sie eilte weiter.

„Hasts gehört?" sagte Anton zu Franza. „Immer auf diesem Weg grad fort, dann kannsts nicht verfehlen."

„Du doch auch."

„Ich werd jetzt schneller gehn. Vielleicht ist gar Gefahr im Verzug. Du wirst nicht so rasch steigen können."

„Ich bleib bei dir."

„So komm!"

Er nahm sie bei der Hand. Es war eine Begeisterung über sie gekommen, zunächst wohl aus allgemeinen menschlichem Mitgefühl, dann aber regte sich auch die Schriftstellerin in ihr. Es galt, ein zwar unglückliches, aber doch höchst fesselndes Ereignis mitzuerleben; da fühlte Franza weder Anstrengung noch Müdigkeit.

Rasch ging es bergauf. Eine Viertelstunde verging, noch eine. Der Pfad führte um eine Ecke, und nun war die Unglücksstelle zu überblicken.

Ein Hochtal, dessen Sohle mit Geröll und Felsbrocken aller Größen bedeckt war, bot den Anblick einer ungeheuren Verwüstung. Hier hatte eine hohe Felsenwand gestanden, die gestern in sich zusammengebrochen war. Auf dieser Wand hatten sich die beiden Verunglückten im Augenblick des Ereignisses befunden. Unten wimmelte es von Menschen.

Da, wo der Felsen sich hinter der eingebrochenen Wand fast senkrecht erhob, bemerkte Anton einen dunklen Punkt, dessen Beschaffenheit er jetzt noch nicht zu unterscheiden vermochte.

„Komm, komm!" rief er und zog Franza in doppelter Eile mit sich fort.

Sie kamen näher, und Anton wurde erkannt.

„Der Krikelanton!" rief eine laute Stimme. „Anton! Bist endlich da?"

„Anton!“ wiederholten alle und eilten ihm entgegen.

Zahllose Rufe schallten in sein Ohr, und jeden einzelnen sollte er beantworten. Er beachtete niemanden und schritt auf den Pfarrer zu.

„Ist die Hilf möglich, Hochwürden?“ fragte er.

„Gott allein weiß es, mein Sohn. Hast du erfahren, wie es zugegangen ist?“

„Nur wenig; aber ich kann es mir selber erklären. Da oben ist die Frau?“

„Ja, da ist ein kleiner Vorsprung, auf dem sie gesessen hat, als der Berg neben ihr wich und ihren Mann mit hinabnahm.“

„Der lebt noch?“

„Er lebt und ist vollkommen unverletzt. Ein Wunder Gottes! Komm mit zu ihm!“

Kein Mensch achtete auf Franza. Der Pfarrer führte Anton auf einen Felsbrocken, auf dem ein Herr im Touristenanzug saß, der freilich durch den Absturz sehr mitgenommen war.

„Hier, Herr Professor, ist der Anton“, sagte der Geistliche.

Der Fremde hatte das Gesicht in die Hände gestützt. Jetzt hob er den Kopf und schnellte von seinem Sitz auf.

Er hatte wohl viel geweint. Seine Augenlider waren geschwollen, sein bleiches Gesicht schien übernächtigt. Er konnte sich kaum auf den Füßen halten.

„Der Anton!“ rief er, tief atmend. „Endlich! — Junger Mann, komm her! Blicke da hinauf! Siehst du sie?“

„Ja. Es ist deine Frau?“

„Sie ist es. Bring sie mir herab, und alles, was ich besitze, ist dein.“

Anton maß mit scharfem Blick die Höhe.

„Herr, wann der liebe Gott will, daß dei Frau gerettet werden soll, so will er doch nicht, daß du die Rettung bezahlen sollst.“

„Ich weiß, daß das nicht mit Geld zu bezahlen ist! —

Ich weiß auch, daß kein einziger Mensch den Mut hat! Ich hörte, daß es nur einen einzigen gibt, der es wenigstens versuchen könnte, und der bist du!"

„Lebt sie noch?"

„Sie hat noch vor kaum zehn Minuten mit dem Taschentuch gewinkt. Sag mir, ich frag dich bei Gott und bei deiner Seligkeit: ist es möglich, zu ihr zu gelangen?"

„Mit einer Leiter nicht, und von oben herab mit einem Strick auch nicht; denn die Kuppe ist unersteigbar."

„Mein Gott! So ist sie verloren! Sie muß elend verschmachten!"

Er sank auf einen Stein nieder.

Niemand sagte ein Wort. Aller Augen hingen an dem Wilderer, der mit seinem Blick die ungeheure Wand musterte. Der Pfarrer trat an seine Seite.

„Anton!" sagte er leise. „Ich will dich nicht in das Verderben senden; aber da oben reckt der Verzweiflungstod seinen entsetzlichen Rachen einem armen Menschenkind entgegen. Ich kenne dich; ich brauche dir kein Wort weiter zu sagen."

„Ist nicht nötig, Hochwürden. Hält irgendwer die Rettung für möglich?"

„Kein Mensch, als dein Vater allein."

„Wo ist er?"

„Ganz vorn. Er hat sich die Wand noch einmal genau betrachten wollen."

Anton schritt zwischen den Trümmern auf den alten Vater zu, der mit seinem Weib auf einem Steinblock stand und den Blick auf die Unglücksstätte gerichtet hielt. Er wußte, daß sein Sohn zu ihm kommen werde.

Alle Anwesenden folgten Anton, und als dieser seine Eltern erreichte, sammelten sie sich in engem Kreis um die drei.

„Kommst endlich!" sagte der alte Forstner, indem er dem Sohn die Hand entgegenstreckte. „Schau, da droben liegt die Arme. Was meinst dazu, Anton?"

„Du bist der Vater; erst kommst du. Was meinst denn du dazu?“

„Ich mein, daß es schlimm ist, wann das Alter kommt. In vorheriger Zeit war ich noch kräftig und zäh. Da bin ich an allen Wänden ’naufgelaufen.

„Auch an so einer?“

„Nein, an so einer noch nicht; aber ich weiß nicht, ob ich nicht auch das versucht hätt.“

„So meinst, daß ichs versuchen soll?“

„Nein, das mein ich nicht. Schau, du bist jung — und das da ist der Tod.“

Er deutete bei den letzten Worten nach der Wand.

Der Professor, der Anton mit den andern gefolgt war, hatte es gehört.

„Ich wiederhole, was ich tausendmal schon gesagt habe: Ich geb dem Retter mein Vermögen! Forstner, rede deinem Sohn zu, daß er es sich verdient!“

Der Alte machte eine unbeschreibliche Handbewegung und antwortete zornig:

„Ist ein Professor oder sein Weib mehr wert, als ein andrer Mensch? — Da schau her! Hier steht mein Vermögen, der Anton, mein einzig Kind. Was gibst mir, wann der von der Felswand stürzt? Kannst mich dann bezahlen?“

„Nein, das kann ich nicht. Aber ich flehe Euch an —“

„Halt ein!“ gebot ihm der Alte. „Wann du von Lohn sprichst, hör ich nichts. Ihr reichen Leut kommt da herauf zu uns und streicht herum, wo ihr nicht hingehört. Ihr bringt Geld mit und meint nun, daß ihr die Berge kaufen könnt. Ihr macht uns die Nahrung teuer, und wann ihr fort seid, so habt ihr das mit euch fortgenommen, worauf wir stolz sein konnten: die Einfachheit, die glücklich macht, auch wann man arm ist und nur das trockne Brot hat. Ich mag von den reichen Leut nix wissen; aber sie sind halt auch Menschen, und wann einer sich in Gefahr befindet, so frag ich nicht, ob er arm ist oder reich; ists möglich, so soll er gerettet werden. Aber wann du mir Geld bietest, so geh ich heim und nehm den Anton mit!"

„Forstner!" sagte der Pfarrer verweisend. „Bedenk, was der Herr Professor fühlen muß!"

„Weiß schon! Aber Hochwürden mag auch bedenken, was ich und mein Weib fühlen müssen, wenn wir den Anton da hinaufschicken. — Jetzt, Anton, schau recht scharf hinauf! Siehst keine Möglichkeit?"

„Ich hab sie schon gesehn."

„Ja, ja!" meinte der Alte stolz. „Du bist mein Sohn! Du siehst halt gleich, was keiner sieht. Es geht ein Weg hinauf."

„Wo? Wo?" fragte es rundum.

„Was hilfts euch, wenn ihr es erfahrt? Es kraxelt doch keiner von euch hinauf. Sag, Anton, wieviel Seil du brauchen wirst!"

„Zwei."

„Das ist richtig. Ich seh, daß du ganz das gleiche meinst wie ich. Und einen Hammer mußt haben und zwei Spitzeisen zum Einschlagen. Und den Stuhl hast auch schon mit. Willsts wagen?"

Anton sah seine Eltern lange an.

„Was sagsts dazu, Vater, Mutter?"

„Ja, was sollen wir sagen, Bub? Wir sagen nicht ja und nicht nein. Glückts, so ists gut; glückts aber nicht, so dürfen wir nicht den Vorwurf haben, daß wir dich in den Tod getrieben haben. Tu, was du willst."

Alle waren still. Sie wußten, daß das nächste Wort Antons die Entscheidung bringen werde. Es war ein Urteil für sich oder für das arme Weib da oben.

Das Auge des Professors hing mit tief angstvollem Ausdruck an den Lippen des jungen Mannes.

„Und wann ich verunglück, werdet ihr es mir vergeben, daß ichs gewagt hab, Vater, Mutter?" sagte endlich Anton.

„Vergeben? Mein Sohn, wir werden hungern müssen; aber wir werden stolz auf dich sein!"

„So will ichs tun!"

Als der Sohn diesen Entschluß kundgab, ließ sich ein allgemeiner tiefer Atemzug hören, ein Seufzer der Erleichterung, der aus aller Brust kam. Der Professor stieß einen Schrei aus.

„Ich soll nicht wieder vom Geld sprechen — aber wenn du verunglückst, was Gott in seiner Barmherzigkeit verhüten möge, so werden deine Eltern nicht darben, denn ich werde ihr Versorger sein. — Das verspreche ich dir!"

Es wurden zwei Seile herangeschafft, die Anton sich um den Leib wickelte. Sie waren lang und dünn, aber fest. Ein Fläschchen mit Kirschengeist steckte er ein, und endlich nahm er einen Hammer und zwei Spitzeisen in den Gürtel.

Nun war er fertig und trat an den Pfarrer heran.

„Hochwürden, ich möcht beichten."

„Recht so, mein Sohn! Mag der Allmächtige Leben oder Tod beschlossen haben, du sollst vorbereitet sein."

Sie traten zur Seite. Als Anton vor dem Priester kniete, sanken alle Anwesenden nieder und entblößten ihre Häupter. Sie beteten für ihn und für die Frau oben am Fels.

Nachdem er gebeichtet und die Vergebung empfangen hatte, ging er zu den Eltern.

„Nun, Vater, wollen wir Abschied nehmen", sagte er heiter. Sein Gesicht zeigte keine Spur von Angst. „Wie lange Zeit ich fortbleib, das weiß ich nicht. Vielleicht ists länger, als ich denk; dann magst für mich beten."

Er umarmte und küßte ihn. Dann legte er auch die Arme um das alte, graue Mütterchen.

„Mein liebs Mutterle, wein halt nicht! Mein Weg führt nach oben: zur Rettung oder in den Himmel. Hab tausend Dank für alls, was ich dir schuldig bin! Leb wohl, viel tausendmal!"

Anton riß sich los.

Da erblickte er Franza. Er ging zu ihr und gab ihr die Hand.

„Leb auch du wohl! Vielleicht siehst jetzt, daß der Wilderer kein böser Mensch ist. Geh hin zur Leni und sag ihr meinen Abschied! Wann es nicht gelingt, wann ich abstürz, so werd ich noch im Augenblick, in dem ich den Halt verlier, ihren Namen rufen. Sag ihr das, und nun leb wohl!“

Er reichte allen Bekannten reihum die Hand; dann schnallte er sich die Steigeisen an, band sich den Stuhl auf den Rücken und griff nach dem Bergstock. Die Begleiter traten zurück. Sie wußten, daß ihre Nähe ihn nur stören müsse. Sie wichen so weit, daß sie die Wand in ihrer ganzen Höhe und Breite überblicken konnten.

Nur die scharfen Augen des Alten und seines Sohnes hatten eine Möglichkeit gefunden, die Wand zu erklimmen; einen Weg, eine Ritze, in der man sich emporschieben konnte, gab es nicht.

Anton schwang sich zunächst auf einen Vorsprung, auf einen zweiten und dritten. Als er so weit emporgeklommen war, daß die vorliegenden Trümmer ihn nicht mehr verdeckten, sah man ihn wie eine Fliege an der senkrechten Wand hängen.

Da erklang, wie unter mächtigem Zwang, vom Mund des Dorflehrers der Anfang eines Kirchenliedes — alle stimmten ein, und brausend tönte es bis hinauf zu der unglücklichen Frau:

„Hier liegt vor deiner Majestät
im Staub die Christenschar,
das Herz zu dir, o Gott, erhöht,
die Augen zum Altar.
Schenk uns, o Vater, deine Huld!
Vergib uns unsre Sündenschuld!
O Gott, vor deinem Angesicht
verstoß uns arme Sünder nicht!
Verstoß uns nicht,
verstoß uns Sünder nicht!“

Es war ein Augenblick, wie Menschen ihn selten erleben.

Alles Irdische war gesunken, und nur der Gedanke an Gott, den Allmächtigen, hatte Macht und Gewalt über die Seelen. Die Mutter Forstner vermochte es nicht, Anton mit den Augen zu folgen. Sie war hinter einem Felsblock niedergekniet und betete aus inbrünstigem Herzen. Ihr Mann aber saß regungslos und verwandte keinen Blick von dem entsetzlichen Anstieg seines Sohnes.

Aus dieser Entfernung schien die Wand glatt und ohne Vorsprünge. Oft hielt Anton an und suchte lange Zeit vergebens mit dem Fuß oder dem Bergstock einen festen Halt. Manchmal glaubte man, ihn stürzen zu sehen, und alle schraken zusammen. Aber es war nur eine kühne Bewegung gewesen, die ihn wieder vorwärts brachte.

So ging es höher und höher, über eine Stunde lang. Dann und wann mußte der kühne Steiger minutenlang ausruhen, wenn er einen Punkt fand, an dem es möglich war.

„Hergott, nur keinen Krampf!" flüsterte sein Vater. „Schwindel gibts nicht bei ihm. Wann er nur nicht einen Krampf kriegt!"

Jeder Gedanke war jetzt ein Flehen zu Gott. Und diese stillen, ungesprochenen Gebete schienen erhört zu werden. Der kühne, unbegreifliche Aufstieg ging ohne nennenswerte Unterbrechung vonstatten.

Aber wie Anton zu der Frau gelangen wollte, war allen außer seinem Vater ein Rätsel. Gerade da, wo sie sich befand, rund um den Vorsprung, auf dem sie lag, war der Felsen spiegelig glatt, ohne irgendeine Stelle, auf der nur eine Zehe hätte Halt finden können.

Jetzt befand der kühne Mann sich gerade so hoch wie die Frau, aber vielleicht zwanzig Meter rechts von ihr.

„Was wird er tun? Wie kommt er hin?" fragte einer den andern. Keiner wußte die Antwort.

Als er aber immer noch höher stieg, begann den Leuten die richtige Ahnung von seiner Absicht aufzudämmern. Über dem Standort der Verunglückten, ungefähr acht

Meter höher, gab es eine kleine Vertiefung, auf die Anton es abgesehen hatte. Sein scharfes Auge hatte ihm gesagt, daß es ihm möglich sei, dorthin zu gelangen, natürlich nur dann, wenn er das Leben für nichts achtete. Und diese Vertiefung erreichte er.

Ein jubelnder Schrei schallte zu ihm empor. Den Zuschauern schien es, als sei das schwierige Werk halb schon geglückt.

„Noch nicht der zehnte Teil", sagte der alte Forstner. „Die eigentliche Arbeit beginnt erst jetzt."

Die Vertiefung hatte kaum Platz für einen Menschen. Darum hatte Anton den Stuhl gelockert, so daß er an der Schnur vom Rücken herabhing. Unter sich die ungeheure Tiefe, um sich nichts als nackte, glatte Felswand, begann er zu arbeiten.

„Was tut er?" fragte man unten.

Als alle atemlos lauschten, hörten sie von oben herab ein leises Geräusch, wie das Ticken einer Uhr. Anton schlug mit dem Hammer das Spitzeisen in das Gestein, um einen festen Halt für das Seil zu bekommen.

Diese Arbeit war mühsam. Es dauerte über eine halbe Stunde, ehe man bemerkte, daß er das Seil befestigt hatte.

Dann plötzlich hing er an ihm in der Luft und schwebte hin und her wie ein Pendel. Immer weiter und weiter tastete er sich. Er kam der Frau näher und immer näher, und da — da hatte er den Vorsprung erreicht und kniete bei ihr nieder.

Lauter Jubel erscholl von unten herauf.

Der Vorsprung war wohl fünf Meter lang und zwei Meter breit. Da lag die Frau, unbeweglich und mit geschlossenen Augen, in unmittelbarer Nähe der Kante. Die leiseste Bewegung konnte sie hinabreißen. Neben ihr sah er das weiße Taschentuch, mit dem sie gewinkt hatte.

Anton band zunächst den Stuhl los und setzte ihn nieder. Dann kroch er hin und zog die Frau so weit zurück, daß sie nicht hinabfallen konnte.

Sie hatte das Aussehen einer Leiche. Die zarten Hände waren blutig. Er zog die Flasche hervor und tröpfelte ihr ein wenig Kirschengeist zwischen die halbgeöffneten Lippen. Sie schlug die Augen auf und starrte ihn eine Weile an.

„Wo bin ich?"

„Fast in Sicherheit."

„Mein Gott! Wer bist du?"

„Ich bin der Krikelanton. Ich freu mich, daß ich hab zu dir kraxeln können."

„O Gott! Wie willst du mich retten?"

„Ja, wannst mit hinab willst, mußt dich mir schon anvertraun."

Sie schloß die Augen. Nach all dem Jammer und der entsetzlichen Todesangst machte der Gedanke, daß Rettung möglich sei, sie schwindeln.

Er flößte ihr noch einige Tropfen ein, und sie öffnete die Augen wieder.

„Mein Mann!" ächzte sie.

„Der sitzt da unten."

„Wie! Er ist nicht tot?"

„Gar nicht. Er ist ganz schön mit abgerutscht und hat sich nachher herausprasseln lassen."

„Gott, Gott, ich danke dir!" weinte die Frau. „Ich war überzeugt, daß er zerschmettert worden sei! So meinst du wirklich, daß ich gerettet werden kann?"

„Mit Gottes Hilf, ja."

„Aber wie?"

„Ich werd dich wohl tragen müssen. — Da hinunter." Er zeigte in die grausige Tiefe.

„Unmöglich!"

„Bin ich nicht heraufgestiegen?"

„Wie das möglich gewesen ist, kann ich mir nicht denken. Ich bin nur einmal bis zum Rand hingekrochen, um einen Blick hinabzuwerfen, aber es ist mir schwarz vor den Augen geworden."

„So bist leicht schwindelig?“

„Ja.“

„O weh! Da werd ich dir die Augen verbinden müssen. Wenn du im Schwindel eine falsche Bewegung machst, sind wir alle beid verloren.“

„Aber wie willst du mich denn tragen?“

„Schau den Lehnstuhl dort! Auf den setzt dich, und ich bind dich und ihn mir auf den Buckel. Auf diese Art spazier ich nachher abwärts. Nun will ich das Eisen festmachen.“

Er holte das zweite Eisen und den Hammer heraus und begann es in den Felsen zu treiben. Als es einen festen Halt gefunden hatte, schlang er sich das zweite Seil vom Leib und knüpfte es an das Eisen.

„Es ist ja viel zu kurz“, sagte sie.

„Das hast sehr richtig gesagt“, anwortete er lächelnd. „Es müßt grad zwanzigmal länger sein, wann es bis hinab reichen sollt. Aber ich will mich auch nicht bis ganz hinab seilen.“

„Wie sonst?“

„Schau, grad unter uns ist wieder so ein kleiner Stein, gar nicht so groß und breit, höchstens einen Viertelmeter, so daß man grad den Fuß daraufsetzen kann. Wann ich nur einmal darauf steh, dann ists gut; es wird dann schon eine Stell geben, wo ich den Stock einhaken kann oder Platz für die Fußspitz find.“

„O Gott, mir graust!“

Sie verhüllte die Augen mit den Händen.

„Aber hinab mußt doch einmal! Tu mir den Gefallen und denk an das heilige Bibelbuch, da drinnen ist zu lesen, daß die Engel kommen und den Menschen halten, daß er an keinen Stein stößt. Jetzt komm her, und setz dich auf den Stuhl!“

Sie tat es. Er band ihren Leib und ihre Arme an die Lehne und ihre Beine an die des Stuhls fest. Dann verband er ihr mit ihrem Taschentuch auch die Augen.

„Gott wird uns schützen", sagte er dabei. „Ich werd ganz gut hinabkommen, wann du mir nur versprichst, dich nicht zu bewegen, und nicht zu schreien. Du mußt grad sein, als ob du tot und begraben seist."

„Ich verspreche es dir."

„So mag es denn beginnen."

Er kauerte sich nieder, um sich den Stuhl auf den Rükken zu binden, so daß die Lehne zwischen seinen Rücken und den ihren kam. Dann erhob er sich.

„Gehts fort?" fragte sie.

„Ja. Ich wollt aber erst feststellen, wie schwer du bist. Das ist grad wie 'ne Feder. Wann du still bist, so werd ich denken, ich hab gar nix auf dem Buckel. Bet schön leise immerfort, denn nun — beginnts."

Jetzt kroch er bis zum Seitenrand des Vorsprungs, kniete dort nieder, ergriff das Seil, rutschte langsam vom Stein ab und ließ sich am Seil hinab, bis er die grausigschmale Stelle erreichte, auf der sein Fuß Halt fand.

„Hörst mich, Frau?" fragte er.

„Ja."

„Das Seil ist zu End, und ich muß mich nun auf meine Füß und auf den Stock verlassen. Leg dich recht schwer nach hinten, so daß mich dein Gewicht nicht von der Wand abzieht, sonst stürzen wir!"

Sie gehorchte.

Er bog sich möglichst zusammen, um im Gleichgewicht zu bleiben. Glücklicherweise war die Frau vor Angst fast gelähmt. Sie wagte kaum zu atmen.

Was er bisher getan hatte, war beinah nur ein Kinderspiel zu nennen gegen das, was er noch vollbringen mußte. An dem kleinen Vorstoß klebend, richtete er den klaren, furchtlosen und schwindelfreien Blick neben und unter sich, um einen zweiten Punkt für Füße und Stock zu finden.

So begann der Abstieg, bald senkrecht hinunter, bald zur rechten oder zur linken Seite. Oft gab es keinen Fleck mehr, um Fuß zu fassen — dann mußte er mit Lebensgefahr wieder zurück, um andere Stellen zu suchen.

Es gehörten, von den Eigenschaften der Seele abgesehen, Muskeln von Eisen, Flechsen von Stahl, Nerven von Erz dazu, diesen Gang in den Abgrund auszuführen. Immer tiefer und tiefer kam Anton.

Die zuschauende Menge hielt es nicht für möglich. Sie stand in zitterndem Schweigen. Sie wagte sich nicht zu rühren, als müßte eine Bewegung den Tollkühnen da oben in die Tiefe schmettern ...

Noch fünfundzwanzig, noch zwanzig Meter war er vom Boden — noch fünfzehn, zehn — fünf Meter. Noch vier — drei — zwei — einen Meter, dann tat er den kleinen Sprung.

Er stand auf fester Erde —, die Frau des Professors war gerettet.

Man hätte denken sollen, daß nun ein großer Jubel losbrach, aber mit nichten.

Der Augenblick war zu gewaltig. Da begann der Pfarrer mit lauter, vor Erregung heiserer Stimme:

„Ich rief den Herrn in meiner Not:
Ach Gott, vernimm mein Schreien!
Da half mein Helfer mir vom Tod
und ließ mir Trost gedeihen.
Drum dank, ach Gott, drum dank ich dir.
Ach danket, danket Gott mit mir!
Gebt unserm Gott die Ehre!“

Alle sangen mit, alle, nur Antons Eltern und der Professor nicht; sie fanden selbst zu dem Loblied keine Kraft mehr. Und Anton stand unbeweglich, aber seine Knie wankten. Nach der entsetzlichen, übermenschlichen Anstrengung trat der Rückschlag ein. Er kniete langsam nieder, so daß er den Stuhl zur Erde setzte. Denn niemand vermochte eine Hand zu rühren, um ihm dabei zu helfen. Sie schienen alle, die den Todesgang geschaut hatten, vor kaltem Grausen gelähmt. Nun löste er den Strick, mit dem er den Stuhl befestigt hatte. Und jetzt erst fand auch der Professor sein Leben wieder. Er riß der Frau das Tuch von den Augen und zog sie weinend in die Arme, obgleich sie noch an den Stuhl gefesselt war.

An den Schultern Antons aber hingen seine alten Eltern, laut schluchzend vor Freude und Stolz.

Das dauerte aber nicht lange; denn nun drängten sich auch die andern heran. Jeder wollte dem mutigen Mann die Hand zu drücken und ihm ein Wort der Anerkennung sagen.

Der Professor umarmte ihn.

„Anton“, sagte er, „was du heut an uns getan hast, das hast du dir getan! Ich will nicht von Dank sprechen, aber Gott soll meiner vergessen, wenn ich dieses Augenblicks vergesse! — Sei mein Bruder, mein Sohn! Was ich habe, das gehört auch dir!“

In jubelndem Triumph wurden Retter und Gerettete hinab in das Dorf geführt.

Dort flüchtete Anton mit den Eltern in ihre Hütte.

Franza war mit zum Gasthaus gegangen, in dem der Professor wohnte. Seine Frau befand sich in hilfsbedürftigem Zustand, und die derben Bewohnerinnen des Orts waren zur Behandlung der Dame so wenig geeignet, daß Franza sich ihrer annahm.

Anton mußte vor allen Dingen berichten, was er während der Rettungsarbeit gedacht und gefühlt hatte. Dann fragten die Eltern, warum er erst heut nach Haus gekommen sei.

Er erzählte seine Erlebnisse, und da fiel ihm erst das Geld ein, das er bei sich trug. Vor lauter Eifer, das Wagnis zu unternehmen, hatte er gar nicht daran gedacht.

Er zog die blanken Goldstücke hervor und legte sie auf den Tisch.

„Da schaut, was ich euch mitgebracht hab! Diese Gold stücke sind von dem Herrn aus München, bei dem ich den Bären erschossen hab.“

„Der Gute! — Was aber fangen wir nun mit dem vielen Geld an?“ fragte die Mutter fast erschrocken.

„Das werd ich dir gleich sagen. Davon lebst und zehrst mit dem Vater, bis ich wieder aus meiner Gefangenschaft zurückkehr.“

„Gefangenschaft? — Was plauschst da! Wirst doch jetzt nicht in Gefangenschaft gehn, da sie dich nicht ergriffen haben?“

„Doch werd ich gehn. ’s ist besser, ich bin die Sorg los. Und nachher wird die Leni mein Weib.“

„Die Leni? Da will ich gar nix dagegen haben, aber das mit dem Gefängnis, da wird nix draus! — Nicht wahr, Alter?“

Der Vater überlegte bedächtig.

„Der Anton hat noch nicht gesagt, wie er auf diesen Gedanken kommen ist. Wie ich ihn kenn, so tut er nix, ohne es sich vorher überlegt zu haben. Laß ihn reden! Wir hören ihn an, und dann wird sichs zeigen, was wir davon zu denken haben. Also sprich, Anton!“

Und nun erklärte der Sohn, wie er durch Leni und seine Liebe zu ihr auf den Gedanken gekommen sei, die Vorschriften des Gesetzes zu erfüllen. Er sprach längere Zeit in aller Aufrichtigkeit und Eindringlichkeit zu den Eltern. Als er fertig war, hatte er den Vater überzeugt.

„Hast recht, Anton. Geh hinüber und stell dich dem Gericht! Dann bists los.“

„Und wann?“

„Wann du denkst.“

„Dann recht bald. Je rascher ich beginn, desto rascher bin ichs wieder los. Was meinst, ob ich heut schon geh?“

„Tu’s, Anton! Etwas Gutes soll man nie auf die lange Bank schieben.“

„Nein, heut nicht!“ rief die Mutter. „Heut, nachdem du so Großes vollbracht hast, wollen wir dich bei uns haben!“

„Und grad deswegen möcht ich gehn. Weißt, nun kommen die Leut all, und ich soll Red und Antwort stehn. Das ist mir z'wider, und da geh ich lieber fort."

Die Mutter war freilich dagegen, aber der Vater gab Anton recht, und so wurde beschlossen, daß er sich noch heut dem Gericht stellen solle.

„Fährst mit dem Freifräulein hinüber?" fragte der Alte.

„Eigentlich wollte ich, aber sie wird mir widerreden. Sie will mich unbedingt glücklich machen, und da paßt es ihr nicht in den Kram, daß ich gefangen bin. Ich möcht lieber ohne sie hinüber. Aber wann ich lauf, so ergreifen sie mich."

„Kannst auch fahren. Des Nachbars Knecht wollt hinüber mit Heu. Er ist nur durch das Unglück droben am Bergsturz abgehalten worden. Ich will mal nachschauen, ober er noch fährt."

Der Alte ging und kehrte mit der Nachricht zurück, daß der Knecht noch fahre und schon beim Anspannen sei.

Nach kurzer Zeit sahen sie den Wagen vorüberrollen, und Anton nahm Abschied von den Eltern. Das brach ihnen das Herz keineswegs. Diese herben Leute haben sich auch lieb, aber ihre Liebe ist keine weichherzige, sie macht weniger Umstände.

Anton holte vor dem Dorf den Wagen ein und kroch, da der Knecht unterrichtet war, in das Heu, wo er nicht bemerkt werden konnte.

Es war wenig nach Mittagszeit, als sie in der Stadt ankamen. Anton ging sofort zum Gericht, wo die Dienststunden für den Nachmittag eben begonnen hatten. Im Anmeldezimmer befanden sich der Amtswachtmeister und — der Nachtwächter.

Als der gute Mann den Wilderer eintreten sah, stand ihm vor Erstaunen der Mund weit offen.

„Himmelsakra, der Krikelanton!"

Der Wachtmeister fuhr herum und betrachtete den jungen Mann.

„Das ist er? — Das? — Unmöglich.“
„Warum halt unmöglich?“
„Der Fuchs wird doch nicht in der Höhle des Löwen erscheinen.“
„Oh, ein Fuchs verlauft sich auch mal!“ antwortete Anton ruhig.
„Bist nicht gescheit? — Kannst dir doch denken, daß wir dich festhalten!“
„Deswegen komm ich. Ich will hier festgehalten sein.“
„Bist wohl nicht richtig im Kopf?“
„Ich bin wohl sehr richtig.“
„Weißt, wen wir mal haben, den lassen wir nicht so bald wieder fort!“
„Ich will auch gern bleiben. Kannst mich bei dem Herrn Amtmann melden.“
„Gleich bei dem? Warum nicht vorher bei dem Herrn Aktuar oder Referendar?“
„Weil ich halt gleich reine Sach haben will.“
„Nun, so mußt noch ein wenig warten! Setz dich nieder. Da steht die Bank.
Anton setzte sich.
Der Nachtwächter wußte noch immer nicht, ob er seinen Augen trauen dürfe. Er kam langsam näher.
„Willst dich wohl freiwillig stellen? Das ist ja noch nie g'wesen!“
„Aber es ist besser so, sonst fängst mich noch ein und steckst mich ins Loch.“
„Das kann sein. Ich hätt dich heut in der Nacht beinah schon ergriffen. Aber als der Herrgottle den Schaden besah, warst du es nicht, sondern ein andrer.“
„Wer?“
„Hab den Namen vergessen.“
„Wohl der Baron von Höllenkamp?“
„Verdimmi, verdammi! — Du kennst ihn?“
„Sehr gut. Er hatte eine Brille auf und einen Hut zum Zusammen- und Auseinandertun. Nicht wahr?“

„Ja. So einen Hut hab ich noch gar nie gesehn. Aber woher weißt du es?"

„Weil ich dabei war."

„Du?"

„Ja."

„Es war nur ein Weibsbild dabei."

„Ein Weibsbild und ich. Der Baron von Höllenkamp war ich selber."

„Du — du — wärsts gewesen?"

„Ja."

„Verdimmi, verdammi! Kaum zu glauben!"

„Hab ich dich nicht gut angeschnauzt? Du bist davongegangen wie der Pudel, wenn man ihm Wasser auf den Pelz schüttet."

„Hör, Anton, das will ich mir verbitten! So weit geht unsre Freundschaft nicht, daß ich mich von dir einen Pudel schimpfen laß! — Hier befindst dich auf amtlichem Boden, und wann du mich verinjurieren willst, so kannst schon schnell eingesperrt werden!"

„Einsperren kannst mich allerhöchstens nachts!"

„Sei still, Anton! Davon braucht niemand nix zu erfahren. Wann sie hören, daß ich dich hab laufen lassen, so bekomm ich eine Nase, die für fünf Nashörner und zehn Alifanten ausreicht. Die g'strengen Herren verstehn so leicht keinen Spaß. Eigentlich hab ich alles festzunehmen, was ich auf der Straß find, wann ichs nicht kenne. Wer ein Amt hat, der hat auch eine Sorg. Es ist nur gut, daß mit dem Amt auch gleich allemal der Verstand kommt."

Jetzt war der Amtmann zu sprechen, und der Wachtmeister führte Anton hinein.

Der Beamte mochte überrascht sein, daß der vielgesuchte Wilderer freiwillig zu ihm kam. Er betrachtete in einen Augenblick lang, und diese Musterung schien von gutem Erfolg gewesen zu sein. „Was führt Sie zu mir?" fragte er in mildem Ton.

„Mein freier Wille, Herr Amtmann. Ich möcht meine Straf absitzen."

„Absitzen? Sie scheinen das plötzlich recht eilig zu haben!"

„Ja, je eher ich beginn, desto eher hörts auf."

„Aber es ist Ihnen doch noch gar keine Straf zuerkannt worden!"

„Nicht? Kann das net sofort g'schehn?"

„Nein. Es muß vorher über die Verbrechen verhandelt werden."

„Ich hab halt 'glaubt, das ist nicht nötig! — Es steht ja im Gesetzbuch geschrieben, welche Straf ein Verbrechen hat."

Das war nun freilich eine sehr kindliche Ansicht, und sie wurde mit einer solchen Unbefangenheit geäußert, daß der Amtmann Mühe hatte, das Lachen zu verbergen. Er gab ihm die nötige Erklärung und ließ ihm dann eine Zelle anweisen, in die Anton eingeschlossen wurde.

DER WEG ZUM GLÜCK

Als am Vormittag Leni mit dem Wurzelsepp in die Kirche gegangen war, hatten beide nicht bemerkt, daß sich der König schon dort befand.

Ludwig war ein begeisterter Liebhaber der Musik. Er wußte, daß der Kantor in dieser Kunst recht beschlagen war, und hatte ihn veranlaßt, die Orgel zu spielen. Nach dem Vortrag war er zu Leni und Sepp getreten und hatte sie aufgefordert, ihm zu folgen. Er ging zum Pfarrhaus, in dessen Hof die beiden zunächst ein Weilchen warten mußten, bis sie hereingerufen wurden. Sie kamen aber nicht, wie sie erwartet hatten, zum König, sondern zu dem Pfarrer, der sie wohlwollend zum Sitzen nötigte.

„Du weißt wohl, liebes Kind", wandte er sich an Leni, „daß ich stets eine aufrichtige Teilnahme für dich gehegt habe. Seit du als kleines Waisenkind zum erstenmal meiner Obhut anvertraut wurdest, habe ich deinen Entwicklungsgang beobachtet und immer wieder mit Freude und Dankbarkeit gesehen, mit welch reichen Gaben dich der Herrgott ausgestattet hat. Immer war es mein geheimer Wunsch, diese Gaben einmal ausbilden lassen zu können —, aber du weißt, daß ich arm bin, und so mußte ich mich bescheiden. Nun aber ist ein anderer, der viel vermag, auf dich aufmerksam geworden. Er ist bereit, die herrlichen Gaben, die du besitzest, zur Reife zu bringen. Leni, du stehst an einem hochwichtigen Wendepunkt deines Lebens, und die Entscheidung wird dein Leben vielleicht in eine ganz neue Bahn lenken. Wir wollen den Herrgott bitten, daß es dir zum Segen werden möge!"

Der Pfarrer hielt inne. Das klang so feierlich, daß es Leni noch banger werden wollte, als es ihr heute schon war.

„Welche Gabe meinen Hochwürden?" stammelte sie.

„So hast du noch nicht gehört, daß du für die beste Sängerin weit und breit giltst?"

„Das hab ich schon oft gehört, aber ich glaubs nicht."
„Du kannst es getrost glauben, es ist wahr. Der Herrgott hat dir einen Reichtum in deine Kehle gelegt, der unschätzbar ist. Hast du denn schon einmal so eine richtige Sängerin gesehn?"
„Nein. Aber der Sepp hat mir erzählt, von einer, die da drin in München gesungen hat, so schön, daß die Menschen haben weinen müssen. Und der König und all die hohen Herren haben zugehört . . . Ja, wenn man so singen könnt!"
„Du wirst es können", lächelte der Pfarrer. „Freilich gehört viel Fleiß und viel Geduld dazu, es recht zu lernen. Aber ich kenne dich, meine liebe Leni, und weiß, daß du die Erwartungen des Königs nicht enttäuschen wirst."
„Des Königs?"
„Ja. Der König hat deine herrliche Stimme gehört und will dich zu einem berühmten Gesangslehrer tun, der dich ausbilden soll, damit du eine Künstlerin werden magst. Er läßt dich durch mich fragen, ob du ihm den Gefallen tun und ja sagen willst."
Leni hatte regungslos gestanden. Jetzt blickte sie den Pfarrer offen an.
„Ich soll dem König einen Gefallen tun? Ja, das will ich herzensgern. Ich möchte ihm mein Leben geben, wann es gut für ihn ist. Aber eine Sängerin werden — nein, Hochwürden, das kann icht nicht."
„Warum nicht?" fragte der Pfarrer.
„Weil — weil — ich kanns nicht sagen."
„Dummheit!" fuhr der Wurzelsepp auf. „Wann dus nicht sagst, so sag ichs!"
„Ja, sag dus!"
„Ihr Grund ist nämlich der Krikelanton."
„Ah!" lächelte der Pfarrer. „Ist er dein Schatz?"
„Ja", antwortete sie errötend.
„Ein Wilderer?"
„Aber ein braver Bub!" antwortete sie schnell.

„Ob ein Wilderer brav sein kann, darüber wollen wir nicht streiten; er kann auf keinen Fall der Grund sein, daß du den Wunsch des Königs nicht erfüllst, denn er ist ja nun tot.“

„Grad weil er tot ist, kann ich nicht.“ — Sie wischte sich die Augen. „Schau Hochwürden, der Anton wollt heut nach Haus und seinen Eltern das Geld geben, was ihm der König geschenkt hat. Sie sollten davon leben, und er wollte indessen ins Gefängnis gehn, um freiwillig seine Straf anzutreten. Danach wollt er nie wieder eine Gams schießen, und wir wollten Mann und Weib werden und brav arbeiten. Das hatten wir uns so schön ausgesonnen, und nun — und nun — ist er — erschossen!“

Sie begann zu weinen.

Der Pfarrer wiegte den Kopf.

„Also ist er doch mit dem festen Vorsatz der Besserung gestorben und wird nun bei Gott Gnade finden. Aber dich kann das in deinem Entschluß nicht beengen.“

„Gar wohl! Ich muß doch zu seinen Eltern! Die hab ich von ihm geerbt. Sie sind alt und arm. Ich hatte ihm versprochen, sie oft zu besuchen, wann er im Gefängnis sitzt. Nun ist er für immer fort, und da muß ich ganz zu ihnen gehn!“

Über das Gesicht des Pfarrers ging eine tiefe Rührung. Er streckte dem Mädchen die Hand entgegen.

„Das ist brav gedacht von dir. Du hast das Herz da, wo es hingehört, Leni; aber wie nun, wenn die Eltern auch ohne dich auskommen?“

„Das können sie nicht.“

„Ich meine, wenn ihnen unser guter König um deinetwillen ein kleines Jahresgeld zahlte?“

„Das wäre sehr brav und lieb, und ich wollt für ihn beten dafür, aber Geld tut es doch nicht; ich muß selber hin zu ihnen.“

„Wohl! Ich will nicht in dich dringen; ich darf dein Herz nicht hindern, in seiner Weise Gutes zu tun; aber es ist auch meine Pflicht, dir zu sagen, worauf du verzichtest. Es öffnet sich vor dir eine Bahn des Ruhmes und der Ehre; du sollst eine Künstlerin werden, die da wirkt zum Preise Gottes und den Menschen zur Erhebung. Du kannst da an einem einzigen Tag mehr Gutes wirken, als sonst während deines ganzen Lebens, wenn du zu den Eltern Antons ziehst. Kennst du das Gleichnis von dem ungetreuen Haushalter oder von den verschiedenen Pfunden? Die heilige Schrift verbietet es, das von Gott empfangene Pfund zu vergraben. Du willst die dir verliehene Gabe verkümmern lassen; wenn du das tust, so machst du dich einer schweren Sünde schuldig. Bedenke das wohl, meine Tochter!"

Es entstand eine Pause, Leni blickte vor sich nieder. In ihrem Gesicht sah man den Ausdruck der verschiedenen Gefühle kommen und gehen. Endlich hob sie das ernste Gesicht.

„Ich kann nicht, Hochwürden. Wann ich vor den Theaterleuten singen müßt, dann müßt ich an den Anton denken und an seine alten Eltern, und ich tät steckenbleiben, denn die Kehl hätt keinen Platz für den Gesang."

„Das denkst du jetzt. Das Herzeleid, das dich heut bewegt, wird seine Macht mit der Zeit verlieren, und dann wirst du es bitter bereuen, nicht auf meinen Vorschlag eingegangen zu sein."

„Ich glaubs nicht, ich glaubs nicht. Was ich heut denk und fühl, das wird stets so bleiben."

„Du kennst das Menschenherz noch nicht. Es ist —"

Er wurde unterbrochen. Die Tür, die zum Nebenzimmer führte und nur angelehnt war, wurde aufgestoßen und der König trat ein.

„Hochwürden, dringen Sie nicht weiter in sie!" sagte er. „Es sind zwei Stimmen, die jetzt in ihr rechten, die Stimme der Kunst und die des Herzens. Ich verzichte auf die Genugtuung, die ich bei dem Gedanken fühlte, ein einfaches Kind meines Volkes emporheben zu können zur

Höhe, in der die göttlichen Musen walten. Vielleicht haben Sie recht. Leni kann als Künstlerin Gott dienen und viel Gutes wirken; aber denken Sie an die Worte Uhlands:

> Doch schön ist nach dem großen
> das schlichte Heldentum.

Leni hat sich für dieses schlichte Heldentum entschlossen, und vielleicht ist das Gott wohlgefälliger als der glänzende Ruhm, den wir ihr bieten und den sie verschmäht, weil sie die Stimme ihres Herzens und Gewissens achtet."

Er legte dem Mädchen die Rechte auf das Haar.

„Handle stets so, wie du heut gehandelt hast, Leni; dann wirst du immer den Frieden mit Gott und mit dir selber genießen. Hast du später einmal einen Herzenswunsch, so komm zu mir. Für die Eltern des Krikelanton aber laß mich nur sorgen!"

Sie küßte mit tiefster Bewegung die Hand des Königs und ging, gefolgt von dem Wurzelsepp, der mit seinem Alpenstock in der Luft herumfuchtelte, als wolle er alle Welt erschlagen.

„Weißt, was du getan hast?" fragte er grimmig.

Sie antwortete nicht.

„Eine Dummheit hast gemacht, eine unverzeihliche Dummheit!"

Nach einer Weile fragte er wieder:

„Und weißt, was du bist?"

Auch jetzt antwortete sie nicht.

„Eine Gans bist, eine dumme! Kei Sängrin werden wollen! — Himmelsakra! — Wann doch nur mir mal so ein Weizen geblüht hätt! Wie hättsts haben können! Seidene Kleider, ein Kammerdiener, eine Jungfer, ein Kutscher, ohne die Köchin und alles andre! Und der König hätt sein Freud dran gehabt und der Wurzelsepp auch!" Er machte vor Grimm so schnelle und weite Schritte, daß sie Mühe hatte, ihm zu folgen. „Und der Ruhm und die Ehr! Wann der Vorhang aufgeht, so schmeißens dir die Kränz von allen Seiten an den Kopf. Und wann ich dann mal komm, um dich zu besuchen, so trink ich Schokolad. Und nachher setz ich mich in deine Egwipasche, fahr spazieren und streck den Leuten vor Stolz die Zung heraus! So konnts sein! Aber du — du —!"

Er drehte sich nach Leni um.

Sie war fort.

„Himmelsakra! Was ist denn das? Wo ist denn nun die Leni? Fortgelaufen! Der hat mei Gezank nicht gefallen wolln, und da hat sie sich halt nach ruckwärts gedreht. Aber ich lauf auch zurück und werd sie schon finden. Nachher soll sie ganz andres anhören müssen."

Er kehrte um, aber er fand Leni nicht. Sie war auf einem schmalen Gartenweg entschlüpft, der aus dem Dorf hinausführte.

Sie wollte allein sein mit den Gedanken und Gefühlen, die auf sie einstürmten.

Der Antrag des Königs hatte einen tiefen Eindruck auf sie gemacht. Wäre das später gewesen, wenn der Schmerz gemildert war, so hätte sie vielleicht nicht nein gesagt, denn das Singen war ihre Lust, ihre Leidenschaft. Fast war es ihr, als müsse sie umkehren.

Langsam ging sie hinter dem Dorf hinab. Da wurde sie durch das Geräusch von Schritten aus ihrem Sinnen aufgeschreckt. Die Büsche, die zu beiden Seiten des Weges standen, teilten sich, und der Freiherr von Brenner stand vor ihr, der Vetter Franzas.

Das schöne Mädchen war ihm schon längst aufgefallen, und die Gelegenheit schien ihm günstig, ein wenig mit ihr anzubändeln.

Sie sah kurz zu ihm auf und wollte weiter.

„Halt, Mädchen!" sagte er. „Wohin?"

„Gehts dich was an?"

„Weil ich mit dir reden muß."

„Was hättst mit mir zu reden?"

„Kennst du mich?"

„Ja. Der Herr von Brenner bist."

„Richtig. Und du bist die Leni Bergner. Hast mir immer gut gefallen.“

„Du mir nicht. Adjes!“

Sie wollte fort; aber er faßte ihre Hand.

„Bleib doch! Ich habe dir noch nichts getan! Du bist ein schönes Mädchen, und ich bin dir gut!“

„Warum grad mir?“

„Hast du vielleicht schon einen andern Schatz? Der Krikelanton ist gestern abend in deiner Hütte gewesen. Ist der es vielleicht?“

„Ja, der ists.“

„Ein schöner Schatz! Wenn ich ihn einmal erwische, so wird es ihm traurig gehn.“

„Den wirst nimmer erwischen!“

„Oho! Wohl weil er in der Nacht entkommen ist, als er sich in unserm Haus versteckte und nachher —“

Sie blickte ihn mit starren Augen an, als ob sie einen Geist sähe.

„Was — sagst — du — da?“

„Der Kerl ist ja gar nicht erschossen worden, wie man glaubt! Meine Base hat ihn bis gegen vier Uhr da oben bei uns versteckt und ist dann —“

Ein lauter Schrei entrang sich ihrer Brust.

„Du lügst!“

„Es ist wahr!“

„Schwörs!“

„Ich kann alle Eide darauf leisten.“

Sie wandte sich um. Er hielt noch ihre Hand, die sie ihm in ihrer Überraschung nicht entrissen hatte.

„Halt, schöne Leni! Für das, was ich dir da gesagt hab, will ich einen Kuß!“

Sie wollte sich losreißen; er aber hielt ihre Hand mit der Rechten fest, legte den Arm um sie und näherte seine Lippen ihrem Gesicht. Da riß sie sich mit einem kräftigen Ruck los und holte aus, daß es klatschte. Er fuhr sich mit der Hand nach der Wange.

„Da hast a Watschen, alberner Bub!“

Sie rannte über die Wiese hinüber nach dem Weg, der zur Stadt führte. Er wollte ihr nach, hielt aber schon beim dritten Schritt ein und drohte ingrimmig mit der Faust.

„Verdammtes Frauenzimmer! — Das werd ich dir gedenken! Du kommst mir schon wieder in den Weg!“

Ihr fiel nicht ein, zurückzublicken, um zu sehen, welche Wirkung ihre Ohrfeige hervorgebracht hatte. Ein unaussprechlich glückliches Gefühl schwellte ihre Brust.

„Er lebt! — Er ist nicht tot!“ jubelte es in ihr. Sie rannte weiter und weiter, ohne sich Rechenschaft zu geben, was sie eigentlich vorhatte. Sie wollte mehr hören, sie wollte Gewißheit haben. Darum trieb es sie vorwärts auf den Weg, den auch er wohl gegangen war.

Gerettet war er — welch ein stolzer Gedanke, daß ihr Geliebter mitten in der Nacht über den Felsengrat gekommen war, trotz des Schusses und trotz der Verfolger. Das machte ihm niemand nach.

Sie erreichte auf ihrem tollen Glückslauf die Stadt auf dem Weg, der in die erste Gasse einbog. Ein mit zwei Pferden bespannter Leiterwagen kam ihr entgegen.

„Wo fährst hin?“ fragte sie hinauf.

„Hinüber, jenseits der Grenz.“

„Nimmst mich mit?“

„Gern. Wohin willst? Zu wem?“

„Zum Krikelanton.“

„Wannst zu dem willst, so kannst bleiben! Er ist hier in der Stadt im Gefängnis. Er hat sich freiwillig gestellt.“

„Herr mein Gott! Weißts gewiß?“

„Ja; ich hab ihn selber herg’fahren. Kennst ihn wohl gut?“

„Ja, sehr gut.“

„Ein feiner Bub! — Er hat noch vorher die Frau eines Professors aus Wien von der Felswand herabgeholt, wo sie seit gestern gehangen hat! — Kein andrer wollte hinauf!“

„Lüg doch net!“

„Geh ins Amt und frag selber nach!“

Wortlos eilte sie weiter zum Amtsgebäude. Die entschlossene Leni kannte weder Furcht noch Zagen. Sie verlangte die Bestätigung dessen, was sie von dem Freiherrn und von dem Knecht erfahren hatte; darum trat sie stracks in das Gebäude ein. Sie lief fast gegen den Nachtwächter, der die Treppe herabkam.

„Hast im Amt den Krikelanton gesehn?“ fragte sie atemlos.

„Ei wohl! — Warum?“

„Weil ich glaubt hab, er ist tot!“

„Na, der und tot! — Wann der mal gestorben sein wird, muß man ihn noch einmal totschlagen, totschießen, ersäufen und am Ast aufhangen!“

„Warum noch aufhangen?“

„Weil er den Galgen verdient hat.“

„Den Galgen? Hör, wann du nicht der Wächter wärst, so würd ich dir jetzt eine Watschen ins Gesicht langen, daß du meinen sollst, das Abc fängt beim Z an! Wann nur alle Leute so brav wären wie der Anton!“

„Verdimmi, verdammi! Hat das Dirndl ein Schneid! Bist wohl sein Schatz? — Aber euch wird schon noch der Mut vergehn! Wann der Anton für zehn Jahr im Zuchthaus steckt, dann wirds andre Gesichter und Reden geben!“

„Ins Zuchthaus? — I du Schlankerl! Ehe der hineinkommt, bist selber drin! Jetzt werd ich gleich den König bitten, daß er den Anton freiläßt.“

„Den König? — Freilassen? — Bist wohl net g'scheit?“

„G'scheiter bin ich als du! Kannst gleich stehnbleiben und warten, bis der Bot vom König kommt und den Anton herausverlangt!“

„Verdimmi, verdammi! Bist wohl mit dem König Gevattern gewesen?“

Leni hörte nicht mehr auf ihn. Sie eilte fort, zur Stadt hinaus und dem Dorf zu.

Ganz außer Atem kam sie in der Pfarrei an. Der Priester empfing sie mit einigem Befremden.

„Herr Pfarrer, ist der König noch hier?" erkundigte sie sich.

„Ja. Er erwartet seinen Wagen. Was ist mit dir? Du siehst ja ganz sonderbar und überhitzt aus!"

„O Jegerl! Es ist auch danach. Ich muß sogleich mit dem König reden!"

„Weshalb?"

„Weil ich eine Sängerin werden will!"

„Wie? Was? Hast du deinen Entschluß so schnell geändert? Das bin ich an dir gar nicht gewöhnt. Du hast sonst stets einen festen Charakter gezeigt."

„Den hab ich auch jetzt noch. Aber es ist etwas geschehn, was mir die ganze Seele umdreht hat — der Anton ist nicht tot!"

„Was sagst du da?"

Leni hatte in ihrer Erregung sehr laut gesprochen, so daß der König ihre Stimme erkannt hatte. Er trat ein; und Leni hob bittend die Hände.

„Herr König, ich will Sängerin werden! — Ich werd mir alle Mühe geben, sollst gewiß deine Freud an mir erleben!"

„Woher diese plötzliche Sinnesänderung, mein Kind?"

„Weil der Krikelanton noch lebt! — Also brauch ich nicht zu seinen Eltern zu ziehn."

„Er lebt? — Er ist nicht erschossen?"

„Nein! — Er ist entkommen und steckt jetzt drin in der Stadt auf dem Amt. Er hat getan, was wir gestern verabredet haben. Er hat sich selber zur Straf gestellt und ist vorher bei den Eltern gewesen. Da hat er auch die Frau eines Professors aus Wien gerettet. Die hat oben an der Felswand gehangen seit gestern, und niemand hat sich hinauftraut als nur der Anton!"

Sie erstattete ihren Bericht mit der Beredsamkeit der Liebe.

Der König blickte mit Wohlgefallen in ihr vom Eifer gerötetes Gesicht.

„Aus dem, was du erzählst, geht allerdings hervor, daß er noch lebt, und daß es ihm durch List gelungen ist, sich freiwillig zu stellen. Der Bursche scheint es wirklich auf ernste Besserung abgesehen zu haben.“

„Ganz gewiß, Herr König! Und meinst nicht auch, daß ich nun Sängerin werden kann?“

„Da es so steht, so freut es mich, daß mein Wunsch in Erfüllung gehen soll.“

Leni machte ein bedenkliches Gesicht.

„Ja, aber so leicht ists halt doch noch nicht!“

„Gibst noch eine Schwierigkeit?“

„Eine sehr große.“

„Nenne sie mir! Vielleicht ist sie zu überwinden.“

„Das brächtst schon fertig, wann du nur wolltst. Schau, wann ich Sängrin werd, so kann ich doch nicht bei den Eltern des Anton sein!“

„Das ist richtig!“

„Aber er ist halt doch auch nicht bei ihnen, denn er steckt doch im Gefängnis!“

„Aha!“ lächelte Ludwig, „ich verstehe.“

„Also muß ich doch hin und kann nicht eher Sängrin werden, bis der Anton frei ist. Meinst nicht?“

„Ja, freilich, da werde ich verzichten müssen.“

Er sagte das in sehr ernsthaftem Ton. Das gefiel ihr aber nicht.

„Du meinst, daß ich es lieber lassen soll?“

„Das nicht. Wir schieben es auf, bis der Anton frei ist.“

„Da hast aber sehr gefehlt! — Hernach mach ich auch nicht mit.“

„Warum nicht?“

„Ja, dann ist mir halt schon die Lust vergangen. Wannst mich haben willst, mußt mich gleich nehmen.“

„Du sagst aber, das wär nicht möglich, der Anton ist doch noch gar nicht frei.“

„Nun, da gibt es doch leicht Hilf und Rettung", lachte sie halb verlegen, halb hoffnungsvoll. „Du bist ja der König; dich kostets nur ein einzigs Wort, so öffnen sie die Tür des Gefängnisses und lassen ihn heraus."

„Aber ob er es auch wert ist!" fragte der König, der ein Lächeln hinter seiner Hand versteckte.

„Wert? — Der Anton? — Ich sage dir, der ist mehr wert, als mancher Baron oder Graf oder Fürst! Wann ich es dir sag, kannsts schon glauben."

„Hm! Das ist allerdings eine ausgezeichnete Bürgschaft."

„Willst?" fragte sie; ihr Gesicht leuchtete vor Freude.

„Ja, Leni, ich will — dir zu Gefallen, und weil er mir das Leben gerettet hat."

„O heilige Jungfrau! Ists wahr? Das werd ich dir nimmer vergessen. Wann ich mal nicht schön sing, brauchst mich nur an heut zu erinnern, so werd ich jauchzen, daß es klingt wie lauter Pfeifen, Zinken und Posaunen."

Sie küßte ihm die Hand; die hellen Freudentränen liefen ihr über die Wangen.

„Aber ich mache eine Bedingung", lächelte er. „Du gehst gleich heut mit mir fort."

„Heut schon?"

„Ja. Ist das nicht möglich?"

„Oh, schon. Ich hab nur meine Truhe zusammenzupacken und von dem Bauer Abschied zu nehmen. Und da soll ich wohl mit dir fahren?"

„Ja. Ich nehme dich gleich mit."

„Herjesses! Was werden da die Leut für Augen machen! Aber — wann wird denn nun der Anton herausgelassen?"

„Sofort. Ich werde gleich den Befehl geben, den der Ortsvorstand schleunigst auf das Amt schaffen mag. Du kannst jetzt gehn und mit dem Bauer sprechen. Ich gebe dir drei Stunden Zeit; dann mußt du mit deinen Sachen hier sein."

„Ja, schreib gleich! Ich wills selber dem Gemeindebürgermeister hintragen."

Der König lachte laut.

„Na, wann du befiehlst, dann muß ich gehorchen!"

Und lachend setzte er sich an den Tisch, warf ein paar Zeilen auf ein Papier, setzte sein Ringsiegel darunter, versah den Umschlag mit der Anschrift des Gerichtsamtes und gab ihn dem glücklichen Mädchen.

Leni eilte den Dorfweg hin, als ob es ein Menschenleben zu retten gälte und trat dann außer Atem bei dem Gebieter des Gemeindewesens ein.

„Die Leni! — Ja, was bringst denn du? Du bist ja gelaufen, daß du net mehr schnaufen kannst! Und ein Gesicht hast, als ob dirs Christkindl begegnet wär!"

„Das ist auch so! — Weißt, der Anton lebt. Er ist in die Stadt gegangen und hat sich dem Gericht gestellt, um sei Strafe zu bekommen!"

„Was du sagst!"

„Und nun hab ich mit dem König gesprochen, der hat ein Gnadengesuch an den Amtmann gemacht, daß er den Anton sogleich aus der Gefangenschaft herauslassen soll."

„Wie? Der König ein Gnadengesuch?"

„Ja."

„Was fallt dir ein! Der König wird doch kein Gnadengesuch an den Amtmann machen!"

„Glaubsts nicht? — So laß es bleiben! Ich bin ja selber dabeigewesen, als er es geschrieben hat. Und ein Siegellack hat er auch darauf verbrannt. — Schau her!"

Sie gab ihm den Brief.

Der Beamte betrachtete ihn auf beiden Seiten.

„Ja, das ist schon richtig das königliche Siegel. Was steht denn drin in dem Schreiben?"

„Bist heut wohl recht langsam von Verstand?" lachte Leni ausgelassen. „Der Anton soll herausgelassen werden. Er hat dem König das Leben gerettet; darum schenkt ihm der Ludwig nun die Freiheit."

„Schau, schau! Der Anton lebt und wird begnadigt! Wundersam. Aber warum bringst diesen Brief zu mir?"

„Ich bin vom König geschickt worden. Du sollst gleich dein Pferd satteln und nach der Stadt reiten, um dem Amtmann den Brief zu bringen."

„Satteln? — Reiten? — Ich? Ich bin niemals in meinem Leben geritten, und heut soll ich den königlichen Eilboten machen!" rief der Mann verdutzt. „Kann ich denn nicht lieber mein Berner Wägele anspannen?"

„Ja, das kannst auch; aber sehr rasch machen sollst!"

„Nun, das soll geschehn. Freilich hab ich das Pferd draußen auf dem Acker; da muß ich erst die Margreth hinaussenden, um es zu holen."

„Wie lang dauert das?"

„Eine halbe Stunde. Ebenso lang brauch ich auch, um das andre Geschirr anzulegen, und saufen muß der Schimmel doch auch; das macht eine gute Stunde wenigstens."

„Und in einer halben Stunde läuft man zu Fuß in die Stadt!"

„Freilich wohl."

„So lauf doch lieber! Aber halt schnell und nicht wie eine Schneck, so tipp — tipp — tapp!"

„Nun, so schnell gehts nicht. Ich muß wohl erst doch vorher die Stiefel ausziehn. Mit meinen Dienstagslatschen kann ich doch nicht aufs Gerichtsamt gehn."

„Mach, so schnell du kannst! Und weißt, sag auch noch einen schönen Gruß von mir!"

„Dem Amtmann?"

„Nein, dem Anton natürlich."

„Was hast denn mit dem?"

„Das geht di nix an!"

„Meinetwegen! Ich soll also warten, bis er frei ist?"

„Natürlich mußt du schaun, daß das Gnadengesuch auch richtig befolgt wird."

„Es ist ja gar kein Gnadengesuch!"

„Was sonst?"

„Ein höchstselbiger königlicher Befehl."

„Tut nix zur Sach. Jetzt geh i. Aber wann du etwa in fünf Stunden noch hier stehst und das Maul aufsperrst, so lauf ich zum König und lass dich vom Dienst bringen, du!" drohte die Leni.

„Himmelsakra! Bist du ein Weibsbild!"

„Euch Männern muß man auch die Höll heißmachen, sonst klebt ihr an der Wand wie an altes Kalenderblatt. Und noch eins: Kennst den alten Nachtwächter?"

„Natürlich!"

„Der immer ‚verdimmi, verdammi' sagt? — Wannst ihn siehst, so sag ihm einen schönen Gruß von mir, und der Anton wär frei."

„Warum ihm?"

„Das ist gleich. Der König hats gesagt."

„Was nur der König mit dem Nachtwächter zu schaffen hat!"

„Danach hast nix zu fragen. Plausch net ewig und steig in die Strümpf, daß du fortkommst!"

Sie ging, und der Gemeindevorstand zog sich so eilig an, daß er in vollen Dreiviertelstunden endlich den Weg unter die Füße nahm. Freilich strengte er sich bei dem Marsch so an, daß er nach Verlauf einer Viertelstunde die Stadt erreicht hatte.

Der Zufall wollte, daß ihm der Nachtwächter begegnete.

„Wo willst du hin?" fragte er. „Du fliegst ja wie eine Schwalbe!"

„Aufs Amt!"

„Ists so eilig?"

„Sehr wohl! Und was ich dir sagen will, ich hab auch einen schönen Gruß an dich auszurichten."

„An mich? Von wem?"

„Vom König."

„Bist verruckt?"

„Ich hab meinen vollen Verstand."

„So meinst wohl einen, der König heißt?"

„Nein. Ich mein den, der König ist."

„Den Ludwig?"

„Ja."

„Und der läßt mir einen Gruß sagen? — Verdimmi, verdammi! Das ist mir all mein Lebtag auch noch nicht g'schehn. Was soll denn das zu bedeuten haben?"

„Daß der Krikelanton frei wird."

„Bist bei Trost?"

„Sehr. Hier hat der König einen Brief aufgesetzt an den Amtmann, den zeig ich vor, und da wird der Anton auf der Stell freigelassen."

„Und das läßt der König mir kund und zu wissen tun?"

„Der König oder die Leni, ich weiß net mehr genau."

„Die Leni! Die war im Amt vorhin. Verdimmi, verdammi! Sie hats g'sagt, daß der Anton loskommen werd! Also hat sie recht g'habt!"

„Wahrscheinlich hat sie ein guts Wörtle für den Anton eingelegt. Sie scheint beim König einen Stein im Sauerkrautfaß zu haben."

„Schau, da muß ich mit; das muß ich sehn!"

„Was?"

„Den Anton, wann er herauskommt."

„Meinetwegen. Aber es wird wohl genau der Anton sein, der hineingegangen ist."

Sie eilten miteinander weiter.

Der Wächter blieb vor dem Gebäude stehen, der Schulze ging ins Wartezimmer und ließ sich beim Amtmann melden, der nicht wenig staunte, als er den Brief las.

Er überflog die wenigen Zeilen zweimal und dreimal. Er prüfte jedes Wort und auch die Siegel. Kein Zweifel, der Brief war vom König.

Der Gerichtsamtmann ließ den Schulzen abtreten und den Krikelanton kommen.

„Kennst du den König?" fragte er ihn.

„Nein. Ich hab ihn noch nie g'sehn."

„Sonderbar. Ich habe soeben hier einen allerhöchsten Befehl erhalten, dich zu entlassen."

„Daran liegt mir nix. Ich will meine Straf absitzen."

„Du hast nichts abzusitzen. Ich habe dir mitzuteilen, daß die Untersuchung gegen dich niedergeschlagen ist. Der König hat dich begnadigt."

Anton starrte den Amtmann sprachlos an.

„Ists wahr? Begnadigt?"

„Ja."

„So erhalt ich keine Straf?"

„Nein."

„Und so fix geht das Begnadigen? Der König weiß doch noch gar net, daß i mich zur Straf g'stellt hab!"

„Red nit. Der König weiß alles."

Anton stieß einen Jodler aus, daß die Fenster zitterten.

„Pst! Beherrsche dich!" mahnte der Amtmann. „Wir haben nun noch —"

„Beherrschen? Himmeltausendsakra! Da soll ich mich beherrschen! Ich bin frei, frei, frei! Da kann ich wohl jetzt fortgehn?"

„Freilich haben wir noch vorher —"

„Ich kann — ich kann?" fragte Anton nochmals.

„Ja, aber vorher mußt du unterschreiben —"

„Unterschreiben?" fragte Anton. „Schreib du selber meinen Namen hin! Ich hab heut keine Lust dazu. Behüt dich Gott!"

Wie der Wind war er zur Tür hinaus. Er wollte durch das Vorzimmer stürmen, da trat der Ortsschulze auf ihn zu, und so rannten die beiden zusammen, daß sie hüben und drüben an die Wände flogen.

„Himmelsakra!" schrie der Schulze.

„Alle Wetter!" rief Anton.

„Nimm dich doch in acht und schau auf, wohin du läufst! Du haust mich ja an die Wand!"

„Und du kannst auch die Augen aufmachen, daß du siehst, wem du auf den Leib rennst! Jetzt, wann ich von Glas oder Pfefferkuchen gewesen wär, könntst mich z'sammenleimen lassen!"

„Hab ich das von dir verdient? Ich hab dich doch erst frei gemacht! — Ohne mich stäkst noch im Loch!"

„Ohne dich? Das machst mir nicht weiß!"

„Hab ich nicht den Gnadenbrief gebracht?"

„Du?"

„Ja, ich! Ich bin der Schulze vom Dorf!"

Sie schrien sich so laut an, daß es der Amtmann hören mußte. Er öffnete seine Tür und, als er den Krikelanton noch stehen sah, drängte er:

„Anton Forstner, wir sind ja noch nicht fertig! Du brauchst doch meine Unterschrift."

„Ich brauch sie nicht."

„Nun, so lauf fort und laß dich festnehmen!"

„Aber ich bin doch frei!"

„Ja, aber niemand weiß es! — Keiner wird es dir glauben, wenn dus ihm sagst. Aber wenn ich dir die Bescheinigung gebe und du zeigst sie vor, so darf sich niemand mehr an dir vergreifen!"

Jetzt ging er gern wieder mit. Als er mit der Bescheinigung aus dem Zimmer kam, wartete der Schulze noch auf ihn.

„So", sagte er. „Jetzt kommst wenigstens verständig heraus. Mein Kopf brummt noch."

„So ist meiner g'scheiter als deiner, denn der brummt net mehr."

„Ja, ein G'scheiter bist, und Glück hast auch! Aber daran bist nicht du schuld, sondern die Leni."

„Die Leni? Wieso?"

„Wieso? Nun, die ist zum König gangen und hat für dich g'beten."

„Was? Die Leni? Wo ist denn der König?"

„Im Dorf beim Pfarrer."

„Da muß ich hin. Der Leni muß ich einen Kuß geben und tausend Dank!"

Die Treppe abwärts nahm er drei Stufen auf einmal. Unten neben dem Eingang stand der Wächter. Er hörte jemanden kommen und trat in den Eingang, da Anton in seiner stürmenden Eile heraus wollte. Natürlich rannten sie zusammen, und zwar mit solcher Gewalt, daß der Nachtwächter rückwärts flog und einen riesenhaften Purzelbaum bis auf die Mitte der Straße schlug.

„Donner unds Messer!" rief Anton, sich die Stirn reibend. „Was habens heut nur vor, daß sie alle auf mich einstürzen? Der Wachter ists, der Wachter! Na, dem kann ichs grad gönnen!"

Der Wächter der Nacht krabbelte sich langsam wieder aus dem Schmutz auf, kam fluchend herbeigehinkt und schrie zornig:

„Ist das eine Art, auf der Amtstreppe nunterzuspringen, du Luftikus? Kannst net langsam gehn und verständig wie andre Leut? Ich bin ein Mann in Amt und Würden!"

„Das sah ich grad, als du da im Dreck lagst", lachte Anton.

„Komm mir nicht so, sonst — verdimmi, verdammi — sonst kannst was erleben, wann wir wieder mal nach dir suchen! Da wird dir dann keine Brille etwas helfen und kein Ziehharmonikahut, wie du in der Nacht auf dem Kopf hattest. Dir hab ich es getippt, dir und der Leni!"

„Auch der Leni? Warum?"

„Weil sie mich angeschnauzt hat wie einen Vagalumpazi, als sie vorhin hier war."

„Was? Sie war hier?"

„Freilich. Sie hat nach dir gesucht. Sie hat geglaubt wie alle, daß du dich zu Tode gestürzt hast — und als sie hörte, daß du noch am Leben bist, ist sie hergekommen, um zu sehn, obs auch stimmt."

„Und du hast mit ihr gesprochen?"

„Ja, und wie!“

„Nicht wahr, sie ist ein herziges Mäderl?“

„Herzig? Verdimmi, verdammi! Davon hab ich nun grad gar nix bemerkt. Sie hat mich anrassaunt, daß mir Hören und Sehn vergangen ist. Die hats Maul auf dem richtigen Fleck!“

„Meinst?“

„Ja, das mein ich halt. Sogar Watschen hat sie mir angeboten! Mir, dem Wachter!“

„Sie wird schon ihre Gründ gehabt haben!“

Der Nachtwächter musterte ihn grimmig von Kopf bis zu Füßen.

„Ich steh hier vor dir in Amt und Würden, und wann du mir so kommst, so ist das die Beleidigung der königlichen Majestät und Hoheit und ein Landfriedensbruch. Darauf ist eine hohe Strafe gesetzt, und wann ich jetzt hineingeh und dich anzeig, so wirst wieder eingesponnen und kommst dein Lebtag nimmer wieder heraus!“

„Schau, was d' da sagst! Ja, du bist einer, vor dem man Achtung haben muß. Mir wird ordentlich angst, und da ists besser, ich laß dich hier stehn.“

„Verdimmi, verdammi!“ brummte der Wächter hinter ihm her. „Da läuft er hin, auf Königs Gnad und Barmherzigkeit. Wann ich König wär, ich wollt ihn schon kuranzen!“

Anton war frei und durfte gehen, wohin er wollte. Er konnte dieses Glück kaum fassen. Und das hatte er seiner Leni zu danken.

Um den Weg abzukürzen, schlug er einen Fußsteig ein, der ihn eher zum Ziel bringen mußte. In einem kleinen Gebüsch machte er eine Krümmung; als Anton dort einbiegen wollte, kam ihm jemand entgegen, und da auf dem weichen Boden die Schritte nicht zu hören gewesen waren, stießen beide zusammen.

„Sackerment!“ rief Anton. „Rennt denn heut auch alles auf mich ein?“

„Donnerwetter! Der Krikelanton! Hab ich dich! Endlich, endlich!"

Anton wich einen Schritt zurück.

„Der Naz, der Jager! Da schau her!"

„Ja Bursch; der bin ich! Aber wir haben glaubt, du bist abgestürzt und liegst zerschmettert im Grund — und da tritts mir leibhaftig entgegen. Dich laß ich nun nicht wieder aus!"

„Meinst?"

„Ja, ich nehm dich fest. — Siehst hier mein Gewehr? Wann du Miene machst, mir zu entwischen, schieß ich dir eine Kugel in den Leib, daß du genug hast."

„Hab keine Sorg, Jager, ich reiß nicht aus", lachte Anton gemütlich.

„Ich werd dich ins Amt schaffen und nachher kommst ins Zuchthaus. Dann, wann du dort bist und Wolle zupfst, werd ich mit der Leni Jodler singen, daß die Täler zittern."

„Bist wohl gut mit ihr dran?"

Der Jäger hatte einen Riemen hervorgezogen, um Anton die Hände zu binden; er ließ dies aber außer acht, vor Eifer, den Wilderer zu ärgern.

„Fein bin ich mit ihr dran, sehr fein!"

„So ist sie wohl gar dein Dirndl?"

„Ja. In vierzehn Tag ist die Verlobung", prahlte Naz.

„Schau, das freut mich außerordentlich. Wer hätt aber auch das gedacht!"

„Alle Welt hats gedacht. Alle Leut haben gewußt, daß ich des Abends zu ihr auf die Alm geh!"

„Und dir Busserl von ihr holst?"

„Ja, tausend!"

„Oder sinds vielleicht keine Küss, sondern Watschen?"

„Wo denkst hin!"

„Du bist doch erst gestern oben gewesen und hast dir von ihr eine Antwort geholt, die ich nicht haben möcht."

„Wer hat dich da angelogen?" brauste Naz auf.

„Es ist wahr gewesen, denn sie selber hat es mir gesagt."

„Teufel! Du warst bei ihr?"

„Ja. Sie ist mein Dirndl, siehst, und heut in der Nacht ist es fest geworden, daß sie auch mein Weiberl wird. Kannsts gut glauben, Jager!"

„Was, du warst bei ihr?" fuhr der Naz zornig auf. „Einen Aufenthalt hat sie dir geben, dem Wilderer? Das wirst auch vor Gericht sagen müssen!"

„Ich werds nicht leugnen."

„Gut, so kommt ihr alle beid ins Zuchthaus, der Stehler und der Hehler. Jetzt gib die Händ her, damit ich sie zusammenbind. Solch einem sauberen Vogel darf man die Schwingen nicht freilassen."

„Ganz, wie du denkst! Vorher aber sag mir doch mal: Kannsts lesen, Jager?"

„Wohl besser als du."

„Das freut mich! Ich will schaun, obs auch wahr ist. Da lies doch mal diesen Zettel."

Er zog die Bescheinigung hervor, die er von dem Amtmann empfangen hatte und gab sie ihm. Der Jäger ergriff das Schriftstück, faltete es auseinander und las. Sein Gesicht wurde länger und länger.

„Schau, was hast für eine Fratzen — wie Gummi!" lachte Anton. „Bald wird dein Kinn bis zum Gürtel hängen."

„Wie kommst du zu diesem Papier?" fragte Naz wild. „Du bist frei?"

„Natürlich, freust dich drüber?"

„Wie das zugangen ist, kann ich nicht erklären — ein Sauglück hast. Hier hast das Papier wieder. Es hat seine Richtigkeit. Nun kannst wieder von vorn beginnen mit der Wilddieberei!"

„Das werd ich bleiben lassen. Bist auch zu blöd, um mir das beweisen zu können."

„Hüte dich, mich zu beleidigen! Du bist ein Wilddieb, das behaupt ich, und was ich sag, das ist die Wahrheit."

„Etwa auch das von der Leni?"

„Ja, auch das."

„So bist des Abends bei ihr gewesen und hast sie geküßt?"

„Ja. Wann die Leni freundlich mit dir getan hat, so wars nur aus Angst und Furcht, weil du wilddiebt hast; ich aber bin ihr richtiger Schatz! Das kann ich dir unterschreiben."

„Schön! Und wann du unterschreibst, so will ich dir mein Siegel dazu geben. Da hast es!"

Er holte aus und gab dem Jäger eine Ohrfeige, daß der Getroffene in den nächsten Busch stürzte.

„Hund!" brüllte er, schnellte auf und drang auf Anton ein. „An mir vergreifst dich, an mir, dem Jager! Ich massakrier dich!"

Eine zweite Ohrfeige Antons warf ihn wieder nieder. Sein Gewehr war ihm entfallen. Er raffte es auf und legte an.

„Jetzt ists aus mit dir! Jetzt hast deinen Lohn!"

Der Schuß krachte.

Der Lauf war gerade auf Antons Brust gerichtet gewesen. Dieser hatte den Blick scharf auf dem Finger des Jägers gehabt und war im richtigen Augenblick zur Seite gesprungen, so daß die Kugel nicht traf. Mit einem harten Griff entriß er dem Jäger das Gewehr.

„Morden willst mich? — Wart, da schau, was ich tu!"

Das Gewehr beim Lauf, holte er aus und schlug den Kolben gegen den Boden, daß er abbrach; dann schleuderte er das andere Ende in die Büsche hinein.

„So! An dir will ich mich nicht wieder vergreifen; du bist mir zu schwach dazu. Jetzt hol dir deine Flinte wieder z'sammen!"

„Ich zeig dich an!" antwortete der andere keuchend. „Du hast mir das Gewehr zerbrochen und mich geschlagen."

„Das hab ich getan. Die Ohrfeige hast erhalten, weil du ein braves Dirndl schlecht gemacht hast, und die Büchse hab ich zerbrochen, weil du auf mich geschossen hast. Nun mach die Anzeige, wir wollen sehn, wer recht behält."

„Du, du bekommst die Strafe! Ich verhafte dich! Du gehst mit mir! — Augenblicklich!"

Er ergriff ihn beim Arm. Anton blickte den Naz von oben an, schüttelte ihn von sich und lachte.

„Was meinst? Mich willst festnehmen? Rühr mich nicht wieder an, sonst werf ich dich in die Höh, daß du in der Luft hängenbleibst!"

„Versuchs doch, ob ich hängenbleib!"

Der Jäger faßte in seiner Wut wieder nach ihm. Da packte Anton ihn am Gürtel, hob ihn hoch und schleuderte ihn weit in die Büsche hinein. Dann setzte er seinen Weg fort, ohne sich umzusehen. Er wußte, daß der Bursche ihm nicht mehr folgen werde.

Als Anton aus dem Gebüsch trat, lag drüben die Alp im Sonnenstrahl vor ihm. Seine scharfen Augen erkannten Leni, die von ihren Kühen kam und in die Hütte trat. Er legte die Hände an den Mund, um ihr einen Jodler zuzusenden, ließ sie aber wieder sinken. Es dünkte ihm schöner, sie zu überraschen. Er schnellte in großen Sätzen über die Blöße und eilte dann ins Dorf hinab. Er richtete es so ein, daß er quer durch einige Gärten kam und von niemandem bemerkt wurde. Hinter dem Dorf stieg er den Bergpfad zur Alm hinauf. Kein Mensch begegnete ihm bis zur Höhe. Leni befand sich noch immer in der Sennhütte. Oberhalb saß noch ein zweites Mädchen, das der Bauer als Nachfolgerin Lenis bestimmt hatte.

Anton schlich zum Häuschen, duckte sich, um nicht durch das Fenster beobachtet zu werden, und lauschte.

„Matz, mein lieber Matz, jetzt siehst mich halt wohl zum letztenmal. Das ist so traurig, nicht wahr? Wir sind so gute Kameraden gewesen und haben uns was vorgesungen und vorgepfiffen, wann uns das Herz mal traurig war. Ich tät dich so gern mitnehmen, aber das geht doch nicht an. So wirst noch hier bleiben müssen; aber ich habs der Bertha auf die Seel gebunden, daß sie dich nicht darben läßt, du liebes Vögerl, du!"

Es wurde dem Lauscher fast ängstlich zumute. Was war denn das? Sie nahm Abschied von ihrem Finken?

Anton trat ein. Leni stand mitten im Hüttenraum und hatte den Vogelbauer in der Hand. Ringsum lagen ihre Sachen, ganz so, als ob sie mit dem Einpacken beschäftigt sei. Sie erblickte ihn und erschrak so, daß sie fast den Käfig fallen ließ.

„Jesses, der Anton!"

„Du erschrickst vor mir?" fragte er befremdet. „Bin ich seit der Nacht soviel anders geworden, Leni?"

„O nein! Aber ich hab nicht geahnt, daß du jetzt zu mir kämst."

Er blickte sich in dem kleinen Raum um.

„Was hast?" fragte er. „Was geht vor? Ich vernahm von draußen deine Red. Das klang grad, als ob du von dem Vogel Abschied nähmst."

„Das tat ich freilich", nickte Leni bedrückt.

„Wie? Du bleibst nicht hier oben?"

„Nein."

„Hast eine Nachfolgerin? Ziehst hinab zum Bauer?"

„Nein, weiter, Anton."

„Weiter? Aus dem Ort hinaus?"

„Ja, es geht weiter fort."

Ihr Gesicht hatte keine Farbe mehr. Sie befand sich in einer Beklemmung, der sie nicht Herr zu werden vermochte. Er sah sie groß an, und seine Brauen zogen sich zusammen.

„Ich begreif dich nicht! Kennst mich wohl gar nicht mehr, Leni?"

„Warum sollt ich dich nicht mehr kennen?"

„Weilst mich nicht willkommen heißest und mir nicht mal die Hand zum Gruß bietest."

„Das ist, weil du mich so überrascht hast, da hab ichs halt vergessen. Grüß Gott, Anton!"

Sie streckte ihm die Rechte entgegen, er aber tat, als ob er es nicht bemerkte.

„Weißt noch, was wir heut in der Nacht besprochen haben, Leni?"

„Ich weiß noch alles."

„Daß wir uns lieb haben? Und daß du meine Frau werden willst, wann meine Gefangenschaft zu End ist?"

„Ja, Anton."

„Und daß du auch nach meinen Eltern schauen wolltest? Ach so, jetzt weiß ich, was du tust. Du nimmst deine Sachen zusammen, um zu den Eltern zu gehn. Nicht wahr?"

Seine Augen hielten sie fest wie die eines Richters. Sie raffte sich aus ihrer Verlegenheit und trat einen Schritt näher.

„Anton, mußt nicht so sprechen! Du glaubst nicht, wie weh so ein Wort tut!"

„Meinst es tut nicht weh, wann ein Mädchen fortzieht, ohne ihren Buben ein Wort davon wissen zu lassen?"

„'s ist so schnell gekommen."

„Schnell? Wo willst denn hin?"

„Halt nach München."

„Nach München? Herrgott! Das ist nicht wahr! Leni, das kannst nicht vorhaben!"

„Ich muß, Anton. Es geht nun nicht anders."

„Nach München! Dort willst wohl Kellnerin werden?"

„Nein, das würd ich in meinem ganzen Leben nicht tun, Anton, das nicht."

„Was denn? Was willst drin tun?"

„Ich soll eine Künstlerin werden."

„Eine Künstlerin? O Jesses und Maria! Willst etwa auf dem Seil tanzen oder in einer Vogelschießbude die Ausschreierin machen?"

„Wie kannst von mir so was denken, Anton!"

„Nun, was sonst?"

„Eine Sängerin soll ich werden."

„Eine Sängerin? Wirklich?"

„Ja."

Er schien zu wanken, setzte sich auf den Schemel nieder und legte das Gesicht in beide Hände. Als er einige Zeit so gesessen hatte, legte sie ihm die Hand auf die Achsel.

„Was erschrickst so, Anton? Es ist ja nix Böses, was ich vorhab, gar nix Böses!"

Da hob er langsam den Kopf. Sein Gesicht war leichenblaß, und ein blauer, tiefer Rand lag um seine Augen.

„Sängerin willst werden? Wohl beim Theater?" fragte er leise.

„Ja."

Da sank er wieder in sich zusammen. Sie wartete eine Weile. Er bewegte sich nicht.

„Anton, sei verständig!" bat sie voller Angst. „Es ist nicht so, wie du denkst."

Da stand er vom Schemel auf, ergriff ihre Hände und blickte ihr tief in die Augen.

„Leni, nicht wahr, es ist Gespaß? Du willst mich nur ein klein wenig erschrecken?"

Sie wandte das Gesicht halb ab.

„Ich wollt schon, daß es so wär, aber es ist Ernst."

„Das kann ich unmöglich glauben! Die Leni eine Sängerin, eine Theaterprinzeß. Das kann nicht sein, das kanns gar nicht geben in der Welt! Ich bitt dich um Gottes willen, erlös mich von der Pein und sag mir, daß ich falsch gehört hab!"

„Das kann ich nicht sagen, Anton!"

„Also doch, doch, doch! Herr, mein Gott, was fang ich an? Wer ist daran schuld? Wie ist das so schnell kommen? Leni, sag mir das, sag es!"

„Der König wills haben."

„Der König? Wie kann er auf den Gedanken kommen, dich ins Theater zu tun?"

„Er hat meine Stimm gehört, und ich hab ihm versprechen müssen, eine Sängerin zu werden."

„Der König, der König!"

Er setzte sich wieder auf den Schemel nieder und blickte starr vor sich hin. Sein Auge war weit geöffnet, als ob es erschrocken in eine weite Ferne blickte. Kein Zug seines Gesichtes bewegte sich, bis er dann leise klagend wiederholte:

„Der König! Ist er nicht reich genug, nicht glücklich genug? Gibt es nicht Sängerinnen und Theaterspieler genug in der Welt? Muß er hierherkommen und dich holen? Hat er nicht Silber und Gold und Edelstein, soviel er will? Kann er nicht Freud und Vergnügen haben zum Überdruß? Hat er nicht drin in München vornehme und schöne Frauen, an denen er seine Freud haben kann? Warum muß er hierherkommen, um dem armen Wildheuer sein einzig Gut zu rauben, seine Freud und seinen Trost im Leben und Sterben?"

Seine Augen blickten starr vor sich hin, aber mitten aus dieser heißen Öde des Auges brach eine große, schwere Träne hervor und rollte über die Wange herab.

Leni wurde angst.

„Anton!" sagte sie. „Sprich nicht so, nur nicht so! Ich hab dich ja lieb, ich laß nicht von dir, ich bleib dir treu, solang ich leb!"

„Du hast mich lieb und gehst von mir? Du bist mir treu und willst aufs Theater?"

„Es ist ja alles nicht so, wie du denkst! Der König hat mich gebeten, und ich hab ihm widerstanden, ich hab nein zu ihm gesagt, Anton."

„Aber jetzt willst dennoch!"

„Weils anders ist als vorher. Ich hab geglaubt wie die andern, du seist tot, erschossen von dem Oberförster. Da haben sie dich gesucht, aber nicht gefunden. Der König wollt mich mit sich nehmen, ich aber habs ihm erzählt, was ich dir versprochen hab, und er wars zufrieden, daß ich nicht eine Sängerin werden wollt. Ich wollt mir vom Wurzelsepp mein Geld geben lassen und hinüber zu deinen Eltern ziehn und bei ihnen bleiben bis zu ihrem und bis zu meinem Tod."

„Nun, warum hast das nicht getan?"

„Weil ich nachher vernommen hab, daß du nicht tot bist, sondern im Gericht steckst als Gefangener. Da bin ich zum König und hab dich freigebeten. Und damit er dich freilassen soll, hab ich ihm mein Wort gegeben, Sängerin zu werden. So ist es, Anton."

„So also so! Frei hast mich gebeten, und um meinetwillen willst Sängerin werden? O mein Herr und mein Heiland! Das ist ja grad das Allerschlimmst, was du hast tun können."

„Siehst denn nicht ein, daß ichs gut gemeint hab?"

„Hättst mich in der Gefangenschaft gelassen! Das war viel besser. Du wärst kommen, mich zu besuchen. Du wärst zu meinen Eltern gangen, und ich wär stolz gewesen auf meine Leni und hätt mit keinem Kaiser tauscht. Nun bin ich frei. Und was hab ich von meiner Freiheit? Das Glück hab ich dafür hingeben müssen, das ganze Lebensglück!"

„Nein, Anton nein!"

„Gewiß, gewiß, Leni! Kannst dich noch erinnern, als wir heut in der Nacht sagten, daß Mann und Frau nur sich ganz allein angehören dürften?"

„Ja."

„Daß sie keinen andern und keine andre küssen dürfen, auch nicht im Scherz beim Pfänderspiel?"

„Das haben wir gesagt."

„Nun, ich war einmal drin in Salzburg im Theater, ganz oben, wo es am billigsten ist. Da wurd ein Stück gegeben, ein Stück, worüber alle klatschten und Bravo geschrien haben. Ich aber bin ganz still gewesen, weil es mir nicht gefallen hat, denn die Frauen auf der Bühne haben Kleider angehabt, ganz ohne Ärmel, so daß die Arme nackt gewesen sind, bis an die Achsel. Und ein Leibchen ist auch nicht am Kleid gewesen. Ist das nicht eine Sünd und eine Schand? Sogar der halbe Rücken ist nackt gewesen. Pfui! Und küssen haben sie sich in dem Stück auch müssen."

„Das würd ich niemals tun."

„Du mußt!"

„Nein, nein!"

„Und ich sag, du mußt! Und wannst auch nicht willst, und wanns dir auch widerstrebt. Wannst einmal dabei bist, so geht bald nach und nach der Abscheu verloren, grad wie beim Branntweintrinken, und endlich stehst auch da, grad wie die andern, und läßt dich anschaun — wie da stehst — für das Geld, das die Leut bezahlen."

„Und ich sag, daß ichs nimmer tun werd!"

„Kannst etwas anders, wann du spielst?"

„So spiel ich eben kein solches Stück."

„Da wirst gar nicht g'fragt."

„Oh, ich werd mich schon fragen lassen. Ich werd sagen, daß du mein Schatz bist, und daß ich es nicht will, und daß du es nicht duldest."

„Sie werden darüber lachen, weiter nix."

„O wohl! Ich werd mit dem König darüber sprechen, und er wird ihnen befehlen, ein andres Stück zu spielen, wo ich nicht geküßt werd."

„Ich weiß gar wohl, daß du das jetzt im Ernst sagst, Leni, aber dann später wirds doch weit anders. Wer in den Schmutz fällt, der wird schmutzig, und selbst, wann er sich wieder abbürstet, bleibt doch ein Fleck zurück. Aber nun, Leni — sag mir aufrichtig, ob du mich lieb hast, wirklich von Herzen lieb?"

„Von ganzem Herzen, Anton!" antwortete sie, Hand in Hand mit ihm.

„Und meinst, daß ich ein guter Mann sein kann, und daß wir glücklich sein werden?"

„Ja, das denk ich gewiß."

„So bitt ich dich eins: Tu mir den Gefallen und geh nicht zum Theater!"

„Ich muß ja doch. Ich habs dem König versprochen", sagte Leni vorwurfsvoll.

„Er wird dir dein Wort zurückgeben."

„Ich darf ihn nicht bitten. Es wär Undank. Er hat dich ja deswegen freigeben."

„Ists nur das?"

„Nur das!"

„So geh ich jetzt gleich wieder ins Amt und melde mich. Ich will gefangen sein."

„Das geht doch nicht, Anton!"

„Meinst, sie nehmen mich nicht wieder an?"

„Sie können dich nicht annehmen. Was der König befohlen hat, das gilt, das muß bleiben."

„Aber wann du dem König alles sagst, so wird er ein Einsehn haben und dich zurücklassen."

Sie blickte nachdenklich vor sich hin, ihre Brust hob und senkte sich; Anton hörte ihren schweren Atem. Sie kämpfte einen harten Kampf. Wer würde siegen, die Liebe oder die Rücksicht auf ihr gegebenes Wort — die Dankbarkeit? Endlich hob sie den Kopf.

„Jetzt will ich auch dich fragen, Anton: Hast mich lieb, gewiß und wahrhaftig lieb?"

„Lieber, viel lieber als mein Leben."

„Denkst vielleicht, daß ich ein schlechtes und liederliches Dirndl bin?"

„Nein, das bist nicht."

„Hast also Vertrauen zu mir?"

„Ja."

„Nun, so mußt auch zeigen, daß d' wirklich Vertrauen hast. Wannst Vertrauen hast, so wirst auch glauben, daß ich immer bleib, wie ich jetzt bin, so gut und brav."

„Das glaub ich ja."

„Nun, warum willst du mir dann das Theater verbieten?"

„Weil du dort nicht brav bleiben wirst."

„So hast also kein Vertrauen?"

„Leni, tu mir nicht weh! Was du da sagst, das ist — das ist spitzfindig.“

„Nein, es nicht spitzfindig. Ich habe noch niemals mein Wort gebrochen; soll ich es grad jetzt brechen, wo ichs dem König geben hab?“

„So gilt er dir mehr als ich?“

„Nein, aber er ist unser Freund und Wohltäter.“

„Unser Peiniger ist er!“ brauste er auf.

„Das ist nicht wahr, das dulde ich nicht, auch von dir nicht, Anton!“ wies sie ihn ernst zurück. Er ist auch dein Wohltäter. Er hat dich frei gemacht und dir gestern abend dreihundert Mark geschenkt!“

„Dreihun — — —“

Das Wort blieb ihm im Mund stecken. Er starrte sie ganz verständnislos an.

„Nun ja“, nickte sie.

„So war das — der — der König?“

„Ja.“

„Und das hast mir nicht gesagt?“

„Ich habs selber nicht gewußt. Ich erfuhrs erst nachher, als du fort warst.“

„Der, der! Darum hat er mich begnadigt, weil ich den Bären erschossen hab! Aber das macht die Sach doch nicht anders! Grad, weil er mir sein Leben zu danken hat, soll er mir das Dirndl lassen, ohne das ich nicht leben mag!“

„Geh! Du sollst ja gar nicht ohne mich leben!“

„Sprich nicht so, Leni! Wann du eine Sängerin wirst, so ists aus mit uns beiden.“

Er sagte das in bestimmtem Ton und blickte ihr dabei finster in das Gesicht. Leni erschrak sehr, dann aber hob sie stolz das feine Köpfchen.

„Ich denk, das wirst dir noch überlegen!“

„Es ist überlegt.“

„So meinst, ich soll mein Wort brechen und dem König undankbar sein?“ mahnte sie ihn.

„Ja, du mußt!“

„Ich muß? Wer will mich dazu zwingen?"

„Ich!"

Sie wollte im gleichen, zornigen Ton antworten, besann sich aber doch und sagte eindringlich:

„Ich bitt dich dennoch, es zu überlegen. Schau, es war drunten beim Pfarrer, als ich mit dem König gesprochen hab. Der geistliche Herr hat mir auch zusprochen, daß ich dem König den Wunsch erfüll. Er hat mir gesagt, daß ich viel Gutes stiften kann als Sängerin, daß ich singen könne den Menschen zur Freude und dem lieben Gott zur Ehre!"

„Ja, den Menschen zum Ärger und dem lieben Gott zur Schand. So ists!"

„Anton!"

Sie hatte seine Hand losgelassen und war zurückgetreten. Jetzt blickten auch ihre Augen zornig.

„Was willst?" stieß er kurz und barsch hervor.

„Ich möcht nicht, daß du zu weit gehst. Tausend Maderln wär es eine Ehr, wann der König sie zu einer Künstlerin machen tät, und nun, da mir diese Ehr widerfährt, sprichst du zu mir wie zu einem unguten Dirndl."

„Das bist du auch, wann du mir net gehorchst!"

„Gehorchst? Meinst etwa, daß ich dir untertänig sein soll? Da irrst. Noch bin ich meine eigene Herrin und kann machen, was mir beliebt."

Da schlug er mit der Faust auf den Herdrand.

„Da schau, ja, jetzt zeigst das richtige Gesicht! Jetzt kommt die Krall von der Katz!"

Das war nun freilich mehr, als sie vertragen konnte.

„Wie nennst mich? Eine Katz? Krallen hab ich? War ich gestern eine Katz, als ich dich verbergen wollt, als ich dir den ersten Kuß meines Lebens gab, dir, dem von der Polizei Verfolgten? Hatt ich etwa heut auch Krallen, als ich dich beim König von der Gefangenschaft losbeten hab?"

Da fuhr er von ihr weit zurück.

„Du! Jetzt fangst schon an! Jetzt kommen die Vorwürf! — Wie soll das später werden? Ja, eine Katz bist, und Krallen hast! Ich fühl sie schon!"

„So geh fort, daß du sie nicht mehr fühlst!" sagte Leni hart.

„Das kann ich tun! Behüt Gott!"

„Behüt Gott!"

Er öffnete die Tür. Da erklang es hinter ihm:

„Anton!"

Er blieb stehen, doch ohne sich zurückzuwenden.

„Was ists?"

„Solls wirklich so enden?"

„Ja."

„Komm her!"

„Kannst auch zu mir kommen!"

Er war vor der Tür stehengeblieben, den Rücken ihr noch immer zugekehrt. Sie trat heran und legte ihm von hinten den Arm um den Hals.

„Komm herein und sei gut!"

„Willst gehorchen?"

„Laß mich fort! Wann ich dann merk, daß man so etwas, wie du gesagt hast, von mir verlangt, so kehr ich ganz von selber zurück."

„Nein. Du bleibst gleich heut!"

„Anton, sei doch vernünftig! Es ist ja gar nicht nötig, daß ich zum Theater geh! Es gibt ja auch Sängerinnen, die nur in Konzerten singen, hat mir der Pat erzählt."

„Du sollst nicht im Theater und nicht in Konzerten singen. Ich duld es nicht. Sagst ja oder nicht?"

„Denk doch an den König!"

„Was geht der mich an? Ich bin quitt mit ihm. Ich hab ihm das Leben gerettet, und er hat mir die Freiheit geben. Dich aber soll er in Ruh lassen. Dein König bin ich! Wirst gehorchen?"

Da nahm sie ihre Arme von ihm zurück.

„Gehorchen? Nein!"

Sie sagte das in einem so entschiedenen Ton, daß er sich schnell zu ihr herumdrehte.

„Nicht? — Gut, so sind wir geschiedene Leut!"

„Wann du nicht anders willst, muß ich zufrieden sein."

Ihre Stimme bebte. Er deutete nach dem Felsengrat.

„Schau, dort bin ich in der Nacht hinüber. Da hatt ich Flügel; das Glück hat sie mir geliehen. Aber ich wollt, ich wär da hinuntergestürzt und läg unten im Abgrund, wo mich kein Mensch mehr finden könnt!"

„Und deine Eltern?"

„Die wüßten es nicht anders, und du wärst ja bei ihnen. Nun aber ists viel, viel schlimmer, als wann ich tot wär. Jetzt ist meine Lieb gestorben, meine Seel gestorben, mein Glück gestorben; alles ist tot, nur ich leb noch allein!"

„Deine Lieb ist auch gestorben? Dann kann sie nicht groß und stark gewesen sein", sagte Leni wehmütig. „Aber ich kenn dich schon. Der Zorn spricht aus dir. Wann eine Zeit vergangen ist, wirst schon anders denken. Drum sag ich dir auch jetzt noch: Überleg es dir!"

„Es ist überlegt!"

„Dennoch werd ich dir von München aus einen Brief schreiben. Wirst mir antworten?"

„Nein!"

„Anton, du wirst antworten, ich weiß es. Du hast mich lieb. Dein Herz wird schon noch den Sieg gewinnen über den starren Kopf. Und wann ich dir schreib und schick dir tausend Grüße, so wirst net hart bleiben können, sondern mir eine Antwort senden und auch einen Gruß. Nicht?"

Sie legte ihm noch einmal ihre Hand auf den Arm und blickte ihm warm in die Augen.

Da zog es ihn herum zu ihr.

„Leni! Ich kann dich nicht fortlassen. Tu mir das nicht an! Bleib hier!"

„Ich muß mein Wort halten; ich habs deinetwegen gegeben; aber wann ich merk, daß ich dort nicht brav bleiben kann, so komm ich zu dir zurück, Anton!"

„Das ist nix! Entweder ganz hier bleiben oder ganz fort von mir, immer, immer! Entscheide!“

Hoch aufgerichtet standen sie sich gegenüber, glühend vor Liebe — und dennoch bereit, sich zu trennen.

„Ich gehe!“

„So ists gut! Du bist doch die falsche Katz, wann du es auch nicht zugibst. Wirst mich nicht wiedersehn. Behüt dich Gott auf ewig!“

Er stieß sie von sich und stürmte fort. Sie schlug die Hände vor das bleiche Gesicht und lauschte, bis seine Schritte verklungen waren. Dann erst ließ sie die Hände herab.

„Heilige Mutter Gottes, was soll ich tun?“ hauchte sie. „Da geht er fort, mein Glück, meine Lieb und mein Leben!“

Und als ob ihre Liebe jetzt mit verzehnfachter Gewalt im Herzen lebendig werde, eilte sie an den Rand des Abhangs, wo man den Bergpfad überblicken konnte.

Unten ging Anton. Leni hielt die Hand an den Mund und stieß einen Jodler aus. Anton ging weiter, ohne zu antworten. Da überfiel sie eine unendliche Bangigkeit, eine Sehnsucht, der sie nicht zu widerstehen vermochte.

„Anton, Anton!“ rief sie hinab.

Jetzt wandte er sich um.

„Was willst?“

„Komm wieder herauf! Ich will bleiben!“

„Jetzt brauchsts nun auch nicht mehr!“

Er verschwand um die Ecke. Sie eilte vom Rand zurück, an der Hütte vorüber, und den Pfad hinab. Sie wollte ihm folgen, ihm gute Worte geben, ihn festhalten und zurückführen. Sie erreichte die Stelle, an der er verschwunden war. Eben wollte auch sie um die Ecke, da fuhr sie noch rechtzeitig wieder zurück. Sie hatte jemanden reden gehört, blieb stehen und horchte.

„Bist verrückt, Anton! Was fallt dir ein?“ erkannte sie die Stimme des Wurzelsepp, ihres Paten.

„Nein, ich kanns nicht dulden!“

„Aber du stößt dein Glück von dir!“

„Ein Theaterglück!“

„Red keine Dummheit! Du wärst der Kerl, über Kunst und Glück reden zu können! Du bist viel zu dumm dazu. Verstanden? Von mir kannst so ein Wort annehmen. Ich bin alt und meins ehrlich mit dir!“

„Ich mag keine Theaterpuppe haben!“

„Das wird die Leni nicht! — Da kennst sie schlecht und mich auch!“

„Ich kenne sie sehr wohl. Sie ist eine falsche Katze. Und du, du wirsts halt auch nicht anders machen können, wanns mit ihr bergunter geht.“

„Oho! Tu nicht so klug! So gescheit wie du bin ich allemal auch. Nicht bergunter, sondern bergauf wirds mit ihr gehn.“

„Ja, bergauf, bis da hinauf, wo die wohnen, die von aller Welt verachtet sind.“

„Himmelsakra! Was meinst?“

„Ich mein, was ich sag. Ich mag nix mehr von ihr wissen. Sie will ihre Schand, und so mag sie sie auch haben. Grüß Gott!“

Er stürmte weiter.

Der Wurzelsepp schleuderte ihm noch einige zornige Worte nach und setzte dann seinen Weg fort. Als er um die Ecke trat, sah er das Mädchen schluchzend an dem Felsen lehnen.

„Komm zurück, Leni!“ tröstete er gutmütig. „Der Kerl soll dich für das, was er jetzt gsagt hat, noch kniefällig um Verzeihung bitten. Komm, Lenerl, komm!“

DIE TALMÜHLE

Der Herbst war ins Land gegangen, der Winter folgte ihm, der Frühling fand seinen Weg über die hohe Mauer der Alpen. Laue Lüfte begannen zu wehen; die Knospen an Baum und Strauch brachen auf, und an vielen Fruchtbäumen entfalteten sich schon Blüten. Nur der Tannenwald, der den Berg bedeckte, schien den Gruß des Frühlings noch nicht empfangen zu haben. Finster zog er sich empor, um jenseits steil wieder abzusteigen; nur wenige grüne Spitzen verkündeten den Einzug des Mai. Durch den Wald und über die Höhe hinweg zog sich ein breiter Pfad, reich mit abgefallenen Tannennadeln bedeckt und teppichweich, wo nicht die Baumwurzeln die Oberfläche berührten. Er war nur für Fußgänger angelegt, doch zeigten veraltete Radspuren, daß hier auch wohl Holzfuhren gefahren worden waren.

Diesen Weg hinan stieg gemächlich und oft verschnaufend die ‚Dichterin' Franza von Stauffen.

Ihre oft so merkwürdige Kleidung bedeckte ein grauer Staubmantel bis zu den derben Bergschuhen. Dennoch gab es an ihr Auffälliges genug: der große, breitkrempige Amazonenhut mit einer riesigen Feder, die hinten bis auf die Schulter herabhing, die Gänsefeder hinter ihrem Ohr, deren schwarze, nasse Spitze verriet, daß sie vor kurzem damit geschrieben hatte, und der Regenschirm, an dessen Griff ein silbernes Tintenfaß angebracht war. Unter dem Arm trug sie ein Buch und auf dem Rücken eine zusammengerollte Reisedecke, aus der seitwärts das Eckchen einer Semmelzeile und das Ende einer Wurst neugierig herausguckten.

Langsam, sehr langsam ging es bergauf. Franza suchte mit den Augen nach rechts und nach links — nicht nach Pflanzen, sondern sie hoffte auf irgendeinen Menschen zu treffen.

Dieser Wunsch sollte eher, als sie gedacht, in Erfüllung gehen. Aus einem schmalen Seitenweg trat ein Männchen von schmaler Gestalt, aber außerordentlicher Beweglichkeit. Es trug schwarze Hosen, schwarzen Frack, schwarze Weste, schwarzen, sehr breitkrempigen Künstlerhut, schwarze Glanzhandschuhe, einen schwarzseidenen Regenschirm und einen Spazierstock aus Ebenholz. Auf der langen Nase saß ein Klemmer, in schwarzes Horn gefaßt. Schwarze lacklederne Stiefel und ein großer, wertvoller Diamant auf der Schleife seiner Halsbinde ergänzten den seltsamen Eindruck dieser Erscheinung.

„Guten Morgen, mein Herr!“ grüßte Franza erfreut und blieb stehen.

„Buona mattina, Signora“, antwortete er.

„Es steigt sich sehr langsam“, seufzte sie tief aufatmend.

„Sehr! Largo, largo assai, molto largo!“

„Sind Sie hier bekannt?“

„Bekannt? Oh, ich sein bekannt! Ich kennen jeder Weg und jeder Baum.“

„Hat man noch weit in die Talmühle?“

„In die Talmühle? Gar nix weit, gar nix. Noch ein halber Stund.“

„Und immer diesen Weg?“

„Sempre. Ich wohnen dort.“

„Ah, das ist schön! Wie wohnt es sich dort?“

„Eccellente, egregio, perfetto — sehr, sehr!“

„Ich wohne auch dort.“

„Auch? Hab nix gehabt die Ehr zu sehn, Signora.“

„Ich ziehe erst jetzt ein. Mein Vater ist schon voraus zur Mühle.“

„Ah, vielleicht Signor Stauffen ... habe gehabt die Ehre.“

„Mein Name ist Franza von Stauffen; ich bin Dichterin“, stellte sie sich in ihrer halb ernsthaften, halb selbstverspottenden Weise vor.

„Dichterin? Eine Poetessa? Eine Verseggiatora? Sehr schön, sehr schön! Vortrefflich“, rief das Männchen lebhaft. „Sie gestatten: Signor Rialti, Konzertmeister.“

Dabei nahm er den Regenschirm wie eine Violine an das Kinn und strich mit dem Spazierstock wie mit dem Violinbogen darüber hin.

„Sehr angenehm, Signor! Wir sind also geistesverwandt“, scherzte Franza. „Es lebe die Kunst! — Gehn Sie zur Mühle?“

„Si, si, Signorina!“

„So darf ich mich Ihnen wohl anschließen?“

„Molto gern, Signora. Ich sein ganz froh, zu haben Ihrer Gesellschaft!“

Er fuhr dabei mit dem Stock über den Regenschirm, als ob er einen lustigen Läufer geige, und schloß daran einen Triller, bei dem alle Finger der linken Hand zappelten.

Im Weitergehen beobachteten die beiden einander mit verstohlenen Seitenblicken, bis sie auf der Höhe ankamen, wo der Weg sich wieder abwärts senkte; an dieser Stelle war ein ‚Marterl‘ an einem Baum befestigt.

In vielen, besonders in katholischen Gegenden ist es Sitte, an Gräbern und an Stellen, wo jemand verunglückt ist, ein langes, schmales Brett oder eine überdachte Tafel mit Heiligenbildern oder Christusgestalten anzubringen, auf dem die näheren Umstände des jähen Ereignisses, oft in volkstümlich-drastischer Form, angegeben sind.

Auf dem Brett dieses Marterls lag in grober bildlicher Darstellung ein Baum auf einem Menschen, und darunter stand:

„Beglückt und ohne Sorgen
ging ich am frühen Morgen
auf meine Arbeit aus.
Da traf mich eine Eiche,
und ach, als eine Leiche
kam abends ich betrübt nach Haus.“

Die beiden Wanderer blieben stehen und lasen die eigentümlichen Reime.

„Wie gefällt Ihnen das Gedicht?“ fragte Franza ernst; sobald es ihr Steckenpferd, die Dichtkunst betraf, wurde sie selbst bei dem blühendsten Unsinn feierlich.

„Gut, sehr gut, sehr!“ zappelte Rialti.

„Ja. Der Dichter hat seine Sache gut gemacht“, kritisierte Franza. „Glück und Sorgen, eine Eiche, eine Leiche, der Morgen und auch der Abend: Das ist genug für diese wenigen Zeilen. Der Dichter hat einen beneidenswerten Gedankenreichtum besessen. Er ist im Wald zu Haus; das hört man gleich. Der Wald begeistert zur Poesie. Hören Sie, was ich eben auf uns beide dichte!“

Sie schlug ihr Buch auf, zog die Feder hinter dem Ohr hervor, tauchte sie in den Regenschirmknopf, schrieb einige Zeilen und las dann vor:

„Im Wad gehn wir spazieren
und tun uns amüsieren,
ein Herrchen tut mich führen;
zu zweit — gehn wir auf vieren.“

Sie blickte ihn erwartungsvoll an, was er dazu sagen werde. Er jedoch schien sich nicht klar darüber zu sein, ob er weinen oder lachen solle.

„Nun, wie gefällt es Ihnen?“

„Köstlich! Preziosamente!“

„Nicht wahr? Nun sollten Sie erst meine Reime hören, wenn ich im Kostüm dichte. Dann kommt der Geist über mich, und meine Verse sind unvergleichlich“, rief sie begeistert. „Was aber diese Gedenktafel betrifft: hier muß ein Unglück geschehn sein.“

„Ja, una sciagura.“

„Ich wäre begierig, es zu erfahren.“

„Das könnt ihr gleich hören!“ scholl eine Stimme hinter einem Busch hervor.

Die beiden erschraken und drehten sich nach der Seite um, von der diese Töne kamen. Ein alter, graubärtiger Mann trat hervor und nahm höflich den Hut ab, durch dessen viele Löcher zahlreiche Kräuter gesteckt waren.

„Grüß Gott die Herrschaften!“ sagte er freundlich. „Ihr braucht euch nicht z' fürchten. Ich tu euch nix.“

„Wer sind Sie?“ forschte Franza neugierig.

„Wer soll ich sein? Der Wurzelsepp halt.“

„Diesen Namen hab ich schon gehört, wohl vorigen Herbst, wenn ich mich nicht irre.“

„Das ist richtig. Ich kenne dich.“

„Wirklich?“

„Ja. Du bis eine Dichterin. Du hast da drüben gegen die Grenz hin gewohnt und dem Krikelanton aus der Patsch geholfen.“

„Mein Gott! Das weißt du?“

„Alle Welt hats erfahren. Brauchst dich net deswegen zu schämen. Es war brav von dir. Also, was dös Brett da zu bedeuten hat, willst wissen?“

„Ja.“

„Hier ist ein armer Holzknecht von einer großen Eiche erschlagen worden, die er hat fällen wolln. Da haben sie ihm das Marterl herg'hängt.“

„Der Arme! Hat er Familie hinterlassen?“

„Einen Buben, den Wasserfex unten in der Talmühl. Wann du hinuntergehst, wirst ihn gleich sehn. Er sitzt am Wasser und fährt die Leut über. Ich geh auch hinab. Wir können mitsammen gehn.“

Zu fragen, ob es der Dame oder dem Herrn angenehm sei, daß er sich ihnen anschloß, fiel dem Sepp nicht ein. Er holte einfach seinen Rucksack aus dem Busch, warf ihn über und schritt neben den beiden her.

Der Konzertmeister zog ein saures Gesicht; die Dichterin jedoch betrachtete den alten Sepp mit freundlichen Augen.

„Freut mich, daß ich dich kennenlerne“, nickte sie ihm zu. „Bist du auf der Mühle bekannt?“

„Schon, schon.“

„Es wohnt sich gut da?“

„Ja und nein. Wer als Badegast hier wohnt, dem gehts

nicht übel; wer aber als Gesind beim Müller ist, der muß sich schon in acht nehmen."

„Ist er schlimm?"

„Ja, er und seine Peitsch."

„Wie? Gebraucht er die Peitsche?"

„Und ob! — Er leidet an der Gicht, weißt, und kann also nicht von der Stell, sondern sitzt Tag und Nacht in seinem Lehnstuhl. Da hat er sich eine lange Peitsch ang'schafft, die über die ganze Stube weggeht. Wann er nun was befiehlt, und es geschieht nicht gleich, greift er zur Peitsche und gibt dem Befehl solch ein Nachdruck, daß alles rennt. Drum heißt er auch der Peitschenmüller. Am schlechtsten hats der Fex bei ihm."

„Der Sohn des verunglückten Holzknechts?"

„Ja. Es ist eigentlich so gewesen: vor Jahren ist eine Zigeunerband hier durchkommen, die den kleinen Bubn zurücklassen hat. Der Holzknecht hat sich seiner angenommen, und als er von der Eich erschlagen worden ist, da fand sich keiner, der den Bubn haben wollt. Da ist er dann von Gemeindewegn zum Müller tan worden. Der hat ihn erzogen — mit der Peitsch, mit Hunger, Durst, Frost und nix weiter sonst."

„Das ist doch unmenschlich", entrüstete sich Franza.

„Was fragt der Müller danach? Der Fex hat die Fähr zu versorgen, bei Tag und Nacht. Er bekommt keinen Pfennig dafür; was er einnimmt, muß er dem Müller geben. Wann ihr seine Kleider anschaut, wirds euch warm ums Herz werden. Und mit der Nahrung ists ebenso."

„Wie alt ist er?"

„Das weiß niemand genau. Ich schätz ihn so achtzehn Jahr. Er ist halt gar nicht wie andre Bubn. Er spricht ganz selten ein Wörtl. Wer ihn nicht kennt, der muß ihm die Antwort abkaufen. Aber er hat auch Ursach dazu, denn alles, alles hackt auf ihn ein, und wann ein Unrecht g'schieht, soll immer er es gewesen sein."

„Ist er denn so wild?"

„Wild ist er schon, stark und gewandt wie ein Luchs. Keiner kann ihn zähmen, als nur die Paula allein."

„Wer ist das?"

„Dem Müller sei einzigs Kind und seine Erbin; er ist der reichste Mann im ganzen Kreis. Ein Dirndl, sag i euch, wie Schnee und helle Morgenröt. Ich hab fast noch kein so schöns Maderl gesehn. Wers anblickt, der muß ihm gut sein; und wann im Frühjahr die Badeherrschaften kommen und droben in der Stadt wohnen, so hat der Müller hier in seiner Mühl eine Resterauzion eingericht, was eigentlich eine Schankwirtschaft ist, und nachher kommen die Herrschaften alle Tag herab, um hier zu essen und zu trinken, eigentlich aber nur, um die Paula anzuschaun."

„So ist sie wirklich so hübsch?"

„So hübsch, daß kein Malerkünstler ihr Bild so bringen könnt, wie sie wirklich ist. Hierherum wird sie oft auch die Eichkatzerlpaula genannt, weil — na, horcht! Da ist sie ja!"

Aus dem Wald, dessen Tannen sich jetzt mit Buchen und Eichen mischten, erklang eine liebliche Mädchenstimme:

„Die Eichkatzerln schaun mir
so freundlich ins G'sicht,
und die Eichkatzerln lieb ich,
doch die Bub'n lieb ich nicht."

„Das ist die Paula?" fragte Franza von Stauffen neugierig.

„Ja. Und wann du sie sehn willst mit ihren Katzerln, so komm mit, aber tu sacht, daß du die Tierl net verscheuchst!"

Er drang in den Wald ein; die beiden folgten ihm vorsichtig. Nach wenigen Schritten hörten sie die gleiche reine Stimme:

„Die Eichkatzerln klettern
zum Baume hinan,
das Männerl mit dem Weiberl
und das Weiberl mit dem Mann."

Ein leises, süßes Zirpen ließ sich hören, wie wenn man ein Lieblingstier mit zärtlichen Lippen lockt. Und zum drittenmal setzte die Sängerin an:

„Wär ich so ein Kätzerl
herinnen im Wald,
ich sucht mir ein Männerl
und fänds wohl auch bald.“

Dann hörte man wieder den lockenden Ton, und im Weiterschleichen hörten die drei ihre Stimme sprechen:

„Hanserl, willst gleich schaun, daß du zurückgehst! Das Buchecker1 ist für die Gretl, aber nicht für dich. Und du, Lisbetherl, komm halt auch her! Hier hast ein Zuckerküchle. Du warst doch krank in letzter Woch. Hast im Winter hungern müssen, arms Hascherl! Jetzt aber wirst bald wieder gesund und lustig werden, wann ich dir Arzneien bring und ein hübsches Liedel dazu.“

Jetzt hatten die drei den Saum einer kleinen Lichtung erreicht, und es bot sich ihnen ein Anblick, wie ihn wohl nur ein liebliches Kindermärchen erzählt.

Von weichem Moos überzogene Felsblöcke bildeten ein Halbrund. Auf dem einen, der hart am Stamm einer Buche lag, saß in Landestracht ein etwa sechzehnjähriges Mädchen von entzückender Schönheit. Die schlanke Gestalt wurde durch ein festanliegendes rotsamtenes Mieder betont. Zwei starke Zöpfe hingen weit über die Brust herab.

Auf den Steinen hockten in possierlichen Stellungen rote und schwarze Eichhörnchen. Eins saß in dem kleinen Gebirgshütchen, das am Boden lag, wie ein Hühnchen im Ei, und knabberte an einer Nuß. Ein anderes, das ‚kranke Lisbetherl‘, war in das Jäckchen warm und fürsorglich eingewickelt und streckte das Köpfchen mit den klugen Äuglein und den beiden Ohrfahnen heraus. Ein drittes saß auf Paulas Schulter und beugte das Köpfchen weit vor, um ihr ein Zuckerstück von den Lippen zu nehmen. Es mochten wohl acht oder zehn dieser Tierchen sein, die so zahm waren, daß ein jedes auf seinen Namen hörte und an der Herrin hochkletterte, wenn es gerufen wurde.

„Nun, hab ich recht?“ flüsterte der Sepp.

„Ein wunderliebliches Bild!“ raunte die entzückte Dichterin.

„Ja, lieblich, sehr lieblich! Giocondo e dilettévole, molto dolce e soave!“ stimmte der italienische Konzertmeister bei, setzte den Regenschirm wie ein Cello an und strich leise mit dem Stock darüber.

Aber dieses lebende Bild wurde unerwartet gestört. Es gab noch einen Lauscher, der unbemerkt von Paula und den Ankömmlingen hinter einer Tanne gestanden hatte: ein großer, starker Bursche, der schnell hervortrat.

„Schau, die Paula!“ rief er rücksichtslos und mit unangenehmer Stimme. „Da futterts und hätschelts wieder die Viehzeuger; unsereinen aber läßts hungern und dursten. Wann ich nur auch mal von ihr soviel Gunst erfahren könnt wie die Tiere!“

Das Mädchen fuhr erschrocken auf; die Eichhörnchen huschten blitzschnell an den Bäumen empor.

„Wie roh!“ flüsterte die Dichterin. „Man sollte diesen Flegel zur Rede stellen!“

Der Wurzelsepp war mit den Augen den kleinen Flüchtlingen gefolgt und entdeckte dabei hoch oben in einer Baumkrone etwas, was ihn zu einer leisen Antwort veranlaßte.

„Hab keine Sorge! Er bekommt schon seinen Zahlaus. Schau, dort oben sitzt der Wasserfex in den Zweigen. Das wird ein Schauspiel geben! Denn der Fingerlfranz, der da kommen ist, hats auf die Paula abgsehn; kein Mensch kann ihn leiden, und der Wasserfex hat erst recht Gift und Gall auf ihn. Er ist ein starker und gewalttätiger Kerl, der Fingerlfranz, und quält den Fex, wo er ihn nur finden kann. Der duldets, aber er fürchtet sich nicht vor ihm. Aber wenns um die Paula geht, wirds wohl einen Mordskrach geben. Schau, wie dem Fex sei Augen glühn!“

Die Blätter bildeten noch kein völliges Laubdach. Fex hatte sich deshalb eng an den Stamm geschmiegt, um gut versteckt zu sein. Nur von Sepps Seite sah man ein kleines, im Nacken sitzendes Gebirgshütchen, einen dichten, wirren Busch blonder Haare und ein bleiches Gesicht, aus dem zwei Augen wie die Lichter eines zornigen Raubtieres herniederfunkelten.

Die drei Lauscher standen so versteckt, daß sie weder von Paula, noch von dem Fex oder dem Franz bemerkt werden konnten.

Den Beinamen Fingerlfranz hatte der Widersacher des Fex von einer Geschicklichkeit erhalten, die droben in den Bergen in Übung ist. Zwei Burschen, die ihre Kräfte messen wollen, haken ihre Mittelfinger ineinander; jeder gibt sich nun Mühe, den andern von seinem Platz weg und an sich zu ziehen. Es kommt dabei oft vor, daß die starken Söhne des Gebirgs Bänke, Tische, Stühle und alles umreißen, was ihnen im Weg steht. Und weil der Franz der beste Fingerlheld im weiten Umkreis war, hatte man ihm den Namen Fingerlfranz gegeben.

Roh und vierschrötig stand der Bauernbursche mit hochgekrempelten Hemdsärmeln, die Jacke über die Schulter geworfen, vor dem erschrockenen Mädchen. Seine großen Füße, die in derben Nagelschuhen steckten, die bloßen, vom Wetter gegerbten Knie, die stämmigen Oberschenkel, die kräftigen Hüften, aus denen ein plumper Körper mit außerordentlich breiter Brust hervortrat, der starke Hals mit einem wahren Stiernacken, die sehnigen, nackten Arme, das breite Gesicht mit der niedrigen Stirn, der dicken Stulpnase, den wulstigen Lippen, den hervortretenden Backenknochen und den kleinen, tiefliegenden grauen Augen, das kurzgeschorene, struppige Haar, die Spielhahnfeder und der Gemsbart am Hut, die ihn als Bergsteiger, Schützen und Raufbold kennzeichneten, das alles waren sichere Zeichen, daß der vielleicht siebenundzwanzigjährige Bursche nicht allzu zart besaitet war.

Er hatte die mächtigen Fäuste in die Hüften gestemmt und lachte schallend vor sich hin.

„Was machst für ein Gesicht, Madel? Bist ja so verschüchtert wie die Eichkatzerln. Möchtst wohl auch gleich vor Angst am Baum nauflaufen?"

Paula war wohl über sein unerwartetes Erscheinen erschrocken, aber ihn fürchten, nein, das tat sie nicht.

„Am Baum hochlaufen? Deinetwegen noch lang nicht!"

„Was? Hast so einen Übermut, du kleines Katzerl du? Freut mich. Denn wenn du dich nicht vor mir fürchtest, bist mir am End doch wohl gut!"

„Ich dir? Gut? Da irrst dich gewaltig. Wann du jemand suchst, der dir gut ist, mußt anderswo anfangen!"

„So! Schau doch an!"

„So ein Ungestümer wie du — der kein Herz hat und kein Gefühl — nein, dich mag ich nicht."

„Meinst? Da bist freilich auf falschem Weg, Dirndl. Ein Herz hab ich gar wohl und auch ein Gefühl drin. Wird schon die Zeit kommen, wann du mirs glauben mußt. In meinem Herzen wohnst du, Paula. Freust dich nicht a wengerl drüber?"

„Ich wohn am liebsten da, wo ich mich selber und freiwillig eingemietet hab."

„Bist eine Saubre! Schau, schau, willst dich über mich breit machen! Das gefallt mir; so eine hab ich gern. Wann du später mein Weib bist, so nimmst du den Besen und ich die Mistgabel, und wir schaun zu, wer der Herr im Haus ist."

„Du nicht und ich nicht. Wann ich mal ein Haus hab, wirst weit davon wohnen."

„Das wird net so ausgelöffelt, wie du es in die Suppen quirlst. Weißt, wo ich grad eben hingeh, Dirndl?"

„Nein."

„Rat einmal!"

„Hab keine Lust. Lauf, wohin dein Schnabel zeigt."

„Nun, der zeigt zu dir und nach der Talmühl hin."

„Was willst da? Ein Kalb kaufen oder eine Kuh? Wir haben nix feil. Mußt warten bis zum Herbst."

„Schau, wie rasch du bist, mich fortzujagen. Ich bin zwar Viehhändler, heut aber komm ich nicht, um mir einen Ochsen anzusehn. Es ist auch ein Handel, den ich vorhab, aber kein solcher, wie du meinst."

„Brauchst gar nicht zu kommen."

„Meinst?" Er lachte dröhnend auf. „Na, ein Kalb ists eigentlich auch, was ich haben will, eine kleine, junge, hübsche Kalbin, und die heißt Paula."

Sie trat einen Schritt zurück, blickte ihn groß an.

„Nun, das ist gut! Das ist wirklich gut! Für einen Grobian kennt dich ein jeder Mensch, aber daß d' ein gar so großer Flegel bist, das hab ich mir doch nicht dacht. Mach, daß d' mir aus den Augen kommst! Ich scham mich vor mir selber, daß ich überhaupt hier steh und mit dir red."

Sie streckte den Arm gebieterisch nach dem Weg aus.

Aber anstatt einer höflichen Entschuldigung lachte der Fingerlfranz zum zweitenmal.

„Gehn? Ja, das will ich; aber nicht allein; du mußt mit, Arm in Arm mit mir. Komm!"

Er hielt ihr den Arm hin und verbeugte sich spöttisch. Sie trat noch weiter zurück.

„Das fallt mir ein! Wann du mich nicht allein lassen willst, muß ich halt selber das Feld räumen. Du weißt, daß ich dich nicht leiden mag, und wannsts noch nicht fühlst, so will ichs dir jetzt deutlich genug sagen. Du bist mir zuwider, hörst? — Und wann du nun noch Ehr im Leib hast, wirst dich nimmer wieder vor mir sehn lassen!"

Mit einer gereizten Bewegung warf der Fingerlfranz die Jacke von der Schulter und trat ihr näher.

„Das meinst im Ernst?" fuhr er sie an.

„Ganz im Ernst. Wenn ich dich seh, ist mirs niemals spaßig zumut."

Drohend ballten sich seine Fäuste.

„Und weißt, was es heißt, mir das zu sagen?"

„Nun, was solls weiter heißen? Nix!" wehrte sie ihn achselzuckend ab.

Atemlos und aufs höchste gespannt hatte Franza von Stauffen dem Auftritt gelauscht.

Die temperamentvolle Dichterin ahnte, daß sich irgendein Unheil vorbereitete.

„Wir müssen ihr Hilfe bringen", flüsterte sie den beiden andern zu.

„Die kommt! Schau, dort!" lachte der Wurzelsepp.

Er wies nach dem Baum, auf dem der Wasserfex gesessen hatte. Mit der Geräuschlosigkeit eines wilden Tiers hatte er sein Versteck verlassen. Nicht herabgeklettert war er —, herabgewunden hatte er sich wie eine Schlange. Jetzt stand er unten, hinter dem Baumstamm, den glühenden Blick auf den Gegner gerichtet.

Der Fingerlfranz hatte seine Wut so leidlich niedergekämpft.

„Was es heißen soll?" knirschte er. „Daß ich dich niederschlagen möcht, wannst ein Bursch wärst. Bist aber eine Dirn, eine dumme, alberne Dirn; drum soll mich dein Geplapper nicht rühren. Später wirst schon merken, was d' eingebrockt hast, später, wannst meine Frau bist."

„Ich deine Frau? Am Nimmermehrstag vielleicht!"

„Das wird ganz anders kommen, als du denkst. Hast nicht meinen Vater gsehn dieser Tag?"

„Ja. Er war bei uns."

„Und warum ist er da gewesen?"

„Was gehts mich an? Ich frag nicht danach."

„Wirst doch danach fragen; unsretwegen war er da. Schau, wie dir die Farb aus den Wangen geht! Ja, jetzt merkst wohl, was im Zug ist? Unsere Väter sind die beiden reichsten Leut hier herum, und weil sie es sind, soll das viele Geld halt zusammengetan werden."

„Daraus wird nix!" rief Paula rasch entflammt. „Nie und nimmer!"

„Da irrst! Gestern ists ausgemacht worden. Du wirst meine Frau."

„Lieber sterb ich auf der Stell!"

„Das Sterben geht nicht so schnell. Mein Vater ist gestern abend nach Haus kommen und hat mir gesagt, wie die Sach steht. Und weil es doch so Brauch ist, daß der Bub vorerst mit dem Dirndl redet, und weil ich mir denkt hab, daß du hier heraußen bist bei den Viecherln, bin ich halt zunächst in den Wald gangen; und richtig, ich hab dich gefunden. Und gelt, nun weißt, woran du bist?"

„Ja. Und du weißts auch! Heirat, wen du willst, nur mich nicht! Ich brauch dich nicht und ich mag dich nicht!"

„Ein jeds Dirndl wär froh, wenn der Fingerlfranz nach ihm ausschaun tät. Du allein tust apart; aber damit hast freilich kein Glück. Du bist mir versprochen worden, und ich komm zu dir. Und jetzt wirst mir ein Busserl geben!"

„Ich?"

„Ja, du!"

Sie streckte beide Hände abwehrend aus.

„Da irrst!" Sie schüttelte sich vor Abscheu. „Bevor ich dich küß, küß ich lieber dem Dorfschneider sei Glatzkopf."

Er griff nach ihr.

„Halt! Ich schrei um Hilf!"

„Wer soll dir helfen?"

Seine Finger suchten ihre Schulter zu packen.

„Der Fex!" stieß sie zurückweichend hervor.

„Der Fex!" lachte er verächtlich. „Ehe der hier ist, hab ich dich hundertmal gebusselt!"

„Ja, du wärst so frech! Aber nachher, wann er da ist, wird er dirs geben, daß d' genug hast!"

„Der, der Lodrio? Der kann gleich hier nebenbei stehn, so küß ich dich doch!"

Er packte sie bei den Armen.

„Fex, Fex!" rief sie, und der Widerwillen vor dem rohen Burschen verzerrte fast ihr schönes Gesicht.

„Fex, Fex, komm!“ rief auch er lachend; er riß sie an sich, umklammerte sie mit einem Arm, hielt mit der andern Hand ihr Köpfchen fest und beugte sich nieder, um sie zu küssen.

„Fex, Fex!“

„Bin schon da!“ erklang es hinter dem Fingerlfranz.

„Ah, bist da?“ brüllte der Viehhändler auf und sah ihn boshaft über die Schulter an. „Schau zu, wie ich das Dirndl abschmatz!“

„Wirsts nicht tun! Ganz gewiß nicht!“

Der Fex stand still lächelnd bei ihm; er sprach, als ob es sich um eine freundliche Unterredung handle. Paula hing bewegungslos in den Armen des Viehhändlers. Ihr Gesicht glänzte vor Vertrauen zu dem Retter, den sie herbeigerufen hatte.

„Warum nicht? Wer will mirs verbieten?“ fuhr der Fingerlfranz den Fex an.

„Ich!“

„Du? Schau her, wie ich mich vor dir fürcht!“

Er bog sich zum zweitenmal nieder. Da krachte es, als ob man mit einem Axthelm auf Holz geschlagen habe; der Fingerlfranz stürzte wie ein Stock zu Boden, von einem einzigen Faustschlag auf den Kopf niedergeschmettert. Da er Paula fest umschlungen gehalten hatte, war sie mit niedergerissen worden.

Schnell machte sie sich los.

„Fex, lieber Fex, das war Hilf zur richtigen Zeit. Aber —“

Sie stockte.

Franz war nicht besinnungslos geworden; dazu war sein Schädel zu dick, wenn sein Kopf auch so brummte, daß er ihn mit beiden Händen hielt. Seine Augen schienen aus den Höhlen treten zu wollen. Das Weiße war mit roten Adern durchzogen.

„Hund!“ knirschte er heiser. „Das wagst?“

„Das hast verdient“, antwortete der Fex in aller Ruhe.

„Bekommst auch sofort den Lohn dafür!"

Er hatte jetzt die vorübergehende, halbe Betäubung überwunden und drang mit beiden erhobenen Fäusten auf den Fex ein.

Der junge Fährmann wich zur Seite.

„Das laß sein, sonst bekommt dirs schlecht!" warnte er.

„Mir? Nein dir!"

Er holte zu einem fürchterlichen Hieb aus.

„Fex!" rief Paula voller Angst.

„Da schau!" antwortete er gelassen.

Der Schlag des Viehhändlers war danebengegangen; dafür aber hatte er selber einen Fausthieb von unten herauf empfangen an den Mund und auf die Nase, der ihn mehrere Schritte zurückschleuderte. Blut überströmte sein Gesicht. Seiner nicht mehr mächtig, griff er in die Tasche.

„Jetzt, jetzt ists aus mit dir!" heulte er auf und schwang einen mit Stacheln versehenen, eisernen Schlagring, den er immer bei sich trug.

„O Gott, flieh, Fex!" hauchte Paula; sie faltete vor Entsetzen die Hände und sank in die Knie.

„Hin, schnell hin!" rief die Dichterin hinterm Busch aufgeregt.

Der Wurzelsepp faßte sie beim Arm.

„Noch nicht. Ich kenn den Fex!"

Ein Sprung brachte den Fex zum nächsten Baum, er lehnte sich an den Stamm, um den Feind zu empfangen. Franz stürzte ihm nach, holte aus und führte einen Hieb nach seinem Kopf, der einen Ochsen niedergeworfen hätte; fast gleichzeitig aber stieß er einen Schmerzensschrei aus und ließ den Arm sinken. Der Fex war im letzten Augenblick zur Seite gewichen; der Hieb hatte den Baum getroffen.

Eine kleine Weile blieb alles still. Paula kniete entsetzt im Moos; der Fex stand hochaufgerichtet neben dem Baum, und Franz schien erstarrt, als hätte ihn der Schlag gerührt. Dann wandte er sich ganz langsam, in lautloser

Heimtücke wieder gegen den Feind. Aber mit einem gräßlichen Fluch ließ er den Arm hängen; die Kraft versagte.

„So, da hast du den Lohn!“ sagte der Fex in aller Ruhe. „Jetzt kannst zum Bader gehn und dir den Arm neu flicken lassen. Wirst wohl net gleich wieder eine küssen wollen, die nix von dir wissen mag! Oder willsts auch noch mit der linken Hand versuchen?“

Das Gesicht des Rohlings verzerrte sich zu einer Fratze. Er hob den linken Arm und tat einen Schritt gegen den Fex, aber er besann sich. Er schritt langsam weiter, raffte seine Jacke auf und schüttelte die geballte Linke.

„Das bezahlst teuer, Fex! Dich zertret ich wie einen Wurm. Merk dirs gut!“

Dann verschwand er hinter den Sträuchern. Fex ging ihm eine kurze Strecke nach, um sich zu überzeugen, daß er sich auch wirklich entfernte. Dann kehrte er zurück.

Paula eilte mit ausgestreckten Armen auf ihn zu, als wolle sie ihn umschlingen. Er erwartete sie; seine großen, blauen Augen leuchteten ihr entgegen. Doch sie ließ die Arme sinken und blieb beherrscht vor ihm stehen.

„Gott sei Lob und Dank!“ atmete sie tief auf.

Seine Augen verloren den leuchtenden Glanz, als sie die Arme sinken ließ, und sein Gesicht verfinsterte sich, als ob eine schwere Wolke sonnige Landschaft verdunkle.

„Wenn er dich erschlagen hätte, Fex!“

In unbeschreiblicher Verachtung zuckte es um seinen Mund.

„Der mich erschlagen?“

„Fürchtest ihn nicht?“

Sie blickte bewundernd an seiner schlanken Gestalt empor. Er schüttelte trüb lächelnd den Kopf.

„Trausts mir wohl net zu, daß ich mich net fürcht? Der Fex ist ein Schwächling und Dummkopf, gelt? Er ist der Sündenbock, auf den alles einschlägt.“

„Ich nicht, Fex, ich nicht!“

„Ja, du nicht und noch einer!"

„Wer noch?"

„Der Wurzelsepp. Kennst ihn doch auch?"

„Ja. Ihr beid habt freilich eine große Freundschaft. Aber mein guter Freund bist doch auch! — Bist ja oft mein Schutz gewesen, wann ich als kleins Dirndl irgendeine Angst gehabt hab. Und vorhin, als der Franz mich nicht lassen wollt, hab ich gleich an dich dacht. Dieser Kerl hat weder Scham noch Ehr im Leib. Aber sag doch: Wie konntest du mir so schnell beispringen?"

Vorher hatte sich sein bleiches Gesicht selbst während des Kampfes nicht um einen Schatten gefärbt; jetzt jedoch errötete er fast wie ein Mädchen.

„Ich war dort."

Er zeigte nach dem Baum, hinter dessen Stamm er versteckt gewesen war.

Sie fühlte sich von seiner Erklärung nicht befriedigt.

„Dort? Was hast denn dort getan? Du sollst doch unten am Wasser sein!"

Sie blickte ihm forschend in die Augen; er senkte den Blick wie ein Schulknabe, der bei irgendeiner Missetat ertappt ist.

„Prächtig!" flüsterte die Dichterin im Gebüsch. „Das sollte man malen. Und ein Gedicht werde ich darüber machen — ein Sonett!"

Wer den Fex jetzt erblickte, mußte mit Staunen fragen, wie er zu diesem erniedrigenden Beinamen gekommen sei. Freilich, er war mehr als armselig bekleidet. Schuhe trug er nicht; seine Füße waren nackt, und die Wadenstrümpfe, die bis an die bloßen Knie reichten, in allen möglichen Farben gestopft und ausgebessert, ebenso die kurzen Kniehosen, die nur von einer groben Hanfschnur an den Hüften festgehalten wurden. Eine Weste fehlte, und die dunkle Jacke war vielfach geflickt und ihrem Träger zu kurz geworden. Das weiße Hemd bestand nur noch aus aufgesetzten Flecken, aber es war sauber gewaschen.

Der junge Mensch machte trotz der großen Ärmlichkeit seines Anzugs den Eindruck peinlichster Sauberkeit, und über seiner ganzen schlanken Erscheinung lag ein schwer bestimmbares Etwas, das zu seiner Stellung und seiner dürftigen Kleidung nicht zu passen schien. Wer ihn zum erstenmal sah, dem wurde es schwer, den Blick von seinem Gesicht abzuwenden; denn es war von eigenartiger Schönheit. Der kleine, feine Mund, über dem die ersten Sprossen des Bartes keimten, die zart gebogene Nase mit den beweglichen Flügeln, die hohe Stirn mit den tiefdunklen Brauen, unter denen ein Paar große Augen in der Bläue des Himmels leuchteten, das volle, blonde Haar und die ungezwungene und dabei stolze, selbstbewußte Haltung — das alles stand im größten Widerspruch mit dem Ausdruck dumpfer Gleichgültigkeit, den man in diesem Gesicht sonst zu sehen gewohnt war.

Die Frage des schönen Mädchen berührte ihn peinlich, und nun trat dieser Ausdruck deutlich hervor. Wer ihn so sah, mußte ihn für einen halb stumpfsinnigen Menschen halten.

„Es fuhr niemand über", entgegnete er langsam. „Da ging ich in den Wald."

„Was hattst da zu tun, Fex?" forschte Paula kopfschüttelnd.

„Ich wollt — ich dacht — ich bin wegen der Katzerl kommen.

„Mach mir keine Geschichten vor! Es glaubts dir doch niemand."

„Aber doch ists wahr. Hast mir denn nicht neulich gesagt, daß dir zwei Eichkatzerl fehlen?"

„Ja, die sind weg."

„Schau, da hab ich nachdenkt, wohin die sein mögen. Sie sind so zahm, daß sie sicher kommen wärn, wanns konnt hätten. Es muß ihnen also ein Unglück geschehn sein."

„Meinst? Das sollte mich kränken!"

„Ja, das hab ich mir dacht. Und darum hab ich gesucht, wohins kommen sind, und was hab ich da gefunden? Errats, Paula!?

„Ich weiß nicht."

„Einen Habicht hab ich fliegen sehn."

„Herrgott! So hat ders wohl gefressen?"

„Jawohl. Ich hab den Habicht beobachtet und sein Nest entdeckt. Er hats erst kurz zu bauen angefangen, da droben auf dem Baum; aber da hab ich auch die Stückl von die Bälg gefunden von den Eichkatzerl. Sodann hab ich ein Stückl Fleisch geholt aus der Mühl, ein Rattengift dazu, und habs dem Habicht hingelegt. Gestern nun hat seine Frau davon gefressen, und ich fand sie tot hier unten liegen. Und heut ist auch er dran gestorben. Er liegt oben im Nest. Ich bin hinaufgeklettert, um ihn herabzuholen; aber grad, als ich droben ankommen war, kamst du hier unten an. Und weil — weil — weil du gleich die Eichkatzerl gerufen hast, wollt ich es nicht wissen lassen daß ich da war. Darum blieb ich lieber dort oben sitzen, bis der Fingerlfranz kommen ist."

„Und dann bist mein Retter geworden", atmete Paula auf. „Wann du nicht dagewesen wärst, hätt ich mich von dem Franz busseln lassen müssen, und da wär ich vor Scham und Ekel gestorben!"

„Ists so schlimm?"

„Ja. Und weilst mich gerettet hast, wollen wir gute Freunde sein, Fex."

Sie blickte ihm lächelnd ins Gesicht und streckte ihm ihre Fingerspitzen entgegen. Er ergriff sie mit beiden Händen, als ob er das kostbarste Kleinod umfaßt halte.

„Jetzt muß ich fort", meinte Paula nach einer kleinen Verlegenheitspause. „Vorher aber bitt ich dich schön, nimm dich vor dem Franz in acht! Er hat es nun auf dich abgesehn, und wo er Gelegenheit findet, wird er sich rächen. Er ist zu allem fähig, das weißt ja selber. Und wann dir was geschäh, ich könnts net verwinden! Denk dir, wann ich mal heraus zum Wasser käm und wollt überfahren, und du lägst da, und er hätt dich erschlagen. Heilige Jungfrau, was tät ich dann?"

„Das wird nicht geschehn, Paula, nie."

„Das kannst net wissen."

„Ich weiß es! Wann ich nur einen Talisman oder ein Amulett haben tät, so wie ichs brauch, nachher könnt ich sicher sein."

„Was mußt dann für eins haben?"

„Zu so einem Amulett gehört ein Blätterl aus dem Gesangbuch."

„Und das hast nicht?"

„Das hätt ich schon. Aber nachher braucht man auch noch dazu ein Maiblümerl, was ein Dirndl gepflückt hat, die noch keinen Schatz hat und es einem gern schenkt."

„So kannst doch meins bekommen! Willst?" fragte sie rasch, indem sie nach ihrem Hut griff.

„Ich wollt schon, aber gibsts auch gern her?"

„Dir doch allemal gern!"

„Und hast auch keinen Schatz?"

„Nein doch! Was plauschst nur wieder einmal! Also willst das Maiblümerl zum Amulett?"

„Ja, ja, gibs schnell her!"

Sie nestelte es los.

„Da hasts. Brauchst sonst noch was?"

„Jetzt nicht. Später dann."

„Was dann?"

„Wann die richtige Zeit kommen ist, in der das Amulett fertig wird, dann werd ichs schon sagen."

„So will ich jetzt gehn. Behüt dich Gott, Fex!"

Sie eilte fort. Er blickte ihr nach, bis sie zwischen den Bäumen verschwunden war; dann zog er aus der Tasche ein Stückchen Seidenpapier, um das kostbare Geschenk darin zu verwahren.

*

Die drei Lauscher hatten sich nicht entfernt. Zwar besaß der Wurzelsepp soviel Zartgefühl, daß er die beiden andern leise zum Fortgehen mahnte; aber dem Konzertmeister war die Szene zu unterhaltsam, als daß er auf sie hätte verzichten mögen, und die Dichterin war erst recht nicht wegzubringen. Kein Wort des Gesprächs ging ihnen verloren.

Franza von Stauffen trippelte leise mit den Füßen vor Entzücken, und bei dem Abschied der beiden wollte sie aus dem Versteck hervorbrechen. Aber der Wurzelsepp hielt sie fest.

„Willst gleich bleiben!" raunte er ihr zu. „Was sollen die beiden Leut denken, wann sie erfahren, daß wir sie belauscht haben!"

„Was sie denken sollen? Daß ich ihre Freundin bin, und daß sie mir zu meinem neuen Roman ein Sujet geben, das gar nicht herrlicher sein kann. Ich muß hin, ehe sie fortgehn."

„Nein, du bleibst! Brauchst doch den Roman net hier im Wald zu machen!"

„Grad hier im Waldesgrün kommen einem die besten Gedanken!"

„Daß du hier stören willst, das ist gar kein guter Gedanke."

„O doch! Schau, nun ist sie fort, und er wickelt die Blume ein. Ich muß hin!"

Sie riß sich los und trat auf die Waldblöße. Helles Entzücken glänzte auf dem Angesicht des Wasserfex, aber er wurde aus allen Himmeln gerissen, als die Dichterin sich ihm näherte und die Hand auf seine Schulter legte.

„Wer bist? Was willst?" fragte er erschrocken.

„Ich bin eine Priesterin der himmlischen Muse, die Gedichte macht und Romane drucken läßt", erwiderte Franza hochaufgerichtet.

Er starrte sie verständnislos an.

„Bist wohl verruckt?"

„Verrückt? Nein. Aber es kommt der Geist über mich, so daß ich in Versen und Reimen reden muß."

Und die Rechte mit dem Tintenfaßsonnenschirm hoch erhebend, trug sie laut vor:

„Hier steht unser Fex,
im Ringen ein Rex,
die Paula — eine Hex,
und der Fingerlfranz — — ein Klex!"

Der Konzertmeister vermochte ein lautes Lachen nicht zu verbeißen. Er trat mit dem Wurzelsepp vor.

„Was lachen Sie?" fragte die Dichterin streng. „Meine Muse ist keine lächerliche. Sie verzeichnet die Taten der Menschenkinder mit ehernem Griffel auf ihrer Tafel"

Sie schlug ihr Buch auf und schrieb einige Zeilen. Dann las sie laut.

„Der Fex rang mit dem Fingerlfranz
und warf ihn nieder mit viel Glanz.
Wen der mit seinen Fäusten packt,
der hat am ganzen Leib geknackt!"

Darauf blickte sie sich stolz um und fragte den Italiener:

„Nun Signor, ist das nicht einzig?"

„Einzig, ja", antwortete er. „Unicamente, sehr, sehr, Signora."

„Und du, was sagst du dazu, du Sohn dieser Berge?" fragte sie den Wurzelsepp.

„I sag einstweilen gar nix dazu!"

„Du hast das gute Teil erwählt. Schweigen ist Gold! Und du, des Tages Held und Recke?"

Diese Frage galt dem Fex. Er machte ein unbeschreiblich dummes Gesicht, deutete mit dem Finger an die Stirn und antwortete kopfschüttelnd:

„Bist ein armes Wurm. Kannst mich dauern. Was hab ich von deinem Mus!"

„Mus!" lachte sie. „Welch eine urwüchsige Verwechslung! Du gleichst den gefeierten Recken des grauen Altertums. Sie kämpften furchtlos mit Drachen und Ungeheuern, ohne in die Heiligtümer der Gelehrsamkeit eingedrungen zu sein. Du bist ihr würdiger Enkel. Ich muß dir das Wort des Dichters entgegenrufen: ‚Dem Verdienst seine Krone!' Komm her zu mir, Fex! Ich muß dich küssen!"

Sie streckte die Arme nach ihm aus. Er taumelte erschrocken zurück.

„Himmelsakra! Was will die mit mir? Fangt sie ein, und sperrt sie ins Spritzenhaus!"

Der Konzertmeister lachte, daß ihm die Tränen aus den Augen liefen. Die Dichterin aber rief entzückt:

„Welch ein köstlicher, urweltlicher Gedanke! Welch geistreicher Spott auf die göttlichen Musen! Welch granitner Witz eines vorsintflutlichen Geistes! Sie lachen, Herr Konzertmeister. Ist er nicht unvergleichlich, unerreicht?"

„Ja, unvergleichlich, unerreicht, incomparabile, imparagonabile, inarrivabile, sehr, außerordentlich sehr!"

„Hätt ich einen Lorbeerkranz, ich würde seine Stirn damit krönen. So wirds auch eine Fichte tun."

Sie brach einen nahen Zweig ab, bog ihn rund zusammen und machte Miene, ihn dem Fex auf den Kopf zu setzen. Der junge Mann drängte sie von sich ab.

„Fort! Geh ins Irrenhaus!"

„Wie? Ins Irrenhaus? So habe ich ihn also nicht verkannt, sondern ganz richtig beurteilt. Er wird für einen Narren gehalten, aber er kennt die Völker, bei denen der Wahnsinn als ein Geschenk der Götter gilt, bei denen die Irren zu den Erleuchteten des Himmels gezählt werden. Komm her zu mir, mein Bruder in den neun Musen —"

Sie hielt mitten in ihrer komisch begeisterten Rede inne, denn der Fex war kurzerhand in den Wald zurückgelaufen.

„Wie stolz! Ich wollte ihn studieren, um ihn als Romanfigur zu verwenden. Aber er ist unnahbar. Nicht?" seufzte Franza.

„Ja, unnahbar — incomprensibile! Con lui non c'è da far niente; es ist nichts mit ihm zu machen."

„Vielleicht mehr als mit andern Leuten", schmunzelte der Wurzelsepp. „Wann ihr endlich nach der Talmühl wollt, so macht, daß ihr mitkommt! Ich geh jetzt!"

Die beiden folgten ihm. Er führte sie nach dem Waldweg zurück, den sie vorhin verlassen hatten.

Die Dichterin wollte den Wurzelsepp wieder in ein Gespräch verwickeln, aber er war wortkarg und sehr nachdenklich geworden und hielt nicht mehr stand.

Bald hörten sie Wasser rauschen. Sie kamen an den Fluß, der am Fuß des Berges vorüberrauschte. Auch das gegenüberliegende Ufer war bewachsen, doch gab es eine Stelle, an der sich das Grün zu einer Aussicht auf die Mühle öffnete — eine Anhäufung zahlreicher Gebäude an einem Mühlgraben, der vom Fluß abgeleitet war. Die Ausdehnung der Besitzung ließ vermuten, daß der Müller sein Geschäft im großen betrieb. Rechts schloß sich ein großer Garten an, und links lag auf der Höhe ein Landhaus, das der Müller zur Sommerszeit an Badegäste vermietete.

Oberhalb des Dorfes nämlich, zu dem die Mühle gehörte, lag an beiden Ufern des Flusses die weltbekannte Badestadt, in der Tausende Heilung oder Linderung ihrer Leiden suchten und fanden.

Der Wurzelsepp spähte am Ufer hinauf und hinab. Er schüttelte den Kopf, legte einen Finger in den Mund und stieß einen gellenden Pfiff aus, der sofort im Wald beantwortet wurde.

Man hörte eilige Schritte; dann brach der Fex durch die Büsche.

„Wo ist denn die Fähre hingekommen?" fragte Sepp.

Der Fex blickte auch nach rechts und links — von der Fähre keine Spur.

„Fingerlfranz!" sagte er, weiter nichts; dann sprang er, gleich in den Kleidern, wie er war, in die kalte, tiefe Flut.

„Herrgott!“ rief die Dichterin erschrocken. „Was tut er? Er kann sich den Tod holen!“

„Der nicht“, lachte der Sepp.

„Aber er kommt doch nicht wieder hoch!“

„Nicht? Schau da hinunter!“

Ein bedeutendes Stück abwärts tauchte der Fex wieder auf, holte Atem und verschwand dann wieder.

„Warum tut er denn das?“ fragte der Konzertmeister.

„Weil der Franz allein übergefahren ist und nachher die Fähre nicht angebunden hat, um den Fex zu ärgern. Nun ist sie hinabgeschwommen, und er muß sie suchen und heraufbringen.“

„Dabei könnte er doch laufen!“

„Schau die hohen Felsen, die hier ans Ufer treten. Wann er die erst ersteigen wollt! Lieber schwimmt er. Und wann man unterm Wasser schwimmt, gehts schneller als oben; darum kommt er nur herauf, wann er Luft schöpfen will. Um den braucht ihr keine Angst zu haben; der ist im Wasser zu Haus, wie wir auf der Erd. Er macht sogar die Augen auf, wann er unten schwimmt. Da sieht er die Fische und alles Getier, was es drinnen gibt. Er ist selber wie ein Fisch und hat schon einigen Menschen das Leben gerettet.“

„Bekam er die Rettungsmedaille?“ fragte Franza von Stauffen.

„Der und eine Medaille? Das fallt keinem Menschen ein. Es heißt, daß der Fex seine fünf Sinne net beisammen hat, und so ein armes Wurm kann retten, soviel es will — aber einen Orden bekommts net.“

*

Der Fex hatte recht gehabt, beim Fehlen der Fähre den Namen des Fingerlfranz zu nennen. Der bösartige Bursche hatte seine Wut hinabgewürgt und die Rache auf später verschoben.

Die Fähre lag am diesseitigen Ufer. Beide Ruder zu

führen, war dem Franz unmöglich. Er sprang hinein, band die Fähre los und setzte sich ans Steuer. So erreichte er das andere Ufer; freilich weit unterhalb der eigentlichen Anlegestelle. Statt nun die Fähre zu befestigen, ließ er sie abwärts treiben, um dem Fex einen Streich zu spielen. Er wußte, mit welcher Härte dieser von dem Müller, dem Besitzer der Fähre, behandelt wurde.

Dann begab er sich nach der Mühle. Im Erdgeschoß des einen Gebäudes befand sich rechts die Wohnstube und links das Gastzimmer. Auch in dem Blumengärtchen draußen standen Tische und Stühle für die Badegäste, die an schönen Tagen nach der Mühle kamen, um Waldluft, Speise und Trank zu genießen, sich an den berüchtigten Grobheiten des Wirtes zu erheitern und — der schönen Müllerstochter einen freundlichen Blick in die herzigen Augen zu werfen.

Als der Fingerlfranz vorüberging, sah er auch jetzt einen solchen Gast im Gärtchen sitzen und zog seinen Hut. Er kannte den Herrn.

„Guten Morgen, Herr Kapellmeister."

„Guten Morgen", dankte der andere. „Kommen Sie aus dem Wald?"

„Ja."

„Sind Ihnen Spaziergänger begegnet? Ich warte auf den Konzertmeister Rialti."

„Hab nix gesehn."

Damit trat er in das Haus und dann rechts in die altmodisch ausgestattete Wohnstube. Ein riesiger Kachelofen stand in der einen Ecke, in der andern ein so großes Sofa, daß vier Personen darauf hätten schlafen können. Eine alte Wanduhr mit deckenhohem Kasten, mehrere Teller- und Schüsselbretter, ein großer, eichener Ausziehtisch, Stühle aus demselben Holz — so sah es in der Stube aus, deren Fenster nicht mit Vorhängen versehen waren. Auch einen Spiegel gab es nicht. Die Diele war gescheuert und mit duftenden Tannen- und Fichtenzweigen belegt.

Am Tisch stand ein breiter, bequemer, mit Polstern versehener Rollstuhl, in dem der Müller saß, ein Mann von massiger Gestalt; da ihn die Gicht plagte, waren seine Beine mit Watte dick umwickelt, und die Füße steckten in unförmigen Filzstiefeln. Auf dem Kopf trug er eine braunwollene Zipfelmütze; der Oberleib war von einer sogenannten Fitzjacke eingehüllt. Das grobe Gesicht verriet auf den ersten Blick, daß der Mann milden Regungen nicht zugänglich war. Härte, Härte und immer wieder Härte war das einzige, was man aus diesen Zügen zu lesen vermochte. Es schien unmöglich, in diesem Mann Paulas Vater zu sehen.

An der Armlehne des Stuhles hing eine alte Klarinette. Die rechte Hand des Müllers spielte mit einer Peitsche. Der Stiel war kurz, die Schnur desto länger; sie reichte bis in die entfernteste Ecke.

Diese Peitsche war das Zepter, mit dem der Müller regierte, da er wegen seiner Krankheit seinen Sitz nicht verlassen konnte. Sie diente ihm als Dolmetscher, der von allen verstanden wurde. Vom leisesten Schmitz durch die Luft bis zum stärksten Klatschen und Knallen um die Beine irgendeines lässigen Dienstboten gab es eine Stufenleiter als Ausdruck aller Gefühle des Müllers, von der wohlgefälligen Zustimmung bis hinauf zum höchsten Grimm. In seinem Haus war niemand, der nicht schon die Peitsche gekostet hätte. Mancher neue Dienstbote nahm sich vor, beim ersten Hieb fortzugehen; aber der Müller zahlte so gute Löhne, und die Verpflegung war so viel besser als in anderen Häusern, daß man sich bald an seine Art der Behandlung gewöhnte.

Sehr viel trug freilich Paula dazu bei. Wer einmal in den Dienst des Müllers getreten war, dem hatte es das gute, liebe Mädchen bald so angetan, daß es ihm schwer wurde, das Haus zu verlassen.

Fragte man nun, wer mit der gefürchteten Peitsche am meisten in Berührung kam, so antwortete jeder ohne Besinnen: der Fex. Er bekam sein Essen und Trinken, aber keinen Lohn. Jahre waren vergangen, ohne daß er ein neues Kleidungsstück erhalten hatte. Er sprach mit keinem Menschen mehr, als unumgänglich notwendig war, und er schlief im Sommer und im Winter draußen in der Fähre. Wie er das im Sturm und Schneegestöber aushielt, das hätte keiner begreifen können, wenn es überhaupt einem Menschen eingefallen wäre, sich diese Frage vorzulegen.

Am wortkargsten war er dem Müller gegenüber. Mußte er mit ihm sprechen, so hatte nie jemand gesehen, daß er eine Miene bewegte oder mit der Wimper zuckte. Selbst der schärfste Peitschenhieb war nicht imstande, ihm den leisesten Seufzer des Schmerzes zu entlocken. Und warum das? Alle meinten, es sei Verstocktheit, Ehr- und Gefühllosigkeit; er aber allein wußte es besser. Der Grund, warum er die furchtbare Sklaverei geduldig ertrug, war — Paula.

Der Fex war ein Waisenkind, von einer fremden Zigeunerin, die hier gestorben war, zurückgelassen. Er war damals vielleicht vier Jahre alt gewesen und hatte eine fremde Sprache gesprochen, die niemand kannte. Später hatte sich nur der Müller seiner angenommen — aus Berechnung. Er bekam einen Dienstboten, dem er keinen Lohn zu zahlen brauchte. Für die Überfahrt nahm der Fex, was man ihm gab, und lieferte es getreulich an den Müller ab.

Als der Fingerlfranz beim Müller eintrat, fand er ihn allein in der Stube.

„Grüß Gott!“ brummte der Ankömmling und warf seinen Hut in die Ecke des Sofas, auf das er sich schwerfällig setzte.

„Himmelsakra, wie siehst aus?“ rief der Müller erschrocken. „Als obst aus einer Rauferei kommst.“

„Kann wohl sein.“

„Jetzt? Am Morgen schon?“

„Gibts eine bestimmte Stunde, zu der das Raufen beginnen darf?“

„Wer Lust hat, kann sich zu jeder Zeit den Hals brechen lassen. Aber zugericht bist hübsch, das muß ich sagen. Die Nase fast ganz entzwei, und das Maul angschwollen wie eine doppelte Leberwurst. Wer hat dich denn so verschandelt?“

„Wird dich nicht soviel angehn.“

Der Müller lachte.

„Grad sehr! Du bist der stärkste Kerl allüberall, und keiner ist dir über. Da möcht man schon gern wissen, an wem du den Meister gefunden hast.“

„Den Meister? Was fällt dir ein! Wann die Rauferei ehrlich ist, so gibts für mich nie einen Meister. Aber wann man meuchlings überfallen wird, kann auch der Riese Goliath nix dafür, wann er einen Schmarrn ins Gesicht erhält.“

„Was? Hinterrücks bist überfallen worden? Von wem?“

„Von einem Gesind von dir.“

Da hob der Müller die Peitsche und ließ sie mit leisem Pfiff durch die Luft gehen, so daß es klang, wie wenn einer vor Verwunderung die Luft durch die geöffneten Lippen stößt.

„Einer von mir? Ich wüßt keinen bei mir, der es wagen sollt, sich mit dir zu messen.“

„Ja, eben hinterrücks!“

„Dem wollt ichs anschreiben! Wer ists?“

„Der Fex.“

Da fuhr die Peitsche mit einem lauten Knall durch die Luft.

„Der Fex hat sich an dir vergriffen?“

„Ja, freilich! Ganz ohne daß ichs ahnen konnt!“

„So, so! Dem werd ichs sauber anstreichen! Wie ists denn eigentlich kommen?“

„Ich traf die Paula —“

„Die? Das ist gut. Hast ihr was gesagt?“

„Ja. Sie hat aber noch nix gewußt."

„Ist auch nicht notwendig. Ein Dirndl erfährts allemal noch zeitig genug, welchen Mann sie totärgern soll. Also die hast troffen! Was hat sie nun dazu gesagt?"

„Nun, es kam ihr freilich unerwartet, und da springens einem nicht gleich an den Hals. Ich hab freundlich zu ihr g'sprochen, und sie war auch nachher gar net übel dabei. Das hat mich so g'freut, daß ich sie gar um ein Busserl beten hab."

„Schau, schau!" schmunzelte der Müller, indem er dem Sprecher einen leisen, freundlichen Hieb mit der Peitsche gab. „So rasch gehts bei euch! Was hat denn die Paula dazu sagt?"

„Sie hats gemacht, wies jedes Weibsbild beim erstenmal macht. Sie hat verschämt tan und sich ein wengerl gesperrt, und dabei sind wir uns mit dem Schnabel immer näher kommen — weißt schon, wie mans macht —"

„Ja, und da hat sie dir ein so kräftiges Busserl geben, daß dir Maul und Nas blutet hat!"

„Willst mich noch verspotten? Dazu hab ich keine Lust; das kannst dir denken!"

Der Müller gab ihm einen beruhigenden Peitschenhieb.

„Was du gleich toll wirst! So ist die Jugend immerfort. Erzähl weiter!"

„Also wir sind grad nah am Busseln gewesen; da plötzlich krieg ich von hinten einen Hieb an den Kopf, und als ich die Paula gehn laß und mich umschau, steht der Fex da und macht mir ein Gesicht, als ob er mich morden wollt."

„Verteixeli! Was fällt ihm ein!"

„Grad so hab ich ihn auch gefragt; dafür aber hat er mir noch einen Schlag geben."

„Und du, was hast du nachher mit ihm gemacht?"

„Ich hab ihn angefaßt und an die Erd geworfen, daß ihm die Knochen kracht haben."

„So ists recht! Und dann?"

„Nun, dann bin ich gegangen. Meinst vielleicht, wann man so unterbrochen und weggestört wird, daß man nachher noch weiter fortmacht? Mit dem Dirndl muß man unter vier Augen sein. So denk ich, und so ists richtig."

„Meinetwegen. Aber von den zwei Puffen, die er dir geben hat, kann dir doch das Gesicht nicht in der Weis zersprungen sein!"

„Nein. Das Schönste kommt ja noch. Also geh ich fort und will übersetzen, aber die Fähre war net da. Ich pfiff nach ihr. Da plötzlich kommt der Fex aus dem Busch, haut mir das Ruder an den Arm, daß ich ihn nimmer rühren konnt —"

„Tausend Teufel! Hast ihn doch gleich niederkracht?"

„Mit dem Arm hier?"

Er griff mit der linken Hand nach dem rechten Arm und bewegte ihn hin und her.

„Kannst ihn wirklich net bewegen?"

„Siehsts ja."

Der Müller wollte vor Wut aufspringen, fiel aber mit einem lauten Schmerzensruf wieder in den Sitz zurück. Er preßte die Zähne zusammen, daß sie knirschten.

„Na, wart, Bursch! Dir werd ich die Leviten lesen, daß du die Engel singen und pfeifen hören sollst! Ist der Knochen entzweigeschlagen?"

„Vielleicht ist nur ein Gelenk ausgekettelt, oder es hat sich ein Nagerl gebogen. Der Bader mags untersuchen, bevor ich zum Arzt geh, der soviel teurer ist. Aber weiter! Nach diesem ersten Hieb schlug er mir das Ruder noch ins Gesicht, daß gleich die Nase aufsprang wie bei einem Boxerhund; aus dem Mund lief das Blut. Unterwegs hab ich nachher gemerkt, daß einige Zähne locker sind. Wann ich auch diesen Arm net rühren kann — hätt ich den Himmelsakra mit dem andern niedergeschlagen, aber er ist feig fortgelaufen, in den Busch hinein!"

„Wie bist dann über das Wasser herüber?" knurrte der Müller.

„Die Fähr ist verschwunden und ist wohl auch noch net wieder da. Er hat sie versteckt g'habt, um mich sicher zu erwischen. Ich hab dort gestanden, bis zufälligerweis der Fischpachter kommen ist mit seinem Kahn. Der hat mich herüberbracht."

„Alle tausend Teufel. Versteckt der Halunk die Fähr, um dich anzufallen wie ein Räuber! Aber nur keine Sorg! Er soll sein Zahlaus bekommen. Ich werd ihn nachher rufen lassen. — Jetzt aber, wann du wirklich keine großen Schmerzen hast am Arm, wollen wir erst darüber klar werden, worüber ich gestern mit deinem Vater g'sprochen hab." —

*

Unterdes hatte der Fex die Fähre gefunden, sie stromauf gerudert und die drei Fahrgäste an das diesseitige Ufer gesetzt. Mit dem Wurzelsepp, den er doch kannte, hatte er weder Wort noch Blick gewechselt.

Der Sepp warf seinen Rucksack auf den Rücken und schritt voran, der Mühle zu, und ließ sich in dem Blumengärtchen an einem Tisch nieder, unweit dessen der Kapellmeister des Badeortes saß. Franza von Stauffen ging nicht nach der Mühle, sondern weiter nach dem Landhaus, in dem ihr Vater schon angekommen war.

Der italienische Konzertmeister folgte dem Sepp gemächlich nach; als er aber in die Nähe der Mühle kam und den Kapellmeister im Gärtchen erblickte, beschleunigte er seine Schritte, um den Kunstgenossen auf das freundlichste zu begrüßen. Seit er hier als Badegast wohnte, hatten sie nähere Bekanntschaft geschlossen.

Beide waren weitbekannte Musiker, der eine Dirigent und der andere ein berühmter Geiger. Der Kapellmeister hatte den Italiener mehrmals gebeten, sich in einem Konzert hören zu lassen, war aber abschlägig beschieden worden. Rialti hielt sich hier im Bad der Kur wegen auf, nicht aber, um zu spielen.

Jetzt zeigte die verheißungsvolle Miene des Kapellmeisters und die Eile, mit der er dem Italiener entgegentrat, daß er irgendeine wichtige und auch erfreuliche Neuigkeit zu verkünden habe.

„Endlich kommen Sie, Signor!“ sagte er. „Ich habe stundenlang mit Schmerzen auf Sie gewartet.“

„Auf mir gewarten!“ antwortete der Italiener in seinem gebrochenen Deutsch. „Mit Schmerzen? E possibile? Ist es möglich?“

„Ja. Ich bringe heute eine ganze Anzahl von Neuigkeiten, über die Sie staunen werden.“

„Staunen! Bravissimo! Vortrefflich! Ich sein neubegier, zu hören das Neuigkeit!“

„Zunächst? Sie sind da.“

„Wer, wer? Chi? Chi va là?“

„Die hohen Herrschaften. Wir haben in letzter Woche die Gäste bekommen, vor denen Sie sich mit gutem Gewissen hören lassen können: Generäle, Minister, Fürstlichkeiten. Und, Ihnen will ich es unter dem Siegel der strengsten Verschwiegenheit vertrauen: Nächster Tage werden wir sogar einen König begrüßen.“

„Ein König? O che piacere! Welch Entzücken! Was für ein König wird er sein?“

„Ludwig von Bayern!“

„Unmöglich! König Luigi kommen nie in Bad, sondern sein sehr einsam, sehr.“

„Er kommt, und zwar aus einem besonderen Grund.“

„Ich höre, mit allem Ohr.“

„Denken Sie, es wird mir aus der Hauptstadt die vertrauliche Mitteilung, daß der König im vorigen Herbst auf irgendeiner Alm eine wunderschöne Sennerin entdeckt hat, die eine ebenso wunderbare Stimme besitzen soll.“

„Eine Sennerin? Una vaccare? Reizend!“

„Er hat sie nach der Hauptstadt gebracht und sie einem unsrer ersten Meister zur Ausbildung anvertraut. Das Mädchen soll eine geradezu unerhörte Begabung besitzen und ebenso für den Gesang wie für das Spiel befähigt sein. Jetzt die Hauptsache: Nächster Tage soll sie sich öffentlich hören lassen, zum erstenmal."

„Ah! Dann reisen wir nach der Hauptstadt."

„Nach München? Nein, dort tritt sie nicht auf."

„Nicht München? Wo denn?"

„Raten Sie! Oder ich will es Ihnen lieber gleich sagen. Hier tritt sie auf, bei uns!"

„Che occorrenza! Welch Ereignis!"

„Sie singt unter Begleitung meiner Kapelle. Und der König will sie hören."

„Er kommt gewiß?"

„Ganz gewiß! Das ist eigentlich ein Wunder, ein Beweis, daß diese angehende Sängerin ein Licht zu werden verspricht, sonst würde die Majestät sich nicht bewogen fühlen, hierher zu kommen. Aber ich bin mit meinen Neuigkeiten noch nicht fertig. Sie werden sich noch viel mehr freuen, wenn Sie das Weitere hören. Ja, ich behaupte geradezu, daß Sie entzückt sein werden."

„Sprechen Sie, sprechen Sie!"

Da neigte sich der Kapellmeister zu ihm und zog die Brauen hoch.

„Kennen Sie einen gewissen Liszt?"

Da fuhr der Italiener von seinem Sessel auf.

„Liszt? Der Abbé?"

„Ja."

„Der Virtuos auf Piano?"

„Derselbe."

„Was sein mit ihm? Was? Schnell, schnell!"

„Er kommt auch."

„Nach hier?"

„Ja, ja!" klang es beinahe jauchzend.

„Als Gast in Bad, aber nicht um zu spiel!"

„Nicht als Gast, sondern um zu spielen."

„Er doch nicht mehr spiel! Er gibt kein Konzert mehr jetzt."

„Aber auf ganz besondere Einladung des Königs hat er zugesagt, einen Teil des betreffenden Konzerts zu übernehmen, eben weil der König sich selbst unter den Zuhörern befindet."

„Das sein freilich sehr viel, sehr! Es sein kaum zu glauben, kaum!"

„Ehrenwort."

„Ich muß, muß ihn hören, muß, diesen Fürsten des Piano und dieses junge Licht, die Sennerin und auch Sängerin. Es wird sein großartig!"

„Wir werden einen Bombenerfolg haben. Aber nun befinde ich mich in einer außerordentlichen Verlegenheit, bester Signor."

„In welcher?"

„Ich habe den ersten Pianisten der Welt und eine Sängerin, die den Fuß auf die Stufenleiter des höchsten Ruhmes setzt; aber die Geige ist noch verwaist."

„Die Violin?" lachte der Konzertmeister. „Weiß Sie, wer schön spielen die Violin? Wer?"

„Nun?"

„Ich, Konzertmeister, maestro di musica Signor Antonio Rialti."

„Ah! Wollen Sie?"

„Si, si, ja, ich wollen! Sehr, sehr!"

Er nickte dabei oft und freudig mit dem Kopf.

„Schön! So bleibt mir nichts zu wünschen übrig! Liszt, der Konzertmeister Antonio Rialti und die Sängerin."

„Wie sein ihr Name?"

„Sie heißt Mureni."

„Ich nicht kennen dieser Name."

„Höchstwahrscheinlich ist es nur ein Künstlername, und sie heißt eigentlich anders. Also Sie haben zugesagt. Welche Vortragsstücke werden Sie wählen?"

„Sofort, gleich. — Kommen Sie!"

Er eilte dem Landhaus zu, der Kapellmeister hinter ihm her. Bald hörte man aus den geöffneten Fenstern der

Wohnung des Konzertmeisters Töne erklingen, wie man sie hier noch niemals vernommen hatte, Töne, süß klagend, wie heimliches Liebesflehen, Töne, die sich neckisch haschten und fingen, wie spielende Libellen und Schmetterlinge, Töne, herzzerreißend, klagend wie singende Tränen auf gesunkenen Grabeshügeln, Töne, berauschend und bestrickend, wie Frauenschönheit und Sirenenzauber, Töne, aufjauchzend und jubilierend, wie Lerchentriller und Finkenschlag. Ja, der Konzertmeister Antonio Rialti war ein Beherrscher der Geige von Gottes Gnaden.

Töne, die man hier noch niemals gehört hatte? — Wirklich niemals? — Lag nicht da drüben am Fluß, dort, wo die Felsen an das Wasser stießen, oben auf den Steinen ein kleiner Hügel, auf dem jetzt noch die letzten Märzviolen und die ersten Maiblumen blühten? Dort, an der Stelle war die Zigeunerin gestorben, die den Fex mit ins Land gebracht hatte. Dort hatte man sie eines Morgens als Leiche gefunden, und niemand konnte sagen, ob die Ursache ihres Todes der Frost oder der Hunger gewesen war. War sie vielleicht an beiden gestorben und — auch vor Gram?

Man hatte sie an der gleichen Stelle eingescharrt, und jahrelang kam kein Mensch in die Nähe des Grabes. Es war ein unheimlicher Ort. Nur der Fex, der nicht von seiner Mutter lassen wollte, schleppte in seinen Händen fruchtbare Erde hinauf, die er heimlich vom Garten der Mühle genommen hatte, und pflanzte Blumen hinein, Hahnenfuß und Löwenzahn, weißen Klee und rotblühende Taubnesseln. Etwas Besseres konnte der arme Knabe nicht beschaffen. Dann erbarmte die kleine Paula sich seiner. Sie bettelte im Dorf Samen und Senker zusammen, für sich, wie sie sagte, aber sie gab alles dem Fex, der damit das Grab der Zigeunerin schmückte. Und eines Tages, als der neue Herr Kaplan am Fluß entlang ging, und, da er den Fex droben erblickte, hinaufgestiegen kam, entlockte er dem Knaben mit milden Worten das Geständnis, daß hier seine Mutter schlafe. Da nahm er den Verachteten bei der Hand, führte ihn mit sich in den Pfarrgarten und gab ihm Stecklinge von seinen prächtigen Rosen. Als das die Leute hörten und sahen, wie die gefüllten Blüten das steinichte Grab bedeckten, da stieg doch zuweilen jemand hinauf, um die Düfte einzuatmen und dabei zu denken, daß, wenn der liebe Gott die Rosen hier blühen lasse, er der Heidin vielleicht auch wohl einen kleinen Teil seines Himmels schenken werde.

Ja, selbst am Abend, wenn der helle Schimmer des Mondes an den Fluß lockte, kam es wohl, daß einer oder der andere sich in die Nähe des Grabes wagte, aber das hörte sehr bald wieder auf; denn — die Zigeunerin hatte keine Ruhe gefunden, sie ging um, drinnen im Felsen unter ihrem Grab. Von da heraus klangen geheimnisvolle Töne, fremdartige, herzzerreißende Weisen. Das klagte und wimmerte, das schluchzte und jammerte, als ob in der Tiefe Ströme von Tränen flössen. Und dann plötzlich erhob sich ein gottloses Kreischen und Klingen, ein Jauchzen und Jubilieren, ein trunkenes Gewirr von Akkorden, Trillern, Läufern und Kadenzen. Es war geradezu unheimlich. Kein Mensch kam mehr hin. Die Zigeunerin hatte eine Geige bei sich gehabt, eine alte Fiedel, nicht zehn Kreuzer wert, die hatte man bei ihrer Leiche nicht gefunden. Sie hatte sie ins Grab nachgeholt und mußte nun ruhelos spielen, alle Nächte bis in die Ewigkeit.

Und wieder nach längerer Zeit war ein neuer Kantor in das Dorf gekommen. Der hatte von der unterirdischen Musik gehört und war so mutig gewesen, zur Mitternachtszeit nach dem Grab zu gehen. Dort hatte er fast bis zum Anbruch des Morgens gesessen; und am Abend, als er mit den Bauern unter der Linde saß, erzählte er, daß die Musik wirklich zu hören sei, etwas Höllisches aber sei nicht daran. Ein Geist spiele nicht auf der Geige, meinte er, es walte hier ein Geheimnis ob, dem man schon noch auf die Spur kommen werde. Er gab sich Mühe, andere nun auch, aber das Rätsel konnte nicht gelöst werden. Es war nichts anderes möglich, als daß die Zigeunerin spiele. Aber das Grauen vor dem Ort war verschwunden, und des Abends blieb zuweilen ein Neugieriger stehen, der den geheimnisvollen Tönen eine kleine Weile lauschte und nachher, den Kopf schüttelnd und drei Kreuze schlagend, wieder weiterging. So stand es noch heute.

Also die Töne, die jetzt aus der Wohnung des maestro di musica Signor Antonio Rialti klangen, waren nicht die einzigen dieser Art, die hier gehört worden waren. Die ruhelose Seele der Zigeunerin spielte auch jetzt noch ihre schluchzenden Klagen und ihre jauchzenden Jubilosos. —

Zu gleicher Zeit war die Unterredung des Müllers mit dem Fingerlfranz beendet worden.

„Jetzt sind wir also einig geworden, und es wird Zeit, den Halunken, den Fex, kommen zu lassen“, sagte grimmig der Hausherr.

„Vielleicht fällts ihm ein, alles zu leugnen. Was wirst da tun?“

„Er soll nur leugnen, da macht ers nur noch schlimmer. Übrigens ist doch auch die Paula dabei gewesen; die kann bezeugen, daß er dich von hinten ang’fallen hat.“

„Ja, weißt, die hat auch ein so butterweiches Herz. Wenn sie bemerkt, daß d’ den Fex strafen willst, wird sie ein gutes Wort für ihn einlegen, und, wenns nix hilft, die Sach ganz anders hinstellen.“

„Das kenn ich schon, aber damit lockt sie mir den Hund net vom Ofen fort. Ich werd auch net so kopfüber ins Zeug springen. Er soll sei Straf empfangen, aber nicht auf einmal, daß er sie bald los ist, na, so nach und nach, damit er recht lang dran zu tragen hat.“

Er blies in die alte Klarinette, die an seinem Stuhl hing. Ein Knecht trat ein. Der Bauer herrschte ihn an:

„Lauf schnell zum Wasser. Sag dem Fex, daß er zu mir kommen soll! Ich hab mit ihm zu reden.“

Der Knecht eilte zur Fähre. Der Fex saß am Ufer. Er

wartete auf Paula, die er überfahren mußte, wenn sie heim wollte.

Ohne eine Miene zu verziehen, folgte er dem Ruf des Knechts, obgleich er genau wußte, weshalb er geholt wurde.

„Aber nimm dich fei z'sammen, Fex!" warnte der Knecht. „Der Alte hat schlechte Laune."

Fex antwortete nicht. Plötzlich blieb er stehen. Er hatte die Geige des Konzertmeisters gehört. Einen Augenblick lauschte er. Sein Gesicht nahm einen ganz anderen Ausdruck an. Es war, als ob mitten durch finstere Wetterwolken ein goldener Sonnenstrahl blitze.

Wie von einem Magnet angezogen, schritt er vorwärts, nicht nach der Mühle hin, sondern auf das Landhaus zu. Dort, am Fuß der Höhe hielt er an, vor Entzücken trunken. Er streckte den linken Arm aus, grad als ob auch er Geige spiele.

Jetzt machte der Konzertmeister eine Pause.

Fex seufzte tief auf, drehte sich entschlossen um, als ob es ihn große Überwindung koste, diesen Ort zu verlassen, und fand sich in der Mühle ein.

„Wo steckst denn ewig?" brüllte der Müller ihn an, als er in die Stube trat. „Der Knecht hat dich doch troffen! Warum kommst nicht gleich?"

Fex zog die Tür hinter sich zu, blieb stehen und gab keine Antwort.

„Kannst net reden?"

Und als er auch jetzt noch schwieg, klatschte ihm die scharfe Schmitze der Peitsche um die nackten Füße. Er zuckte nicht mit der Wimper.

„Komm näher!" gebot der Müller.

Der Fex ging einige Schritte auf den Polsterstuhl zu und blieb dann wieder stehen.

„Was hast mit dem Franz gehabt?"

Der Fex sah weder den Franz an, noch gab er eine Antwort.

„Willst reden?“

Und als diesem Befehl nicht Folge geleistet wurde, knallte die Peitsche wieder um die Füße. Ein anderer wäre vor Schmerz in die Höhe gesprungen; der Fex rührte kein Glied. Es war, als ob er kein Gefühl besitze.

„Hast ihn angefallen?“

„Nein!“

Das war das erste Wort, das er hören ließ.

„Lüg net!“

Der Alte gab ihm einen dritten Hieb.

„Er lügt, nicht ich!“

„Weiß schon! Dich kenn ich! Da, sieh mal sein Gesicht an! So hasts ihm mit dem Ruder geschlagen!“

Der Bursche sah weder den Müller noch den Franz an; aber er spuckte verächtlich aus.

„Was? Ausspucken tust? Du Taugenichts! Und den Arm hast ihm auch entzwei geschlagen! Wann er aufs Amt geht und zeigt dich an, kannst wegen Mordversuchs zehn Jahre lang eingesperrt werden! Bist wohl net bei Sinnen gewesen? Was gehts dich an, wann er mit der Paula zärtlich sein will? Gleich gehst her und bittests ihm ab.“

Der Fex zuckte leise mit der Achsel.

„Nicht? Gut, hier hasts!“

Er holte aus. Die aus einem dreifachen Riemen zusammengeflochtene Peitschenschnur schlang sich für einen Augenblick laut klatschend um das Gesicht des Fex. Dennoch zuckte der Getroffene nicht mit der Wimper. Er sagte nur:

„Frag die Paula! Sie wird die Wahrheit sagen.“

„Hast ihr wohl schon ein gutes Wort geben? Und sie hat versprochen, ihren Vater zu belügen? Da habt ihr freilich ka Glück. Schäm dich, die Tochter zu verführen, den Vater anzulügen! Aber so ein Biest wie du hat keine Scham!“

Der Fex zeigte auf den Franz.

„Hier sitzt das Biest!“

Sofort knallte die Peitsche wieder um sein Gesicht.

„So! Und wannst noch net genug hast, brauchst nur ein Wort zu sagen. Bekommst noch mehr! Jetzt will ich dir deine erste Strafe geben.“

Er blies in die Klarinette, und sofort stolperte eine Magd herein.

„Kathrin, daß ihrs wißt, der Fex erhält drei Tag nix zu essen.“

Sie grinste wohlgefällig mit dem breiten Gesicht und machte schleunigst, daß sie hinauskam; denn das Wetter war ihr hier nicht geheuer.

„Und“, fuhr der Müller lauernd fort, „du bist ja ganz naß. Kauf ich dir deshalb die Kleider, daß du dich damit im Wasser herumwälzen sollst? Wo hast denn die Fähr gehabt? Sie war doch weg!“

„Der Franz hat sie losgebunden und fortschwimmen lassen.“

Sofort klatschte ihm die Peitsche wieder um den Leib, und der Alte schrie ergrimmt:

„Lügen über Lügen! Willst mir die Unwahrheit ins Gesicht hineinstreiten? Mach dich naus, daß d' mir aus den Augen kommst, du Galgenstrang! Und wann du drei Tag g'hungert hast, nachher wird die zweite, dritt und vierte Straf kommen. Hinaus!“

Der Fex ging so unbewegt, wie er gekommen war. Draußen saß der Wurzelsepp noch auf seinem Platz. Er gab dem Fex einen heimlichen Wink und brach dann auf, um nach der Fähre zu schlendern. Der Fex stahl sich zunächst wieder in die Nähe des Landhauses, wo die Violine des Konzertmeisters von neuem erklang. Wie bezaubert lauschte er eine Zeitlang den Tönen; dann riß er sich mit Gewalt los und ging zur Fähre. Dort fand er den Sepp zwischen Sträuchern.

„Kommst nun?“ begrüßte er ihn. „Jetzt sieht uns niemand, und ich will dir die Hand geben, Fex. Bist ein braver Kerl und ein starker Bursch worden. Hab mich gefreut, wie du den Fingerlfranz so abgemuckt hast. Aber schau, was hast du im Gesicht? Zwei Streifen, blau und rot!"

„Von Peitsch des Müllers."

„Warum?"

„Weil ich den Franz troffen hab. Der hat alls herumdreht und dem Müller anders erzählt."

„Und da schlägt der dich mit der Peitsche? Bist wirklich so schiefsinnig, wie dich die Leute ausrufen? Mir sollt das geschehn! Mit deiner Kraft klopft ich den Müller zu Mehl und den Franz zu Grieß!"

Der Fex lachte kurz.

„Wird auch noch. Jetzt ist nur die richtige Zeit net kommen."

„Auf was wartst denn noch?"

„Wirsts erfahren."

„Und warum duldest so ruhig das Hundeleben? Was geht der Müller dich an? Was hast mit ihm zu schaffen? Geh doch fort!"

„Du weißt net, was ich weiß. Sollsts aber hören. — Kommst heut am Abend zu mir?"

„Ja, freilich."

„Gut! Du sollst eine Musik hören, eine Musik, wie du noch net gehört hast."

„Hast sie kauft?"

„O nein. Wo soll ich das Geld dazu finden? Aber da drüben geigt einer —, und was der geigt, das werd auch ich geigen."

„Hast die Noten?"

„Noch net."

„Ob er sie dir gibt?"

„Frag net! Ich frag auch net."

„Gut! Geht mich auch nix an. Aber ich hab dir die Noten mitbracht, die du mir aufg'schrieben hattst. Sie stecken da im Rucksack. Ich mag sie net mit in die Stadt schleppen. Kann ich sie dir jetzt gleich geben?"

„Ja“, antwortete der Fex, nachdem er vorsichtig durch die Zweige gelauscht hatte.

Und nun hielt er die Augen heißhungrig auf den Rucksack gerichtet. Der Wurzelsepp öffnete ihn.

„Aber weißt, die Kompernisten sind die richtigen Hallodris“, meinte er bedächtig.

„Warum?“

„Von wegen dem Titel und der Überschriften, die sie den Stücken geben. Der Musikhändler hat sie mir wohl zehnmal vorlesen müssen, und ich hab sie mir nachher im stillen aufgesagt, bis ich sie auswendig konnt hab. Solch kuriose Aufschriften sollt man nicht für die Möglichkeit halten.“

Er zog eine Papierrolle heraus und öffnete sie.

„Das sind lauter Noten für deine Violine. Mir ists im ganzen Kopf dumm von deinen Kompernisten und ihren Noten und Überschriften. Das halt doch der Teixel aus! Da lob ich mir mei Zither; die hab ich auswendig gelernt ohne Noten und Kompernisten, und was ich darauf spiel, das kompernier ich mir selber. Jetzt muß ich halt zur Stadt, in die Apothek, mei Wurzeln verkaufen. Heut abend komm ich wieder. Weißt schon, um welche Zeit.“

Er gab die Hand zum Abschied und ging. Der Fex rollte seinen Notenschatz zusammen und sprang in die Fähre, steuerte abwärts und hängte die Kette an den Felsen, der senkrecht aus dem Wasser stieg. Dann zog er unter dem Sitz ein Stück Wachsleinen hervor, in das er die Noten so sorgfältig einschlug, daß kein Tropfen Wasser hineindringen konnte, sprang in den Fluß, tauchte unter und — kam nicht wieder.

Drin aber, im Felsen, auf dem oben das Grab der Zigeunerin lag, ertönten einige dumpfe Schläge, die sich nach kurzer Zeit wiederholten. Dann tauchte der Fex an die Oberfläche, stieg, vom Wasser triefend, wieder in die Fähre, kettete sie los und ruderte aufwärts nach dem Landeplatz.

Er strich die Kleider fest an den Leib, damit das Wasser ablaufe.

„Fex, lieber Fex!“ scholl von jenseits des Flusses ein Ruf.

Das war Paulas Stimme. Er ruderte hinüber. Sie wartete, ein Eichhörnchen in den Händen.

„Das ist wieder so ein armes Hascherl, das ich mit nach Haus nehmen muß, um es zu pflegen. — Aber, Herrgott, wie siehst denn aus?“ fragte sie erschrocken. Die beiden Schwielen auf dem Gesicht des Fex waren stark angeschwollen.

„Woher hast das?“

„Vom Müller.“

„Wegen was?“

„Wegen dem Fingerlfranz.“

Da sprang sie eiligst in die Fähre.

„So fahr schnell über!“ sagte sie erbittert. „Ich werd gleich ein Wort mit dem Vater reden. Du rettest mich vor dem Überfall dieses Schurken und erhältst als Dank dafür die Peitsche. Das darf ich net zugeben!“

„Wart noch, Paula! Der Franz hat dem Müller alles falsch erzählt. Er hat sagt, ich hätt ihn hinterrucks ang’fallen. Drum war der Müller so zornig. Und wenn du ihm nun auch sagen wirst, wies eigentlich war, so wird er dirs doch nicht glauben. Drum ists besser, du sagst gar nix. Ich will net haben, daß du für a Lügnerin g’halten wirst.“

„Aber ich will nicht haben, daß du g’schlagen wirst. Und ich will auch sehn, ob der Vater dem Franz mehr glaubt als mir. Also fahr über!“

„Ja. — Aber da kommt noch einer.“

Den Bergweg herab schritt ein junger, kräftiger Mann, der einen länglichen Kasten auf dem Rücken trug.

„Grüß Gott! Kann ich mit hinüber?“

„Ja, steig ein!“

Der Fex hatte seine stumpfsinnige Miene wieder angenommen.

„Bist wohl ein Tabulettkrämer?“ fragte er den Fremden.

„Ja. Ich will ins Bad. Da wohnen die Geldleute, die gern was kaufen können.“

Drüben bezahlte er ein Fünfpfennigstück, schritt, unbekümmert um die beiden anderen, auf die Mühle zu und lenkte dann in den Weg ein, der nach der Stadt führte.

Als er an dem Landhaus vorüber wollte, stand Franza von Stauffen davor.

„Ists möglich? Bist dus wirklich?“ rief sie ihn überrascht an.

Er blieb stehen und betrachtete sie.

„So kennst mich noch?“ lachte er.

„Freilich! Ich werde doch den Krikelanton kennen, mit dem ich damals einen ganzen Roman erlebt habe, und der mir entwischte, ohne sich zu verabschieden. Was treibst du denn jetzt?“

„Ich bin halt Tabulettkrämer worden von den dreihundert Mark, die der König mir damals g'schenkt hat. Weißts wohl nicht?“

Sie kam näher heran.

„Von dem Geschenk des Königs weiß ich“, sagte sie. „Du hast mir damals ja davon erzählt. Aber, daß du Tabulettkrämer geworden bist, davon hab ich nichts erfahren. Du warst, wie man mir sagte, nach der Stadt gegangen, um dich dem Gericht zu stellen. Ich blieb bis zum Abend bei der Frau des Wiener Professors, die du gerettet hattest, und da ich dich nachher nicht mehr vorfand, mußte ich allein zurückfahren. Der Herr Professor war bös auf dich, daß du fortgegangen bist, ohne seinen Dank abzuwarten.“

„Ja, und ich war halt wieder bös auf ihn, weil er mir die damalige Sach hat mit Geld zahlen wolln. Als ich wieder frei gewesen bin, denselbigen Tag, kam ich zurück zum Vater und zur Mutter, und da ist er dagewesen, um nach mir zu fragen und Abschied zu nehmen, weil er zuruck nach Salzburg müssen hat. Da hat er dem Vater einen Zettel in die Hand geben, auf dem die Überschrift gestanden hat ‚Anweisung'. Was ich aber damit anfangen soll, weiß ich heut noch nicht."

„Hast du sie einstecken?"

„Ja, in meiner Brieftasche."

„Darf ich sie mir einmal ansehn?"

„Gern!"

„Er zog eine einfache Brieftasche heraus, in der er außer seinem Hausierschein und anderen Dingen auch die Anweisung stecken hatte. Franza nahm und las sie.

„Es ist eine richtige Anweisung an den Bankier Gottlob Beck in Salzburg, und du hättest dir viel Geld geben lassen können, Anton."

„Wieviel denn?"

„Das steht nicht da. Hier steht, daß er dir zahlen soll, soviel du verlangst."

„Herrgott! Wann ich nun hundert Mark begehrt hätt?"

„So hättest du sie erhalten. Auch tausend, fünftausend oder zehntausend. Der Professor ist ja reich, wie ich damals merkte. Hier hast du die Anweisung wieder; heb sie dir gut auf! Du kannst jederzeit Gebrauch davon machen. Wenn du sie bei dem Wechsler Beck vorzeigst, so bekommst du so viel Geld, daß du dein gegenwärtiges Geschäft vergrößern kannst."

„Das brauchts nicht; ich bin zufrieden."

„So geht dirs gut?"

„Ja; ich mach kein übles Geschäft. Weißt, ein Tabulettkrämer verdient immer sein Geld, wann er tätig ist und lustig und höflich. Hier, in meinem Kasten hab ich Sachen, die mir hundert Prozent einbringen. Eine Mark hab ich dafür geben, und zwei Mark bekomm ich dagegen. Magst mir nix abkaufen?"

„Was hast du denn alles?"

„Alls, was der Mensch halt brauchen kann, um sich schön zu machen."

„So will ich sehn, ob ich etwas brauchen kann", lächelte Franza. „Vorher muß du mir noch sagen, wie es deinen Eltern geht."

„Schlecht und recht gehts ihnen halt. Jeden Monat lauf ich auf den Handel, und nachher komm ich auf ein paar Tag nach Haus. Da gibts allemal eine Lust und Freud, denn weißt, in der Zeit hab ich mir dann an die hundert Markerl verdient. Da wird fei flott gelebt. Da gibts auch einmal Speck an die Kartofferln und Sirup aufs Brot. Und dem Vater bring ich ein paar Paketl Tabak mit. Herrgott, ist das allemal ein Fest! Freilich — — hm!"

Es zog trübe über sein gebräuntes Gesicht.

„Was ists? Hast du ein Herzeleid?"

„Ja, freilich!"

„Darf ichs erfahren?"

„Wirst dir nix draus machen!"

„Meinst du? Du weißt ja doch, daß ich sehr viel Anteil an dir nehme."

„Ja, damals hast mir hübsch durchgeholfen. Aber besser wärs am End doch gewesen, ich wär in den Abgrund g'fallen."

„Nicht doch! Warum?"

„Nun, die Leni, weißt!"

„Was ist mir ihr?"

„Hast nix gehört?"

„Was sollt ich gehört haben?"

„Sie ist doch net mehr auf der Alm."

„Nein. Sie war plötzlich fort."

„Und weißt, wohin? — Ans Theater."

„Unmöglich!" stutzte Franza.

„Ja doch!"

„Wie ist denn das gekommen?"

„Der König hats so gewollt. Mir aber hats das Herz brochen."

Er machte dabei ein so trübseliges Gesicht, daß sie inniges Mitleid mit ihm fühlte.

„Das Herz gebrochen! Du Ärmster!“

„Ja, ’s ist ein rechtes Kreuz und Elend.“

„So leidest du an einer unglücklichen Liebe?“

Franza fühlte die Dichterin in sich erwachen.

„Freilich wohl. Weißt, wie das ist?“

„Nein. Aber es ist mir lieb, daß es so ist.“

„Was, lieb ists dir, daß ich eine unglückliche Lieb hab?“

„Natürlich! — Du weißt doch, daß ich einen Roman schreiben will?“

„Ja, das weiß ich lang schon. Ist er denn noch net fertig?“

„Nein. Ich habe ihn noch gar nicht angefangen.“

„O weh! Hast wohl kei gute Tinte?“

„Die Tinte hab ich schon; aber der Stoff fehlt mir.“

„Ich denk, ich hatt dir Stoff gebracht?“

„Ja; aber der reichte noch nicht aus. Ich brauche auch eine unglückliche Liebe. Die finde ich jetzt bei dir, und darum freu ich mich.“

„Ach so!“ nickte Anton verständnislos.

„Ja, und weil du mir wieder so einen guten Stoff bringst, bist du mir hochwillkommen. Ists denn wirklich aus mit der Leni?“

„Ja.“

„Nur weil sie zum Theater gegangen ist?“

„Ist das net genug?“

„Sie kann ja eine große Künstlerin werden!“

„A brave Frau, die Scham und Ehr besitzt, ist tausendmal mehr wert, als die größte Künstlerin.“

„Das verstehst du nicht!“ erwiderte Franza würdig und wollte ihn noch weiter belehren, aber er fiel hitzig ein:

„Schön! Und dem Herrgott sei Dank, ich mags auch gar net verstehn. Aber, wir wolln uns net streiten. Lieber a Gschäft machen, gelt? — Also, kaufst mir was ab?“

„Ich will sehn, ob du etwas hast, was ich brauchen kann.“

„Das ist net notwendig. Kauf nur immer zu! Wann

dus nicht selber brauchst, kannsts ja verschenken. 's gibt genug arme Schacher, die du glücklich machen kannst, wenn du ihnen ein Schnürsenkel, ein Ringerl oder ein hübsches Lauskammerl gibst."

„Dann komm mit herauf zum Vater", lachte Franza belustigt. „Da wollen wir etwas auswählen."

Er folgte ihr mit in die Wohnung, die der Baron von Stauffen heute mit seiner Tochter bezogen hatte.

Der alte Herr hatte ein sehr vornehmes und ehrwürdiges Aussehen. Er war zum Ausgehen angekleidet. Als der Krikelanton bei ihm eintrat und ihn stehen sah, lachte er fröhlich auf.

„Himmelsakra! Schau, das kenn ich. Das ist hübsch!"

„Wer ist dieser Mann?" fragte der Baron voller Würde.

„Wer ich bin? Das weißt net? Ich bin der Krikelanton, und die Hos und Weste, die du anhast, die Manschetten und der Ziehharmonikahut, in all diesen Sachen hab ich auch schon einmal steckt. Weißts nicht?"

„Ah — das ist also der Gemsjäger, der damals unter deinem Schutz geflohen ist, Franza?"

„Ja, lieber Vater."

„Nun, das war ein Streich, den ich mindestens einen unüberlegten nennen muß. Da er aber keine unangenehmen Folgen nach sich gezogen hat, so will ich ihn nicht fernerhin erwähnen. Also dieser Mann ist der Held deines Abenteuers. Was will er hier?"

„Was ich will?" meinte der Anton. „Schau, ich komm zu dir, damit du mir was abkaufst."

Er setzte seinen Kasten ab, öffnete ihn und legte vor.

„Nun", sagte der Baron jetzt lächelnd, „das sind lauter Sachen, die wir eigentlich nicht gebrauchen können."

„Was schadet das? Bist ja ein Baron und auch reich. Wer wills dir verwehren, wann du kaufst?"

„Ja, wir müssen den braven Menschen unterstützen, lieber Vater!" bat Franza.

Der Vater hatte nichts dagegen, daß Franza sich allerlei Sachen aussuchte, Kleinigkeiten, die sie selbst gebrauchen konnte, und anderes, was gelegentlich zu einem Geschenk für die Leute des Barons taugte. Und als dann zusammengerechnet wurde, machte der Betrag an die fünfzig Mark.

„Himmelsakra!" rief der Krikelanton. „Das ist a Geschäft! So eins hab ich noch nie gemacht. Wann das alle Tag so wär, so fragt ich den Herrgott, was der Montag bis zum Sonnabend kost, und den Sonntag müßt er mir dreingeben; dann wär die Welt mein Eigentum, und ich —"

„Nun, was würdest du da machen?" lächelte der Baron.

„Ich gäb alls dem Vater und der Mutter, denn das ist halt mei größte Freud, wenn auch die sich über was freun können."

„Das ist brav von dir, und ich meine —"

Er konnte nicht sagen, was er meinte, denn es klopfte an die Tür, und zwar so stark und kräftig, wie der Baron es nicht gewohnt war.

„Herein!" sagte er, indem er die Brauen zusammenzog und ganz so aussah, als ob der unhöfliche Klopfer sich auf eine tüchtige Rüge gefaßt machen könne.

Aber sein Gesicht heiterte sich sofort auf, als er einen Blick auf den Eintretenden warf, — einen sehr langen und pfahldünnen Kerl, mit einer Nase, die eigentlich bestimmt zu sein schien, als Zeiger einer Sonnenuhr zu dienen.

Sein Anzug war mehr als sonderbar. Er trug lange Stiefel, von deren oberem Ende breite, bunte Schleifen herabhingen. In den Schäften dieser Stiefel steckten kurze Hosen, deren rechte Hälfte rot, die Linke gelb aussah. Die Weste war grasgrün, und der Frack, dessen Schöße bis an den Boden reichten, entgegengesetzt der Hose, rechts gelb und links rot. Zwei Vatermörder stachen aus einem himmelblauen Halstuch. In der linken Hand hielt der Mann einen riesigen Regenschirm mit einem karmesinfarbenen Überzug, und in der rechten einen Dreispitz, den ein gelber Federbusch krönte. An der Brust, dem Gürtel, den Achseln und Ellbogen waren bunte Bänder und Schleifen befestigt.

Das allerbeste an diesem Kauz war unbedingt sein Gesicht. Auch die reichste Phantasie eines Malers hätte es nicht vermocht, dümmere Züge auf das Papier zu bringen.

Das war der Hochzeitsbitter des Dorfes, von dem Paula schon im Wald gesprochen hatte. Das Amt war ihm nur aus Mitleid übertragen worden, damit er sich zuweilen eine Kleinigkeit verdienen konnte, da er zu einem einträglichen und geordneten Geschäft oder Handwerk keinerlei Gabe besaß.

Dennoch hielt er sich keineswegs für beschränkt. Er meinte, ein verkanntes und verfolgtes Genie zu sein. Leidenschaftlich gern hielt er Reden, und das war ein Unglück für ihn und eine ewige Quelle der Heiterkeit für seine Zuhörer.

Als er die Tür hinter sich zugezogen hatte, trat er drei zierliche Tanzschritte vor, verbeugte sich mit dem Anstand des achtzehnten Jahrhunderts, schwenkte Hut und Regenschirm sacht hin und her und sagte:

„Hab ich die Ehr, mei Herrschaften?"

„Welche Ehre meinen Sie?" fragte der Baron.

„Die große Ehr."

„Nun weiter! Welche?"

„Sie zu sehn?"

„Ja, diese Ehre haben Sie."

„Nämlich den Herrn Baron zu sehn?"

„Gewiß."

„Ich mein halt, den Herrn Baron von Stauffen?"

„Der bin ich."

„Freut mich! Sie wohnen hier?"

„Wie Sie sehen."

„Schön! Weil Sie hier wohnen, komme ich hierher."

„Sehr angenehm."

„Im Auftrage des Müllers."

„Ah!“

„Ja! Sie sind zwar heut erst eing’zogen, aber doch ist es seine Pflicht, Sie mit einzuladen, da Sie eben bei ihm wohnen.“

„Einladen? Wozu?“

„Warten S’! Das geht net so rasch, wie S’ denken. Das will richtig behandelt sein.“

„Gut! Tun Sie das!“

Der Baron lehnte sich an den Tisch und kreuzte erwartungsvoll die Arme über die Brust. Seine Tochter stand neben ihm, und der Krikelanton saß auf dem Stuhl; aufzustehen, dieses Mannes wegen, hielt er sich nicht für verpflichtet. Die Bänder und Schleifen des Hochzeitsbitters ließen ahnen, weshalb er gekommen war.

Er lehnte den Regenschirm in die Ecke, zog ein rot und blau gewürfeltes Taschentuch aus dem langen Frackschoß, trocknete sich damit die Stirn, schwenkte den Hut, hustete, räusperte sich, schlug die Augen andachtsvoll auf, hustete wieder, verbeugte sich tief und begann:

„Damals, als der Vater Abraham mit dem Apostel Paulus in Paris zusammengetroffen ist und der Apostel hat noch nicht geheiratet gehabt, hat der Erzvater Abraham zu ihm gesagt: ‚Es ist nicht gut, daß zwei Menschen allein seien; ich geb dir eine Frau, und du gibst mir eine; nachher ist uns allen beiden geholfen.‘“

Er wischte sich die Stirn ab und fuhr fort:

„Da hat der Apostel Paulus die Sarah genommen, und der Vater Abraham hat die Judith geheiratet, net auf dem Standesamt, wies jetzt Mod ist, sondern in der Kirch, wie sichs schickt und g’hört. Und nachher, drei Jahr später, als der Kaiser Rotbart in Bethlehem den Kindermord hat töten lassen, ist eins davon ins Wasser g’fallen, und der Moses hats herauszogen und gerettet; darum ist die Wassertaufe eingerichtet worden bei den Kindern Israels, obgleich der Pharao sie net hat dulden wollen. Aber grad ihm zum Trotz taufen wir noch heutzutags die Jungs und

Mädels, damit die Hebamm etwas verdienen kann und ich auch."

Er trocknete sich wieder den Schweiß ab.

„Kannst deine Sach sehr fei!" lachte Anton prustend.

Der Bunte zuckte mitleidig die Achsel.

„Kinder und Narren reden die Wahrheit. Das hat schon allbereits der erste Napolium gesagt. Jetzt nun weiter! Und nachher, als einst der Hiob nach Rom kommen ist und der Lazarus gestorben war, da trat er an den Eingang der Gruft und spuckte dreimal aus und rief hinunter: ‚Lazarus, komm heraus!' Nachher kam der arme Lazarus wieder heraus und war lebendig und hat noch lange gelebt, und von ihm stammen noch ab die Kanatiter, die Moabiter, die Hethiter, die Raubritter und auch wir Leichenbitter. Darum wird von jener Zeit an das Begräbnis eines jeden Menschen mit einer Festlichkeit begangen, Kuchen, Schnaps, Glockengeläut und Leichengered."

Der Baron wußte nicht, was er aus diesem Mann machen solle. Drei Einleitungen hatte der seltsame Mann gebracht, zu einer Hochzeits-, Kindtaufs- und Leichenfestlichkeit. Und jetzt brachte er die vierte, nachdem er sich die Stirn abermals getrocknet hatte:

„Und wann nachher der Mann g'heiratet hat und die Kinder allzusammen getauft worden sind und keiner mehr sterben tut, nachher kommt der Herbst, wos notwendig wird, für den Winter zu sorgen, wo draußen nix mehr wächst und alles derfrieren tut. Darum wird nachher die Sau aus dem Stall gezogen und totgeschlagen, Salz dazu und Salpeter, daß sie hübsch rot wird, Pfeffer, Majoran und Thymian hinein, auch Zwiebeln oder Knoblauch, drei Mark Schlachtsteuer, und die Sach ist fertig; das schönst Familienfest im ganzen Jahr."

Jetzt endlich hatte er auch diese Einleitung herunter. Nun konnte er auf des Pudels Kern kommen. Er schwenkte den Hut, wehte mit dem Schnupftuch, verbeugte sich und begann wieder:

„So auch der Talmüller!"

Er sagte das mit außerordentlichem Nachdruck und nickte dazu.

„Ah! Jetzt endlich kommts!" meinte der Anton.

„Was?" fragte der Bunte streng.

„Nun, die Hauptsach."

„Was weißt denn davon?"

„Nix. Ich werds aber nun hören."

„Du brauchst gar nix zu hören. Ich —"

Der Baron räusperte sich und beendete das Geplänkel zwischen den beiden.

„Bitte, fahren Sie fort!"

„Ja, das ist ein Wort! Das laß ich mir schon gefalln. Wenn man so eine Aufforderung erhält, so kann man schon sicher sein, daß man nachher auch ein Trinkgeld bekommt. Und so eins brauch ich halt schon notwendig, je mehr, desto besser. Also weiter!"

Er machte wieder eine tiefe Verbeugung und fuhr fort:

„Also, so auch der Talmüller. Es hat net lang dauert, nur eine halbe Stund, so ists schon fertig gewesen. Kein Mensch hats geahnt, kein einziger."

„Was?" fragte der Krikelanton.

„Schweig! Nix für dich! — Reich ist er, das ist wahr, und der andre auch, das kann kein Mensch bestreiten, und im Wald haben sie sich kennengelernt, bei den Eichkatzerln. Es soll kei Zeit net verlorngehn, darum hat er sofort mich kommen lassen, um der Einladungen wegen, die nun g'schehn müssen. Darum lauf ich schon jetzt im Dorf herum. Zwar ists eine Traurigkeit, wenn ein jungs Herzerl muß aufs Glück verzichten, und sterben tut man doch; aber sterben muß doch halt ein jedes Schwein, wanns verpökelt werden soll, und darum mein ich, daß wegen einer Verlobung noch grad nicht die Hochzeit vor der Tür ist. Der Schulmeister ist auch dabei und die ganzen Nachbarn. Ich hab gleich mein Gewandl schnell anzogen, um mei Pflicht zu tun. Und da ist der Herr Baron der erst gewesen, zu dem ich g'sprungen bin, um ihm zu sagen, daß ich ihn einzuladen hab, auf nächsten Sonntag abends. Kleider kann er anziehn, wie er will, und die Tochter auch. Vorschriften mach ich da net. Und wenn einer nobel ist, so bindet er wenigstens sechs Mark ein, damit der Kindtaufsvater auf sei Kosten kommt. Auch braucht keiner allzusehr zu flennen; es hilft ja doch nix. Weg ist weg, und wer einmal gestorben ist, der kommt doch net wieder, außer um Mitternacht, als Gespenst, wann es net regnen tut. Und billig machts der Fleischer auch; zwei Mark für die Sau, und das Gedärm für die dünnen Würst bringt er auch mit, kostet fünfundzwanzig Pfennige mit den Wurstspeilern. Und wann einer dazu schießen will, bevor das Brautpaar aus dem Haus herauskommt, so hat er den Herrn Vorstand um Erlaubnis zu fragen. Getauft aber muß es einmal werden, außer der Vater tritt aus der Kirch aus. Nachher gibts halt keine Kindtauf, aber die Schand ist groß. Und wer halbwegs nicht gar zu arm ist, bringt doch einen Hausrat mit, einen Topf, ein halb Dutzend Teller oder eine Bratpfann. Einen Trost müssen die Hinterbliebenen doch haben, wann der Tote voller Herzeleid heimgangen ist. Und es wird abends um acht Uhr sein und Musik dazu. Ich schlag den Dreiangel beim Walzer. In der großen Stube kommen alle zusammen, und es wird nix gespart werden, soll ich sagen, und allmiteinander sind willkommen, bis sie wieder gehn. Amen. Ich bin fertig."

Er verbeugte sich dreimal gegen den Baron und dessen Tochter, setzte den Dreimaster auf, holte den Regenschirm und streckte nachher gegen den Baron die Hand aus in der sicheren Erwartung, daß er etwas erhalten werde.

Nachdem die Zuhörer ihren Lachreiz bekämpft hatten, nahm der Baron auch wirklich seine Börse heraus.

„Sind Sie wirklich fertig?"

„Ja."

„Das glaub ich nicht.“
„Warum?“
„Es fehlt noch etwas.“
„Nein. I hab alles gesagt.“
„Aber die Hauptsache noch nicht.“
„Das ist net wahr. Ich hab weiter nix gelernt.“
„Nun, so will ich Ihnen auf die Sprünge helfen. Also, ich bin für Sonntag abend acht Uhr zu dem Müller in die große Stube eingeladen?“
„Ja, i habs doch deutlich gesagt.“
„Wozu denn?“
„Himmelsakra! Das wissens net? Soll ich etwa nochmals anfangen?“
Der Baron wehrte mit beiden Händen ab.
„Um Gottes willen, ja nicht!“
„Aber wann S' net wissen, was S' dort sollen, so muß ich doch noch mal beginnen, macht aber nachher das doppelte Trinkgeld!“
„Sie sollen Ihre Rede nicht noch einmal halten. Aber sagen Sie mir, ist vielleicht jemand gestorben?“
„O Jegerl! Gestorben? Fallt keinem Menschen ein!“
„Oder ist Schweineschlachten?“
„Auch nicht.“
„Hochzeit?“
„So rasch geht das nicht.“
„Was sonst? Etwa Verlobung?“
„Freilich, freilich! Endlich kommens drauf auf das Richtige. Verlobung ist, natürlich Verlobung.“
„Nun, so weiß ich, woran ich bin.“
„Und S' werden kommen?“
„Das weiß ich jetzt noch nicht genau. Hier, mein Guter, haben Sie.“
Er gab ihm einen Taler. Als der Leichenbitter dieses Geldstück sah, für ihn eine Riesensumme, machte er einen Luftsprung, daß die Frackschöße beinahe über seinem Kopf zusammenflogen.

„Ein Taler, ein Taler! Juchhei, juchhei! Das ist mir noch net g'schehn. Das hab ich noch nicht erlebt. Da muß ich mir gleich einen Pomeranzen oder einen Magenbittern genehmigen. Ich dank auch schön, Herr Baron! Leben S' wohl und gute Nacht!"

Er wollte fort, aber Franza hielt ihn noch auf.

„Halt, mein Lieber, Sie sind noch immer nicht fertig."

„Was? Nicht fertig? Was noch?"

„Wir wissen zwar, daß es eine Verlobung geben soll; aber wir wollen auch erfahren, wer die Verlobten sein werden."

Er stand ganz starr vor Erstaunen.

„Was? Das wissens net?"

„Nein, sonst würde ich Sie doch nicht fragen."

Da ging er wieder in die Ecke, legte mit der ernsthaftesten Miene seinen Regenschirm hinein, nahm den Hut ab, zog das gewürfelte Tuch heraus, wischte sich die Stirn ab, verbeugte sich tief und begann folgendermaßen:

„Damals, als der Vater Abraham mit dem Apostel Paulus in Paris zusammenge —"

„Halt, halt, um aller Welt willen!" lachte Franza. „Sagen Sie lieber einfach, wer der Bursche ist."

„Wer? Himmelsakra! Das hab ich doch bereits zehnmal gesagt!"

„Nicht einmal!"

„Was? Daß der Fingerlfranz es ist, das soll ich net gesagt haben? Das wäre gar noch schöner!"

„Nun, jetzt haben Sie es gesagt."

„Na, also, ich habs doch gewußt!"

„Also der Fingerlfranz! So, so! Und wer ist denn seine Verlobte?"

„Das fragens mich? Jetzt hört mir aber alles auf! Wann ich einmal sag, daß der Fingerlfranz der Bräutigam sein wird, so werd ich doch nimmer vergessen, daß er die Paula heiraten wird."

„Die Paula?" rief Franza erstaunt.

„Natürlich!“

„Also doch!“

„Ja, net wahr, doch!“

„Er hat es ihr im Wald gesagt?“

„Ja, das sagte mir der Müller. Die beiden haben sich im Wald kennengelernt, und der Fex, der Tunichtgut, hat den Franz erschlagen wollen.“

„Er hat sehr recht gehabt.“

„Der? Recht? Da sinds schief gewickelt! Der Fex hat niemals recht; das ist ein gottloser Bub, vor dem man sich hüten muß. Nun muß ich fort. Behüt Ihnen Gott! Und wanns mal einen brauchen, der eine Einladung auszutragen oder eine große Rede zu sprechen hat, so kommens zu mir.“

Franza konnte nicht begreifen, wie diese Verlobung so schnell hatte beschlossen werden können. Sie erzählte, indes der drollige Kauz sicht entfernte, dem Vater ihr Erlebnis, und der Krikelanton hörte mit zu. Als sie geendet hatte, meinte er:

„Das ist ein schöner Kerl, der Fingerlfranz! Der, wann er mir mal so zwischen die Fäust käm, den wollt ich kuranzen! Und der Fex, das ist der Überfahrer?“

„Ja.“

„Hab ihn gesehn. Er macht kein klugs Gesicht, aber er gefallt mir sehr. Und auch die Paula; sie ist mit mir übers Wasser herüber. — Wann ich in der Stadt fertig bin, werd ich doch mal herausgehn, um mir den Müller anzuschaun. Aber jetzt muß ich fort. Wann ich mal was recht Schöns hab, komm ich wieder.“

Anton ging in der Richtung auf die Stadt zu, sehr zufrieden mit seinem Geschäft. Im Dorf und in der Mühle war er noch nicht gewesen, in der Stadt schon einigemal. Er kehrte in einem Gasthof ein, den er schon kannte.

Über der Tür stand in großen Buchstaben: ‚Gast- und Einkehrhaus des Tobias Matthes‘. Es war das allerälteste Gasthaus des Ortes.

Der Wirt war allbekannt. Er spielte leidenschaftlich Skat und ließ keine Gelegenheit vorübergehen, sich diesem Vergnügen hinzugeben. Selbst wenn ihn jemand aus dem Bett geholt hätte, um zu spielen, er hätte mitgemacht.

Als Anton in die Schankstube trat, befand sich kein Gast darin. Nur der alte Skat-Matthes saß mit seiner Frau und seinem Sohn an einem der Tische: sie spielten natürlich Skat.

„Grüß Gott!" Anton legte seinen Kasten ab und setzte sich an einen Tisch.

Beide, Frau und Sohn, blickten gar nicht auf und dankten auch nicht auf den Gruß. Der Wirt warf ihm einen kurzen Blick zu und antwortete schnell hintereinander:

„Grüß Gott! Guten Tag — schönen Dank! Sei willkommen — dank auch sehr! Setz dich nieder — bitt gar schön!"

Dann sah er wieder in seine Karten.

„Ein Bier!" bestellte Anton.

„Hab keine Zeit!"

„Aber deine Frau oder der Sohn —"

„Auch nicht."

„I hab Durst!"

„Nimm dirs selber! Da ist das Faß, und daneben stehn die Gläser. Ich kann deinetwegen hier net viel G'schichten machen. Ich spiel eben ein Solo mit drei Matadoren. Wenn ich da nicht aufpaß, so verlier ich ihn. Also grün ist Trumpf."

Das Spiel wurde fortgesetzt, Anton lachte und schenkte sich selber ein. Als das Solo von dem Wirt gewonnen war, fragte Anton:

„Kann ich heut bei dir übernachten?"

„Ja. Willst jetzt mitspielen? Es fehlt der vierte Mann."

„Nein. Ich muß noch hausieren gehn."

„So red net und halts Maul. Mit deinem Geschwätz machst einen nur irr!"

Anton kannte seinen Mann und nahm dessen Worte

ruhig hin. Bald aber trat ein neuer Gast ein, der hier noch nicht verkehrt hatte — der Wurzelsepp. Er konnte den Krikelanton nicht sehen, weil dessen Warenkasten dazwischen stand.

„Grüß Gott."

Er legte seinen Sack auf die Bank und setzte sich daneben.

Der Wirt hatte Karte gegeben, blickte in sein Spiel und antwortete, ohne hinzusehen:

„Grüß Gott! Guten Tag — schönen Dank! Sei willkommen — dank auch sehr! Setz dich nieder — bitt gar schön!"

Dann trieb er seinen Vordermann zum Spiel an. Der Sepp staunte.

„Sapperment, ist das ein Gruß! Das hab ich noch nicht gehört."

„Halts Maul!" rief der Wirt.

„Oho! Wann ich hier einkehr, werd ich doch wohl mit dem Wirt reden dürfen?"

„Aber net, wann i spiel."

„Ists so notwendig?"

„Notwendiger als dein Schlabbern. Wart, bis dös Spiel zu End ist."

Das tat der Sepp. Dann aber verlangte er einen Schnaps.

„Weißt, wann du etwa wiederkommst, so will ich dir gleich heut sagen, daß ich mich im Spiel nicht stören laß", erklärte der Wirt. „Lieber werf ich dich hinaus. Also merk dirs! — Was willst für einen Schnaps?"

„Einen recht starken und bitteren."

„Geh selber her und nimm! In der zweiten Flasch findst den besten. Wann du nachher noch einen willst, so schenk nur ein: aber red net dabei! Wirst wohl schon selber merken, wie viele du 'trunken hast. So, jetzt bin ich ganz aus dem Atem heraus. Nun weißt alles und bist still!"

Der Wurzelsepp schüttelte den Kopf, brummte leise etwas in den Bart und ging hin an den Wandschrank, um sich einzugießen. Da erblickte er Anton, der ihm die Hand entgegenstreckte.

„Sepp, du?“ sagte er. „Willkommen! Darum kam mir also deine Stimme so bekannt vor, als ich dich reden hörte. Nun — ?“

Der Wurzelsepp griff keineswegs nach der dargebotenen Hand. Er tat einen Schluck aus seinem Glas.

„Setz dich nur wieder hin, wohin du gehörst! Hasts gehört, daß man hier net sprechen darf.“

„Mit den Spielern nicht. Wir aber können doch mitnander reden.“

„Mir liegt gar nix dran“, antwortete der Sepp gemächlich und schmatzte mit den Lippen.

„Hast mir doch früher immer ein freundliches Gesicht gemacht.“

„Damals, ja.“

„Warum jetzt nicht?“

„Jetzt paßts mir net mehr. Laß mich in Ruh!“

Er ging an seinen Tisch, setzte sich neben seinen Sack und blickte zum Fenster hinaus. Anton blieb noch einen Augenblick betroffen stehen. Er kämpfte mit sich. Dann ging er dem Sepp nach und legte ihm die Hand auf die Achsel.

„Sepp“, sagte er gedämpft, „wann ein anderer so zu mir g'sprochen hätt, so weißt, was geschehn wär. Dir aber will ich net bös sein. Bist ein braver Kerl, und ich halt große Stück auf dich. Es tut mir weh, daß du so zuwider tust; ich will dich auch gar net weiter belästigen, denn aufdrängen tu i mich niemals einem Menschen; aber sagen mußt mir, was ich dir tan haben soll.“

Da drehte sich der Wurzelsepp langsam zu ihm um.

„Soll ichs dir wirklich sagen, Anton?“

„Ja.“

„Weißts nicht selber?“

„Nein."
„Denkst wohl gar net an die Leni?"
„Ah; also wegen der Leni?"
„Ja, wegen ihr. Weshalb sonst?"
„Ich hab ihr doch nix tan."
„Nix? Wirklich nix?" Der Sepp funkelte ihn grimmig an. „Schau, was du für einer bist! Erst schamerierst mit ihr, daß sie dir ihr ganzes Herzerl schenkt, nachher beleidigst sie und gehst fort, und nun sprichst auch noch, daß du ihr nix tan hättst. So einer kann mir gestohlen werden!"
„Machsts wohl viel schlimmer, als es wirklich ist, Wurzelsepp?"
„Nein, ich sag, was wahr ist. Du hast ihr das Herz brochen, verstanden, Anton, das Herz!"
Da setzte sich der Tabulettkrämer langsam zu ihm hin.
„Sepp", meinte er, „weißt, was das heißt, wann einem das Herz brochen ist?"
„Meinst, i weiß es nicht?"
„Nein, du nicht!"
„Aber du wohl?"
„Ich weiß es von mir", flüsterte der Anton.
„So ist wohl deins entzwei?" spottete Sepp.
„Hör, Sepp! Wann ich den Vater und die Mutter nicht gehabt hätt, so hätt ich mir damals eine Kugel in den Kopf geschossen. Das sag ich dir!"
„Einer — ‚Liederlichen' wegen? Bist net recht klug im Kopf."
„Damals war sie noch gut."
„Damals? Heut wohl nimmer?"
„Nein."
„Woher weißt das?"
„Ich habs mir denkt."
„Ach so! Und was du dir denkst, das freilich ist allemal richtig. Wann du so ein Klugkopf bist, so sollst eigentlich gar nimmer an das Dirndl denken. Sie ists ja nicht wert!"

Anton blickte vor sich nieder, finster, brütend. Dann fuhr er zornig auf.

„Ich denk auch nimmer an sie."

„Und doch ists Herz entzwei?"

„Jetzt net mehr."

„So ists also geheilt? Schau, das freut mich! Jetzt bist also wieder gesund, und so hast kei Ursach mehr, auf das Dirndl zu zanken. Das ist recht von dir. Sie hat dich auch schon vergessen."

„Woher weißt das?"

„Sie hat mirs selber gesagt."

„So? Du warst also bei ihr?"

„Ich bin sehr oft bei ihr."

„Wirklich? Hats dich denn noch so gern? Bist ihr denn willkommen, wannst sie besuchst?"

Er hatte den Stuhl näher gerückt. Seine Wangen waren röter geworden, und seine Augen leuchteten. Es war ihm anzusehen, daß er nur zu gern von der Geliebten etwas hören mochte.

„Warum sollt ich ihr nimmer willkommen sein? Ich bin doch ihr Pate!"

„Ich meint, sie wär stolz geworden!"

„Die? Stolz? Ja, sie könnt gar wohl stolz werden; aber das tut sie net."

„Wann warst zuletzt dort?"

„In voriger Woch."

„Hast auch — Habt ihr auch von mir g'sprochen?"

„Von dir? Das ist uns net eing'fallen. Seit der Stund am Felsen und dem Wort, was du damals gesagt hast, seitdem spricht sie nimmer von dir. Sie meint, du bists gar net wert."

„Wann sie das denkt, so ist auch sie nicht wert, daß ich von ihr sprech."

„Hasts auch net nötig."

„Aber schau, wovon solln wir sonst sprechen, wann wir hier so beieinander sitzen?"

„Ich bin net schuld daran, daß wir beisammen sind. Geh hinüber zu deinem Kasten!"

„Das mag ich auch net. Ich halt gar große Stücke auf dich. Es freut mich, daß ich dich hier troffen hab. Aber sag mir doch mal: ist sie noch immer drin in München?"

„Wer?"

„Nun, die Leni."

„Ah, von der sprichst noch! Bist doch ein sonderbarer Mensch. Willst gar nix mehr von ihr wissen und fragst doch immer wieder nach ihr. Mit euch beiden ists doch einmal aus."

„Das ist scho richtig."

„Also rat ich dir, dich nach einer andern umzuschaun."

„Gottsakra! Das fallt mir nimmer ein!"

„Warum? Willst ledig bleiben?"

„Ja."

„Das ist nicht gut. Weißt, das seh ich an mir. Wer kein Weib hat, der hat keine Heimat und keine bleibende Stätte, wo er sei Haupt zur Ruhe legen kann. Wann ich eine Frau genommen hätt, so braucht ich jetzt nicht herumzuwandern, wie der ewige Jud, der den Herrgott gelästert hat. Ich sags noch einmal: Schau dich bald nach einer andern um!"

„Das meinst net im Ernst."

„Es ist mein Ernst. Aber warum sprechen wir von diesen Sachen? Aus ist aus! Reden wir von was anderm. Bist mal in Wien bei dem Musikprofessor gewesen?"

„Nein."

„Ich denk, du hast seiner Frau damals das Leben gerettet. Hat er dich net eingeladen?"

„Nein."

„Schau, schau! Aber so ists halt stets. Diese vornehmen Leute sind undankbar."

„Der Professor nicht. Er hat mir viel Geld angeboten, sehr viel."

„Und hasts nicht genommen?"

„Nein. Das Geld macht auch nicht glücklich. Was ich brauch, das verdien ich mir. Und das andre, nun, das muß eben g'tragen werden. Aber sag, geht sie viel spazieren?"

„Wer?"

„Nun, die Leni."

„Ach, von der sprichst schon wieder! Na, sie kommt net viel aus. Aber das Theater sieht sie sich an."

„Hat sie denn was gelernt?"

„Das will ich meinen. Als ich das letztemal bei ihr war, da hat sie mit mir eine Probiererei abgehalten. Oh, was für Lieder hat sie da g'sungen! Es war eine Pracht und eine Herrlichkeit! Ich sag dir, das wird eine Künstlerin, wie noch gar keine dagewesen ist auf der Welt."

„So hat sie keine Lust, zu verzichten?"

„Auf was?"

„Aufs Theater."

„Das fallt ihr gar net ein. Sie wird ja in den nächsten Tagen ein Konzert geben."

„Ein Konzert?"

„Jawohl!"

„Wo soll das Konzert denn sein?"

„Das ist dir ja gleich", sagte der Sepp überlegen.

„Warum?"

„Weilst sowieso nimmer an sie denkst."

„Aber — hören möcht ich sie doch mal", stotterte Anton.

„So! Ach so! Das bringst nicht fertig."

„Warum?"

„Das kostet Geld."

„Nun, was das wohl kostet, das hab ich."

„Wieviel denkst?"

„Fünf Groschen. Das ist doch nobel."

„Dank sehr für die Nobless! Fünfzehn Mark kostets im Stehn, und wer sitzen will, der muß gar zwanzig zahln."

Der Krikelanton sperrte den Mund auf.

„Fünfzehn — zwanzig Mark? Dafür kann ich mir daheim eine Stube mieten fürs ganze Jahr! Du machst mir was weis!“

„Fällt mir net ein. Weißt, das Konzert ist nur für reiche Leute, für Kenner. Und die Leni ist net allein dabei, sondern es kommt noch einer, der schlägt das Klavier, ein berühmter Mann, der die ganze Brust voller Orden hat. Grad wegen dem ists so teuer. Und der König kommt auch.“

„So geh ich ebenfalls. Ich will sie hören.“

„Du hörst sie net. Das Konzert is net für alle Leute. Es bekommt net ein jeder ein Billett.“

„So? Wo ists denn?“

„Hier im Bad.“

„Hier, hier? Und wann?“ fuhr Anton auf.

„Am Sonnabend abend. Es spielt auch noch einer mit, der die Vigelinen hat; das hab ich net gewußt, sondern erst heut erfahren. Bist denn am Sonnabend noch hier?“

Anton blickte sinnend nieder. Es schien ihm geratener, den Sepp nicht merken zu lassen, was er vorhabe.

„Nein. Am Sonnabend bin ich schon lang wieder fort“, sagte er zaudernd. „Aber sag, wie wirds denn ang’zogen sein?“

„Das kann i doch nicht wissen.“

„Hats denn ein schönes Gewandel zu so einem Konzert, Sepp?“

„Gewandeln hats schon genug.“

„Von wem?“

„Vom König. Der zahlt alles.“

„O Jerum! Und in welchen Gewandeln singt sie daheim, wann sie Stund hat?“

„Das weiß ich net. Ich hab sie einmal gesehn, als ich das letztemal bei ihr war. Weißt, es ist da ein Kompernist, der heißt Wagner, und Richard auch. Auf den hält der König sehr große Stücke. Er soll ein vielgescheiter Kerl sein und eine Musik kompernieren, wie noch niemals ein andrer. Der verinteressiert sich sehr für die Leni und kommt oft, um zu hören, was sie indes wieder gelernt hat. Und das letztemal war ich in der andern Stub und konnt durch die Glastüre hineinblicken. Da mußt die Leni ein Laken umtun und dann band er sie mit dem Leib an den Türknauf, daß sie net fallen konnt. Nachher mußt sie den Oberkörper weit vorwerfen und mit den Armen so hinausschlagen, als ob sie schwimmen wollt."

„Das ist doch verrückt!"

„Nein. Es gibt ein Theaterstück, wo dös vorkommt. ‚Rheingold' heißts. Und nachher setzt er sich ans Klavier. Dann rief er laut: ‚Jetzt, Woglinde, jetzt!' Und nun sang sie zum Schwimmen."

„Leni hat er doch gesagt!"

„Nein. In diesem Stück heißt sie alleweil Woglinde, und da hat sie gesungen:

‚Weia! Waga!
Woge, du Welle,
Walle zur Wiege!
Wagalaweia!
Wallala weiala weia!'"

„Himmelsakra! Das ist doch eine Dummheit, wies gar kei zweite gibt. Das kann doch nur ein ganz verrückter Kerl singen. Das sind doch gar kei richtigen Verse!"

„Na, behüt dich Gott, Anton! Bist du dumm! Wann eine schwimmt, soll sie auch noch richtige Verse singen! Spring doch mal ins Wasser und sing ein Gestanzel mit einem Jodler, wann dir dabei das Wasser ins Maul läuft und zur Nase wieder heraus! Da verstehst du halt nix von! Der Wagner ist ganz toll gewesen vor Freud, daß sies so schön gemacht hat. Er hat ihr auf die Wang klopft und nachher mußt sie das Tuch wieder anders umtun und ein Schnupftücherl in die Hand nehmen und damit wedeln und etwas dazu singen. Das klang so mächtig, daß die Fenstertafeln klirrt haben. Und als sie nachher fertig war, da hat er sie wieder auf die Wange klopft — —"

„Donnerwetter!“

„Halts Maul! — und zu ihr g'sagt: ‚Das war richtig! Das ist die echte Isolde!‘“

„Isolde? Was ist das?“

„Isolde heißt eine, die auch im Theater abgesungen wird. Ihr Liebster heißt Christian oder Tristian, ich habs nicht ordentlich verstanden. Ja, der Wagner ist ganz verschossen in die Leni, sag ich dir, und wann —“

„Verschossen? Da soll doch gleich ein Donnerwetter dazwischen schlagen!“

„Willst gleich ruhig sein, Einfaltspinsel! Was gehts dich an? Übrigens mußt mich richtig verstehn. Wann ein Kompernist sich in eine Sängerin hinein verschießt, so ist das net etwa eine Liebelei. Er ist nicht in das Maderl verliebt, sondern in die Noten, die sie trillert.“

„So mag er doch auf das Notenpapier klopfen und nicht auf ihre Wangen, der Schlankel, der!“

„Schweig dich aus, sag ich dir! Alles, was du heut sprichst, sind Dummheiten. Tust ja grad, als ob du der Leni ihr Schulmeister wärst. Daraus wird nix! Wärst net so zuwider gewesen, so wärt ihr einig blieben, und du wärst nachher der Mann von der größten Sängerin worden, nix arbeiten, sondern die Händ in die Hosentaschen stecken und Kaviar und Pumpernickel essen, das wär dei Zukunft gewesen. Nun aber hasts nicht so haben wollen, und nun kannst dir eine andre suchen. Mit der gehts hausieren, und wann ihr Hunger habt, kocht ihr euch den Kragen von ein'm alten Reisepelz dazu. Das hält den Magen auch z'sammen, daß er nimmer auseinandergeht.“

„So schlimm wirds nicht werden. Und wann das Singen gar soviel Geld macht, so hab ich auch noch eine Stimme und kann ebensogut ein Künstler werden“, trumpfte Anton ärgerlich auf.

„Du? Das bild dir net ein!“

„Warts ab! Jetzt aber hats mich schon gereut, daß ich so freundlich gewesen bin. Wannst mir weiter nix erzählen kannst, als daß der Wagner der Leni an die Wangen greift, so kannst mich bloß dauern. Du als Pat solltst darauf sehn, daß kei Mann ihr so im Gesicht herumtatschelt, verstanden? Das schickt sich net für ein Dirndl, und das schickt sich auch net für einen Paten!“

Er war vom Stuhl aufgestanden und ganz zornig geworden.

„Oho!“ meinte der Wurzelsepp. „Was begehrst denn auf einmal so auf? Hast überhaupt nix zu befehlen. Verstanden?“

Da drehte sich der Wirt von seinen Karten ab und rief herüber:

„Jetzt, wann ihr nicht endlich aufhört, prügel ich euch alle beid hinaus! Das wär mir eine Sache, hier in meiner ruhigen Stube einen solchen Skandöps aufzuführen! Ich spiel hier Skat, und da habt ihr so still zu sein, als ob ihr in der Kirche wärt!“

„Na, beten wirst auch net dabei, Matthes!“ knurrte Anton. „Aber weil du prügeln willst, so kann ich halt schon gehn.“

„So mach dich hinaus und zahl erst dein Bier!“

„Was kosts?“

„Zehn Pfennige.“

„Hier hast!“

Er ging auflachend fort, um weiter zu hausieren. Da sich das Geschäft beim Baron von Stauffen so gut angelassen hatte, hoffte er, daß es auch nicht unbefriedigend enden werde.

Er hatte sich nicht getäuscht. Er fand zahlreiche Käufer, so daß er noch nie einen so günstigen Tag gehabt hatte wie heut. Als es schon Abend wurde, kam er schließlich in ein vornehmes Haus, wo er im Erdgeschoß nichts verkaufte. Er stieg die Treppe hinauf. Da war an der Tür eine Visitenkarte befestigt, auf der zu lesen stand: „Professor Weinhold.“

Er beachtete den Namen nicht und klingelte. Ein

Dienstmädchen öffnete. Als sie hörte, was er zu verkaufen habe, ließ sie ihn in die Küche treten, um sich seine Waren anzusehn. Beide mochten dabei etwas lauter sein, als sichs gehörte, denn es wurde eine Tür geöffnet, eine feine Dame trat halb heraus und sagte mit gedämpfter Stimme:

„Nicht so laut, Anna! Du weißt ja, daß mein Mann arbeitet."

Anton hatte ihr den Rücken zugekehrt. Schon wollte sie sich wieder zurückziehen, da drehte er sich um. Ihr Blick fiel auf ihn. Da rief sie laut im Ton freudiger Überraschung:

„Was? Ists möglich? Der Krikelanton!"

Er blickte sie forschend an. Sie sah ganz anders aus als damals, da er sie halb tot auf dem Felsen gefunden hatte, dennoch erkannte er sie sofort.

„Du bists!" antwortete er, ihr die Hand entgegenstreckend. „Das hätt ich net gedacht. Grüß Gott auch!"

„Grüß Gott und willkommen, Anton! Wie geht es denn?"

„Immer gut. Schau, was ich geworden bin! Ein Tabulettkrämer. Kannst mir auch was abkaufen!"

„Natürlich! Aber komm herein zu meinem Mann, der wird sich ebenso freuen wie ich."

„Aber selbstverständlich!" klang es hinter ihr. „Ich hörte den Namen Krikelanton und bin gleich herausgekommen. Laß deine Sachen da in der Küche, Anton, und komm herein!"

Bald saßen die drei beisammen in der Wohnstube. Der Professor befand sich mit seiner Frau hier im Bad. Beide waren aufrichtig erfreut, den Retter wiederzusehen, und machten ihm Vorwürfe, daß er nichts hatte von sich hören lassen.

„Und wie steht es mit der Anweisung?" fragte der Professor. „Hast du sie benutzt?"

„Nein", antwortete der Gefragte. „Ich hab den Zettel noch einstecken."

„Behalt ihn nur, und verlier ihn nicht! Wenn du Geld brauchst, so gehst du nach Salzburg, da bekommst du es, sobald du die Anweisung vorzeigst."

„Das werd ich wohl net tun. Ich hab, was ich brauch. Lieber kannst mir einen andern Gefalln erweisen."

„Gern. Was wünschest du?"

„Ich möcht eine Karte zum Konzert."

„Eine Karte zum Konzert? Wanns weiter nichts ist! Welches Konzert aber meinst du?"

„Am Sonnabend für fünfzehn Mark zum Stehen."

„Sapperlot!" meinte der Professor erstaunt. „Woher weißt denn du von dem Konzert? Ich denke, es ist noch Geheimnis. Ich selber habe es erst vorhin von dem Kapellmeister gehört."

„Ich werds doch wissen! Weißt, i mag das Geld für die Karte net etwa von dir!"

„Nicht?"

„Nein. Ich zahls selber."

„Warum soll ich dir da die Karte besorgen?"

„Ich hab gehört, daß nicht ein jeder eine Karte bekommt, auch dann nicht, wann ers zahlen will. Darum sollst du es mir versorgen."

„Sehr gern. Aber wie kommt es denn, daß du grad dieses Konzert hören willst?"

„Weil die Leni singt."

„Wer ist das?"

„Das ist die Sennerin, die mein Schatz war."

„Ah! Ja, eine Sennerin singt. Auf dem Programm steht sie unter dem Namen Mureni."

„Mureni? Ah, das begreif ich schon. Sie ist bei uns die Murenleni genannt worden."

„Und die ist deine Liebste?"

„Jetzt net mehr."

„Warum nicht?"

„Eben weils zum Theater gangen ist. Das kann ich net dulden."

„Aber ist das nicht vielleicht ein Irrtum, Anton? Die Mureni, die singen wird, ist ein Schützling des Königs Ludwig von Bayern."

„Ja, das ist grad die meinige auch."

„Das wäre ja höchst eigenartig. Wie ist sie denn mit dem König bekannt geworden?"

„Das will ich euch erzählen."

Er berichtete, wie lange er der Sennerin gut gewesen war und wie er nachher an jenem Abend das Glück gehabt hatte, den König aus den Krallen des Bären zu befreien; dann die weiteren Ereignisse, bis zum Augenblick, da er sich unten an der Ecke des Felsens von Leni getrennt hatte.

Die beiden hörten ihm gespannt zu. Als er geendet hatte, sagte der Professor:

„Das ist ja ein wirklicher, erlebter Roman! Aber Anton, ich begreife dich nicht! Die Leni war also hübsch?"

„Hübscher als alle."

„Und gut?"

„Die Bravste, die ich gekannt hab."

„Und du hast sie von dir gestoßen?"

„Ja. Ich mag keine Sängerin, keine Schauspielerin!"

„Das ist ein Vorurteil. Es gibt unter den Künstlerinnen sehr ehrenwerte Damen."

„Aber eine Dame mag ich halt net!"

„So will ich dir sagen, es gibt ganz brave Mädchen unter ihnen. Ich habe manche ausgebildet. Ich habe mich zwar zuweilen getäuscht, aber auch sehr oft die Genugtuung gehabt, daß meine Schülerinnen nicht nur in Beziehung auf ihre künstlerischen Leistungen, sondern auch in bezug auf ihren Lebenswandel alle meine Hoffnungen erfüllt haben. Also du willst ganz auf die Leni verzichten?"

Diese Frage war in einem so eindringlichen Ton ausgesprochen, daß Anton vor sich niederblickte und mit der Antwort zögerte.

„Du hast uns von deinem Mädchen erzählt, und ich hab aus allem gehört, daß du die Leni sehr lieb gehabt hast", drang der Professor weiter in ihn.

„Lieber als mein Leben!"

„Und daß du sie heut noch liebst?"

„Ja, freilich, leider!" antwortete er und blickte ihm offen in die Augen. „Ich wollt, es wär nimmer so."

„Nun, so entsage doch nicht!"

„Das hab ich mir auch so denkt", stotterte Anton. „Ich will sie eben erst singen hören, weißt? Also willst mir die Karte verschaffen?"

„Gern. Aber es hat doch eine kleine Schwierigkeit, Anton. Es ist wahr, daß zu einem Konzert nur sehr feine Herrschaften gehen. Dazu aber paßt dein Anzug nicht."

„Das ist bös!"

„Und soll die Leni dich denn sehn?"

„Auf keinen Fall!"

„Aber in diesem Anzug würdest du von den andern Leuten so abstechen, daß sie dich sofort erblicken müßte. Abgesehen davon, daß sie dich nicht bemerken soll, würde es auch möglich sein, daß dein Anblick sie irre macht."

„Das darf net sein."

„So mußt du also einen andern Anzug haben."

„Ich werd wohl einen geborgt erhalten."

„Ja, und zwar von mir. Wir sind gleicher Gestalt."

„Der würd mir jedenfalls besser passen, als das Kleidungsstück damals vom Baron", lachte Anton. „Der ist schwächer, als i bin, und i hab drin g'steckt, wie der Elefant im Schneckenhäuserl. Aber es soll auch niemand weiter erfahrn, daß ich das Konzert mitmach. — Du darfsts also niemand sagen, hörst?"

DAS GRAB DER ZIGEUNERIN

Auf dem Bahnhof war ein Zug angekommen. Unter den Aussteigenden befand sich ein Herr, der sofort nach dem Telegraphenamt ging und sich ein Depeschenblatt geben ließ. Als er es ausgefüllt hatte und es dem Beamten reichte, warf dieser, nachdem er es gelesen hatte, einen erst forschenden und dann ehrerbietigen Blick auf den Herrn und fragte sehr höflich:

„Wohin soll ich die Antwort senden?"

„Ich warte in der Bahnhofswirtschaft."

„Sehr wohl!"

Der Reisende entfernte sich. Zufälligerweise trat der Bahnhofsvorsteher in den Raum.

„Wir haben hohen Besuch und werden heute wohl auch noch höheren bekommen", sagte der Telegraphist zu ihm.

„Wen?"

„Lesen Sie!"

Er gab ihm das Fernschreiben. Der Vorstand las:

> „An Siegfried, bahnlagernd Rosenheim.
> Bin soeben hier angekommen. Wann darf ich Sie erwarten? Und soll ich auspacken?
> Tristan."

„Eine eigentümliche Über- und auch Unterschrift!" bemerkte der Vorstand.

„Ahnen Sie, wer die beiden sind?"

„Nein."

„Ja, Sie machen sich wenig aus Musik. Tristan und Siegfried sind zwei Heldengestalten aus Wagnerschen Opern —"

„Soviel weiß ich auch."

„Andre wissen, daß der König und Wagner im vertrauten Verkehr sich oft bei solchen Opernnamen nennen."

„Alle Wetter! Sie meinen —?"

„Daß Wagner diese Depesche aufgegeben hat."

„Wirklich?"

„Ja, gewiß."

„Sie haben ihn erkannt?"

„Natürlich. Ich habe ihn schon einige Male gesehen, und er hat ein Gesicht, das man mit keinem andern verwechseln kann."

„Und so meinen Sie, daß der Empfänger des Telegramms der König sei?"

„Ich vermute es."

„Dann käme er hierher?"

„Bestimmt! Es ist schade, daß wir verschwiegen sein müssen. Diese Nachricht würde ungeheures Aufsehen erregen, zumal der König die Einsamkeit so liebt, daß es schwer ist, ihn einmal zu erblicken."

„Ja, schweigen müssen wir; aber höchst begierig bin ich auf die Antwort. Geben Sie mir sofort Nachricht, wenn sie angekommen ist."

Bereits nach einer Viertelstunde ließ der Telegraphist den Vorstand holen. Die Antwort war da.

> „An Tristan.
> Ich komme nicht mit dem Zug. Will nicht bemerkt werden. Gehe zu Fuß über den Berg. Packen Sie aus! Ankunft acht Uhr.
>
> Siegfried."

Nachdem der Reisende die Depesche erhalten und gelesen hatte, trat er hinaus auf den Bahnsteig. Er schien jemanden zu suchen, dem er einen Auftrag geben wollte. Da kam der Wurzelsepp gemächlich um die Ecke des Stationsgebäudes geschlendert. Er hatte sich im Gasthaus des Skat-Matthes gelangweilt und war nach dem Bahnhof gewandert, weil es für ihn ein großes Vergnügen war, Züge kommen und gehen zu sehen.

Als Wagner ihn erblickte, heiterte sich sein Gesicht auf. Er schritt auf ihn zu.

„Der Wurzelsepp hier? Das ist schön!"

„Du auch hier, Herr Kompernist? Das ist auch schön! Willkommen! Kommst aus München?"
„Ja."
„Hast die Leni g'sehn?"
„Gestern noch."
„Und was macht das Dirndl?"
„Sie befindet sich wohl."
„Bist mit ihr zufrieden?"
„In hohem Grade —"
„Schau, das g'freut mich sehr! Aber sag, was treibst denn da hier im Ort?"
„Ich will für einige Tage die Einsamkeit genießen."
„So wohnst du hier?"
„Ja, bei einem Müller, der Kellermann heißt."
„Kellermann? Das ist nicht in der Stadt, sondern draußen im Dorf in der Talmühl."
„Kennst du sie und den Müller?"
„Ei wohl, sehr genau."
„Ists weit hinaus?"
„Gar net. Eine Viertelstund den Fluß hinab. Der Müller wird dir kaum gut gefallen. Er ist ein Grobsack und Zuwiderkopf."
„Ich werde mit ihm nichts zu schaffen haben. Sepp, du könntest mir einen Gefallen tun."
„Zehn anstatt nur einen. Ich hab nix zu tun und kann dir helfen."
„Ich habe Gepäck hier. Niemand soll wissen, wo ich wohne. Anscheinend bin ich erkannt worden, und darum sollst du mir das Gepäck besorgen. Du nimmst einige Leute, die sich nicht ausfragen lassen, und bringst es mir hinaus."
„Na, das ist auch net sehr klug."
„Wieso?"
„Weil die Leut dann aufpassen, wohin wir gehn. Ich werd es anders machen."
„Wie denn?"

„Der Skat-Mattheswirt hat ein Pferd und Wagen; das borg ich mir aus, lad alls hinauf und brings dir hinaus. Da bin ich allein und kann es so einrichten, daß gar niemand merkt, wohin ich fahr."

„Recht. Und nun noch eins. Dir kann ich es anvertrauen, denn ich weiß, daß du verschwiegen bist. Der König kommt heut abend acht Uhr hier an. Er will einige Tage unerkannt bei mir wohnen, und er telegraphiert mir, daß er über den Berg kommen will. Weißt du, welcher Weg das ist?"

„Freilich. Ich komm auch allemal daherüber. Man steigt am letzten Halt aus und kommt nachher unten an der Talmühl an den Fluß. Da ist die Fähr, mit der man hinüberrudert. Und wannst jetzt nach der Mühl willst, so gehst gar net durch die Stadt, sondern immer am Fluß hin. Nachher siehst die Gebäude der Mühl dort stehn und gehst gleich ins erste hinein. Rechts von der Haustür wohnt der Müller. Kannst ihn gar net fehlen und brauchst nicht zu fragen."

Sie trennten sich. Richard Wagner folgte der Weisung des Wurzelsepp und erreichte, ohne irrezugehen, die Mühle. Im Gärtchen saßen einige Badegäste, denen er keine Beachtung schenkte. Er ging in die bezeichnete Stube, nachdem er vorher angeklopft hatte.

„Herein!" hatte der Müller von innen gerufen.

Wagner grüßte. Das Äußere des Mannes wollte ihm nicht gefallen.

„Was willst?" fragte dieser.

„Ich heiße Wagner und habe Ihr Erdgeschoß gemietet."

„Sag du zu mir, wies hier Brauch ist. Ich sags auch zu dir. Willst jetzt hineinziehn?"

„Ja."

„Hast Geld mit?"

„Natürlich."

„So zahl die Miet! Alle Wochen wird vorher bezahlt. Wannst dann die Möbeln und Sachen gut hältst, haben wir nix weiter miteinander zu schaffen. Wannst aber dich ungut benimmst, werf ich dich hinaus."

Wagner überhörte lächelnd die Grobheit, zahlte den Betrag und fragte:

„Wo ist die Wohnung?"

„Drüben im Landhaus. Hier ist der Schlüssel zum Eingang. Die andern Schlüssel stecken an den Türen."

„Wohne ich allein?"

„Nein."

„Wer wohnt noch dort?"

„Schau sie dir selber an! Und jetzt machst, daß du fortkommst! Ich hab keine Zeit zum Schwatzen."

Wagner nahm kopfschüttelnd den Schlüssel und ging. Er hatte das Haus im Vorübergehen gesehen. Als er die Anhöhe erstiegen hatte und eben eintreten wollte, kam der Italiener heraus. Beide stutzten.

„Was?" rief Wagner. „Sie hier, Herr Konzertmeister?"

„Und Sie, Signor? Welch eine Überraschung! Che bella sorpresa!"

„Sie wohnen hier?"

„Ja, ich hier wohnen, sehr, sehr!"

„Wer noch?"

„Einen Baron von Stauffen mit seiner Tochter."

„Ich ziehe ins Erdgeschoß."

„Ists möglich?"

„Ja. Ich freue mich, daß wir uns hier treffen und sogar in einem Haus wohnen. Aber ich möchte nicht von den Leuten belästigt werden und lieber unerkannt bleiben. Kommen Sie mit herein! Wir wollen sehen, was ich für eine Wohnung habe."

Nach einiger Zeit kam der Wurzelsepp mit dem Fuhrwerk. Zwei Koffer und einige Kisten wurden abgeladen, und dann schaffte er das Geschirr wieder in die Stadt zurück. Gegen Abend ging er hinaus zur Mühle, wandte sich jedoch hinüber zur Fähre, wo der Fex am Ufer saß und auf ihn wartete. Sie unterhielten sich leise miteinander, bis eine halbe Stunde vor acht Uhr Wagner und der Konzertmeister kamen und übergesetzt zu werden begehrten. Der Fex gehorchte und kam dann wieder herübergerudert.

„Was mögen die beiden noch im Wald zu suchen haben?“ sagte er. „Der Fremde sah sehr vornehm aus.“

„Na, wann du wüßtest, wer er ist, so würde es dich sehr freuen, Fex.“

„Nun, wer?“

„Der Wagner.“

„Richard Wagner? Ah! Es ist wahr. Ich hab sein Bild gesehn; er ists; ja, er ists.“

„Freilich. Und er wohnt seit vorhin beim Müller, drüben im Erdgeschoß des Landhauses. Nachher kommt auch der König, den sie jetzt abholen. Du wirst ihn übersetzen.“

Das Erstaunen des Fex war groß. Der berühmte Komponist hier! Und der König auch! Er war Feuer und Flamme, aber versprach dem Sepp sehr gern, das Geheimnis zu bewahren.

„Jetzt werden wir wohl auch Musik hören, eine sehr gute, und — — aber horch!“ unterbrach er sich.

Von flußaufwärts ließ sich ein eigentümliches Geräusch vernehmen, wie ein unterdrücktes Brüllen. Der Fex lauschte noch einen Augenblick und sagte dann:

„Geh schnell weg! Das Wasser kommt!“

Er riß den Sepp weit vom Ufer zurück, sprang in die Fähre und befestigte sie noch mit einer zweiten Kette. Das war das Werk von kaum einer Minute. Dann sprang er wieder an das Land, zog den Sepp noch weiter zurück und sagte:

„Paß auf! Gleich wirds da sein!“

„Welches Wasser?“

„Aus der Schleusen. Schau, da kommts!“

Es war zwar nicht mehr Tag; aber der Mond mußte bald aufgehen, und so lag es ziemlich hell auf dem Fluß, auf dem sich eine hohe Flutwelle donnernd heranwälzte.

Als sie vorübergebraust war, stand das Wasser sofort mehr als sechzig Zentimeter höher im Flußbett, auch strömte es wilder dahin. Wären die beiden nicht zurückgewichen, so würden sie von der jähen Flut mit fortgerissen worden sein. Die Fähre schaukelte heftig und zerrte knirschend an ihren Ketten.

„Aus der Schleusen kommt das Wasser?" fragte der Sepp. „Wieso ist das denn so plötztlich?"

„Jetzt zum Frühjahr wird das Holz herabgeflößt, und da werden die Schleusen geöffnet, daß die Flut das Holz herunterträgt. Jetzt sind die großen Waldstämme droben an der Stadt ankommen. Morgen am Tag wird das Wehr geöffnet, und das Holz geht hier vorüber, immer weiter hinab nach der Donau zu."

„Ist das gefährlich?"

„Nein. Nur wann das Holz das Wehr durchstößt, so daß es plötzlich kommt, nachher gibts zu schaffen, daß kein Unglück geschieht. Horch!"

„Fex!" rief die Stimme des Konzertmeisters von drüben herüber.

„Jetzt bringen sie den König", sagte der Sepp. „Ich will zur Seite gehn, daß er mich net sieht. Ich kenn ihn, und er will net erkannt sein."

Er verbarg sich hinter den Büschen. Der Fex stieß einen lauten Ruf aus, zum Zeichen, daß er die Aufforderung gehört habe, machte die Fähre los und ruderte hinüber. Das machte ihm viel mehr als sonst zu schaffen, weil der Strom außerordentlich reißend geworden war. Als er drüben anlegte, stand die hohe, eindrucksvolle Gestalt des Königs neben Wagner und dem Italiener.

„Wie kommt es, daß das Wasser so plötzlich gestiegen und so reißend geworden ist?" fragte Wagner.

Und als der Fex es erklärt hatte, forschte er weiter:

„Ist es gefährlich, jetzt überzusetzen?"

„Eigentlich nicht, wann das Holz net durchbricht. Wir können warten, bis die Flut vorüber ist."

„Wie lange dauert das?"

„Wohl fast eine ganze Stunde."

„So lange warten wir nicht", erklärte der König. „Das Holz wird doch nicht grad diesmal durchbrechen. Auch müßte es gleich bei dem ersten Andrang das Wehr durchstoßen haben. Jetzt ist das nicht mehr zu befürchten."

„Ei gar wohl!" entgegnete der Fex, ganz unbefangen im Wesen, obwohl sein Herz schneller als sonst in der Nähe des Königs und des großen Musikers klopfte. „Wann die Baumstämm lange Zeit gegen das Wehr stemmen, kanns leicht nachgeben."

„Wir kämen dennoch hinüber. Kannst du kräftig rudern, Fährmann?"

„Das möcht ich meinen!"

„So steure ich."

„Kannst das auch richtig?"

„Ja. Also eingestiegen!"

Der König nahm auf dem hohen Sitz am Steuer Platz. Die beiden andern setzten sich auf die hintere Ruderbank, und der Fex ergriff das vordere Ruderpaar.

„Sollen wir mit rudern helfen?" fragte Wagner.

„Nein, ja net", antwortete der Fex. „Ihr könntets leicht verderben. Es wär allemal besser, wann wir noch ein bißl warten, ob das Wehr und der Damm auch gehalten haben."

„Das ist unnötig", befahl der König. „Vorwärts!"

Die Fähre stieß vom Ufer ab. Leider aber zeigte es sich, daß der Fex recht gehabt. Sie hatten kaum die Mitte erreicht, so sah man von oben eine dunkle Masse herabkommen. Der Fex, dessen Blick immer nach aufwärts gerichtet gewesen war, bemerkte sie zuerst.

„Zurück!" rief er aus. „Das Holz kommt. Lenk um, lenk um!"

„Nein, vorwärts! Wir kommen noch hinüber. Leg dich nur fest in die Ruder."

„Gebs Gott!"

Der Fex griff so mächtig ein, daß sich die Ruder bogen. Die dunkle Masse kam schnell heran. Es schien, als ob die Fähre gar nicht vorwärts käme.

Wagners Angst stieg.

„Schnell, schnell!“ rief er. „Um Gottes willen schnell! Herr Konzertmeister, greifen Sie mit zu den Rudern! Wir müssen helfen!“

„Nein, nein!“ schrie der Fex. „Ich brings allein schon fertig. Wann ihr falsch einlegt, so ists um uns geschehn.“

Aber die beiden ließen sich nicht belehren. Sie stießen die Ruder in die Flut und begannen zu arbeiten.

„So nicht!“ rief der Fex. „Ihr rudert ja zurück. Weg mit den Rudern.

„Ja, schnell fort!“ stimmte der König bei. „Ihr versteht es nicht. Wir haben nun schon mehrere Meter eingebüßt. Fährmann, rasch, kräftig! Um des Himmels willen! Das Holz wird augenblicklich hier sein!“

Von der übermenschlichen Kraft, die Fex anwandte, brach eins der Ruder, aber die Fähre hatte einen so mächtigen Anstoß erhalten, daß sie mit diesem einzigen Ruck fast an das Ufer gelangte. Der Fex ergriff die Kette und tat den gefährlichen Sprung an das Land, das er auch glücklich erreichte. Während er die Fähre mit der Kette an das Ufer zog, rief er dem König zu:

„Jetzt schnell das Steuer grad, daß die Fähr so langhin ans Ufer trieben wird!“

Dabei befestigte er die Kette, damit das Fahrzeug nicht mit fortgerissen werde. Aber der König gab in halber Bestürzung dem Steuer eine falsche Richtung. Im nächsten Augenblick waren die riesigen Baumstämme da. Ein Stoß an den hintern Teil der Fähre, daß man glauben konnte, alles sei zerschmettert, und — der König stieß einen Schrei aus und wurde in das Wasser geschleudert, mitten zwischen die rollenden Stämme.

Einen Augenblick lang versagte dem Konzertmeister wie auch Wagner die Sprache. Dann schrien beide entsetzt auf.

„Herr, mein Gott! Er ist verloren!“ rief Wagner, indem er eine Bewegung machte, nachzuspringen.

„Rettung! Rettung! Hilfe!“ zeterte der Italiener. „Soccorso, soccorso, ajuto!“

„Halt! Still!“ befahl der Fex, der keinen Augenblick die Geistesgegenwart verloren hatte. „Springt ans Land, sonst ergreifts auch euch. Ich hole ihn heraus.“

„Unmöglich!“ rief Wagner.

„Ich bring ihn. Paßt auf! Wann ich net gleich komm, so habt keine Angst!“

Er tat einen Satz auf die Stämme und fuhr untertauchend zwischen sie hinein in die wirbelnde Flut.

Wagner stand starr in der Fähre. Er brachte kein Wort hervor. Der Italiener jammerte auf Italienisch und auf Deutsch. Da rief es vom Ufer her:

„Steigt heraus! Die Fähr kann leicht zerdrückt werden, und nachher seid auch ihr verloren.“

Das half. Die beiden sprangen an das Land. Wagner erkannte den, der gerufen hatte.

„Wurzelsepp, du! Weißt du, was g'schehn ist!“

„Ja, der König ist ins Wasser stürzt.“

„Eile, lauf in die Mühle und ins Dorf! Es sollen Leute kommen mit Fackeln, Lichtern, Stangen und Stricken, um zu retten. Schnell, schnell!“

„Das werd ich halt schön bleiben lassen.“

„Dann lauf ich selber.“

Er wollte fort, aber Sepp hielt ihn fest.

„Willst gleich bleiben!“

„Herrgott! Er ist ja sonst verloren.“

„Nein. Schau mich an. Ich weiß auch, daß der König ins Wasser stürzt ist, aber ich bin dennoch ruhig.“

„Ja, du, du — — — !“

„Was, ich! Ich weiß, daß er gerettet wird. Der Fex holt ihn heraus.“

„Das ist unmöglich! Hier zwischen und unter den Stämmen heraus? Undenkbar!“

Er rang die Hände. Freilich schien er recht zu haben. Die starken Stämme füllten die Breite des Flusses und schoben sich einer auf den andern. Wer da drunter steckte, der konnte nicht heraus, der war sicher verloren.

„Wann der Fex ihn net rettet“, sagte der Sepp, „so retten ihn auch hundert andre nicht. Und wann er net schon jetzt gerettet ist, so ist er überhaupt verloren, ertrunken und zermalmt von den Baumstämmen da.“

„Aber wir müssen doch am Ufer suchen!“

„Das bringst nimmer fertig. Es ist zu felsig. Wart nur fein still! Ich kanns mir denken, was der Fex tan hat. Heraus hat er nimmer können, sonst wär er von den Stämmen derquetscht worden. Er hat unterm Wasser bleiben müssen.“

„So erstickt er ja!“

„Schweig still! Was verstehst davon, ob der König ersticken wird oder net. Nur noch eine Minute warten wir. Dann, wann wir keine Nachricht erhalten, dann ist der König tot.“

„Ich kann nicht warten; ich kann nicht!“

„Was willst machen? Niemand kann helfen als nur der Fex allein. Wann er nicht hat helfen können, so ists dann noch immer Zeit, zu sagen, daß der König ertrunken ist.“

„Ich begreife dich net! Ich kann hier nicht müßig stehen!“

Er wollte abermals fort; aber der Sepp hielt ihn noch fester.

„Nur diese Minute noch! Wenn er gerettet wird, kann er sehr zornig sein, daß du alles im Dorf ausgeschrien hast.“

„Jesus Christus!“ rief jetzt der Italiener. „Dort hinsehn, dort, da!“

Er deutete auf eine Stelle mitten im Strom, wo eine Gestalt auftauchte und sich Mühe gab, auf den Stämmen festen Fuß zu fassen.

„Fex!“ rief der Wurzelsepp. „Ist er gerettet?“

„Ja."
Da warf der Sepp den Hut in die Luft und schrie:
„Juchheirassassa! Hab ichs nicht gesagt? Hab ich nicht recht gehabt? Der Fex, ja, der Fex, das ist der einz'ge Mensch, ders zuwege bringt! — Komm herüber; komm! Ich muß dich umarmen, Fex."
Das war nun freilich leichter gesagt als getan. Der todesmutige Fährmann hatte sich, indem er unter dem Wasser die Augen öffnete, eine Lücke zwischen den Stämmen gesucht, durch die er auftauchen könnte. In der Nähe des Ufers, wo sich Stamm über Stamm türmte, gab es keine solche Möglichkeit. Und als er endlich eine Öffnung fand, war er dem Ersticken nahe. Er schob sich zwischen den Stämmen empor, aber diese drohten zusammenzustoßen, so daß er sicher zermalmt worden wäre. Endlich gelang es ihm, heraufzukommen. Nun sprang er von Stamm zu Stamm. Die mächtigen Klötze drehten sich um sich selbst. Sein Fuß fand also kaum einen Augenblick festen Halt auf dem Holz, und ein jeder Fehltritt hätte seinen sicheren Tod bedeutet. Aber er war mit der Gefahr vertraut, und Gottes Hand waltete über ihm. Er erreichte das Ufer; dort sank er vor Anstrengung sofort zu Boden. Die drei knieten bei ihm und bestürmten ihn mit Fragen. Es war, als ob eine Ohnmacht ihn befallen wolle; aber sein Geist war stark genug, diese Schwäche zu überwinden. Er stand langsam wieder auf und dehnte und streckte sich.
„So eine Gefahr hab ich noch nicht erlebt!" sagte er erschüttert.
„Ist er denn wirklich gerettet?" drängte Wagner.
„Ja, freilich."
„Wo ist er?"
„In Sicherheit."
„So führ uns hin, schnell, schnell!"
„Da würdest wohl Wasser schlucken müssen. Wer zu ihm will, der muß bis auf den Grund des Flusses hinab."

„Da wär — der König — doch tot!“

„Er lebt. Horch drauf, was ich dir sag! Ich hab ein kleins Örtl, ein Versteck, was kein Mensch weiß als nur der Wurzelsepp allein. Dahin hab ich den König bracht. Und weil eben kein Mensch dieses Plätzl kennen darf, so kann ich dich auch net hinführen zu ihm.“

„Aber er ist munter und wohl?“

„Ja. Er sitzt da und raucht eine Zigarre.“

„So sei dem Herrgott Dank!“

„Ja, wann ihr mir gehorcht hättet, so wärs net g'schehn. Aber so vornehme Leut, die wollen halt immer klüger sein also so ein armer Fex.“

„Du hast recht. Auch unser Leben haben wir dir zu verdanken. Wir werden es dir nie vergessen. Erlöse uns nur auch von der Sorge um den König! Er ist doch nicht von den Stämmen verletzt?“

„Gar net.“

„Aber durchnäßt. Er wird sich erkälten.“

„Eine Verkältung ist immer noch besser, als zu ertrinken. Und schau, da kommen schon weniger Stämme. Wann das Wasser wieder frei ist, bring ich ihn wieder her. Ich bin nur kommen, euch zu sagen, daß er gerettet ist. Nun muß ich wieder hin zu ihm.“

Trotz der Anstrengung, die er hinter sich hatte, sprang er aufs neue ins Wasser und tauchte unter. —

König Ludwig war ein ausgezeichneter Schwimmer. Als er von der Steuerbank herab in das Wasser geschleudert wurde, verlor er keineswegs die Besinnung, sondern tauchte unter, weil er sich sagte, daß er sonst von den Stämmen zermalmt werden müsse. Der einzige Rettungsweg schien ihm, hinter der Fähre wieder emporzutauchen. Darum schwamm er unter Wasser gegen den Strom, um nicht fortgetrieben zu werden. Als er die Fähre erreicht zu haben glaubte, tauchte er vorsichtig auf, fühlte aber wirbelnde Stämme über sich. Er hatte die Richtung verfehlt, denn er hatte sich nicht geübt, unter dem Wasser seine Augen zu gebrauchen. Schon drohte ihm der Atem auszugehen. Er schien nur die gräßliche Wahl zu haben zwischen dem Tod des Erstickens oder dem des Zermalmtwerdens zwischen den wirbelnden Stämmen. Obwohl er die Augen geschlossen hielt, glaubte er eine hell purpurne, von goldenen Lichtern durchblitzte Fläche zu sehen. Das war ein sicheres Zeichen, daß aus den von der Luft aufgetriebenen Lungen ihm das Blut nach dem Gehirn gepreßt wurde.

Ein leises Singen und Klingen hob vor seinen Ohren an. Da fühlte er einen menschlichen Körper neben sich; er wurde bei den Haaren ergriffen, wie ein bedachtsamer Mensch einen Ertrinkenden packt — der Retter war da, der Wasserfex.

Mit Gewalt schloß der König den Mund, um den Atem noch nicht entweichen zu lassen, denn tat er das, so war er verloren. Obwohl bei den geschlossenen Augen eine Beobachtung der räumlichen Verhältnisse unmöglich war, fühlte er doch, daß er mit großer Geschwindigkeit fortgerissen wurde. Dann stieß er erst rechts, nachher links an scharfe, harte Felsenkanten und wurde schließlich emporgezogen.

Es war ihm nicht mehr möglich, den Atem zu halten. Er stieß ihn aus und hörte ein lautes, gurgelndes Quirlen; dann drang ihm das Wasser in den Mund — aber nur einen Augenblick lang. Er hatte gefühlt: das war der Tod. Ein lauter Schrei der Angst, den er wunderbarerweise selber so deutlich vernahm, als ob er sich nicht mehr im Wasser befinde. Luft, Luft, erquickende, belebende Luft drang wie ein gewaltiger, greifbarer Strom in seine leere Lunge. Er öffnete die Augen — finster, schwarz war es um ihn; sein Körper befand sich im Wasser, aber sein Kopf ragte daraus hervor, an den Haaren gehalten von einer kräftigen Hand, und zugleich fragte eine Stimme über ihm:

„Bist noch bei Sinnen? Hörst mich?“

„Ja", stieß er hervor. „Wo bin ich?"

„Gott sei Dank, daß du noch lebst! Bist jetzt in Sicherheit. Kennst mich nicht an meiner Stimm?"

„Fex?"

„Ja. Ich konnt dich net übers Wasser in die Höh bringen, sonst wärst von den Balken und Stämmen totgequetscht worden. Darum bin ich mit dir unter dem Wasser fort bis hier herein in meine Kapelle."

„In eine Kapelle?" fragte der König erstaunt.

„Ja. Aber bevor ich dich hereinlaß, mußt mir versprechen, daß du keinem Menschen etwas sagst, wo du jetzt gewesen bist."

„Ich werde schweigen."

„Gut! Weißt, jetzt laß ich deinen Kopf los. Du brauchst nur hochzugreifen an den Stein, auf dem ich lieg, und heranzuklettern. Es geht ganz leicht. Faß an!"

Der König fühlte, daß er sich am Ende der Felsenritze befand, in die der Fex ihn gezogen hatte und bis zu der das Wasser des Flusses reichte. Er langte mit den Armen nach dem Stein über sich und zog sich hinauf. Da saß er nun neben dem Fex, in tiefem Dunkel und ebenso tiefer Stille. Das Rauschen des Wassers war hier nicht mehr zu hören.

„So, jetzt bist heroben", sagte der Fex. „Dein Wort hab ich, daß du mich nicht verraten willst, und nun wart nur noch ein ganz klein wenig, nachher wirst gleich sehn, wo du bist."

Der Fex entfernte sich. Der König hörte einen Schlüssel klirren und dann eine eiserne Angel kreischen. Es raschelte wie Papier; dann ein hohler, klingender Ton, als ob man an ein Streichinstrument, an eine Geige oder eine Gitarre stößt. Die Angel kreischte, der Schlüssel klirrte wieder. Im Dunkel blitzte es auf. Der Fex brannte mit einem Streichholz eine Lampe an.

Jetzt war es hell in dem geheimnisvollen Raum. Ludwig sah sich um. Er befand sich in einem Gelaß, vielleicht drei Meter lang und ebenso breit, dabei nicht ganz so hoch. In der Mitte waren vier Pfähle in den Felsboden getrieben und über diese als Tisch mehrere zusammengestoßene Bretter genagelt. In der Nähe standen drei Stühle, aus Knüppeln zusammengefügt. Neben der Lampe, die der Fex auf den Tisch gesetzt hatte, lag ein kleines Schächtelchen aus dünner Pappe. In der Ecke sah der König ein Beil, einen Hammer und einige andere Werkzeuge und Gebrauchsgegenstände.

Da vorn, wo er in triefenden Kleidern am Boden saß, blinkte die finstere Flut des Flusses aus dem Felsenspalt empor. Den Abschluß bildete nicht, wie an den drei andern Seiten, eine Felsenwand, sondern eine Steinmauer, die, wie man auf den ersten Blick bemerken konnte, aus schlechtem Material mit vieler Mühe aufgeführt worden war. In dieser Mauer befand sich eine Tür, aus alten Latten und Holzstangen behelfsmäßig zusammengenagelt.

Der König erhob sich vom Boden und trat näher an den Tisch heran.

„Nicht wahr", lächelte der Fex, „hier ists besser, als da drunten im Wasser? Jetzt setz dich halt nieder und wart, bis ich wiederkomm!"

„Du willst fort?"

„Ich muß doch deinen zwei Kameraden sagen, daß du in Sicherheit bist. Sonst rennens ins Dorf und machen einen Lärm, daß die Mäus und Ratten davonlaufen."

„Da hast du recht. Es darf kein Mensch erfahren, was geschehn ist. Du weißt zwar noch nicht, wer ich bin, aber wenn du es später erfahren wirst, so — — —"

„Meinst, daß ich es wirklich net weiß?" unterbrach ihn der Fex lächelnd.

„Hast du mich schon einmal gesehn?"

„Nein. Der Wurzelsepp hat mirs gesagt."

„Die Plaudertasche!"

„Nein, er ist kein Schwätzer. Er hats mir nur deshalb gesagt, daß ich bei der Überfahrt recht gut acht auf dich geben soll. Und er hätts mir net gesagt, wann er net wüßt, daß ichs keinem verrat."

„Das wünsche ich auch. Und vor allen Dingen soll kein Mensch erfahren, daß ich mich heut in so einer Gefahr befunden habe."

„Kannst dich gut auf mich verlassen. Ich bin still wie ein Karpfen im Teich. Nun aber muß ich fort, sonst machen die andern Dummheiten."

„Warum soll ich nicht lieber gleich mit?"

„Weil jetzt noch die Stämme draußen vor meiner Kapelle vorüberschwimmen. Da könnt dich einer treffen und dann wärst mausetot."

„Aber dich kann doch ebensogut einer treffen!"

„Mich?" lachte der Fex. „Da kennst mich schlecht. Ich bin im Wasser wie auf dem Kanapee. Mir tuts nix. Wir müssen wegen deiner noch warten bis das Holz vorüber ist. Nachher kannst fort, eher net. Und damit du etwas zu tun hast, bis ich zurückkehr, will ich dir hier eine gute Arbeit geben, damit du dir die Zeit vertreibst."

Er zog einen Stein aus der Mauer und nahm ein kleines, in Wachsleinen eingeschlagenes Paketchen heraus.

„Hier hast!" meinte er. „Kannst dir eine Zigarre anstecken. Das ist eine, die auch schon der König einmal rauchen kann. Vielleicht ist sie gar aus der Kiste, aus der du selber g'raucht hast."

„So! Woher hast du sie?"

„Das werd ich dir wohl gleich sagen, he?" spottete der Fex gutmütig. „Nein, die Bezugsquelle kann ich dir nicht verraten, sonst erhalt ich keine mehr. Verstehst mich wohl?"

„Sollte man es denken? Zigarren von mir!" lächelte der König, indem er das Päckchen öffnete.

„Ja, vielleicht. Gewiß weiß ichs a net. Aber kannst mirs schon gönnen. Unsereiner will auch einmal einen guten Geruch vor der Nase haben. Und nun geh ich. Hab keine Angst um mich, ich komm bald wieder. Und wann dich bei der Nässe frieren sollt, so strample hier so hin und schlag die Ärmel zusammen! Das macht warm."

Er stieg in das Wasser hinab, tauchte unter und verschwand.

Dem König war es eigentümlich zumut. Er fühlte weder Nässe noch Kälte. Seine ganze Aufmerksamkeit war gefangengenommen von dem Abenteuer.

Es verstand sich von selbst, daß hier ein Geheimnis obwaltete. Warum nannte der Fex diesen unterirdischen Raum seine ‚Kapelle'? War er zu irgendeiner Art von Andacht bestimmt?

Der König ergriff das Schächtelchen, das auf dem Tisch lag. Es enthielt Kolophonium. Wozu das? Die Fläche dieses Geigenharzes war nicht glatt; es ließ erkennen, daß mit einem Violinbogen darüberhin gestrichen worden sei. War der Fex musikalisch? Spielte er hier unten Violine?

Ludwig trat zu der Tür. Dahinter war es dunkel. Er nahm die Lampe und leuchtete hin. Aber die Zwischenräume der Latten waren so eng, daß kein genügendes Licht hindurchdringen konnte.

Jetzt untersuchte er das Schloß. Es war ein altes Hängeschloß; der Fex hatte den Schlüssel abgezogen; es war geschlossen. Aber die eiserne Krampe, in der der Bügel des Schlosses hing, schien nicht sehr fest in der halb verfaulten Latte zu stecken. Ludwig rüttelte ein wenig daran, und siehe, die Krampe gab nach; man hätte sie leicht herausziehen können.

Jetzt vermochte der König die Tür zu öffnen. Aber durfte er? Hatte er ein Recht, in die Geheimnisse seines Retters einzudringen?

Er legte sich diese Frage vor. Gleichzeitig aber sagte er sich, daß es für den Fex von Nutzen sein konnte, wenn gerade er dem Geheimnis auf den Grund ging.

Ludwig zog also den Haspen heraus. Die Lampe in der Hand, trat er ein.

Er sah sich in einem Raum, der ebenso groß war, wie

der vordere, eine Seite gemauert, und die drei anderen Felsen. Die Decke wurde von starken eng nebeneinander liegenden Holzknüppeln gehalten. Oben in der einen Ecke gab es ein Loch, das wohl nach außen führte, der notwendigen Lüftung wegen. Davor war der siebartige Schlauch einer alten Netzkanne angebracht, der der Luft den Zutritt gestattete, aber verhinderte, daß irgendein Tier hätte eindringen können.

Links befand sich ein Mooslager am Boden, das aus langem, weichem getrocknetem Wassermoos bestand. Darauf entdeckte der König eine Violine, einen Bogen und mehrere gedruckte Notenhefte.

Der König öffnete eines der Notenhefte. Es enthielt Violinstücke, die nur ein sehr tüchtiger Geiger spielen konnte. Wie kam der Fex dazu?

In der Nähe des Lagers sah der König eine alte Kiste, die auch mittels eines Hängeschlosses verschlossen war. Darauf stand eine mit Öl gefüllte Flasche.

Rechts von dem Bett, an der anderen Wand, befand sich ein kastenartiger Gegenstand, der mit einem alten Tuch zugedeckt war. Darüber hing an der Wand ein rohgeschnitztes Holzkreuz und ein Bild, das den Heiland mit der Dornenkrone darstellte.

Hatten diese Gegenstände Bezug auf den Namen ‚Kapelle‘, den der Fex diesem Raum gab?

Ludwig stellte die Lampe auf die Kiste, um beide Hände frei zu haben, und zog das Tuch fort.

„Mein Himmel!“ entfuhr es ihm.

Er trat erschrocken zurück und war totenbleich geworden. Der Kasten, den er jetzt erblickte, war ohne Deckel und enthielt — eine weibliche Leiche.

Sie konnte erst vor wenigen Stunden gestorben sein, so frisch sah sie aus und so gar keine Spur von Fäulnis zeigte sie.

Es war eine Frau, die wohl nicht über dreißig Jahre alt geworden war, aber doch älter erschien; denn ihre

Züge zeigten die Merkmale der Zigeuner, deren Frauen schnell altern. Sie hatte die braunen Hände unterhalb der Brust gefaltet, und volles schwarzes Haar floß ihr vom Scheitel über die Wangen herab bis fast auf die Füße. Eingehüllt war die Gestalt in ein altes Bettuch, oft geflickt, und trotzdem noch von vielen Rissen und Löchern durchzogen.

Da erklang es hinter dem König wie rauschendes, tropfendes Wasser.

„Herrgott!“ rief eine Stimme draußen.

Der König drehte sich um. Er sah den Kopf seines Retters über dem Wasser. Der Leib steckte noch darin.

„Komm herauf!“ gebot er ernst.

Der Fex schwang sich aufs Trockene. Seine Augen blitzten.

„Hier herein bist du gangen? Das Schloß hast aufbrochen? Wer hat dir das erlaubt?“ fragte er hitzig.

„Niemand. Ich hab es aus eigenem Antrieb getan“, erwiderte Ludwig finster.

„So! Hast ein Recht dazu?“ grollte Fex.

„Vielleicht sogar eine Pflicht!“

„Eine Pflicht? Diese Stube ist nur allein mein. Sie gehört keinem andern. Sie ist meine Kirche und meine Kapelle, in der ich bet, wann mir das Herz schwer geworden ist.“

„Und in diesem Heiligtum tötest du Menschen?“

„Töten? Ich?“ fuhr der Fex auf.

„Ja. Oder ist diese Frau heut ertrunken und hast du sie hier hereingeschafft?“

„Heut?“

„Sie kann erst heut gestorben sein!“

Der Fex sah ihn ruhig an.

„Fühl einmal ihr Gesicht an!“

Der König tat es. Das Gesicht war kalt und hart wie Stein. Ihn schauderte.

„Klopf auf die Hand!“

Auch das tat der König. Es gab einen Ton, als wenn man auf Stein klopfte.

„Sie ist versteinert!" sagte er überrascht.

„Ja. Es ist lange Zeit her, daß sie gestorben ist."

„Und wie und warum hast du sie hierhergeschafft?"

„Das werd ich dir sagen. Aber du mußt mir versprechen, es nimmer zu verraten."

„Dieses Versprechen kann ich nicht geben."

„Warum net?"

„Es kann sich hier um ein Verbrechen handeln, und überhaupt ist es geboten, daß eine Leiche in geweihter Erde begraben wird."

„So! — Warum habens dieser die geweihte Erde versagt?"

„Man hat sie ihr versagt?"

„Ja, weil sie eine Heidin gewesen ist, eine Zigeunerin. Darum ist sie eingescharrt worden da, wo sie verhungert und erfroren ist. Da oben ist ihr Grab gewesen, grad über uns. Das hat sich gesenkt, tiefer und immer tiefer, denn unter dem Grab ist der Felsen hohl gewesen, und endlich ist die Leich hinuntergestürzt, hier herein, wo sie jetzt liegt."

„Und das hat man nicht bemerkt?"

„Nein. Erst ist gar kein Mensch heraufkommen an den verfluchten Ort. Nachher ist das auch nur ganz selten gewesen. Ich aber bin alle Tag am Grab gesessen, wann ich net hab überfahren müssen. Als ich gemerkt hab, daß die Leiche hier einbrochen ist, bin ich nachklettert und hab entdeckt, daß hier herunten der Stein hohl ist und daß man vom Fluß hereingelangen kann. Nachher hab ich gleich in der Nacht das Grab so vorgericht, daß man nix sehn konnt. Und später hab ich hier herinnen die Stube gebaut und alles so gemacht, wie es jetzt ist."

„Sonderbar! Warum fühlst du solche Teilnahme an dieser Toten?"

„Sie ist doch meine Mutter."

„Unmöglich! Du kannst nicht der Sohn der Zigeunerin sein."

„Warum?"

„Du bist blond und hast kaukasischen Gesichtsschnitt."

Über die hübschen Züge des Fex glitt ein verschmitztes Lächeln; doch nahm er sofort wieder sein gewöhnliches, törichtes Gesicht an.

„Was du da sagst, versteh ich net. Ich weiß gewiß, daß sie meine Mutter ist. Und ich muß es doch besser wissen als du, wannst auch der König bist."

Ludwig fragte ihn nach seiner Vergangenheit und bekam soviel Auskunft, wie der Fex für nötig hielt. Er sagte ihm keineswegs alles, was er ihm hätte mitteilen können.

„Und nun, net wahr, die Mutter darf hier liegen bleiben?"

„Darüber will ich jetzt noch nicht entscheiden. Hast du denn hier geschlafen?"

„Ja."

„Neben der Leiche?"

„Warum net? Meinst, daß ich mich vor der Mutter fürchten sollt? Nein, das tu ich net. Wann ich mich niedergelegt hab, und wann ich aufgestanden bin, hab ich vor ihr gebetet, und der Herrgott wird mir die Lieb antun, ihrs zu vergeben, daß sie eine Zigeunerin war."

Der König war tief gerührt.

„Du bist ein braver Bub!" sagte er. „Ich verdanke dir heute mein Leben und ich fühle für dich eine solche Teilnahme, daß ich versuchen will, dir ein freundliches Dasein zu verschaffen. Willst du?"

Der Fex blickte sinnend vor sich hin. Es dauerte eine Weile, ehe er antwortete.

„Weißt, ich machs wie du; ich muß es mir vorerst überlegen."

„Erst überlegen?" fragte Ludwig erstaunt.

„Ja."

„Das begreife ich nicht!"

„Wirsts bald begreifen, wann ich dirs sag. Weißt, ich hab den Fluß liebgewonnen und die Mühle und diese Kapelle hier und den Wald und alles, wo ich bin, und was ich kann. Ich möcht gar nimmer fort von hier."

„Nun, du kannst ja hierbleiben."

„Meinst? Das wär schön."

„Ja. Deine Lebenslage kann ja besser werden, ohne daß du dadurch gezwungen wirst, den Ort zu verlassen, der dir eine zweite Heimat geworden ist. Ich werde darüber nachdenken. Aber ich kann noch nicht begreifen, wie du hier schlafen magst. Du bist doch völlig naß, wenn du hier aus dem Wasser steigst!"

„Da zieh ich mich halt aus. Und da in der Kisten hab ich ein Tuch, in das ich mich einwickle."

„So, so! Und wem gehört diese Violine?"

„Mir."

„Kannst du spielen?"

„So ein wenig darauf herumpatschen kann ich schon. Wann ich nur erst die Noten könnt und die Tonleiter dazu! So weit aber werd ichs all mein Lebtag nicht bringen!"

„Du hast doch aber Noten hier!"

„Die hat in voriger Zeit ein Badegast zurückgelassen, der in der Mühle gewohnt hat. Ich hab sie hier eingeschmuggelt; aber was die vielen Notenköpfe und Striche zu bedeuten haben, das weiß ich net und brings auch net heraus."

„Ja, diese Noten wirst du niemals spielen lernen", lächelte Ludwig zustimmend.

„Meinst wirklich?" fragte der Fex mit der Miene eines Menschen, der auf alles verzichtet.

„Wer diese Stücke geigen kann, der ist ein Künstler." Dabei blätterte der König in den Noten und fügte hinzu: „Wenigstens ist er der Künstlerschaft sehr nahe. Aber wenn du solche Lust zur Musik hast, geh doch zum Kantor! Vielleicht zeigt er dir die nötigsten Griffe."

„Oh, das hat er auch tan."

„Und hat es nichts genützt?“

„Du sagst ja selber, daß ich diese Sachen nimmer spielen lerne.“

„Nun, es müssen nicht grad solche schweren Stücke sein. Vielleicht kannst du einen Lehrer erhalten, unter dessen Leitung du es mit der Zeit so weit bringst, daß du in eine Musikkapelle treten und dir dein Brot verdienen kannst. Wir werden darüber noch sprechen. Einstweilen aber wollen wir uns gegenseitig das tiefste Schweigen geloben.“

Er lächelte den Fex so gütig an, daß diesem das Herz aufgehen wollte. Dennoch drängte er seine Sehnsucht nach Mitteilung zurück.

„Ja, ich sag nix, daß du heut fast ertrunken wärst, aber du mußt auch schweigen!“

„Ich verrate deine Kapelle nicht. Wenigstens werde ich keinem Menschen etwas darüber mitteilen, bis ich nicht vorher mit dir gesprochen habe. Aber es wird mir kalt. Meinst du, daß wir noch lange warten müssen?“

„Ich werd nachschaun. Als ich vorhin wiederkam, ist das Holz beinahe schon vorüber gewesen.“ Er verschwand im Wasser, kehrte aber sehr bald zurück und meldete: „Du kannst mitkommen. Es schwimmt zwar noch zuweilen ein Stamm vorüber, aber das hat schon nix zu sagen; dem weichen wir halt aus. Jetzt werd ich vorerst meine Kapelle in Ordnung bringen.“

Er pochte die Krampe wieder fest und nahm dann die Lampe, um sie auszulöschen, sagte jedoch vorher:

„Nun kanns fortgehn. Also jetzt tauchen wir da hinab. Du brauchst nur den Mund zu schließen und mir die Hand zu geben. Nachher bring ich dich schon dahin, wo du hin gehörst.“

„Schwimmst du wieder unter dem Wasser?“

„Nein; das ist jetzt nicht mehr nötig. Wann wir hinaus in den Fluß sind, tauchen wir gleich empor. Nachher kannst neben mir aufwärts schwimmen bis dahin, wo der Wagner ist!“

„So kennst du auch den?“

„Ja, der Sepp hats gesagt, wer er ist. Also komm!“

Er blies die Lampe aus und setzte sie auf den Tisch. Dann schritt er dem König voran nach der Stelle, an der das Wasser begann. Er stieg hinein, und Ludwig folgte.

„Jetzt mach den Mund zu und hol nimmer Atem, bis wir oben sind.“

Er faßte ihn beim Arm und zog ihn hinab. Das Wasser schloß sich über ihnen. Der König fühlte, daß er durch die Felsspalte hinaus in den Fluß geleitet wurde.

„Nun kannst wieder Luft schnappen“, hörte er den Fex neben sich sagen.

Der König öffnete die Augen. Der Mond war am Himmel aufgestiegen, und seine Strahlen drangen zwischen den Wipfeln der Bäume und den Felsen bis zu dem Fluß, so daß dessen Oberfläche glitzerte und flimmerte wie flüssiges Silber.

Beide schwammen rüstig aufwärts, bis dahin, wo die Felswand endete und die Fähre lag.

Wagner war so ergriffen, daß er fast niedersank.

„Dem Himmel sei Dank!“ sagte er mit bebender Stimme. „Was ich in dieser Zeit gebangt habe, ist unbeschreiblich.“

Der Italiener war still. Er fand in diesem Augenblick keine Worte, um seinen Gefühlen Ausdruck zu geben. Der König reichte beiden die Hand.

„Mir ists wie im Traum. Ich habe Gräßliches erlebt, und doch ist es mir, als sei ich der Held eines Märchens aus Tausend und einer Nacht gewesen.“

„Wo haben Majestät die rettende Freistatt gefunden?“

„Hier bei diesem braven, kühnen, jungen Mann, dem ich nicht genug dankbar sein kann. Über die Einzelheiten der Rettung aber wollen wir schweigen. Überhaupt wünsche ich, daß nie, wenigstens solange ich lebe, jemand erfahre, was heut abend hier geschehen ist.“

Er reichte auch dem Fex die Hand.

„Ich werde deiner nicht vergessen. Ich wohne hier einige Zeit, und so sehen wir uns bald wieder. Nun aber wollen wir schleunigst gehen, damit die Kälte und Nässe mir nicht ebenso gefährlich oder noch gefährlicher werden als der Sturz ins Wasser. Ich muß mich sofort umkleiden."

Sie brachen auf. Auch der Wurzelsepp trat wieder hinter den Sträuchern hervor, wohin er sich bei der Ankunft Ludwigs zurückgezogen hatte, und sagte vergnügt zu Fex:

„Jetzt möcht ich singen vor Freude, daß dir alles so gut geglückt ist, Fex. Ich hab eine Angst ausgestanden, die ich gar net hab merken lassen dürfen. Jetzt aber ist dein Glück gemacht. Der König wird dir dankbar sein, und du wirst ein Mann werden, vor dem man den Hut abzieht und die Zipfelmütze auch noch dazu."

„Und ich wollt, es wär gar nicht geschehn", sann der Fex traurig.

„Warum? Aus Sorg um den König?"

„Nein, sondern wegen meiner."

„Nun, du brauchst doch net zornig zu sein, daß du der Retter des Königs geworden bist!"

„Nein, aber darüber, daß er meine Kapelle gesehn hat."

„Ja, du konntest ihn nicht anders retten; du mußtest ihn da hineinbringen. Und wann die Höhl net gewesen wär, hätt er elend ersaufen müssen. Aber er hat doch wohl nicht alls gesehn?"

„Alls! Das eben ists, was mich ärgert."

„So bist du selber schuld!"

„Ich? Meinst?"

„Ja, sonst hätt ers nicht finden können!"

„Schau, wie klug du redst! Nix hab ich ihm gezeigt, gar nix! Ich hab ihn am Rand sitzen lassen in der Finsternis und sogar erst die Geige und die Noten fortgeschafft, bevor ich Licht angezündet hab. Aber nachher, als ich hierhergeschwommen bin, um zu sagen, daß er gerettet ist, hat er die Türe mit Gewalt aufgemacht und sich in der Kapelle umgeschaut. Ich bin grad dazu gekommen, als er das Tuch von der Leiche weggenommen und sie betrachtet hat."

„Himmelsakra!"

„Ja, so ists!"

„Was hat er denn da drinnen zu suchen? Muß der König seine Nase in jeds Mauslöcherl stecken? Nun ists verraten, alles, alles!"

„Nein, nix ist verraten."

„Hat er dich denn net gefragt?"

„Freilich. Er hat mich ausgefragt, und ich hab ihm gesagt, daß es meine Mutter sei, und daß das Grab eingefallen ist und ich hab dabei die Höhle entdeckt."

„Weiter nix?"

„Gar nix."

„Weiß er net, daß man auch noch anders, als bloß durchs Wasser in die Höhle gelangen kann?"

„Nein, ich werd mich hüten, es ihm zu sagen."

„Und daß auch ich heimlich mitgebaut hab, um die Kapelle fertigzubringen?"

„Auch da hab i geschwiegen."

„Das ist recht. Aber die Geige hat er gesehn. Nun ists verraten, wer des Nachts unter der Erd die Musik macht."

„Das weiß er nun freilich; aber er wird nix sagen. Er hat mirs versprochen. Und ob die Leich da liegenbleiben darf, das will er sich auch noch überlegen."

„Er mag sie lassen, wo sie ist. Was geht ihn die Zigeunerin an? Hat sich bisher kein Mensch um sie gekümmert, braucht auch nun sich niemand einzumischen. Wie stets denn nun mit uns? Bleibst noch hier?"

„Na. Jetzt fahrt kein Mensch mehr über. Und wann wirklich einer kommen sollt, so mag er rufen; ich werds hören. Komm mit, Sepp!"

Sie gingen in die Büsche hinein und um den Felsen, auf dessen Höhe sich das Grab befand. Hier standen am Fuß des Felsens dichte Sträucher, unter denen sich allerlei Steingeröll angesammelt hatte.

Der Fex kauerte nieder und scharrte die Steine zur Seite. Unter ihnen kam ein breites Brett zum Vorschein. Als er auch das entfernt hatte, tat sich dahinter eine Öffnung auf, gerade weit genug, einen Mann hinein zu lassen.

„Jetzt schlupf ein!" sagte er zum Sepp. „Ich komm hinterher."

Der Wurzelsepp verschwand in dem Loch, nach ihm der Fex, der das Brett über sich auf die Öffnung legte. Unter dem tiefen Schatten der Büsche konnte man trotz dem Vollmond nicht bemerken, daß hier am Erdboden eine Veränderung vorgegangen sei. Die Lage des Orts ließ auch mit Sicherheit darauf rechnen, daß, wenigstens jetzt am Abend, niemand den Fuß an diese Stelle setzen werde.

Der enge Gang war mit Stufen versehen. Er führte in die zweite Kammer und mündete an der Stelle, an der die Kiste stand. Vorher war es eine mit lockerer Erde gefüllte Felsenritze gewesen. Der Fex hatte die Erde nach und nach in den Fluß geworfen und so den Gang hergestellt.

Der Wurzelsepp kannte sich hier gut aus. Unten angekommen, schob er die Kiste beiseite und kroch in die hintere Kammer. Der Fex folgte nach. Indem er durch ein kleines Loch neben dem Hängeschloß griff, konnte er es öffnen und die Tür aufschieben. Dann nahm er Streichhölzer hinter dem Stein hervor, hinter dem auch die Zigarren gesteckt hatten, und brannte die Lampe an.

Sepp bemerkte die Zigarren auf dem Tisch.

„Hat er eine geraucht?" fragte er.

„Nein."

„Sie wären ihm wohl sehr bekannt vorgekommen; darum ists besser, daß er sie gar net kostet hat."

Der Fex hütete sich, ihm zu sagen, daß er gegen den König geplaudert habe, und kehrte in die hintere Kammer zurück, um die Kiste wieder vor die Öffnung zu schieben. Indessen trat der Sepp an die Tote heran, zog das Tuch weg und betrachtete sie.

„Wirst heut wieder hier schlafen?" fragte ihn der Fex.

„Ja. Zu zweien gehts. Aber allein, wie du, möcht ich doch net hier liegen. Ich glaub, mir träumt von lauter Geistern und Gespenstern."

„Das hat auch mir oft träumt; aber ich fürcht mich net."

„Ja, dafür ists auch deine Mutter."

Der Fex warf einen langen Blick auf das Gesicht der Toten und dann einen ebenso langen auf den Sepp.

„Schau!" sagte er leise. „Du hast mich oft gefragt nach den früheren Zeiten, und ich hab dir nix gesagt, obwohl du mein bester Freund bist. Heut, da nun auch der König meine Heimlichkeit gesehn hat, will ichs dir sagen — daß diese Frau nicht meine Mutter ist."

„Net?" meinte der Sepp erstaunt.

„Nein, sie ists net. Meine Mutter war weiß im Gsicht und hat Haar gehabt, wie ich so blond, und Augen wie der Himmel. Diese hier hab i net anders als Südana genannt und bin mit ihr aus weiter Ferne herkommen. Als sie mir den Müller zum erstenmal zeigt hat, da hat sie die Hand geballt und dabei ausgeruft: ‚Je lukrul Drakului!' Und nachher, als er sie ermordet hat, hab i sie rufen gehört: ‚Aschutoriu!' Dieselbe Sprach hab i damals auch verstanden; nun aber hab ich sie vergessen und weiß gar net mehr, was diese Worte zu bedeuten haben. Wann is noch wüßt, so könnt i auch sagen, in welchem Land i geboren bin."

Der Wurzelsepp starrte ihn erschrocken an.

„Was sagst!" rief er aus. „Der Müller hat die da ermordet? Warum zeigst ihn da net an?"

„Weils doch nix helfen tät. Ich war ein kleiner Bub, der noch net Deutsch reden konnt, und meine Sprach habens net verstanden. Und nachher wärs doch zu spät gewesen. Auch hab i net gleich gewußt, daß er sie getötet hat. Es ist mir erst später so in den Sinn kommen."

„Aber wie ists dabei zugegangen?"

„Ich bin hier unten am Wasser gesessen und die Südana

oben auf dem Stein. Da auf einmal hat sie laut aufgeschrien: ‚Aschutoriu', und ich bin hinaufgeklettert. Als ich oben ankam, hat sie da am Boden gelegen und der Müller hat auf ihr kniet und ein Gesicht gemacht, so schlimm, daß i mi vor Angst hinter einem Stein versteckt hab. Er hat ihr die Taschen ausgsucht und sie nachher liegen lassen. Als er fort war, bin ich zu ihr hingangen und hab glaubt, sie schlaft. So bin ich bei ihr gsessen wohl mehrere Tag, bis sie uns gfunden haben; dann ward sie eingescharrt. Erst später, als ich hab besser nachdenken können, ist mir der Gedank kommen, daß er sie totgemacht hat. Das übrige weißt."

„So würd ich noch heut die Anzeig machen."

„Nein, das fallt mir nicht ein. Ich hab meine Ursach, daß i schweig. Es wird wohl die Zeit auch kommen, wo i reden kann."

„So weißt halt noch mehr, was du mir net sagst?"

„Ja. Auch selbst du sollst noch nicht alles wissen. Ich hab eine Rechnung mit dem Müller, und bevor ich die mit ihm abschließen kann, muß i noch viel aufpassen und viel erfahren."

„Drum duldest die Behandlung, die du bei ihm hast!"

„Ja, darum, und auch noch wegen was anderm. Aber jetzt wollen wir die Toten tot sein lassen und lieber eine Musi machen."

„Ja. — Du hast doch versprochen, mir heut was ganz Extrafeines vorzugeigen, was ich noch net gehört hab."

„Das kann net jetzt gleich losgehn. Da muß i erst vorher den Spitzbub machen."

„Was fallt dir ein! Wirst doch net etwa gar das Stehlen anfangen?"

„Nein, das Stehlen net, aber ähnlich ists. Ich werd mir nämlich die Violin und die Noten vom Konzertmeister borgen."

„Wird er sie dir geben?"

„Ich frag ihn gar net. Ich geh in seine Stub und hol sie

mir. Dann trag ich sie ihm wieder hin, bevor es Morgen worden ist."

„Und wenn er dich dabei derwischt?"

„Das tut er net, du wirst Wach stehn."

„Hör, damit laß mich aus! Da mach i net mit."

„So geh ich allein."

„Ich bitt dich, laß es lieber sein! Wann du ertappt wirst, so steckens dich ins Loch."

„Das laß meine Sach sein! Jetzt, da nimm deine Zither her! Wir wollen beginnen. Es ist eine sehr lange Zeit schon, daß wir nimmer zsammen gespielt haben. Heut wollen wir uns eine Güte tun und denken, der König hört uns zu."

„Ja, aber helfen tuts dir nix. Der liebe Herrgott hat dir ein Talent für die Musik geben. Du könntst die allererste Vigolinen geigen im Dorschester beim Hoftheater, aber du bist wie angeleimt hier an den Fluß und an die Mühle. Was hilfts da, wann du so gut spielen lernst wie zwei Virtuosen zsammengenommen! Es wird doch nix aus dir, als nur der Wasserfex! Aber i will mich heut nicht räsonnieren. Nimm deine Kolatschigeigen her! Wir wollen stimmen."

Der alte Wurzelhändler griff nach seiner Zither, die er vorhin auf den Tisch gelegt hatte, und nachdem die beiden Instrumente auf den gleichen Ton gestimmt worden waren, begannen die wunderlichen Freunde zu spielen.

*

Indessen hatte Ludwig sich umgekleidet und einige Gläser Glühwein getrunken. Wagner hatte ihn gebeten, das Lager aufzusuchen, um zu schwitzen, und so einer Erkältung zu begegnen. Ludwig aber, der auf seine kräftige Körperbeschaffenheit vertraute, war nicht dazu zu bringen gewesen.

Dann hatten die beiden ihr Abendessen eingenommen, und später stellte sich der Italiener ein, um mit Richard Wagner zu musizieren.

Dabei war es spät geworden. Die Töne schwiegen, und die drei Herren traten noch hinaus ins Freie, um den herrlichen Anblick der Vollmondlandschaft zu genießen. Der Fluß schimmerte in seinen Windungen wie der Schleier einer Fee aus dem Dunkel des Waldrandes heraus. Leichte Wolken schwebten dahin, und ihre Schatten huschten geisterhaft über Wasser und Wiese, über Wald und Feld. Es war nicht kalt, und trotz der Nähe des Flusses lag nicht eine Spur feuchten Nebels im nächtlich feiernden Tal.

Der König schritt langsam von der Tür fort und den Abhang hinunter. Die beiden andern folgten. Richard Wagner flüsterte dem Italiener zu:

„Er liebt diese monddurchglänzten Nächte. Wir dürfen ihn nicht stören, aber folgen wollen wir ihm doch."

Ludwig ging langsam in der Richtung der Mühle und bog dann rechts nach dem Fluß ein, als ob es ihn nach dem Ort ziehe, an dem heut sein Leben in einer so großen Gefahr geschwebt hatte.

Beinah an der Fähre angekommen, blieb er lauschend stehen; dann wandte er sich nach links dem Felsen zu. Als die beiden andern die Stelle erreichten, an der auch der König verweilt hatte, hielt der Konzertmeister seinen Schritt an und ergriff den Arm Wagners.

„Halt! Fermatevi! Hören Sie was?"

Wagner lauschte.

„Ja. Es ist wie Musik."

„Es sein Musik von die Gespensten."

„Sie scherzen!"

„Wie? Ich machen Scherz? Burla, baja, celia? Nein, ich sprechen ernst, sehr ernst, sehr, sehr!"

Da winkte der König. Beide eilten zu ihm. Er stand am Fuß des Felsens.

„Haben Sie schon gehört?" fragte er.

„Ja", antwortete der Italiener.

„Was halten Sie davon?"

„Es sein Musiken von Gespensten", wiederholte der Konzertmeister. „Von Geist, larva ombra!"

„Daran glauben Sie doch selbst nicht!"

„Nicht? Oh, glauben daran, sehr, sehr! Ich wissen genau, daß wahr sein!"

„Von welchem Gespenst sprechen Sie?"

„Von einer Zigeunerin, Gitana, Zingarita. Sie sein da oben begraben und spiel in der Nacht Violin im Grab."

„Das ist ein Wahnglaube."

„Nein, es sein Wahrheit. Majestät kommen mit herauf! Hören oben viel besser das Musiken, als da unten, abbasso!"

Er stieg aufwärts, und die beiden anderen folgten.

Rund um den Rand des Felsens standen Büsche. In der Mitte war ein freier Platz, und da lag der Grabhügel, unter dem, wie der König wohl wußte, keine Leiche mehr war. Sie hörten die Töne jetzt viel deutlicher als vorher. Wagner kniete nieder und legte das Ohr an die Erde.

„Wunderbar!" sagte er dann. „Man kann die einzelnen Töne nicht unterscheiden, aber ich möchte schwören, daß wir jetzt das Stabat mater hören."

„Stabat mater?" meinte der Italiener. „Von welchem Instrument?"

„Es klingt wie Violine; aber es ist auch eine Begleitung dabei."

„Ja, es sein die Violin der Zigeunergespenst."

Der König konnte diese Töne sehr wohl erklären. Er ahnte, daß der Fex in seiner ‚Kapelle' Violine spiele, aber er hatte ihm Verschwiegenheit versprochen, und darum sagte er nichts. Der Italiener behauptete, daß die Töne von dem Geist der Zigeunerin kämen. Wagner suchte nach einer natürlichen Erklärung, konnte aber keine finden. Schließlich verstummte die geheimnisvolle Musik, und mit sehr verschiedenen Gedanken beschäftigt, begaben die drei sich wieder zur Wohnung des Königs, vor der sich Wagner und der Italiener verabschiedeten. Wagner aber mußte noch lange über die seltsamen Töne nachdenken, ohne jedoch zu einem Ergebnis zu kommen. — —

Nachdem die beiden Höhlenmusikanten ihre Instrumente fortgelegt hatten, sagte der Fex zu seinem Gefährten:

„Nun will ich dir etwas zeigen, worüber du staunen wirst. Wir gehn zur Mühle und du sollst den Besuch sehn, den der Müller alle Nacht bekommt."

„Besuch? Der Müller? Etwa von einem Weibsbild?"

„Warum net gar! Den Besuch bekommt er in seiner Seel, in seinem Gewissen. Dahinein schleichen sich des Nachts allerlei Gespenster, Gedanken und Vorwürfe, die ihn plagen, ihm keine Ruh lassen und ihm den Schlaf nehmen. Aber nun komm!"

Sie schlugen den Weg zur Mühle ein und stellten sich an eins der Fenster der Stube, in der sich der Müller Tag und Nacht aufhielt.

Diese Fenster waren mit ziemlich alten hölzernen Läden verschlossen. Der eine hatte rechts einen großen Riß und links ein offenes Astloch. So konnte man leicht in die Stube blicken. Der Wurzelsepp stellte sich an den Riß und der Fex an das Astloch — beide schauten hindurch in die von der Lampe erleuchtete Stube.

„Siehst was?" fragte der Sepp leise.

„Ja", flüsterte Fex. „Ich kann die ganze Stube übersehn. Der Müller sitzt gleich beim Fenster am Tisch. Sein Kopf liegt tief unten auf der Brust. Kannst ihn auch sehn?"

„Freilich wohl! Er hat jetzt nicht sein böses Gewissen, denn er schlaft!"

„Meinst? Siehst net, daß er zuckt und zittert?"

„Ja, das seh i wohl, und — halt! Jetzt fährt er auf und blickt sich um. Er macht ein Gesicht, als ob er einen großen Schreck g'habt hätt."

Der Müller war aus einem unruhigen Halbschlummer aufgefahren. Er blickte sich angstvoll und starr um. Dabei vernahmen die Lauscher seine Worte.

„Was? Bist schon wieder da? Alle guten Geister loben ihren Meister. So! Jetzt mußt wieder fort. Wann einer diesen Vers sagt, verschwinden die Geister. Wie? Du willst net gehorchen? Wart, ich werd dir gleich die Türe zeigen!"

Er ergriff die Peitsche und führte einen gewaltigen Hieb, als wenn er jemand, der vor ihm stehe, treffen wolle. Dann kicherte er schadenfroh.

„Bist weg? Ja, die Peitsche, die ist der richtige Zauberstab. Jetzt hast gleich Reißaus genommen und wirst net so bald wiederkommen."

Er lehnte die Peitsche an den Stuhl. Dann aber blieb sein Blick erschrocken in der einen Ecke haften.

„Bist doch noch nicht fort? Hast dich in die Eck gestellt und lachst mich nun an mit deinem Totenkopf? Hier hast eins, hier!"

Er ergriff die Peitsche wieder und schlug nach der Ecke, aber vergebens. Das Phantasiegebilde, das er zu erblicken wähnte, tauchte immer von neuem auf, bald hier, bald dort, er konnte zürnen oder bitten und schlagen, wie er wollte. Da endlich sank er mit dem Kopf in die Lehne zurück und ächzte.

„Ja, dich kenn ich schon! Du gehts net eher, als bis ich dir gebeicht hab. Willst heut wieder alles wissen?" Nach einer kurzen Pause, während der er wie auf eine Antwort gelauscht hatte, fuhr er fort: „Ja, ich solls sagen! Nun gut, ich hab sie erwürgt. Jetzt kannst gehn!"

„Jetzt meint er die Südana!" flüsterte der Fex.

„Horch! Er redet weiter!"

„Ihr Bild willst wieder sehn, der anderen ihrs?" fuhr der Müller fort. „Hasts doch schon tausendmal gesehn! Aber ich wills dir doch noch mal zeigen, sonst bleibst da stehn in alle Ewigkeit."

Er tat die geschwollenen Beine auseinander, bückte sich mühsam nieder, griff mit den Händen zwischen den Beinen durch an die vordere Seite des Sitzes seines Polsterstuhls, nestelte da ein Weilchen herum und zog schließlich einen Kasten heraus.

„Schau, da gibts ein Geheimnis", flüsterte der Wurzelsepp. „Das hätt i net g'dacht."

„Ich auch net. Niemand hats gewußt, daß etwas im Stuhl ist. Aber sei still! Wir müssen hören."

Der Müller hatte den Kasten nicht ganz herausziehen können, weil ihm dabei die Beine im Weg waren. Aber hineinlangen konnte er. Er zog eine Photographie heraus und hielt sie hoch.

„Da schau ihr Bild! Nun bist wohl zufrieden? — Net? Was willst dann noch sehn? Etwa die Papiere oder gar mein Geld? Das ist verdientes Geld und kein geraubtes. Ja, wann i den Schatz gefunden hätt, droben am Scheideweg, der hätt mir net gehört. Geh fort, sonst werf ich dir hier die Flasche an den Kopf!"

Er griff nach einer Branntweinflasche auf dem Tisch. Der Duft des Getränkes schien ihn aber auf den Gedanken zu bringen, daß es besser sei, den Inhalt zu trinken, als ihn einem Geist an den Kopf zu werfen. Er setzte die Flasche an den Mund und tat einen tüchtigen Zug. Der Schluck kräftigte ihn und seine Nerven so, daß die Sehstörung sofort von ihm wich. Der Geist war verschwunden.

„Ha!" lachte er in befriedigtem Grimm. „Jetzt ist er fort, der Geist! Hat sich vor der Flasche gefürchtet. Oder er ists, der den Schatz bewacht, und nun hat er Angst, daß ich doch noch mal nach ihm suchen möcht. Ja, den, wann ich den finden könnt! — Das sollen lauter Goldstücke gewesen sein! — Dieses Geld und nachher das, was ich hier im Kasten hab, da wär ich grad ein Millionenreicher. Dann tät ich nach einem schönen Bad fahren, wo sie einem die krummen Knochen wieder grad machen, und lebt nachher wie der Herrgott in Frankreich. — Oh, i bin müd und will nun schlafen."

Er senkte das Kinn auf die Brust und schloß die Augen.

Die Lauscher blickten noch eine kleine Weile durch das Astloch und den Ritz.

„Wollen wir gehn?“ flüsterte Sepp.

„Ja, i hab genug gehört.“

Sie verließen ihren Lauscherposten; aber nach wenigen Schritten blieb der Fex stehn.

„Du, Sepp, was sagst von dem Bild?“

„Es war eine Photographie.“

„Ja, das weiß ich gar wohl. Ich habs ebensogut gesehn wie du. Aber ich mein, wessen Bild es wohl sein mag?“

„Wohl von der, die er ermordet hat“, überlegte Sepp.

„Also von meiner Südana.“

„Das wirds sein. Wann i mir seine Worte richtig überleg, so kanns nix anders bedeuten.“

„I muß sie sehn. Und die Papiere, von denen er redete! I mein, daß sie für mich wichtig sind.“

„Freilich wohl. Aber wie willsts anfangen, daß d' sie bekommst?“

„Das weiß i net. Er sitzt die ganze Zeit auf dem Polsterstuhl, bei Tag und bei Nacht. Er ist gar nimmer hinwegzubringen.“

„Meinst? Hm!“

„Was brummst da in den Bart? Da helfen weder gute Worte noch Grobheit. Er steht net auf von dem Stuhl.“

„Ja, Grobheit net und auch gute Worte net, aber — aber — hm — hm!“

„Weißt etwa ein Mittel?“

„Vielleicht.“

„Und?“

„Die List.“

„Ja, die List! Aber da bin i gleich da, wo der Strick alle wird. Zur List bin i nimmer g'boren.“

„Du net! I kenn einen, ders vielleicht fertigbrächt. Der hat so viele Narrenstreich verübt, daß er sich nur mal hinterm Ohr zu kratzen braucht, so fallt ihm gleich ein guter Gedank heraus.“

„Wer ists?"

„Das fragst auch noch? Der Sepp ists, der Wurzelsepp."

„Du?"

„Ja. Oder meinst vielleicht, daß i einer von den Dummen bin?"

„Na, das denk i net. Du bist net auf den Kopf g'fallen, und grad hinter deiner Stirn krabbeln viel bunte Raupen. Aber dös is sehr schwer."

„Nun, i werd schaun, obs net leicht zu machen ist. — Was hat er wohl mit dem Schatz gemeint?"

„Das ist eine große Dummheit", lachte der Fex. „Schau, die Leut denken, daß der Franzosenkaiser dazumal, als sei Soldaten hier durchkommen sind, eine große Kriegskasse hier vergraben hat, und die soll noch daliegen."

„Wo?"

„Da zwischen der Mühle und der Stadt, wo der Weg rechts abgeht nach dem Dorf."

„Ah, da! Hm! Ob der Müller schon mal nachgraben hat?"

„Scheint so."

„Werds mirs überlegen."

„Was? Wegen dem Schatz? Da ists gefehlt. Das ist nur eine Albernheit", tat es der Fex verächtlich ab.

„Für uns ists keine Albernheit. Kannst dich drauf verlassen. Und an was i denk, und was i mir überlegen will, das brauch i dir auch net grad auf die Nas zu binden. Komm, wir wollen gehn und noch eine Musik machen."

„Ja, aber ka solche wie vorhin."

„Willst doch net die Vigoline vom Konzertmeister holen?"

„Die Vigoline und auch die Musikstücke, die er heut geigt hat."

„Du, wannst erwischt wirst!"

„Da werd i mi schon in acht nehmen. 's geht ganz leicht. Er schlaft in der Schlafstub. Daneben ist die Wohnstub, wo die Geige liegt. Da steht immer das Fenster offen."

„Kannst denn hinauf?"

„Ja, ich brauch nur auf das Dingerl, auf die Veranda. Da ist gleich das Fenster, wo ich neinsteig. Und nachher, wann wir fertig sind, trag i ihm sei Sachen wieder nauf. Da ist er noch gar net aufg'standen und wird nix merken."

„Du hast sakrische Anlagen zu einem Spitzbuben! Mir wird angst um dich", belustigte sich Sepp. „Aber i will dich doch net allein lassen. Wann i net selber so ein Musikgokerl wär, würd i mich schon sehr hüten, so eine Einbrecherei mitzumachen. Aber i möcht auch gern hören, wie so ein Konzertmeister-Geigerl klingt. Komm! Aber in acht nimmst dich! Verstehst?"

Sie schlichen die Anhöhe zum Landhaus hinan. Der Mond stand auf der entgegengesetzten Seite des Hauses, so daß die Veranda im Schatten lag. Fex umschlich zunächst das Haus, um sich zu vergewissern, daß kein Lauscher vorhanden sei. Dann stieg er auf Sepps Schultern und schwang sich hinauf. Sepp sah, daß er im offenen Fenster verschwand.

Nach wenigen Augenblicken leuchtete ein Licht oben auf. Bald erlosch es wieder, und der Fex erschien auf der Veranda.

„Fang die Noten!" flüsterte er von oben herab.

Der Wurzelsepp tat es. Als der andere leise herabgestiegen war und nun neben ihm stand, murrte er:

„Was fallt dir ein, du Sapperloter du? Was hast ein Licht anzubrennen?"

„I muß doch Licht haben, wann i die richtigen Noten finden will."

„Aber du konntst erwischt werden."

„Na. Die Tür zur Schlafstub war g'schlossen. Jetzt aber komm! I kanns kaum erwarten, auf dieser Geige zu spielen."

Sie verschwanden nach kurzer Zeit unter dem Grab der Zigeunerin.

Wenn jetzt jemand in die Nähe des Grabfelsens gekommen wäre, so hätte er noch ganz andere Töne und Weisen gehört als die, denen vorhin der König mit Wagner und dem Konzertmeister gelauscht hatten. Später, als der Mond untergegangen war und der Morgen bald graute, schlichen sich die beiden Freunde wieder nach dem Landhaus, um die Geige zurückzubringen.

*

Es war schon spät am andern Morgen. Der Wurzelsepp schlenderte langsam auf die Mühle zu. Er trat in den für Gäste bestimmten Vorgarten und setzte sich wie gestern an einen der Tische.

Eine Magd war damit beschäftigt, Unkraut zu jäten — eine übergroße, breitschultrige Gestalt. Wenn sie zur Zeit des preußischen Soldatenkönigs gelebt und wenn Friedrich Wilhelm sie gekannt hätte, wäre sie sicherlich gezwungen worden, einen seiner langen Kerls zu heiraten. Ihre Züge waren grob, ihre Bewegungen eckig und massig. Sie hatte den Alten kommen sehen, nahm sich aber nicht die Mühe, zu grüßen. Ihr mürrisches Wesen wußte nichts von Höflichkeit.

„Na, Kathrin, siehst mich net?"

Sie anwortete nicht.

„Ja, ich glaubs gar wohl, so eine Schöne und Jugendliche wie du mag so einen alten Knaxer, wie ich bin, gar nicht anschaun", spöttelte Sepp. „Könntst dich sonst an mir vergaffen und dann bald auch so einen Schnurrbart bekommen, wie i einen hab."

Da fuhr sie aus ihrer gebückten Stellung schnell auf. Er hatte sie bei ihrer verwundbarsten Seite angegriffen, denn die schöne Kathrin besaß einen ganz beachtlichen Haarwuchs unter der Nase. Ihr Gesicht glühte vor Zorn.

„Was sagst? Einen Schnurrwichs hätt ich im Gesicht?"

„Na, dös hab i net gesagt, ich hab nur gemeint, daß du dir an mir einen verschaun könntst."

„Versteh schon, wies meinst! So ein alter Gansrichtbraten, der gar nimmer weich wird, sollt sich um sei selig End kümmern, aber net um andre Leut! Dich kenn i schon! Bist wie der Ameis, der auch glei beißt, wo er hinkommt."

„Warum kannst denn net fei höflich grüßen, wann ein Gast kommt, der ein Geld hier verzehrn will?"

„Du? Ein Gast, der eine Zeche machen will? Du wärst auch der richtige dazu! Kaufst dir für zwei Pfennige ein Bier und nachher für drei Pfennige ein feins Mittagessen, aber warm muß es sein, und drei Gänge muß es haben oder gar vier. Wannst dich auf den Kopf stellst und die Beine gen Himmel streckst, so fallt dir kein Groschen aus der Taschen. So ists, und nun weißts!"

„Himmelsakra, hast du a Schneid und a Maulwerk! I will dich grad net beschrein, aber wann die Russen kommen und die Franzosen, kannst ganz allein das Deutschland retten. Brauchst bloß dein Plappermaul in Gang zu setzen, so reißen die Kosaken aus, die Zuaven und Turkos bis hinauf ins Sibirium hinein. Jetzt aber wisch dir die kleinen Patscherln ab und geh hinein! I brauch a Bier und a Käs mit Brot. Aber gutes Maß, verstehst? Sonst heirat i di hier auf der Stell."

Seine Antworten waren so spaßig, daß sie nicht wohl noch gröber werden konnte.

Darum wischte sie sich, wie er ihr geraten, ihre groben Dragonerhände an der Schürze ab und fragte in milderem Ton:

„Hast denn auch Geld?"

„Mehr als du!"

„Zeigs her!"

„Hier ists, mei Schatzerl! Davon kann i fragen: Was kost't die Welt und auch die Talmühl dazu mit samt der Kathrin!"

Er griff in die Tasche und warf eine Anzahl Pfennige und Zweipfennigstücke auf den Tisch.

„Damit willst die Welt kaufen?" lachte sie. „Na, damit lockst kein Hund aus der Hütt. Aber für ein Bier mit Käs und Brot wirds wohl ausreichen. I werds holen."

Sie schickte sich an, in das Haus zu gehen. In diesem Augenblick trat Paula, die Müllerstochter, aus der Tür. Sie hatte einen Teller mit Essen in der Hand und sah aus, wie ein junger Sommermorgen. Als sie den Alten erblickte, glänzte ihr liebliches Gesicht vor Freude. Sie rief ihm von weitem einen Gruß zu.

„Wurzelsepp, du bist hier? Das ist lieb von dir! Sei willkommen bei uns!"

„Willkommen du auch, Herzensdirndl", lachte er zurück. „Das klingt allbereits doch ganz anders, als vorhin bei der Kathrin, die mir a Gesicht gemacht hat, wie ein Scheffel voll verfaulte Zwiebeln!"

„Ist sie ungut mit dir gewesen?"

„Na, i will net über sie klagen, sonst bekomm i von ihr den richtigen Buckel voll Prügel. Da steht sie noch, anstatt daß sie mir bringt, was ich begehrt hab. Was hast denn da auf dem Teller? Ah, eine Butterschnitte mit Rauchwurst! Das laß i mir gefallen! Und was für ein großes Stück! Hast schon solchen Hunger in der Früh?"

„I nicht."

„Wer denn sonst?"

„Der Fex."

„So! Ihm willsts hintragen?"

„Ja. 's ist sein Frühstück."

Da trat schnell die Magd heran.

„Was? Dem Fex willsts hinschaffen?" schalt sie. „Hast net g'hört, daß er nix bekommen soll?"

„Er kann doch net hungern", sagte Paula mitleidig.

„Oh, er soll hungern; der Müller hats befohlen."

„Das hat der Vater net so schlimm g'meint."

„Wie ers gemeint hat, das geht mi nix an. Der Fex, der Faulenzer, soll nix bekommen, und i darf net dulden, daß dus ihm gibst. Her damit! Ich werds deinem Vater erzählen!"

Sie riß ihr den Teller aus der Hand und eilte damit in die Mühle. Zornig drehte sich Paula um und folgte der Magd in die Wohnstube, aus der bald die scheltende Stimme des Müllers zu hören war. Paula kehrte nicht wieder zurück. An ihrer Stelle kam die Magd, um dem Sepp das Bestellte zu bringen.

„Nein, das ist ja unerhört!“ sagte sie. „Jetzt will sogar die Tochter dem Vater net mehr g’horchen. I, wann das dem meinigen gemacht hätt!“

„Was hätt er da getan?“

„Er hätt mir a Ohrwatschen geben, daß mir der Verstand stehnblieben wär.“

„Ah so! Bei dir steht er net? Da lauft er davon? Da wär so an Ohrwatschen ja recht gut für di.“

„Hör, Sepp, fang net etwa wieder an, mit mir zu streiten! I hab keine Lust, mich mit dir zu ärgern. Der Fex hats verdient, daß ihm die Seel vor Hunger schreit.“

„Womit denn?“

„Das fragst auch noch? Scham dich, Alter, daß du noch so dumm bist. I, wanns auf mich ankommt, geb ihm kein Stückerl Brot mehr ins Maul.“

„Und dei junge Herrin zeigst bei ihrem Vater an! Das ist ja recht schön von dir!“

„Das soll die Herrin sein? Die kaum erst aus dem Ei krochen ist? Das kann mich freun!“

„Na, was hat der Müller gesagt?“

„Gelobt hat er mich, daß ich sei Befehle so acht und ehr.“

„Ja, du bist die Lieblingsperson in der Mühle. Aber der Fex wird trotzdem heut net hungern.“

Er packte das Brot und den Käse in seinen Rucksack.

„Wie meinst das? Willst ihm das wohl hintragen? Das darfst nicht!“

„Wer wills mir wehren?“

„Ich“, kreischte die Kathrin.

„Du? Ja, du bist die Richtige dazu! Vor dir hab ich so

einen Respekt, daß i vor Hochachtung krumm und bucklig werd."

„Ich werds dem Müller sagen."

„Meinst, daß der mirs auch verbietet?"

„Ja, das mein i. I will dirs beweisen, du Hallodri!"

Sie eilte fort.

Sepp blickte ihr lächelnd nach.

„Jetzt hab ich sie gefangt", brummte er vor sich hin. „Jetzt will sie mir zuwider sein und tut das, was i gewollt hab. Oh, das Weibsvolk, was ist das doch so schwach und albern gegen uns Männer! Da braucht man nur bloß mit den Fingern zu schnipsen, so laufens glei dorthin, wo man sie haben will. Wär die dumme Kathrin net gewesen, hätt ich gar net g'wußt, wie i mei Sach bei dem Müller anbringen sollt."

Nun erschien die Magd wieder unter der Tür. Sie winkte dem Sepp.

„Sollst gleich hereinkommen zum Müller und dei Auszahlung empfangen!"

„Vor dieser Auszahlung fürcht ich mich schon nicht", brummte er. „Aber du dumme Kathrin sollst eine erhalten an meiner Statt; dafür werd i sorgen. Wart nur!"

Der Müller saß auf seinem gewöhnlichen Platz.

„Grüß Gott, Talmüller!"

Der grimmige Mann blickte Sepp zornig entgegen und fuchtelte mit der Peitsche in der Luft herum. Der Wurzelsepp tat, als ob ers nicht bemerkte. Er setzte sich auf den nächsten Stuhl, legte die Beine bequem übereinander und zog den Rucksack und die Zither nach vorn, daß er sich gut anlehnen konnte.

„Du hast mich rufen lassen? Was willst von mir?" fragte er gemütlich.

„Was i will? Ausschelten will i dich. Was hast mit dem Fex?" fuhr ihn der Müller an.

„Mit dem? — Gar nix."

„Warum willst ihm da ein Brot hintragen?"

„Weil er Hunger hat.“

„Den soll er haben!“

„Verduseli! Den soll er haben? Warum denn?“

„Weil er nimmer g’horcht!“

„Ach so! Das hab i net gewußt.“

„Also schau! Wirst ihm das Brot auch nun noch geben?“

„Nein. Wann er so a Zuwiderwurzen ist, so ists ihm ganz recht, wenn sei Magen Fasttag hat.“

„Das ist gescheit von dir“, nickte der Müller befriedigt. „Wann du anders g’sprochen hättst, wär dirs schlecht gangen. I hätt dir die Peitsche um den Kopf gepfiffen, daß du hättst gedacht, der Hund und die Katz fressen aus einer Schüssel!“

„Das hättens auch tan, die beiden!“ sagte der Sepp mit allem Nachdruck.

„Was willst damit meinen?“

„Du wärst der Hund gewesen und i die Katz. Hätt ich die Peitsch schmecken müssen, so hättst du sie auch bekommen. Das ist doch nachher aus einer und derselben Schüssel gefressen. Net?“

Die Augen des Müllers blitzten auf, und er hob seine Waffe.

„Laß dei Peitschen in Ruh! Schau, hier hab i den Bergstock in der Hand. Ein Hieb von dir, und ich schlag dir den Stock auf den Kopf, daß du meinst, alle Glocken im bayrischen Land läuten zur Kirchweih! Oder meinst, du kannst mir so kommen, weil du reicher bist? Pah — In kurzer Zeit bin i tausendmal reicher als du.“

Das Gesicht des Müllers war vor Zorn dunkelrot geworden. Nur mühsam stieß er hervor:

„Du? Reicher als ich? So ein Haderlump wie du? Da möcht ich auch wissen, woher dus nehmen wolltst!“

Der Wurzelsepp stellte sich sehr erbost und als ob er nur im Grimm das Geständnis mache.

„Woher? Daher, wo du freilich kei Garnix bekommst! Vom Schatzheben nehm ichs her!“

Das Gesicht des Müllers veränderte sich sofort. Er horchte auf und sah den Sepp erstaunt an.

„Vom Schatzheben? Ists wahr?"

„Freilich! — Himmelsakra, jetzt hab i mich versprochen! Nein, das wollt ich nimmer sagen! Ich hab halt nur Spaß gemacht", zog der Sepp sich plötzlich erschrocken zurück.

„Spaß? Das ist net wahr!"

„Freilich ists wahr!" Und in sehr eindringlichem Ton fügte er hinzu: „Das vom Schatz darfst wirklich net glauben, Talmüller!"

„Oho! Meinst etwa, daß d' mich jetzt betrügen willst?" trumpfte der Müller auf. „Nein, an der Nas laß i mich schon net herumführn. I hab dirs ganz genau angesehn, daß es dein Ernst gewesen ist. Gestehs nur!"

„Und i sag, daß du dich irrst."

„Nein und tausendmal nein! Und wann du es net gestehn willst, so werd i dich einen Lügner nennen, so lang du lebst. Verstanden?"

„Ein Lügner ist der Wurzelsepp all sein Lebtag nimmer gewesen. Das weißt ja."

„So lüg auch jetzt net! Willsts gestehn?"

„Es ist ja nur ein Traum!"

„Sakkerment! Ein Traum! Das ists ja eben, worauf es ankommt! Hast von einem Schatz träumt?"

„Ja. — In letzter Nacht", ließ Sepp sich sein Geständnis entwinden.

„Sag mir, wo er liegt!"

Der Sepp blickte dem Müller mit größtem Erstaunen ins Gesicht.

„Das soll ich dir sagen? Was fallt dir ein! So dumm bin i net."

„Liegt er etwa hier in der Nähe?"

Er blickte den Alten mit ängstlicher Spannung an.

„Nein, weit von hier, drüben gegen die österreichische Grenz", sagte der Sepp.

Da hellte sich das besorgte Gesicht des Müllers schnell wieder auf.

„Da drüben? So! Hast den Ort auch wirklich deutlich träumt?"

„So deutlich, daß i ihn des Nachts finden kann! Ich kenn ihn schon seit langer Zeit."

„Wird dir aber doch nix nützen."

„Warum?"

„Weil du den Schatz net heben kannst!"

„O jerum! Du bist schief gewickelt!"

„Weißt denn net, daß ein jeder Schatz auch von Geistern bewacht wird?"

„Das weiß ich sehr wohl, besser als du."

„Aber diese Geister muß man bannen!"

„Auch dös weiß i."

„Wie willst das anfangen?"

„Das ist mei Sach", antwortete der Sepp in zuversichtlichem Ton und blinzelte mit den Augen.

Der Müller hatte ihm die Worte gierig von den Lippen gelesen. Er beugte seinen Kopf so weit wie möglich vor und fragte in größter Spannung:

„Du weißt, wie man einen Schatz herausbekommt? Woher?"

„Das ist meine Sach."

„Geh! Tu doch net so heimlich damit! Mir kannsts schon sagen."

„Dir? Du bist grad der letzte, dem ichs sagen möcht!"

„Warum?"

„Hast mich net eben prügeln wollen?"

„Das war nur a Spaß von mir."

„Ach so! Du spaßest mit der Peitsch?"

„Ja. A jeder hat sei eigne Art und Weis. Auch will i ja net alles genau wissen, sondern nur, wie du es erfahren hast."

„Wanns nur das ist, so kann ich dirs schon sagen. Schau, als i da drüben im Österreichischen war, um mei

Wurzeln zu verkaufen, hab i einmal in einem Kloster übernachtet. Da ist die Türschwelle verfault gewesen in der Zelle, in der ich geschlafen hab. Und da hat etwas darunter herausgeschaut, grad wie etwas Geschriebenes."

„Was wars?"

„Wart doch nur! Ich habs unter der Schwelle hervorgezogen, und da ists ein Heft gewesen, von Pergament, mit allerlei Kreisen, Kreuzen und andern Figuren und mit einer Schrift in einer ganz fremden Sprache."

„Du kannst ja net lesen!"

„Ich kann unsre Sprache nicht lesen, diese fremde aber erst recht net."

„So hat dir aber dös Pergament doch gar nix nützen können?"

„Meinst? Schau, jetzt kommts heraus, daß ich dennerst gescheiter bin als du. Sag mir doch, was hättst mit dem Heft tan?"

„Ich hätts heimlich mitgenommen."

„Das hab ich natürlich auch tan. Aber nachher?"

„Nachher hätt ichs von einem lesen lassen."

„Von wem?"

„Von einem Studierten."

„Ja, aber der hätts für sich gelesen und dir gar nicht zurückgegeben."

„Nun, was hast dann du da gemacht?"

„Weißt, bei mir gings sehr gut. Ich hab eine alte Muhm, deren Brudersohn ein beinah Studierter ist. Er ist noch net ganz fertig, aber er kennt die Sprach, in der man mit den Geistern redet."

„Sakra! Dem hasts zeigt?"

„Ja."

„Was für eine Sprache ists dann gewesen?"

„Die Schleswig-Holsteinsche."

„Alle Wetter! — Die hat er verstanden?"

„Sehr gut. Er hat mir dös ganze Pergament ins Deutsche übersetzt."

„Aber dann hasts dennerst noch net lesen können!"

„Das brauch i net. Nachher bin i heimkommen und hab mirs von meinem Nachbarsbuben so lang vorlesen lassen, bis is auswendig konnt hab. Schau, so muß mans machen."

„Ja, du bist ein gar Gescheiter. Aber was hat auf dem Pergament g'standen?"

„Fast möcht ich dirs nicht sagen."

„Geh! Warum net? I bin doch dei guter Freund! Das weißt schon längst. Komm her und trink mit mir! Da steht die Flasche."

Er gab ihm die Schnapsflasche hin und sagte, als der Sepp einen tüchtigen Zug getan hatte, in möglichst herzlichem Ton:

„Was zwischen uns gesprochen wird, das erfährt kein andrer. Also sags, was hat drauf gestanden?"

„Der dreifache Höllenzwang."

„Alle guten Geister —"

„Ja!" nickte der Alte wichtig.

„Was ist denn das?"

„Man kann die Geister auf dreierlei Art zwingen, und deshalb heißts der dreifache Zwang."

„Aber ob sie sich wirklich zwingen lassen?"

„Warum net? Sie müssen ja! Schau, so ein Pergament ist wie ein Wechselpapier. Wanns kommt, so mußt zahlen, sonst wirst ausgepfändt. Und wann i das Pergament hab, so müssen die Geister gehorchen, sonst — sonst holt sie der Teufel."

„Sapperment! Da haben dies a sehr streng!"

„Das kannst dir denken. Warum solls denn in der Hölle hübscher sein als bei uns?"

„Hast recht! Aber wie ists nun eigentlich mit dem Pergament? Wie fangt mans an, um die Geister zu bannen?"

„Zuerst muß man sich in acht nehmen, daß es stets am richtigen Tag geschieht."

„Welcher ist das?"

„Immer der zweite Tag nach dem Vollmond."

„Sakra!", fuhr der Peitschenmüller auf, „das wär ja morgen! Und was hat man da zu tun?"

„Weißt, das ist sehr verschieden. Das richtet sich nach dem Ort, wo er liegt. Aber auf alle Fäll muß man einen Geist haben, um den Schatz hochzubringen. Den muß man rufen."

„Wie ist der Ruf?"

„Das soll ich dir sagen und verraten? Hast etwa auch einen Schatz?"

„O nein."

„So brauchsts auch net zu wissen."

„Es ist halt nur Neugier. Ich tu dir auch schon bald einen andern Gefallen!"

„Schon gut. Aber — — na, wann i dir auch diesen einen Vers sag, so weißt doch die andern net. Und er ist schwer zu merken."

„Ich merks mir schon", drängte der Müller.

„Vorher muß man einen Erbschlüssel haben."

„Davon hab i a scho g'hört. Was ist dös aber für ein Schlüssel, ein Erbschlüssel?"

„Nun, einer, den du geerbt hast und net g'kauft."

„Da hab ich mehrere."

„Schau, wenn du die amal brauchen könntst! Ich hab nur an einzigen."

„Was tut man damit?"

„Das kann i net verraten."

„Aber der Vers?"

„Der lautet:

> ‚Famos, Heros, Hippopotamos,
> nun ist auch gleich der Teufel los.'"

„Wart a wenig! I werds mir aufschreiben."

„Du willst doch net einen Geist bannen?"

„Nein, aber i hab dir g'sagt, daß i mich grad für diese Sache sehr verinteressier."

Er nahm eine Schiefertafel vom Tisch, ließ sich die Zeilen nochmals sagen und schrieb sie mit schwerer Hand auf.

„So!“ sagte er. „Also wann man dös sagt, so kommt der Geist?“

„Auf der Stelle.“

„Wie schaut er aus? Wohl fürchterlich?“

„Gar net. Es kann sogar vorkommen, daß man ihn gar net zu sehn kriegt, nämlich, wann man sich das Gesicht verdecken muß. Es hängt eben ganz von dem Ort ab, an dem der Schatz vergraben liegt, und auch von dem, der ihn vergraben hat.“

„Nun, wanns — nun wanns — zum Beispiel eine Kriegskasse wär?“

„Oh, die läßt sich sehr leicht aufheben.“

„Warum?“ zitterte der Müller.

„Weils eigentlich kei bestimmte Person geben hat, der die Kasse gehört. I, wann i so eine wüßt, die müßt in einer Dreiviertelstund heraus. Und dabei tät i gar noch spazieren fahrn.“

„Du machst wohl Spaß?“

„O nein. Es ist mein richtiger Ernst. Aber die andre Person muß auch zuverlässig sein und mutig dazu.“

„Welche andre?“

„Das Weibsbild, das man dazu braucht.“

„So macht mans net allein?“

„Nein. Zwei müssens sein, ein Mann und ein Frauenzimmer, sonst gehts net. Man muß sich das größte und stärkste Weibsbild heraussuchen, da man im Haus besitzt.“

„Das wär bei mir die Kathrin.“

„Ja, die ist stark genug.“

„Was hätt sie da zu machen?“

„Das ist auch wieder unbestimmt. Auf diese Frag und auf noch gar viele andre kann man keine Antwort geben, wann man net weiß, um was sichs handelt. Und weil du keinen Schatz zu heben hast, so ists ganz unnütz, davon zu reden. I hab heut mehr zu tun. Ich muß jetzt in die Stadt hinein.“

Er stand von seinem Stuhl auf. Das war dem Müller höchst unangenehm, denn er hätte den Alten doch gar zu gern ausgefragt. Er war fest überzeugt, daß der Sepp es verstehe, Geister zu bannen, und doch wollte er ihm nicht mitteilen, daß er einen verborgenen Schatz mutmaße. Es kam nun darauf an, sich zu vergewissern, daß der Alte bald wiederkomme.

„Kommst heut mal wieder?"

„Weiß net."

„Oder morgen in der Früh?"

„Warum da?"

„Weil i vielleicht was mit dir zu reden hab."

„So werd ich kommen. Behüt dich Gott."

Der Sepp ging. Draußen legte er den kleinen Betrag, den seine Zeche ausmachte, auf den Tisch und wandte sich der Stadt entgegen. Zum Fex brauchte er nicht zu gehen. Daß er diesem sein Brot hatte hintragen wollen, war nur ein Vorwand gewesen. Er hatte mit ihm in der Nacht genug gegessen.

Während er langsam wanderte, nickte er lachend vor sich hin.

„Der Hecht hat angebissen! Aber der Vergleich ist ein falscher. Dieser Talmüller ist kein Hecht, sondern ein so dummes Mondkalb, wie ich noch keins troffen hab. I weiß freilich noch gar net, was i mit ihm anfangen werd, aber der richtige Gedank wird mir schon noch kommen. Ihn will i ärgern und die saubere Magd auch. Und wann i nachher diesen Hallodri, den Fingerfranzl auch noch mit dazubekommen könnt, so hätt i eine Freud, die i net für hundert Gulden verkaufen tät. Aber schau, was i gesagt hab! Wenn man den Teixel nur an die Mauern malt, so ist er auch schon da!"

Der Grund zu der letzten Bemerkung war der Fingerlfranz selber. Er schob seine riesige Figur gesenkten Hauptes des Weges daher. Sein Gesicht hatte einen außerordentlich finsteren Ausdruck.

„Grüß Gott auch!“ sprach der Sepp ihn freundlich an.

Der Riese antwortete unmutig:

„Halts Maul!“

Damit wollte er vorübergehn, schien sich aber auf etwas zu besinnen; denn er blieb stehen und fragte:

„Wo hast übernachtet?“

„Warum?“

„Weil ichs wissen will!“

„Darum also? Nun, darum erfährsts eben nicht.“

„Du bist ein Grobsack! Und wannst nicht so alt wärst, haut ich dir eine ums Ohr.“

„Da könnts dir gehn wie gestern auch!“

„Wieso? Was meinst?“ brauste der Franz auf.

„Dös mit dem Fex.“

„Weißts auch schon?“

„Alle wissens.“

„Hol der Satan die Waschweiber, die solche Sachen gleich überall herumtragen. Aber ’s ist nix Wahres dran. Net wahr, man hat dir weisgemacht, daß der Fex mich besiegt hätt?“

„Man hats so erzählt.“

„Lüge. I hab nach ihm g’schlagen, und weil er geflohn ist, so hab ich den Baum troffen und mir den Arm aus dem Gelenk geprellt. Der Bader hat gemeint, er sei zerbrochen, der Esel; aber als i nachher zum Stadtdoktor kommen bin, hat der ein wengerl am Arm zogen und ihn gleich wieder ins Gelenk geruckt. Also mit dem Fex brauchst net zu prahlen. Den schlag ich bald in Grund und Boden hinein. Und daß i dich gefragt hab nach dem Nachtquartier, das hat sei Ursach auch.“

„So sag doch, welche?“

„’s ist heut in der Nacht ein Dieb bei uns gewesen.“

„Und da fragst mich nach meiner Wohnung? Denkst etwa, daß i der Dieb gewesen bin?“ funkelte der Sepp ihn an.

„Nein, obgleich i dir auch net grad lauter Gutes zutrau;

denn ein Herumstreicher bist doch auch. Aber i hab gemeint, wo du in der Nacht bleibst, da bleiben auch noch andre deines Schlags, und so einer muß der Dieb gewesen sein. Da könntest vielleicht ein Wörtl gehört haben, was mich auf den Täter bringt."

„So! Also helfen soll i dir? Und dabei beleidigst mich mit jedem Wort? Was hat man dir denn wegstibitzt?"

„Eine Sau, ein fast fettes Schwein."

„So, so! Der Dieb ist kein dummer Kerl gewesen. Ein Schwein gibt Schinken, Würst, Speck und Schmalz. Der Kerl hat einen guten Geschmack, aber kennen tu ich ihn net, und eine Spur von ihm kann i auch net vermuten. Behüt Gott!"

Er wandte sich um, blieb aber schon nach drei Schritten stehn. Es kam ihm plötzlich ein Einfall, unter dem seine Augen lustig aufleuchteten.

„Fingerlfranz! Halt noch amal!"

„Was willst?" fragte der Franz zurück.

„An guten Rat kann i dir doch geben."

„Na?"

„Weißt, daß man Spitzbuben festmachen kann?"

„Ja. Aber der meinige ist fort."

„Er muß wieder zurück!"

„Wird sich hüten!"

„Er muß, sag i."

„Wer könnt dös fertigbringen?"

„Zu wem gehst jetzt?"

„Zum Talmüller."

„So frag ihn! Er weiß einen, der solche Sachen machen kann. Und wannst nachher die Grobheit drinnen behältst und ein höfliches Wort sagst, so ist der Mann dir vielleicht behilflich, dei Sau wiederzubekommen und den Dieb zu fangen. Überleg dir die Sach! Vielleicht sehn wir uns bald wieder."

Er ging und der Franz schlenderte nach der Mühle. Die Worte des Alten hatten ihm zu denken gegeben. —

Der Sepp hatte keineswegs Handelsgeschäfte in der Stadt. Seine Wurzeln waren verkauft, und er hätte nun leicht seinen Wanderstab weitersetzen können. Aber er gehörte nicht zu den rastlosen Geldverdienern. Er betrieb sein Geschäft in aller Gemütlichkeit und pflegte, wenn er ihm obgelegen hatte, sich auch seinen Freunden einige Zeit zu widmen.

Hier an dem Badeort hielt ihn nun eine ganz besondere Angelegenheit fest. Er hatte bei seiner letzten Anwesenheit in München seine Pate Leni besucht und von ihr erfahren, daß sie nächsten Sonnabend im Konzert auftreten werde. Er hatte das erste Anrecht, sich an ihrem Glanz zu erfreuen, und so war er sofort heraufgekommen, hatte seine Wurzeln verkauft und blieb nun selbstverständlich bis zu der Veranstaltung.

Zu tun hatte er nichts, und so ging er spazieren. Während des ganzen Tages kam ihm die Schatzhebergeschichte nicht aus dem Kopf, und wiederholt ertappte er sich bei dem wohltuenden Gedanken:

„Und den Fingerlfranz bring i mit hinein, damit er sich mit dem Müller verfeindet, und nachher bekommt er die Paula net, die i für den Fex aufheben werd."

Er hütete sich wohl, in die Mühle zu gehen, obgleich er wußte, daß der Müller ihn mit Ungeduld erwartete. Am Abend, als es dunkel wurde, suchte er den Fex auf. Die beiden musizierten miteinander und holten sich wieder die Geige und die Noten des Kozertmeisters. Da es gestern geglückt war, so hatte der Alte heut weniger dagegen einzuwenden, und als dann der verachtete junge Mann im Innern seiner ‚Kapelle' die schwierigen Stellen nur so herunterstrich, fühlte sich der Alte glücklicher als ein König.

Erst am nächsten Morgen besuchte der Wurzelsepp wieder die Mühle. Die große Magd war ebenso wie gestern im Garten beschäftigt; aber sie empfing ihn heut ganz anders. Kaum hatte sie ihn erblickt, so rief sie ihm schon von weitem zu:

„Kommst endlich amal wieder? Warum machst dich jetzt plötzlich so rar, Sepp?"

„Weil i weiß, daß d' mich doch net magst."

„Ja, wannst etwas jünger wärst!"

„Und hübscher wohl a?"

„Ja freilich."

„Na, das halt i nun net grad für notwendig. Zu deinem Erbsengesicht tät i schon noch ganz gut passen. Meinst net auch?"

„Willst mi schon wieder ärgern?"

„Nein. Weißt, Erbsen sind halt mein Lieblingsgericht. Also kannst hören, daß ich dich für hübsch halt."

„Du bleibst doch alleweil der Spötter. Geh nur schnell hinein!"

„Zu wem?"

„Zum Müller."

„Schnell auch noch? Was ists mit ihm? Liegt er in den letzten Zügen und will mir die Mühle vermachen?"

„Na. Er hat mit dir zu reden."

„Ich mit ihm nicht."

„Auch der Fingerlfranz war gestern dreimal da nach dir. Er hat dich in der Stadt gesucht."

„Schau, was für ein Wichtigkeitler i g'worden bin! Wer hätt das noch gestern denken mögen, wo du mich beim Müller anzeigt hast! Wie stehts mit dem Fex? Hungert er noch immer?"

„Er erhält so lang nix zu essen, wie der Müller es bestimmt hat. Davon beißt kei Maus einen Faden ab."

„Ja, der Müller ist der richtige Kurakter. Was der sich mal vorgenommen hat, dabei muß es auch bleiben. I will doch schaun, weshalb er so begierig nach mir verlangt. Kannst mir indessen ein Bier, ein Käs und ein Brot zurechtmachen."

„Das brauchst net."

„Warum net? I hab Hunger."

„Wirst alles drin finden beim Herrn."

„Dös ist mir noch lieber. Drum will i springen, daß ich hineinkomm."

Er ging nach der Wohnstube. Sein Schnurrbart zuckte verräterisch, und ein siegreiches Schmunzeln legte sich über sein altes, ehrliches Gesicht.

„Wenn der Geizhals mir das Frühstück bereitet hat", dachte er, „so ist das ein Zeichen, daß ich schon gewonnen hab. Ja, an mir ist halt ein großer Diplomat verlorengegangen."

Er klopfte an.

„Herein!" hörte er die ungeduldige Stimme des Müllers, der bei seinem Anblick sofort die Peitsche weglegte.

„Endlich, endlich!"

„Grüß di Gott!"

„Dich auch! Gib die Hand!"

Das war das erstemal, daß der Müller dem armen Wurzelhändler die Hand geboten hatte. Sepp tat, als ob sich das von selber verstehe. Er drückte sie ihm in vertrauter, brüderlicher Weise.

„Siehst heut recht wohl aus. Das kann mich freun. Vielleicht stehst bald auf vom Stuhl, sonst wachst er dir noch hinten an."

„Ja, das wird möglich sein. Aber sag, warum kommst so spät heut?"

„Net später als gestern."

„Und warum kamst net gestern noch mal?"

„I hatt hier nix zu suchen."

„Aber der Franz hat dich g'sucht."

„Der mags bleiben lassen. Ich hab mit ihm gar nix zu schaffen."

„Warum?"

„Weil er mich einen Herumtreiber und einen Landstreicher geschimpft hat."

„Das meint er net so. Weißt, er ist von kräftiger Art, grad so wie i, und da kommt manchesmal ein Wörtl anders heraus, als es sollt. Er hält viel Stücke auf dich."

„Sapperment! Davon hab i net die kleinste Ahnung gehabt!"

„Kannsts glauben. Er wird dich gut zahlen."

„Wofür? Er ist mir nix schuldig."

„Ich mein, von wegen der Sau, die ihm gestohlen worden ist."

„Ach so! Davon hat er gestern g'sprochen."

„Du willst sie ihm wieder verschaffen?"

„Wer hat dös gesagt?"

„Du doch selber."

„Ist mir nimmer eingefallen."

„Hast du ihn net zu mir geschickt?"

„Ja, das hab i freilich tan."

„Und er soll mich fragen von wegen der Person, die einen Spitzbuben festmachen kann."

„Ja, das hab i ihm freilich geraten. Hast ihm doch auch einen guten Rat geben?"

„Freilich! Ich hab ihm gesagt, daß du der richtige Geisterbeschwörer bist."

„Aber i hab nur mit dir davon reden wollen. Was hast dem Franz davon zu sagen?"

„Warum hast ihn zu mir her gesandt?"

„Um ihn loszuwerden!"

„So willst ihm net helfen?"

„Nein."

„Aber er läßt dich schön bitten, zu ihm zu kommen. Er läßt dir sagen, wo du ihn finden kannst."

„Wo?"

„Beim Skat-Matthes, vor dem Mittagessen und nachher wieder von vier Uhr an."

„Er mag warten. Ich hab mei Kunst net gelernt, um gestohlenen Sauen nachzulaufen."

„Aber um Schätze zu heben?"

„Schätze? Ich brauch nur einen, von dem mir träumt hat."

„Und wann i nun noch einen wüßt?"

„Der geht mich nix an."

„So würdst ihn mir lassen?"

„Gern. Hol ihn nur!"

„Ja, das kannst gut sagen. Ich kann doch den Geist net bannen. Wie soll i da den Schatz holen?"

„Das ist freilich schlimm!"

„Kannst mir net helfen?"

„Nein."

„Warum net?"

„Bist etwa du so schnell mit deinen Gefälligkeiten?"

„Dir, ja, dir tät ich alles zulieb!"

„Das seh i jetzt. Steh ich a ganze Halbestund hier und hast noch net mal gesagt, daß i mich niedersetzen soll. Nennst das Gefälligkeit?"

„Himmelsakra! Das hab ich ganz vergessen. Da setz dich nur schnell nieder!"

Sepp wollte auf dem Stuhl Platz nehmen, worauf er gestern auch gesessen hatte.

„Nein", rief der Müller. „Net dorthin! Setz dich zu mir her an den Tisch! Ich bin eben beim Frühstück. Kannst mir helfen. Hier hast Schinken, selber geschlacht't und geräuchert. Auch eine Servelatwurst und eine Kalbsfußsülz mit weißen Semmeln. Da hast auch einen Senf und Paprikapfeffer. Die Butter steht hier und der Käs dort. Und wannst eine Bratwurst auch noch willst und einen Eierkuchen, so darfsts nur sagen."

Sepp setzte sich, griff zum Messer und schnitt so gehörig ab, daß es dem Müller bange werden wollte.

„Was machst für Augen?“ fragte der Sepp lachend. „Mußt dich doch drüber freuen. Das Geben ist seliger als das Nehmen.“

„Ja, und dir geb ichs auch gern. Aber wann du ein so gewaltiges Stück Schinken in den Mund steckst, so wirst net reden können!“

„Das will ich auch net. Jetzt eß ich!“

„Himmel und Höll! Und jetzt schiebst gar einen ganzen Ziegenkäs hinein! Teil doch die Gottesgab besser ein! Wann man Brot daliegen hat, so ißt man doch nicht nur Schinken und Käs!“

„Brot hab ich immer! Verstehst? Hast net auch eine saure Gurke oder eingelegten Bohnensalat? Das tut gut hierzu passen.“

„Damit kommst mir net auch noch! Du hast hier genug. Wann du was Saures willst, so stell dir nur vor, wie sauer es einem wird, so einen fetten Schinken zu mästen, den du da verschlingst, wie ein Haifisch. Wann man nur wenigstens dabei mit dir reden könnt.“

Der Sepp hatte die Backen so voll, daß der Müller kaum die Antwort verstehen konnte.

„Ich red doch immer!“

„Ja, aber wie! Ich wollt dich wegen dem Schatz fragen. Hörst mich?“

„Ja, hören tu ichs schon.“

„Nun, was sagst dazu?“

„Daß der Schinken ein wengerl zu scharf pökelt ist. Ein andermal mußt ihn drei oder vier Tag eher aus dem Faß nehmen.“

„Red i denn etwa vom Schinken?“

„Nein, aber i.“

„So horch auf mich und denk net immer an das Essen! Du meinst also, daß du mir den Schatz lassen tätst?“

„Ich wollt schon gern; aber i glaub net, daß viel davon übrigbleiben tut.“

„Warum soll nix übrigbleiben?“

Sepp schluckte einen riesigen Bissen hinab, steckte einen noch größeren nach und antwortete nun mit großer Mühe:

„Weil er mir schmeckt."

„Schmeckt? Der Schatz?"

„Unsinn! Der Schinken."

„Donnerwetter! Red i denn etwa vom Schinken?"

„Nein, aber i!"

Der Müller wollte eine Grobheit sagen, schluckte sie aber hinunter und schwieg. Er hatte eingesehen, daß mit dem Sepp nichts zu machen war, solange er mit vollem Munde kaute. Aber als der große Teller voll Schinken beinah verschwunden war, konnte er sich nicht mehr halten:

„Wann du einen Schatz hebst, so wird er bald verschwunden sein. Du hast ihn in vierzehn Tagen aufgefressen", brummte er.

„Er hält länger an. Er ist groß genug dazu."

„Größer als der meinige nicht."

„So! Also hast doch einen?"

„Freilich. Eine Kriegskasse", rückte der Müller endlich heraus.

„So! Wo?"

„Unter einem Kreuzweg."

„Hm! Und den willst heben?"

„Ja. I denk, daß du mir sagen wirst, was i dabei tun muß."

„Hab kei große Lust dazu."

„Hör, Sepp! Erst hast gegessen, wie ein Scheunendrescher, jetzt bis sogar mit der Servelatwurst beinah fertig, und nun willst mir net mal den Gefallen tun! Du bist mir ein schöner Kerl!"

Sepp strich sich mit den beiden Händen behaglich über den Bauch.

„Fahr nur net glei so oben hinaus! Ich meins net schlecht mit dir. Aber i denk, es nutzt dir nix, wann ich dir auch alles sag."

„Warum?“
„Weil du es net ordentlich machst; wann nur ein einziger Buchstab falsch gesagt wird, so ists aus!“
„Und nachher ists wohl gar gefährlich?“
„Bei einer Kriegskasse nicht. Bei einem andern Schatz aber kanns einem an den Kragen gehn.“
„So brauch i also gar ka Angst zu haben?“
„Gar keine. Das kannst mir glauben.“
„Nun also, so sag mir, was i tun soll!“
„Du kannst doch net von deinem Stuhl hier fort!“
„Freilich, laufen kann i nicht.“
„Das ist schlimm. Kannst fahren?“
„Mit Pferden?“
„Bist dumm! Kannst mit Pferden einen Schatz heben? Hast das schon gehört?“
„Nein.“
„Also! Aber auf einem Karren kannst dich fahren lassen, auf einem Schubkarren, auf einem Schiebebock oder Radewelle, he?“
„Das geht vielleicht.“
„Nun, so brauchst eben das stärkste und größte Weibsen dazu, wie i dir g’sagt hab.“
„Die Kathrin ists.“
„Wird sie mittun?“
„Gewiß. Die ist kuraschiert wie ein Fleischerhund.“
„Das hab i g’merkt. Aber es darf weiter kei Mensch was davon wissen!“
„Ich werd mich hüten, zu plaudern.“
„Schön! Kannst auch so machen wie eine Sau, wann sie grunzt?“
„Das ist doch leicht. Warum aber das?“
„Weißt, weil die bösen Geister damals in die Schweine gefahren sind, so muß man auch grunzen, um ihnen zu gefallen.“
„Sonderbar! Sie haben ihre Mucken und ihren eigenen Geschmack.“

„Ja, weißt du nun alles? Soll i dir noch sagen, was du weiter zu tun hast?“

„Ich brenn ja darauf, es zu erfahren.“

„So paß nun auf! Nimm auch die Schiefertafel her, um dir die Sprüch niederzuschreiben, die du auswendig zu lernen hast.“

Der Müller nahm die Tafel auf die Knie und den Stift in die Hand. So wartete er voller Spannung auf die Anweisungen des Alten.

„Punkt dreiviertel zwölf schickst die Kathrin hinaus auf den Kreuzweg. Du gibst ihr einen Erbschlüssel mit. Den legt sie mitten auf den Weg und sagt dabei die Worte, die du dir schon aufgeschrieben hast:

‚Famos, Heros, Hippopotamos,
nun ist auch gleich der Teufel los.‘“

„Ist er denn auch wirklich gleich los?“

„Ja, aber sie merkt nix davon.“

„So tut ’s ihr nix?“

„Gar nix. Es ist so, als ob sie am hellen Tag hingangen wär. Wann sie den Vers g’sagt hat, geht sie wieder heim, darf aber dabei kein Wort reden.“

„Das will i ihr schon beibringen.“

„Nachher machst dir das Gesicht schwarz mit Ruß und auch die Händ.“

„Warum?“

„Weil der Schwarze den Schatz bewacht, der Teixel. Wer den Schatz haben will, muß auch schwarz sein, aber nur am G’sicht und an den Händen. Die Gestalt muß weiß sein.“

„Wie mach i das?“

„Du darfst nur die Unterhose und das Hemd anhaben. Verstanden?“

„Und die Kathrin?“

„Muß auch so schwarz und weiß sein wie du. Aber sie kann alle Arten Kleidungsstücke anziehn, wanns nur weiß sind. Nun aber kommt die Hauptsache.“ Der Sepp machte eine Pause und hielt den Müller durch ein eindringliches Gebärdenspiel in Spannung. „Wanns Mitternacht geschlagen hat in der Stadt, muß sie wieder nach der Stell gehn, wo sie den Schlüssel hing'legt hat. Es wird ein Schiebkarren dort stehn. Den holt sie zu dir her. Du steigst darauf, und sie bindet dich an, daß du net herunterfallst. Nachher deckt sie ein dunkles Tuch über dich und fährt dich hin an die Stell, wo der Karren g'standen hat. Dabei darf kein Wort gesprochen werden. Punkt halb eins wird der Geist kommen."

„Brrrr!"

„Brauchst dich net zu fürchten. Er tut dir nix. Er wird kein Wort sagen, als nur das einzige: „Komm!" Da geht er voran, und die Kathrin fährt dich immer hinter ihm her."

„Wohin?"

„Dahin, wo der Schatz vergraben liegt. Von dem Augenblick an, wo er ‚komm' sagt, mußt du grunzen wie eine Sau, damit er Wohlgefallen an dir hat. Tusts net, ists gefehlt, und er dreht dir, wann er grad bei schlechter Laune ist, das Gesicht auf den Rücken."

„Er soll mich scho grunzen hören. Grunzt die Kathrin auch?"

„Na, sie darf keinen Laut von sich geben, keinen Hustrich und a kan Niesrich."

„Hast aber gar ka Ahnung, wohin er uns führen wird?"

„Das kann i net wissen; aber weit kanns nicht sein; denn Punkt eins muß die ganze G'schicht zu End 'gangen sein."

„Da hab i auch den Schatz?"

„Freilich!"

„Muß ich net graben?"

„Was denkst! Ein Geist braucht keine Hacken und Schaufel. Wann er will, so winkt er mit der Hand, und der Schatz kommt 'nauf. Nur aber muß die Kathrin ganz fest sein. Sie darf sich ja net irrmachen lassen. Der Geist stellt einen auf die Prob. Er machts einem vor, als obs in die Stadt hineingeh, in die Kirch oder auf den Markt oder gar ins Wirtshaus. Aber das ist alles nur Spiegelung in den Lüften. Es scheint so, als ob einem Leut begegneten, die auf einen einreden. Aber das ist net wahr. Wann ihr da antwortet oder stehnbleibt, so ists aus mit euch. Aber wann ihr eure Sache richtig macht, nachher steht der ganze Schatz gleich neben dem Karren."

Der Müller hatte die Hände gefaltet. Seine Augen schauten mit glühender Begierde starr vor sich hin, als ob er den Schatz schon vor sich sähe. Seine Brust arbeitete. Er holte tief Atem.

„Sepp, bist deiner Sache wirklich so g'wiß?"

„Ganz und gar, wenn ihr keinen Fehler begeht."

„Wir werden keinen machen!"

„So mußt aber die Worte richtig in acht nehmen, die du auswendig zu lernen hast."

„Wie lauten sie?"

„Auch mußt sie zur g'hörigen Zeit sagen. Wann der Geist der Kathrin gebietet, den Karren stehnzulassen, da, wo der Schatz ist, wird er einen Reim sagen. Darauf antwortest sogleich:

‚Fitzliputzli, Auerhahn!
Seht nur mal den Tollpatsch an!'"

„Wird ers aber net übelnehmen?"

„Er ist ja gar net gemeint, sondern der, der den Schatz in die Erde graben hat."

„Ach so!"

„Also schreibs genau auf!"

Er sagte die Worte langsam vor, so daß sie von dem Müller nachgeschrieben wurden. Dann fuhr er fort:

„Wannst diesen Vers g'sprochen hast, wird der Geist wieder einen sagen. Darauf antwortest sogleich:

‚Krikli, krakli, wumdi bum!
Dieser Kerl ist doch zu dumm!'

Schreibs auf!"

Dies geschah, und sodann lautete die weitere Anweisung aus dem Mund des lustigen Wurzelsepp:

„Jetzt sagt er wieder einen Vers und nimmt das Tuch fort, das die Kathrin über dich aus'breitet hat. Das ist nun die letzte, aber auch die schwerste Probe für dich. Wann du auch sie noch bestehst, so hast gewonnen. Er mag dir vorgaukeln, was er will, so glaubs nur net! Vielleicht scheints, als ob auch gar noch andre Leute mit dabei seien; aber das ist lauter Lug und Trug. Kurzum, du magst sehn, was es sei, so antwortest auf seinen dritten Vers so:

‚Holler, koller, dran und drauf!
Sperrt nun mal die Augen auf!'"

„Wer soll sie aufsperren?"

„Du und die Kathrin, weil nun der Schatz vor euch steht. Hasts verstanden?"

„Ja."

„So schreibs auf! Und wann es ja nun noch was geben sollt, was ich nicht vorher wissen kann, so lässest dich ganz einfach von der Kathrin heimfahren, und dann wird der Schatz hier in deiner Stube stehn. Belehr nur die Kathrin genau! Die Frauenzimmer haben lange Haare und kurzen Verstand. Sie darf net abweichen von dem, was du ihr sagst."

„Laß mich nur machen! Ich werd sie einexerzieren wie einen Rekruten. Um die ist mir auch gar net angst. Sie wird ihre Sach scho machen. Wann du uns nur auch das Richtige gesagt hast, mag 's mit dem Geisterrufen seine Richtigkeit haben, und i will mich auf dich verlassen."

„Auf mich?"

„Ja."

„Du, das bild dir ja net ein! I bin nicht mit dabei. Ich mag nix damit zu schaffen haben. Wann i ganz allein und für mich so etwas tu, so weiß i, woran ich bin, aber wanns andere machen, so will i net dabei genannt sein. Verstehst mich?"

„Warum net?"

„Gibst mir etwa ein Viertel von dem Schatz oder gar die Hälfte?"

„Nein. Das haben wir net ausgemacht."

„Nun, so laß auch meinen Namen dabei aus! Du weißt, daß Schatzgraben verboten ist."

„Donnerwetter, ja!"

„Und i will mich net b'strafen lassen für etwas, wofür ich keinen Kreuzer bekomm. Das laß dir g'sagt sein!"

„Schön, gut! Aber Kathrin werd i's doch net sagen, daß es verboten ist, sonst macht sie net mit."

„Das ist dei Sach, da kannst machen, was du willst. Jetzt werd ich gehn."

„Zu wem?"

„Zum Pfafferumbulum! So fragt man die Leut aus, net wahr? I geh meinen Weg für mich, und du den deinigen für dich. Aber es sollt mich sehr freun, wann ich morgen erfahren könnt, daß du den Schatz erhalten hast."

„Hör, wannst kommst, und es steht alles gut, so werd i dich wieder gastfrei halten wie heut, wann i dir auch net so viel auf den Tisch leg wie vorhin. Je mehr man dir gibt, desto mehr verschlingst!"

„Ich?"

„Ja, du!"

„Da hast doch net richtig Achtung geben. Net i bins gewesen, sondern hier die — meine Lodenjoppe."

Und nun zeigte er die Taschen her. Sie waren voller Schinken, Käse und Wurst.

„Schau, wie i das angefangen hab! Das bringst wohl auch nicht fertig. Net wahr?"

„So willsts mitnehmen?"

„Ja."

„Spitzbub!"

„Nun, jetzt leid i das gern. Ich werd diese Delikatessen net selber verspeisen."

„Wer dann?"

„Das geht di nix an. Aber ‘s wird ihm dennerst sehr wohl bekommen. Behüt dich Gott, Müller! Mach dei Sach gut, und laß dir den Schatz net wieder entwischen!“

Er hängte sich den Rucksack und die Zither um, gab ihm die Hand und ging geradewegs zu dem erstaunten Fex, um ihm die Mundvorräte zu bringen.

„Woher kommt mir dieser Segen?“ fragte er.

„Das wirst später erfahren.“

„Gewiß aus der Mühle?“

„Möglich. I geh nun zur Stadt.“

„So denk auch mit darüber nach, wie wir an den Polsterstuhl des Müllers können.“

„Dös werd i tun. Hör, weißt du net einen alten großen Topf, den niemand mehr brauchen kann?“

„Wozu?“

„Das ist jetzt noch mei Sach.“

„Ja, einen sehr großen könnt i schon verschaffen.“

„Je größer, desto besser.“

„Weißt, der Müller hat erst einen Kachelofen g’habt; daran war ein großer Ofentopf zum Wasser wärmen. Als ein anderer Ofen ’neingesetzt wurde, ist der Topf ’nauskommen hinter die Mühle in den alten Kegelschub. Dort steckt er noch.“

„Dös freut mich! Und ists hier leicht, Frösch und Kröten zu fangen?“

„So viel du haben willst.“

„Schön! Verschaff mir für heut abend, wann i komm, den Topf, und mach ihn voller Frösch und Kröten!“

„Kannst auch Eidechsen dazu haben.“

„Noch besser!“

„Wozu brauchst ihn aber?“

„Es ist von wegen dem Müller sei Polsterstuhl. Ich erklär dir nachher am Abend schon alles.“ —

Unterdessen hatte der Müller die Magd zu sich rufen lassen. Sie kam nicht gern; denn wenn er ein Gesinde zu sich beorderte, so hatte er stets einen unliebsamen

Grund. Sie blieb erwartungsvoll an der Tür stehen. Er musterte sie mit wohlgefälligen Blicken.

„Kathrin, mit dir bin i am meisten zufrieden unter allen andern. Heut will is dir beweisen. Aber sag mir vorher, obs Gespenster gibt."

„Ja, Teufel, Geister und Gespenster", nickte Kathrin.

„Woher weißt das?"

„Beim Türmer in Nürnberg hats amal ans Fenster klopft, und als er 'nausgeschaut hat, da stand draußen ein Geist, der so lang gewesen ist, daß er von der Straß bis hinauf zur Turmspitz g'reicht hat. Der Nachtwächter hat ihn nachher fortschreiten sehn. Und der war mein Großvater."

„Der Geist?"

„Nein, der Nachtwächter."

„So, da stimmts. Aber fürchtest dich etwa vor den Gespenstern?"

„Fallt mir net ein. I hab mir schon oft gewunschen, daß eins kommen möcht, weißt, so um mir zu sagen, daß ein Schatz vergraben liegt."

„Ah, du bist auch keine Dumme! Dir will is sagen: Bei mir ist einer gewesen."

„Wegen dem Schatz?"

„Ja."

„Oh, Jegerl! Wann er doch lieber zu mir kommen wär! Da tät i auf der Stelle —"

„Nun, was tätst?"

„I tät mir den Schatz holen und heiraten."

„Hast denn einen Bubn?"

„Ja."

„Wen denn?"

„Den Essenkehrer."

„Etwa den Feuerrüpel, der hier die Esse kehrt? Bist verrückt!"

„Nein. Du mußt ihn nur sehn, wann er sich abgewaschen hat!"

„Ich hab ihn gesehn. Und da war er betrunken."

„Da ist gewiß ein Geburtstag gewesen oder ein Amtsjubiläum, wo er mal lustig gewesen ist. Ach, Müller, ist der eine Seele von einem Menschen."

Sie seufzte tief auf.

„Will er dich heiraten?"

„Ja. Aber es geht noch net."

„Warum?"

„Weils noch am Besten fehlt."

„So! Wieviel fehlt denn?"

„Ja, wann i fünfhundert Mark hätt, so tät i gleich die Verlobung ins Blatt setzen."

„Fünfhundert? Hm! Die könntest vielleicht schon morgen haben."

„Was? Wie? Von wem?"

„Von mir. Hasts denn ganz vergessen, daß i vorher von dem Schatz gesprochen hab? Ich weiß einen."

Sie blickte ihm starr ins Gesicht und platzte dann heraus:

„Soll i ihn etwa mit heben?"

„Willst wohl?"

„Auf der Stell, gleich auf der Stell!"

„Es sind nämlich grad tausend Mark, die da vergraben liegen. Die teilen wir."

„Ich bin einverstanden."

„Und fürchtest dich net?"

„Vor wem denn? Wann i mich vor keinem Feuerrüpel gefürchtet hab, so mach i mir aus einem Geist erst recht nix."

„Das ist mir lieb. Aber der Schatz soll heut abend gehoben werden!"

„Am liebsten gleich schon in diesem Augenblick."

„Nein, am Tag gehts net."

„Wo liegt er denn?"

„Das wirst heut abend erfahren. Jetzt will i dir sagen, wie 's geschehn soll. Paß auf!"

Er sagte ihr, was sie zu tun haben werde, und das entschlossene Mädchen war mit allem einverstanden. Sie ging dem nächtlichen Abenteuer mit der gleichen Gemütsruhe entgegen, mit der sie irgendeine gewöhnliche Arbeit verrichtet hätte. Die beiden wurden vollständig einig.

Unterdessen hatte der Wurzelsepp die Stadt erreicht. Er hütete sich, den Fingerlfranz gleich aufzusuchen; er wußte, daß mit dem Warten die Ungeduld wächst und die Schärfe des Urteils sich verringert. Erst am Nachmittag ging er nach dem Gasthof des Tobias Matthes.

Der Wirt saß mit einigen Gästen am Tisch und spielte Skat.

„Guten Tag, schön' Dank — grüß Gott, danke sehr — willkommen, setz dich nieder — bitt sehr schön; oh, es hat nix zu sagen!" erwiderte er auf Sepps Gruß.

Das war dem Sepp doch zu viel.

„Aber, Matthes, sag mir doch mal, warum du gleich so eine Litanei machst, wann einer zu dir hereintritt!"

Der Wirt nahm sich doch die Zeit zu antworten:

„Weißt, das ist so: Wann ich mit dem Gast so red wie andre, so vergeht vor dem ‚Ich bitt schön' eine halbe Stund, und ich versäum dabei das Spiel. Lieber sag i da gleich alles her, meine Grüße und seine Antworten. So braucht er das Maul gar nicht aufzutun, und i bin mit ihm rasch fertig und kann weiterspielen."

„Der Gedanke ist freilich net übel."

„Net wahr? Aber nun halt auch deinen Schnabel! I kann mich nicht den ganzen Tag mit dir abgeben. Da bin ich beim Eicheltourné und weiß nimmer, wie ichs machen soll. Hast mich ganz irrgemacht."

Der Fingerlfranz saß als Mitspieler neben ihm.

„Mach dir keine große Sorg darüber! Es ist das letzte Spiel. Ich muß nun aufhörn", sagte er zum Wirt.

„Warum?"

„Weil i mit dem Wurzelsepp zu sprechen hab."

„Red morgen mit ihm oder übermorgen!"

„Nachher ists zu spät. Da haben die Spitzbuben mei Sau aufgefressen. Spiel, damit wir fertig werden!"

Das geschah; als das Spiel zu Ende war, sagte der Wirt:

„So, jetzt red mit ihm! Nachher, wann du fertig bist, spielen wir weiter."

„Vielleicht dauerts lange."

„So machs kurz!"

„Es is a Heimlichkeit!"

„Unsinn! Wegen der Sau? Ist doch niemand hier als ich, du und da der Bader. Da kannst sicher sein, daß nix ausg'sprochen wird. Hast etwa eine Spur von dem Spitzbuben entdeckt?"

„Nein, die soll da der Sepp entdecken. Komm mit her an den Tisch, Wurzelsepp, und trink ein Bier mit mir! I zahls gern und gut."

Der Alte folgte der Aufforderung.

„Dein Bier soll mir wohl schmecken; aber ob es dir Nutzen bringt, das glaub ich nicht", bemerkte er zurückhaltend.

„Red net! Wann du willst, so kannst!"

„Was soll er wollen?" fragte der Wirt.

„Den Dieb festmachen."

Da fuhr der Dorfbader, der auch mitgespielt hatte, in die Höhe.

„Festmachen? Das ist Magie, schwarze Magie und weiße Magie! Wer kann das?"

„Der Sepp da", antwortete der Fingerlfranz.

„Da irrst dich gewaltig!" wehrte der Alte.

„O nein. Der Müller hat mirs g'sagt."

„Was der sagt, das gilt nix."

„Bei mir gilts grad. Er ist mei Schwiegervater, und auf Sonnabend ist Verlobung; wann du aufrichtig mit ihm bist, kannsts also auch mit mir sein."

„Das klingt schon gut und fei; aber man darf von solchen Sachen gar net reden. Man weiß net, wie sie ablaufen."

Der Franz legte ihm die Hand auf die Schulter und bat ihn:

„Sag mir nur das eine: Kannst erfahren, wer der Dieb gewesen ist?"

„Ja, und auch noch, ob die Sau noch lebt, wo sie sich befindet, und noch vieles andere. Ja, i könnts sogar so weit treiben, daß der Spitzbub die Sau dahin bringen muß, wohin du sie haben willst."

„Etwa auch hierher zu mir?" fragte der Wirt gespannt.

„Ja, auch hierher."

„Das wär ein Kunststück, wies kein zweites gibt."

„Oh, und dennerst ist es sehr leicht. Man muß es nur richtig machen", erklärt der Sepp in bestimmtem Ton.

„Ist etwa eine Geisterg'schicht dabei?" erkundigte sich der Fingerlfranz vorsorglicherweise.

„Fürchtst dich vor Geistern?"

„Warum net? Ein Mensch mag mir kommen, wie er will, so hau ich ihn nieder; aber bei Geistern hilft kei Ohrfeige und keine Backpfeife nix."

„Es geht ganz ohne die Hölle und ohne den Teufel dabei her."

„Aber ein Zauber muß doch dabei sein. Ohne den könntest den Spitzbub net zwingen, zu kommen."

„Ja, ein Zauber ist freilich dabei, doch kein böser, sondern ein guter. Wo hat das Schwein gesteckt?"

„Im Stall natürlich."

„Und weiter muß i fragen, obst ein guts Gewandl hast, außer dem, das du jetzt am Leib tragst?"

„Natürlich hab i eins."

„Und hast vielleicht auch einen Schiebebock und einen Schubkarren?"

„Das werd i doch haben!"

„Und kannst leicht etwas auswendig lernen, ein kleins Liedl oder einen Reim?"

„Wanns net gar so groß ist, so werd is schon fertigbringen."

„Nun, dann ist ja alles beisammen, was du brauchst. Ich könnt eine Wette machen um tausend Gulden, daß der Spitzbub kommt."

„So machs!"

„I werd mich hüten!"

„Warum? Schau, i zahl dirs gut. Ich geb dir zehn Mark. Oder willst zwanzig?"

„Gar nix will i. Wann ichs nicht tun will, so liegt das net am Geld, sondern an der Polizei."

„Wieso an der Polizei?"

„Weißt noch net, daß sie solche Dinge nicht leiden mag? Zauberei ist verboten."

„So machen wirs im geheimen."

„Ja, wer gibt mir die Sicherheit, daß es auch wirklich heimlich geschieht, daß niemand etwas erfährt?"

„I geb dir mei Wort drauf."

„I auch — i auch!" fügten der Wirt und der Bader hinzu, die beide auf den Verlauf dieser Angelegenheit im höchsten Grad neugierig waren.

„Gebt ihr mir eure Händ?"

„Ja, hier!"

Er nahm ihre Hände, drückte sie und dann nickte er mit sehr ernster Miene.

„Nun gut, so will ichs versuchen. Aber kein einziger Mensch außer uns darf etwas erfahren!"

Nachdem er eine abermalige kräftige Versicherung der Verschwiegenheit erhalten hatte, fuhr er fort:

„So wär zunächst ein Erbschlüssel notwendig."

„Hab schon einen."

„Wie kommt das?"

„Der Müller hat mirs gesagt, daß zu so einer G'schichte ein Erbschlüssel notwendig ist. Da hab i einen mitbracht."

„Der kann auch sei Maul nicht halten. Seid nur ihr verschwiegener, sonst ists gefehlt. Und jetzt gebt mir eine Kreide her zum Schreiben und ein Stuckerl Bindfaden."

Beides wurde geschafft. Er malte mit der Kreide einen Kreis auf den Tisch und zeichnete einige Figuren hinein, wie sie ihm gerade einfielen. Dann band er den Schlüssel an den Bindfaden.

„Jetzt wollen wir sehn, ob die Sau noch lebt."

Er hielt den Schlüssel am Bindfaden über den Kreis, ließ ihn einige Schwingungen machen und sagte dann, als der Schlüssel über einer der Figuren schweben blieb:

„Hab mirs kaum noch denken können. Das Schweinerl lebt noch. Es ist noch net geschlachtet worden. Jetzt wolln wir sehn, was für eine Person der Spitzbube ist."

Er wiederholte seinen Schabernack und machte, als der Schlüssel wieder still hängenblieb, ein sehr zufriedenes Gesicht.

„Das ist schon wahrscheinlich gewesen. Der Dieb ist ein Frauenzimmer. Ein Mannsbild wär so gescheit gewesen, die Sau sogleich zu schlachten."

„Ein Weibsbild?" fragte der Fingerlfranz. „Sollt mans für die Möglichkeit halten, daß so ein Weib den Mut hat, mei Sau zu stibitzen. Aber wer sie sein mag?"

„Das wirst erfahren, wannst sie anschaust."

„Dann also weiter! Sag nur, wie alles kommen muß."

„Nun, zunächst muß so was immer am zweiten Abend nach dem Vollmond geschehn."

„Der war vorgestern; also ist grad heut der richtige Tag. Das ist mir sehr lieb. Wann ich noch länger warten müßt, tätens mir das Schwein bis dahin abmurksen."

„Also willst heut?"

„Freilich ja."

„Und wohin willst die Diebin bringen?"

„Das möcht ich vorher überlegen."

„Nix gibts zu überlegen!" fiel da der Wirt schnell ein. „Wo denkst hin, Franz! Hier bei mir machen wirs jetzt aus, und folglich wird sie hierher zu mir bracht."

„Um diese Zeit sind aber noch Gäst bei dir!"

„Grad das ist gut. Eine Frau, die Sauen maust, muß

blamiert werden. Und das geschieht am allerbesten hier im Gasthof, wo viel dabei sind. Wannst sie herbringst, geb i zum Vergnügen ein guts Freibier zum besten."

„Das tät i mir schon gefallen lassen. Was meinst dazu, Wurzelsepp? Soll i ihm die Freud machen?"

„I hab nix dagegen, wann ihr meine Bedingungen erfüllt, die i da machen muß."

„Was für welche?"

„Es darf vorher kein Mensch was wissen. Und auch nachher darf keiner erfahren, daß i die Hand im Spiel g'habt hab. Ich will nimmer als Zauberer gelten. Und nachher könnt mir auch die Familie der Diebin gar noch was auswischen."

„Wir sagen kein Wort."

„Schön! So magst sie also hierherbringen. Jetzt aber laß dir vom Wirt ein Papier geben, daß du dir die Reden aufschreibst, die du lernen mußt."

Das Papier wurde gebracht und ein Bleistift dazu.

„Also, Franz, wann es gegen zwölf Uhr g'worden ist, so ziehst dei guts Sonntagsgewandl an, machst dir mit Ruß das Gesicht und die Hände schwarz, nimmst ein großes, weißes Bettuch und gehst fort."

„Wohin?"

„Warts nur ab! Vorher muß i dir sagen, daß du dich jetzt von keinem Menschen sehn lassen darfst."

„Mit dem weißen Tuch? Das leuchtet doch so weit, daß jedermann mich gewahren muß!"

„Es ist ja spät, gegen Mitternacht. Und du mußt eben eine Richtung einschlagen, daß kein Mensch dir so leicht begegnet. Du mußt laufen mit dem Wasser, aber net dagegen, und bleibst am ersten Punkt stehn, wo ein andrer Weg abzweigt."

„Aha! Das ist also gegen die Talmühle hin."

„Ja. Also dort machst Halt und nimmst den Erbschlüssel heraus. Den wirfst hin und sagst den Spruch, den du dir jetzt aufschreiben sollst:

‚Schlüssel, Schlüssel, klinglingling,
fahre jetzo aus den Taschen!
Grade hier will ich das Ding,
das die Sau gemaust hat, haschen!'"

„Soll i das etwa laut sagen?"

„Nun, schreien brauchst grad net, daß mans drinnen in Frankreich oder drunten in der Türkei hören kann, auch wann man taub ist. Du mußts eben so sagen, daß du es selber gut hörst. Verstanden?"

„Jawohl!"

„Nachher gehst langsam fort. Aber weißt, das muß grad in demselben Augenblick geschehn, wanns um Mitternacht schlägt. Net früher und net später!"

„Das kann i schon so einrichten."

„Wohl! Nachdem also gehst fort, aber nimmer sehr weit, so daß du den Ort grad im Aug haben kannst."

„Das paßt sich sehr gut, denn da ist der Mühlgraben, wo das Erlengebüsch steht. Wann i mich hinter die Sträucher steck, so sieht mich kein Mensch, i aber kann alles sehn."

„Ja, es ist ganz so, als ob alles grad für dich so recht hübsch eingerichtet wär. Nachher also paß scharf auf; sie wird bald kommen."

„Die Diebin?"

„Ja. Aber weißt, vorher muß i dir noch die Hauptsach erklären. Wann du von daheim fortgehst, so mußt den Schubkarren mitnehmen. Den läßt du da stehn, wo du das Sprücherl gesagt und den Schlüssel fortgeworfen hast. Dann wird die Diebin kommen und den Karren holen."

„Was fallt dir ein? Soll i mir zu dem Schaden auch noch den Spott und das Gelächter holen? Erst ist mirs Schwein gestohlen worden, und dann schaff i der Spitzbübin auch noch den Schiebebock hin, daß sie die Sau recht hübsch und gemütlich zu Markt fahren kann! Soll is ihr net etwa nachher auch noch abkaufen?"

„Was bist doch gleich für ein Obenhinaus! Sie wird den Schiebebock holen, um dir darauf die Sau herbeizubringen."

„Ah! So meinst?"

„Ja, so ists."

„Kann sie net ihren eigenen Schubkarren nehmen?"

„Weißt so genau, daß sie einen hat?"

„Freilich nein."

„Und der deinige muß es sein, weil du selber das Schwein haben willst. Weißt, die Magie ist so, daß sie gezwungen ist, dem das Vieh zu bringen, dem der Karren gehört."

„Ach so! Das ist was ganz anderes."

„Ja, natürlich! Wann sie mit dem Karren fort ist, wird sie die Sau darauf laden und sie auf den Weg hinbringen. Dort setzt sie den Schiebebock nieder und wartet. Du gehst hin zu ihr und sagst nur das einzige Wörtl: ‚Kommt' und läufst voran. Da wird sie dir nachfolgen, immer hinter dir her."

„Überall, wohin ich geh?"

„Überall."

„Auch bis hierher zum Gasthof?"

„Ja, und sogar bis in diese Stube herein."

„Das wäre freilich ganz wunderbar!"

„Ich sag dir, daß sie muß. Der Zauber zwingt sie dazu. Sie kann gar nicht anders."

Die andern hatten ruhig zugehört. Jetzt sagte der Wirt:

„So was ist aber doch kaum zu glauben!"

„Wirsts heut am Abend schon glauben, wanns so eintroffen ist, wie ich sag!"

„Ja, dein Gesicht ist so ernst dabei, und du redest so davon, als obst überzeugt wärst."

„Das bin ich auch."

„Hasts wohl oft gemacht?"

„Net nur einmal! Es muß ganz sicher gelingen, wenn

man nur alls richtig macht. Ganz besonders darf man sich net versprechen, wenn man die Sprücherl hersagt."

„Es ist doch nur bloß eins", meinte Franz.

„Sorg dich net darum, es kommen schon noch einige. Nämlich, wann du hier in der Stube ankommen bist und die Diebin hat den Schiebebock niedergesetzt, nachher mußt laut sagen, daß es alle hören:

‚Holderi und Holdera,
dschingderum, jetzt sind wir da!'"

„Das ist net schwer zu merken."

„Ja. Nachher wird die Sau antworten."

„Was? Die soll reden?"

„Obs reden wird oder quieken oder grunzen, das weiß i freilich nicht vorher. Grunzen aber wirst sie unterwegs hören, so daß du überzeugt sein kannst, daß das Schwein da ist. Kurzum, sie wird dir auf den Vers antworten. Und sodann sagst nachher:

‚Rumdi, bumdi, Mückennest,
jetzt haben wir den Racker fest!'"

„Auch das ist net schwer. Aber sehr eigentümlich tun diese Gestanzeln doch klingen!"

„Weil überhaupt die Sache eine ungewöhnliche ist. Nachher antwortet das Schwein wieder. Es ist mit einem Bettuch überdeckt. Das ziehst nun hinweg und sagst dabei:

‚Schlingel, Schlangel, Schnipp und Schnapp,
nun ziehn wir das Fell ihm ab.'

Dann ist die G'schichte aus. Die Sau ist wiederum dein, und mit der Diebin kannst machen, was du willst."

„Weiter wird nix verlangt?"

„Gar nix."

„So ists noch auszuhalten. Nur eins macht mir Bedenken. I hab das Tuch um und ein schwarzes Gesicht. Wann wir nach der Stadt kommen, werden alle Leute uns nachlaufen. Das kann mir net gefallen."

„So mußt bedenken, daß es inzwischen eins geschlagen hat. Da wird wohl niemand mehr auf der Straß herumlaufen. Und der Gasthof liegt gleich in der ersten Gasse nach dem Dorf hinaus. Die Hauptsache ist, daß niemand erfahren darf, daß es sich um eine Zauberei handelt, sonst wirst von der Polizei in Straf genommen. Das mußt dir gut merken."

Es wurde noch manches hin- und hergeredet, und zum Schluß zeigte der Fingerlfranz sich vollständig bereit zu dem sonderbaren Unternehmen.

„Das soll mir ein Spaß werden", sagte der Wirt und rieb sich die Hände, „wann wir die Spitzbübin greifen. Da will i auch nichts dagegen haben, daß wir jetzt bei dieser G'schichte unser Spiel versäumt haben. Jetzt aber ist die Sache beschlossen, und so können wir von neuem beginnen. Franz, du bist an der Reihe zum Kartengeben."

„Also heut abend", sagte Franz zum Sepp, der Abschied nahm. „Dein Zeche bezahl i. Kommst doch auch mit her?"

„Ich weiß noch net, glaubs aber kaum. Den Rat hab i geben; weiter bin i nimmer nötig. Besser ists allemal, wenn i net mit da bin. Aber i werd dich morgen aufsuchen, da kannst mir mal das Schwein zeigen, das man bei dir ausbrochen hat."

„Oh, einbrochen ist niemand; das war gar net notwendig. Die Sau steckte ganz hinten im letzten Koben am Garten. Da war früh der Holzriegel von der Türe zurückgeschoben, und das Vieh verschwunden. Die Spitzbübin hat sich gar keine Mühe zu geben brauchen."

Der Wurzelsepp brach auf. Er wollte den Fex aufsuchen, um sich mit ihm zu besprechen. Da er den gewöhnlichen Weg schon zur Stadt hin gegangen war, schlug er diesmal einen andern ein, der durch die Felder führte und um das Dorf herumging. Nach einiger Zeit war es ihm, als ob er ein Geräusch gehört habe. Er blieb stehen und lauschte. Richtig! Da von rechts herüber klang es wie ein tiefes, wohlgefälliges Grunzen. Er schritt auf den Ort zu, von dem die Töne kamen.

Mitten in einem großen Feld, das im vorigen Jahr mit Rüben bepflanzt worden war, hatte man eine sogenannte Miete errichtet, um die Rüben, für die der Besitzer im Haus keinen Platz gehabt hatte, im Freien über den Winter aufzubewahren. Sie waren aufgeschichtet und wohl einen halben Meter hoch mit Erde zugedeckt worden. Und da drinnen in diesem Haufen steckte — ein Schwein, das sich tief hineingewühlt hatte und behaglich grunzend von den saftigen Rüben fraß. Keine Spur von einem Strick oder einer sonstigen Fessel. Es war klar; das Tier gehörte dem Fingerlfranz. Es war nicht gestohlen worden, sondern einfach ausgerissen. Vielleicht hatte die Magd beim Abendfüttern vergessen, die Stalltür zu verschließen; das Tier war fortgelaufen, hatte die Miete gefunden und sich in diesen reichgedeckten Tisch tief hineingefressen. Jedenfalls fiel es ihm nicht ein, den Ort so bald wieder zu verlassen.

„Das laß ich mir gefalln!" schmunzelte der Sepp. „Nix kann mir besser passen als grad das! Jetzt werdens glauben müssen, daß i wirklich hexen kann!"

Er blickte um sich. Kein Mensch war zu sehen. Er zog eine starke Schnur aus seinem Rucksack und schnitt sich mit dem Messer einen Pflock aus dem nahen Busch. Dann kroch er zu dem Schwein hinein, trieb den Pflock mit einem Stein tief in den Boden und band die Sau mit einem Hinterfuß fest. Auf diese Weise war das Tier an der Flucht verhindert. Dann ging er weiter, der Mühle zu.

Er hatte sein Ziel noch lange nicht erreicht, als er den Konzertmeister in anscheinend großer Eile kommen sah. Er blieb stehen und zog seinen Hut.

„Grüß Gott, Herr Konzertmeister! Verteixeli, hasts heut notwendig!"

Der Virtuos hörte nicht so recht auf die Worte. Er dankte kurz, lief vorüber und rief dabei:

„Hab keine Zeit. Muß zu ihr! Sie kommt, sie, sie!"

„Sie? Sie? Wer ist nachher diese Sie?"

Da schien der Italiener sich auf etwas zu besinnen. Er blieb stehen, drehte sich um und kam zum Sepp zurück.

„Ich haben gehört, daß du sein bekannt mit ihr?“

„Mit ihr? Wen meinst dann?“

„Das ratst du nicht? Du sein ihr Bekannter, ihr Freund, ihr Paten, ihr conoscente, amico e padrino? Sein das wahr?“

„Von wem redst denn eigentlich?“

„Von damigella, von canterina, von Sängerin Signora Mureni.“

„Mureni! Gott sei Dank! Jetzt gibts endlich mal ein deutsches Wort! Mureni! Die Murenleni meinst?“

„Ja, sie mein ich!“

„Nun, freilich, der ihr Pat bin i schon.“

„So! Da wollen ich dir sagen, daß sie kommen.“

„Sie kommen? Wie viele denn?“

„Sie, sie, sie die Sängerin.“

„Ach so! Die Leni? Wann kommt sie?“

„Jetzt, augenblicklich, subito, mit dem nächsten Zug auf der Eisenbahn. Ich laufen, sie abzuholen.“

„Himmelsakra. Dann lauf i auch!“

Er setzte sich mit dem Musikmeister in Bewegung. Natürlich hatte der Sepp ganz andere Lungen als der Italiener. Nach einer halben Stunde war er ihm schon weit voraus. Da aber kam ihm ein Gedanke. Er blieb stehen, ließ ihn herankommen und fragte:

„Wieviel Uhr kommt denn der Zug?“

„Sieben Uhren, le sette.“

„Um sieben! Heiliger Severinus! Da hab'n wir ja noch eine ganze Stunde Zeit! Jetzt laß mich aus! Was seid ihr Musikanten doch für unbegreifliche Leute! Hast noch so viel Zeit, und rennst davon wie ein Spitzbub. Der Schweiß läuft dir in die Schuhe, und wannst nachher auf dem Bahnhof stehst und frierst, so klapperst mit den Knochen, und bekommst einen Schnupfrich, daß dir die Nase tropft wie eine Dachtraufe beim Wolkenbruch. Geh doch, wie sichs gehört. Und sag mir lieber, woherst weißt, daß die Leni kommt.“

„Mein Freund hat zu mir heraufschicken, der Kapellenmeister, il maestro di capella. Ich müssen sie mit abholen von der Bahnhof, ich, weil ich mit sie spielen und machen Konzert.“

„Ach so, du spielst mit ihr? Schön! Aber weißt vielleicht schon, in welchem Gasthof sie wohnen wird?“

„Nix, in kein Gasthof, in kein Hotel. Sie werden wohnen in die Mühle — mulino.“

„Meist etwa in der Talmühle?“

„Ja. Mein sehr geehrtes Freund Riccardo Wagner hat gesprochen mit das Müller. Dort sein ein Logis zu finden.“

„Etwa in dem Landhaus bei euch?“

„Nein, in Mühlen selber, eine Treppe hoch, mehrere Zimmer, molti appartamenti.“

„Das ist droben in der guten Stube und nebendran, wo der Müller nur aufschließen tut, wann er mal Besuch bekommt. Dös Loschemang hat er hergeben? Das ist ja ein blaues Wunder! Da hat er mal eine sehr gute Laun g'habt. Jetzt horch! Da schlägts auf dem Turm. Nun haben wir noch drei Viertelstunden Zeit. Aber weißt, du bist halt ein vornehmer Mosjeh, und mein Habit paßt net zu dem feinen Gottfried, den du ang'zogen hast. Drum will i dich net vor den Leuten blamiern. Lauf du durch die Stadt, i geh hinten herum.“

Sie trennten sich, was dem Konzertmeister auch ganz lieb zu sein schien. Unter vier Augen mochte er wohl gern einmal mit dem spaßigen Wurzelsepp beisammen sein; aber mit ihm durch die Stadt gehen, das hielt er doch nicht für geraten. Also schritt er geradeaus, und der Alte schlug einen schmalen Pfad ein, der um den Badeort herumführte.

„Jetzt bin i neugierig“, murmelte er in den Bart, „was die Leni für ein feins Gewandl anhaben wird, wann sie aus dem Wagen steigt. Freilich muß sie sich nun kleiden wie eine richtige neumodische Mademosellen, so ein langes Kleid von Seide mit einem Schlamperl daran, was hinterher die Zigarrenstummeln auf der Straß zusammenfegt. Und große Schritte darf sie a net machen, wie wann unsereiner über den Graben springt, sondern sie muß so zimperlich hipperln und tripperln, wie wanns Ameisen zwischen den Fußzehen hätt. Na, i bin begierig, obs mich dann auch noch kennt und anschaut, besonders wann so vornehme Herren dabei sind, der Musikmeister und der Musikdirektor!"

Er blieb stehen und schlug sich mit der Faust vor den Kopf.

„Was? Wurzelsepp, was bist doch für ein Halunke und schlechter Kerl! Du meinst, daß die Leni dich nimmer kennen wird? Die Leni ist ein bravs Dirndl; die verleugnet den Sepp net, und wann selbst der König dabei steht und der Großmogul. Die, wann sie aussteigt und sieht mich dabeistehn, so schaut sie die vornehmen Schlankerln gar nimmer an, sondern die wirft vor Freud den Sammethut in die Luft, macht einen Jauchzersprung und fallt mir um den Hals, daß ich gleich denk, ich hab in der Braunschweigischen Lotterie die Fünfmalhunderttausend gewonnen. Nachher —"

Er war mit beschleunigtem Schritt weitergegangen, blieb aber jetzt noch einmal stehen, hielt mitten in seiner Rede inne und starrte nach einer nahe liegenden Gartenecke. Dort kam zwischen zwei Häusern ein schmaler Steig heraus, der auf seinen Weg mündete. Auf diesem Steig war jemand herangekommen und beim Anblick des Alten dort an der Zaunecke, ebenso freudig überrascht wie er, stehengeblieben.

„O Jerum Postum Natum, ich weiß nix mehr vom Datum!" rief er aus. „Ists wahr? Bists, oder bists nicht? Leni!"

„Sepp! Mein alts guts Paterl! Komm her! I muß dir vor lauter Freud ein Busserl geben!"

Sie breitete die Arme aus und kam auf ihn zu. Er aber hielt ihr die ausgespreizten zehn Finger entgegen und rief abwehrend:

„Halt! Net so schnell! Erst muß i mir das Maul abwischen, ehe mich so ein sauberes Vögerl anbeißen darf. Weißt, ich hab auch meine Lebensart gelernt!"

Er wischte sich einigemal mit dem Ärmel derb über den grauen Schnurrbart.

„So, jetzt ists appetitlich. Nun schmatz drauflos!"

Sie lachte hell und munter auf, schlang die Arme um seinen Hals und gab ihm einen — zwei — drei schallende Küsse.

„Da, Sepp, hast deinen Willkomm! Schau, so sehr freu i mich, daß i dich seh!"

Er leckte sich die Lippen ab, als ob er Honig gegessen habe, und meinte schmunzelnd:

„Ja, so was laß i mir schon gefallen. Wanns allemal so wär, so lief i halt glei jetzt wieder fort, um in einer Viertelstunde wieder so ein Willkomm zu erhalten. Aber, du Wetterhexe, was tust eigentlich hier hinter den Häusern? Willst etwa Sperlinge fangen?"

„Ja!" lachte sie. „Aber nur einen einzigen. Und zwar einen recht alten und grauen."

Dabei hielt sie ihn an seiner alten Joppe fest.

„Potz Flammri! Meinst wohl gar mich?"

„Ja doch!"

„Hast recht. So ein alter, grauer Spatz und Matz bin i schon freilich. Also mich hast fangen wollen? Das soll i wohl auch glauben?"

„Kannsts glauben! Ich bin durch alle Straßen gelaufen und hab in alle Wirtshäuser geschaut, aber da ist kein Sepp zu sehn gewesen. Hernach hab ich denkt, ich will mal ins freie Feld blicken, ob er vielleicht da herumspringt. Und richtig — da hab i dich erwischt."

„Schau, schau! Und weißt halt, wohin ich eben wollt?"

„Nun?"

„Nach dem Bahnhof, um dich aussteigen zu sehn."

„Ich bin mit dem vorigen Zug ankommen. Aber woher weißt, daß ich mit diesem Zug kommen soll?"

„Von einem Italiener, einem Konzertmeister, dems der Musikdirektor gesagt hat."

„Ach so, der! Ja, der Musikdirektor hat uns telegraphiert, daß er uns mit einem Wagen abholen will, und daß er auch eine sehr hübsche Wohnung für uns hat."

„Uns? So bist net allein da?"

„Jetzt bin ich allein; aber nun kommt Frau Gualèche, weißt, meine Gesangslehrerin."

„Ja, das Kalescherl. Nun sag aber auch, warum du so zeitig kommen bist und nicht mit deiner Madame Kalescherl?"

„Ja, schau, das war so eine Laune von mir."

„O weh! Hast auch Launen?"

„Einen ganzen Haufen! Weißt, die Direktorin hat ihr Stubenmädchen mitgenommen und ein Gepäck, als obs nach Amerika auswandern wollt. Und weil wir abgeholt werden sollen, so hats ein Seidenkleid anzogen, und ich sollt auch als so ein vornehms Pupperl mitkommen. Nun denk dir mal, Sepp: Eine Schnürbrust mit acht Pfund Fischbeinen, auf dem Kopf ein großer Hut mit einer großen Straußenfeder, drei Ellen lang. Nachher die Haare fein gesalbt und geflochten und zwanzig Nadeln hinein und ein Diadem von Silber mit Granaten drin. Da ist mir himmelangst worden, und ich bin ausgerissen."

„Wie? Was? Wirklich ausgerissen?"

„Freilich."

„Weiß dann das Kalescherl, daß du hier bist?"

„Daß ich schon hier bin, weiß sie nicht. Ich hab halt mein Alpengewandl hervorgesucht und heimlich anzogen. Herrgott, wie mir da so wohl worden ist! Das glaubst gar nicht. Ju — hu — hio!"

Sie schnipste mit den Fingern in die Luft und stieß einen schallenden Jodler aus. Der Sepp wurde davon sofort angesteckt. Er faßte sie mit beiden Händen um die Hüfte, hob sie hoch empor und schrie:

„Hol — de — ro — drio — oh! Dirndl, du hast mirs angetan! Der Teixel soll das vornehme Gelimper und Gelamper holen!"

„Hast recht, Sepp, hast recht! Also ich hab mein Gewandl anzogen und bin davon. Vorher aber hab ich einen Brief geschrieben, daß ich fort bin; ich werd einen Umweg machen und erst morgen am Vormittag hier ankommen. Nun möcht ich wissen, was die Frau Direktor für ein Gesicht gemacht hat, als sie den Brief las. Das muß gespaßig gewesen sein!"

„Und was für Gesichter der Konzertmeister und der hiesige Kapellmeister machen werden, wann sie hörn, daß du nicht mit dabei bist, das möcht ich auch sehn. Aber nun sag doch mal, Leni, wannst so allein gefahren bist, wo hast nachher das Geld dazu hergenommen?"

„Sepp, soll ich dir meine Kasse zeigen?"

„Ja, zeigs doch mal! Dadrin wirds wohl auch traurig ausschaun, denn die Sennerin bist nun nimmer, und einen Dienstlohn bekommst also nicht. Aber hab nur keine Sorge. Solang der Sepp da ist, soll dir geholfen sein. Was du brauchst, das hab ich. Ich hab mir schon denkt, daß du kein Konzert hier singen und so eine Reise machen kannst ohne Geld. Und hier brauchst doch auch etwas. Nicht?"

„Das wird schon wahr sein."

„Nun, so will ich dirs geben."

„Wie? Das willst wirklich tun? Geld willst mir geben?"

„Ja, freilich!"

Um ihre Lippen spielte es stillvergnügt.

„Nun, wieviel nur?"

Er zog sein kleines, schmutziges Lederbeutelchen hervor und öffnete es. Er nahm ein Papierchen heraus, reichte es ihr hin und antwortete:

„Soviel, Leni. Weit wirds wohl nicht reichen, aber besser ists doch immer als gar nix."

Sie nahm und öffnete es. Es war ein zusammengelegter Fünfzigmarkschein. In ihren Augen glänzte es feucht, und ihre Lippen zuckten verräterisch.

„Das willst mir geben, Sepp? So viel?“

„Leni, für eine Sängerin ists wenig, das kann i mir wohl denken.“

„Aber wie lang hast darüber gespart?“

„Das geht di nix an!“

„Oh, das geht mich schon was an! Mein armer, alter Pate, der nur trocken Brot ißt und am Tag über kaum eine Mark verdient, wann der mir gleich fünfzig Mark schenken will, so kann ich schon darnach fragen, obs ihm auch keinen Schaden bringt!“

„Da brauchst kei Angst zu haben. Ich sterb schon net daran!“

„Nein, gleich nicht. Aber wannst in deinen alten Tagen dir net auch mal eine Güte tun kannst, so verkürzest dein Leben. Ich nehm das Geld nicht.“

„Leni!“ rief er halb bittend und halb grollend.

„Ich brauchs auch nicht, wollt nur mal sehn, wieviel du mir geben tätst.“

„Du brauchsts schon notwendig!“

„Nein, ich hab Geld.“

„Kannsts beweisen?“

„Ja.“

„Na, so mach den Beutel auf!“

„Gut, schön! Sollst gleich merken.“

Sie drückte ihm den Schein wieder in die Hand, zog eine Geldtasche heraus, öffnete sie und hielt sie ihm hin.

Er warf einen langen, erstaunten Blick hinein, trat dann zurück und sagte:

„Jesses, Marie und Josef! Hast du aber ein Geld. Lauter Zehn- und Zwanzigmarkstück!“

„Nur? Oh, ich hab noch mehr. Schau hier nach!“

Sie öffnete noch ein verschlossenes Fach und zog mehrere Hundertmarkscheine hervor.

„So! Hier sind noch fünfhundert Mark."

Da hob er die Hand erschrocken hoch und brach in den alten Stoßseufzer aus:

„O Herr, behüt mich hier auf Erden,
daß ich nicht mög ein Spritzbub werden!"

„Willst etwa bei mir einbrechen?" lachte sie.

„Nein, bei keinem, und bei dir erst recht net. Aber schau, das sind doch fast achthundert Mark. Wo hast die denn eigentlich her?"

„Ach so! Jetzt denkst, ich sei irgendwo einbrochen!"

„Nein, aber i kanns net begreifen, daß du so ein Geld hast. Eine arme Sennerin und so ein Vermögen! Sags schnell, damit i ruhig werd!"

„Vom König hab ichs."

„Ah! Vom König!"

„Ja. Er zahlt alles und gibt mir noch Tagegeld dazu, wovon ich mir dieses hier gespart hab."

„Himmelsakra! Das mag auch begreifen, wers begreift!"

„Ich bekomm am Tag fünf Mark, am Monat also hundertfünfzig Mark. Hundert spar ich davon, und weil i nun vom September bis Mai in der Gesangslehr bin, also acht Monate, so sinds auch grad achthundert Mark."

„Und die sind auch dein?"

„Natürlich! Der König hat den Betrag aus seiner Privatkasse angewiesen, und da wirds nun ausgezahlt, ob ichs brauch oder nicht."

„O heiliger Baldrian! So eine Privatkasse, wann i die auch hätt! Aber schau, das freut mich sehr, daß du so gespart hast. Konntsts ja auch verjubeln wie andre, und es hätt kein Hahn darnach gekräht. Aber so ist nun die Leni!"

„Soll is zum Fenster nauswerfen? Ich erhalt ja alles, was ich brauch, Wohnung und Kost, Lehrgeld und Kleidung, und was für Kleidung! Hör, Sepp, wannst mich im neuen Konzertkleid siehst, so geht dir der Verstand flöten!"

„Du, da schau i di lieber gar net an!"
„So willst mich also net hören?"
„Ich möcht wohl. Darf i?"
„Du sollst sogar. Wann ich zum erstenmal als Sängerin auftret, so mußt unbedingt dabei sein. Ich geb dir ein gutes Freibillett — — Aber hier stehn wir nun schon fast eine halbe Stunde. Wohin gehn wir nun?"
„Willst etwa gleich in deine Wohnung?"
„Wo ist das?"
„Weißts noch net? Das ist in der Talmühle draußen, wo auch der König wohnt."
„Der ist schon da?"
„Ja; aber es solls niemand wissen. Und der Wagner ist auch hier. Na, die hab'n auch schon ein Abenteuer durchgemacht, was hätt schlimm ausfalln können, wann der Fex net gewesen wär!"
„Wer ist das, der Fex?"
„Das werd i dir nachher schon alls klipp und klar erzählen, Leni. Wollen wir jetzt net mal nach dem Bahnhof gehn?"
„Was sollen wir dort?"
„I möcht gern den Empfang anschaun, wannst net mit dabei bist."
„Sepp, das ist mir zu gefährlich. Wann wir sie sehn, so sehn sie uns auch."
„Hm! Wir müssen uns verstecken."
„Auf Bahnhöfen gibts keine Verstecke wie im Feld oder im Wald."
„Oh, hier dennoch. Ich weiß eins. Weißt, da drin im Wartesaal erster Klasse, da hab i mal hineingeschaut, und da hab i eine Tür gesehn, daran ist zu lesen gewesen: ‚Waschraum'. Weißt, was das ist?"
„Nun?"
„Ich hab gleich den Kellner gefragt, und der hats mir erklärt. Wann nämlich eine Herrschaft auf der Reise recht schmutzig worden ist, so gehens da hinein, um den Dreck

herunterzuwaschen. Nachher sinds reinlich worden und dürfen sich wieder vor den andern Menschen sehn lassen. Hast schon mal davon gehört?"

„Freilich wohl", lachte sie.

„Glaubsts wohl net, weil du lachst?"

„Ich lache, weil dus mit dem Dreck ein wenig gar zu kräftig machst."

„Wohl net. Dreck ist Dreck. Oder meinst, daß es nur bei einem Bauern Dreck ist, bei einem Bürger Schmutz und bei einem Vornehmen Reisestaub? Meinetwegen! Die Sach aber bleibt immer dieselbe. Nun mein i aber, wann wir in diese Stub gehn, so können wir alles sehn. Und wann das Fenster offen ist, so hören wir auch, was gesprochen wird. Meinst nicht?"

„Ja, das ist richtig."

„Willst?"

„Meinetwegen. Aber es muß bezahlt werden!"

„Eine Mark für die Person; das sind zwei Mark; die zahl ich gern für das Vergnügen. Komm also! Der Zug wird bald da sein."

Als sie zum Bahnhof gelangten, hielt eine Kutsche in der Nähe des Bahnsteigs, und dabei stand der Italiener mit dem Kapellmeister.

„Schau", erklärte der Sepp, „dort stehn die beiden Meister, die dich erwarten. Sie dürfen uns nicht sehn. Komm, wir gehn durch die andre Tür."

Der Kellner, von dem Sepp den Schlüssel zum Waschraum verlangte, guckte diesen nicht schlecht an. Das war ihm noch nicht vorgekommen, daß so ein Rucksackträger sich so fein erwies.

Als die beiden eingetreten waren, schob Sepp den Riegel vor, um nicht etwa gar von denen, die er belauschen wollte, überrascht zu werden.

Es läutete, und gleich darauf fuhr der Zug ein. Die beiden Musiker eilten herbei. Sie richteten ihr Augenmerk natürlich auf die Abteile erster und zweiter Klasse. Gerade gegenüber dem Fenster des Waschraums wurde eine Wagentür geöffnet. Eine Dame blickte suchend heraus.

„Signora Mureni", rief der Kapellmeister laut. „Wo befindet sich Signora Mureni?"

„Hier", antwortete die erwähnte Dame.

Die beiden Herren eilten herbei, rissen die Hüte von den Köpfen und verbeugten sich tief. Dann fragte der Kapellmeister:

„Darf ich hier meinen Freund vorstellen? Ich bin Kapellmeister Naumann, der Absender des heutigen Telegramms. Dieser Herr ist der Herr Konzertmeister Rialti aus Bologna, der sich außerordentlich glücklich schätzt, bei dem Konzert mitwirken zu dürfen. Bitte, Ihre Hand, Signora!"

Er half ihr aussteigen. Aber je weiter die Dame sich aus dem Abteil hervorarbeitete, desto länger wurde sein Gesicht.

Die Türöffnung war beinahe zu eng für die Gestalt dieser Frau. Ihr hochrotes Gesicht glänzte vor Fett; der Atem schien ihr zu fehlen. Von einem Tritt auf den andern herabzusteigen, bedeutete für sie eine derartige Anstrengung, daß beide Herren sie unterstützen mußten, wobei sie die Last kaum halten konnten.

‚Ist das die Mureni?' fragten sich ihre Blicke.

Unmöglich! Das war jedenfalls nur die Anstandsdame. Die Sängerin steckte wohl noch im Wagen. Der Kapellmeister warf einen Blick hinein. Das Abteil war leer. Unter Angst und Bangen erkundigte er sich:

„Kommen Signora allein oder in Begleitung?"

Die Dame hatte sich von der Anstrengung des Aussteigens noch nicht ganz erholt. Sie schnaufte wie ein Walfisch und wedelte sich mit dem Taschentuch Kühlung zu.

„Nicht — nicht allein", hauchte sie.

„Ach, Gott sei Dank!" dachte der Kapellmeister.

„Ich — hab — hab mein Stuben — Stubenmädchen mit — dritter Klasse — Gepäck — dort!"

Sie zeigte nach weiter hinten, wo die Wagen der dritten Klasse standen und ein Mädchen im Schweiß seines Angesichts ein Unzahl von Handgepäck aus dem Abteil zerrte.

Die Dicke sah das. Das Mädchen schien ihr nicht sorgsam genug mit den Sachen umzugehn, denn sie setzte sich in watschelnde Bewegung nach der Stelle hin und rief dabei mit fetter Stimme:

„Halt! Halt! Um Gottes — — willen! Meine Mor — Morgenhau — haube! Meine Krau — Krausen! Mei — meine Saffi — Saffianpan — pantoffeln!"

Sepp lehnte hüben und Leni drüben am Pfeiler des offenen Fensters. Als er die Dame erblickte, sagte er:

„Der da machens ein Kompliment. Wer mag die wohl sein?"

„Das ist die Frau Direktorin Gualèche", antwortete Leni lachend.

„Das Kalescherl! Potztausend! Die hab ich mir ganz anders vorgestellt. Ein Kalescherl ist doch ein flottes Fahrzeug, die aber kommt heraus wie ein Möbelwagen. Und von der lernsts Singen?"

„Ja."

„Das ist gut! Das ist einzig! Kann die denn singen?"

„Jetzt vor Fett nicht mehr. Früher aber war sie eine berühmte Konzertsängerin."

„Sie kanns net mehr und lehrts di doch? Wie ist das möglich? Sie muß dirs doch zeigen, wie dus machen sollst!"

„Dazu hat sie ihre Tochter, die sie beim Unterricht unterstützt."

„Sapristi, so hab i stets, wenn i bei dir war, die Tochter für die Mutter g'halten. Denn die da ist mir noch net vor die Augen kommen. Schau mal, die Gesichter, die die beiden machen!"

„Ja, es ist köstlich. Sie halten sie für die Mureni!"

„Na, das ist auch einzig. Sie verschwindet. Jetzt soll michs wundern, was noch g'schehn wird."

Es war wirklich ein Genuß, zu beobachten, mit welchem Gesichtsausdruck Rialti und der Kapellmeister einander anblickten.

„Ists denn möglich?“ seufzte der eine.

„Möglich — possible?“ schüttelte der andere den Kopf.

„Das soll sie sein! Die kann doch keine Stimme haben!“

„Nein, keine, gar keine.“

„Ich möchte beinahe behaupten, wir seien gefoppt. Was tun wir, Herr Konzertmeister?“

„Ja, was tun, was, was was!“

„Und der König soll sie hören!“

„Sogar der König!“

„Aber auf seinen Befehl ist sie hier! Es kann also doch keine Täuschung sein.“

„Nein, keinen Täuschung, nein, nein!“

„Geben Sie mir einen Rat!“

„Ja, einen Rat, Sie mir, Sie, Sie!“

„Auch Sie sind ratlos! Nun, ergeben wir uns in unser Schicksal, wenigstens einstweilen. Natürlich müssen wir unsere Befürchtungen sofort Majestät mitteilen.“

„Ja, sofort, sofort!“

„Jetzt kommt Sie wieder. Lassen Sie sich nichts merken! Die größte Höflichkeit! Vielleicht ist sie doch eine gesangliche Größe, obgleich ich noch nie gehört habe, daß eine so fette Wachtel wie eine Nachtigall geschlagen hat.“

Die Dame kam zurück, und die beiden Herren rissen ihre Hüte wieder von den Köpfen.

„Also“, sagte sie, „Sie haben die Güte gehabt, für ein Unterkommen zu sorgen?“

Sie war jetzt besser bei Atem, so daß sie ihre Sätze ohne Unterbrechung aussprechen konnte.

„Wir haben es mit größtem Vergnügen getan“, antwortete der Kapellmeister.

„Es ist doch in der Nähe?“

„Da war es unmöglich, eine Unterkunft zu finden, wie wir Ihnen gern bieten wollten, Signora.“

„O wehe! Wie weit ists?“

„Vor der Stadt, in einer Mühle.“

„Was? In einer Mühle?“ fuhr sie auf. „Bedenken Sie doch meine Körperbeschaffenheit! Wenn ich den Mehlstaub einer Mühle bei meiner unglückseligen Fülle einschlucken soll, so bin ich morgen früh eine Leiche!“

„Da kann ich glücklicherweise Signora beruhigen. Sie wohnen keineswegs in dem Gebäude, in dem sich das Werk in Gang befindet.“

„So! Das klingt beruhigend. Also Mehlstaub gibt es nicht?“

„Keine Spur.“

„Mühlengeklapper?“

„Auch nicht.“

„Dann will ich mich gern fügen. Aber welche Gelegenheit habe ich, nach meiner Wohnung zu kommen?“

„Ich hatte die Ehre, Ihnen telegraphisch zu melden, daß ich einen Wagen besorgen würde. Dort steht er, wenn Signora sich bemühen wollen.“

„Schön! Bitte, bringen Sie mein Handgepäck!“

Sie deutete nach der Stelle, wo die Sachen lagen. Die beiden Herren eilten diensteifrig hin, sie aber watschelte zu dem Wagen und wurde mit vieler Anstrengung von dem Kutscher hineingepfropft. Dann kamen die beiden mit dem Mädchen herbei, alle drei mit Gepäck beladen. Der Kutscher musterte Koffer und Schachteln.

„Signora“, fragte er, „fährt das Mädchen mit?“

„Unbedingt!“

„Und all dieses Gepäck soll auch mitgenommen werden?“

„Unbedingt!“

„Dann bitte ich, mir anzugeben, wo ich alles unterbringen soll.“

„Das ist Ihre Sache. Ich bin nicht Kutscher.“

Sie legte sich in den Wagen zurück und machte die Augen zu. Das Einsteigen hatte sie angegriffen.

Die andern sahen sich ratlos an. Das Mädchen zuckte die Achseln und sagte:

„Außer diesem haben wir auch noch Frachtgepäck."

„Auch noch!"

„Ja, zwei Koffer und zwei Reisekörbe."

„Und das soll alles mit? Das ist — —"

„Pst!" unterbrach der Kutscher den Sprechenden leise. Er winkte in den Wagen hinein, wo die Dicke in der Ecke ruhig atmete, und flüsterte: „Sie hat die Augen zu. Schläft sie etwa?"

„Das ist so ihre Angewohnheit, wenn sie sich angestrengt hat. Freilich ists kein eigentlicher Schlaf, sondern nur ein halber Dusel."

„Dusel!" wiederholte der Kapellmeister, die Hände faltend und den Italiener verzweifelt anblickend.

Da machte der Kutscher eine pfiffige Handbewegung und flüsterte lächelnd:

„Steigen Sie zu mir auf den Bock, Fräulein! Ich fahre so leise ab, daß sie es gar nicht merkt und unterwegs auch nicht aufwacht. Dann besorgen die beiden Herren ein Fuhrwerk, auf das das ganze Gepäck aufgeladen und Ihnen augenblicklich nachgeschickt wird."

„Richtig!" stimmte der Kapellmeister bei. „Das ist das allerbeste, was wir machen können."

So geschah es auch. Das Mädchen stieg auf, und der Wagen setzte sich leise, ganz leise in Bewegung, nach und nach in eine schnellere Gangart fallend. Die beiden Herren blickten ihm nach.

„Da fährt sie hin!" grollte der Kapellmeister.

„Ja, hin, si, si! Oh!"

„Ich hatte es mir ganz anders gedacht."

„Ich auch!"

„Ich glaubte, wir würden mit bei ihr Platz nehmen, um sie zu begleiten. Ich hielt sie für jung."

„Ich auch!"

„Für schön!"

„Sehr schön, sehr, sehr!“

„Und interessant!“

„Sehr interessante!“

„Ich hatte auf eine geistreiche Unterhaltung gehofft. Denken Sie, Herr Kollege, eine lustige Sennerin, die der König ausbilden läßt! Es wäre so schön gewesen!“

„Sehr schön gewesen, sehr!“

„Wir hätten liebenswürdig sein können, ihr Rat geben, sie unterstützen können, ein freundliches, anerkennendes Lächeln aus schönen Augen erhalten, und nun, nun — dieses Ungetüm!“

„Ja, Ungetüm — spettro, mostro!“

„Eine Sängerin, die von Mehlstaub gleich bis morgen ersticken will! Das ist doch eine Ungeheuerlichkeit sondergleichen! Da halte ich es für möglich, daß sie im Konzert, während sie singt, sich niedersetzt und mitten in einem Triller einschläft! Und da sollen die Besucher ein hohes Eintrittsgeld bezahlen! Aber kommen Sie, wir müssen einen Wagen haben, denn wenn sie nicht sehr bald ihr Gepäck erhält, ists möglich, daß sie vor Ärger schon heute erstickt.“

Es war zum Glück ein passender Wagen in der Nähe, auf den alles geladen wurde. Das Mädchen hatte den Gepäckschein zurückgelassen. Erst als auch dieses Gefährt sich in Bewegung setzte, konnten die beiden Herren den Bahnhof verlassen. Der Konzertmeister wollte nach Hause, der Kapellmeister aber zuvor den Direktor des Theaters, in dem das Konzert stattfinden sollte, aufsuchen, um ihn von der großartigen Enttäuschung zu unterrichten und dann um weitere Anweisung zu bitten.

Sepp und Leni hatten von dem offenen Fenster aus auch den letzten Teil der Tragikomödie mit ansehen können. Leni sagte lachend:

„So ist sie. Sie muß ihren halben Hausrat mitnehmen. Nun aber, wenn sie an der Mühle aussteigt und ihre Sachen nicht vorfindet, wird es eine unbeschreibliche Szene geben. Ich muß schnell machen, daß ich noch hinkomm.“

„Wie? Du willst ihr nach? Du wolltst doch erst morgen kommen!“

„Das war nur Scherz. I wollt bequem fahren und den Komplimenten entgehn. Das hab i erreicht, und nun bin i eben da.“

„Das ist schad, jammerschad!“

„Warum?“

„I hab glaubt, daß i heut allein mit dir zusammen sein könnt. I hab dir doch so viel zu erzählen, Leni.“

„Das können wir doch auch trotzdem tun. Wo bleibst du über Nacht?“

„Beim Fex in seiner Kapelle.“

„Wo ist das?“

„Das ist ein großes Geheimnis, was i dir auch entdecken wollt, wanns der Fex mir erlaubt.“

„Können wir uns denn heut abend nicht treffen?“

„Das kann i jetzt noch net genau sagen; aber darf i zu dir kommen, wann i mit dir reden will, Leni?“

„Wer will dirs verwehren? Komm getrost! Nun aber rasch!“

Sie bezahlten ihre zwei Mark und gingen zurück auf dem Weg, den sie gekommen waren.

Als sie dann in den richtigen Fahrweg einbogen, trafen sie mit dem Italiener zusammen. Bei Sepps Anblick erinnerte Rialti sich, daß der Alte die Sängerin auch hatte abholen wollen. Er nickte ihm mißmutig zu.

„Hast du sie gesehn?“

„Ei wohl!“ lachte der Gefragte.

„Und sie sein dein Pate?“

„Natürlich.“

„Warum sein du nicht hingekommen?“

„Weil i euch net stören wollte.“

„Kann dein Pate singen?“

„Wie eine Lerche in der Luft.“

„I möcht sie sehn fliegen in der Luft! Oh, oh, das sein eine Sängerin, eine Sängerin!“

„Wirst schon noch deine Freude an ihr erleben!"

Der Italiener hatte keinen Blick von Leni verwandt. Ihre Schönheit machte auf den Südländer einen mächtigen Eindruck.

„Ich glauben es nicht", antwortete er Sepp. „Mit so einer Kehle kann niemand singen. Wer sein diese Mädchen, die du hast hier?"

„Das ist eine Bekannte von mir."

„Wohnt hier?"

„Nein. Sie ist nur zu Besuch hier. Sie ist eigentlich auch eine Sennerin von droben herab."

„Oh! Ach! Eine Sennerin! Sehr schön, sehr! Ich lieben die Sennerinnen, weil sie singen so sehr schön, sehr, sehr! Sie singen hübsch Lieder und machen schön Jodler. Ich haben noch nie hören Jodler. Machen diese Sennerin auch Jodler?"

„Na und wie!"

„Wirklich?"

„Ausgezeichnete Jodler."

„Das sein sehr schön, sehr, sehr schön! Laß sie jetzt machen ein Jodler, ich bitt!"

Der Sepp wandte sich an die Leni:

„Willst ihm den Gefallen tun?"

„Warum nicht? Wir sind im freien Feld, und es hört uns niemand. Da kann ichs schon tun!"

„Das freuen mich sehr, sehr!" rief der Italiener. „Also fangen an, jetzt gleich, schnell!"

„Was für Jodler willst du?" fragte sie. „Bekannte oder solche, die ich mir selber gleich mache?"

„Nicht bekannte, lieber machen."

Es flog schelmisch über ihr liebes Gesicht. Auch der Sepp drückte das eine Auge zu und blinzelte mit dem andern, um ihr anzudeuten, daß sie diese Sache nicht allzu ernst zu nehmen brauche. Und da sie sich bei guter Stimmung befand, ging sie sehr gern darauf ein.

Sie stemmte die linke Hand in die Hüfte, hielt die andere frei zum Gestikulieren und sang mit schrecklich krächzender Stimme und in möglichst unreinen Tönen:

„Da drüben und da draußen,
da steht ein Soldat,
der wackelt mit dem Kopf
und schneid't Gurkensalat."

Er blickte ihr erstaunt ins Gesicht und fragte dabei: „Das sein Gesang? Das sein Jodler?"

„Ja, freilich! Hör nur weiter:

Da drüben und da draußen,
wo der Finkerl so singt,
da tanzt unser Küster,
daß der Hut runterspringt."

Sie hatte womöglich noch schrecklicher gesungen als vorher, er hielt sich die Hände an die Ohren, strampelte mit den Füßen und rief:

„Halt, halt! Das sein kein Gesang! Du haben anfangt in Es-Dur und aufhören in Gis-Moll. Das zerreißen einem die Ohr aller beiden."

„So hast kein ordentliches musikalisches Gehör!" sagte Leni beleidigt. „Kann etwa jemand schöner jodeln als ich jetzt:

Da drüben und da draußen,
in das Welschland hinein,
da gibts so viele Flöh',
und da möcht ich nicht sein.
Judirallalla! Juch, juch!"

Jetzt ärgerte ihn außer den Tönen auch der Text. Er ballte zornig die Faust.

„Was gibts in Welschland, in Italia? Flöhe? Das sein eine Lügenhaftigkeit! Wir haben keine Flöh! Du selber haben wohl die Flöh! Du selber sein ein Floh! Du haben eine Stimm wie ein Floh; du singen wie ein Floh, und du mit den Worten stechen, wie ein Floh! Du hast jetzt anfangen in G-Moll und aushalten in gar kein Tonart. Du singen wie ein zerbrochenes Glas. Ich nix mehr hören!"

„Was?" zürnte sie. „Du schimpfst mich und willst mich tadeln? Du verstehst gar nix davon! Du willst ein Musikus sein und kannst nicht mal eine Note von einer Pause unterscheiden! Na, hör doch gleich mal!"

Und in ohrzerreißender Weise sang sie:

„Da drüben und da draußen,
da ists so der Brauch,
und wannt's wirklich besser kannst,
so jodl doch mal auch!
Judirallalla! Juch, juch!"

Dann rannte sie fort, ohne sich weiter um ihn, noch um den Sepp zu kümmern. Sie hatte von weitem die Mühle erblickt und ahnte, daß dieses Gebäude das Ziel ihrer Wanderung sei. Als sie näher kam, bemerkte sie eine Magd vor dem Tor, die angelegentlich mit einem Knecht sprach, als ob etwas Außerordentliches geschehen sei. Aus der Wohnstube des Müllers hörte man dessen zornig scheltende Stimme erklingen.

Leni trat zu den beiden heran.

„Ist hier nicht eine Sängerin ankommen?" fragte sie freundlich.

„Leider", antwortete der Knecht, der sie neugierig betrachtete.

„Wo wohnt sie?"

„Da oben, eine Treppe hinauf. Willst etwa zu ihr?"

„Ja."

„So nimm dich in acht, sonst könntst leicht einen Stuhl oder gar gleich das Kanapee an den Kopf bekommen."

Und als sie sich nach der Tür wandte, meinte er zu der Magd:

„Was für ein wundersauberes Dirndl! Wer mag das sein, und was mag das von der Dicken wollen?"

Eben als Leni in den Hausflur trat, kam Paula eilig die Treppe herunter. Ihr hübsches Gesicht war von Anstrengung und Aufregung hochgerötet. Die beiden Mädchen schauten einander einen Augenblick an mit dem Gefühl, das manchmal zwei verwandte Seelen blitzartig überfällt, ehe sie sich noch kennen.

„Sag, bist vielleicht die Tochter des Müllers?" fragte Leni freundlich mit ihrer schönen, weichen Stimme.

„Ja, die bin ich schon."

„Das freut mich. Ich will hinauf zur Sängerin."

„Das laß ja bleiben! Die hat eine Laune wie der Bär, wann ihm die Ratten das Schwanzerl wegg'fressen haben!"

„Oh, die wird schnell wieder gut", lachte Leni.

„So? Kennst sie wohl?"

„Sehr genau."

„Gehörst wohl zu ihr?"

„Freilich."

„Warum bist da nit gleich mitkommen?"

„Weil ich noch zu tun hatt in der Stadt. Wann ich gleich dagewesen wär, so hättst sehn sollen, daß die Sängerin ein guts Weibsbild ist."

„Da wird mir auch gleich das Herz wieder leicht. Ach Gott! Schau, ich hab noch gar keine so berühmte Sängerin gesehn, und da war die Angst vor ihr groß. Jetzt sitzt sie oben, ganz außer Atem vor Zorn, und keins kanns ihr recht machen. Sie ist so dick und schwer, und als sie sich niederg'setzt hat, da ist der Stuhl unter ihr zerbrochen, und sie hat in der Stube gesessen wie ein Spanferkel, wanns die Ohren spitzt. Da ists nachher losgangen, und wie! Unsre Stühle sind nicht eingerichtet für so eine doppelte Person, und der, auf den sie sich gesetzt hat, der hat wohl schon einen kleinen Riß oder Knicks gehabt. Seitdem sitzts auf dem Kanapee und schnappt nach Atem. Drei Menschen waren notwendig, um sie aufzuheben von der Diele. Sollt man denken, daß die berühmten Sängerinnen gar so spektabelhaftig sein können!"

„Es gibt auch gute!" tröstete Leni.

„Ja, wann die eine wär! Mureni solls heißen!"

„Die Mureni wird dir schon gefallen, drauf kannst dich verlassen. Laß mich nur erst hinauf, nachher bekommt die

G'schicht ein ganz andres Gesicht. Aber sag, wie heißt du?"

„Paula."

„Ich heiße Leni."

Sie drückten sich herzlich die Hände; dann deutete Paula zur Tür hinaus.

„O Jemine, da kommt der Wagen mit der Sängrin ihren Sachen. Jetzt kann man nur eilen, daß alles schnell hinaufkommt, und sich in acht nehmen, daß ein jeds Stückerl fei richtig und sanft angefaßt wird, sonst kanns ein Donnerwetter geben."

„Ja, fein säuberlich muß damit umgegangen werden, sonst wirds bös. Ich will schnell hinauf", lachte Leni.

Aber ehe sie ihr Vorhaben ausführen konnte, hatte Madame Gualèche die Ankunft des Wagens bemerkt und das Fenster aufgerissen. Ihre fette, scheltende Stimme ertönte um die Wette mit der Klarinette des Müllers, der drinnen in seiner Stube das bekannte Zeichen gab. Das Gesinde war im Zweifel, wem es zuerst zu gehorchen hatte, dem strengen Herrn oder der Fremden, deren hochrotes Gesicht drohend aus dem Fenster blickte. Kathrin, die Magd, eilte nach kurzem Besinnen zum Müller.

Dieser hatte die Peitsche in der Hand und blies ohne Aufhören in die Klarinette. Als er die Magd eintreten sah, setzte er das Instrument ab und schrie sie an: „Himmelmillionenschocktausendhöllenteufel! Warum hört ihr net, wann i das Zeichen geb?"

„Weil die da droben so schreit. Das geht noch über dei Klarinette, die hört man da gar net."

„So! Das ist schön! Das laß i mir gefallen! Jetzt bin i net mehr Herr im Haus! Wart, das soll anders werden, und zwar sogleich! Hast den Mann gesehn, der die Stube für sie gemietet hat?"

„Nein."

„Er heißt Herr Wagner, drüben in der Villa, im Erdgeschoß. Zu ihm gehst hinüber und sagst, er soll sofort das Weibsen wieder wegnehmen, sonst werf i sie durchs Fenster herab! Und wann er dir etwas dagegen sagt, so merks: Wer der Gröbste ist, der hat gewonnen. Zeig nur gleich, daß dus Maul auf dem richtigen Fleck hast!"

„Na, angewachsen ist mirs grad net."

„Das weiß i, darum schick i dich hinüber. Die Geschichten draußen auf dem Wagen werden net abgeladen. Die dicke Elefantin kann sich gleich selber draufsetzen und zum Teixel fahren. Sag das draußen! Wers wagt, abzuladen, den jag i aus dem Dienst! — Und nun mach schnell, daß du hinüber kommst, sonst kannst auch noch die Peitsche schmecken!"

Er knallte so kräftig und drohend mit der Schnur, daß die Kathrin eiligst zur Tür hinausfuhr. Nachdem sie draußen den Befehl übermittelt hatte, das Gepäck nicht abzuladen, ging sie nach der Wohnung Wagners. Sie nahm sich vor, gleich recht grob anzufangen; das paßte auch ganz gut zu ihrer Wesensart. Darum klopfte sie gar nicht an. Sie öffnete die Tür und trat ein. An dem einen Fenster saß der König und las in einem Buch. Wagner schrieb am Schreibtisch. Der Komponist drehte sich um, ehe er aber ein Wort sagen konnte, begann die Kathrin?

„Bist etwa der Wagner?"

„Wer?" fragte er streng.

Der scharfe Blick seiner Augen verwirrte sie doch ein wenig. Darum wiederholte sie:

„Obst der Herr Wagner bist?"

„Ja. Und wer bist du?"

„I bin die Kathrin und dien beim Müller."

„So merke dir das ein für allemal, daß du ohne ganz besondere Erlaubnis hier nicht einzutreten hast. Wenn du diese Höflichkeit unterlässest, werde ich mich bei deinem Herrn beschweren."

„Das kannst schon tun", wurde Kathrin frech. „I hab nix dagegen. Grad der Herr hat mich herüber geschickt und mir anbefohlen, daß i richtig grob mit dir sein soll!"

„Das ist eine geradezu klassische Aufrichtigkeit!"

Die Kathrin hatte das Wort klassisch noch niemals gehört; aber da sie etwas Tadelndes unter dem Ausdruck vermutete, antwortete sie noch dreister:

„Ja, die Dicke ist auch klassisch!"

„Wer?"

„Die Dicke drüben, die Sängerin."

„Ach so! Sie ist vorhin angekommen. Wir sahen den Wagen vorüberfahren. Kommst du ihretwegen?"

„Ja. Der Müller laßt euch sagen, daß sie wieder naus muß. Und wann ihr das net wollt, so wirft er sie zum Fenster hinaus und euch beid auch dazu. Habt ihr gehört?"

Jetzt konnte sich der König nicht länger halten; er brach in ein herzliches Lachen aus, und Wagner stimmte mit ein. Endlich wandte er sich zu der verblüfften Magd.

„Aber sag mir doch einmal, warum die Sängerin so schnell wieder fort soll?"

„Weils eine unbändige Sakrifaxen ist, eine Teufelin, mit ders kein Mensch aushalten kann."

„Hm! Unbegreiflich! Woher wißt ihr denn, daß sie ein solcher Ausbund ist?"

„Weil sie sofort angefangen hat, als sie hier ankommen ist. Sie wollt gleich ihre Sachen haben, und die waren net da. Nachher haben wir sie fast nimmer aus der Kutsche herausbracht. Und als sie dann dastand, da hat sie nur so gebebt vor Zorn und Ärger. Nachher brachten wir sie kaum zur Treppe hinauf. Ich hab ziehn müssen und zwei Knecht schieben. Als wir oben ankommen sind, hat sie keinen Atem gehabt und kaum piepsen konnt. Da hat sie sich auf den Stuhl gesetzt, der unter ihr zerbrochen ist, so daß sie in der Sube gesessen hat, auf ihrem eigenen Schinken, Speck und Fett. Das hat ein Zetermordio gegeben, bis wir sie aufgewunden haben mit großer Not und vielem Schweiß. Und als wir sie aufs Kanapee g'schafft haben, sind die Spannfedern zerbrochen. Jetzt hat sie das Fenster aufgemacht und den Kopf hinausgesteckt und schimpft von oben herab wie ein Rohrspatz. Meint ihr, daß wir das zu leiden brauchen? Nein, sie muß fort, und das auf der Stell, sonst fassen wir sie an und tragens hinüber in den Fluß, da mag sie schwimmen, wohins will, meinswegen immer fort bis Dingsdum und noch weiter hin!" schloß Kathrin kampflustig.

„Das klingt sonderbar. Du sprichst doch von der Sängerin, die Signora Mureni heißt?" fragte Wagner kopfschüttelnd.

„Von wem sonst?"

„Und die ist so dick und schwer, daß sie von drei Leuten über die Treppe geschafft werden mußte, und daß dann der Stuhl unter ihr zusammengebrochen ist?"

„So dick wie eine Ausstellungssau!"

Da platzte Wagner los. Er konnte das Lachen nicht zurückhalten, und der König ebensowenig. Die Magd aber schrie im höchsten Zorn:

„Wann ihr Dummrianer weiter nix wollt, als nur lachen, so könnt ihr mich rund herumpfeifen! Ich geh!"

Wagner stieß mit größter Mühe den Bescheid hervor:

„Sag dem Müller, daß wir die Sache besorgen werden!"

Sie fuhr zur Tür hinaus. Draußen standen der Italiener und der Kapellmeister. Rialti hatte soeben angeklopft, und so stieß ihm die Magd die Tür mit aller Gewalt an den Kopf.

„Auch wieder so ein Unnutz und Galgenstrick!" rief sie. „Pack dich hinein, da kannst mit feixen und Gesichter schneiden um die Wette! Ihr paßt wie geschaffen zueinand, und keiner taugt was."

Sie stürmte fort. Der Italiener blieb mit seinem Gefährten unter der geöffneten Tür stehen und hielt sich den Kopf. Beide waren nicht wenig überrascht, den berühmten Komponisten und den sonst so ernsten, ja oft sogar düsteren Monarchen in so heiterer Stimmung zu treffen.

Die Angelegenheit, in der sie kamen, bereitete ihnen ernste Befürchtungen. Die Meldung, daß die erwartete einstige Sennerin, unter der sie sich ein hübsches, schlankes, junges Mädchen vorgestellt hatten, eine ungeheuer dicke, an Atemnot und Brustbeklemmung leidende, schlafsüchtige Person sei, würde der König sicherlich mit großer Enttäuschung entgegennehmen. Darum fühlten sie sich einigermaßen beruhigt, als sie jetzt bemerkten, daß er sich in so vortrefflicher Laune befand.

Beide traten unter tiefen Verbeugungen ein. Der kleine Konzertmeister hielt noch immer den Kopf mit der einen Hand. Der König und Wagner lachten noch. Ludwig kam ihnen einen Schritt entgegen.

„Das war ein höchst kräftiger Zusammenstoß, Herr Konzertmeister. Ich hoffe, daß er nicht von nachhaltiger Wirkung sein wird. Haben Sie Schmerzen?"

„Schmerzen, dolori? Ein wenig tun es weh. Das Türe sein mehr hart als meine Kopf, aber es sein doch noch nicht ganz entzwei zerbrochen, und er hören schon jetzt auf, zu brummen, mormoreggiare, borbogliare e brontolare. Es sein gut, sehr gut!"

„Das freut mich, denn so hoffe ich, erfahren zu können, aus welchem Grund ich Sie bei mir sehe."

„Grund? Ursache? Causa, cagione? Signor Kapellmeister mag sagen es. Er können besser sprechen Deutsch als ich."

Und als der König nun eine halbe Wendung gegen den Genannten machte, fuhr Naumann fort:

„Zunächst, Majestät, haben wir dringend um allerhöchste Verzeihung zu bitten, daß wir uns zu dieser Belästigung veranlaßt sehen. Es handelt sich um die zu erwartende Sängerin."

„Sie meinen Signora Mureni?"

„Ja. Die Angelegenheit erschien mir bedeutend genug, um zu zweien vor Eurer Majestät zu erscheinen, damit der eine die Worte des andern bestätigen könne."

„Das setzt die Annahme voraus, daß ich einen Zweifel in diese Worte setzen könnte?"

„Gewiß, das mußten wir annehmen."

„So habe ich jedenfalls eine ganz ungewöhnliche Mitteilung zu erwarten, Herr Kapellmeister. Ich soll doch nicht vielleicht hören, daß etwas geschehen ist, was sie am Auftreten hindert?"

„Ein solches Ereignis ist freilich nicht eingetreten; aber ich bezweifle überhaupt sehr, daß die Mureni wird singen können."

„Warum?"

„Ihre Gestalt, ihr gegenwärtiges Befinden, kurz, das alles läßt vermuten, daß sie dazu nicht imstande ist."

„Ich verstehe Sie nicht."

Der Kapellmeister suchte in größter Verlegenheit nach passenden Worten. Die Mureni stand unter dem besonderen Schutz des Königs; er hatte sie zur Sängerin bestimmt. Durfte man ihm jetzt sagen, daß sie für diesen Beruf untauglich erscheine? Und doch waren des Herrschers Augen so erwartungsvoll auf den Musiker gerichtet, daß dieser ganz verwirrt wurde und in dieser Pein herausplatzte:

„Sie hat keinen Atem."

„Was? Keinen Atem?" fragte Ludwig erstaunt.

„Ja. Ihr Atem reicht kaum zum Sprechen aus. Beim Singen aber wird er ihr ganz sicher ausgehen."

„Das möchte ich denn doch bezweifeln!"

„Ich berufe mich auf das Zeugnis des Herrn Konzertmeisters, den zu diesem Zweck mitzubringen ich mir erlaubt habe."

Bei diesem Worte blickte der König den Italiener an, und so beeilte sich dieser mit der zustimmenden Erklärung:

„Majestät, mein Freund hab gesagt das Wahrheit. Die Mureni hat keinen Atem. Sie wird ihn lassen fahren beim Singen. Es wird sein schauderhaft, sehr, sehr!“

Jetzt fiel Wagner ein:

„Das muß ein Irrtum sein. Ich habe sie noch kurz vor meiner Abreise singen lassen. Sie war sehr gut bei Stimme. Es ist unmöglich, daß unterdessen ein Asthma sie überfallen habe.“

„Asthma?“ rief der Italiener. „Ja, es sein Asthma, ganz Asthma, ganz!“

„Unmöglich! Bei dieser Jugend!“

„Oh, sie sein über fünfzig Jahre!“

„Über fünfzig Jahre? Welch ein Irrtum!“

„Und haben einen Leib, einen Bauch, so dick, so, so dick!“

Er beschrieb während dieser Worte mit seinen beiden Händen einen weiten Bogen über seinen Unterleib nach abwärts, um die Fülle der Sängerin anzudeuten.

Wagner und der König blickten sich an. Es wurde ihnen schwer, ein Lachen zu verbeißen.

„Wie? So stark soll sie sein?“ zweifelte Wagner.

„So dick, so, so, wie eine Muschel, conchiglia!“

„Und über fünfzig Jahre? Wo haben Sie sie denn gesehen, Herr Kapellmeister?“

„Auf dem Bahnhof“, antwortete der Gefragte. „Die Dame hatte, mit aller Ehrfurcht zu vermelden, einen solchen Umfang, daß sie das Innere der Kutsche ganz ausfüllte. Keine Menschenseele, selbst die magerste nicht, hätte neben ihr noch ein Plätzchen gefunden.“

Wieder blickten der König und Wagner einander an. Dann aber war es ihnen unmöglich, länger ernst zu bleiben. Sie brachen beide abermals in herzliches Lachen aus, das immer stärker wurde, je dümmer sich die Gesichter der beiden Musici zeigten.

„Sie lachen, lachen uns aus!“ klagte der Italiener. „Wir hab gesagt die Wahrheit. Die Mureni sein dick wie ein

Maulwurf, talpa. Wenn sie anfangen zu singen, wird die Luft sein fort, ganz fort, wie bei ein Blasebalg, wo sein ein Riß darinnen."

Er begleitete diese Worte mit so lebendigen und possierlichen Handbewegungen, daß die beiden nur noch lauter lachten. Der König wandte sich endlich kopfschüttelnd an den Konzertmeister:

„Ich bin vollständig überzeugt, daß hier eine große Verwechslung vorliegt. Die Mureni ist weder so alt noch von einer solchen Fülle, wie Ihr Herr Kollege sie beschreibt. Sie müssen eine ganz andere Dame für die erwartete Sängerin gehalten haben."

„Das ist unmöglich, Majestät. Als der Zug kam, haben wir laut den Namen Mureni gerufen, und sie hat sich sofort zu ihm bekannt."

„Bitte, erzählen Sie einmal!"

Der Kapellmeister folgte dieser Aufforderung, und der Italiener streute in seinem gebrochenen Deutsch so drastische Bemerkungen ein, daß die beiden Zuhörer sich alle Mühe geben mußten, ernst zu bleiben. Als der Bericht beendet war, nickte Wagner und sagte nur den Namen:

„Madame Gualèche."

„Ja, richtig!" fiel der König ein. „Signora Mureni ist entweder früher angekommen, oder sie kommt mit einem späteren Zug. Meine Herren, Sie haben die Wirtin der Sängerin mit dieser letzteren verwechselt. Madame Gualèche war früher eine sehr gesuchte Konzertsängerin, und ihre Tochter ist es noch. Die Dame wird als Begleiterin der Mureni nach hier gekommen sein."

Der Kapellmeister machte ein sehr betretenes Gesicht und versuchte sich zu entschuldigen:

„Aber, Majestät, als ich auf dem Bahnsteig laut den Namen ‚Signora Mureni' rief, beschied mich diese Dame mit einem deutlichen ‚Hier' zu sich hin!"

„Ganz richtig und auch sehr erklärlich. Sie gehört zur Mureni, und ich denke mir, daß Ihr Verhalten vielleicht nicht geeignet gewesen ist, die wunderliche Verwechslung aufzuklären."

„Das mag sein. Wir haben sie eben ganz so behandelt, als ob sie die Erwartete sei."

„Ja, ja! Und die gute Dame ist, wie ich mir auch habe sagen lassen, so denkfaul, daß es ihr gar nicht eingefallen ist, den Irrtum aufzuklären."

„Gott sei Dank! So sind unsere Sorgen umsonst gewesen. Diese Dame konnte doch unmöglich vor einem so auserwählten Publikum singen!"

„Nein", lächelte Wagner ein wenig spöttisch. „Wenn Sie die Sennerin Leni erblicken, werden Sie sofort sagen, daß diese geeigneter dazu ist."

„Aber wo mag sie sein? Da sie nicht mit Madame Gualèche gekommen ist, weiß sie nun doch gar nicht, welche Unterkunft für sie bestimmt ist."

„Das ist freilich ein unangenehmer Umstand. Soeben schickte der Müller zu uns, um uns sagen zu lassen, daß er die Sängerin Mureni durch das Fenster werfen lassen werde, wenn sie nicht selber gehe. Die Dame scheint einige Ansprüche gemacht zu haben, für die dieser Mann kein Verständnis hat. Es ist eine Komödie der Irrungen, die wir sogleich aufzuklären haben. Es muß jemand hinüber in die Mühle."

„Ich werde gehen", erklärte der Italiener dienstbereit.

„Oh, bitte, Herr Konzertmeister! Ihr Deutsch dürfte wohl kaum hinreichend sein, den zornigen und rohen Mann zu besänftigen! Ich werde selber — —"

„Das ist auch nicht nötig, mein Lieber", unterbrach ihn da der König, der in der Nähe des Fensters gestanden und zufällig einen Blick hinausgeworfen hatte. „Ich sehe da einen kommen, der sich freuen wird, uns als Bote dienen zu können. Es ist das ein eigenartiger Zufall, den ich benutzen werde, eine Begegnung zwischen zwei Personen zu veranstalten, die sich sehr gern und doch vielleicht auch sehr ungern wiedersehen. Vorausgesetzt, daß sie schon da ist. Der Betreffende soll mich nicht sofort erblicken; darum rufen Sie ihn herein! Er heißt Anton."

Der Vorübergehende war kein anderer als der Krikelanton, der sich vorgenommen hatte, heute noch einmal nach der Mühle zu spazieren. Er hatte keine Ahnung, welche Begegnung ihm bevorstand. Eben, als er an der kleinen Anhöhe, auf der das Landhaus lag, vorüber wollte, wurde ein Fenster geöffnet. Dort stand Wagner.

„Anton!" rief er laut.

Der Tabulettkrämer machte Halt.

„Was solls?"

„Komm doch einmal herein zu mir!"

„Wozu?"

„Das wirst du ja hören."

„I kenn dich net, und i hab auch keine Zeit."

Er wollte gehen.

„Höre", lachte Wagner, „für so einen ungefälligen Menschen habe ich dich freilich nicht gehalten."

Da blieb der Anton stehen.

„Ja, du kennst mich vielleicht?"

„Hätte ich dich sonst bei deinem Namen gerufen?"

„Nun, wannst mich kennst, so werd ich hineinkommen. Wart ein kleins bißl!"

Er stieg die Anhöhe hinan und trat in die Stube, nachdem er vorher angeklopft hatte.

„Verdimmi, verdammi!" rief er aus. „Da möcht i doch gleich so rufen wie der Nachtwächter, der mich dazumal hat einsperren wollen. Das ist ja gar der König selber!"

Die drei andern waren doch ein wenig verwundert, als der König ihm die Hand entgegenstreckte und in freundlichster Weise sagte:

„Freilich bin ich es. Sei willkommen bei dem, dem du damals das Leben gerettet hast!"

„Na, davon brauchst gar nimmer viel zu reden", meinte der Krikelanton, indem er die ihm dargebotene Hand kräftig schüttelte.

„Oh, doch! Oder meinst du, daß ich mein Leben so gering anschlagen muß, daß ich meinem Retter den Dank verweigere?"

„Wir sind quitt! I hab den Bären erschossen, und du hast mir die Freiheit geschenkt. Da hat nun keiner dem andern was herauszuzahlen. Aber warum hast mich jetzt zu dir hereinrufen lassen?"

„Um dich zunächst zu begrüßen, und dann auch, um dich um eine kleine Gefälligkeit zu bitten."

„Na, so schieß los! Du weißt ja, daß ich dir gern jeden Gefallen tu."

„Kennst die Mühle?"

„Ja, ganz gut."

„Da wohnt jetzt eine Sängerin, die Signora Mureni heißt. Willst du nicht einmal zu ihr gehn?"

„Wannst mich schickst, so geh ich schon."

„Gut! Sag ihr, daß sie einmal zu mir kommen soll. Aber du darfst niemand sagen, wer ich bin. Man kennt mich hier nur als den Herrn Ludwig."

„Schön! Das hab i schon verstanden. Soll i etwa auch wieder mitkommen?"

„Das ist nicht notwendig. Hast du vielleicht einen Wunsch, den ich dir erfüllen kann?"

„Ja. I wünsch, daß du immer recht hübsch gesund und munter bist, und daß die Geschäfte bei der Regierung so gut gehn wie die meinigen jetzt auch!"

Er sagte das in so treuherziger, aufrichtiger Weise, daß alle fühlten, wie gut und ehrlich es gemeint sei.

„Ich danke dir!" antwortete der König. „Es freut mich, daß es dir wohl geht. Was treibst du denn jetzt?"

„Ich bin Tabulettkrämer worden, weißt, von den dreihundert Mark, die du mir damals geschenkt hast. Das Geschäft ist kein gar übels; es nährt seinen Mann besser als — als das Gamsschießen, weißt."

„Ja", nickte der König ernst. „Das hast du also ganz gelassen?"

„Ganz und gar. I kanns ja nimmer besser haben, als du es mir mit dem Geld gemacht hast."

„So bist du also ein braver Mensch geworden, wie ich es damals wünschte. Darüber werden deine Eltern sich herzlich freuen."

„Ja, das tun sie schon sehr."

„Und freut sich noch jemand?"

„Wer sollt das tun?"

„Nun, bist du nicht verheiratet?"

„Ich? Das fallt mir gar net ein!"

„Aber wenn dein Geschäft dich so befriedigt, so kannst du doch an die Gründung eines eigenen Hausstands denken!"

„Damit darfst mir net kommen", sagte der Anton finster. „Wann einer sich einen Hausstand schaffen will, so muß er sich eine Frau nehmen, und das ist die allergrößte Dummheit, die man begehn kann."

„Warum?"

„Weils net eine einzige Frau gibt, die was taugt."

„Solltest du dich dabei nicht irren?"

„Nein. In diesem Kartoffelbrei hab i ein Haar gefunden, oder vielmehr gleich einen ganzen Weiberzopf. Weißt, wannst so herumhausierst wie ich, so schaust gar manches, was kein anderer net sieht."

„So hat dir keine gefallen?"

„Nein."

„Aber früher doch?"

„Ja, da hats gar wohl eine gegeben; aber die ist mir unstat geworden und vom Weg abgewichen und ins Kraut geraten. I mag nimmer daran denken und nimmer davon sprechen. Laß mi aus mit dem Heiraten! Wer da heiratet, der erhält eine Niete; sie aber hat dafür allemal das große Los!"

„Wirklich?" fragte da Wagner.

„Ja. Oder meinst etwa, daß du auch selber so eine Niete bist?" spottete der Anton und wandte sich zu ihm.

„Das wohl nicht. Ich möchte mich doch viel lieber für einen Treffer halten.“

„Nun schau, so hab i recht, und dei Frau hat in der Lotterie gewonnen. Wir Männer aber müssen immer nur verlieren. Darum bleib i, was i bin, mein eigener Herr. Und nun will i hinüber zur Mühle, um die Botschaft auszurichten. Hat sonst noch einer was zu bestellen?“

„Nein“, antwortete der König. „Aber vergiß nicht, zu wem du gehst, wenn du einmal Hilfe brauchst.“

„Da komm i halt zu dir. I weiß schon, daß du ein guter Mensch bist; ich habs ja erfahren. Also nun behüt euch Gott, und bleibt allesamt recht hübsch gesund!“

Damit ging er.

Die Begegnung mit dem König hatte Anton große Freude bereitet und ihn in gute Laune versetzt. Das zeigte sich sogleich, als er vor der Mühle die Kathrin traf.

„Grüß auch Gott“, sagte er. „Hast schon einen Schatz?“

Sie blickte ihn an, als ob sie ihn fressen wolle.

„Was meinst? Willst mich etwa?“

„Nein.“

„Warum fragst dann?“

„Ich wollt ihm sagen, daß er sich eine andre nehmen sollt. Verstanden?“

Da kam er aber an die Unrechte. Sie trat einen Schritt näher und rief:

„Hör, du Schlankel, wann i jetzt eine Heugabel hier in der Hand hätt, so tät i dich damit auf den Leib kitzeln, daß du denken sollst, in der Welt gäbs lauter dumme Jungen, und du wärst der allerdümmste von ihnen.“

„Schau, wie du reden kannst! Das steht dir gut. Aber sag, wohnt net hier in der Mühle eine Sängerin, die Mureni heißt?“

„Gehörst etwa zu ihr?“

„Freilich.“

„Was bist von ihr?“

„Ihr Urgroßvater.“

„Ja, grad so schaust aus! Na, da mach dich nur schnell bald wieder fort, sonst wirst mit ihr herausgeschmissen!"

„Himmelsakra! Bei euch scheints gar streng herzugehn."

„Wannst zur Mureni willst, so mußt hier ins Haus gehn und zur Tür hinein, die zur rechten Hand ist."

Er blickte sie scharf an, denn er mochte aus ihrer Miene lesen, daß sie einen Hintergedanken habe. Darum meinte er:

„Das kann i tun. Aber wannst mich an eine falsche Adresse sendest, so magst auch selber auslöffeln, was d' einbrockt hast. I laß mich ganz gern an der Nase herumführen, aber nur von der Person, die auch das richtige Geschick dazu hat."

Er ging. Sie murmelte heimtückisch hinter ihm her:

„Da spaziert er zum Müller. Na, das wird eine Geschichte geben! Da möcht i eine Maus sein, um unbemerkt horchen zu können! Aber i werd mich lieber aus dem Staub machen."

„Herein!" rief der Müller auf Antons Klopfen.

Anton trat ein.

Draußen war die Dämmerung nahe. Hier in der Stube aber war es schon so dunkel gewesen, daß der Müller die Läden hatte schließen und sich Licht bringen lassen. Er warf einen kurzen Blick auf den Eintretenden.

„Wer bist?"

„Der Krikelanton."

„I kenn di net. Was willst?"

„Ich wollt zu der Säng'rin."

Anton war hart an der Tür stehengeblieben. Das Gesicht des Müllers war nicht vertrauenerweckend.

„Zur Sängrin willst? Tausend Teufel! Hört das denn nimmer auf? Kommst auch du noch, um mich mit ihr zu ärgern? Da hast eins, du Halunk!"

Er holte aus und versetzte dem Anton einen sehr kräftigen Peitschenhieb. Der Getroffene bewegte sich nicht, aber seine Augen funkelten zornig auf.

„Was hast mich zu schlagen, he? Hab i dir was tan, Talmüller?“

„Ja, geärgert hast mich!“

„I hab nach der Säng'rin gefragt, und die Magd hat mir gesagt, daß ich sie hier finden tät.“

„So hats dich belogen.“

„Hast da mich zu schlagen, wann sie die Prügel verdient hat? I komm ganz höflich zu dir herein und steh dir Red und Antwort, und dafür haust mich mit der Peitsche! Das bin i net gewohnt!“

„Wirsts gleich gewohnt werden. Da hast noch eins!“

Er versetzte ihm einen zweiten kräftigen Hieb. Anton stand noch ganz an der Tür. Er fuhr mit den Händen hinter sich, scheinbar, um sich vor der Peitsche zu schützen, in Wirklichkeit aber in einer ganz anderen Absicht. Er griff nämlich an das Türschloß und schob den Riegel vor. Als ihn dann der Hieb getroffen hatte, sagte er in aller Ruhe:

„Hör mal, so haben wir net gewettet. Dei Prügel werd i net g'wohnt. Wannst also net selber welche haben willst, so tu die Peitsch fort und sag mir in Frieden, wo i die Säng'rin find!“

„Beim Teufel findst sie, verstanden? Und wann du mir mit Prügeln drohst, so kommst an den Unrichtigen. Ich bin der Herr im Haus, und wer zu mir kommt, der hat sich mei Art und Weise gefallen zu lassen. Und wannst nicht glaubst, so hast hier grad noch eins!“

Er holte aus. Der Peitschenriemen schwirrte durch die Luft. Anton streckte die Hand aus und fing ihn auf. Ein Ruck — und er hatte dem Müller die Peitsche entrissen. Er schleuderte sie zur Seite und schritt langsam auf den Haustyrannen zu.

„Nun“, sagte er, „komm auch i an die Reihe.“

„Was willst?“ fuhr der Alte auf. „Geh zurück, und komm mir nicht zu nahe, sonst kannst auch noch eine ganze Metze voll Feigen haben!“

„Das eilt net sehr! Dreimal hast mi geschlagen; wir müssen vorher quitt werden, ehe du wieder haust. Da, eins — zwei — und drei!"

Er gab dem Müller drei schallende Ohrfeigen.

Der Alte wußte nicht, wie ihm geschah. Die Ohrfeigen waren gesalzen gewesen; aber er fühlte vor Erstaunen den Schmerz nicht. Das geschah ihm! So etwas war noch nie dagewesen. Er starrte den Krikelanton fassungslos an.

„So!" sagte dieser. „Jetzt hab i dir zeigt, wie man auf eine höfliche Frage auch eine anständige Antwort geben muß."

Der Müller brachte vor Wut kein Wort heraus. Anton nahm einen Stuhl, zog ihn hin zu dem des Müllers, setzte sich darauf und fuhr fort:

„Jetzt kennen wir uns, und da können wir also unsre Sache in Lieb und Gemütlichkeit abmachen. Also, i will zu der Säng'rin, und da hat man mich zu dir g'wiesen. Du wirst mir wohl sagen, wo ich sie finden kann."

Die Brust des Müllers arbeitete heftig. Er bebte am ganzen Leib, und dicke Schweißtropfen standen ihm auf der Stirn. Er griff zur Klarinette.

„Ich werd um Hilfe blasen!" stieß er hervor. „Die Leut sollen kommen und dich totschlagen."

Er hielt das alte Instrument an den Mund; aber er zitterte vor Aufregung so sehr, daß er das Mundstück nicht zwischen die Lippen brachte.

„Sapperlot, was bist für ein feiner Musikant!" lachte der Anton. „Du und das Klarinetterl, ihr beid paßt sehr hübsch zusammen. Aber tu es doch lieber wieder weg! Damit pfeifst keine Maus herein. Ich hab den Riegel vorg'schoben."

Der Müller ließ den Arm sinken.

„Den Riegel? Willst mich etwa ermorden?" fragte er erschrocken.

„Nein. I komm in aller Freundschaft zu dir. Aber als du mich mit der Peitsche schlugst, da hab i gemerkt, was d' für ein Menschenkind bist. Schau, du bist ein Beelzebub, der sei Leut mit der Peitsche schindet. Sie lassens sich gefallen, weil sie dafür zahlst und weil sie keinen Mut haben. Du meinst, daß du der Herr bist und viel besser als andere. Das aber ist net wahr. Du bist der größte Aff. So einen Pavian wie du kanns auf der Welt gar nimmer geben. Das muß man dir mal zeigen. Und weils dir kein anderer zeigt, so will is tun, und darum hab i die Tür verriegelt, damit i net dabei g'stört werden kann."

„Herrgott! Was willst mir tun?"

„Gar nix, wannst Verstand annimmst. Kopfnüsse hast erhalten; bezahlt hab i dich also, und nun brauchst bloß höflich zu sein, so geschieht dir weiter nix. Wannst mich aber wieder reizen willst, so regnets so viel Ohrwatschen, daß d'denkst, es graupelt in der Stube!"

„Was noch niemals vorgekommen war — der Müller empfand Achtung vor diesem entschlossenen Menschen.

„So sag, was d' willst!" knirschte er.

„I will wissen, wo die Mureni ist."

„Da droben, grad über mir."

„So, so! Schau, wast für ein Dummrian bist. Wannst das sogleich gesagt hättest, so wär mirs gar net beikommen, auf deinem Gesicht Klavier zu spielen. Merks für später, und sei ein andermal gescheiter! Jetzt weiß ich, was i wissen wollt, und werd gehn. — Nachher wirst wohl deine Dienstleut auf mich hetzen?"

Der Müller antwortete nicht; aber in seinem Gesicht stand die Bejahung dieser Frage geschrieben. Das merkte der Anton.

„Ich schau dirs gleich an, daß d' so was ausgesonnen hast. Aber denk nur ja net, daß d' damit zu mir auf den Jahrmarkt kommst. Es hat kein Mensch gesehn, daß ich dir im Gesicht spazierengegangen bin. Niemand kanns beweisen. Und nachher, wann dus selber den Leuten sagst, so wirst ausgelacht. Es wird kein Mensch den andern erzähln, daß er Prügel erhalten hat. Nun mach also, was d' willst! I hab gar nix dagegen. Du kannst dir die Peitsche nachher von jemand aufheben lassen; i hol sie dir net. Also nimm dir die Lehr, die du heut erhalten hast, fein zu Herzen, und bessre dich, dann können wir wohl a mal gut Freund miteinander werden. Jetzt aber leb wohl, und laß dirs gut bekommen!"

Er setzte den Stuhl wieder an seinen Platz, schob den Riegel zurück und ging. Kaum war er hinaus, so ertönte die Klarinette des Müllers. Ein Knecht hörte das Zeichen und kam herein.

„Hast den Kerl gesehn, der jetzt bei mir war?" zischte der Müller.

„Ja."

„Von den Mägden hat ihn eine zu mir hereingewiesen. Frag mal herum, welche! Und gib mir die Peitsche her!"

Der Knecht gab sie ihm hin, fuhr aber dann schnell zur Tür hinaus, die er fürsorglicherweise offengelassen hatte.

Anton war langsam die Treppe hinaufgestiegen. Droben stand Paula und zog die Vorhänge am Flurfenster auf.

„Guten Abend auch!" grüßte er. „Kannst mich wohl zu der Säng'rin bringen?"

Sie drehte sich um.

„Ach, du bists?" sagte sie. „Bist net gestern mit mir übers Wasser g'fahren?"

„Ja, mit dir und dem Fex."

„Und zur Säng'rin willst? — Zur Signora Mureni? — Komm da herein!"

Sie öffnete eine Tür. Drinnen stand die Leni, aber mit dem Rücken nach dem Eingang.

„Sag ders! Die bringt dich zu ihr", meinte Paula.

Leni drehte sich um. Die beiden früheren Liebesleute standen einen Augenblick lang ganz bewegungslos. Leni fand zuerst die Sprache wieder.

„Anton!"

„Leni!"

Sie hatte unwillkürlich ihre Arme erhoben und kam auf ihn zu. Ihr Gesicht glänzte vor Freude. Er aber blieb stehen und ließ die Hände schlaff herabhängen. Da hielt auch sie ihren Schritt an. Ihr Gesicht entfärbte sich.

„Was willst bei mir?" fragte sie leise.

„Bei dir? Gar nix!" antwortete er kalt.

„Und doch kommst zu mir?"

„Zu dir? Zur Säng'rin will ich, zur Mureni."

Sein scharfen Augen stachen schneidend in die ihren.

„Die bin ich ja!" sagte sie langsam.

Er neigte den Kopf einige Male, wie einer, der seine Vermutung bestätigt findet. Hinter ihm aber fragte Paula, die ganz ohne Absicht stehengeblieben war:

„Was sagst? Du — du bist die Mureni?"

„Ja", nickte Leni, ohne den Blick von Anton zu lassen.

„Nicht die Dicke?"

„Nein, ich."

„So bist nicht die Dienerin, sondern die Herrin?"

„Ich bin nicht die Herrin und nicht die Dienerin; aber ich bin die, für die diese Wohnung gemietet worden ist."

„Und das sagst erst jetzt? So hast ein wenig Theater gespielt mit mir?"

„Ja, das kann sie, das Theaterspielen", sagte Anton anzüglich.

„Das werd ich dir schon erklären", lächelte Leni. „Erst muß ich erfahren, was Anton von mir will."

„I will nix von dir, selbst net, da i weiß, daß du die Mureni bist. I komm als Bote. Der Herr Ludwig sendet mich. Sollst gleich mal zu ihm hinüberkommen."

„Warst bei ihm?"

„Ja. Er hat mi rufen lassen."

„Und was tust nun hier in der Gegend?"

„I bin Tabulettkrämer worden und heut hier ankommen; morgen aber geh ich wieder weiter. Jetzt hab i meine Botschaft bestellt. Behüt di Gott!"

Er wandte sich um, ohne ihr die Hand zu bieten.

„So willst gehn?“ fragte sie mit bebender Stimme. „Kannst mir net die Hand geben?“

„Wozu? I hab mit dir nix mehr zu schaffen. Du bist die Theatersängerin, und i hab den Hausierschein auf meinen Kasten. Das paßt net zusammen. Adjeh!“

Er ging. Einen Augenblick verharrte sie in einem Krampf; dann nahm sie schnell ihr Hütchen vom Nagel, setzte es auf und eilte ihm, an der verdutzten Paula vorüber, ins Freie nach. Es war kein Mensch zu sehen, da der Knecht die Mägde zusammengeholt hatte, um den Auftrag des Müllers auszuführen — eine Bemühung, die ganz vergeblich war. Kathrin hütete sich, etwas einzugestehen.

Leni faßte Anton am Arm. Er wollte sich losmachen; aber sie hielt ihn fest und zog ihn ein Stück mit sich fort.

„Was willst doch nur von mir?“ sagte er zornig. „Wir beid haben nix mehr miteinander zu schaffen. Dabei bleibts.“

„Und i mags noch net glauben. Anton, willst mir einen Gefallen tun?“

„Was für an G‘fallen?“

„Wart ein kleine Weile, bis i zurückkomm!“

„Das ist unnötig!“ erwiderte er störrisch.

„Nein. Wannst net ganz und gar schlecht sein willst, so wartst diese eine kurze Minute!“

„Nun, für schlecht will i grad net gelten. I werd also warten. Aber wo?“

„Es braucht uns niemand zu sehn. Lauf also da hinüber nach dem Fluß. Dort ist ein Fels mit Sträuchern. Da komm ich hin.

„Gut! Aber nun geh schnell zum Herrn Ludwig! Ich sollt dirs gleich sagen und bin doch erst lange Zeit beim Müller gewesen. Und — eigentlich sollt i net so gut mit dir sein; aber ich wills dir dennerst verraten, obgleich dus nicht wert bist. Weißt, daß der König da ist?“

„Das kann i mir schon denken. I weiß, daß er da drüben wohnt bei Richard Wagner.“

„Was? Auch der ist dabei?“

„Auch der. Also will ich eilen. Du aber wartest ganz gewiß da drüben?“

„Was i versprochen hab, das halt i auch“, brummte er.

Sie wandte sich dem Landhaus zu. Es dämmerte schon sehr, als sie bei dem König und dem Komponisten eintrat. Es war indessen eine dreiarmige Lampe angebrannt worden. Leni eilte auf den König zu, der in einem Lehnsessel saß und drückte ihre Lippen auf die Hand, die er ihr mit einem wohlwollenden Lächeln entgegenstreckte. Als sie sich dann erhob, betrachtete er sie einen Augenblick und nickte wohlgefällig.

„Also als Sennerin? Ich hatte die Mureni in einem andern Gewand erwartet. — Wollen wir so tun, als ob wir uns wieder auf der Alm befänden.“

„Ganz so?“ fragte sie errötend und zögernd.

„Ja, ganz so — Leni.“

„Nun, wannst meinst, so ist mirs recht und auch noch lieber. Also willkommen auch!“

Sie knickste nach ihrer früheren Weise und tat dies auch gegen Wagner, der ihr die Hand reichte. Während er dann auf Rialti und den Kapellmeister deutete, sagte er:

„Diese Herren wollen nicht glauben, daß du die von ihnen erwartete Signora Mureni bist.“

„Weiß schon“, lachte sie.

„Wie? Du weißt es?“ fragte der König.

„Oh sehr gut. Wannst da dem kleinen Konzertmeister sagst, daß i singen kann, so wird er dirs net glauben, sondern dich tüchtig auslachen.“

„Warum auslachen?“

„Weil i ihm was vorgesungen hab, und das hat ihm sehr schlecht gefallen.“

„Unmöglich!“

„Ja, da frag ihn nur gleich selber! Net?“

Bei dem letzten Wort nickte sie dem Italiener vertraulich spöttisch zu.

„O ja!“ sagte dieser. „Das sein ein Sängrin schauderhaft, orrido, orribile. Wenn sie singen, so laufen davon die Mäuse und die Ratten.“

Wagner blickte Leni fragend ins Gesicht und meinte lächlend:

„War das nicht wieder einer von Lenis Schalkstreichen? Darf ich erfahren, was du dem Herrn Konzertmeister vorgesungen hast?“

„Er hat gesagt, daß ich jodeln soll, da draußen auf der Straße. Der Wurzelsepp war auch dabei.“

„Ah, der! So ist es leicht begreiflich, daß da irgendein Schelmenstück ausgeführt worden ist. Und was hast du da gejodelt?“

„Soll ichs etwa singen?“

„Wenn Majestät gestatten?“

Der König nickte lächelnd.

„Nun, so will ich den einen Vers singen, der ihm noch am besten gefallen hat.“

Sie stemmte den einen Arm in die Seite und sang:

„Und da drüben und da draußen
in das Welschland hinein,
und da gibts so viele Flöh’,
und da möcht ich nicht sein!“

Sie sang es womöglich noch ohrenzerreißender, als sie es draußen gesungen hatte. Die Wirkung blieb nicht aus. Alle fuhren sich mit den Händen nach den Ohren. Wagner rief lachend:

„Das ist ja fürchterlich, entsetzlich!“

„Ja, fürchterlich, entsetzlich, schrecklich, schrecklich!“ stimmte der Italiener bei. „Und da sie sagen, daß sie können singen!“

„Nun“, meinte Wagner, noch immer lachend, „eigentlich sollte sie es auch können, da sie ja bei dem beabsichtigten Konzert mitwirken soll.“

„Die? Mitwirken? Schrecklich!“

„Ja, denn sie ist ja unsere Mureni.“

„Uns — — Mur — —!“ Die beiden Worte bleiben ihm eine Zeitlang im Mund stecken, bis nachher doch die beiden Silben kamen — „reni!“

Er hatte den Mund weit offen und starrte Wagner an.

„Gewiß!“ sagte dieser. „Oder glauben Sie es nicht?“

„Sie machen Spaß!“

„Es ist mein Ernst. Ich werde Ihnen sogleich beweisen, daß sie singen kann.“

Er bat mit einer stummen Verbeugung den König um die Erlaubnis, und als dieser still lächelnd nickte, öffnete er das Piano und schlug einige leise Akkorde an.

Alle waren im höchsten Grad gespannt, der König wohl am allermeisten. Seit jener Nacht auf der Alm hatte er Lenis Stimme nicht wieder gehört. Jetzt sollte es sich zeigen, ob er sich in der Begabung des schönen Mädchens geirrt hatte oder nicht, ob die an sie gewandte Mühe auch Früchte getragen hatte. Der Italiener kratzte sich hinter dem Ohr. Er konnte es nicht begreifen, daß ein Mann, wie Richard Wagner, sich so tief erniedrigen könnte, eine derart fürchterliche Sängerin zum Vortrag eines Liedes aufzufordern und sie auch noch zu begleiten —; daß er das Opfer eines übermütigen Streiches geworden sein konnte, dämmerte ihm erst sehr langsam.

Es war, als ob Lenis Stimme den ganzen Raum, das ganze Herz und die ganze Seele der Zuhörer erfüllte. Der König hatte sich in die Lehne zurückgelegt und hielt seinen Blick hinaus auf den Wald gerichtet. Und dennoch schien er ihn gar nicht zu sehen. Der Kapellmeister hielt die Arme über der Brust verschlungen, und sein Gesicht glänzte vor Entzücken. Unbeschreiblich aber war der Anblick, den der Italiener bot. Seine südländische Natur machte sich geltend. Er griff sich mit den Händen an den Leib, an die Nase, an den Kopf, um sich zu überzeugen, daß er wirklich lebe, daß er in Wahrheit hier stehe und diese wunderbaren Töne höre. Er fuhr sich mit den Fingern in das Haar, daß es emporstand. Er streckte bei gewissen Stellen den linken Arm aus und strich mit der Rechten darüber, als ob er den Gesang mit der Violine begleite, kurz und gut, er war vollständig außer sich.

Das Lied war zu Ende.

Der Italiener wollte stürmisch Beifall klatschen; aber da fuhr das Gesicht des Königs zu ihm herum, und es traf ihn ein Blick, so gebieterisch zornig, daß er sofort die Hände sinken ließ und voller Schreck und Angst sich hinter seinem hochlehnigen Sessel zurückzog, der seine kleine, hagere Gestalt fast völlig verdeckte.

Wagner blieb am Klavier sitzen und bewegte kein Glied. Er kannte die Art und Weise seines königlichen Freundes. Auch Leni stand wie eine Statue. Ihr Gesicht war ohne alle Farbe.

Endlich bewegte sich der König. Er stand langsam auf und trat ebenso langsam auf Leni zu.

„Ich habe mich nicht geirrt. Du bist von Gott begnadet, wie selten eine andere. Dein König weiht dich der Kunst, der schönen, edlen, erhabenen. Sei stets ihrer würdig, und bleibe rein und gut! Gott segne dich und nehme dich in seinen starken Schutz, wenn deiner Seele die Prüfungen nahetreten, die nicht ausbleiben können."

Er wandte sich ab und verschwand, ohne mit einem der anderen ein Wort gesprochen zu haben, im Nebenzimmer.

Leni stand in bewegungsloser Ergriffenheit; sie fühlte die glückhafte Bedeutung des Augenblicks: ihr König hatte sie begnadet genannt!

Wortlos verließ sie den Raum.

Als sie endlich wieder dahin gekommen war, auf ihre Umgebung zu achten, stand sie am Ufer des Flusses. Drüben ging der Mond in silbernem Licht auf, über ihr flüsterten die Zweige und hüllten sie in lauschiges Dunkel. Vor ihr fluteten die Wellen, und geheimnisvolle Lichter zuckten auf dem Wasser dahin. Plötzlich hörte sie ein Geräusch hinter einer Baumgruppe.

Sie fuhr erschrocken zusammen.

„Wer ist da?“ fragte sie angstvoll.

„I — aber brauchst di net zu fürchten. Ich bins.“

„Wer bist denn?“

„I, der Sepp.“

„Du bists, Pat? Was machst hier?“

„I kam, weil i Sorg gehabt hab um dich.“

„Warum das?“

„Schau, das war so. I saß beim Fex an der Fähr, und wir redeten mitnander. Da hörten wir einen Gesang, der kam wie vom Himmel herab. Der Fex hat gemeint, ein lieber Engel tät singen; i aber hab gleich gewußt, daß mein liebs Lenerl der Engel gewesen ist.“

„Woher hasts gewußt?“

„Weil i den Gesang g'hört hab von dir, in München drin, als der Wagner dazu am Klavier spielen tat. Das war ein Gesang von der Totenblume. I habs dem Fex gesagt, und er ist ganz närrisch worden. Wir sind nach dem Haus gelaufen ohne Atem und haben zug'hört, bist fertig gewesen bist. Nachher kamst heraus und gingst fort, net etwa auf dem Weg, sondern gleich über die Wiesen hinüber und auf das Wasser zu. Da bist so sakrisch wetterwendisch gelaufen, bald rechts und bald links, bald vorwärts und bald wieder z'rück. Da ist mir himmelangst um dich geworden. Ich hab schnell meine Schuhe auszogen, daß'd mich net hören sollst, und bin dir nach.“

Sie schmiegte sich an ihn.

„Du lieber, guter Sepp!“

„Ja, das bin i auch! Lieb hab i dich, und gut bin i dir über alle Maßen. Aber sag mir, warum bist denn gar so außer dir g'wesen?“

„Warum? Denk dir nur, Sepp, i hab vor dem König singen müssen!“

„Das hab i ja g'hört.“

„Und es hat ihm gefallen!“

„Natürlich! Wann die Leni singt, so muß es einem jeden gefallen, sonst hat ers mit mir zu tun!“

„Und was er hernach zu mir g'sagt hat!"
„So? Was denn?"
„Daß der liebe Gott mir eine große Gnade erwiesen hat, und daß i gut bleiben soll und fromm."
„Da hat er grad das Richtige g'sagt. Aber daß der liebe Herrgott dir gut ist, das ist ja gar kein Wunder, denn i bin dir ja auch gut. Und wenns mal einen gäb, der dir net gut wär, dem steckt i die Fäust ins Gesicht, daß er mich kennenlernen sollt!"
„Meinst, daß nachher seine Lieb zu mir wachsen wird?" lachte Leni leise. Dann sah sie ihn einen Augenblick nachdenklich an. „Du, da kommt mir ein schöner Gedank!"
„Welcher? Sags!"
„Meinst, daß es schwer ist, auf so einem Konzert zu spielen oder zu singen?"
„Warum solls schwer sein?"
„I mein halt so: Tätst du dich fürchten, wannst auch mitsingen und mitspielen solltst?"
„I? Nein, fürchten tät i mich net. I könnt aber halt nur das spielen, was i gelernt hab."
„Freilich. Hör, Sepp, wolln wir miteinander ein Konzert geben?"
Er machte eine Bewegung der Überraschung.
„I? Mit dir? Wir mitnander?"
„Ja."
„Was ist das nun für ein talketer Gedank!"
„Der ist gar nicht talket. Wann nun die Leute amal hören wolln, wie auf der Alm gejodelt wird?"
„Ja, das könnt i ihnen schon zeigen."
„Mit deiner Zither?"
„Ja, und auch mit meiner Stimme. I bin nun ein alter Knochen, aber meine Stimme ist noch ganz so frisch, wie mein Zahnwerk im Maul. Beißen kann i noch und auch jodeln, so viel man nur verlangen mag."
„Und weißt, grad so müßts sein, wie auf meiner Alm, wannst kamst, und wannst gingst."

„Ja, da haben wir uns allemal angesungen. O Jerum, das hat nun freilich für immer ein End!"

„Drum wollen wirs noch amal tun, recht schön und recht herzig, grad in einem Konzert. Sepp, komm doch morgen in der Früh zu mir! Da hab i dir was zu sagen."

„Von wegen dem Konzert?"

„Ja. Aber nun sag, wast heut abend noch vorhast!"

„Nix. Zunächst werd i dich nach der Mühle begleiten, und nachher —"

„Nein, Sepp, begleiten wirst mich nicht!" fiel sie schnell ein.

„Warum nicht? Seit wann will denn die Leni nicht, daß ihr Pat, der Wurzelsepp, bei ihr ist?"

„Du bist mir immer willkommen. Aber heut mußt mich schon mal allein laufen lassen."

„Hast etwa eine Heimlichkeit?"

„Und wanns nun eine wär? Wärst mir etwa dann bös?"

„Nein. Ich hab schon meinen Verstand. Ich bin der Pat und hab dich lieb; aber der Polizeier bin i net, der hinter dir herlauft und dich net aus den Augen läßt. Du bist kein Kind, dem man stets die Amm mitgeben muß. Unrechts wirst nie und nimmer tun. Das weiß ich genau, Leni."

„Ja, so ists richtig, Sepp."

„So will ich nun ausreißen. Also morgen in der Früh komm i zu dir. Gute Nacht!"

Gute Nacht, Sepp! Schlaf wohl!"

Er ging, und zwar den Fluß entlang, ein Umstand, der ihr nicht lieb war, weil auch sie diesen Weg einschlagen mußte. Sie wartete, bis seine Schritte verklungen waren, und folgte dann langsam nach.

Als sie an die Stelle kam an der die Fähre lag, befand sich kein Mensch in der Nähe. Sie schlich sich im Schatten der Büsche nach dem Felsen hinüber und stand sehr bald vor Anton, der ihr Kommen beobachtet hatte.

„Bist aber sehr lang blieben", beklagte er sich.

„I hab net eher gekonnt!“

„Wann is dir nicht versprochen gehabt hätte, so wär i längst wieder fort. Es ist fast eine Stunde vergangen, seit i hier bin.“

„So mußt verzeihen. Oder hast so notwendig zu tun, heut noch?“

„Gar net. Aber hier ist ein Ort, wos einem unheimlich werden kann.“

„Warum?“

„Da oben auf dem Stein ist ein Grab.“

„Ich hab net gewußt, daß d‘ dich vor einem Grab fürchtest.“

„Ich hab mich niemals gefürchtet und auch heut net. Aber es ist mir so gewesen, als ob hierherum etwas Lebendiges sei, was man aber net sehn und net erwischen kann. Es ist so um mich her g‘schlichen wie Gespenster.“

„Es wird eine Eidechse gewesen sein.“

„Oh, die Eidechsen kenn i schon. Wann man so viele Nächte lang im Freien gelegen hat wie i, so weiß man ein jeds Geräusch von dem andern zu unterscheiden. Das, was ich hier gehört hab, sind Menschen gewesen. Laß uns wenigstens hinauf aufs Grab steigen, dort kann man alles überschaun, und niemand kann einen belauschen.“

Er hatte recht gehabt. Was er gehört hatte, das waren die schleichenden Schritte des Sepp und des Fex gewesen, die sich in ihren unterirdischen Aufenthalt begeben hatten, ohne von Anton bemerkt zu werden.

Leni kannte keine Furcht. Sie hatte so manche Nacht allein auf der einsamen Alpe sein müssen und nie ein Gefühl von Angst empfunden. Sie scheute sich also auch nicht vor dem Grab.

In der Nähe hatte der Fex sich einen niedrigen Rasensitz hergerichtet. Darauf ließ sich Leni nieder. Anton blieb vor ihr stehen. Der Mond schien ihr hell ins Gesicht. So verging eine kleine Weile, ohne daß eins von beiden ein Wort sagte. Er schien ebenso wie sie keinen rechten Anfang zu finden. Endlich aber meinte er in ungeduldigem Ton:

„Du hast mich hierherbestellt, und ich hab auf dich gewartet. Was hast mir nun zu sagen?"

„Erst möcht ich dich fragen, ob du mir nix zu sagen hast, Anton."

„Was sollt i dir zu sagen haben?"

„Nix von dir?"

„Ich weiß nix."

„Und auch nix von deinen Eltern?"

„Was gehn sie dich an?"

„Hab ich etwa früher nicht nach ihnen gefragt?"

„Das war früher! Seit du fort bist, ists aus mit uns. Das ist nicht anders."

Da stand sie auf und ergriff seine beiden Hände. Er wollte sie ihr entziehen; aber sie hielt ihn fest.

„Anto, denk wohl über die Worte nach, die du redest! Wir sind nicht viel mitnander zusammengewesen, aber ich kenn dich dennerst besser als du dich selber. Die Lieb hat ein scharfes Auge."

„So? Kennst mich besser? Nun, wie denn?"

„Da tust, also obs aus sei zwischen uns, und doch hast mich noch grad ebenso lieb wie vorher."

„Das darfst dir ja nicht einbilden!"

„Ich bild mirs nicht ein, denn es ist wirklich so. Du hast den Gram im Herzen und in der Seel; aber dein Kopf ist hart und will sich nicht fügen. Ich weiß, daß du das Herzeleid mit dir herumträgst, und darum hör ich deine Worte an und bleib ruhig dabei. Wenn das nicht wär, so würde ich dich hier stehn lassen und fortgehn. Ich bin jetzt ein ganz ander Dirndl als dazumal; ich verkehr mit Leuten, wo du gar nimmer herankommen darfst, aber dennoch bist mir der liebst von allen, und ich halt dir die Lieb und die Treu, als ob du mich nicht von dir gestoßen hättst. Mein Herz sagt mir, daß einmal die Zeit kommen wird, in der du dich nach mir sehnst mit großem

Verlangen, und wo du vielleicht ohne meiner gar verloren sein wirst."

„Ich?" brauste er auf. „Verloren?"

„Ja, nickte sie schwer. „Du bist ein mutiger Bub und auch ein fleißiger Mensch und ein guter Sohn. Aber von der Welt und von dem, was im Leben alls vorkommen kann, hast doch keinen Begriff. Kein Mensch darf stolz sein. Und gar mit der Lieb soll man fein sauber und weich umgehen. Weißt, es gibt ein Lied, darinnen kommen die Zeilen vor:

‚O lieb, so lang du lieben kannst,
o lieb, so lang du lieben magst!
Die Stunde kommt, die Stunde kommt,
wo du an Gräbern stehst und klagst!'"

„Willst mich mit den Gedichten fangen?" fuhr er rauh auf. „Das ist kein Leim für mich. Wanns wirklich wahr ist, daß'd mich noch lieb hast, so gehst fort von München und kommst zu mir. Wir können mitnander aufs Hausieren gehn und viel Geld verdienen. Da siehst auch die Welt und erfährst, was auf ihr alls geschehen kann. So ists. Jetzt sag, obst willst!"

„Das kann ich nicht."

„Warum nicht?"

„Weil ich nun schon zu weit gangen bin. Damals hätt ich dirs zuliebe tun können. Nun aber bin ich volle acht Monate in München gewesen, und der König hat viel Geld mich zahlt. Sag selber, was er von mir denken sollt, wann ich ihm nun den Stuhl vor die Tür setzen tät."

„Dem kanns gleich sein. Sängerinnen gibts außer dir genug, und Geld hat er auch genug."

„Und doch wär es eine Undankbarkeit sondergleichen, wann ichs tät."

„Geh weg! Das ist eine Ausred! Du hängst an der Sach; ich weiß es; ich habs gehört — vorhin, als du gesungen hast. Ich hab an dem Gesang gehört, daß d' für mich auf immer nun verloren bist."

„Wie kannst das daraus hören?“

„Sehr leicht. Dei ganze Seel ist dabei gewesen; du hast net gesungen, du hast geweint, keine Tränen, sondern Töne. Und wer das tut, der gehört dem Gesang an und kann nimmer von ihm lassen. Das ist gewiß.“

Er ahnte nicht, daß er, der einfache Naturmensch, jetzt ein tiefes Verständnis verriet.

„Du magst da recht haben“, sagte Leni nachdenklich. „Wann ich aufrichtig mit dir sein will, so muß ich dir sagen, daß ich nicht bloß dem König allein zulieb bei dem Studium verbleib. Ich hab nun in eine Welt geschaut, die edler und höher ist als diejenige, in der ich mich vorher befunden hab. Wann ich ihr nun entsagen wollt, so würd ich mir selber entsagen, und das darf kein Mensch.“

„Ah, so bist also jetzt edler und höher als ich?“

„Aber Anton, wie kann ich sagen, ich sei besser als du! Doch das kann ich dir sagen, daß es mir ein großes Glück und eine wirkliche Seligkeit wär, wann ich dich dahin bringen könnt, auch so denken zu lernen und zu fühlen wie ich. Du sollst dich auch erfreun an der Kunst und an dem was höher ist als Käs und Brot und als Tabak und Milch.“

„Ich dank dafür. Wann i tüchtig zu essen hab und zu trinken und bin auch gesund dazu, so ists genug, so bin ich glücklich.“

„So denkt kein hochstehender Mensch. So denkt der Hund und die Katz.“

„Mit denen willst mich vergleichen? Das wird ja immer besser“, hohnlachte Anton bitter.

„Du verstehst mich falsch.“

„Nein, ich versteh dich schon recht. Ich gehör zu den Menschen, die grad neben dem Viehzeug stehn. Das willst sagen.“

„Das ist eine —! Oh, Anton, das glaubst ja selber nicht! Wanns wirklich so wär, so ständ ich jetzt nicht hier vor dir, sondern ich hätt dich gar nicht angeschaut! Aber ich seh, daß du dein Herz verstockt hast, und daß darum all mein Reden nix fruchtet. Darum will ich noch den letzten Versuch machen."

Sie faßte ihn an, drehte ihn gegen den Mond und betrachtete ihn lange mit Augen, vor denen er sich fast zu fürchten begann.

„Was willst du noch von mir?" fragte er.

„Nix, nur eine einzige Antwort noch. Schau, ich hab dich so lieb gehabt wie mein Leben, und ich hab dich auch jetzt noch ebenso lieb. Wir sind wie fürnander geschaffen. Mir hat man immer sagt, daß ich ein schöns Dirndl sei, und du bist auch ein feiner Bub, der sich sehn lassen kann. Die Hauptsache aber ist, daß wir im Innern zusammenpassen —"

„Das merk ich nicht!" trotzte er.

„Weilst nicht weiter schaust als bis heut! Wann wir ein Paar wärn, so könnten wir glücklich sein. Darum möcht ich so gern, daß'd denken lernst so wie ich denk. Das willst aber nicht, und ich geh nun auch nicht mehr zurück. Ich kann und darf nimmer wieder hinab — das wär eine Versündigung an dem König, an mir selber und auch an Gott. Darum sag ich dir, daß ich deine Frau werden will; ich will ganz nach deinem Willen sein. Ich will auch nicht aufs Theater, sondern nur in Konzerten und Kirchen singen. Was ich verdien, das soll dir gehören, als ob dus selber verdienst hättst. Ich will dich in Ehren halten, dich und deine alten, treuen Eltern — aber du mußt mich gehn lassen in meinem Beruf, wie ich gehn will."

„Ich versteh dich gut und weiß auch ganz genau, wohinaus das will. Jetzt versprichst mir alles Gute — aber nachher, wann ich dein Mann bin, da wirds ganz anders; da singst auch auf dem Theater, und da muß ich tanzen, wie du pfeifst, weil du das Geld verdienst."

„Ich halt mein Wort!" sagte sie sehr ernst und langsam.

„Das denkst vielleicht jetzt wirklich. Aber wahr ists nicht. Nein, ich laß mir nix vormachen. Wannst mich lieb hast, so gehst mit mir; das kann ich verlangen, und das verlang ich auch."

„Und dabei bleibst fest?"

„Davon geh ich nicht ab."

„So wissen wir also alle beid, woran wir nun sind. Aber eins will ich dir noch sagen — Ihr Männer seid die Herren der Schöpfung, denkt ihr. Aber der Herrgott hat uns Frauen neben euch gestellt. Ihr glaubt, daß alles nach eurem Kopf gehn muß, und wann einmal so ein Dirndl oder so eine Frau auch einen Willen haben will, so fahrt ihr gleich obenhinaus und setzt einen Trumpf darauf."

„Tut auch not!"

Aber Leni ließ sich nicht beirren.

„Deine Eltern hättst auch nähren gekonnt, wann du den Tagelöhner gemacht hättst; aber das hast nicht gewollt, weilst da deinen Willen nicht hättst haben können. Darum hast lieber dein Leben auf der Gemsjagd gewagt und nicht daran dacht, daß die Eltern verhungern werden, wann dir einmal ein Unglück geschieht. Und so bist nachher auch gegen mich gewesen. Wo der König dich freigegeben hat aus der Haft und mir ein so großes Glück geboten hat, hab ich verzichten sollen, weil die Sängrin doch für viele singen muß. So eigensüchtig bist gewesen, und so bists auch noch. Ich soll mich für dich aufopfern, du aber willst gar nix tun. Jetzt soll ich hausieren gehn, wo ich eine Zukunft hab. Was denkst denn eigentlich von mir und von dir? Bist etwa so etwas ganz Hohes und Besondres, und ich bin gar nix gegen dich?"

„Himmelsakra! — Bist etwa die Königin selber?"

„Nein, ich bin ein armes Dirndl. Aber du bist doch kein Kaiser! Ich hab dich lieb, aber ein Waschlappen bin ich nicht. Ich hab gut mit dir gesprochen; ich habe keine Beleidigung und keinen Ärger schauen lassen, aber mein letztes Wort mag ernst gemeint sein."

Anton lachte hart auf. Aber Leni fuhr stärker und stolzer fort:

„Meinen Weg laß ich mir von dir nicht zerstören. Ich weiß, mit was ich zu rechnen hab. Nachher, wann ich auf der Leiter emporgestiegen bin, was bist nachher du? — Ein Tabulettkrämer. Und wannst von mir hörst oder gar einmal mich erblickst, nachher wird der Feind erwachen in deinem Innern und dich peinigen Tag und Nacht. Nachher wird die Reue kommen mit aller Gewalt, und dein einziger Trost wird sein, daß d' an allem selber schuld bist. Ich red da streng mit dir, aber ich meins aufrichtig gut, weil ich dich lieb hab und dich so herzensgern glücklich sehn möcht."

Sie stand vor ihm in ihrer einfachen Tracht, aber doch in all ihrer Schönheit. Es durchzuckte ihn, die Arme um sie zu schlingen und sie an sein Herz zu nehmen. War es denn etwas so Großes, wenn er sich ihrem Willen fügte? Nein. Aber da dachte er wieder daran, daß auf der Bühne ein anderer diese Lippen küssen, die Arme berühren könne, und das erfüllte ihn mit Grimm.

„Bist fertig?" fragte er kurz.

„Ja. Und nun sag jetzt, was hast beschlossen?"

„Nix andres, als was ich vorher gesagt hab."

„Ich soll mit hausieren gehn?"

„Ja."

„So hausier allein! Du denkst nicht daran, daß eine Hausierersfrau noch ganz andre Gefahren hat als eine Sängrin. Du bist dein eigner, größter Feind und wirsts auch bleiben. Gute Nacht!"

„Leb wohl!"

„Er sagte das kalt, als ob ihn die Trennung ganz gleichgültig lasse. Dennoch blieb sie nach drei oder vier Schritten stehn und drehte sich um.

„Anton!"

Er antwortete nicht.

„Bleibst wirklich so hart?"

„Du bist hart, du allein!"

Da kehrte sie schnell zu ihm zurück, legte die Arme um

ihn, zog ihn an sich und bat: „Gib nach, Anton, ich bitte dich, um deines Glückes willen, gib nach."

„Nein! Ich kann nicht."

„Ich verlang ja nicht zuviel. Ich will ja nur auf Konzerten und in Kirchen singen!"

„Das glaub ich nicht! Laß mich aus! Wer eine Sängrin wird, ist verloren auf immerdar, denn sie wird ganz sicher eine — —"

„Halt, sag das Wort nicht!" sagte sie heftig. „Ich dulde das nicht. Ich hab mir von dir heut viel sagen lassen, das aber hör ich nicht mit an. Du hast recht: Es ist aus mit uns. Leb wohl, auf immerdar!"

„Ja, scher dich fort!" rief er zornig, als sie sich von ihm wandte. „Ich mag nix mehr von dir wissen, denn du bists doch schon —"

„Was?" fragte sie, noch einmal stehenbleibend. „Was bin ich?"

„Ein käufliches Weib!"

Da stand sie aber wieder vor ihm, holte aus und gab ihm ein Ohrfeige, daß er zurück in die Büsche taumelte. Die einstige Sennerin hatte auch jetzt noch eine kräftige Hand.

Er wußte nicht, was er von dieser unerwarteten Antwort glauben sollte. Er stand erstarrt. Leni aber schritt ruhig, ohne sich nach ihm umzublicken, den Felsen hinab, geradenwegs zur Mühle.

Zwar stand der Wagen nicht mehr da; aber die abgeladenen Gepäckstücke lagen noch an der Erde. Der Müller hatte nicht erlaubt, sie hereinzuschaffen. Er wollte die Sängrin auf alle Fälle loswerden.

Leni hielt es nicht für notwendig, erst Erkundigungen einzuziehen. Sie klopfte bei ihm an und trat beherrscht, aber innerlich voll tiefster Erregung, auf seinen Ruf in die Stube. Er hatte, wie gewöhnlich, die Peitsche in der Hand und rauchte eine Meerschaumpfeife.

Leni grüßte höflich.

„Wer bist?“ fragte er.

„Ich bin die Mieterin der Stube“, antwortete sie.

„Du?“ fragte er erstaunt.

„Ja.“

„Die ist doch für die Mureni gemietet worden.“

„Die bin ich ja.“

„Ich denk, die Dicke ists?“

„O nein. Sie ist nur meine Begleiterin.“

Das war ihm unbegreiflich.

„Was? Du, in diesem Röckerl hättst eine solche Ehrendame?“

„Ja.“

„Das machst mir net weis. Du müßtest doch noch viel nobler gehn als sie selber.“

„Das tu ich auch. In der Stadt leg ich andre Kleidung an. Aber ich war eine arme Sennerin, und ich lieb das Leben auf dem Dorf. Darum trag ich am liebsten diesen Anzug, wanns halbwegs möglich ist.“

„Das könnt mir eigentlich gefallen, wanns wirklich auch richtig so ist.“

„Es ist so. Oder schau ich wie eine Lügnerin aus?“

„Nein, das nicht. Aber was willst bei mir?“

„Ich möcht gern unsere Sachen herauf in die Stube haben, du aber hasts verboten.“

„Ja, du wärst mir schon recht, aber die Dicke, die mag i net leiden.“

„Warum nicht? Bist doch selber nicht dürr!“

„Was gehts dich an? Hast auch das Maul auf dem richtigen Fleck. Net?“ knurrte er halb zufrieden.

„Ja freilich. Wie könnt ich sonst eine Sängrin sein, wenn ich das Maul in der Tasche hätt! Also darf ich die Sachen hereinschaffen lassen?“

„Deine Sachen, ja; aber die Dicke muß fort.“

„Damit bin ich auch ganz zufrieden. Aber laß sie nur wenigstens so lange da, bis ich einen Wagen besorgt hab, mit dem sie nach der Bahn fahren kann!“

„Dagegen will ich nix haben. Nachher aber muß sie fort. Verstanden?“

„Freilich. Und wannst dann willst, geh ich auch selber mit. Schlaf wohl!“

„Schlaf wohl auch du!“

„Ein sakrisch Weibsbild!“ brummte er, als sie hinaus war. „Wann die einem so unter die Augen hineinschaut, so kann man fast nimmer nein sagen. Das ist grad so eine, die den Männern die Köpfe verdrehn kann. Ich kann froh sein, daß ich kein Junger mehr bin, sonst tät ich der gleich das ganze Haus vermieten und die Mühl hinzu!“ —

*

Als Leni vergeblich versucht hatte, dem Anton den Dickkopf zurechtzusetzen, hatte sie nicht ahnen können, daß ihr alter Pate so ganz in der Nähe war. Der Sepp hatte mit dem Fex in der Höhle gesessen. Sie hatten Stimmen über sich gehört und waren hinaufgekrochen, um nachzusehen, wer da oben so laut rede. Grad als beide den Gang verlassen hatten, war die Sängerin an dem Strauch, an dem die beiden lagen, vorübergegangen.

„Die Leni!“ flüsterte der Sepp. „Sie hat mit jemandem gesprochen. Wer mag das sein?“

„Das werden wir bald erfahren. Hier führt ja der Weg vorüber.“

„Ich sollt sie nicht nach der Mühle begleiten. Sie hat also gewußt, daß sie jemand trifft. Ich glaub gar, sie hat ein Stelldichein gehabt. Der Kerl muß noch oben sein. Gehn wir hinauf!“

„Wannst meinst, ja. Verraten ists doch nicht, daß wir aus dem Felsen kommen.“

Sie warteten noch einige Augenblicke, dann stiegen sie langsam hinauf. Droben stand Anton noch. Er war sehr verwundert, zwei Leute kommen zu sehn, beruhigte sich aber, als er sie erkannte. Der Sepp tat, als ob er keine Ahnung gehabt habe, daß jemand sich hier oben befinde.

„Holla!“ sagte er. „Da steht ein Kerl! Wer ists?“

„Fürcht dich nur nicht, Sepp! Ich bins", antwortete der einstige Wilderer.

„Ah! Der Anton! Was machst denn hier heroben?"

„Ich geh spazieren."

„Und da unten geht auch eine spazieren? Die ist von dir gekommen. Wer ists gewesen?"

„Gehts dich was an?"

„Nein, aber neugierig bin ich."

„So muß ichs dir sagen, sonst stirbst daran. Es war die Magd aus der Mühle."

„Welche?"

„Das brauchst nicht zu wissen. Meinst, daß ich dir meine Liebschaften verraten werd?"

„Nein, das brauchst nicht, denn ich kenn sie schon. Ich müßt ein schlechter Pat sein, wenn ich nicht meine Leni kennen tät. Hattst sie herbestellt?"

„Nein, sondern sie mich."

„Sie dich? Seit wann bestellen denn die Dirndln die Buben?"

„Seit die Buben die Dirndln nicht mehr bestellen."

„Da kannst recht haben. Wann sie dich herbestellt hat, so ists doch nur gewesen, um dir zu sagen, daß du ihr nimmer nachzulaufen brauchst?"

„Umgekehrt! Ich bins, der ihr gesagt hat, daß es nun aus ist mit uns beiden."

„Schau, das ist schön von dir, das freut mich außerordentlich. Da hast doch den richtigen Verstand gehabt. Du passest doch nimmermehr zu ihr."

„So? — Warum?" fuhr Anton auf. Ihn ärgerte die Gegenwart des Fex bei diesem Gespräch. Aber der junge Mann hielt sich bescheiden zur Seite.

„Du bist zu vornehm und zu gut für sie."

„Oder meinst vielleicht, sie für mich?"

„Kannst nehmen, wie du willst."

„Willst Streit anfangen? Ich bin grad bei der richtigen Laune dazu. Brauchst bloß ein Wort zu sagen, so fliegst da hinunter und ins Wasser hinein. Wann du da ersaufst, so ists nicht schad um dich, alter Heuchler!"

„Wie? Was bin ich?"

„Hast etwa nicht stets gesagt, daß'd mein Freund bist — und bist doch gegen mich?"

„Wieso?"

„Hast stets bei der Leni gegen mich gesprochen."

„Das ist mir nicht eingefallen. Ich hab das Dirndl nicht von dir abgelenkt."

„Aber du hast ihr die Kunst in den Kopf gesetzt!"

„Singst du nicht auch? Wer hats dir in den Kopf gesetzt?"

„So mein ichs nicht. Du hast ihr vorgeschwatzt von den Herrlichkeiten, die sie haben wird, wanns zum Theater geht."

„Ja, davon hab ich zu ihr g'sprochen. Lügen tu ich nicht. Was ich gesagt hab, das gesteh ich ein. Aber das ist doch nicht gegen dich. Ihr könnt doch auch ein Paar werden, wann sie beim Theater ist. Könntests so fein haben bei ihr. Der König ist gut auf dich zu sprechen und auf sie. Was wäre das für ein Paar geworden! Und da bist so bockig und unverschämt und hast das Gewissen, sie um ihr Glück zu bringen. Dabei sagt der Kerl auch noch, daß er sie lieb hat, der Scheinheilige!"

„Du, nimm dich in acht! Schimpfereien mag ich nicht, auch von dir nicht!"

„Halts Maul! Dich werd ich viel fragen, wie ich zu dir sagen soll. Wegen deiner wickle ich die Worte nicht in Seidenpapier. Dazu bist der Kerl noch lang nicht. Da mußt dich erst mit Schmierseife einreiben und mit einer Soda abwaschen, daß der Schmutz herunterkommt. Und kämmen mußt dich und die Fingernägel abschneiden auch dazu. Und sogar nachher red ich noch immer nicht mit dir. So, jetzt hast dein Fett und dein Schmalz! Reib dirs hinter die Ohren und mach, daß'd fortkommst, sonst zieh ich auch noch die Schuhe aus und schlag sie dir um die

Ohren, daß 'd denkst, es wird in der Kirche zusammengeläutet, du Unnütz du!"

Er hatte sich in den größten Ärger hineingeredet. Und, eigentümlich, der Krikelanton unterbrach ihn nicht. Er achtete den Alten, und er fühlte gar wohl, wie weit Sepp recht hatte. Und, mit der Ohrfeige, die er von Leni erhalten hatte, war es ihm gegangen wie jenem Tauben, der eine tüchtige Maulschelle bekam, und in der Meinung, daß man etwas zu ihm gesagt habe, beistimmend nickte und sprach: „Das läßt sich hören!"

Alle Reden und Bitten Lenis hatten nichts gefruchtet; aber die Ohrfeige war auf den besten Boden gefallen. Mit ihr hatte sie nach seiner Ansicht den Beweis geliefert, daß sie ein braves Mädchen sei. Darum befand er sich nun in größter Uneinigkeit mit sich. Am liebsten wäre er ihr nachgelaufen, um sich doch noch mit ihr zu einigen. Er sagte sich jetzt, daß sie vielleicht auf seine Ansichten eingegangen wäre, wenn er freundlicher mit ihr gewesen wäre. Vielleicht war alles noch nachzuholen, — aber dann durfte er es mit dem Sepp nicht verderben, der so großen Einfluß auf sein Patenkind hatte. Darum beschloß er, die beißenden Reden des Alten ruhig hinzunehmen.

Sepp blickte ihn forschend an.

„Nun, was stehst du da wie eine Ölgötze? Kannst dich vielleicht verteidigen?"

„Ich könnt schon."

„Das machst mir nicht weis. Die Leni ist ein kuraschiertes Ding, aber sie hat auch —"

„Ja, kuraschiert ist sie, das hab ich heut gesehn. Sie hat mir eine Backpfeife gegeben, daß mir der Kopf fast auf den Buckel geflogen ist."

„Das freut mich sehr. Wohl bekomms, Anton! Aber bei all dieser Kuraschiertheit hats doch ein mildes Herz und ein zartes Gemüt. Das will fein angefaßt sein. Wann so ein Drommeldar hineintrampelt in das Zeug, so werden halt alle Blumen und Blüten niedertreten, die in so einem

Herzen blühn, und wann nachher nur die Disteln aufgehn und die Quecken und das Unkraut, nachher wunderst dich noch darüber! Hab ich recht, oder hab ich unrecht?"

„Vielleicht hast recht."

„Vielleicht auch noch! Nein, ganz gewiß hab ich recht! Siehst ein oder nicht?"

„Ja."

„Na endlich! Da ists nun auch möglich, daß alls noch gut werden kann. Ich sag dir, Bub, das Dirndl bekommt meiner Seel einen Grafen oder gar einen Fürsten zum Mann, denn sie ist schön und brav und demütig, obgleich sie es hoch bringen wird. Den Schatz, der in der Leni steckt, kannst gar nicht messen. Es wär so mein Gaudi, wann ich später so ‚gnädige Frau' oder ‚höchstdero Baronesse' oder ‚Hochselige Gräfin' zu ihr sagen könnt, denn von dieser Ehre fiel doch auch ein Teil mit auf mich und in meinen Rucksack hinein, aber am liebsten gönn ich sie doch dir, das kann ich dir sagen. Also sei gescheit und laß die Dummheiten! Wannst meinen Rat befolgst, wirst der Mann einer berühmten und reichen Frau."

Dem Anton wurde das Herz leicht. Er holte tief Atem.

„Was meinst du, was ich tun soll?" fragte er zaghaft.

„Zunächst das Maul halten und die Geschicht ruhig abwarten!"

„Donnerwetter! Soll ich warten, bis ein andrer kommt und sie mir wegschnappt?"

„Verdient hättsts schon; denn du hast ja gesagt, daß d' ihr den Abschied gegeben hast. Aber laß nur mich sorgen! Sie hat dich lieb. Wann eine einem eine hineinhaut, so ist das der Beweis, daß sie noch was von ihm hält. Das kannst mir glauben. Also laß den Mut nicht sinken, und hab Vertrauen zu mir! Freilich folgen mußt und gehorchen, sonst kannst nur gleich fortlaufen und Maulaffen feilhalten. Die Leni ist ein Dirndl, um die man sich eine Mühe nicht verdrießen lassen darf. — Was hast? Da ist wohl was heruntergefallen?"

„Ja. Ich hatt die Hand in den Gürtel gesteckt, und da muß was drinnen gewesen sein."

„Was?"

„Ich weiß es nicht. Ich hab nix drinnen gehabt."

Alle drei hatten das Aufklingen eines metallnen Gegenstandes gehört. Sie bückten sich. Eine Wolke hatte gerade den Mond bedeckt, darum konnte man auf dem Erdboden nichts erkennen. Die drei suchten also, mit den Händen tastend, nach dem betreffenden Gegenstand. Der Wurzelsepp fand ihn.

„Ich habs!" sagte er. „Da bei meinen Füßen hats gelegen. Ah, ein Schlüssel, wie zu einem Tischkasten so groß."

„Wie aber soll ein Schlüssel in meinen Gürtel kommen?" fragte der Krikelanton.

„Hast keinen gehabt?"

„Nein. Ich hab nur einen einzigen, nämlich den Schlüssel zu meinem Kasten, und den hab ich hier in der Geldtasche stecken. Da ist er."

„So hat dieser hier gar nicht in deinem Gürtel gesteckt?"

„O doch. Ich hab ihn mit den Fingern gefühlt, bevor er herunterfiel."

„Oder hat er vorher hier gelegen", bemerkte der Fex. „Zeig ihn mal her, Sepp!"

Der Alte gab ihm den gefundenen Schlüssel. Der Fährmann hielt ihn gegen den Mond, der eben wieder von Wolken frei war, und betastete ihn höchst sorgfältig.

„Sollts möglich sein?" sagte er in freudigem Ton. „Sepp, Sepp, was haben wir gefunden!"

„Nun, was?"

„Den Schlüssel, den wir brauchen zu dem Müll — — ah, weißt schon, zu dem Polsterstuhl."

„Pst! Still! Das wissen nur wir beide. Aber du wirst dich irren. Wie sollt der Schlüssel vom — weißt schon, hierherkommen?"

„Ja, das weiß ich auch nicht." Er wandte sich an Anton. „Warst vielleicht heut in der Mühle?"

„Ja."

„Bei wem?"

„Beim Müller selber."

„Ah! Was hast da tan?"

„Das Einmaleins haben wir einander aufgesagt, er erst mit der Peitsche und nachher ich mit den Händen. Dann sind wir als beste Freunde ausnander geschieden."

„Wie ist das gewesen? Erzähl doch mal!"

Der Krikelanton berichtete das Abenteuer. Als er fertig war, meinte der Sepp lachend:

„So wars gut! Da hat er doch mal seinen Mann gefunden. Anton, jetzt bin ich dir grad noch mal so gut wie vorher!"

„Der Kerl hat ein Gesicht, das mir gar nicht gefallt, und wann ich ihm noch mal was auswischen könnt, so sollts mir lieb sein."

„Das kannst schon bald, vielleicht gar noch am heutigen Abend."

„So? Das brauchst nur zu sagen. Und wann ich dir und dem Fex damit einen Gefallen tu, so ist mirs recht. Soll ich ihm vielleicht nochmals die Karten schlagen?"

„Nein, aber helfen kannst uns ein wengerl. Wir haben nämlich eine Zaubergeschichte zu spielen."

„Sind Geister dabei?"

„Ja, aber die sind wir selber."

„So tu ich mit. Sagt nur, was ich machen soll."

„Nachher sollsts erfahren. Jetzt aber möcht ich erst wissen, wie sein Schlüssel in deinen Gürtel gekommen ist."

„Sein Schlüssel? Gehört er denn dem Müller?"

„Ja freilich. Fex, kennst den Schlüssel genau?"

„Ganz genau. Schau, es ist ein rots Bänderl dran."

„Verteixeli!" rief der Anton. „Da fällt mir ein, daß ich das Schlüsserl gesehn hab, als ich ihm die Ohrfeige geben hab. Und den Schlüssel braucht ihr heut abend?"

„Ja, ganz notwendig wird er gebraucht. Wie meinst, Fex, wollen wir ihm alles sagen?"

„Das mußt selber wissen, ich kenn ihn nicht."

„Hab darüber keine Sorge! Der Anton ist ein braver, verschwiegener Bursch. Weißt, er ist vormals ein ausgepichter Wilderer gewesen. Da gibts viele Geheimnisse zu bewahren, und er hat niemals aus der Schule geschwatzt."

In kurzen Worten weihte Sepp den Anton in den Plan ein. Dann sagte er:

„Jetzt aber wollen wir an das denken, was am allernotwendigsten ist. Schaut, der Wind wird stärker, und die Wolken sind fast schwarz. Es wird vielleicht ein Regen kommen. Hast die Frösche bereit, Fex."

„Den ganzen Topf voll."

„Den müssen wir anmalen, damit der Müller nicht erkennt, daß er von seinem Kachelofen ist. Aber wie kommen wir hinein in seine Stube, wann er fort ist? Er wird freilich zuschließen, daran hab ich gar nicht gedacht."

„Aber ich. Als es Zeit war, die Läden zuzumachen, hab ich mir einen Behelf genommen, so daß ichs tun mußt. Dabei hab ich bei dem hintersten Laden den Vorstecker nicht eingesteckt und nachher auch noch den Fensterwirbel aufgedreht. So also können wir zum Laden hinein."

„Das hast sehr gut gemacht. Vielleicht ists gar nicht nötig, daß ich mit hineinsteig. Wann der Anton mit helfen will, kann er bei dir sein, ich aber geh in die Stadt zum Skat-Matthes, wohin die Beschwörer kommen werden."

„Tus lieber nicht, denn da wird dirs schlecht ergehn, Wurzelsepp."

„Meinst wirklich? Ich hab keine Angst. Ich weiß schon, was ich sag und tu. Jetzt gehn wir hinab in den Fährkahn, da sitzen wir unter den Bäumen, wenn es regnet."

GEISTERSTUNDE

Wie der Sepp vermutet hatte, geschah es auch; es begann um elf Uhr zu regnen; um Mitternacht verschlimmerte sich das Wetter. Aber den drei wetterfesten Kerls war das gleichgültig. Es galt, das Geheimnis des Polsterstuhls zu enthüllen, und da konnte der Regen kein Hindernis bieten.

Kurz vor zwölf Uhr wurde der Topf hinter die Mühle geschafft; dort stellten sich der Fex und Anton auf die Lauer. Der Sepp aber wanderte trotz dem Regen nach der Stadt. Unterwegs bog er querfeldein, nach der erwähnten Miete hin. Dort überzeugte er sich zunächst, daß das Schwein noch vorhanden sei, und hörte es dabei zwölf Uhr schlagen. Er zog einen Strick aus der Tasche, band ihn dem Tier an das Bein, löste es von dem Pflock und trieb es mit Hilfe des Stockes dem Dorf entgegen, an dessen äußerstem Ende das Gut lag, das dem Fingerlfranz oder vielmehr dessen Vater gehörte. Er war früher dort gewesen und kannte es ganz genau.

Gleich am Garten lag der Schweinestall, aus dem das wanderlustige Tier entwichen war. Die Tür stand offen, und das Vieh, das seine Heimat kannte, rannte hinein. Sepp löste ihm den Strick vom Bein, machte die Tür zu und schob den Riegel vor. Dann wanderte er, glücklich über das Gelingen dieses Teiles seines Plans, der Stadt zu.

Unterdessen steckten seine beiden Verbündeten mit ihrem Topf in einem Lattenverschlag. Als es nur noch einige Minuten bis zwölf Uhr war, schlich sich der Fex nach der andern Ecke des Hauses, um die Tür zu bewachen. Nach kurzer Zeit kehrte er zurück und meldete, daß die Magd aufgebrochen sei. Nun gingen beide nach vorn. Sie hatten noch nicht lange gewartet, so sahen sie die lange, in ein weißes Tuch gehüllte Gestalt der Kathrin mit einem Schubkarren zurückkehren. Sie gab sich die größte Mühe, alles Geräusch zu vermeiden. Als sie die Haustür mittels eines Schlüssels geöffnet hatte, verschwand sie mit dem Karren im Hausflur und schloß die Tür hinter sich wieder zu, um jede Störung unmöglich zu machen.

„Jetzt schnell hin ans Fenster“, sagte der Fex. „Wir werden sie wohl miteinander reden hören.“

Er hatte sich nicht geirrt, denn als sie sich gegen den Laden des Fensters neigten, in dessen Nähe der Müller zu sitzen pflegte, hörten sie deutlich seine Stimme:

„Wenn ich nur beim Teufel wüßt, wo der Schlüssel hin ist! Er muß mir geradezu gestohlen worden sein.“

„Wer wird ihn stehlen können, wannst immer selber dabei sitzt?“ antwortete die Magd.

„Morgen werd ich besser suchen lassen, am Tag, wenn es hell geworden ist. Jetzt aber müssen wir schnell fort. Das Gesicht und die Hände hab ich schwarz, nun gib mir noch das Bettuch um!“

„So gehts nicht gut, wannst noch im Stuhl sitzest. Ich werds auf den Karren breiten; wannst dich draufgesetzt hast, leg ichs um dich herum.“

„Wirst mich auch heben können?“

„Bin ich etwa ein Kind?“

„Wohl nicht, aber ich bin schwer. Und hast alles richtig gemerkt, was ich dir gesagt hab?“

„Sorg dich nur um dich und nicht um mich! Ich werd keinen Fehler machen und mich auch nicht fürchten. Aber nachher mußt auch ehrlich zahlen!“

„Bis auf den Pfennig. Nun mach!“

Die Lauscher vernahmen ein nur mit Mühe unterdrücktes Ächzen und Stöhnen, leise Flüche und Schmerzensrufe, dann wurde die Stubentür von außen verschlossen.

„Sie sind im Hausflur“, flüsterte der Fex. „Komm fort, damit sie uns nicht erwischen!“

Sie stellten sich hinter die Ecke, von wo aus sie bald den Aufbruch der wunderlichen Geisterfuhre beobachteten. Nachdem Kathrin die Haustür verschlossen hatte, stampfte sie mit dem Schubkarren, auf dem der Müller unter dem weißen Tuch hockte, rüstig in die Nacht hinein.

„So, nun sind wir an der Reihe“, sagte der Fex. „Schnell den Topf her!“

Sie schafften ihn unter das betreffende Fenster. Der Fex zog den Laden hoch und stieß die Fensterflügel zurück. Dann stieg er ein. Anton reichte ihm den Topf hinein und folgte ihm, worauf Laden und Fenster vorsichtig geschlossen wurden. Auf dem Tisch stand die brennende Lampe.

„Das ist der Stuhl“, sagte Fex, indem er auf den alten Polsterstuhl deutete. „Es ist ein großer Vorteil, daß wir den Schlüssel haben. Ohne ihn hätten wir den Kasten aufbrechen müssen. Jetzt versuchen wir, obs auch der richtige ist.“

Die Probe zeigte, daß der Schlüssel genau paßte. Der Fex schloß auf. Der Kasten schien gewichtigen Inhalt zu bergen, denn er war nur sehr schwer zu bewegen. Als der Fährmann ihn dann so weit wie möglich hervorgezogen hatte, sah man, daß er eine Menge versiegelter Geldrollen enthielt, so daß kaum genug Platz blieb für eine sichtlich sehr alte Brieftasche, die in einer Ecke obenauf lag.

Der Fex nahm die Brieftasche heraus und öffnete sie. Sie enthielt mehrere zusammengefaltete Papiere. Als er sie auseinanderschlug, zeigte es sich, daß sie in einer Sprache geschrieben waren, die er nicht verstand.

„Was mag das sein?“ fragte Anton.

„Ja, wenn ich das wüßt!“

„Das sind lauter Zeugnisse oder amtliche Scheine.“

„Warum denkst das?“

„Warum? Darum! Das mußt doch gleich im Siegellack merken, mit dem sie so schön petschafteriert sind. Das kommt ja immer nur dann vor, wann ein Gerichtsamt oder ein Pfarramt oder ein Stadtrichter oder ein Bezirkstierarzt eine Bescheinigung ausstellt und darunter das Siegelum dransetzt. Das hat dernach die richtige, amtliche Kraft und Geltung! So was muß es sein!“

„Das glaub ich auch. Wenn man aber nur wüßt, wer damit gemeint ist."

„Etwa du?"

„Es ist doch am End die Möglichkeit."

„Hör, Fex, ich will dir mal was sagen. Du hast mir erzählt, daß du in diese Stube gehn willst, um nachzuschaun, obst nicht irgendwas finden tätst, aus dem du ersehn kannst, wer du eigentlich bist. Weiter hast mir nix gesagt. Dennoch bin ich bereit gewesen, dir zu helfen. Aber daß du etwa hier was mit fortnimmst, was dir nicht gehören tut, das leid ich freilich nicht."

„Das brauchst gar nicht zu sagen. Ich bin ebenso ehrlich wie du und werd mich nimmer an fremdem Eigentum vergreifen."

„Nun gut. So schau hier richtig nach, und wannst die Schrift nicht lesen kannst, so kannst auch nicht beweisen, daß sie dir gehört, dann mußt sie hier liegen lassen."

„Freilich wohl!"

„Aber schau, da ist doch noch ein Fach in der Brieftasche. Machs mal auf!"

Der Fex tat dies. Das Fach enthielt einen Umschlag aus starkem Kartonpapier, in dem — ein Bild steckte. Es stellte eine junge, wunderhübsche Frau in der kleidsamen Tracht vornehmer Rumäninnen vor. Das goldigblonde Haar und die himmelblauen Augen konnten zwar durch das Bild nicht dargestellt werden, aber dennoch sah der Beschauer sofort, daß zwischen dieser Frau und dem Fex eine große Ähnlichkeit vorhanden war.

Das Bild machte einen ungeheuren Eindruck auf den jungen Menschen. Er drückte es an sein Herz, an seine Lippen und rief dabei mit Inbrunst:

„Mutter! Das ist meine gute, einzige Mutter! O Gott!"

So kniete er vor dem offenen Kasten, die Brieftasche und das Bild in der Hand. Sein Gesicht war verklärt von einem Entzücken, wie man es nicht beschreiben kann. Anton störte ihn nicht, meinte aber endlich doch:

„Du kennst also diese Frau?"

„Freilich, freilich kenne ich sie! Kann ein Kind jemals das Angesicht seiner Mutter vergessen?"

„Also wirklich deine Mutter ists?"

„Ja. Ich hab sie so lange, lange nicht gesehn. Man sagte mir, sie sei gestorben. Sie ist tot. Aber diese Augen, die mich einst so herzinnig anleuchteten, diese Lippen, die mich bei den süßesten Namen riefen, ich hab sie gesehn im Wachen und im Traum. Sie ists, ja, sie ists!"

„Wie aber kommt das Bild zum Müller?"

„Er hats gestohlen!" zürnte Fex.

„So hat er wohl die ganze Tasche gestohlen mitsamt den Dokumenten."

„Ganz gewiß."

„Dann mußt ihn anzeigen."

„Kann ichs ihm beweisen?"

„Du mußt jemand suchen, der die Dokumente lesen kann."

„Obs hier so einen gibt?"

„Zeig sie nur einem Advokaten! Der wird schon wissen, was damit zu machen ist."

„So muß ich sie also mitnehmen?"

„Freilich nimmst sie mit! Dagegen kann ich gar nichts haben. Du hast ja deine Mutter erkannt; die gehört doch ganz gewiß dem Sohn!"

„Ja, ich nehm die Brieftasche mit. Mags der Müller immerhin merken."

„Mag ers! Wenn sie dir nicht gehört, kannst sie ihm ja wiedersenden, ohne daß ers erfährt, wer sie ihm heut genommen hat. Mach den Stuhl zu und steck die Tasche ein! Wir wollen schaun, daß wir von hier fortkommen."

„Den Schlüssel lassen wir da. Wir wollen ihn hinlegen, aber wo? Der Müller muß meinen, daß er ihn hier verloren hat."

„Schau, die Diele ist sehr alt, und hier an der Mauer ist ein Loch gefault. Dahinein legen wir ihn."

„Gut. Und den Topf stellen wir auf den Polsterstuhl."

„Schön. Er wird sich freuen, wenn er diesen Schatz hier öffnet."

Der Fex steckte die Brieftasche ein, verschloß den Stuhlkasten und legte den Schlüssel in das ausgefaulte Loch. Sodann hoben beide den großen Topf auf den Polsterstuhl. Nun trat Anton ans Fenster.

„Willst etwa da hinaus?" fragte der Fex.

„Ja freilich."

„Nein, das tun wir nicht. Schau, wenn wir zum Fenster hinaussteigen, können wir die Fenster und den Laden von außen nicht zumachen. Wann der Müller nach Hause kommt und ihm alles verkehrt gegangen ist, wird er Verdacht haben und nachschaun, ob wer in die Stube hereinkönnen hat. Wann dann die Fenster und der Laden nicht verschlossen sind, wird er gleich merken, woher das Lüfterl geweht hat. Nein. Die müssen wir zumachen."

„Wie aber kommen wir fort?"

„Zur Hintertür hinaus. Die versteh ich von draußen zuzumachen."

„Aber dann steht ja hier die Stubentüre offen, die er vorhin, als er gangen ist, verschlossen hat!"

„Diese Stubentür hat gar keinen Schlüssel: sie wird von einem Schraubendrehling draußen aufgemacht, den man wie einen Schlüssel ab- und anstecken kann. Weißt, so ists sehr oft in alten Häusern."

„Weiß schon. Also diese Tür können wir von innen öffnen und von außen wieder zudrücken?"

„Ja. Jetzt mach ich zu."

Er verschloß die Fensterflügel und den Laden und löschte das Licht aus. Die Hintertür, die in den Hof führte, war zugeriegelt. Der Fex öffnete und verschloß sie, nachdem sie leise in den Hof getreten waren, dadurch, daß er mit der Klinge seines Messers durch eine ziemlich breite Bretterspalte hineinlangte. Dann huschten sie über den Hof und kletterten über die Mauer.

Es regnete noch immer. Doch die Wolken begannen sich allmählich zu lichten.

„Was tun wir nun?“ fragte der Krikelanton.

„Für mich ist gesorgt. Aber du, wo wirst nun heut nacht schlafen?“

„Darüber laß dir keine grauen Haare wachsen, Fex. Wannst mich nicht mehr brauchst, werd ich zu dem Skat-Matthes gehn. Ich möcht doch gern erfahren, wie die Sach ausgefallen ist.“

„So geh! Morgen sehen wir uns wieder.“

Der Anton wandte sich nach der Stadt und der Fex nach der Fähre, um den Wachsleinensack zu holen; er brauchte ihn, weil er abermals die Violine des Konzertmeisters stibitzen wollte. Die durfte ja nicht naß werden, und so mußte er sie und die Noten in den Sack stecken.

*

Indes war die ‚Zaubergeschichte‘ am Scheideweg vor sich gegangen. Um ja die richtige Minute nicht zu versäumen, hatte der Fingerlfranz lange vor der bestimmten Zeit seine Vorbereitungen getroffen und dann trotz dem strömenden Regen im freien Feld den Stundenschlag abgewartet. Er war bis auf die Haut naß. Daraus aber machte sich der vor Gesundheit strotzende Mensch nichts. Als er die Turmuhr in der Stadt hörte, begab er sich mit dem Schubkarren an Ort und Stelle, warf den Schlüssel zur Erde und sagte laut die Zauberformel:

„Schlüssel, Schlüssel, klinglingling,
fahre jetzo aus den Taschen!
Grade hier will ich das Ding,
das die Sau gemaust hat, haschen.“

Dann sprang er über den Graben hinüber. Vom Regen war der Boden schlüpfrig geworden. Franz glitt aus und stürzte, so lang er war, in den Graben hinein.

Mit einem lauten Fluch raffte er sich wieder heraus und trat hinter das Gebüsch. Als er eine kurze Zeit gewartet hatte, hörte er Schritte. Er sah eine lange, weiße Gestalt, die von der Mühle her näher kam, am Kreuzweg stehenblieb und dort nach dem Karren tastete. Sie fand ihn und entfernte sich mit ihm in der Richtung, aus der sie gekommen war.

‚Das geht gut, das trifft schön zu', dachte er, und das leise Gruseln, das ihn hatte beschleichen wollen, entwich. ‚Jetzt wird sie die Sau aufladen und herbeibringen. Bis dahin aber muß ich warten. Naß und voller Dreck bin ich einmal schon, so ists ganz gleich; ich setz mich nieder.'

Er warf sich auf den aufgeweichten, lehmigen Grasboden und ließ das Wasser auf sich niederregnen und unten wieder ablaufen.

Nach einer Viertelstunde ungefähr hörte er das Rad des Schiebebocks von weitem knarren.

„Holla, da kommt die Spitzbübin!" murmelte er befriedigt. „Der Wurzelsepp ist doch ein sehr gescheiter Kerl, er hat mich nicht getäuscht."

Er sprang über den Graben hinüber und wartete mitten auf dem Weg. Die Kathrin kam bei ihm an und setzte den Karren nieder.

„Komm!" sagte er gebieterisch.

Sofort begann der Müller unter seinem Bettuch zu grunzen, und die Kathrin nahm den Karren wieder auf. Von Franz geführt, setzte sich der wunderliche Zug in Bewegung.

Es war für die Magd keine Kleinigkeit, in strömendem Regen und bei dem aufgeweichten Zustand des Wegs den schweren Müller vor sich her zu schieben. Aber sie war stark, und die Hoffnung auf den Schatz verdoppelte ihre Kräfte. Sie kam in Schweiß und pustete laut wie eine Lokomotive, aber sie setzte nicht ein einziges Mal nieder.

Es war ein Glück, daß es in dieser Weise regnete; da war kein Mensch unterwegs. Der Müller grunzte nach Kräften, und die Fuhre verlief ohne alle Störung.

Nur als der voranschreitende Franz in die Straße einbog und sogar dann in den Flur des Gasthofes einlenkte, fragte sich die Kathrin im stillen, ob sie ihm immer noch folgen solle. Aber es handelte sich ja um den Schatz. Die Stadt und der Gasthof waren jedenfalls nur eine leere Spiegelung, durch die die Geister sie irre machen wollten. Nein, das sollte ihnen doch nicht gelingen. Die beherzte Kathrin folgte dem Führer sogar, als dieser die Tür öffnete und in die Gaststube trat.

*

Als der Wurzelsepp bei dem Skat-Matthes angekommen war, hatten die gewöhnlichen Abendgäste das Haus schon verlassen. Der Wirt saß mit seinem Sohn und dem Bader am Tisch und spielte Skat. An einem zweiten Tisch saßen noch einige andere Männer.

„Guten Abend!“ grüßte der Sepp, indem er den vor Nässe triefenden Hut ausschwenkte.

Der Wirt legte gegen seine gewöhnliche Weise sofort die Karten weg und machte ein sehr erstauntes Gesicht.

„Was? Du kommst auch, Sepp?“

„Siehsts ja doch!“

„Du wolltest doch nicht!“

„Ja, das dacht ich erst. Nachher aber hab ich mich gefragt, obs die Leute auch richtig machen werden, und so bin ich halt herkommen, um zuzuschaun, wies gehn wird.“

Darauf antwortete einer von denen, die an dem andern Tisch saßen:

„Das ist ganz recht von dir, Sepp. Es ist immer besser, du bist auch selber dabei.“

Da machte der Alte ein höchst bedenkliches Gesicht und schüttelte den Kopf.

„Ja, so sag doch mal, wobei ich auch sein soll?“

„Nun, bei der Zauberei.“

„So, so! Was weißt du davon, he?“

„Der Bader hats uns gesagt, und darum sind wir noch hier sitzen, um zu warten.“

„Ach so! Der Bader hats ausgeplaudert! Hab ich denn nicht gesagt, daß kein Mensch nix davon hören darf?“

„Vorher nicht. Jetzt aber sinds ja schon draußen auf dem Weg!“ verteidigte sich der Bader.

„So! Das hast denkt? Was d' doch für ein gescheiter Kerl bist! Da konnt ichs ja gleich in die Posaune blasen oder an die große Glocke hängen, damits ins Land hinein geläutet wird. Jetzt kann mich die ganze Sach gereuen, denn nun ists gefehlt!“

„Meinst?“ fragte der Bader mit betretener Miene.

„Ja freilich. Nun wird nix daraus.“

„Das hättst sagen sollen!“

„Hab ichs denn nicht gesagt? Aber das ist immer so. Ihr Baderwascherln seid alte Weiber und könnt das Maul nie halten. Jetzt wissen die Geister, daß die Geschicht verraten ist, und wer weiß, was sie dem armen Fingerlfranz antun!“

„O weh! Es wird ihm doch nicht etwa gar an den Kragen gehn?“

„Das fürchte ich nicht. Aber die Geister lassen nicht mit sich spaßen. Wer weiß, welchen Schabernack sie ihm antun. Haltet wenigstens jetzt euer Maul! Vielleicht geht die Sache doch nicht so schlimm hinaus, wie ich fürchte.“

Die Anwesenden warfen sich bedenkliche Blicke zu und folgten der Weisung des Alten. Es wurde still im Gastzimmer, nur das Ticken der Wanduhr ließ sich vernehmen.

So verging eine geraume Zeit. Endlich war ein Geräusch im Hausflur zu vernehmen wie das Rollen eines Rades. Dann wurde die Tür geöffnet, und der Franz trat ein.

Wären die Anwesenden nicht von dem Ernst der Angelegenheit überzeugt gewesen, so wären sie jetzt jedenfalls in ein mehr als homerisches Gelächter ausgebrochen.

Der Fingerlfranz bot einen geradezu unbeschreiblichen Anblick. Erst hatte er das Gesicht und die Hände mit Ruß geschwärzt, sodann das Bettuch übergeworfen, im strömenden Regen gestanden, der den Ruß im Gesicht in dunklen Striemen herabrinnen ließ, dazu der Sturz in den Graben, das Sitzen auf der Wiese — kurz und gut, sein Anblick war unbeschreiblich.

Und hinter ihm schob die Kathrin den Schubkarren herein. Sie sah kaum weniger schrecklicher aus und, obgleich der Regen ihr schwarzgefärbtes Gesicht auch getroffen hatte, waren ihre Züge ebensowenig zu erkennen wie die des Fingerlfranz.

Unter dem Bettuch, das über den Karren gebreitet war, grunzte der Müller, so laut er nur konnte. Als sie im Zimmer waren, beeilte sich der Sepp, draußen das Haustor und natürlich auch die Stubentür zu schließen.

Der Fingerlfranz trat jetzt herbei und deklamierte:

„Holderi und holdera.
Tschingterum, jetzt sind wir da!"

Sofort ertönte es unter dem Bettuch, unter dem alle das gestohlene Schwein vermuteten, hervor:

„Fizlipuzli, Auerhahn,
schaut nur mal den Tolpatsch an!"

Daß das Tier menschlich sprechen konnte, und noch dazu in Reimen, das war außerordentlich. Da aber bei einer Zauberei eigentlich nichts außerordentlich ist, fuhr der Fingerlfranz fort:

„Rumdi, bumdi, Mückennest,
jetzt hab'n wir den Racker fest!"

Und vom Schubkarren her ertönte es:

„Krikli, krakli, wumdibum,
dieser Kerl ist doch zu dumm!"

Da trat der Fingerlfranz an das Fuhrwerk heran, griff nach dem Tuch und zog es weg mit den Worten:

„Schlingel, schlangel, schnipp und schnapp,
jetzt ziehn wir das Fell ihm ab."

Sogleich richtete sich der Müller möglichst hoch empor und antwortete:

„Holler, koller, dran und drauf,
sperrt nun mal die Augen auf."

Sie folgten freilich dieser Weisung wörtlich. Und nicht nur ihre Augen waren offen. Sie waren vom Tisch aufgesprungen und traten zu dem Schiebebock. Der Franz hielt das Tuch in der Hand und starrte auf den Müller.

„Was?" rief er aus. „Das soll meine Sau sein?"

Und der Müller rief ebenso laut:

„Was? Das soll der Geist sein, der den Schatz bewacht?"

„Was soll ich sein? Ein Geist?"

„Und was ich? — Eine Sau? — Alle Teufel! Und wo bin ich eigentlich? Ich glaub gar, die Kathrin hat mich zum Skat-Matthes hergefahren!"

„Die Kathrin?" fragte der Franz. „Die Kathrin? Und deine Stimme kommt mir auch bekannt vor. Bist doch nicht etwa der Talmüller?"

„Freilich bin ich der! Wer soll ich denn sonst sein? Eine Sau nicht! Und deine Stimme kenn ich auch und deine Gestalt. Du bist der Fingerlfranz?"

„Der bin ich alleweil!"

„Da muß doch gleich ein Wetter dreinschlagen! Kathrin, was ist dir eingefalln? Warum schaffst mich hierherein?"

Die Magd war fürs erste auch ganz verdonnert gewesen, jetzt aber erhielt sie ihre Sprache wieder:

„Was? Willsts etwa auf mich schieben?"

„Auf wen sonst?"

„Ich hab nur tan, wast mir selber gesagt hast; ich bin dem da hinterhergefahrn."

Sie deutete auf den Franz.

„Dem da? Ist denn der draußen gewesen?"

„Kein andrer."

„Aber, Franz, was machst da draußen?"

„Ich wart auf meine Sau, die mir gestohlen worden ist. Der Sepp sagt, die Spitzbübin wird sie mir auf dem Schubkarren bringen."

„Was? Jetzt hört mir alles auf! Da ist die Kathrin die

Diebin, und ich bin das Schwein! Und das hat der Sepp gesagt? Komm mal her, Alter! Ich hab dir was zu sagen!"

Er streckte dem Sepp die Fäuste drohend entgegen. Dieser kam auch heran, aber nicht so nahe, daß er von den Fäusten erreicht werden konnte. Er machte eine höchst erstaunliche Miene, schlug die Hände zusammen und rief:

„Der Müller! Der Talmüller! Es ist also doch wahr! Nein, so was hat noch nimmer gelebt! Was willst denn du hier in der Stadt, so spät, bei nachtschlafender Zeit?"

„Was ich will, du Schwindelmeier? Das fragst auch noch? Weißts wohl nimmer?"

„Nein, kein Wort!"

„So komm doch näher herbei! Ich wills dir gleich erklären, da mit meinen Händen. Hab ich dich etwa nicht von wegen dem Schatz um Rat gefragt?"

„Ja, das hast. Bist etwa wegen dem da?"

„Ja, freilich!"

„Oh, meiner Seel! Jetzt wird mirs ganz schlimm zumute! Warum hast mir nicht gesagt, wo der Schatz liegt?"

„Werd mich hüten!"

„Und daß d' ihn heut holen willst!"

„War das notwendig?"

„Freilich, denn dann wärt ihr heut nicht miteinander in so verschiedener Sach zusammengeraten. Ihr habt euch gestört, einer den andern, du und der Fingerlfranz."

„Das sagst jetzt! Aber wehe dir, wann ich merk, daß d' dir nur einen Spaß mit mir hast machen woll'n! Dann ist dein letztes Stünderl gekommen!"

„Spaß! Was denkst! Was hätt ich davon! Ich habs ehrlich gemeint mit dir und dem Franz. Aber ich hab doch nicht wissen können, daß ihr eure Sachen miteinander macht, zur selbigen Stund und auch am selben Ort. Da bist doch selber überzeugt, daß ich das nicht gewußt hab?"

„Das ist freilich wahr. Aber wann ich dran denk, so kann ich mir die Haare alle einzeln ausraufen. Ich, der kranke Mann, der nicht von seinem Stuhl auf kann, hab in diesem Hundewetter unter tausend Schmerzen in den Beinen mich zum Spiel-Matthes fahren lassen. Nachts ein Uhr! Und dabei grunzen müssen wie ein Eber! Und nun ist gar sicher der Schatz verloren!"

„Vielleicht doch nicht! Hast deine Sache richtig gemacht?"

„Ganz und gar."

„So ist noch immer Hoffnung vorhanden. Aber es muß erst alles erzählt und verglichen und bedenkt werden. Die Wirtin mag ein warmes Wasser bringen und Seife dazu. Ihr müßt euch waschen. Es könnt einer kommen, der nix von dieser Angelegenheit zu sehn und zu wissen braucht. Nachher sprechen wir weiter darüber."

Die Magd verschwand in der Küche, der Fingerlfranz auch; der Müller aber mußte gleich in der Stube gereinigt werden. Dann wurde er auf das Sofa gesetzt.

Als die Magd zurückkehrte, setzte sie sich in eine dunkle Ecke. Sie wußte nicht, ob sie sich mehr schämen oder mehr ärgern sollte. Sie tat beides in gleichem Maß.

Der Franz hatte, seit er das Tuch vom Schubkarren genommen und den Müller erkannt hatte, noch nicht zur Klarheit kommen können. War der Sepp schuldig oder nicht. Im ersteren Fall nahm der Viehhändler sich vor, sich gründlich an dem Alten zu rächen. Er setzte sich ihm gegenüber, um sein Gesicht genau beobachten zu können.

Dieses zeigte freilich einen Ausdruck wirklich kindlicher Unschuld. Wer den Wurzelhändler so dasitzen sah, der mußte auf seine Harmlosigkeit schwören.

„So", sagte er „jetzt sitzen wir beisammen, und wollen sehn, ob wir die Sach erklären können. Die meiste Schuld hat freilich der Bader hier. Er hat die Sach ausgeplaudert, und wann dies geschieht, so gehts allemal schief ab."

„Oho!" rief der Genannte. „Jetzt kann ich dir sogleich beweisen, daß ich nicht schuldig bin. Der Müller wär auch kommen, wann ich nix gesagt hätt."

„Ja, aber es wär doch ganz anders worden. Das kann

ich behaupten, weil ichs versteh. Und ich will gleich eine Wette machen, daß auch noch andre Fehler vorkommen sind. Ich werd mal euch alle beid ins Verhör nehmen. Zuerst den Fingerlfranz. Hast deine Sach genauso gemacht, wie ichs gesagt hab?"

„Ja", antwortete der Franz.

„Nix dazutan?"

„Nein."

„Auch nix weggelassen?"

„Nein."

„Dich auch nicht versprochen?"

„Auch nicht."

„So kann ichs nicht begreifen. Wannst keinen Fehler gemacht hättst, so wär die Sau hier mitsamt der Spitzbübin. Du mußt also doch was Falsches getan oder gesagt haben. Denk mal nach!"

Der Franz überlegte sich die Sache und gestand dann: „Da fallt mir eins ein —"

„Aha! Heraus damit!"

„Als ich den ersten Reim hergesagt hatte, bin ich über den Graben gesprungen und dabei — nun, da schaut euch mal mein Gewandl an! Das ist mein Festtagsgewandl! Wie schauts aus!"

„Ja", meinte der Wirt. „Das kannst kaum mehr anziehn."

„Nun, das hab ich mir auch denkt, und da ist mir ein Fluch herausgefahren."

„Siehst, schaust!" rief der Sepp. „Da hasts! Drum ists nicht richtig worden. Nun hasts Gewandl verschimpfiert und bist auch noch um die Sau gekommen!"

„Ist da keine Hilfe möglich?"

„Wohl freilich."

„So sags! Wannst mich veralbert hasst, so wirst sehn, was für Prügel du bekommst. Ich schlag dich so breit wie einen Zwetschgenkuchen. Wannsts aber ehrlich meinst, so erhälst du eine gute Belohnung."

„Die mag ich nicht. Das hab ich dir gesagt. Du weißt doch, wie große Stücke ich auf dich halt; drum bin ich aufrichtig mit dir gewesen; aber wannst mir mit Prügel drohst, so kannst mich nur dauern. Da werd ich mich schön bedanken, dir auch noch einen guten Rat zu geben!"

„Das darfst nicht so nehmen. Es war nicht bös gemeint. Also sag, obs noch Hilfe gibt."

„Ja freilich, wannsts richtig machst."

„Was soll ich tun?"

„Wieviel war die Sau wert?"

„So hundertzwanzig Markerl."

Da zog der Sepp seinen Beutel und langte zwei Fünfzigmarkscheine heraus. Die legte er auf den Tisch und sagte:

„Das ist mein Geld, was ich mir mühsam erspart hab in vielen Jahren. Ich schenk dirs heut, wannst nicht die Sau bekommst. Aber richtig mußts machen. Glaubsts nun, daß ich meiner Sache sicher bin?"

„Da muß ichs schon glauben, wann so ein arms Hascherl hundert Mark dran setzt. Also sag, was ich beginnen soll!"

„Du nicht allein. Es muß noch einer dabei sein, der auch einen Fehler mit begangen hat."

„Das ist der Bader, der plaudert hat."

„Ja, der ists. Ihr beide geht dahin, wo du den Fehler gemacht hast. Weißts doch wohl?"

„Ja, am Weg."

„Dort gibt er dir eine Ohrfeige."

„Donnerwetter!"

„Ja. Nachher gehst hinten hinein in deinen Garten. An der Pforte gibt er dir die zweite Ohrfeige."

„Warum Ohrfeigen?"

„Zur Strafe für den Fehler, den du begangen hast. Und nachher geht ihr bis an den Koben oder an den Stall, wo die Sau gesteckt hat; da gibt er dir die dritte Ohrfeige. Und nachher ist der Fehler bestraft und gesühnt, und die Sau wird sich im Stall befinden."

„Ists wahr?"

„Ich geb ja hier das Geld zum Pfand."

„Das macht Vertrauen. Ich möchts versuchen. Wie ists damit, Bader?"

Der Bader konnte, wie der schlaue Sepp recht gut wußte, den Franz nicht leiden. Ihm drei Ohrfeigen geben zu dürfen, das war ihm eine Herzensfreude, zumal er keine Rache, sondern vielleicht gar eine Belohnung dafür zu erwarten habe. Darum antwortete er in diplomatischer Weise:

„Was hab ich davon, daß ich in Wind und Regenwetter hinausgeh? Nix, gar nix! Mir hat niemand keine Sau gestohlen. Ich bleib hier."

„Wannst mitgehst, geb ich dir drei Mark!"

„Das ist zu wenig."

„Fünf!"

„Gibst sie gleich?"

„Ja, aber der Sepp muß seine hundert einsetzen."

„Sie liegen da", sagte der Alte.

„Gut, so gehn wir sofort. Hier sind die fünf. Und nun komm mit!"

Er stand auf und der Baader auch.

„Halt!" sagte der Sepp. „Ich muß euch vorher sagen, daß ihr kein Wort reden dürft, bis ihr wieder hier seid. Und auch wir dürfen grad so lang nicht davon sprechen. Paßt also auf, damit nicht abermals ein Fehler geschieht."

„Ich mach keinen mehr. Aber, Sepp, ists nicht erlaubt, eine Laterne mitzunehmen? Da könnt ich mir die Sau gleich genau betrachten, damits nicht wieder ein Müller ist, der nur so grunzt."

„Ja, die kannst mitnehmen. Der Wirt mag sie dir leihn. Aber lauft schnell und laßt uns nicht lang warten. Und dir, Bader, muß ich noch sagen, daß die zweite Ohrfeige stärker sein muß, als die erst, und die dritt ist die letzt und muß auch die stärkste sein. Merks gut."

„Schön!" lächelte der Bader, der seine fünf Mark schmunzelnd einsteckte.

„Du“, meinte der Franz zu ihm, „ich will hoffen, daß du nicht gar zu sehr zuhaust! Je leiser du anfangst, desto gelinder kannst auch aufhören.“

„Weiß schon. Hab nur keine Sorge!“

Eben als die beiden aufbrachen, trat der Krikelanton ein und setzte sich an den Tisch. Die andern blickten den Sepp fragend an. Der nickte zustimmend und sagte beruhigend:

„Der kann schon dableiben. Er ist ein guter Bekannter von mir und kann alles hören. Er wird kein Wort sagen.“

„Und vorher habt ihr euch bei mir so zankt?“ meinte der Wirt.

„Das war ein Spaß, weiter nix.“

Und der Anton fügte hinzu:

„Der Sepp ist auch nicht der einzige, gute Freund, den ich hier finde. Der Talmüller kennt mich auch so gut. Nicht wahr, Müller?“

„Hm!“ brummte dieser im Andenken an die Ohrfeigen, die er von ihm erhalten hatte.

„Oder meinst, daß ich erzählen soll, wie wir uns kennen gelernt haben? Es ist spaßhaft.“

„Brauchsts nicht. Du bist ein guter Freund von mir, und das ist genug. Kannst ruhig sitzen bleiben.“

Der Fingerlfranz und der Bader beeilten sich, ihren Weg zurückzulegen. Beide waren neugierig, ob sie die Sau auch wirklich im Stall finden würden. Am Kreuzweg stellte sich Franz genau an die Stelle, an der er den Fehler begangen hatte, und gab dem andern einen Wink. Dieser holte aus und versetzte ihm eine so schallende Ohrfeige, daß der Getroffene alle Geistesgegenwart zusammennehmen mußte, nicht wieder zu fluchen. Er zog den Atem pfeifend zwischen den Zähnen ein und dachte bei sich:

„Wann die erste so kräftig ausfallt, wie werden da die andern beiden werden?“

Sie gingen weiter. An der Gartenpforte erhielt der Franz die zweite, die nach Anweisung des Sepp noch gewichtiger war als die erste. Die Wange brannte ihm wie Feuer. Dennoch hielt er an sich und blieb still.

Vor der Tür angekommen, blieb er wieder stehn und erhielt die dritte. Die hatte einen solchen Nachdruck, daß er trotz seiner kräftigen Gestalt an den Stall taumelte.

„Warte nur!“ dachte er. „Ich komme auch noch an die Reihe. Aber dann, dann, dann!“

Jetzt zog er den Holzriegel weg, öffnete die Tür und leuchtete hinein. Ja, wirklich, da lag sein Schwein im Stall und grunzte ihm entgegen. Er schob es hin und her, um sich zu überzeugen, ob er seiner Sache gewiß sein könne; aber er irrte sich nicht; es war das ihm gestohlene Tier.

Jetzt schloß er den Stall wieder, schob den Riegel vor und eilte so schnell fort, daß der Bader ihm kaum zu folgen vermochte. Als die beiden wieder in die Gaststube traten, blickte der alte Sepp ihnen lächelnd entgegen.

„Nun, wie stehts?“ fragte er.

„Bist ein tüchtiger Kerl“, antwortete der Franz.

„Also?“

„Sie ist da!“

„Die richtige?“

„Ja, sie liegt im Stall.“

„Und hast sie dir genau angesehn?“

„Genau, und auch angefühlt. Es ist gar kein Zweifel möglich. Sie ist es in Wirklichkeit.“

„So kann ich also mein Geld wieder einstecken?“

„Ja, tus wieder in den Sack!“

„Das freut mich sehr, um deinet- und auch um meinetwillen.“

„Aber wie stehts dann mit der Diebin?“

„Wie solls mit ihr stehn?“

„Ist sie nicht zu erwischen?“

„Nein. Hättst den Fehler nicht begangen! Sei froh, daß d' die Sau wiederhast!“

„Schon recht! Aber werd ich sie auch behalten?“

„Ja, wannst sie dir nicht wieder stehlen läßt.“

„Da werd ich schon sorgen. Aber ich mein wegen dem Zauber. Geht der nicht wieder zurück?“

„Nein.“

„Auch nicht, wann ich zurückging?“

„Wie meinst das?“

„Wann mir zum Beispiel der Bader mein Geld wieder herauszahlen tät, mein ich halt.“

„Nein, auch dann nicht. Die Sau ist wieder in dem Stall, und da bleibt sie nun auf alle Fälle.“

„Brauchst keine Sorg zu haben. Ich geb dir das Geld schon nicht wieder heraus!“ meinte der Bader, der noch neben dem Franz stand, die Laterne in der Hand.

„Aber ich geb sie dir heraus.“

„Was?“

„Die Ohrfeigen.“

Er holte aus und versetzte dem Ahnungslosen drei schallende Ohrfeigen. Bei der ersten drehte sich der Bader um sich selbst und ließ vor Schreck die Laterne fallen; bei der zweiten setzte er sich auf den Stuhl, daß dieser krachte, und die dritte beförderte ihn auf die Diele, wo er eine ganze Weile sitzen und die beiden Backen mit den Händen hielt.

„Hättsts so gemacht, wie ichs dir sagte“, meinte der Franz. „Hättst leise anfangen und gelind aufhört. So aber hast stark begonnen und nachher also den Unverschämten machen müssen.“

Der Bader stand langsam auf und ballte die Fäuste. Am liebsten hätte er sich auf Franz gestürzt. Der aber trat ihm in seiner hohen, breiten Figur drohend entgegen und fragte:

„Willst etwa noch Prügel haben? Ich bin bereit dazu. Fang du nur immer an!“

„Fallt mir nicht ein. Aber merken werd ichs mir!“

„Ja, das bitt ich mir auch aus! Deshalb hab ich sie dir ja geben, daß d’ sie dir merken sollst. Jetzt sind wir quitt, und du bist still!“

Die andern hatten mit größtem Vergnügen zugesehen. Sie gönnten beiden die Lehre, die einer dem andern gegeben hatte. Keiner sagte ein Wort; nur der Sepp meinte:

„Jetzt nun möcht ich wissen, wies mit dem Müller seiner Sache gangen ist."

„Schlecht natürlich!" brummte der Müller.

„So hast auch einen Fehler gemacht?"

„Ich weiß keinen."

„So denk einmal nach!"

„Das hab ich bereits tan; aber ich kann nix finden, was unrecht gewesen wär."

„Nun, so liegts daran, daß d' nicht aufrichtig gegen mich gewesen bist. Wo war der Ort, wo du den Schatz gesucht hast?"

„Grad da, wo der Franz die Sau sucht hat."

„Ja, dann ists freilich gefehlt. Hat denn die Kathrin den Fingerlfranz nicht erkannt?"

„Nein", antwortete die Magd aus ihrer Ecke.

„So ists richtig, du hast den Fehler begangen. Du hast doch sehn müssen, daß es kein Geist war!"

„In dem Regenwetter? Und obendrein hat er sich das Gesicht schwarz gemacht."

„Aber die Stimm?"

„Er hat nur ein einziges Wort gesprochen!"

„Und wannst aufpaßt hättst, so wärst leicht dahintergekommen, daß es ein Mensch war, aber kein Geist. Du bist schuld an der ganzen Sach. Aber so ists allemal, wann ein Frauenzimmer dabei ist!"

„Magst recht haben", meinte der Müller, der die ganze Zeit leise stöhnend dagesessen hatte. „Jetzt habe ich meine Gicht und Poderga spazieren fahren lassen ins Regenwetter hinein, und nun wirds mich wieder monatelang zwacken und zwicken an allen Ecken und Enden. Das aber möcht noch sein, wann nur nicht der Schatz verloren wär!"

„Was ists denn eigentlich für ein Schatz?" fragte der Wirt.

„Meinst, daß ich dir das sagen werd? So etwas darf man nur allein wissen."

„Brauchst keine Sorg zu haben. Ich mag nicht mit dir teilen, Müller."

„Oh, dir ist auch nicht zu trauen!"

„Da irrst dich sehr. Ich will dir sogar einen guten Rat erteilen."

„Da bin ich neugierig drauf."

„So sollsts gleich hören. Der Franz hat einen Fehler begangen, aber der Sepp hat ihn wieder gutgemacht. Deine Kathrin hat auch einen gemacht. So wend dich an den Sepp! Vielleicht kann er auch dir helfen."

Das leuchtete dem Müller ein.

„Kannsts etwa?" fragte er den Sepp.

„Warum nicht?"

„So tus doch!"

„Wirsts wieder falsch machen!"

„Gewiß nicht. Was hätt ich zu tun?"

„Gar nix Schweres! Mußts grad so machen, wies der Franz auch gemacht hat. Der Kathrin ihr Fehler ist, daß sie den Franz für einen Geist gehalten hat. An welcher Stell ist das geschehn?"

„Am Kreuzweg."

„Und wohin willst den Schatz haben?"

„Hm! Wohin meinst?"

Die Augen des Müllers flimmerten vor Begier.

„Wohin du willst."

„Wird er auch ganz gewiß so da sein, wie dem Fingerlfranz sein Schwein?"

„Ebenso sicher."

„Nun, dann möcht ich nicht darnach laufen oder fahren müssen."

„Das hast gar nicht notwendig."

„Könnt ich ihn in meinem Haus finden?"

„Gern."

„Gar in der Stube?"

„Jawohl. Sogar auf dem Polsterstuhl, auf dem du sitzest. Dahin ist er auch am allerleichtesten zu bringen."

„Meinst?"

„Ja, weilst selber jahraus, jahrein drauf sitzest."

„Nun wohl, so will ich ihn auf den Stuhl haben!"

„Soll geschehn, wannst keinen Fehler machst."

„Werd mich hüten! Aber wann?"

„Gleich wannst nach Haus kommst!"

„Das, wanns wahr ist, so sollst mich kennenlernen, als einen nobligen Kerl!"

„Ich mag nix. Das hab ich dir schon gesagt. Mach nur dei Sach gut, damits nicht fehlgeht und ich mich nicht nachher über dich ärgern muß!"

„Werd mir schon Müh geben. Aber nun sag mir auch, was ich tun soll!"

„Habs schon gesagt. Ganz dasselbe, wies beim Franz geschehn ist."

„Ohrfeigen etwa?"

„Ja. Straf muß sein. Das verlangen die Geister so. Und denen muß man ihren Willen tun."

„Soll ich sie bekommen?"

„Nein, sondern die Kathrin; die hat ja den Fehler getan."

„Das ist mir schon lieber. Aber wo?"

„Die erst gibst ihr dort, wo sie den Franz für den Geist angesehen hat, die zweit vor deiner Stubentür, bevor du diese öffnest. Wannst sie nachher aufgemacht hast, so brennst Licht an. Dann wirst gleich sehn, daß der Schatz auf dem Stuhl ist. Da mußt dich hinfahren lassen und mußt ihr die dritte Watschen geben."

„Auch eine immer stärker als die andre?"

„Freilich!"

„Ob ichs aber auch leiden werd!" warf die Kathrin ärgerlich dazwischen.

„Mußts schon, wannst den Schatz nicht verlieren willst."

„So mag er nur fei leise zuschlagen!"

„Werd mich schon in acht nehmen“, meinte der Müller. „Aber wanns so ist, so will ich die Zeit nicht hier versäumen. Mach dich fertig, Kathrin, damit wir aufbrechen!“

„Gleich! Ich will nur zuvor in die Kuchl gehn und mein Tuch holen, was ich dort zum Trocknen an den Ofen aufgehängt hab.“

Sie ging hinaus. Da flüsterte der Sepp:

„Merk dirs gut, Müller: Je stärker du die Ohrfeigen gibst, desto größer wird der Schatz.“

„Meinst?“

„Ja, freilich! Je größer die Strafe ist für den begangenen Fehler, desto mehr sind die Geister ausgesöhnt.“

„So solls nicht daran fehlen! Ich hab auch noch Kraft zu einer Ohrfeige, die fest sitzen bleibt.“

Die Kathrin kam aus der Küche zurück, und der Müller wurde aufgeladen. Ohne Ach und Weh ging das nun freilich nicht ab.

„Stöhn und lamentier nicht so!“ warnte der Sepp. „Wann ihr hier zur Türe hinaus seid, so dürft ihr kein Wort sprechen und auch keinen Laut hören lassen; nicht mal gehustet oder geniest darf werden.“

„Das ist schlimm. Bis wann dauert das?“

„Bis der Schatz geöffnet ist.“

„So will ich wünschen“, sagte der Wirt, „daß nix verkehrt geht. Nehmt also euren Verstand zusammen, ihr beiden Leute. Morgen in der Früh komm ich, um nachzuschauen, wie groß der Schatz gewesen ist.“

„Es ist jetzt bereits Morgen. Mitternacht ist längst vorüber. Nun muß ich aufbrechen. Ich zahl die Zech.“

Nachdem er bezahlt hatte, spannte sich die Magd an den Schiebebock und kutschierte fort.

„Ich möcht doch wissen, obs so gelingt wie mit mir!“ sagte der Franz.

„Ja, ich möcht auch nicht warten“, meinte der Wirt. „Sepp, sag doch mal, obs was schadet, wann wir hinterherlaufen.“

„Gar nix schadet es.“

„So seh ich auch nicht ein, warum wirs nicht tun wollen. Wer geht noch mit?“

Es meldeten sich natürlich alle ohne Ausnahme. Sie brachen auf und folgten den beiden.

Die Magd brachte ihre Last nur langsam fort. Daher bemerkten die Männer die beiden bald vor sich. Schritte waren in dem weichen Boden nicht zu vernehmen. Aber das Kreischen des Rades am Schiebekarren hörte man sehr deutlich.

Plötzlich hörte dieses Kreischen auf.

„Horcht!“ sagte der Sepp leise. „Jetzt hält die Kathrin an und erhält die erste Ohrfeige.“

Sie lauschten. Ein lauter Klatsch ließ sich hören. Er klang scharf, fett und voll.

„Donnerwetter!“ meinte der Wirt. „Wer so eine Watschen erhält! Ich wett sofort mit jedem, daß sich die Kathrin auf die Straße niedergesetzt hat.“

Und er hatte recht.

Es war dem Müller sehr um die Größe des Schatzes zu tun. Als die Magd haltmachte und ihm die Wange hinhielt, glaubte sie natürlich, daß er es sehr gnädig machen werde. Ihrer Ansicht nach kam es nicht auf die Stärke der Ohrfeige an, sondern darauf, daß sie überhaupt eine erhielt. Er aber holte aus Leibeskräften aus und gab ihr eine, aus der er sehr leicht ein paar Dutzend hätte machen können. Sie setzte sich in den Schmutz der Straße und würde ganz sicher laut aufgeschrien haben, wenn nicht der Schreck ihr die Sprache geraubt hätte.

Bis sie sich dann wieder erholt hatte, war es ihr mittlerweile zum Glück eingefallen, daß sie nicht reden dürfe. Darum schwieg sie. Sie raffte sich langsam auf und schob ihre Last weiter.

Als sie bei der Mühle ankamen, schloß die Kathrin die Haustür auf und schob ihre Last in den Flur hinein. Dann verschloß sie die Tür wieder und hielt wortlos dem Müller ihren Kopf abermals hin. Es war dunkel. Darum fühlte er mit der Hand nach ihr. Während er mit der Linken ihren Kopf betastete, holte er mit der Rechten aus und gab ihr die zweite Ohrfeige. Diese war anbefohlenermaßen noch stärker als die erste. Kathrin flog an die Wand.

„Kreuztausenddonner — — —!“ schrie sie auf, hielt aber sofort wieder inne.

„Alle Teufel!“ rief er zornig. „Was hast zu schreien? Weißt nicht, daß d‘ still sein sollst, infame Kröte?“

„Du redst ja jetzt auch!“

„Weilst erst angefangen hast! — Jetzt halts Maul, und mach, daß wir hineinkommen!“

Sie schloß die Tür auf, schob den Karren hinein, zog die Tür hinter sich zu und brannte die Lampe an. Die Tür völlig zu verschließen, schien ihr nicht notwendig. Als das Licht aufleuchtete, waren natürlich die Blicke beider gierig nach dem Polsterstuhl gerichtet — da stand ein ungeheuer großer, zugebundener Topf.

Der Müller hatte schon gedacht, daß der Schatz verloren sei, weil beide das Schweigen gebrochen hatten. Jetzt nickte er dem Mädchen triumphierend zu. Sie schob ihn näher an den Topf. Er befühlte ihn, und sie hielt ihm dann den Kopf wieder hin.

Angesichts des Topfes nahm er nun seine Kraft zusammen. Er holte weit aus. Es wäre ein Schlag gewesen, der lebensgefährlich hätte werden können. Sie wich ihm aus, und durch die Kraft, die er in den Hieb gelegt hatte, wurde er von dem Karren herabgeschleudert und fiel zu Boden.

„Kerl!“ rief sie erbost aus. „Willst mich etwa totschlagen?“

„Was hast wieder zu sprechen!“ schrie er dagegen. „Warum läßt dir die Ohrfeige nicht geben?“

„Mußt denn zuhauen, als wenn ein Schmied auf den Amboß schlägt?“

„Weißts nicht? Je mehr ich zuhau, desto größer ist der Schatz.“

„Wer hat dir das weisgemacht?"
„Der Sepp, und der verstehts."
„Ich hab nix davon gehört."
„Weilst in der Kuchl warst, Gans du! Willst den Kopf hergeben?"
„Wannst leiser schlägst!"
Es kam ihm der Gedanke, daß es klüger sei, sie zu täuschen, als sich mit ihr zu zanken. Sie hatten sich draußen im Flur und nun hier in der Stube so laut angeschrien, daß die Hausbewohner erwacht waren. Sie hörten Schritte über sich. Darum sagte der Müller mit leiserer Stimme:
„Komm, sei verständig! Heb mich auf und setz mich da auf den Rohrstuhl. Den bringst du neben den Polsterstuhl. Mach schnell, Kathrin, mach!"
Sie setzte den bezeichneten Rohrstuhl neben den gepolsterten und würgte dann den schweren Müller darauf. Sie rückte ihn zurecht, und diese Gelegenheit ersah der schlaue Kerl. Eben hielt sie den Kopf gesenkt, da holte er aus und gab ihr die dritte Ohrfeige. Das Mädchen stürzte auf die Diele und kugelte eine Strecke fort. Dann aber raffte es sich blitzschnell auf, sprang herbei und begann des Müllers Backen mit solcher Wucht zu bearbeiten, daß ihm Hören und Sehen verging.
„Wart, Urian, dich will ich walken!" schrie sie. „Mich sollst nimmer schlagen ohne meine Erlaubnis. Da hast."
Sie hieb so lange auf ihn ein, bis ihr die Arme weh taten. Ganz verdutzt ließ er sich schlagen, ohne einen Laut auszustoßen, ohne eine Bewegung zu machen. Als sie aber die müden Arme sinken ließ, begann er ein Zetermordio. Er schimpfte in allen Tonarten und gab ihr alle Schandnamen, die ihm gerade einfielen.
„Und", fügte er grollend hinzu, „was hast du von all diesen Dummheiten? Nix, gar nix. Der Schatz ist da; die drei Ohrwatschen hast du auch bekommen; also ist die Sache in Richtigkeit, und du brauchst nicht aufzubegehren wie ein unvernünftiges Geschöpf."

„So! Der Schatz ist da, und die Watschen hab ich auch! Das klingt ja recht schön und gut! Aber solche Kopfnüsse, wie du mir geben hast, soll ich mir etwa gefallen lassen? Ich laß mich nicht schlagen. Ich geh aus dem Dienst, gleich in der Früh oder noch lieber gleich jetzt. Mach den Topf auf und gib mir mein Teil; dann mach ich, daß ich dir aus dem Haus komm. So einen Tyrann wie dich gibts auf der ganzen Welt nimmer wieder!"

„Meinst? Nun, da kannst ja gehn. Du hast mich geschlagen, und da hab ich das Recht, dich aus dem Haus zu jagen. Mach also augenblicklich dahinaus, wo der Zimmermann das Loch offengelassen hat! Ich mag dich keinen Augenblick länger sehn!"

„So schnell solls gehn? Augenblicklich? Ach so! Da aber kommst du bei mir an die Unrichtige!"

„Nimm das Dienstbuch her und schau dir nur die Paragraphen an! Da stehts drin, daß ich dich sogleich hinauswerfen kann, weilst mich prügelt hast."

„Das weiß ich wohl. Ich werd auch nicht länger bleiben. Aber vorher will ich meinen Lohn haben, der noch rückständig ist, und den Teil vom Schatz, der mir gehört."

„Davon brauch ich dir nix zu geben."

„Nicht? Hasts mir nicht versprochen?"

„Ja; aber daß 'd mich prügeln sollst dabei, das ist von uns nicht ausgemacht worden."

„Und daß du mich schlägst, auch nicht. Überhaupt will ich mehr haben, als die paar Mark, die wir ausgemacht haben."

„Was? Noch mehr?" fragte er erbost.

„Ja, freilich!"

„Warum denn?"

„Weil der Schatz größer ist, als ich denkt hab!"

„Der kann so groß sein, bis in die Wolken hinein, so gehts dich nix an. Er gehört mir."

„Das mußt erst beweisen. Hast ihn etwa auf deinem Grund und Boden gefunden?"

„Ja. Ist der Polsterstuhl etwa nicht der Grund und Boden, der mir gehört?"

„Ja, aber der Schatz hat draußen gelegen auf dem Kreuzweg. Er gehört also nicht dir, und weil wir beid daran gearbeitet haben, ich noch mehr als du, so haben wir beid auch gleiches Recht daran. Es wird also in zwei Hälften teilt, ich eine und du eine."

„Ach! Schau, was d' für ein gescheites Wurm bist. Teilen willst? Das ist schön! Aber ob ich mitmache, das wirst gleich sehn. Nun bekommst nämlich gar nix, nicht eine Mark und nicht einen Pfennig. Der Topf ist mein, und du magst dich davonmachen, sonst weck ich die Leute und laß dich hinauswerfen oder gar einsperren!"

Inzwischen waren die Leute, von denen der Müller vorhin gesprochen hatte, die Treppe heruntergekommen, standen vor der Tür und horchten, um festzustellen, was wohl der nächtliche Lärm zu bedeuten habe.

Die Kathrin hatte ihn ganz neben den Polsterstuhl setzen müssen; er konnte den Topf also sehr leicht erreichen und legte bei seinen letzten Worten beide Arme um ihn zum äußeren Zeichen, daß er das Anrecht auf den Inhalt für sich allein beanspruche. Damit aber war die Kathrin nicht einverstanden.

„Was?" schrie sie. „Allein willst den Topf? Ganz nur für dich? Da kommst freilich bei mir an die Richtige! Ich hab dich auf dem Karren schleppen müssen, hin und zurück, bin naß worden durch und durch vor Schweiß und Regen, und nun soll ich nix haben! Ich hab das gleiche Recht mit dir. Und wann du ihn allein haben willst, so kann ich ihn auch ganz für mich behalten, also her mit dem Topf."

Sie griff danach. Er hatte eine ziemliche Schwere und war oben mit einem Lappen zugebunden. Beide zogen hin und her.

„Laß los", schrie er, „sonst hau ich zu."

„Das kann ich auch!" zeterte sie. „Wannst den Topf nicht freigibst, werf ich ihn dir an den Kopf."

„Was? Wart! Da hast eins!“

Den Topf mit der Linken festhaltend, stieß er ihr die rechte Faust vor die Brust. Darüber ergrimmte sie noch mehr. Zornbebend rief sie:

„Schlagen tust mich schon wieder? Wart, das will ich dir heimgeben!“

Mit einem gewaltigen Ruck entriß sie ihm den Ofentopf, holte aus und stieß ihm diesen mit aller Gewalt an den Kopf. Obgleich er beide Arme zur Abwehr vorgehalten hatte, traf ihn der Schlag doch mit solcher Gewalt, daß er mitsamt dem Stuhl umstürzte und in die Stube fiel.

Das hatte die Magd nicht berechnet. Die angewandte Kraft war größer als der Widerstand, den sie gefunden hatte, und darum krachte sie auch mit nieder — der Topf auf den Müller und sie oben darauf. Dem konnte das alte Geschirr nicht widerstehen — es zerbrach in mehrere Stücke.

Einige Augenblicke nach dem Krach, den der allgemeine Fall verursacht hatte, war es still in der Stube, dann aber brach ein Höllenlärm los.

Der Topf war bis oben gefüllt gewesen, mit Fröschen, Kröten, Salamandern, Wassereidechsen. Dazu kam ein halbes Dutzend Fledermäuse, die in einem dunklen Winkel des Kornspeichers ihren Winterschlaf gehalten hatten. Der Fex hatte sie vor einiger Zeit entdeckt und nun heut mit in den Topf gesteckt. Sie flatterten ängstlich in der Stube und um die Lampe herum. Eine war mit ihren Krallen im Zopf der Magd hängengeblieben und schlug nun mit den Flughäuten um sich, um loszukommen. Der kalte, kribbelnde und krabbelnde Inhalt des Topfes hatte sich natürlich zunächst über den Müller ergossen. Kröten auf dem ganzen Leib und im Gesicht — er fürchtete sich vor dem Teufel nicht, vor diesem Viehzeug aber desto mehr und konnte doch wegen der Gicht nicht aufspringen. Die Folge war, daß er um Hilfe nicht schrie, sondern geradezu brüllte. Die Magd, die inzwischen aufgesprungen war, getraute sich nicht, das vermeintliche Ungetüm, das sie auf dem Kopf hatte, anzugreifen. Sie kreischte, schrie und zeterte mit dem Müller um die Wette. Es war ein unbeschreiblicher Lärm.

„Hilfe, Hilfe!“

„Feuer!“

„Mörder! Diebe!“

„Um Gottes willen, herein, herein!“

„Hilfe, Hilfe!“

Draußen standen die Neugierigen aus der Stadt. Sie hörten natürlich die Rufe und konnten doch nicht zur geschlossenen Haustür herein. Darum schlugen und trommelten sie mit aller Gewalt an die Läden.

Drin aber wurde die Stubentür aufgerissen. Die Knechte und Mägde drangen ein; hinter ihnen Paula, Leni und das Dienstmädchen der dicken Sängerin. Alle blieben an der Tür stehen. Der Anblick, der sich ihnen bot, war derartig, daß sie nicht wußten, was sie tun oder sagen sollten.

Der Müller wälzte sich hin und her und schlug mit den Armen um sich, um das Getier von sich abzuwehren. Ein Feuersalamander wollte ihm in den weitaufgerissenen Mund kriechen.

„Hilfe! Schnell, schnell!“ brüllte er. „Er kommt, er kommt! Er will mir ins Maul hinein!“

Das Tier selbst anzufassen, getraute er sich nicht. Paula sprang herbei und riß es weg. Die Fledermäuse schwirrten hin und her und kamen dabei, da die Decke sehr niedrig war, mit den Köpfen der Eingedrungenen in Berührung. Nun begannen auch diese zu schreien. In der Stube wimmelte es an allen Ecken und Enden.

„Reißt aus!“ schrie eine der Mägde. „Das Viehzeug ist giftig! Der Teufel ist los! Ich laß mich nicht beißen. Fort, fort!“

Sie lief davon, die andern hinterher.

Paula gab sich Mühe, ihren Vater aufzurichten. Die beherzte Leni eilte zur Kathrin und riß ihr die Fledermaus aus dem Haar. Das ging natürlich nicht ohne den Verlust eines kleinen Teils der Haare ab; das schmerzte, und in ihrer Wut holte die Magd aus, um der Leni eine Ohrfeige zu geben, kam aber damit freilich an die Unrechte, denn die frühere Sennerin war noch schneller und versetzte ihr eine schallende Maulschelle.

„Was? Ich helf dir, und dafür willst mich haun?“ rief sie aus. „Da, hast noch was dafür!“

Sie griff nieder, nahm blitzschnell eine Kröte empor und schob sie der Kathrin unter das Busentuch. Die Magd brüllte, als ob sie am Spieß steckte und rannte hinaus.

Droben erhob sich die fette Stimme der dicken Madame Gualèche. Sie war bis an die Treppe gekommen.

„Feurio, Hilfe!“ schrie unten die Kathrin, indem sie mit ihrer Kröte durch die unterdessen geöffnete Hintertür in den Hof stürzte. Die Lehrerin Lenis glaubte also, es brenne unten.

„Hilfe, Hilfe!“ begann nun auch sie. „Ich bin auch da, ich, hier, hier! Rettet, rettet mich doch!“

Und als niemand kam, versuchte sie, sich selber zu helfen, indem sie die Treppe hinabstieg. Aber sie war eine so schmale, steile Holztreppe nicht gewöhnt; sie schritt zu weit aus, verlor den Halt, kreischte laut auf und fuhr — Schlitten, glücklicherweise auf dem Körperteil, der am rundesten ist. Unten angekommen, hatte sie vor Entsetzen die Sprache verloren und blieb mit gespreizten Beinen vor der Treppe sitzen.

Da kam einer durch die Hintertür hereingesprungen — der Fex, der von draußen über die Mauer gestiegen war, hinter ihm der Wurzelsepp.

„Was ist denn los dahier?“ rief er laut.

„Der Teufel, der Teufel!“ brüllte der Müller in der Stube. „Der Teufel ist los — Hilfe, Hilfe!“

„Nein, ich bin los, ich!“ jammerte die Dicke. „Hilfe, Hilfe! Ich kann nicht aufstehen!“

Der Fex griff zu und zerrte die schwere Person wenigstens so weit empor, daß er sie auf die letzte Treppenstufe setzen konnte.

„Hier bleibst sitzen und muckst dich nicht!“ gebot er ihr.

„Aber es brennt ja! Ich muß fort!“

„Es brennt nicht. Sei still!“

Nun eilte er in die Stube, wo Leni und Paula sich vergeblich abgemüht hatten, den Müller in die Höhe zu bringen. Der Sepp war schon bei ihnen. Die beiden Männer ergriffen den Müller und hoben ihn in den Polsterstuhl. Er stöhnte und wimmerte vor Angst wie ein Kind.

Dann öffnete der Fex ein Fenster und den Laden, damit die Fledermäuse hinaus konnten, und wandte sich nachher mit der unschuldigsten Miene an den Müller.

„Aber was ist denn das dahier? Wie kommst zu diesem Getier hier in der Stube?“

„Ach! Oh! Au!“ seufzte er atemlos.

„Nun, so sags doch!“

„Oh! Au! Meine Beine! Mein Buckel! Mein Leib! Mein Kopf! Ich bin tot vor Schreck und Angst! Ganz tot!“

„Ganz noch nicht, denn du kannst noch reden. Also sag was geschehn ist!“

Ehe die Antwort erfolgen konnte, ertönten laute Stimmen aus dem Hausflur. Der Spiel-Matthes und seine Gäste hatten den gleichen Weg eingeschlagen, auf dem vorher der Sepp und der Fex eingedrungen waren. Als Matthes die dicke Gualèche noch klagend und wimmernd auf der Treppenstufe sitzen sah, kam ihm dieser Anblick so komisch vor, daß er nicht an die einer Dame schuldige Ehrerbietung dachte; er brach vielmehr in ein lautes Gelächter aus, in das die andern ebenso laut einstimmten, und rief:

„Sappermentski! Was sitzt denn da für eine weiße Schleiereule?“

Der Ausdruck Schleiereule war wegen des weißen Nachtgewandes, das weit und leicht die Gestalt der Dicken umfloß, zwar nicht höflich, aber auch nicht ganz unzutreffend gewählt. Sie nahm die Worte jedoch sehr übel.

„Wie nennen Sie mich?“ fragte sie zornig. „Eine Schleiereule? Das will ich mir denn doch auf das strengste verbitten. Wer sind sie denn eigentlich, daß sie es wagen, sich solcher Ausdrücke zu bedienen?"

Sie wollte sich in ihrem Zorn erheben, aber ihr Sitz, die unterste Treppenstufe, war zu einem schnellen Aufspringen für eine so beleibte Person viel zu schmal und niedrig; sie rutschte dabei von der Stufenkante ab und kam nun auf die harte Steinplatte zu sitzen. Das Regenwasser war unter der Tür in den Flur eingedrungen, und so erhielt die Dame einen derart nassen Sitz, daß ihr Nachtgewand sofort von dem Wasser durchtränkt wurde. Wie eine Ertrinkende streckte sie die Arme hoch.

„Hilfe! Hilfe! Ich sitze im Wasser! Soll ich ertrinken? Hebt mich auf, hebt mich auf!"

Alle kamen aus der Stube herbeigeeilt.

„Was ist geschehn?" rief der Fex.

„Die Dicke da ersauft", lachte der Wirt.

„So schlimm wirds doch nicht sein. Helft nur mit! Wir wollen sie hinaufschaffen. Sie mag sich ins Bett legen."

Er griff zu.

„Nein, nein!" zeterte sie. „Ich bleibe unten!"

„Wozu aber denn?"

„Es brennt ja, es ist Feuer! Ich will nicht umkommen! Ich will hinaus."

„Ja, wo brennts denn?"

„Das weiß ich nicht. Ich habe aber ‚Feuer' rufen hören."

„Das war halt eine Dummheit. Und du machst die Faxen noch viel größer. Du willst verbrennen und ersaufen, und es ist doch gar keine Gefahr vorhanden. Komm also her! Wir heben dich auf und schaffen dich hinauf in deine Stub. Arbeit wirds freilich machen."

„Nein, nein, ich bleib unten!"

„Na, meinetwegen, wannst hier im Haus schwimmen lernen willst."

Da aber flüsterte der Bader, der so stand, daß sie ihn nicht sehen konnte, dem Skat-Matthes ins Ohr:

„Ich werde sie gleich aufbringen."

Er ergriff einen riesigen Wasserfrosch, der soeben mit weiten Sätzen aus der Stube herausgesprungen kam, beim Hinterbein und warf ihn ihr in den Schoß.

Kaum erblickte sie das Tier, so sprang sie, ohne die geringste Hilfe zu brauchen, auf und schrie:

„O weh, o weh! Eine Kröte! Ich muß hinauf! Schiebt, schiebt, schiebt schnell!"

Sie wandte sich zur Treppe, ergriff das Geländer und pustete und stöhnte wie eine Lokomotive hinauf.

„Ja, schiebt, schiebt!" lachte der Matthes.

Er und der Bader faßten hinten an, der Sepp griff zwischen ihnen hindurch und so schoben die drei die heulende Dame die Treppe hinauf bis zum Vorplatz, wo sie in höchster Eile in ihrer Stube verschwand.

„Auch das noch!" zankte der Müller unten. „Diese alte Schrauben macht die Sach noch schlimmer, als vorher. Sie muß fort, gleich in der Früh!"

„Wenn ich den Wagen für sie hab", sagte die Leni, die sich in diesem Augenblick mit Paula allein bei ihm befand.

„Nein, so lange wart ich nicht."

„Du mußt! Ich hab dein Wort, das du mir gegeben hast."

„Das geht dich nix an. Ich brauchs nicht zu halten."

„So? Warum?"

„Weil sie immer neue Dummheiten macht."

„Sie? Das ist nicht wahr."

„So? Hasts nicht etwa jetzt gesehn?"

„Nein. Die Dummheit hast du gemacht. Nicht mal Ruh des Nachts findet man hier. Wer hat das Viehzeug hereingebracht?"

„Ich nicht."

„Wer sonst? Und wanns ein andrer gewesen ist, so bist doch du selber nur schuld daran. Die Dame bleibt hier!"

„Nein, sie muß fort!"

„Sie bleibt! Du kannst ein großes Unheil anrichten. Du kannst in den Käse fliegen, du und alle deine Leute."

„Wieso?“

„Weil — ah, das weißt ja gar nicht. Hasts noch nicht gehört, wer der Mann ist, der die Wohnung gemietet hat?“

„Den kenn ich wohl. Wagner heißt er.“

„Und was ist er?“

„Das weiß ich nicht, das geht mich gar nix an.“

„So! Er heißt nicht nur Wagner, sondern auch noch Richard dazu. Verstehst mich nun jetzt deutlich?“

Der Müller machte ein ganz erstauntes Gesicht.

„Richard Wagner?“ fragte er.

„Ja freilich.“

„Etwa gar der berühmte Opernmann?“

„Der ists. Und zu ihm ist einer mit eingezogen, der sich nur Ludwig nennt. Verstehst auch das?“

„Doch nicht etwa der König Ludwig?“

„Na also!“

Dem Talmüller blieb der Mund offen, dann klappte er ihn hörbar wieder zu.

„Da muß doch gleich die ganze Wand wackeln! Der Wagner und der König bei mir in der Mühle! Das muß ich allen Leuten sagen! Hört ihr —“

„Halt!“ gebot die Leni, indem sie ihm schnell den Mund zuhielt. „Willst vielleicht wieder eine Dummheit machen?“

„Wieso?“

„Kein Mensch darf es wissen, daß die Herren hier sind.“

„Warum?“

„Weil man sie sonst angaffen und nicht in Ruh lassen tät. Ich habs auch dir nur im Vertraun gesagt, daß d' nicht abermals eine Dummheit machen sollst. Verstanden?“

„Ja, wanns so is, dann muß ich wohl das Maul halten!“

„Das versteht sich ganz von selbst.“

Die Knechte und Mägde faßten nun auch ein Herz und kamen näher, um zu sehen, was es noch geben werde.

„Aber Talmüller, was hast du nur gemacht?“ sagte der Sepp verwundert.

„Ich? Nein, du!“ rief dieser zornig. „Hast mir etwa nicht den Rat gegeben wegen dem Schatz?“

„Nun freilich.“

„Also bist doch schuld.“

„Ich gewiß nicht. Wer weiß, was gemacht hast!“

„Was soll ich gemacht haben? Nix, gar nix weiter, als was d' mir selber gesagt und geraten hast.“

„Und da wär so eine Bescherung fertig geworden?“

„Du siehsts ja! Schau das Getier an! Ists nicht grad so, als täten wir beim Noah in seiner Arche sitzen?“

„Beinahe. Ab er wie ists so kommen?“

„Wie? Das fragst auch noch? Aus dem Topf da sind sie kommen, die Frösch und Kröten alle!“

„Aus welchem Topf? Ich seh doch keinen.“

„Aber die Scherben siehst?“

„Nun freilich. Aber du mußts erzählen, wies gewesen ist!“

„Werd mich hüten! — Wo alle dastehn und sperrn die Mäuler auf.“

„So jag sie fort! Nur die Kathrin mag dableiben, die andern Knecht und Mägd können gehn. Vorher aber mögen sie einen Korb holen oder zwei, um die Tiere hineinzutun und hinauszuschaffen.“

Der Müller gab den Befehl, und nun begann eine lustige Jagd, bis die krabbelnde Einquartierung sich in den Körben befand.

Der Spiel-Matthes und seine Gäste durften bleiben, weil sie Mitwisser des Schatzheber-Geheimnisses waren, die andern mußten fort, auch Leni und Paula. Der Fex ging ebenfalls. Dann, als die Eingeweihten alle beisammen waren, wurde die Tür von innen verriegelt.

„Also hast wirklich keinen Fehler gemacht?“ fragte der Sepp den Müller.

„Gar keinen“, sagte dieser und berichtete wahrheitsgetreu den Hergang der Sache.

„So seid ihr eben selber schuld an allem, weil ihr, du

und die Kathrin, gesprochen habt", erklärte der Sepp mit heimlichem Schmunzeln.

„Ich könnt mich gleich selber ohrfeigen!" nickte der Müller zerknirscht.

„Tus nur! Und wanns nicht gut geht, so sags nur mir! Ich will dir so viel Kopfwatschen geben, wie du nur immer verlangen kannst, du Dummkopf du!" Er wandte sich an die andern und fuhr fort: „Da schaut nun mal her, diese Scherben! Wie groß und wie stark! Was für ein Topf muß das gewesen sein! Der hat ja mehr als einen ganzen Scheffel gefaßt! Und der ist voller Geld gewesen! Denkts euch!"

„Sapristi!" rief der Bader.

„Ja. Vielleicht ists gar lauter Gold gewesen und Kassenscheine von hundert Talern. Und da prügeln sich die beiden albernen Menschen und machen einen Lärm, daß die Leut herbeiströmen! Nein, so was hab ich doch noch nie erlebt! Und der Müller hat noch das große Maul und gibt mir die Schuld!"

„Ja, das ist so dumm, daß mans gar nicht begreifen kann", sagte der Fingerlfranz, der sich bisher still verhalten hatte. „Denk dir mal, Müller, das Geld, das Geld!"

„Ja freilich!" gab dieser kleinlaut zu. „Aber wer ist schuld daran, wer? Die Kathrin! Die hat angefangen zu reden."

„Und du hast ihr geantwortet."

„Aus Ärger und Grimm. Nachher hat sie mich gar geschlagen. Aber sie muß fort. Ich hab ihr gesagt, daß sie sogleich gehn kann!"

„Das werd ich auch tun", meinte die Kathrin, indem sie von ihrem Stuhl aufstand. „Meinst überhaupt, daß mirs so sehr bei dir gefallt? Du bist der reine Teufel! Wer bei dir dient, der ist wie in der Hölle! Aber ich hab dich ausgewischt! Ich hab dir eine ganze Menge Ohrfeigen geben, und die sind aus dem Herzen kommen! — Das kannst nur glauben!"

„Was? Auch noch!" brüllte der Müller. „Gebt mir doch gleich mal schnell die Peitsche her, damit ich sie so verhau, daß sie gar nimmer laufen kann!"

„Jetzt kann ich noch laufen, und da will ich schnell machen, daß ich fortkomm von dir, du Lodrian!"

Sie riegelte auf, ging hinaus und schlug dabei die Tür hinter sich zu, daß das ganze Haus zu zittern schien.

„Na wart", rief der Müller, „du sollst ein Zeugnis bekommen, daß gewiß kein Herr dich wieder in den Dienst nimmt, du alberne Dirn, du!"

„Das wirst unterlassen", warnte der Sepp, „weil sie überall erzählen tät, was hier passiert ist."

„Das mag sie tun."

„Willst dich auslachen lassen?"

„Warum nicht? Ich bleib doch der Talmüller!"

„Nun, wannst so denkst, so kann i nix dagegen haben. Besser aber wärs, wann gar nimmer von dieser Geschichte geredet würd."

„Gesprochen wird auf alle Fälle davon. Wenn die Kathrin auch nix sagen tät, so stehn hier genug Leut, die das Maul nicht halten können. Schau doch mal den Bader an! Dem wackelt schon die Zung. Heut in der Früh, wenn er zu seinen Kunden geht, wird er sie all mitnander gleich mit der neuen Schatzgeschichte einseifen."

Der Bader hob die Hand zum Schwur.

„Schau her zu mir, Müller!" rief er beteuernd, „ich versprech dir — —"

„Nun, was?"

„Daß ich nix sagen werd."

„Wie lange?"

„In alle Ewigkeiten."

„Wie lange dauert bei dir eine Ewigkeit?"

„Fast ein paar Wochen", schmunzelte der Bader.

„Siehst! Heut aber wirst nicht warten können!"

„Bis ich nach Haus komm, ganz gern. Nachher muß ichs aber doch meiner Frau erzählen."

„Ja, ja, das habe ich gewußt. Aber meinetwegen erzähl es allen Leuten; ich hab nix dagegen. Da gibts halt wieder mal ein Hallodria über den Talmüller, und der bleibt dabei, wer er ist. Aber Sepp, sag mir das einzige: ist der Schatz verloren?"

„Nein, nur für heut."

„Das ist gut. So hab ich doch die Hoffnung, daß ich ihn mal bekommen kann. Dazu paßt wohl ein jeder Nachvollmondstag?"

„Ein jeder."

„Und ich muß es grad so machen wie heut."

„Wannst wieder Frösch und Kröten haben willst, ja!"

„Nein, so mein ichs nicht. — Ob die Vers dieselben sind?"

„Ganz dieselben. Aber reden darfst nicht und dich auch nicht prügeln mit der Magd, sonst ists gefehlt. Nun aber hab ich für heut genug. Ich geh!"

„Ja", meinte auch der Spiel-Matthes. „Da aus der Sache nix worden ist, so stell ich mich auch nicht länger her."

Sie gingen alle; nur der Fingerlfranz blieb noch da, weil der Müller ihm einen Wink gegeben hatte.

„Was willst noch?" fragte der Viehhändler.

„Wissen will ich, was du zu dieser Gschicht sagst."

„Gar nix."

„Mußt doch auch eine Ansicht haben!" drängte der Müller.

„Die hab i auch."

„Und?"

„Werd ich mich hüten, dirs zu sagen. Könntst leicht gallig auf mich werden."

„Auf dich? Fallt mir net ein!"

„Nun, ich denk, daß d' sehr dumm gewesen bist", erklärte Franz.

„Das klingt nicht grad höflich!"

„Drum hab ich mich gleich vorerst entschuldigt."

„Warum meinst denn grad dös?"

„Weilst gesprochen hast; sonst hättst jetzt das Geld."

„Du glaubst also dem Sepp?"

„Freilich!"

„Und i möcht meinen, daß er mir einen Possen gespielt hat."

„Da bist auf der falschen Spur."

„Ich trau ihm nicht."

„Und ich trau ihm sehr."

„Ja, weißt, er ist so einer, der das best Gesicht machen kann, so gut und lieb, wie eine Jungfer; aber hinter den Ohren hat er es faustdick liegen."

„Das mag sein, hier aber ist er ehrlich gewesen."

„Hm! Bin noch nicht überzeugt davon. Wo kommen so schnell die Frösch und Kröten her?"

„Von den Geistern, weilst geschwatzt hast."

„Er kann sie auch hereingeschafft haben."

„Wann? Er war doch beim Matthes! Der Sepp meints ehrlich. Warum hab ich mei Sau erhalten?"

„Nun, warum?"

„Weil ich keinen Fehler begangen hab. Der Bader, der Halunk, hat sich auch eine Güte tan und mir die Ohrfeigen geben, daß ich denkt hab, der Himmel soll einstürzen; aber ich hab dennerst kein Wörtchen gesagt. Drum hab ich die Sau erhalten. Nachher aber, als ich sie hatt, da hab ich ihm die Watschen mit Zins und Zinseszins zurückgegeben. Du aber hast net schweigen können."

„So meinst wirklich, daß dös schuld ist?"

„Ja."

„Magst recht haben. Die Geister sind zornig worden über die Kathrin und haben das Geld in die Tiere verwandelt. Aber die Kathrin muß nun fort, und den Schatz bekomm ich doch noch; dafür werd ich schon sorgen. Weißt, ich hab Angst gehabt, daß jemand hier in der Stube gewesen ist, während ich fort war."

„Angst! Warum da gleich Angst?"

„Weil mir der Geldschlüssel fehlt."

„Sapperment! Den hat man dir doch nicht etwa gestohlen?"

„Ich weiß nicht. Ich hab ihn nicht finden können."

„Wo ist er dir weggekommen?"

„Hier in der Stube."

„Und wo hast dein Geld?"

„Das brauchst nicht zu wissen. Aber such mal nach, ob er nicht zu finden ist!"

„Das will ich schon tun. Aber sagen tust mir nicht, wo dus Geld hast? Ich mags gar nicht wissen; ich bin reich genug und mach bei meinem Schwiegervater nicht den Spitzbuben. Eine Beleidigung ists auf jeden Fall. Zeig her das Licht!"

Der Fingerlfranz leuchtete auf der Diele umher. Es währte auch gar nicht lange, so war das Suchen von Erfolg. Er richtete sich aus seiner gebückten Haltung auf.

„Hier liegt ein Schlüssel. Ist ers?"

Der Müller griff begierig danach.

„Ja, der ists! Gott sei Dank!"

„Hast schon suchen lassen?"

„Ja, die Kathrin."

„Und die hat ihn nicht gefunden? Ja, diese Weibsbilder haben überall die Augen, aber nie da, wo sie sie grad haben sollen."

„Und wo hat er gelegen?"

„Die Diele ist durchgefault; da ist ein Loch, und er lag drinnen, mit Staub verhüllt."

„So hat sie ihn im Staub nicht sehn können. Ich bin froh, daß niemand hier in der Stube gewesen ist. Das macht mirs Herz ruhig."

„Hast wohl sehr viel Geld da stecken?"

„Es ist nicht nur ums Geld allein; sind auch andere Sachen dabei, die — die mir niemand anschaun darf. Hör, jetzt hab ich dir noch was zu sagen. Gehst gleich nach Haus?"

„Ja. Oder meinst, daß noch nicht die Zeit dazu ist?"
„O wohl! Es ist spät nach Mitternacht. — Du könntst doch mal gleich mit zum Hochzeitsbitter gehn."
„Jetzt? In der finstern Nacht?"
„Ja, weils notwendig ist."
„Wegen unsrer Verlobung?"
„Ja. Wir müssen noch wen einladen lassen, gleich beizeiten in der Früh, wanns Morgen ist."
„Wen?"
„Das kannst nie und nimmer erraten. Ich mein nämlich die beiden Herren drüben im Haus."
„Den Wagner und den Ludwig?"
„Ja."
„Warum sollen die mit dabei sein?"
„Weil sie gar so vornehme Herren sind."
„Vornehmer als die andern aber doch nicht? Oben über ihnen wohnen ein Baron und ein Konzertmeister; die sind doch vornehmer als die da unten."
„Grad nicht! Es ist ein Geheimnis; aber dir kann ichs verraten, eben weilst der Bräutigam bist. Der Wagner ist der Wagner, weißt, der die Opern macht."
„Donnerwetter! Meinst den Richard Wagner?"
„Ja. Erst neulings hat er wieder eine solche Oper gemacht, den ‚Gottfried'."
„‚Siegfried' heißts."
„Meinetwegen! Zwischen Siegfried und Gottfried wird kein großer Unterschied sein. Also der Wagner, der drüben wohnt, der ist der berühmte Komperniste, und der andere, der Ludwig heißt, der ist der König selber."
Franz trat erstaunt einen Schritt zurück.
„Ja, da machst Augen!" ließ sich der Müller bewundern.
„Der Kö — nig —?"
„Freilich! Willsts nicht glauben? Ich weiß es gewiß."
„Der König in der Talmühle! Was will er hier?"
„Weiß ichs? Solche Leut haben immer was Heimlichs vor."

„Wer hat dirs denn gesagt, daß es der König ist."
„Die Sängrin droben. Die weiß es gewiß."
„Ja, die muß es freilich wissen, denn die Leut vom Theater, die kennen den König sehr genau. Und den also willst mit einladen?"
„Ja, mit dem Wagner."
„Warum?"
„Das fragst auch noch? Was für eine Ehre das ist, wann wir sagen können, daß der König bei uns zur Verlobung gewesen ist!"
„Freilich! Die Leut werden uns sakrisch beneiden. Aber ob der König auch kommen wird?"
„Warum nicht? Ist etwa der Talmüller ein Haderlump? 's ist für keinen König eine Schand, mein Gast zu sein. Ich fürcht mich nicht vor ihm. Mir ists ganz gleich, ob ich mit dem König red oder mit dir, und in eine Angelegenheit von mir dürft er nicht reden; da bin ich selber Herr und König. Aber etwas anders müssens wir nun doch tun, als ich vorher wollt, — mit dem Essen und Trinken."
„Ach so!"
„Ja, wann der König da ist, dann muß es auch was Extrafeins geben, nicht nur so einen Wein, wie die Bauern trinken, weißt, der so schmeckt, als ob man eine Katz verschluckt und zieht sie nachher beim Schwanz wieder heraus. Da muß man solchen trinken, weißt, wo die Stöpseln bis zur Deck in die Höhe springen. Wie heißt er gleich?"
„Das weiß ich — Pam — Kam — Dam — Schlam — ja, richtig, jetzt hab ichs: Schlammpanscher."
„Ja, so, so heißts, Schlammpanscher. Woher aber kann man solchen Wein kriegen?"
„Vom Hotel in der Stadt."
„Und wie teuer ist eine Flasche?"
„Der Ortsrichter hat mal mittrunken. Er sagt, die Flasche hätt zehn Mark kostet und noch eine bessere Sorte gar fünfzehn."

„Himmelsakra! Weißt, so kannst mal hingehn zum Hotel, nicht?“

„Ja. Wieviel soll ich bringen?“

„Zwei halbe Flaschen, dem König eine und dem Wagner auch eine.“

„Den andern nicht?“

„Nein, denen nutzt der Schlammpanscher doch nix. Und auch feins Essen müssen wir haben, weißt, solch Zeug, wobei es unsereinem gleich ganz schlimm und übel wird wie bei Seekrankheit.“

„Was meinst?“

„Es wird aus Heringseiern gemacht und heißt Ki — Ke — Ku — hinten dran ist ar.“

„Kaviar?“

„Ja. Das soll eine große Delikatesse sein. Ich habs in der Stadt gehört beim Kaufmann. Und sodann gibts noch so was Feines. Das sind Muscheln, die im Meer wachsen und gleich lebendig gefressen werden.“

„Ach, meinst Austern?“

„Ja, Austern. Da hab ich auch schon den Kaufmann gefragt. Sie sind etwas teuer, drei Mark das Dutzend. Aber soviel brauchen wir ja gar nicht für die beiden Herren. Wann jeder nur eine hat, so ists genug; dann wissens schon, daß wir Lebensart besitzen. Die werden auch im Hotel zu haben sein.“

„Natürlich. Dort habens alles. Aber ich hab noch keine gessen. Muscheln sind doch zu. Weißt auch schon, wie man sie aufmacht?“

„Freilich! Der Kaufmann hat mirs gesagt. Sie werden aufpocht wie Nüsse. Darum legen wir den beiden den Hammer hin; die werdens nachher schon selber machen.“

„Und was wird dazu gessen?“

„Sirup wird aufgeschmiert, denn die Austern müssen süß schmecken, sagt der Kaufmann. Drum setzen wir eine obere Kaffeetasse voll hin. Beim Kramer bekommt man für zehn Pfennig die ganze Tasse voll, daß sie überläuft.

Kannst also die Austern mit besorgen, zwei Stück und auch den Kaviar."

„Wieviel da?"

„Vier Löffel voll. Kannst sie dir gleich in eine Tüte geben lassen. Und nun geh auch, daß d' zum Hochzeitsbitter kommst!"

„Darf ers wissen, daß es der König ist?"

„Nein, aber andeuten mußts ihm, daß er sei Sache aufs allerfeinst machen soll, daß wir keine Schand mit ihm erleben und — — — was willst?"

Diese Frage war an Paula gerichtet, die schnell eintrat. Vorhin, als alle hinaus mußten, war sie mit Leni und dem Stubenmädchen der Gualèche hinaufgegangen, um sie zu beruhigen, obgleich sie selber sich keineswegs innerlich ruhig fühlte. Sie konnte sich das außerordentliche Vorkommnis der heutigen Nacht, den Lärm, die Frösche und Kröten, den zerbrochenen Topf, die Anwesenheit so vieler Männer, die nicht zu der Mühle gehörten, nicht erklären und nahm sich vor, den Vater zu fragen, obgleich sie wenig Hoffnung hatte, eine befriedigende Antwort von ihm zu bekommen. Als nun die Männer fort waren, wartete sie noch ein Weilchen und kam dann herab. Ohne erst zu horchen, trat sie ein. Sie hatte geglaubt, ihr Vater sei allein, und so erschrack sie, als sie gerade diesen verhaßten Menschen bei ihm fand.

„Ich wollt mit dir reden", antwortete sie, „aber weilst nicht allein bist, kann ich wieder gehn."

Sie machte Miene, die Stube zu verlassen.

„Halt! Du bleibst!" gebot ihr Vater. „Was du so mitten in der Nacht mit mir zu reden hast, kann ich mir nicht denken; aber weilst einmal da bist, so paßts auch gut. Also red!"

„Ich hab große Sorge um dich, daß — — —"

„Sorge?" fiel er ihr spöttisch in die Rede. „Wie käm es denn, daß d' mal Sorge um deinen Vater hättst?"

„Ich wollt gern wissen, was heut geschehn ist."

„Ach so! Also nicht Sorge, sondern Neugier ists. Und da meinst, daß ich sie dir stillen werd?"

„So ists nicht gemeint. Ich hab denkt, daß dir ein Unglück widerfahren sei."

„Unsinn! Ein Spaß ists nur gewesen. Nun weißts und hast nimmer danach zu fragen. Das ist also abgemacht. Aber nun hab ich noch mit dir zu reden. Siehst, wer da steht?"

Er deutete auf den Fingerlfranz.

„Schon. Er ist groß genug."

„Dein Bräutigam!"

„Vater —!"

„Still!" unterbrach er sie. „Ich habs gesagt, und es bleibt dabei. Da wird nimmer gemuxt! Ich solls mir wohl gar gefallen lassen, daß die Tochter nicht gehorcht?"

Sie wagte es dennoch, zu widersprechen.

„Grad weil ich deine Tochter bin, hab ich das Recht, mit dir zu —"

„Wannst nicht sogleich schweigst, sollst sehn! Franz, heb doch mal die Peitsche auf, und gib sie mir her!"

Der Bursche holte wirklich, anstatt sich des Mädchens anzunehmen, die Peitsche. Da färbte sich das bleiche Gesicht Paulas dunkelrot.

„Also der ist mein Bräutigam?" fragte sie.

„Ja, ich wills so."

„Er sagt, daß er mich lieb hat; er verspricht mir alles Glück und alle Freud und — gibt dir doch die Peitsche, daß d' mich schlagen sollst?"

„Weils sichs so gehört."

„So weiß ich ganz genau, was ich von ihm zu erwarten hab, ganz genau!"

„Die Peitsche, wannst ihm nicht gehorchst! Er wird der Mann sein, der zu befehlen hat! Du hast ihn zu ehren, zu achten und zu lieben von ganzem Herzen."

„Einen solchen Mann? Niemals!"

Er hob die Peitsche. Aber anstatt sich einschüchtern zu

lassen, trat sie einen Schritt näher und antwortete mutig, indem ihre Augen unter Tränen blitzten.

„Niemals!"

„Das geht mich auch nix an. Liebt euch, oder liebt euch nicht; das ist eure Sache. Aber gehorchen mußt!"

„Einem Mann, den ich nicht lieben kann, werd ich auch nicht gehorchen. Einen solchen Menschen heirat ich nicht."

„Ah! Wie? Was? Nicht?"

Er schwenkte die Peitschenschnur scharf hin und her.

„Nein!" antwortete sie entschlossen.

„Auch nicht, wann ichs befehl?"

„Auch dann nicht."

„So willst mir widerstehn?"

„Ich kann nicht mit dir im guten reden, denn du hörst mich nicht an; also bleibt mir nichts übrig, als für mich selber zu handeln. Ich sage dir, daß ich den Franz nicht heiraten werd. Und wannst mich wirklich zwingen willst, so geh ich aus dem Haus und irgendwo in Dienst. Ich will lieber die allergeringste Magd sein und mir die Hand blutig arbeiten, als die Frau eines solchen Menschen. So, das ist meine Meinung und von der geh ich nicht ab."

Es war das erstemal im Leben, daß die sonst so schüchterne Paula in dieser Weise mit ihrem Vater zu sprechen wagte. Sie hätte jedenfalls gar nicht ausreden können; er wäre ihr schon längst in die Rede gefallen; aber das ungeheure Erstaunen darüber, daß sie es wagte, ihm zu widersprechen, benahm ihm die Sprache. Er saß mit offenem Munde da und starrte sie an, als ob er eine unbekannte Erscheinung vor sich habe. Dann aber, als sie geendet hatte, platzte er los:

„Kreuzmillionenhageldonner! Was denkst denn eigentlich, wer ich bin, du alberne Gans, du? Willst mir gar ins Gesicht sagen, daß d' mir nicht gehorchen magst? Das ist mir noch nicht widerfahren! Aber du kennst mich noch schlecht! Ich weiß die Mittel, die dich zwingen! Ich bin der Talmüller! Verstanden?"

Da nahm auch ihr so liebliches Gesicht den Ausdruck einer unbesiegbaren Willenskraft an, und sie antwortete mit erhobener Stimme:

„Und du kennst mich auch schlecht! Ich bin die Tochter des Talmüllers; ich bin sein Fleisch und Blut und hab denselben festen Willen wie er. Ich laß mich nicht zwingen, niemals! Verstanden?"

Er holte aus, um sie zu schlagen; aber es traf ihn ein so leuchtender Blick aus ihren Augen, daß er den Arm langsam niedersinken ließ.

„So! Was willst dagegen machen, wenn ich dich zwing?"

„Ich geh fort!"

„Und ich schick dir den Schandarm nach und laß dich zurückbringen, zu deiner großen Schand!"

„Dann werd ich mich an das Gericht wenden. Dort werd ich erfahren, ob ein Vater das Recht hat, sein Kind mit aller Gewalt in das Unglück zu jagen!"

Es war wirklich ein Wunder, daß der Müller noch nicht losgebrochen war. Es war ihm aber anzusehen, daß er sich kaum mehr halten konnte.

„In das Glück! Verstanden?" schrie er sie an. „Das muß ich wissen, ich allein! Du dummes Ding bist viel zu albern und zu jung, um zu wissen, was dir zum Glück oder zum Unglück ist! Später wirsts mir auf den Knien danken, daß ich dich zwungen hab, den Franz zu nehmen!"

„Ich werds dir nicht danken, weil du mich nicht zwingen wirst. Dabei bleibts!"

„Ah! Dabei bleibts! Das ist stark, nein, das ist schon zu stark! Weißt, wobeis bleibt? Bei meinem Willen bleibts! Und hier hasts Siegel drauf! Mach dich hinaus!"

Er holte aus und versetzte ihr einen schallenden Hieb.

Sie verzog keine Miene, sondern ging ruhig hinaus. Draußen aber brach sie in ein unterdrücktes Schluchzen aus, das um so lauter wurde, je höher sie die Treppe emporstieg, um in ihr Stübchen zu gelangen.

Droben wurde leise die Tür geöffnet.

Leni trat heraus.
„Wer weint da?“ fragte sie halblaut.
„Ich bins“, antwortete Paula, die sich noch im Dunklen befand, so daß der Schein, der aus der geöffneten Stubentür fiel, sie nicht traf.
„Du, Paula, du? Was hast? Wer hat dich betrübt?“
„Der Vater.“
„Der? Komm herein! Das mußt mir sagen!“
„Nein, laß mich!“ bat die Paula.
„Warum? Hast kein Vertrauen zu mir?“
„O ja.“
„Haben wir nicht Freundschaft geschlossen?“
„Kannst mir auch nicht helfen!“
„Woher weißt das?“
„Weil mir überhaupt niemand helfen kann.“
„Das darfst nicht sagen. Oft kommt die Hilf, wann und woher man sie gar nicht erwartet hat. Komm also herein und erzähl mir, was dich gar so traurig gemacht hat.“
„Ach Leni, ich möcht sterben!“ weinte Paula, indem sie den Kopf an die Schulter der Freundin legte.
„Nein, das darfst grad nicht. Wann ich hätt sterben wolln, sobald ich ein Herzeleid hatt, so wär ich längst schon tot. Komm, komm!“
Sie zog sie in die Stube, schloß die Tür und führte sie zum Sofa.
„Du wirst die Dame stören!“ warf Paula ein.
„Nein. Die schlaft wie ein Maultier und schnarcht wie ein Stadtpfeifer. Hörsts nicht? Also sag mir, was dich so traurig macht.“
Sie setzte sich zu ihr, zog sie an sich und strich ihr mit der Hand über das weiche Haar.
„Ach Gott, das ist schlimm“, schluchzte Paula.
„Was?“
„Das Heiraten.“
„So? Das? Das ist so schlimm? Aber viele meinen, daß es sehr schön sei!“

„Aber nicht, wann man einen nehmen muß, den man nicht leiden mag."

„Ists so bei dir?"

„Ja."

„So will man dich gar zwingen?"

„Ja, der Vater will es haben. Am Sonntag soll Verlobung sein."

„Mit wem?"

„Mit dem Fingerlfranz."

„Herrjemineh! Mit dem? Den sollst heiraten?"

„Ja! Und ich haß ihn doch so sehr!"

„Freilich! Die dem gut sind, die möcht ich an den fünf Fingern einer Hand aufzählen. Nein, Paula, den nimmst nicht, auf keinen Fall!"

„Aber der Vater will mich zwingen!"

„Das leiden wir nicht!"

„Wir?"

„Ja, ich werd dir helfen."

„Ja, wannst das könntst!"

„Ich werd schon können! Weißt, vor deinem Vater fürcht ich mich schon lange nicht. Ist er noch auf?"

„Ja."

„So werd ich gleich hinuntergehn und mit ihm reden."

„Sie wollte aufstehen. Paula hielt sie fest.

„Halt! Bleib da! Wannst jetzt hinunterkämst, so wird sicherlich nix Gutes fertig. Der Vater ist ganz in seiner Laune, daß er auf dich schlagen tät."

„Hat ers bei dir tan?"

„Ja", schluchzte Paula.

„Das soll er mir büßen müssen. Wart, wir werden uns gegen ihn verbünden, und ich will sehn, ob nicht zwei brave Dirndln leicht Herr werden über einen Vater, der kein Herz im Leib hat. Aber, Paula, sei gescheit, und sag mir vorerst, warum du den Franz nicht magst!"

„Er ist mir zuwider."

„Wohl — wegen — liebst einen andern?"

Sie blickte dabei liebevoll forschend der Freundin in die Augen.

„Nein."

„Schau, das ist gut. Einen heiraten sollen, den man nicht mag, das ist noch lange nicht so schlimm, als wann man einen gern mag und kann ihn doch nicht bekommen. Das kannst glauben."

„Weißts wohl genau?"

„Ja."

„So hast einen gern, den du nicht bekommst?"

„Leider! Schau also, Paula, wir haben beide ein Leid, und das meinige ist noch viel größer als das deinige. Dir kann geholfen werden, mir aber nicht. Und wann dein Vater ganz fest auf seinem Willen besteht, so kannst doch wenigstens fort."

„Er will mich einsperren!"

„Oh, ich laß dich heraus. Nachher suchen wir uns einen — ach, warum denn nicht jetzt?"

„Was?"

„Ich wollt sagen, daß wir uns einen Freund suchen wollten, der dir helfen wird."

„Ja, wen?"

„Hast keinen?"

„Nein. Der Fex ist mein bester Freund. Aber der, der mir helfen soll, der muß mächtiger sein, viel mächtiger, als der arme, gute, treue Fexerl. Der freilich, wann der mir helfen könnt, der täts sogleich, und wanns sein Leben kosten tät!"

„Hat er dich so lieb?"

„Sehr!"

Paula hatte das in einem Ton gesagt, als ob sie von etwas ganz Selbstverständlichem spreche; als sie aber jetzt Lenis Augen mit eigentümlich fragendem Blick auf sich gerichtet sah, errötete sie, als ob sie etwas sehr Ungeschicktes gesagt habe.

„Und du bist ihm wohl auch gut?" fragte Leni.

„Ja. Wir sind beid nebeneinander groß worden."

„Ach so! Und er kann dir nicht helfen! — Aber mir ist einer eingefallen."

„Wer? — sag schnell!"

„Ja, weißt, als du sagtest, daß es ein Mächtiger sein muß, da hab ich gleich an ihn gedacht."

„Sag mirs!"

„Weißt, ich bin ein gar kuraschiertes Dirndl", lachte Leni leise. „Wann ich einmal zu einem Mächtigen laufen soll, so such ich mir gleich den Allermächtigsten heraus. Und wer ist das? Denk mal nach!"

„Du meinst doch nicht etwa —"

„Nun, wen?" lächelte die Sängerin.

„Den Bürgermeister?"

„Nein, Paula, höher, höher!"

„Gar einen vom Ministerium?"

„Höher, höher!"

„Höher gehts nimmer — 's müßt sonst gar — gar —"

„Nun?"

„— gar der — König —?"

„Ja, den mein ich grade."

„O Gott, nein, nein!"

„Warum nicht?"

„Wie kann der an so ein dummes Mädel denken!"

„So? Bist wirklich dumm? Paula, ich war noch viel dümmer als du, und er hat doch mit mir gesprochen, von meinem Herzeleid und meinen Wünschen. Oh, er ist ein gar besonders Guter!"

„Er soll so stolz sein!"

„Der? Wer das sagt, der kennt ihn nicht. Er hält sich nur vor bösen Menschen zurück und das sind die meisten. Aber zu denen, die er für gut gefunden hat, Paula —"

„Aber ein König, und ich, die Müllerpaula!"

„Ein König und ich, die Murenleni! Er hat doch auch mit mir gesprochen. Warum sollt er nicht auch mit dir reden?"

„Ich fürcht mich gar so sehr! Ich fürcht mich schon, wann ich zum Ortsrichter gehn muß, wieviel mehr aber, wann ich zum König gehn sollt."

„Das sollst ja gar nicht! Ich geh zu ihm."

„Du? Du willst für mich sprechen?"

„Freilich! Hab nur keine Sorg! Ich werds noch viel besser machen, als obsts selber wärst."

„Aber meinst denn wirklich, daß er mir hilft?"

„Natürlich!"

„Aber ob ers auch kann?"

„Wer soll es denn wohl besser können, als der König, der Mächtigste im Land? Er wird zu deinem Vater sagen: ‚Höre, Müller', wird er sagen, ‚du bist ein sehr dummer und ein sehr harter Kerl! Du hast eine Tochter', wird er sagen, ‚die ist ein braves und liebes Dirndl, und dennerst willst sie dem Fingerlfranz geben. Ich kann dich gar nicht begreifen', wird er sagen. ‚Sei gescheit und mach keine solchen Faxen, denn das kann ich nicht leiden', wird er sagen. ‚Die Paula mag sich einen andern heraussuchen. Laß ihr nur Zeit, sie wird schon einen finden', wird er sagen. ‚Nachher kannst auch Verlobung machen und Hochzeit. Aber mit dem Fingerlfranz, da laß sie in Ruh', wird er sagen."

„Aber der Vater —!"

„Nun, der wird gehorchen. Wann der König redet, hat ein jeder zu schweigen."

„Und wann mein Vater dennerst widerspricht?"

„Nun, so wird ihn der König nur so ein bißchen von oben herab anschaun und zu ihm sagen: ‚Talmüller, bei dir rappelts wohl im Kopf? Soll ich dich ins Zuchthaus stecken lassen, zehn Jahre lang oder fünfzehn oder gar lebenslänglich?' wird er sagen. Dann wird dein Vater klein beigeben müssen. Und nun sag, bist noch traurig, Paula?"

„Nicht so, wie vorher. Du hast mir wieder ein wenig Mut gemacht. Aber wirds der König mir auch nicht übelnehmen, wann du ihm von mir redest?"

„Das fallt ihm gar nicht ein. Er wird sich freuen, wann er einem seiner braven Landeskinder das Herzerl wieder leicht machen kann."

„Leni, es ist schon viel leichter. Was bist doch für eine gute Seel! Ich kenn dich erst so kurze Zeit und bin dir doch so gut, als obst meine Schwester wärst seit langer Zeit."

„So geht mirs auch mit dir, Paula."

„So nimmst mir wohl am End auch nicht übel, wenn ich dich jetzt noch um was bitte?"

„Dir könnt ich gar nie was übelnehmen."

„Weißt, der arme Fex —"

„Ah, der Fex!" lächelte Leni.

„Was meinst?" fragte Paula erglühend.

„Daß ich mich freu, daß d' von ihm redest."

„Kennst ihn denn?"

„Ja, ich hab ihn doch gesehn. Wer ist er eigentlich?"

„Er ist mit einer armen Zigeunerin hier ins Land kommen. Sie ist gestorben. Da nahm ihn ein Holzknecht als Kind an; der ist aber auch bald verunglückt, und so kam er her zu uns und ist Fährmann worden."

„So hat er keinen Verwandten?"

„Keine Seel auf Gottes weiter Welt und keinen Freund, als nur allein den Wurzelsepp."

„Ah — so! Und du?"

„Ich halt auch große Stücke auf ihn, weil er so gut und aufmerksam zu mir ist. Die anderen Leut aber verachten ihn und tun ihm alles zum Schaden."

„Verdient er Geld mit der Fähre?"

„Er muß alles dem Vater geben."

„So sieht er aus! Kein Schuh und kein gar nix ist bei ihm zu sehn, und dennoch — — Paula, hast ihn dir einmal so recht deutlich angeschaut?"

„Oft!"

„Ich meine, obst ihn angeschaut hast mit dem Gedanken, ob er ein hübscher Bub ist oder nicht?"

„Häßlich ist er wohl nicht —."
„Nein. Ich sag dir, daß ich noch gar keinen so hübschen Buben gesehn hab, als den Fex — außer einem."
„Ach, den, den du net bekommen kannst?"
„Ja. Aber du wolltest mich doch wegen Fex um etwas bitten?"
„Ja, weißt, er liebt die Musik so sehr und hat doch noch nie was Ordentlichs gehört."
„So!"
„Ja, net amal ein Konzert!"
„Ah, ich errate, was d' willst. Er will mein Konzert mit anhören?"
„Er hat mir nix davon gesagt", aber es könnt mir keine größere Freude geschehn, als wann er hören könnt, wie du singst, und wie die andern großen Künstler spielen."
„Willst auch du mit ins Konzert?"
„Sehr gern möcht ich mit, aber dem Vater darf ich nicht damit kommen, und auch bring ich das große Geld nicht zsammen, was es kostet."
„Nun, das ist das allerwenigst. Deinen Vater will ich leicht soweit bringen, daß d' mitgehn kannst, und eine Freikarte geb ich dir dazu."
„Oh, wie schön!" jubelte Paula. „Ich dank dir!"
„Es kostet mich gar nix. Da brauchst also nicht zu danken. Und was den Fex betrifft — ich könnt ihm auch eine Eintrittskarte geben, aber —"
„Was aber?"
„Hat er denn ein guts Gewandl?"
„Nein."
„Er muß doch noch andre Kleider haben."
„Er hat nix andres. Der Vater gibt ihm nix."
„So mußt halt du drauf sehn, daß er einen ordentlichen Anzug bekommt. Wann er zur Talmühle gehört und alles Fährgeld abgeben muß, so kann er auch verlangen, daß er ordentlich ernährt und kleidet wird."
Paula blickte der Freundin betroffen ins Gesicht. So

einfach und selbstverständlich diese Sache war, sie hatte nie daran gedacht. Sie hatte den Fex nie anders gesehen, als in Kleidern, die er von andern geschenkt bekommen und sich selbst mit Hilfe von Nadel und Zwirn mühsam zugerichtet hatte, und das war ihr bis zu diesem Augenblick als etwas Selbstverständliches erschienen.

„Da schaust mich so sonderbar an", lächelte Leni. „Hast wohl noch nicht daran gedacht?"

„Noch nie", gestand Paula.

„Und auch noch kein andrer?"

„Nein."

„Und der Fex selbst vielleicht noch nicht?"

„Ich glaub halt, auch er nicht", sagte Paula sehr verlegen.

„Du, da irrst dich ganz sicher. Er verlangt nur nix, um sich nicht mit deinem Vater zanken zu müssen."

„Wie gern möcht ich ihm da helfen! Aber der Vater hats Geld, ich nicht."

„Wart, Paula! Ich werd dir gleich was zeigen."

Sie trat an den Tisch, auf dem die Lampe stand, stellte sich so, daß sie Paula den Rücken zukehrte, griff in die Tasche, nestelte dann an etwas herum und kam zurück.

„Mach deine Hand auf!" sagte sie und sah sie mit ihren schönen, klaren Augen liebevoll an.

„Warum?"

„Ich will dir was hineintun."

Leni legte etwas in Paulas geöffnete Rechte.

„Jetzt schau es an!"

„Herrgott, das ist ja Geld!" stammelte Paula. „Drei Goldstücke von zwanzig Mark!"

Meinst, daß es reichen wird zu einem Gewandl für den Fex."

„Gewandl — für — für ists wahr — Leni? Ists dein Ernst?"

„Natürlich."

„Aber das kann ich doch nicht annehmen!"

„Warum nicht? Schenk ichs etwa dir?"

„Wem denn?“
„Dem Fex.“
„Aber so gibs ihm doch auch selbst!“
„Nein, Paula. Er solls nicht wissen, von wems ist. Auch darfst nicht denken, daß ich von dir einen Dank erhalten will, weil ichs etwa dir zu Gefallen tu. Weißt, der Wurzelsepp ist mein Pat und mein allerbester Freund; dem sei Freund ist nun wieder der Fex, und dem Fex schenk ich das Geld zu dem Gewandl, damit ich dem Sepp eine Freud bereite.“
„So soll ichs dem Fex geben?“
„Ja, gibs ihm!“
„Oder soll ich ihm lieber das Gewandl geben?“
„Das wär noch hübscher. Schau, ich hab nur deswegen dran denkt, weil der Fex mein Konzert hören will.“
„Ach so! Aber damit ists gefehlt“, sagte Paula betrübt.
„Alle Leut würden schaun, wann er sich mit zu ihnen setzt. Sie würden bös sein, selbst wann er ein guts Kleid anhat. — Nein, so hatt ichs nicht gemeint. Ich hab mir denkt, er könnt das Konzert mit anhören, ohne daß er von jemand g'sehn wird.“
„Hm! Das wär auch zu machen.“
„Aber wie?“
„Wann er sich hinter die Kulissen steckt.“
„Erlaubt man ihm das?“
„Wann ichs dem Direktor sag —“
„Oh, bitt schön! Sags ihm doch!“
„Ja, das werd ich tun, gleich in der Früh, wann ich ins Theater zum Proben gehn muß.“
„Wie gut bist du! Jetzt fühl ich wirklich fast gar nix mehr von dem Herzleid und von der Angst, die ich vorhin mit hereinbracht hab.“
„Schau, das kommt davon, daß man eine Freundin hat“, lachte Leni zufrieden. „Meinst nicht auch, daß wir Freundinnen bleiben wollen für alle Zeit?“
„Ach, wie gern, Leni! Ich hab noch keine Freundin ge-

habt. Der Vater ist so streng. Er hat mir alles verboten. Ich hab so einsam gelebt, wie — wie — ach, ich kanns gar nicht sagen, wie; denn jetzt, wo ich dich gefunden hab, da fühl ich diese Einsamkeit erst. Und wann ich nicht zuweilen beim Fex gesessen hätt oder mit ihm durch den Wald gestrichen wär, so hätts gar niemand geben, der sich um mich kümmert hätt. Freundlich sinds ja alle zu mir gewesen; aber Freunde nicht, weißt, denen man alls so sagen kann, wie ich dir und du mir."

„Dem Fex aber hast alles sagen können?"

„Ihm allein; aber — auch nicht alles."

„Warum nicht?"

„Das weiß ich nicht. Vielleicht, weil er kein Dirndl ist, sondern ein Bub."

„Hast recht, so ists! Und nun will ich dir was ganz Neues sagen vom Fex. Komm näher, i will dir was ins Ohr sagen, Paula —"

„Warum?"

„Es ist eine so große Heimlichkeit, daß nur das eine Ohr es hören kann, nicht amal das andere darf etwas davon wissen."

Sie zog Paula zu sich heran. Die Tochter des ‚Peitschenmüllers' ließ die drei Zwanzigmarkstücke aus der Hand auf das Sofa gleiten und neigte sich ihr zu. Leni legte dem schönen Mädchen die Hand an das Ohr.

„Du liebst den Fex?" flüsterte sie.

Paula fuhr zurück; sie blickte ihr fast verständnislos ins Gesicht.

„Was sagst?"

„Hasts nicht verstanden?"

„Die Worte, ja."

„Und weißt nicht, wie ichs gemeint hab?"

Jetzt erst ging Paula das Verständnis auf. Was so lange Zeit unbewußt und unerkannt in ihr geruht hatte, das trat plötzlich groß und voll vor ihr geistiges Auge. Sie wurde sehr blaß.

„Was hast?“ fragte Leni schnell. „Bist erschrocken?“

Jetzt überzog eine tiefe, glühende Röte Paulas Angesicht. Sie verbarg die Glut unter ihren Händen. Dann schlang sie die Arme um Leni, zog die Freundin mit herzlicher Innigkeit an sich und küßte sie auf die Lippen. Im nächsten Augenblick war sie zur Tür hinaus. Sogar das Geld hatte sie auf dem Sofa liegenlassen.

In ihrem Stübchen war es dunkel. Sie trat an das Fenster. Es regnete nicht mehr; die Sterne leuchteten in mildem Glanz vom Himmel nieder.

Die Augen des schönen Mädchens richteten sich nach oben. „Du liebst den Fex!“ klang es noch jetzt in ihrem Ohr. Und das tönte auch in ihrem Herzen nach. Es war ihr plötzlich so leicht, so wohl. Keine Spur mehr von dem Kummer, mit dem sie die Stube des Vaters verlassen hatte.

„Fex, Fex, lieber Fex!“ flüsterte sie vor sich hin.

So hatte sie ihn oft gerufen und sich doch nichts dabei gedacht, als daß er ihrem Ruf folgen solle. Und nun, was hatten diese Worte doch für einen ganz andern Sinn! Noch lange stand sie am Fenster und blickte hinüber nach der Stelle, an der die Fähre lag. Endlich trat sie zurück. Die Hände über der Brust gefaltet, flüsterte sie noch einmal:

„Fex, lieber Fex, gute Nacht!“ —

Sie war so in Gedanken versunken und mit ihren Gefühlen beschäftigt gewesen, daß sie nicht bemerkt hatte, daß unten die Tür geöffnet und wieder zugeschlossen worden war. Der Fingerlfranz war gegangen, nachdem er noch lange Zeit mit dem Müller gesprochen und von diesem die feste Versicherung erhalten hatte, daß am Sonntag die Verlobung gefeiert werde.

Die Besucher des Müllers waren inzwischen wieder nach der Stadt zurückgekehrt, der Wurzelsepp ausgenommen, der sich weggeschlichen und den Grabfelsen aufgesucht hatte. Dort blieb er stehen. Aus dem Innern drang eine Fülle von Tönen, die er selbst dem spielgewandten Fex nicht zugetraut hätte.

„Ja“, brummte er, „der hat diese Gabe vom lieben Herrgott empfangen und laßt sie nicht brachliegen. Der bringts schon mal zu was!“

Er suchte nach dem verborgenen Eingang. Die Steine waren fortgeräumt, das Brett lag da. Er hob es auf, kroch in den Gang hinein und deckte den Eingang über sich wieder mit dem Brett zu. Je tiefer er stieg, desto stärker und voller wurden die Töne. Als er unten ankam, stand der Fex mit hochrotem Gesicht vor dem Tisch, auf dem die Noten lagen, die Geige des Konzertmeisters in der Hand, und war in sein Spiel so vertieft, daß er das Kommen des Alten nicht eher bemerkte, bis dieser ihn anrief:

„Heda! Hörst wohl gar nimmer? Da könnt dein ganzes Geheimnis wohl verraten sein, und du würdest weiterfiedeln.“

Der Fex legte die Geige fort, zog den Alten in seine Arme.

„Sepp, lieber Sepp, sie gehn alle“, rief er in freudiger Erregung.

„So? Du bringsts also fertig?“

„Nicht bloß geigen kann ich sie, sondern sogar auswendig geigen.“

„Nicht möglich!“

„Willsts hören?“

„Ja, fang an!“

Da schlug der Fex die Noten zu, setzte die Geige an und begann. Es dauerte über eine volle Stunde, daß er unermüdet geigte, ohne eine einzige Note auszulassen. Als er fertig war, streckte ihm der Sepp die Hand entgegen:

„Fex, bist wirklich ein ganzer Kerl!"

„Meinst?"

„Ja. Hast dem Konzertmeister alle seine Stücke abgestohlen, alle mitnander."

„Und es ist kein Fehler vorkommen, ich weiß es."

„So meinst, daß es gehn wird?"

„Unbedingt."

„Und willsts wirklich wagen?"

„Ja, ich will spielen. Der König ist da und der Wagner —; so prächtig paßts im Leben nimmer wieder."

„Aber wie willsts anfangen?"

Bei dieser Frage zog er sich eine der Zigarren hinter dem Stein hervor und brannte sie an.

„Das weiß ich freilich noch nicht. Ich muß mich da ganz auf dich verlassen, mein lieber Sepp!"

„Ja, der Sepp! Wann keiner was fertigbringt, so soll allemal der Sepp dann helfen."

„Nein, so war das nicht gemeint. Du selber hast mir gesagt, daß d' einen guten Gedanken hättst, und darum hab ich mir keine Müh geben und auch gar nicht darüber nachgedacht. Also bist nur selber schuld, wenn ich dir jetzt zur Last fall."

„Zur Last? Fallt keinem Menschen ein."

„Also willst? Und wie denksts dir?"

„Schau, das möcht ich dir lieber noch nicht sagen."

„Meinst, ich könnt es verderben?"

„Ja. Hauptsach ist, daß d' überhaupt das Konzert mit anhören kannst. Ich werd mit der Leni reden. Vielleicht erhältst die Erlaubnis, dich hinter die Kulissen zu stellen. Nachher, wann dir das gelingt, ists gewonnen, vorausgesetzt, daß d' dann auch deine Sache machst."

„Du brauchst keine Bange zu haben."

„Gut! Jetzt bin i aber wirklich neugierig, was d' in dem Stuhl gefunden hast."

„Das hier."

Der Fex zog die Brieftasche hervor, öffnete sie und zeigte ihm das Bild.

„Himmelsakra!" schrie der Sepp, als er kaum einen halben Blick daraufgeworfen hatte. „Zeig her, zeig her! Die muß ich mir anschaun."

Er griff mit wahrer Begierde nach dem Bild, es schien, als ob er es mit seinen Augen verschlingen wolle. Der Fex bemerkte es mit Erstaunen.

„Was ist mit dir, Sepp?"

Der Alte zog den Schnurrbart zwischen die Zähne und hustete vor sich hin.

„Was sollte mit mir sein?" meinte er dann in möglichst gleichgültigem Ton.

„Kennst etwa dieses Bild?"

„Wie sollt ich es kennen? Ich habs doch noch niemals in der Hand gehabt."

„Dein Schnurrbart zittert, und deine Augen sind ganz anders, als sonst."

Er hatte ganz recht; doch der Alte nahm sich zusammen.

„Was so ein Guckindiewelt nicht alles wissen will! Mein Schnurrbart zittert! Na freilich zittert er, wenn ich mit dem Maul wackle; er ist ja dran festgwachsen. Und meine Augen sind natürlich anders, wann ich sie zusammenkneifen muß, um bei dieser Lampe das Bild zu erkennen. Weiter ists gar nix. Und nun sag auch, ob noch was in der Brieftasche gesteckt hat."

„Das noch."

Fex gab ihm die Papiere hin. Der Sepp betrachtete sie, ohne ein Wort zu sagen. Als er sie dann ebenso wortlos zurückgab, fragte der Fex:

„Nun, was sagst dazu?"

„Nix."

„Das ist wenig."

„Mehr weiß ich nicht."

„Kennst diese Schrift auch nicht?"

„Weißt ja, daß ich kaum lesen kann. Aber solche Schrift hab ich schon einmal g'sehn."

„Ah! Wo?"

„In meinen jungen Jahren bin ich auch was in der Welt herumgelaufen. Da hab ich unten an der Donau solche Schrift erblickt. Ich glaub, es ist Rumänisch, wenn ich mich nicht irr."

„Ists wahr?"

„Warum sollt ich dich belügen?"

„Gott sei Dank! So weiß ich doch nun etwas!"

„Was?"

„Wohin ich mich zu wenden hab, um mir die Schriften vorlesen zu lassen."

„Willst etwa nach Rumänien laufen?"

„Nein. Ich werd in München einen Gelehrten erfragen, ders lesen kann."

„Ach so! — Das aber hättst auch tun können, wannst nicht gewußt hättst, was für eine Sprach es ist. Na, ich wünsch dir Glück dazu. — Wer aber mag die Frau wohl sein, deren Bild das ist?" setzte er beobachtend hinzu.

„Meine Mutter!"

„Unmöglich!" fuhr der Sepp auf.

„Freilich! Was begehrst denn so auf?"

„Ich? — Ich bin ja ganz ruhig!"

„Na, wann das ruhig ist, so weiß ich nimmer, was unruhig ist!"

„Woher weißt du denn, daß es deine Mutter ist?"

„Weil ich sie kenn; weil ich dies Gesicht nie in meinem Leben vergessen werd. Und wannsts mit dem meinigen vergleichst, so wirst die Ähnlichkeit zwischen ihr und mir sogleich herausfinden."

„Wie hat sie denn geheißen?"

„Das weiß ich auch nicht."

„Du mußt sie doch genannt haben!"

„Mama habe ich sie gerufen. Das habe ich ganz vergessen g'habt; aber als ich hier das Bild sah, ist mirs sogleich wieder einfallen. Und beim Vornamen ruft doch ein Kind seine Mutter niemals."

„Ja, das ist wahr. Also weiter weißt nix von ihr?"

„Gar nix."

„Das ist jammerschad. Jetzt hast das Bild von deiner Mutter und kannst dich aber grad auf die Hauptsach nicht besinnen, auf die es hier ankommt."

„Vielleicht stehts hier in den Papieren?"

„Wollen es hoffen. Ich werd mich auch mit umschaun nach einem, der sie zu lesen versteht. Nun aber schaff die Violine fort und die Noten; denn in kurzer Zeit wirds Tag werden und dann bringsts nicht hinein in dem Konzertmeister sei Stub."

„Regnets noch?"

„Nein, du brauchst nicht einzuwickeln; 's wird nix naß werden davon. Komm, i geh mit."

Sie verließen die ‚Kapelle' und begaben sich nach dem Landhaus, um die Violine samt den Noten heimlich abzuliefern. Der Tag graute wirklich schon im Osten, und das Wetter hatte sich vollständig verändert, so daß ein prachtvoller Morgen zu erwarten war.

Es war für den Fex die höchste Zeit gewesen, die erwähnten Gegenstände zurückzubringen; denn als er sich von der Säule des Vorbaus hatte herniedergleiten lassen, ergriff er den Arm des Alten und zog ihn schnell mit sich fort.

„Komm rasch! Fast wär ich erwischt worden."

„Hat der Konzertmeister dich g'hört?"

„Nein, aber g'sehn hätt er mich beinahe."

„Himmelsakra!"

„Ja. Er war aufstanden und lief in seiner Schlafstub herum im Hemd, mit der Zipfelhaube auf dem Kopf, und Pantoffeln an den Füßen. Die Tür stand offen, und ich mußts sehr klug anfangen."

„Na, dann ists ein großes Glück, daß es noch mal gelungen ist. Diese Schand, wann er dich gesehn hätt!"

„Gar keine Schand! Ich hätt schon g'wußt, was ich sagen mußt, um nicht für einen Spitzbuben gehalten zu werden. Aber ihn hättst anschaun sollen!“ lachte der Fex herzlich.

„Warum?“

„Ist ein ganz besonderer Kerl! So alt wie er ist, das schaut man ihm gar nicht an, wann er sich angemalt hat.“

„Malt er sich an?“

„Freilich! Ich habs ja gesehn. Er strich sich mit einem Ding im Gesicht herum, das war wie ein Pinsel, aber Federn anstatt der Haar. Hernach schmierte er einen Lappen ins Gesicht, da wurden die Backen rot. Hernach schnitt er sich mit einer kleinen Schere die Haare aus den Nasenlöchern, und auf dem Kopf, da hat er keine gehabt, sondern er trägt eine Perücke. Und zuletzt nahm er seine Zähne aus einer Schüssel und steckte sie ins Maul. Er hat nicht einen einzigen. Das Maul war ihm eingefallen wie einer alten Frau; als er aberst das Kauwerk hineingesteckt hat, da hat er um zwanzig Jahre jünger ausgeschaut. Nachher bin ich fort.“

„Kannst von Glück sagen, daß es so gut abgelaufen ist. Jetzt gehst wieder hinab in die Kapelle und schlafst noch ein Stündchen.“

„Das geht nicht.“

„Warum?“

„Kann jemand kommen zur Überfahrt.“

„Das laß mich sorgen! Hast in den letzten Nächten gar nicht geschlafen, sondern geübt, ohne ein Aug zuzutun. Das ist nix. Du bedarfst auch der Ruh! Leg dich nur hin! Ich werd mich hinauf ans Grab setzen und dir ein Zeichen geben, wenn ja jemand kommen sollt.“

„Aber du hast auch nicht geschlafen.“

„Das geht dich nix an. So ein alter Kerl braucht wenig Schlaf, und ich hab ja am ganzen Tag nix zu tun. Ich kann mich schon später mal hinlegen, du aber mußt die Augen immer offen haben.“

Es ging nach seinem Willen.

Der Fex stieg in die Höhle hinab, und Sepp wachte am Grab auf dem Felsen für den jungen Freund. Er stemmte sein Gesicht in die Hände und blickte nachdenklich vor sich hin. Was sein Inneres bewegte, verrieten die halblauten Worte, die er wiederholt vor sich hinsprach:

„Ja, es ist ihr Bild, ganz gewiß ihr Bild! Ich werd nachforschen. Oh, Fex wann du wüßtest, wer du eigentlich bist, was tätst da machen vor Freude!"

Es wurde heller, und bald fluteten die ersten Sonnenstrahlen von Osten her in das Tal herein. In der Mühle begann es, sich zu regen, und auch die Tür des Landhauses wurde geöffnet. Der Italiener trat heraus.

„Da ist er. Auf ihn wart ich ja", murmelte der Sepp, als er ihn erblickte. „Er soll mir nicht entgehn, wann er auch nicht grad hierher kommt."

Aber der Konzertmeister kam doch nach dem Fluß herüber und lenkte nach dem Felsen ein. Seinem vorsichtigen Gebaren war es anzumerken, daß er von der Mühle aus nicht gesehen werden wollte. Er stieg herauf. Der Sepp zog sich rasch hinter die Sträucher zurück. Auf den Platz, den er soeben verlassen, setzte sich der Italiener. Er konnte von der Mühle aus nicht bemerkt werden, diese aber zwischen dem Busch hindurch beobachten. Er hatte ein Fernrohr mit und hielt es an das Auge. Wohl eine Viertelstunde lang beobachtete er die Fenster, hinter denen er Leni wußte. Da hielt es der Sepp nicht länger aus. Er schlich sich leise heran und legte ihm die Hand auf die Achsel.

„Grüß Gott, Herr Konzertmeister!"

Der Kleine fuhr aufs äußerste erschrocken in die Höhe.

„O Dio — ach Gott! Wer sein da?"

„Ich bins. Brauchst nicht zu erschrecken!"

„Du! Ah du!"

Sein Gesicht nahm einen beruhigten Ausdruck an und erheiterte sich sogar.

„Ja, ich bins. Aber was machst denn da?"

„Ich betrachte der Mühlen."

„So! Hast wohl schlechte Augen?"

„Warum?"

„Weilst durchs Fernrohr schaust, wannst die Mühle sehn willst, die so nahe liegt. Darf ich auch mal durchschaun?"

„Ja."

Er setzte das Rohr an und richtete es auf die Mühle. Obgleich er gar nichts sah, sagte er doch:

„Sapperment, welch ein feines Glas das ist! Grad jetzt seh ich die Leni am Fenster."

„Leni? Die Sängerin?"

„Ja."

„Zeigen her! Rasch! Schnell!"

Er riß ihm das Fernrohr aus der Hand und blickte hindurch.

„Ich sehn sie nicht!" meinte er enttäuscht.

„So ist sie vom Fenster weggegangen."

„Wird sie kommen wieder?"

„Wie kann ich das wissen? Willst sie wohl gern sehn?"

„Ja, sehr, sehr!"

„Das wundert mich. Warst doch bös über ihre Jodler."

„Bös? O ja — o nein, nein, nein! Ich habe mich getäuschen in sie! Sie sein großen Sängerin!"

„So? Woher weißt das?"

„Ich habe sie hören singen."

„Ach so! Nun, ich sagt es dir ja gleich, daß sie es kann. Also hab ich recht gehabt?"

„Sehr recht, sehr! Ihr Singen sein sehr gut, sehr ausgezeichnet, aber ihre Person noch schöner!"

„Also gefallt sie dir?"

„Wie sehr gut, wie sehr! Sie sein Engel — angelo!"

„Also für einen Engel hältst meine Leni? Das gefreut mich sehr, denn wann ein Dirndl einem gefallt, so muß sich ihr Pat doch darüber freun."

„Ja, du sein Pat! Ich erst jetzt wieder daran denk! Das sein sehr gut, sehr gut!"

Er hatte bis jetzt unausgesetzt durch das Fernrohr geblickt; jetzt aber ließ er dieses sinken und zeigte neben sich auf den Sitz.

„Du sollen dich niedersetzen!"

„Nein; das tu ich net."

„Warum nicht?"

„Das laßt mir mei Hochachtung net zu, denn du bist ein großer Künstler und ein vornehmer Herr."

„Ich sein bei dir keinen Künstler und auch keinen Herrn! Ich sein dein Freund!"

„Ach? Das laß ich mir freilich lieber gefallen."

„Also dich setzen!"

„Schön!"

Der Alte setzte sich eng neben ihn hin, und schlug ihm vertraulich auf das Knie.

„Daß du nicht so stolz bist und mich neben dich setzen läßt, das freut mich sehr von dir. Ich bin dir gleich vom erstenmal her gut gewesen. Sag einmal, kann ich dir einen Gefallen tun?"

„Gefallen? Ja, ja!" nickte der Italiener.

„Dann heraus damit!"

„Du erst sagen, ob die Leni haben einen Anbeter."

„Anbeter? Wer soll sie denn anbeten? Sie ist doch kei Götzenbild!"

„Nein, nein! Ich nicht so meinen. Ich sagen wollen, ein Liebhaber, Geliebter, Schatz!"

„Ach so! — Nein, sie hat keinen!"

„Schön! Aber sie sein wohl sehr spröde?"

„Ja sehr."

„O weh!"

„Warum o weh?"

„Weil — weil — weil ich sie lieben!"

„Du? — Was? — Du liebst sie?"

„Unaussprechlich!"

„So! Willst sie wohl heiraten?"

„Sehr gern, sehr gern!"

„Hm! Das kann mich freun, wann mein Mündel eine Frau Konzertmeister wird!“

„Ja, das sein eine große Ehr!“

„Freilich, freilich! — Besonders für dich!“

„Aber vorher ich sie wollen sehn, ganz genau sehn, wenn sie nicht hat so viel an, ohne daß sie es merkt. Ich will wissen, ob sie wirklich ist so schön.“

Der Sepp sperrte den Mund auf und hätte dem Italiener am liebsten ein paar tüchtige Ohrfeigen gegeben, aber ihm kam plötzlich ein Gedanke.

„Hm! Ich versteh dich ganz gut! Als Pate hätte ich es gern, daß die Leni eine so vornehme Dame wird. Drum hab ich nix dagegen, daß du sie erst richtig anschaun willst. Ich kann dir auch sagen, wo dies geschehn kann, ohne daß sie es weiß.“

„Sagen doch, wo, wo, wo?“

Der verliebte Italiener war ganz Feuer und Flamme.

„Im Theater“, meinte der Sepp.

„Sehr schön, sehr! Ich auch sein im Theater.“

„So? Das nützt dir doch nix. Als Zuhörer kannst sie nur sehn, wann sie singt.“

„Ich sein nicht Zuhörer, sondern Mitspieler!“

„Ach so! Hör, da läßt sichs vielleicht machen.“

„Wie? Wie?“

„Wann du ins Ankleidestübel schaust.“

„Ankleidestübel?“

„Ja, durchs Fenster.“

„Ah! Oh! Herrlich, prächtig!“

Der Kleine klatschte vor Freude in die Hände. Der Alte aber blickte sich scheu um, als ob er einen Lauscher fürchte, und teilte dem Konzertmeister dann mit leiser Stimme seinen Plan mit.

Dieser hörte schweigend zu, brach aber dann in laute Lobeserhebungen aus.

„Du sein sehr klug, sehr gescheit! Hier ich dir geben ein Geschenk!“

Er zog ein Silberstück hervor, und Sepp steckte es schmunzelnd ein.

„Aber kannst denn auch klettern?"

„Klettern — arrampicare? — Nein. Ich sein noch nie steigen auf Baum."

„O weh! So mußt du verzichten."

„Es sein vielleicht da eine Leiter — rigolo?"

„Eine Leiter? Ach ja, daran hab ich gar nicht gedacht! Ich werd dir eine verschaffen."

„Woher?"

„Vom Hausmann im Theater. Weißt, der ist ein guter Bekannter von mir. Er stammt aus meiner Gegend, und ich besuch ihn auch zuweilen. Darum kenn ich auch den Garten hinter dem Theater, den Baum und auch das Fenster, vor dem er steht. Ich werde dir eine Leiter besorgen. Auf der steigst hinauf auf den Baum und kannst da grad ins Ankleidestübel blicken, das nur für die Künstlerinnen da ist, die als Gast spielen. Da wirst sie sehn, wann sie das feine Kleid anlegt."

„Schön, sehr schön, sehr! Du sein herrlicher Kerl, ein prächtiger Kerl! Du gefallen mir!"

„Oh, noch viel besser wirds dir auf dem Baum gefallen! Nun aber mach, daß d' jetzt fortkommst von hier!"

„Warum?"

„Es ist hier an diesem Grab nicht ganz geheuer. Beim Konzert sehn wir uns wieder."

„Schön! — Addio!"

„Adjoh, Herr Kapellmeister!"

Der Kleine ging, und der Alte blickte ihm sehr vergnügt nach. Es war ihm gelungen, die Angel auszuwerfen, und der Fisch hatte angebissen. Jetzt blieb er sitzen, um den Fex zu wecken, wenn jemand zur Fähre kommen sollte.

Aber es zeigte sich niemand. In der Mühle stand man heute erst spät auf, weil die Bewohner wegen der nächtlichen Ruhestörung sich ausschlafen mußten.

*

Kurz nacht acht Uhr kam der Fingerlfranz vom Dorf her. Er hatte dem Müller versprochen, ihm zu melden, ob er die Sau wirklich wiederbekommen habe, oder ob sie nicht doch noch nachträglich verwandelt worden sei. Eben als er in die Tür treten wollte, kam die Leni heraus. Sie wollte so früh wie möglich ihr der Paula gegebenes Versprechen erfüllen. Darum ging sie jetzt nach der Wohnung des Königs, um festzustellen, ob er schon zu sprechen sei. Sie sah, daß Wagner am offenen Fenster stand. Auch er erblickte sie, und da er an ihrem Gebaren merkte, daß sie irgendeinen Wunsch habe, so winkte er ihr.

Sie eilte zu ihm hin.

„Suchtest du etwas?“ fragte er.

„Nein, sondern ich wollt schaun, ob ich den König nicht stören tät, wann ich ihm was sagen wollt.“

„Ists notwendig?“

„Ja. Ich habe eine Bitte, nicht für mich, sondern für meine Freundin, die Paula.“

„Die Müllerstochter? Die ist bereits deine Freundin? Ja, die Damen werden sehr schnell bekannt.“

„Oh, die Männer oft noch schneller. Wann sie mitnander ein Bier trunken haben, so ist die Freundschaft bereits dudeldick.“

„So! — Na, wir wollen einander recht geben. Ist deine Bitte groß“

„Nein. Der König soll nur mal dem Müller den Kopf waschen, und das tüchtig, verstehst?“

„Warum?“

„Das muß ich ihm schon selber sagen. Wann er dir nachher erlaubt, zuzuhören, da hab ich nix dagegen.“

Da ertönte hinter Wagner ein kurzes, fröhliches Lachen und darauf die Stimme des Königs:

„So komm herein!“

Im Nu war sie im Eingang verschwunden.

Ungefähr fünf Minuten später kam eine andere Person auf das Haus zu — der Hochzeitsbitter.

Er war ganz so gekleidet, wie bereits beschrieben, hatte aber noch mehr bunte Bänder und Schleifen angehängt. In höchst würdevoller Haltung trat er in das Haus und klopfte an. Wagner öffnete die Tür ein wenig, um nachzusehn, wer Einlaß begehre. Als er die fremdartige Gestalt erblickte, ließ er die Tür unwillkürlich aus der Hand.

Dies benutzte der Bitter, rasch vollends zu öffnen und einzutreten. Er grüßte gar nicht, ging in die Ecke, um seinen Schirm anzulehnen, nahm den Hut ab, zog das gewürfelte Taschentuch heraus, schwenkte beides hin und her, und machte eine tiefe Verbeugung zum König.

„Bist du der Wagner oder der Ludwig?"

Die beiden wußten nicht, was sie von dieser Erscheinung denken sollten.

„Ich heiße Wagner", sagte der Komponist.

Der Leichenbitter schlenkerte ihm die Hand hin und sagte in verweisendem Ton:

„Dich hab ich nicht gefragt. Aber weilst einmal den Mund hineingehängt hast, so weiß ich nun, daß hier der andre der Ludwig ist. Ich hab mit euch beiden zu reden."

„So machen Sie schnell!"

„Sie? Ich bin ein du und keine Sie! Das will ich mir ausbitten. Beleidigen laß ich mich nicht, auch von keinem Künstler nicht, denn ich bin auch einer und hab also mein Recht auf Ebenbürtigkeiten!"

Jetzt erkannten sie, daß es sich um einen geistig nicht zurechnungsfähigen Menschen handle. Darum fragte Wagner in milderem Ton:

„Nun, was sollen wir denn eigentlich erfahren?"

„Wirsts gleich hören."

Er verbeugte sich abermals, schwenkte den Hut und strich sich mit dem Tuch über die Stirn.

„Damals, als der Vater Abraham mit seiner Frau Judith in Paris zusammentroffen ist — —"

„Halt, halt!" rief Wagner. „Was ist das für ein Unsinn? Was haben Sie uns zu sagen?"

Da setzte der Redner den Hut wieder auf und sagte in drohendem Ton:

„Was? — Unsinn? Hör, wannst mich noch einmal Sie nennst, so geh ich augenblicklich fort! Nachher erfährst gar nix von der ganzen Sache, und ich werd euren Kaviar fressen mit Schokolade und auch die Flaustern mit Sirup!"

„Nun also, was willst du?"

„Das kannst ruhig abwarten. Meine Rede ist nicht für dich da, sondern du stehst um ihretwillen da! Verstanden? Ich muß es um zehn Pfennige machen, und wann ihr mir nicht ein gutes Trinkgeld gebt, so kann ich gar nicht wieder zu meinen Auslagen kommen. Man hat die Menschen einzuladen zu vielerlei, zu Hochzeiten, Kindtaufen, Begräbnissen und Schweineschlachten. Da gibts allerlei Lust und Leid, Braut und Bräutigam, Särge und Gevattern, Leichenblumen und Bratwürste, und wer da nicht einen guten Magen hat, der kann nimmer Leichenbitter werden. Darum — —"

„Ach, du bist der Hochzeitsbitter?" fragte die Leni, der ein Licht aufzugehen begann.

„Ja freilich!"

„Und kommst mit einer Einladung?"

„Ja."

„Wohl in die Mühle zur Verlobung?"

„Woher weißt das alles?"

„Am Sonntag abend um acht Uhr."

„Alle Tausend, sogar auch das weißt!"

„Da sollen diese beiden Herren sich einstellen, um dabei zu sein, wann Paula mit dem Fingerlfranz zusammen versprochen wird?"

Der Mann machte eine Gebärde des Ärgers.

„Wannst alles bereits weißt, so kannst aber doch den Schnabel halten! Mußt denn da grad zwischen hinein piepen wie ein Spatz? Wozu bin ich denn da? Ich habs zu verkünden, und nicht du! Hast mich da um meine schöne Rede gebracht, und nun wirst sehn, was ich dabei verliere! Einen Taler Trinkgeld hätt ich ganz sicher bekommen von den vornehmen Leuten; nun aber, da ich nicht hab so lange sprechen können, wirds kaum ein Vier-groschenstück absetzen. Und davon soll ich leben bei der Zeit und den Preisen, wo ich doch bereits homöpatschen Kaffee trinke, das Pfund zu zwölf Pfennig und Möhrensaft hinan, anstatt den Zucker! Und nachher — —“

„Pst, pst!“ unterbrach ihn Wagner. „Bemüh dich nicht weiter! Deinen Taler sollst du haben, auch wenn du die Rede nicht hast halten können. Hier hast du.“

Der Mann nahm das Geldstück in die Hand und sah es nachdenklich an.

„Ists etwa für einen oder für alle beid?“

„Ach so!“ lachte der Komponist. „Hier hast du noch einen. Bist du nun zufrieden?“

„Ja, und du bist der Noble von euch beiden. Der Ludwig kann mir nicht gefallen. Man muß leben und leben lassen, und wann —“

„Schon gut! Geh jetzt fort! Wir wissen ja nun, was du uns hast sagen wollen.“

„Wie? Was? Hinausschubsen willst mich? Nun, das ist gut, sehr gut! Ihr seid mir die rechten Höflichen und Gebildeten! Die Taler will ich nehmen, aber wiederkommen, das werd ich euch nicht gleich. Adjeh, lebt wohl, und gesunde Feiertag!“

Er holte seinen Schirm und ging fort.

Glücklicherweise hatte Leni bereits von Paula einiges über den sonderbaren Mann gehört. Ihre Erklärungen befriedigten die beiden Herren, und nun konnte das Gespräch fortgesetzt werden. Bevor der Hochzeitsbitter eingetreten war, hatte der König im Begriff gestanden, die Leni zu tadeln, daß sie sein Unerkannt verraten habe; er holte das jetzt nach; war aber doch bereit, den Wunsch des Mädchens zu erfüllen. Es war ihm aber unmöglich, sich den Grobheiten des Müllers auszusetzen, und so erhielt Wagner den Auftrag, sich zu ihm zu begeben.

Lachend zog Richard Wagner den Arm Lenis durch den seinen.

„Na, dann wollen wir! Den Müller werden wir uns schon kaufen und ihm den Dickschädel zurechtsetzen!"

Unterwegs begenete ihnen der Fingerlfranz, der aus der Mühle kam.

„Wer war das?" fragte Wagner.

„Der Bräutigam."

„Hm! Ziemlich grobschlächtiger Bursche!"

Dann kamen sie an die Mühle, an deren Tür Paula in banger Erwartung stand.

„Und das ist die Braut", sagte Leni.

„So passen diese beiden Leutchen allerdings gar nicht zusammen. Wartet hier! Ich geh hinein. — Vielleicht wird Paula gerufen."

Als die Tür sich hinter ihm geschlossen hatte, hörten die beiden Mädchen die Stimmen der Männer, erst ruhig, dann schärfer und lauter, zuletzt diejenige des Müllers, zornig und schreiend.

„Gott", klagte Paula, „er wird nix ausrichten!"

„Das kann ich mir nicht denken."

„Ja, hörst, wie der Vater mit der Peitsche klatscht? Da stehts schlimm. Und wann es ihm gar einfallen sollt, nach dem Herrn zu schlagen, so —"

„Das wird er nicht wagen!"

„Ihm ists dennoch zuzutrauen. Schau, da kommt der Fex herbei. — Wann er es wüßt!"

Fex hatte doch nicht länger schlafen können. Der Gedanke an sein musikalisches Vorhaben ließ ihm keine Ruhe, und so war er aus der ‚Kapelle' emporgestiegen. Er brauchte einige Nägel, um einen Schaden an der Fähre auszubessern, und kam jetzt nach der Mühle, sie sich zu holen. Er hörte die Stimme des Müllers schon von weitem und fragte die beiden Mädchen, was es drinnen gäbe. Paula erklärte es ihm unter Tränen. Er zuckte gleichmütig die Achseln.

„Den bringt selbst ein König auf keinen andern Gedanken."

„So zieh ich fort, Fex!"

„Nein, du wirst bleiben."

„Soll ich den Franz heiraten?"

„Wo denkts hin! Lieber tät ich sterben, als dies Unglück mitanschaun. Ich werd mit dem Müller reden."

„Du?" rief sie, mehr erschrocken als verwundert. „Dich wird er gleich mit der Peitsche hinaushauen!"

„Hab keine Sorg um mich! Wann ich bisher still gewesen bin, so hatt ich meinen guten Grund dazu. Von jetzt an aber werd ich nicht mehr ihm gehorchen, sondern er mir. Ich werds dir bald beweisen."

Da öffnete Wagner von innen die Tür.

„Paula soll hereinkommen!"

Sie ging zitternd hinein; die Tür schloß sich wieder; aber der Fex lehnte das Ohr daran, um zu lauschen. Er verstand jedes Wort.

„Hör, Paula", sagte der Müller, „da kommt dieser Mann herein und sagt mir, daß ich ihn zur Verlobung eingeladen hab, und daß er aber nicht kommen könnt, weil du den Franz nicht haben willst und er also nicht Zeuge von so einer Zwingerei sein mag. Jetzt sollst ihm nun sagen, daß er sich geirrt hast, und daß du den Franz gern magst. — Red und zögre nicht!"

Er warf ihr einen gebieterisch drohenden Blick zu und schwang die Peitsche.

„Der Herr Wagner hat recht!" antwortete sie kühn, „Du willst mich zwingen, und ich hab dir bereits gesagt, daß ich lieber in die weite Welt gehn, als den Franz nehmen will."

Eine solche Entgegnung hatte er nicht erwartet. Er blieb einen Augenblick lang stumm, um dann desto kräftiger loszubrechen. Das benutzte Wagner.

„Da hören Sie es! — Ich hoffe, Sie werden danach handeln, und mache Sie darauf aufmerksam, daß es strenge

Gesetze gibt, die ein Kind gegen die ungerechtfertigte Tyrannei des Vaters schützen! Jetzt wissen Sie, woran Sie sind. Ich werde erfahren, was Sie tun, und mich danach verhalten. Ihre Tochter steht unter meinem Schutz!"

Er ging schnell fort, um nicht den Zornesausbruch des Müllers anhören zu müssen. Der Fex hatte kaum Zeit, von der schnell sich öffnenden Tür zurückzuweichen.

Dann aber, als Wagner kaum verschwunden war, ertönte ein fürchterliches Brüllen des Müllers und zugleich klatschender Peitschenschlag.

Der Fex riß die Tür auf und sprang hinein, Leni hinter ihm her.

Der Vater schlug die Tochter mit der Peitsche.

Leni eilte auf Paula zu und schloß sie schützend in ihre Arme; der Fex aber entriß dem Alten die Peitsche und schleuderte sie in einen Winkel.

Eine solche Tat des Widerstandes hatte der Müller vom Fex noch nie erlebt. Das war ihm unbegreiflich. Er hielt mit Schimpfen inne und starrte ihn an.

„Fex — der Fex — er wagts!" knirschte er.

„Ja, ich wags!" sagte der junge Mann ruhig. „Es ist nun endlich aus mit deiner Tyrannei! Jetzt komm ich auch mal an die Reihe!"

„Du — du —?"

„Ja, ich! Jetzt wirst mir Gehorsam leisten, sonst weißt, was gleich geschehn wird."

„Was — was wird geschehn?" schrie der Müller mit überschnappender Stimme.

„Du sagst jetzt der Paula, daß sie den Fingerlfranz nicht zu heiraten braucht!"

„Bist verrückt? — Hat dich ein toller Hund bissen?"

„Schweig! Jetzt hab ich zu reden!"

„Du? Du? — Du grüner Aff? — Was willst denn reden, he?"

„Von der Südana."

„Von der —"

Er sprach nicht weiter, er brachte das Wort nicht heraus. Er war vor Schreck totenblaß geworden.

„Ja, von der Südana. Weißt, da drüben, als es geschah! Du hast geglaubt, allein zu sein, aber ich war dabei — ich hab hinterm Busch gelegen und alles mitangesehn."

„Lü — Lü — Lügner!" stieß der Alte lallend hervor.

„Ja. Und nun erscheint sie dir bei Nacht, und du mußt ihr alles bekennen und ihr das Bild meiner Mutter zeigen!"

Die Augen des Müllers wollten aus den Höhlen treten; seine Lippen zitterten, und er murmelte unverständliche Worte.

„Schau, warum bist so still?"

„Weil — weil — weil"

„Also", unterbrach ihn Fex, „so sag ich dir jetzt noch im guten: Wannst die Paula zwingst, erzähl ich alles und trag das Bild und die Papiere, die dabei in der Brieftasche liegen, aufs Gericht."

Die Hände des Müllers fuhren unwillkürlich herab nach dem Kasten.

„Ja, such nur da unten! Du wirst nix finden. Da ist sie, die du haben willst"

Er zog die Brieftasche hervor und hielt sie empor. Der Müller wollte etwas sagen, ließ aber den Kopf nach hinten sinken und schloß die Augen.

„Herrgott, der Vater, der Vater!" rief Paula und sprang auf ihn zu.

Er aber raffte seine verschwindende Kraft zusammen und richtete den Oberleib nochmals grade in die Höhe.

„Fort, fort mir dir!" schrie er. „Sogleich!"

Der Fex nahm sie bei der Hand.

„Komm! Den mußt allein lassen. Er kann dich jetzt nicht brauchen!"

Er zog sie und Leni zur Tür hinaus.

Der Müller blieb eine Weile regungslos liegen, dann langte er mit der Hand langsam in die Tasche und zog den Schlüssel hervor, den in der vergangenen Nacht der Fingerlfranz gesucht und gefunden hatte. Er war nicht auf den Gedanken gekommen nachzusehn, ob der Kasten geöffnet worden war. Jetzt holte er diese Versäumnis nach. Er wühlte vergeblich mit den zitternden Händen herum.

„Fort, fort ist sie!“ stöhnte er. „Der Fex hat sie sich geholt! Er — er! Er ist nicht so dumm, wie er sich gestellt hat! Jetzt bin ich in seiner Hand. — Er oder ich — einer muß weichen. Aber ich werds nicht sein. Er muß sterben, die Brieftasche muß ich wiederhaben. — Nachher hab ich Ruhe. — Bis dahin aber muß ich klein zugeben. Wann ich nur wüßt, wie er in die Stube kommen ist! Ich werd nimmer ruhn, bis ich das erfahr, und dann weh ihm!“

*

Sowohl die ständigen Bewohner der Badeanstalt als auch die Kurgäste befanden sich in einer ungewöhnlichen Aufregung — des heutigen Konzerts wegen.

Am Vormittag war die Hauptprobe abgehalten worden, mit außerordentlich günstigem Erfolg. Dann war der Altmeister Liszt angekommen und im feinsten Gasthof abgestiegen. Er wollte nur eine einzige Nummer vortragen und hatte sich dennoch einen besonderen Flügel mitgebracht.

Das machte gewaltigen Eindruck. Die Menge hatte schon vor und nach der Probe das Theatergebäude belagert, um die Sängerin zu sehen — vergebens. Kein Mensch hatte in dem schlichten Mädchen in Gebirgstracht, das auch eine halbe Stunde lang wie wartend unter den Neugierigen dagestanden hatte, und dann unbeobachtet durch eine kleine Seitenpforte verschwunden war, die Mureni vermutet.

Alle Plätze waren ausverkauft. Man wußte, daß nur wenige durch Freikarten belegt worden waren. Welche

Summe mußte da eingekommen sein! Die Eintrittskarten aber waren nicht etwa nur hier in der Stadt verkauft worden, nein, von weit her waren drahtlich Bestellungen eingegangen, und nun kamen mit jedem Zug die Vertreter und Verehrer der Tonkunst, in Erwartung des bevorstehenden Hochgenusses. Alle Gasthöfe waren gefüllt. Wohnungen waren seit Tagen bestellt worden.

Selbst Menschen, die kein Verständnis für die heutige Aufführung besaßen oder denen die Eintrittspreise zu hoch waren, suchten die Straßen und Gassen auf; es war ein ungemein reges Treben, hin und her überall.

Daß Liszt, der berühmte Abbé, sich nach jahrelanger Pause wieder hören lassen wollte, war ein musikalisches Ereignis; auch Antonio Rialti, der Konzertmeister, war in den beteiligten Kreisen berühmt — auf beide war man hoch gespannt. Daß aber neben diesen Meistern eine Anfängerin auftreten, eine arme Sennerin zum erstenmal vor einem so anspruchsvollen Hörerkreis singen sollte, das war noch mehr als ein großes Ereignis, das war geradezu ein Wunder.

Es hatte sich — niemand wußte wie — das Gerücht verbreitet, daß sogar der König anwesend wäre und Richard Wagner mit ihm, um sich an dem Triumph der Sennerin zu erfreuen.

Man fragte, man erkundigte sich auf das angelegentlichste — vergebens. Niemand konnte erfahren, wo die beiden abgestiegen waren.

So verging der Nachmittag, und der Abend brach herein. Der Haupteingang zum Theater wurde geöffnet, aber es war Polizei eingesetzt worden, um bei dem Andrang Ordnung zu halten.

Halblautes Summen schwebte über der Menge, die das Gebäude umringte. Man hoffte, den König aussteigen zu sehen, denn bei seiner bekannten Prachtliebe würde er doch sicher im Prunkwagen vorfahren.

Die meisten drängten sich zum Eingang, durch den die

Künstler einzutreten pflegten. Dort mußte man doch unbedingt Liszt, Rialti und die Mureni vorbeikommen sehen.

Die Zeit verging — nur noch zwei Minuten bis zum Beginn, und doch hatte man von den Genannten noch keine Spur bemerkt.

Das hatte seinen Grund.

Niemand hatte auf den alten Gebirgler geachtet, der sich mit einem Mädchen durch den Haupteingang gedrängt hatte. Nur einer der Polizisten hatte zu ihm gesagt:

„Wurzelsepp? — Du willst auch hinein? Das ist doch wohl ein Irrtum! Das Haus ist verkauft, und heut gibts überhaupt keine Karte für fünfzig Pfennig!"

„Weiß gar wohl. Hab eine bessere."

„Zeig her, sonst kann ich dich nicht hineinlassen."

„Da sinds alle zwei."

Zum größten Erstaunen des Beamten befand sich der Alte im Besitz der zwei besten Plätze in der Orchesterloge.

„Wo hast die her?" fragte er.

„Der Storch hats mir bracht!" lachte der Alte und zog Leni mit sich fort.

Liszt war im einfachen Überrock durch die Menge geschlüpft, den breiten Kragen hoch aufgeschlagen, damit man ihn nicht an seiner langen, grauen Haartracht erkennen könne. Ebenso hatten es auch der König und Wagner gemacht, die zu Fuß gekommen waren. Sie saßen in der Mittelloge des ersten Ranges, die bei feierlichen Gelegenheiten für die höchsten Gäste vorbehalten war. Der Vorhang war geschlossen, so daß man vom Zuschauerraum nicht ins Innere zu blicken vermochte.

Nur eine Minute vor Beginn schob sich ein hageres, unansehnliches Männchen, das einen Geigenkasten trug, durch die Menge nach der Außentür des Orchesters — Antonio Rialti.

„Der fünfte Violinist!" lachte einer.

„Pah! Paganini! Man siehts ihm ja gleich an!" spottete ein andrer.

Der Konzertmeister verschwand, und so wußte kein Mensch, daß man wenigstens einen der so sehnsüchtig Erwarteten gesehen hatte.

Im Zuschauerraum war das Gas halb angedreht. Die Flammen brannten klein und trüb, und die Reihen der Plätze lagen im Halbdunkel.

Jetzt ertönte der silberne Klang eines Glöckchens. Der Kapellmeister erhob den Taktstock, und nun überflutete ein Lichtmeer den weiten Raum, und jeder ließ seine Blicke umherschweifen, um zunächst eine Übersicht über die Anwesenden zu gewinnen.

Natürlich richteten sich die Blicke aller zunächst auf die Mittelloge. In demselben Augenblick wurde der Logenvorhang weggezogen, und alle sahen den König in voller Beleuchtung auf seinem Platz. Wagner, durch einen leeren Sitz getrennt, neben ihm zur Linken. Wie auf ein Zeichen erhoben sich ehrfurchtsvoll die Anwesenden. Der Taktstock des Kapellmeisters fiel nieder, und das reichbesetzte Orchester schmetterte einen jubelnden Tusch, in den das laute, schallende Hoch der Menge dreimal einstimmte.

Der König verneigte sich und gab dann mit der Rechten das Zeichen, die Plätze wieder einzunehmen.

Die erste Nummer der Festfolge war eine Ouvertüre, die die Kapelle spielte.

Es war wirklich eine glänzende Zuhörerschaft versammelt, so prächtig, wie man sie hier noch niemals erlebt hatte. Offiziere und Bürger mit ihren Orden, geistreiche und bedeutende Gesichter überall, dazu ein Kranz schöner Damen. Augen blitzten, Lippen lächelten, Rosen dufteten, und bewegte Fächer wehten ein leise wogendes Luftmeer durch den strahlend erleuchteten Raum.

Da war es wohl leicht erklärlich, daß die Blicke sehr verwundert auf das sonderbare Paar fielen, das in der Orchesterloge saß. Der Alte mit dem Mädchen, das waren arme Leute aus einem Gebirgsdorf. Wie kamen diese in den glänzenden Tempel der Kunst?

Der Alte — nun ja, sein Gesicht schien wohl sauber gewaschen zu sein, und den Bart hatte er sich auch gekämmt, wohl zum erstenmal in seinem Leben; einen weißen Halskragen hatte er umgetan, aber das Halstuch, das über die Brust herabhing, und die alte Lodenjoppe, aus deren kurzen Ärmeln die neuen, weißen Manschetten hervorsahen, die struppigen, grauen Haare, die sich dem ungewohnten Strich des Kammes nicht gefügt hatten, die großen braunen, knochigen Hände und das wetterharte, scharfgezeichnete Gesicht — das alles paßte doch gar nicht in den lichtflimmernden Raum und zu der vornehmen Umgebung.

Und das Mädchen an seiner Seite — nun ja, es hatte ein allerliebstes Gesicht, und die Blicke manches vornehmen Herrn blieben an ihm haften. Aber das Gewand gehörte doch höchstens auf die Gasse eines Dorfes. Die Augen der hohen Damen kniffen sich hochmütig zusammen und wandten sich von dieser ‚Person' weg. Die Theaterleitung hätte doch unbedingt dafür sorgen sollen, daß an so gewöhnliches Volk keine Eintrittskarten abgegeben werden — noch dazu gar für die Orchesterloge.

Zwei Augen aber konnten sich nicht von ihr abwenden, die des Krikelanton, der mit dem Wiener Musikprofessor und dessen Frau auf dem ersten Rangplatz der Leni grad gegenübersaß. Er hatte einen Anzug des Professors angelegt und stach also nicht im geringsten von seiner Umgebung ab. Das war wohl der Grund, daß Leni ihn nicht bemerkte. Freilich ließ sie ihre Augen auch gar nicht neugierig umherschweifen, sondern sie unterhielt sich mit dem Wurzelsepp und tat dabei, als ob niemand weiter vorhanden sei. Sonst wäre, wenn sie emporgeblickt hätte, ihr Auge sicher auf dem einstigen Geliebten haften geblieben, denn sein von Wind und Wetter gegerbtes Gesicht mit den kräftigen, männlich-schönen Zügen stand doch immerhin in einem Gegensatz zu der städtischen Umgebung.

Einer aber hatte ihn doch entdeckt, der Sepp; doch hütete sich dieser, die Leni auf ihn aufmerksam zu machen.

Jetzt war die Ouvertüre beendet. Sie erntete den Beifall, der der ersten Nummer eines Konzerts, wenn sie bereits bekannt ist, zu werden pflegt — einen kühlen Achtungserfolg.

Als zweites Werk war angeführt: „Variationen über ein Thema von Spohr — vorgetragen von Herrn Konzertmeister Antonio Rialti."

Ein Theaterdiener brachte den Geigenkasten auf die offene Bühne und stellte ihn auf einen Tisch. Das Glockenzeichen wurde gegeben. Ein leises Rauschen ging durch den Zuschauerraum. Jeder setzte sich bequem zurecht, um den zu erwartenden Kunstgenuß recht auf sich einwirken zu lassen.

Rialti trat vor und verbeugte sich.

Er war schwarz gekleidet, wie gewöhnlich. Die Schöße seines Fracks waren ein wenig zu breit und zu lang, das fiel auf. Vielleicht glaubte er, daß seine kleine, hagere Gestalt dadurch etwas höher erscheine, doch brachte es grad die entgegengesetzte Wirkung hervor. Als er die weißen Glanzhandschuhe auszog und den Kasten öffnete, sah man kostbare Brillanten an seinen Händen blitzen.

Er verbeugte sich mit Anstand, wobei seine Augen einen Halbkreis von links nach rechts beschrieben. Da — plötzlich stutzte er und verbeugte sich nochmals nach einer ganz bestimmten Richtung hin — kurz zwar nur, aber doch so, daß es bemerkt wurde.

Wem galt dieser Gruß?

Aller Augen blickten in der Richtung.

Dort saß auf dem Vorderplatz einer Parkettloge die dicke Frau Gualèche, höchst eingezwängt von den beiden Armlehnen. Sie schwitzte jetzt schon dicke Tropfen und wehte sich mit dem Fächer Kühlung zu, während sie in der andern Hand das Taschentuch hielt, um sich das Gesicht zu trocknen. Neben ihr saß Paula, die Müllerstochter, heut in städtischer Kleidung. Ihr liebliches Gesichtchen blickte wunderbar erquickend unter der leichten, seidenen Hülle hervor, die sie um das Köpfchen gelegt hatte. Welcher von den beiden hatte die Verbeugung des Konzertmeisters gegolten? Wohl dem jungen Mädchen? Wer mochte diese Schönheit sein?

Rialti hatte die Violine aus dem Kasten genommen und ließ den Finger leise über die Saiten gleiten, um sich zu überzeugen, ob sie richtig gestimmt sein. Dann legte er die Geige an. Ein kräftiger Bogenstrich riß den gebrochenen G-dur-Akkord von der untersten Saite bis hinauf in das Flageolet-H, und daran schloß sich nun das einfache, melodiöse Thema von Spohr, das er in ausgezeichneter Weise behandelte.

Man mußte gestehen, daß er ein Meister seines Instrumentes war und die Technik herrlich beherrschte, aber eins fehlte seinem Spiel — die Seele. Es lag nicht das mindeste Gefühl in seinem Vortrag, und darum war der Beifall, den er erntete, auch kein allgemeiner.

Als er mit einer Verbeugung abgetreten war und nicht wieder hervorgerufen wurde, fiel der Innenvorhang vor der Bühne nieder, und die Kapelle spielte als dritte Nummer eine Gavotte, die noch niemand kannte.

Unterdes ereignete sich allerlei hinter der Bühne und am Eingang des Theaters.

Dort war der Fex erschienen, ganz in demselben Anzug, den er gewöhnlich trug. Er hatte ja noch keinen anderen. Er wollte gemächlich den Gang einbiegen, der zu den hinter der Bühne liegenden Räumen führte; da aber trat ihm ein Polizist entgegen.

Der Fährmann war allgemein bekannt, und es war auch gar nicht zu verwundern, daß sein Erscheinen hier Befremden erregte. Sein Äußeres war keineswegs den Ansprüchen angemessen, die man an einem solchen Ort stellt.

„Fex, du hier?“ meinte der Polizist. „Du willst dir doch nicht etwa das Konzert mit anhören?“

„Ja, das will ich freilich!" antwortete der junge Mann offen und unbefangen.

„Das wirst wohl bleiben lassen! Ich darf dich in diesem Aufzug nicht durchlassen."

Der Fex blickte lächelnd an sich hernieder, bis auf seine nackten Füße herab.

„So gefall ich dir nicht?" fragte er.

„Nein."

„Nun, kommts hier so auf dein Wohlgefallen an?"

„Auf den allgemeinen Anstand kommts an, verstanden!" meinte der Polizist in einem etwas strengen Ton. „Du paßt nicht daher."

„Ob ich hereinpaß oder nicht, das wird wohl am meisten hierauf ankommen. Da schau einmal!"

Er zog eine Karte aus der Tasche und hielt sie ihm hin. Der Polizist nahm sie und las:

„Dem Vorzeiger dieser Karte ist auf alle Fälle der Zutritt zu gestatten.

Die Theaterleitung."

Sogar das Siegel der Direktion war darunter gesetzt, und darum erklärte der Beamte, während er ihm die Karte zurückgab:

„Wenn das so ist, so muß ich dich freilich hineinlassen."

„Nicht wahr? Ja, wannst auch so eine Karte hättst, so könntst dir das Konzert auch mit anschaun und mit anhören, gelt?"

„Gehst wohl auf den ersten Rang?"

„Noch höher."

„Ah! Wohin wäre das?"

„Auf die Bühn hinauf. Ich spiele selber mit."

„Was denn? Sechsundsechzig oder Schwarzen Peter?"

„Keins von den beiden. Wannst recht hübsch lauschst und das Ohr an eine Türe legst, kannsts hören."

Er ging.

Leni hatte ihm den Weg genau beschrieben, so daß er sich nicht irren konnte.

Zwischen ihm, der Leni und dem Wurzelsepp hatte es eine heimliche Vereinbarung gegeben.

Heut früh, nach dem Zusammenstoß mit dem Talmüller, war der Sepp zur Leni gekommen und hatte sie gebeten, einmal hinüber nach der Fähre zum Fex zu gehen. Dort hatte sie der junge Mensch um die Erlaubnis gebeten, das Konzert anhören zu dürfen. Nachdem sie versprochen hatte, ihm die Erlaubnis auszuwirken, hinter der Bühne zuhören zu dürfen, hatte er sie gefragt:

„Hast denn auch was Schönes, was d' singst?"

„O freilich."

„So! Ich hätt aber auch was für dich."

„Du? Ja, der Sepp hat mir freilich anvertraut, daß d' auch Musik machst. Aber singen tust doch nicht."

„Nein, aber kompernieren."

„Du? Ein Komponist?" lachte sie.

„Freilich."

„So hast Harmonie studiert und Generalbaß?"

„Der Sepp hat mir ein paar Bücher versorgt, schon seit langer Zeit, wo das drin steht. Und als ich nun von dem Sepp gehört hab, daß d' eine arme Sennerin gewesen bist, und der König hat sich deiner angenommen, so daß d' nun so eine gar berühmte Künstlerin werden sollst, da hab ich eine große Freude gehabt und dir ein Liedl komperniert, wast heut mitsingen könntst."

„Heut mitsingen?"

„Ja, weißt, weil der König selber mit dabei ist."

„So! Weißt denn nicht, daß bei so einem Konzert bloß Meisterstücke gesungen werden?"

„Wohl weiß ich das. Aber so ein kleines Liedl wirst wohl noch mit einschleichen lassen können."

„Vom Fex, als Komponisten?"

„Ja. Ich glaub nicht, daß man dich deshalb aufhängen wird. Es klingt gar nicht so übel."

„So!" sagte sie in dem Ton, in dem man mit Kindern zu reden pflegt. „Ists ein Lied ohne Worte?"

„Nein, es ist ein Text auch dabei.“

„Wer ist der Dichter?“

„Ich.“

„So bist nicht nur ein Komponist, sondern auch ein Dichter? Das hätt ich nicht gedacht!“

„Leni, ich will dir mal was sagen. Du bist ein braves Dirndl, und ich halt große Stücke auf dich. Es kränkt mich also, wannst mich auch grad beurteilst wie andre. Ich hab dran denkt, wie der König zu dir kommen ist und wie der Krikelanton nun nix mehr von dir wissen will deswegen. Das hat mich gerührt und im Herzen ergriffen. Und wies da im Herzen drin gesteckt hat, so hab ichs herauskommen lassen und aufs Papier geschrieben und die Noten dazu auch. Ein Meisterstück kanns freilich nicht sein, aber passen täts wohl prächtig für die erste Prob, die du heut ablegst, und auch grad, weil der König dabei ist. Wannsts nur wenigstens mal proben wolltst.“

„Nun“, sagte sie, um ihn nicht weiter zu kränken, „das könnt ich alleweil schon mal versuchen. Aber wie willst ein Gedicht machen können, wannst nicht mal richtig hochdeutsch reden kannst und gar schreiben?“

Er machte ein pfiffiges Gesicht.

„Meinst? Nun, hat dir der Sepp nicht sagt, daß ich mich zuweilen verstelle, so ein ganz kleins bisserl?“

„Das hat er freilich gesagt.“

„Schau, so ists auch mit der Sprach.“

„So kannst hochdeutsch?“

„Wie g'leckt!“

„Nun, so laß mal das Gedicht sehn! Weißt, es will gar mancher gelehrte Doktor und Professor ein Gedicht machen und bringts doch nicht fertig. Da möcht ich doch gern sehn, wie das deinige ausschaun tut. — Zeigs her!“

„Nein, ich werds dir selber vorlesen. Tu mir den Gefalln, lehn dich da an jenen Baum und mach die Augen zu! Dann werd ich beginnen.“

Sie gehorchte.

Er zog ein Papier aus der Tasche und las die Zeilen vor, die es enthielt.

Ja, das war eine andre Stimme, eine andre Sprache, ein ganz andrer Ausdruck, als sie vom Fex gewohnt war.

Bereits nach den ersten Worten öffnete sie die Augen. Erst überrascht, und später mit Verwunderung blickte sie ihn an. Sie las die Worte von seinen Lippen, und endlich, als er die letzten mehr vortrug als las, als sie ihr eigenes Schicksal besungen fand, da zog es sie vom Baum hinweg zu ihm hin. Ihre Augen füllten sich mit Tränen, und als er geendet hatte, sagte sie unter lautem Schluchzen, aber im Ton wirklicher, echter Begeisterung:

„Ich steh in meines Königs Schatten,
mein König hat an mich gedacht!“

Herrlich, herrlich! Und das hast selber gedichtet, Fex?“

„Ja“, antwortete er mit niedergeschlagenen Augen.

„Das sollte man nicht glauben!“

„Meinst, daß es nicht ganz schlecht klingt?“

„Schlecht, schlecht? Wo denkst hin? Ich will dir sagen, Fex, daß ich viel Unterricht und viele Lehrer hab. Ich hab in kurzer Zeit viel lernen müssen und manches Gedicht kennen gelernt, weil ichs ja singen mußte, von Heine, von Gerock, von anderen berühmten Männern; so kann ich schon beurteilen, daß deines schön und ergreifend ist. Wie lautet die Überschrift?“

„Die alte Bettlerin. — Weißt, die ist verloren und verlassen gewesen von der ganzen Menschheit; da hat sie mal den König getroffen, als er einen Tag hier gewesen und spazieren gegangen ist. Da hat sie ihm ihr Herzeleid erzählt, und er hat ihr ein Jahrgeld geben, von dem sie ihre letzten Tag ohne Sorg und Not hat leben können. Und als sie vor zwei Jahren hier gestorben ist, da hat sie noch vor dem Tod den lieben, guten König gesegnet und ihn dem Herrgott empfohlen. Schau, daran hab ich denkt, und ‚die alte Bettlerin‘ dichtet mit den Schlußworten allemal an jeder Stroph:

„Ich steh in meines Königs Schatten,
mein König hat an mich gedacht!"

Und sodann, als ich gehört hab, daß er auch zu dir so gnädig gewesen ist und dich armes Wurm von der Alm weggenommen und für dich zahlt hat, daß d' eine Künstlerin werden magst, da hab ich an dies Gedicht noch einen Vers gemacht mit denselben Endworten und auch eine Melodie dazu, daß d' sie heut singen kannst, wann er mit im Theater sitzt und alles hört."

„So ist, so!" sagte sie, tief aufatmend. „Das hätt ich dir im Leben nicht zutraut, daß d' so ein gescheiter Kerl bist und so ein Gedicht fertig bringst. Aber die Musik dazu, wie stehts mit der?"

Er zog ein Papier hervor, das mit Noten beschrieben war. Sie las es aufmerksam durch. Dann begann sie leise zu summen, und endlich brach sie in die Frage aus:

„Fex, lieber Fex, sind die Noten wirklich von dir?"

„Ja freilich. Meinst, daß ich dich belügen werd?"

„So komm her, du herzguter Bub!"

Sie faßte ihn beim Kopf und gab ihm einen kräftigen, schallenden Kuß auf die Stirn.

„So, da hast! Dieses Busserl kommt auch von Herzen und ist gut und brav verdient."

„Herrgott!" rief er erschrocken. „Du hast mich geküßt, du, du!"

Er war blutrot geworden.

„Freilich, ich! Ja, da erschrickst sogar. Ich weiß aber schon: Ein Busserl von der Paula wär dir lieber."

„Leni!" rief er aus. „Was fallt dir ein?"

„Die Wahrheit."

„Aber wanns jemand hört! Du hast geschrien, daß mans zehn Meilen weit hören kann. Mußt doch denken: die reiche Müllerstochter, die schöne, und ich, der arme Fex!"

„Arm? Oh, du Hascherl! Reich bist, sehr reich!"

„So? Davon weiß ich freilich nix."

„Na, wer so dichten kann und dazu eine solche Musik setzen, der bringts sicherlich mal in der Welt zu was!“

„So hats dir gefallen?“

„Und wie!“

„Dann sag, obsts singen kannst!“

„Kannst? Natürlich. Solche Noten sing ich ganz glatt und vom Blatt herunter.“

„Obsts aber auch singen willst!“

„Meinst heut schon, zum Konzert?“

„Ja.“

Sie sann einen Augenblick nach.

„Weißt, ich will dir aufrichtig sagen: Dieses Lied, wann ichs singen dürft, wär das allerbeste Stück, was heut auf dem Programm stünd, aber eben ist das Programm fertig, und hier steht nur die Partitur; da müßten noch die Stimmen ausgeschrieben werden, und vielleicht hätt der Kapellmeister auch noch was zu ändern, denn wannst auch komponieren kannst — die Instrumente richtig anzuwenden, das hast doch nicht gelernt.“

„Du hast freilich recht. Jetzt ists nun nix mit dem Lied, und ich hatt mich so drauf gefreut, es zu hören.“

„So! Hattst dich wirklich? Nun weißt, ich werd noch vor der Probe zum Kapellmeister gehn und ihm alles erzählen.“

„Alles?“

„Warum nicht?“

„Weil er nicht wissen soll, daß — daß —“

„Nun, was soller nicht wissen?“

„Wies mit mir steht, und daß ich nicht der dumme Fex bin, für den man mich hier immer gehalten hat.“

„Willst etwa dieser dumme Fex immer bleiben?“

„Nein, wohl nicht.“

„Nun also! Wanns die Leute einmal erfahren sollen, warum sollen sie es nicht gleich heut und jetzt erfahren?“

„Hm! Recht hast vielleicht.“

„Also gut! Ich werd ihm alles erzählen, und nachher

wird sichs zeigen, was geschieht. Freilich muß ich da das Lied mitnehmen, wannsts mir erlaubst."

„Immer, immer nimms mit!"

„So gut! Und nun will ich auch gleich gehn. Hier hast meine Hand, lieber Fex. Wir wollen gut Freund sein und bleiben. Vielleicht wird mal ein großer und berühmter Künstler aus dir, und wannst nachher mal ein großes Konzert gibst, so läßt michs wissen, daß ich auch komm und eine Nummer mitsingen kann. Das wär doch eine Gaudi, wann wir mal so mitsammen konzertieren könnten, wir zwei beid!"

Er schüttelte ihr die Hand.

„Wannst das wünscht, so kann dein Wunsch wohl bald in Erfüllung gehn."

„Das sollt mich sehr freun!" lachte sie lustig. „Aber es ist schon dafür gesorgt, daß der Ziege der Schwanz nicht gar zu lang wachst. Ehst ein Konzert mitgeben kannst, wirst noch gar viel üben müssen!"

„Wollen sehn", lachte er mit.

„Also behüt Gott! Gleich nach der Probe bring ich dir den Bescheid hierüber. Ich will wünschen, daß er gut ausfallen mag."

„Und ich werd kaum Atem finden, um zu erwarten, wie er lauten wird. Lauf schnell, Leni!"

„Wie eine Gams! Da, paß mal auf!"

Sie lief so eilig fort, daß er über ihre Sprünge lachen mußte. Dann ging er ans Wasser und setzte sich auf seine Fähre. Später kam der Sepp zu ihm. Beide besprachen leise ihre Pläne für den heutigen Abend.

„Ich bin neugierig, was der Kapellmeister zu dem Liedl sagen wird", meinte der Sepp. „Vielleicht feierst heut sogar einen doppelten Triumph, anstatt nur einen einfachen."

Endlich kehrte die Sängerin aus der Stadt zurück. Sie ging nicht zur Mühle, sondern geradewegs zur Fähre. Als sie ihren Paten erblickte, fragte sie:

„Sepp, kannst auch rudern?"
„Na freilich!"
„Daß du die Leute nicht ins Wasser schüttest, die du hier überfahren mußt?"
„Würd mich sehr wohl hüten, denn da fiel ich doch auch mit hinein. Aber, soll ich denn überfahren?"
„Freilich."
„Warum?"
„Weil der Fex sogleich in die Stadt muß."
„Was soll er da?"
„Er soll gleich zu dem Kapellmeister kommen."
„Himmelsakra!" rief der Fex. „Soll ich zu ihm kommen? Das ist ja ein sehr gutes Zeichen!"
„Ja, dein Lied wird mit aufs Programm kommen, wann er mit dir selber vorher reden kann. Er muß einige Stimmen ändern und will dich erst um Erlaubnis fragen."
„Oh, die soll er gern haben!"
„Und die Programme, die bereits fertig sind, die werden weggelegt und dafür in aller Geschwindigkeit neue gedruckt. Mußt aber gleich zu ihm."
„Ich lauf ja schon. Sepp, fahr über, wann jemand kommen sollt."
Er rannte fort in größter Eile, nicht etwa auf dem Weg, sondern gleich am Flußufer hin durch dick und dünn.
„Weißt auch, wo er wohnt?" rief ihm die Leni nach.
„Ja", schrie er zurück. „Ich lauf, ich lauf!"
In diesem Augenblick fiel ihr noch etwas ein.
„Fex! Fex!"
Er blieb stehen.
„Sag ihm nix davon, daß d' heut abend mitkommst!"
„Nein, nein!"
Er wollte eifrigst weiter.
„So wart doch nur, du Sakrifix!"
„So red und mach schnell! Ich hab kein Zeit!"
„Ich hab bereits eine Karte für dich vom Theater. Du

brauchsts also niemanden wissen zu lassen, dem Kapellmeister aber gar nicht!"

„Schön! Bist nun fertig?"

„Alleweil ja!"

„Gott sei Dank! Nun endlich kann ich laufen!"

Und er eilte davon. Als er die ersten Häuser der Stadt erreichte, hemmte er seine Schritte, um nicht gar zu auffällig zu erscheinen. Er befand sich in einer glücklichen Aufregung, wie er sie noch nie gefühlt hatte.

Der Kapellmeister spazierte oft nach der Talmühle und fuhr da auch zuweilen über. Darum kannte er den Fex sehr gut, und es war ihm unglaubhaft erschienen, daß dieser einfache Mensch der Dichter und Komponist dieses hübschen Liedes sein sollte.

Es war dem musikalischen Satz zwar anzuhören, daß der Verfasser kein geübter Musiker war; es kamen mehrere Härten und kleine Mängel vor; aber das konnte mit einigen Federstrichen geändert werden, und dann war das Lied nicht nur konzertfähig, es ließ sich sogar vorausbestimmen, daß es bedeutenden Eindruck machen würde.

Als der Fex die ersten Fragen des Kapellmeisters beantwortet hatte, sagte der Musikus erstaunt:

„Aber Fex, du bist ja heut ein ganz andrer Kerl, als sonst! Du hast ein neues Gesicht aufgesetzt!"

„Ja", lachte er, „ein Komponist muß auch ein andres Gesicht machen, als ein Fährmann."

„Und es ist wahr, daß du der Verfasser sowohl des Gedichtes als auch der Vertonung bist?"

„Kannst dich drauf verlassen!"

Der Musiker lehnte sich in seinen Stuhl zurück und sah ihm kopfschüttelnd und forschend ins Gesicht.

„Mensch, du gibst einem wirklich zu raten auf!"

„Das Raten ist nicht schwer."

„Nein. Die richtige Lösung ist freilich die, daß du ein großes Talent besitzen mußt. Aber woher hast du denn die Kenntnisse, die dazu gehören?"

„Heimlich, Herr Kapellmeister, heimlich!“ blinzelte der Fex vergnügt.

„Aber irgendein Instrument mußt du doch wohl spielen können, wenn auch nur schülerhaft?“

„Ich hab ein bißchen auf der Geige rumkratzt!“

„So! Da will ich gleich mal hören, wie weit du es gebracht hast. Hast du dein Lied schon einmal gehört?“

„Die Melodie hab ich mir auf meiner Violine zusammengestoppelt. Weiter nix.“

„So will ich es dir jetzt einmal vorspielen. Geändert habe ich bereits einige kleine Versehen, nun aber kann es jede Prüfung bestehn, sogar die strengste.“

Er setzte sich ans Klavier und spielte. Der Fex stand von ferne, faltete die Hände und hörte zu. Sein Gesicht verklärte sich. Die Strahlen, die es erleuchteten, kamen aus der tiefsten Tiefe seiner Seele heraus. Er hätte vor Seligkeit vergehen mögen. Als der Kapellmeister fertig war, sich umdrehte und ihn ansah, fuhr er empor.

„Fex, wie siehst du aus! Jetzt kenne ich dich, jetzt glaube ich an dich! So ein Antlitz kann nur ein Gottbegnadeter zeigen, dem der Herrgott den geistigen Adel verliehen hat! Ich kenne das, ich habs oft erfahren. Also, du erlaubst, daß die Leni dein Lied heut abend singt?“

Dem guten Buben traten dicke Tränen in die Augen.

„Ob ichs erlaub? Oh, du lieber Himmel! Auf den Knien möcht ich dafür danken, daß es gesungen wird!“

„Und du sollst es hören. Ich werde dir eine Karte für einen Platz besorgen, an dem du Zuschauer und Zuhörer sein kannst, ohne gesehen zu werden.“

Er warf dabei einen Blick auf die unscheinbare Kleidung des Fex.

„Ja“, sagte dieser, „wannst so gut sein willst, so ist es mir freilich lieb.“

„Komm vor dem Konzert hierher und laß sie dir geben! Du wirst sie bekommen, selbst wenn ich nicht zu Haus bin. Und noch eins: Willst du das Lied nicht herausgeben?“

„Herausgeben? Was meinst damit?“

„Drucken lassen.“

„Sapristi! Machst etwa einen Spaß mit mir?“

„Nein, es ist mein völliger Ernst. Das Lied muß gedruckt werden, damit dein Name bekannt wird und du — nun ja, das wird dir wohl auch ein Vergnügen machen — du wirst Geld dafür bekommen, viel Geld.“

„Das wird freilich eine Freude sein! Hurrjeh!“

„So! Das ist abgemacht. Wir werden uns von jetzt an sehr oft sehen und über diese Angelegenheit verhandeln. Jetzt aber sollst du mir auf der Geige etwas vorspielen. Dort liegt sie. Versuchs einmal!“

Der Fex öffnete den Kasten und zog das Instrument hervor. Es war ein sehr gutes, von einem berühmten Geigenmacher gefertigtes. Als er es gestimmt und mit dem Bogen leise über die Saiten gestrichen hatte, leuchtete sein Auge auf.

„Das ist kein Zigeunerkasten, nicht“, lachte er.

„Das hörst bereits?“

„Dazu hat man ja die Ohren. Aber was soll ich dir vorspielen. Sags mir lieber selber!“

„Was kannst du denn?“

„Ein paar Liedeln.“

„Welche?“

„Wann i komm, wann i komm, wann i wiedrum komm.“

„So! Was noch?“

„Wer will unter die Soldaten.“

„Und?“

„Was frag ich viel nach Geld und Gut.“

„Das sind nun freilich keine Meisterstücke. Kannst du nicht auch deine eigne Melodie hier spielen?“

„Ja freilich.“

„So versuche es!“

„Ja, darfst mich aber nicht auslachen, sonst werd ich irr und schütt um und kann nimmer weiter!“

„Ich werde gar nichts sagen und mich ganz ruhig verhalten, bis du fertig bist."

Er lehnte sich mit der Miene eines Kenners, der die ohrzerreißende Vorführung eines Anfängers zu hören erwartet, in den Sessel zurück, und der Fex begann.

Er spielte sein Lied erst auf das allereinfachste, nur ganz allein die Noten nach ihrem Wert und ihrer Höhe. Bei der Wiederholung aber kam Seele in diese einfache und deshalb um so ergreifendere Weise. Er spielte auch jetzt noch ohne alle Kunst; aber sein Zuhörer hob doch bereits den Kopf und warf einen erstaunten Blick auf den Spieler. Als dieser zum drittenmal begann, ließ er erst eine zweite Stimme leise, ganz leise mitklingen. Sie wurde volltönender, und eine dritte gesellte sich dazu. So spielte er das Lied einfach, aber in herzinnigem Vortrag dreistimmig zu Ende. Der Kapellmeister hatte den Oberkörper grad aufgerichtet, stemmte die Hände auf die Knie und machte ein Gesicht, als ob er seinen Ohren nicht traue.

Jetzt aber, beim letzten Klang reckte er sich empor; der Bogen flog in einem glänzenden, chromatischen Läufer über die Saiten bis hinauf zum höchsten Flageoletton. Und dann, ja, dann begann er seine Melodie umzugestalten, in einer Weise, die den Kapellmeister vom Stuhl emporriß.

„Fex!" rief er.

Der Spieler schien es gar nicht zu hören.

„Fex! Um Gottes willen, ist das wahr? Bist du es denn wirklich? — Das ist Zauberei!"

Der Fex aber verzog keine Miene, sondern er spielte weiter, wohl eine ganze Viertelstunde lang, meisterhaft, wahrhaft meisterhaft, so daß dem Kapellmeister vor lauter Verwunderung die Haare zu Berge steigen wollten. Sodann riß Fex plötzlich mit einer jäh niederstürzenden Kadenz ab, legte die Geige hin und sagte:

„So, da! — So kratzt der Fex die Violine! Behüt dich Gott, Herr Kapellmeister!"

Und schnell war er zur Tür hinaus.

Der Kapellmeister riß diese wieder auf und schrie ihm nach: „Fex! — Halt! Halt!"

Keine Antwort.

„Fex, so warte doch nur!"

Still blieb es. Nicht einmal die Schritte des barfüßigen Künstlers waren zu hören. Der Kapellmeister sprang eiligst ans Fenster, riß es auf und schaute hinab. Eben kam der Eilende unten zur Haustür heraus.

„Fex, so warte doch nur!"

Der Gerufene sah zum Fenster empor.

„Was hast nun noch?"

„Willst du bei mir eintreten?"

„In deine Stube? — Da war ich doch jetzt schon!"

„Nein, in meine Kapelle!"

„Ich hab auch eine!"

„Als erster Geiger!"

„Da hast du schon einen!"

„Ich jag ihn fort!"

„Das sollt mir leid tun!"

„Freies Leben und tausend Mark Gehalt!"

„Das glaub ich nicht."

„Verteufelt! Da rennt der Kerl doch fort!"

Fex eilte weiter, ohne sich umzudrehn.

„Fex — lieber Fex — Herr — Herr Fex!"

Nicht einmal auf diese Anrede, die man ihm noch niemals gegönnt hatte, hörte er.

Da bog der Kapellmeister seinen Leib so weit wie möglich zum Fenster hinaus und schrie mit einer Stimme, die nur für den bereits weit entfernten Fex bestimmt war, aber auch von allen andern weithin gehört wurde.

„Fex, Fex! — Ich gebe fünfzehnhundert!"

Aber husch war der so sehnsüchtig Begehrte hinter der nächsten Ecke verschwunden.

Also das war heute vor und nach der Probe geschehen. Natürlich fiel es dem Fex nicht ein, sich die Eintrittskarte vom Kapellmeister zu holen, weil er ja von der Leni das Kärtchen erhalten hatte, das ihn berechtigte, sich hinter die Bühne zu verfügen. Grad als er den engen Gang hinabschritt, trat die Sängerin mit ihrem Paten durch eine Tapetentür heraus. Sie hatten unbemerkt ihre Orchesterloge verlassen. Als sie den Fex bemerkten, sagte die Leni:

„Da bist ja! Das trifft sich gut. Komm! Ich will dir deinen Platz zeigen. Da hasts so bequem, wie dus nur wünschen kannst."

Sie nahm ihn bei der Hand und brachte ihn bis dahin, wo hinter den linksseitigen Kulissen ein Sofa stand, bestimmt, im Bedarfsfall auf die Bühne gestellt zu werden.

„Hier", sagte die Leni, „hast ein feins Plüschsofa; das ist deine Theaterloge. Die wird dir kein Mensch streitig machen. Und da hast auch ein Spielzettel, daß d' nicht irre wirst und eine Symphonie für einen Walzer hältst oder gar eine Pikkoloflöte für eine Bratwurst."

Sie gab ihm den Zettel.

Es war eben der Augenblick, als der Italiener seinen Vortrag beendet hatte und der Vorhang niederging. Da kam der Theaterleiter mit dem Altmeister Liszt von der andern Seite auf die Szene und stellte die beiden Herren einander vor. Die Worte, mit denen sie sich begrüßten, bestanden in den bei solchen Gelegenheiten gebräuchlichen Redensarten und Höflichkeiten.

„Und wo haben Sie den neuen Stern, die Mureni?" fragte Liszt.

„Noch seh ich sie nicht. Ich hörte, daß sie sich in ihrer Orchesterloge befände."

„Rechtfertigt diese Dame denn die Anordnung, die man ihretwegen getroffen hat?"

Diese Worte hießen, ins Deutsche übersetzt:

„Ist diese Sennerin denn wirklich ein solches Licht, daß sie an einem Konzert mitwirken darf, in dem ich mich hören lasse?“

Und der berühmte Meister hatte ja ein unbestreitbares Recht zu dieser Frage.

„Ganz gewiß, wie ich zu meiner Genugtuung sagen darf“, sagte der Theaterleiter.

„So bin ich wirklich neugierig auf sie.“

„Wann das so ist, so könnens mich halt anschaun!“

Diese Worte erklangen hinter ihm, denn die Leni war hinter der Kulisse hervorgetreten. Liszt drehte sich um. Sein tiefer, forschender Blick ruhte eine ganze Weile auf ihr. Dann machte er eine höfliche Verbeugung.

„Wenn Ihre Stimme das hält, was Ihr Gesicht und Ihr Auge versprechen, so werden Sie Ihren Weg machen. Wir sehen uns ja wohl heut abend wieder. — Jetzt, bitte, weiter, Herr Direktor!“

Dieser führte ihn hinaus auf den Gang, der um die Logenreihen des ersten Platzes führte.

„Bin ich angemeldet?“ fragte Liszt.

„Ja, bitte!“

Der Direktor öffnete die Tür und Liszt trat ein. Er befand sich in der Loge des Königs. Wagner erhob sich sofort, und als der König den Eintretenden gewahrte, begrüßte er ihn mit einem freundlichen Kopfneigen und winkte ihn mit der Hand an seine rechte Seite.

Aller Augen waren natürlich in diesem Augenblick auf die Loge gerichtet. Eine solche Gruppe war eine Seltenheit: Wagner links, Liszt rechts, und zwischen diesen beiden Fürsten im Reich der Töne ein König, ein Beschützer und Gönner der Kunst wie kein zweiter.

Der Fex hatte von seinem verborgenen Platz aus Liszt mit leuchtenden Augen beobachtet. Erst als dieser verschwunden war, warf er einen Blick auf die Vortragsfolge. Fast erschrak er, als er an vorletzter Stelle las:

„Die alte Bettlerin. Gedichtet und komponiert vom ‚Fex', gesungen von Signora Mureni."

Die Buchstaben begannen vor seinen Augen zu schwimmen. Er spürte die Wirkung jenes süßen Rausches, den ein jeder fühlt, der seinen Namen zum erstenmal gedruckt liest, und mußte sich alle Mühe geben, das Klopfen seines Herzens zu beherrschen.

Jetzt wurden die Vorbereitungen zur Nummer vier getroffen, während vom Orchester die Gavotte vorgetragen wurde. Die Szene wurde in eine Alpenlandschaft verändert und stellte eine steile Bergwiese vor, auf der eine Sennhütte stand, deren Tür geöffnet war. Daneben war eine Bank, über der ein Vogelkäfig hing. Durch die Tür erblickte man den Kessel an der Decke.

„Jetzt komm herbei", sagte die Leni zum Sepp. „Da, setz dich auf die Bank! Und wie ist dirs denn so um den Magen herum? Hast vielleicht Angst?"

„Angst?" lachte er. „Vor wem?"

„Vor den vielen Herrschaften da draußen."

„Weißt, diese Herrschaften gehn mich gar nix an. Ich sing mit dir, wie ich so oft mit dir gesungen hab und weil du es durchaus gewollt hast."

„Ja, ich hab meine künstlerische Laufbahn anfangen wollen an deiner Seite, mit deiner Zither, mit deiner alten Stimme und mit unserm Lieblingslied. Obs denen da draußen gefallt, das ist mir für dieses Mal gleichgültig."

„Ja, du bist und bleibst mein braves Lenerl!"

Er drückte ihr mit väterlicher Zärtlichkeit die Hand und setzte sich auf die Bank. Ein Theaterdiener brachte den alten Hut, den Bergstock und die Zither herbei. Die letztere nahm der Alte auf die Knie, den Stock aber, auf den er den Hut stülpte, lehnte er unter dem Käfig an die Wand. Als nun die Leni an den einen Türpfosten trat, bildeten sie ganz genau dieselbe Gruppe wie im vorigen September droben auf der Alm, als sie miteinander sangen, ehe der König zur Leni kam.

Jetzt waren die letzten Töne der Gavotte verklungen, und der Spielleiter erschien. Er warf einen prüfenden Blick auf die Bühne, erklärte sich zufriedengestellt und sagte, aber unter einem leichten Achselzucken:

„Sie haben es durchaus so gewollt, Signora. Wir haben Ihren Wunsch als Befehl genommen und tragen also keine Verantwortung, wenn Ihr erstes Auftreten einen ganz andern Erfolg findet, als Sie erwarten."

„Den Erfolg weiß ich sehr genau", antwortete die Leni. „Die Herrschaften erwarten natürlich eine Kunstleistung. Statt dessen hören sie ein einfaches Alpenlied, gesungen von einem alten Kerl und einer dummen Dirn. Erst wird man erschrecken, dann sich wundern, nachher gar sich ärgern und endlich schweigen oder gar zischen, anstatt uns Beifall zu klatschen."

„Nun, ein Zischen hören wir heut bei einer so vornehmen Zuhörerschaft wohl nicht."

„So, desto besser! Also hast keine Angst, Sepp?"

„Fallt mir nicht ein. Was steht denn jetzt auf dem Zettel, Leni?"

„Auf der Alm, da gibts ka Sünd. Volkslied, vorgetragen von Signora Mureni und Joseph Brendel."

„Sapperlot! Das klingt nobel. Auf so einem Zettel heiß ich schon gar nicht mehr Sepp. Na, bin begierig, was noch aus mir werden mag."

Jetzt wurde das Glockenzeichen gegeben, und der Vorhang ging hoch. Natürlich waren aller Augen auf die Bühne gerichtet. Da das Orchester nicht zu begleiten brauchte, so konnten auch die Musiker sich die neuaufgetauchte Künstlerin betrachten.

Welch eine Enttäuschung — das war ja der alte Mensch, der da unten in der Orchesterloge gesessen hatte! Und das Mädchen neben ihm? Das soll die Mureni sein? O weh!

Es ging jenes leise Geräusch durch den Raum, das dem erfahrenen Künstler schon im voraus sagt, daß er zu kämpfen haben werde, um sich durchzusetzen.

Aber nun erklangen die Töne der Zither durch den Raum, der so weit und hoch war, daß sie nur undeutlich auf den entfernteren Plätzen vernommen wurden.

„Also nicht zu stark vorerst, Sepp!“ flüsterte Leni.

Und dann, als das Vorspiel beendet war, begann sie mit dem Paten:

„Von der Alm, da ragt ein Haus
weithin übers Tal hinaus;
drinnen wohnt mit frohem Sinn
eine schöne Sennerin.
Senn'rin singt so manches Lied,
das durch Tal und Nebel zieht.
Horch, es klingt durch Luft und Wind:
Auf der Alm, da gibts ka Sünd!“

Leni hatte gesungen wie früher. Ihrer Stimme war nicht eine Spur der Schulung anzuhören, die sie seit jener Zeit genossen hatte. Und auch den Jodler „Hol-di-ei-i-di“, der auf die letzte Zeile folgte, sang sie ganz in derselben Weise.

Als der Sepp das Vorspiel zu der zweiten Strophe begann, flüsterte er:

„Jetzt schau mal hinaus zu den Herrschaften, was sie für Gesichter schneiden!“

„Sehr schlimme!“

„Du singst aber auch schlimm!“

„Dann wirds besser!“

Jetzt war das Vorspiel zu Ende, und es folgte die Fortsetzung:

„Als ich jüngst auf schroffem Pfad
ihrem Paradies genaht,
trat sie flink zu mir heraus,
bot zur Herberg mir ihr Haus.
Fragt nicht lang: Was tust allhier?
Sondern setzte sich zu mir,
sang ein Lied, so weich, so lind:
Auf der Alm, da gibts ka Sünd!
Hol-di-ei-i-di!“

Für den Unbeteiligten wäre es wirklich ein Genuß gewesen, den Ausdruck dieser weit über tausend Gesichter zu beobachten. Alle verrieten sie stärkste Enttäuschung. Man wandte die Köpfe hin und her, blickte sich an, versteckte sich hinter Fächer oder Taschentuch — und wohl nur die Anwesenheit des Königs hielt viele ab, der Entrüstung lauten Ausdruck zu geben.

Und nun kam die dritte Strophe:

„Und als ich dann von ihr schied,
klang von fern mir noch ihr Lied,
und zugleich mit Schmerz und Lust
trug ichs fort in meiner Brust.
Und seitdem, wo ich auch bin,
schwebt mir vor die Sennerin,
hör sie rufen: Komm geschwind,
auf der Alm, da gibts ka Sünd!
Hol-di-ei-i-di!"

Der erfahrene Theaterleiter hatte geahnt, daß dieser Vortrag Mißerfolg haben werde, und, da ihm am meisten vor dem Unwillen des Königs bangte, war er nach dessen Loge gegangen, um in ehrfurchtsvoller Entfernung einen Befehl zu erwarten.

Er hatte sich nicht getäuscht.

Als der letzte Ton verklungen war, verbeugten sich die Leni und der Sepp und traten ab. Keine Spur von Beifall — aber auch nicht das leiseste Geräusch, das als Ausdruck des Mißfallens zu deuten gewesen wäre. Ein höfliches Schweigen lag über dem Haus. Man hätte eine Stecknadel fallen hören können. Da sah man, daß der König den Kopf wandte und den Direktor herbeiwinkte. Er sprach nur mit ziemlich gedämpfter Stimme, aber bei der beängstigenden Stille klangen die Worte doch mehr oder weniger deutlich, je nach der verschiedenen Entfernung, in die Ohren aller Anwesenden.

„Was war das? Warum dieses Lied?"

„Majestät, sie hat es nicht anders haben wollen."

„Warum?"

„Joseph Brendel ist ihr Pate, der einzige Mensch, den sie im Leben gehabt hat."

„Ach so!"

„Und da hat sie den ersten Schritt mit ihm, dem lieben, alten Almler tun wollen, an seiner treuen Seite und mit grad dem Lied, das sie so oft mit ihm gesungen hat."

Auch die Stimme des Direktors drang bis in die entfernteste Ecke. Da nickte der König:

„Das ist brav! — Das ist Gemüt! — Das verdient unseren Beifall!"

Er klatschte, obgleich der Vorhang bereits gefallen war. Und nun konnte man sehen, was das Beispiel vermag.

„Brav — Gemüt — Beifall — alter Pate — hat nur ihn gehabt im Leben —" so flüsterte es von Platz zu Platz, und alle Hände begannen zu arbeiten, als ob eine der größten Künstlerinnen soeben gesungen habe.

Der König blickte mit lächelnder Miene nach rechts und links. Ein leises, freundliches Neigen des Kopfes, und der Beifall verdoppelte sich.

Da ging der Vorhang wieder hoch, und der ‚alte Älpler' brachte die Sennerin hereingeführt. Er verbeugte sich so gut, wie er es mit seinem steifen Rücken fertig brachte, und sie mit ihm. Sein Gesicht strahlte vor Entzücken. Er schwenkte den Hut und griff mit der andern Hand in der Luft herum, als ob er Schwalben fangen wollte.

Die Menge tobte, und der Spielleiter flüsterte dem Direktor, der inzwischen wieder hinter der Bühne erschienen war, froh zu:

„Wer hätte das gedacht! Wir können wieder Atem holen!"

„Ja, so ein Erstauftreten ist noch nie dagewesen! Diese Mureni ist großartig! Sie hat mit ihrem alten Paten einen Griff getan, der ganz unbezahlbar ist. Ihr Weg ist gemacht. Sie hat sich an das Herz, an das Gemüt des Publikums gewandt und ist auf ihre Rechnung gekommen."

Endlich legte sich der Beifall, und nun ergriff die Leni ihren Sepp bei der Hand und zog ihn hoch.

„Schön!“ sagte er. „Nun aber einmal anders!“

Und nun begannen sie den dritten Vers abermals: „Und als ich dann von ihr schied ...“

Gleich bei den ersten Tönen ging eine merkbare Überraschung durch den Zuhörerkreis. Leni sang das Lied in A-dur. Sie setzte mit dem e wie ein Orgelton ein, und das tiefe cis tönte voll und klangreich, wie es nur von einem ausgesprochenen Mezzo-Sopran hervorgebracht werden kann. Das hatte niemand erwartet. Diese Stimme füllte den weiten Raum. Ein jeder begann zu ahnen, was die Sängerin aus ihrer Stimme herausholen konnte, wenn sie wollte. Und der alte Sepp ließ seinen Baß so unbekümmert hören, wie oftmals in der Kirche, wenn seine Nachbarn aus der Melodie gerieten und er sie wieder in die richtigen Töne hineinposaunte.

Und zuletzt der Jodler! Da stieg die Stimme der Sängerin, die man vorher für einen Mezzo-Sopran halten mußte, mächtig voll und jubilierend, mit Leichtigkeit bis in das dreigestrichene cis hinauf.

Es war nur ein Volkslied mit fließendem Jodler, aber als der letzte Ton verklungen war, hatte jeder Zuhörer die Überzeugung, eine solche Stimme noch nie gehört zu haben.

Natürlich brach der Beifall von neuem los; doch wurde der Vorhang nicht wieder aufgezogen.

Der Direktor trat auf die Sängerin zu, reichte ihr die Hand und rief, ganz entzückt über einen so ungeahnten Erfolg:

„Signora, meine herzlichsten Glückwünsche! Es ist gar nicht möglich, daß einer Ihrer noch folgenden Vorträge einen ähnlichen Beifall finden kann!“

„Meinen Sie?“ lächelte sie ihn zuversichtlich an.

„Ja. Ich kann Ihnen jetzt mein Wort geben, daß Ihre Zukunft gesichert ist.“

Auch der Konzertmeister kam, um sie zu beglückwünschen. Sie nahm seine Worte höflich aber kühl auf, ließ ihn stehen und ging zum Sofa.

„Nun, mein lieber Fex, was sagst dazu?"

„Daß ich dirs gönn, von Herzen gönn!" antwortete er einfach; aber die Tränen in seinen treuen Augen waren der beste Beweis, wie aufrichtig und herzlich er es meinte.

Und noch einer nahm an dieser Freude teil — der Krikelanton. Freilich wußte er nicht recht, ob er sich nicht lieber ärgern solle. Je freundlicher die Leni vom Publikum aufgenommen wurde, desto schwerer war sie von der Bühne wegzubringen.

„Nun, Anton, wie gefällt sie dir?" fragte Professor Weinhold.

„Gut und schlecht."

„Unsinn! Ich bin Kenner — aber eine Stimme wie diese, ist mir noch niemals vorgekommen."

„Besser wärs, sie hätt keine Stimme."

„Du bist ein Narr!"

„Dann wär sie auf der Alm blieben, und ich hätt sie jetzt zur Frau."

Der Professor gab sich die größte Mühe, ihn zu einer anderen Ansicht zu bringen — vergebens. In seiner Selbstsucht erkannte Anton nicht, welch ein Opfer er von der Geliebten verlangt hatte und selbst jetzt noch forderte.

Die nächste Nummer war wieder ein Orchesterwerk, und dann trat noch einmal der Italiener auf.

Er brachte den zweiten Vortrag wie den ersten, mit erstaunlicher Technik, aber ohne Seele und Leben. Dennoch fand er jetzt mehr Beifall; und das hatte er der Leni und dem Sepp zu verdanken, die die Zuhörer in eine nachsichtigere Stimmung versetzt hatten.

Nach dem Vortrag kam der alte Sepp zu ihm.

„Nun, wie stehts? Willst noch?" fragte er.

„Ich wollen sehr, sehr!"

„So ists jetzt Zeit."

„Sein fertig alle Vorbereitungen?"

„Alles."
„Auch die Leiter?"
„Natürlich."
„Und wo sein Leni, Signora Leni?"
„In ihrem Ankleidestübel, sich umziehen. Also mußt eilen."
„Sein auch das Fenster das richtige?"
„Ja, ja! Hab keine Sorge. Komm nur mit!"
Er gab dem Fex einen Wink und zog den Konzertmeister mit sich fort nach einer hintern Tür.

Der schlaue Sepp hatte einen guten Bekannten, den Hausmann des Theaters, dazu gebracht, ihm den Schlüssel zu dieser Tür zu geben. Unweit davon hatte der Hausmann eine Leiter längs der Mauer hingelegt.

„Hier ists". Sepp deutete auf die Tür.
„Hab du den Schlüssel?"
„Ich hab ihn. Und hier liegt die Leiter. Aber du mußt helfen."
„Aber wenn man uns sehn!" zauderte Rialti.
„Kein Mensch kommt hierher."
Er schloß auf, sie ließen die Leiter hinab in den Garten. Sepp mußte von oben halten, der Italiener stieg zuerst hinunter.

Der Alte hustete laut, und sofort kam der Fex, der hinter der nächsten Ecke auf sie gewartet hatte.

„Also laß dich ja nicht sehn", flüsterte ihm Sepp zu. „Und nachher wartst hier, bis ich wiederkomm. Ich wills doch auch anschaun, wannst zum erstenmal ein Konzert gibst."

Jetzt stieg auch er hinab. Er nahm den Konzertmeister beim Arm und zog ihn fort.

„Komm! Wir müssen um die Ecke dort. Aber du mußt ganz still und heimlich sein, ja nicht niesen oder husten, weil so ein sakrischer Hustrich und Niesrich gleich alles verraten kann."
„Ich sein ganz still, sehr, sehr still!"

Sie bogen um die Ecke. Dort stand in der Nähe eines matterleuchteten Fensters ein Baum. Sepp deutete hinauf.

„Das ists, was du suchst."

„Die Garderobe?"

„Ja."

„Wo Leni sein drin? Sicher und gewiß?"

„Ganz sicher. Steig nur hinauf!"

„Du auch mit steigen?"

„Ja."

„Aber ich nicht kann kletter."

„Ach so! Da muß ich die Leiter holen."

Er hatte sie natürlich einstweilen stehn lassen, damit inzwischen der Fex auch absteigen könne. Als er zu ihm zurückkehrte, lachte er vergnügt.

„Der Hallodri geht wirklich in die Falle."

„Sollt man ihm so eine Dummheit zutraun!"

„Warum net? So ein alter Kerl, wann er in ein hübsches Dirndl verschossen ist!"

„Eigentlich dauert er mich."

„Was denkst!" entrüstete sich Sepp. „Er will meine Leni belauschen, wann sie sich aus- und anzieht. Das ist eine Sünd und Schand und muß bestraft werden."

„Aber wann sie uns erwischen!"

„Ah was! — Nur der Hausmann weiß es, und der verrät mich nicht; er käm ja gleich selber in Straf, daß er mir den Gfallen tan hat. Also komm noch bis an die Eck! Und wann wir oben sind, nimmst die Leiter weg!"

Er trug sie an den Baum und lehnte sie an.

„Steig voran", gebot er dem Konzertmeister.

„Du halten fest, sehr fest?"

„Ja freilich."

„Damit ich nicht stürzen vom Baum."

„Steig nur! Ich kraxel gleich hinter dir her!"

Der Baum, eine Linde, besaß erst in beträchtlicher Höhe Äste. Der Italiener hatte in seinem Leben noch keinen Baum erstiegen. Er kletterte so zaghaft, als gälte es, auf einem Turnseil zu tanzen. Droben klammerte er sich angstvoll an den Stamm und suchte einen Stützpunkt auf dem untersten Ast.

Sepp stellte sich auf die andere Seite des Stammes. Nun schlich Fex heran und trug die Leiter leise fort.

„Mich mit festhalten!“ bat der Italiener. „Ich zittern, sehr zittern, sehr.“

„Ach was! Wer wird zittern! Jetzt gibt es anderes zu tun. Da schau ins Fenster hinein; da wird die Leni jetzt — — Sapperlot! Was für ein Fenster ist das eigentlich?“

„Vergogna! Oimè — pfui! O weh!“ rief der betrogene Italiener.

„Na, das ist auch eine Affenschand! Jetzt hat mir der Hausmann das falsche Fenster beschrieben! — Dort das zweite ists richtige.“

Das Fenster, auf das sie blicken konnten, gehörte zu einem jener heimlichen Gemächer, die zwar in jedem Haus notwendig sind, ihm aber keineswegs zur öffentlichen Zierde gereichen. Es war mit weißgefirnißten Scheiben versehn, so daß man nicht hineinblicken konnte — ein Umstand, den Signor Rialti von unten nicht bemerkt hatte.

„Schnell hin! Das zweite es sein.“

„Ja. Steigen wir rasch wieder ab.“

„Vorwärts! Ich haben nicht viel von Zeit.“

„Ich auch nicht. Was! Tausendelement!“ rief er in unterdrückter Überraschung.

„Was sein? Warum du fluchen?“

„Die Leiter ist weg“, stotterte Sepp.

„Das sein unmöglich!“

„Da schau her!“

Aber der Kleine wagte nicht, sich niederzubeugen; er hatte Angst, das Gleichgewicht zu verlieren und zu stürzen.

„Sie sein wirklich weg?“ fragte er aufgeregt.

„Ja.“

„Aber wohin sie sein?“

„Das weiß der Teixel!“

„Sie umstürzen?“

„Bewahre! Das hätten wir ja gehört. — Es muß jemand heimlich hier gewesen sein.“

„E possibile? Sein es möglich!“

„Ich hab keinen Schritt gehört. Aber diese Schauspieler sind tolle Käuze. Nun müssen wir hinabklettern. Komm, Bruderherz! Versuch es mit!“

„Klettern? Nein, nein! Ich brechen den Hals!“ jammerte Rialti.

„Das geht nicht so rasch.“

„Oh, ich brechen nicht bloß die Hals, sondern auch noch dazu die Genick!“

„Ich halt dich; ich helf dir. Komm!“

Er faßte ihn an; aber der Kleine wurde vor Angst viel lauter, als bei der gebotenen Vorsicht jetzt ratsam war.

„Nein, nein!“ quiekte er. „Ich bleiben! Du allein hinuntergehn und Leiter holen!“

„Sapristi! Hinuntergehn? — Versuchs doch mal und geh so einfach hinunter! Glaubst etwa, man spaziert so hübsch leicht den Baum hinauf und hinab wie draußen auf den Promenaden? Hier muß man klettern glernt haben.“

„Also du hinabklettern!“

„Hm! Ich mit meinen alten Gliedmaßen.“

„Es gehn schon!“ drängte Rialti.

„Ja, es geht schon! Du hast Angst; aber ich kann den Hals brechen.“

„Nur hinab du und Leiter holen! Ich habe keine Zeit mehr! Ich müssen spielen!“

„Ja freilich, bist bald wieder an der Reih!“

„Also schnell, schnell! Sehr, sehr!“

„Na, ich werd dir den Gefallen tun! Stürz ich, so kannst kommen und mich aufheben.“

Sepp war ein ausgezeichneter Kletterer, selbst noch jetzt in seinen alten Tagen. Er kam ohne alle Anstrengung und Beschwerde hinab.

„So! Da bin ich unten!“ flüsterte er.
„Du sehn die Leiter?“
„Nein.“
„Sie holen! Rasch, schnell!“
„Ja, wohin hat sie denn der Urian gesteckt?“
„Du suchen, sehr suchen! Aber kommen gleich wieder!“
„Sobald ich sie hab, ja.“
„Ich zittern, ich stürzen!“
„Wann du jetzt schon zitterst, so wirds bald noch schlimmer. Setz dich lieber auf den Ast! Na ists gemütlich, und du kannsts aushalten, bis die Gans geschlachtet wird.“
„So lange nicht, nein, nicht so lange!“
„Gut, so schlachten wir sie eher. Also jetzt will ich nach der Leiter suchen. Verhalt dich nur fei ruhig, sonst blamierst dich in alle Ewigkeit.“
Fex wartete auf ihn.
„Ist er noch oben?“ lachte er dem Sepp entgegen.
„Ja. Wo soll er sonst sein?“
„Nicht herabgeklettert?“
„Der und klettern! Der bleibt oben, bis man ihn vom Baum abschöpft wie eine Milchhaut. Jetzt aber mach geschwind!“
Sie stiegen die Leiter hinauf, zogen sie durch die Tür und legten sie an ihren Platz. Sepp verschloß die Tür und beide begaben sich wieder nach vorn. Es gelang ihnen, sich unbemerkt auf das Sofa zu setzen.
Das alles war ziemlich schnell vor Lenis nächstem Auftritt geschehn. Eben kam sie aus dem Ankleideraum. Sepp fuhr vom Sofa auf.
„Verdimmi, verdammi!“ sagte er. „Jetzt möcht ich grad so fluchen, wie damals der Nachtwächter droben bei uns in der Mod gehabt hat. Wer ist das? Ists die Leni oder nicht? Ich werd ganz irr!“
Voll Staunen und Bewunderung folgten ihr alle Blicke. Sie trug keinen Schmuck; doch sie selber war von so eigenartiger, bezaubernder Schönheit, daß prunkhafter Schmuck

sie nur beeinträchtigt hätte. Diese schlanke, anmutige Erscheinung mußte bezwingend wirken.

Der Direktor verbeugte sich tief vor ihr.

„Was soll ich sagen, Signora? Ihre Erscheinung allein ist so entzückend, wie vorhin Ihr Lied. Gestatten Sie mir, Ihnen diesen Strauß zu überreichen?"

Er hatte durch einen Diener Blumen bringen lassen.

„Danke!" wehrte sie freundlich.

Sepp strahlte vor Glück. Er hatte sich sein Lenerl als Sängerin schön gedacht, so sehr schön aber doch nicht.

„Das Hallodridirndl wachst mir im Halsumdrehn gleich über den Kopf!" sagte er zum Fex. „Was meinst? Der, wer die mal zur Frau bekommt, der macht sein Glück!"

Die Glocke erscholl; der Vorhang ging in die Höhe. Leni trat hinaus in der Haltung einer Dame, die nie andere Kleidung gewohnt gewesen ist.

Ein langgedehntes „Ah!" wurde hörbar. Nur von links ließ sich etwas wie „Verteux — —" vernehmen. Der Krikelanton sah die Geliebte so, wie er sie nicht sehn wollte — ausgeschnitten und mit entblößten Armen! Der Wiener Professor hatte alle Mühe, ihn zur Ruhe zu mahnen.

Da begann das Orchester die Einleitung, der nun folgenden Konzertarie: getragen und zart, nach und nach anschwellend, bis die Sängerin voll und kräftig einsetzte.

Es war, als ob sie nicht mit dem Munde singe, sondern als ob diese süßen, herzinnigen, verlockenden Zaubertöne aus ihrer tiefsten Seele emporklängen. Die Wirkung war unbeschreiblich. Hier war hohe Kunst mit inniger menschlicher Wärme zu einer Leistung verschmolzen, die nicht mit Worten wiederzugeben ist...

Sie verbeugte sich nicht. Sie blieb mit gesenktem Haupt stehen, die Hand am Herzen, wie einen Richterspruch erwartend, der über ihr Glück, über ihr Leben zu entscheiden habe, und so — so ließ sie den brausenden Beifall über sich ergehen, und nur langsam und allmählich hob sie den Kopf, und nach und nach leuchteten ihre Augen heller auf und röteten sich ihre frischen, vom Puder noch nie berührten Wangen. Es war ein Bild, wie es geschickter von der größten Künstlerin nicht gegeben werden kann, und doch war es nicht Berechnung, sondern die reine Wahrheit.

Hatten ihre Töne nur dem gegolten, der da drüben saß auf der linken Seite des ersten Ranges und sie mit glühenden Blicken verschlang, die Zähne aufeinanderknirschend vor Liebe, Sehnsucht Zorn und — Haß im Herzen? In seiner Seele lebte jetzt nur die eine einzige Überzeugung: Sie ist schön, unendlich schön, wie ich es nie gedacht und geträumt habe, aber sie ist verloren für mich ...

Er, der Krikelanton, war der einzige, der so finstere Gedanken hegte; denn die andern alle, ohne Ausnahme, fühlten sich hingerissen von der Macht und Gewalt eines solchen Vortrags. Ihr Beifall belebte sich immer wieder, bis der Vorhang sich endlich nicht mehr erheben wollte.

Hinter der Szene beglückwünschte man Leni von neuem. Sie machte sich schleunigst los, um ihren Sepp aufzusuchen. Er empfing sie mit einer Klage.

„Lenerl, ich weiß halt nimmer, was ich von dir denken soll. Du wirst mir zu gewaltig."

Sie faßte ihn bei seinem grimmigen Schnurrbart, zauste ihn und lachte herzlich.

„Weißt, über dich kann ich gar nicht hinauswachsen. Du bist ja der Pat, dem ich Gehorsam zu leisten hab!"

„Ja, das, wanns so ist, so ists mein einziger Trost!"

Inzwischen trug man den Tisch wieder heran und legte die Violine Rialtis darauf. Die Mitglieder der Kapelle, die ihn zu begleiten hatten, suchten ihre Noten.

„Pas de hache von Paganini, vorgetragen von Herrn Konzertmeister Antonio Rialti."

Pas de hache ist ein wilder Tanz. Auf diese Nummer war man außerordentlich gespannt, da ihr Vortrag eine seltene Beherrschung der Geige erfordert.

Hinter der Bühne vernahm das Publikum eine ungewöhnliche Bewegung.

„Sucht ihn, schnell!" ertönte die unterdrückte Stimme des Direktors.

„Du", meinte der Sepp verstohlen zum Fex, „jetzt kommst du an die Reihe. Oder hast Angst und Lampenfieber? Willst lieber verzichten."

„Angst? Woher sollt sie kommen?" lächelte der Fex.

Siehst aber net gut aus."

„Wie denn?"

„Als hättst Sorg um was."

„Die hab ich auch."

„Um was?"

„Um den Konzertmeister. Wann er vom Baum fallt!"

„Der hängt gut da droben."

„Oder wanns herauskommt, was wir tan haben! Ein Unrecht ists doch!"

„Ist etwa ein Recht, daß er meiner Leni nachtrachtet? Himmel! Der, wann der jetzt die Leni gesehn hätt, er wär vor Lieb verruckt worden!"

Nach und nach verstärkte sich die Unruhe. Es wurde überall gesucht, wo man den Italiener vermuten konnte — vergebens. Er war nicht zu finden. Und doch war die Zeit verstrichen — man konnte nicht länger warten. In seiner Verlegenheit gab der Direktor das Glockenzeichen und trat, als der Vorhang aufgezogen war nach vorn. Leider aber hatte er vergessen, dem Kapellmeister Nachricht von seinem Vorhaben zu geben. Als das Zeichen ertönte, hob er den Taktstock zur Einleitung. Das Orchester begann.

Der Direktor hob entsetzt die Hände. In allerhöchster Gegenwart so ein Mißgeschick! Es war zum Rasendwerden! Er winkte auf offener Szene mit solchem Nachdruck, daß der Kapellmeister das Zeichen zum Aufhören gab. Nachdem die Musik verstummt war, erklärte der Bühnenleiter, Signor Rialti sei krank geworden und könne nicht spielen. Es sei jedoch zu hoffen, daß er sich bis zu seiner nächsten Nummer wieder erholen werde.

Da geschah etwas Ungeahntes. Der Fex trat auf die

Bühne vor, zum Direktor hin, und sagte mit lauter, überall vernehmlicher Stimme:

„Wanns weiter nix ist, daß der Signor krank worden ist, so kann schon geholfen werden. Wann er das Ding nicht spielen kann, so werd ichs halt geigen. Die Herrschaften dürfen doch nicht etwa drumkommen. Also bitt gar schön um die Erlaubnis, Herr Direktor!"

Der Gefragte stand starr wie eine Bildsäule. Er vermochte kein einziges Wort hervorzubringen. Der Fex benutzte das: er nahm schnell die Violine aus dem Kasten, den Bogen dazu und winkte ins Orchester hinab.

„Herr Kapellmeister, bitt schön anfangen!"

Das gab dem Direktor die Sprache zurück.

„Halt!" rief er. „Wahnsinniger! Fort von hier!"

Er faßte ihn am Arm und wollte ihm die Geige nehmen. Der Fex lächelte ihn ganz lieb und vertrauensvoll an.

„So! Wann ich dich aus der Verlegenheit reißen will, so wirfst mich zum Dank zur Tür naus? I glaub net, daß die Herrschaften das dulden werden. Meinst net auch?"

Er schob den Direktor von sich, trat schnell zur Seite, setzte die Geige an und — das war ein Läufer, hinauf und hinab, ein rasendes Wogen von Akkorden und Tönen, ein Haschen und Jagen, eine halsbrecherische Aufeinanderfolge drei- und vierstimmiger Akkorde, und das mit einer Leichtigkeit, wie Wasser aus dem Brunnen läuft.

„Aufpassen!" rief er laut. „Noch acht Takte, dann beginnt das Stück. Zwei — vier — sechs — acht — einfallen!"

War es, weil der Kapellmeister eine so außerordentliche Probe von der Fertigkeit des Fex gehört hatte, oder waren es die wilden Töne, die er gegeigt, mit denen er fast zwingend in das Stück übergeleitet hatte, kurz und gut, das Orchester setzte wirklich ein.

Im Zuschauerraum war alles aufgestanden. Welch ein Ereignis!

Da stand ein Bursche im schlechten Wams, mit nackter Brust und spielte seinen Pas de hache herab mit einer

Flüssigkeit, wie ein guter Oberbayer seine Maß Bier hinunterlaufen läßt, ohne daß ihm ein Tropfen davon am Schnurrbart hängenbleibt! Diesen wilden Tanz! Diesen Hexensabbat aller möglichen Schwierigkeiten. — Hätte der Italiener das Stück so gespielt?

Ein wildgebrochener Akkord wurde bis in die höchste Höhe hinauf- und dann bis in die Tiefe wieder hinabgerollt. — das war das Ende. Mit einem Lächeln, das seine prachtvollen Zähne zeigte, blickte der Fex hinaus in den gefüllten Raum, nickte: als ob er sagen wollte: „Seht, so kann ich es!" verbeugte sich dann und trat zwischen die Kulissen zurück.

Da gab der König das Zeichen zum Beifall, und von ganzem Herzen stimmten alle ein. Der Fex mußte drei-, vier-, fünfmal noch vortreten.

Als nun der Vorhang fiel, erhob sich lautes Summen im Zuhörerraum. Jeder wollte wissen, wer dieser unbegreifliche Mensch sei. In kurzer Zeit war die Wißbegierde gestillt. Es sprach sich außerordentlich schnell herum.

Der Direktor wußte nicht, ob er den Fex ausschelten oder sich bei ihm bedanken sollte. Er wurde bald aus dieser Verlegenheit befreit; denn der Logenschließer kam mit dem Befehl, mit dem Fex sofort beim König zu erscheinen.

Was dort leise verhandelt wurde, hörte niemand, obgleich alle Ohren gespannt lauschten. Das Gesicht des Fex war hochrot gefärbt, und seine Augen strahlten vor Entzücken. Man sah, daß der König ihm zuletzt die Hand auf die Schulter legte und ihm zunickte.

Als er hinter die Bühne zurückkehrte, eilte er sofort zum Sepp.

„Du", sagte er, „wann der Rialti net wieder gesund wird, soll ich auch die andern Stücke spielen."

„Hat der König nicht erfahren, daß er nicht krank ist, sondern verschwunden?"

„Nein, der Direktor hat sich nicht getraut, es ihm zu sagen."

„Und was hat der König sonst noch gemeint?"

„Viel, sehr viel. Ich werd dirs später sagen. Jetzt ist mirs Herz so voll, daß ich keine Worte finden kann. Der Direktor soll mir ein Paar Schuh besorgen, damit ich nicht wieder barbs geigen muß. Ist das net lustig?"

Daß die Herrschaften meinten, ihre Eintrittskarten nicht zu teuer bezahlt haben, versteht sich ganz von selbst. Erst die neue, glänzende Sängerin, und nun ein Bursche, in dem ein Geigenvirtuose entdeckt wird, das kam nicht alle Tage vor. Doppelt gespannt war man nun auf die folgenden Nummern.

*

Die Lage, in der sich unterdes der Konzertmeister Antonio Rialti befand, schien ihm selber geradezu verzweifelt. Er wußte ganz genau, daß die Reihe wieder an ihm sei, und — er saß auf dem Baum. Was tun? Je mehr Zeit verging, desto größer wurde die Angst des Italieners. Es war ganz unmöglich, länger auf dem Baum zu bleiben.

Sollte er laut werden? Hilfe herbeirufen? Auf keinen Fall! Er hätte sich furchtbar lächerlich gemacht. Und so beschloß er, sein Leben zu wagen und hinabzuklettern.

Zitternd umfaßte er mit den Ärmen den Stamm und löste erst das eine und dann das andere Bein vom Ast. Dann begann die für ihn so gefährliche Fahrt. Er fühlte eine Angst, wie noch nie in seinem Leben. Seine Reise ging gerade so weit, daß er den niedrigsten Ast mit den Händen gefaßt und den Stamm mit beiden Beinen umschlungen hielt. Dann verließ ihn den Mut. Er klebte am Stamm, wie der Laubfrosch an der Leiter seines Wasserglases. Aber der gute Mann bedachte nicht, daß er dabei seine Kräfte unnütz verschwendete. Er blickte angstvoll zur Höhe, wohin er nicht wieder konnte, und hinab, wohin er sich nicht getraute. Er zitterte am ganzen Körper.

Da hörte er im Nachbargarten Schritte.

„Holla! Wer ist da oben auf dem Baum?" rief es von drüben mißtrauisch herüber.

Er hütete sich, einen Laut hören zu lassen.

„Antwort!"

Gleiches Schweigen.

„Denkst wohl, ich seh dich nicht! Hängst mir grad maulrecht gegen das Fensterlicht. Also gib Antwort, wer du bist, sonst —"

Er vollendete seine Drohung nicht, aber der Herr Konzertmeister zog es auch jetzt noch vor, sein Heil im Schweigen zu suchen.

„Nun gut, so hetz ich den Hund hinüber! Phylax! Phylax! Wo bist du denn?"

Ein fernes Bellen antwortete.

Jetzt war es um die Besinnung des Italieners geschehen. Er mußte hinab; mochte er unten heil ankommen oder nicht. Er ließ den Ast los, und so rutschte oder vielmehr fuhr er, gewichtig wie ein Dampfhammer, herab und schlug unten auf dem Boden auf — mit dem Körperteil, den die Natur am widerstandsfähigsten geschaffen hat. Immerhin geschah der Aufschlag mit solcher Gewalt, daß ihm Hören und Sehn verging. Er lag halb bewußtlos da.

„Phylax!"

Das Wort gab dem Kletterkünstler neues Leben. Er sprang auf und eilte davon, erst nach rechts und dann nach links. Dort war ein Gebäude und hier auch wieder eins. Hinter ihm stand der Kerl am Zaun, und da vorn, ja da war eine Mauer. Sie war nicht sehr hoch, und von einem Weinspalier umkleidet. Er rüttelte an den Latten. Sie waren fest, wenigstens fest genug für seine kleine, leichte Gestalt. Er „kraxelte" sich, wie der Sepp gesagt haben würde, mühsam empor. Aber als er oben angekommen war, bemerkte er zu seinem Schreck, daß da noch eiserne Spitzen angebracht waren, um das Übersteigen Unberufener zu erschweren. Wie nun hinübergelangen?

Draußen führte die Straße vorbei. Er paßte einen Augenblick ab, da kein Mensch zu sehn war, turnte sich auf die Mauer und stieg vorsichtig über die Spitzen.

Da hörte er jemand kommen. Sollte er sich hier erwischen lassen? Um keinen Preis! Er sprang hinab — oder vielmehr, er wollte es tun. Er hatte aber nicht an seinen Frack gedacht. Die Schöße spießten sich an den Eisenspitzen fest, und er hing nun zwei Ellen hoch über der Erde hilflos an der Mauer.

Mittlerweile war der Mann, dessen Schritte er gehört hatte, herangekommen — einer der Polizisten, die zum Theater befohlen worden waren, um für Ordnung zu sorgen. Er hatte einen Augenblick draußen frische Luft genießen wollen. Da in der Nähe eine Laterne brannte, sah er den unglücklichen Springer an der Mauer hängen.

„Was, Teufel!" meinte er. „Was für ein Vogel hat sich denn da gefangen?"

„Hilfe, Hilfe! Sie mich losmachen, sehr, sehr!" jammerte der Konzertmeister.

„Sie hängen da sehr gut, um mir Antwort geben zu können! Wie kommen Sie denn in diese Falle?"

„Ich sein gewesen im Garten."

„Ah! Im Theatergarten? Was haben Sie denn da eigentlich vorgehabt, he?"

„Ich — ich — ich sein gewesen spazieren."

„Ach so! Und wenn man in einem Garten spazieren geht, so spaziert man zugleich über die Mauer?"

„Ich hab wollen auf — auf Straßen."

„Schön! Aber dazu haben Sie die Tür nicht benutzt. Lieber Freund, das ist verdächtig. Ich nehme Sie fest. Sie werden mir nach der Polizeiwache folgen."

„Ich festnehmen? Oh, oh, oh! Ich kann nicht mitmachen arretier!"

So? Warum denn nicht?"

„Ich müssen spielen Violin bei Konzert!"

„Sie? Mitspielen? Wer sind sie denn da eigentlich, um diese Hauptsache nicht zu vergessen?"

„Ich sein Signor Antonio Rialti."

„Alle Teufel! Der Konzertmeister?"

„Ja."
„Können Sie das beweisen?"
„Sehr gut, sehr!"
„So! Dann begreife ich nur nicht, wie Sie in die Lage kommen können, sich während des Konzertes, bei dem Sie mitwirken müssen, hier an dieser Mauer aufzuhängen. Ich werde Sie jetzt befreien, und sodann haben Sie die Güte, mir zum Herrn Direktor des Theaters zu folgen, der Sie ausweisen mag. Ich werde Sie hochheben, und Sie versuchen, Ihre Arme aus den Ärmeln Ihres Frackes zu ziehn. Also jetzt. Hopp, hoch!"

Der Italiener wurde frei, doch nicht in der Weise, wie beide es sich gedacht hatten. Er schlug mit den Armen um sich, um sie aus dem Frack zu ziehn dabei zappelte er auch mit den Beinen und stieß den Polizisten ins Gesicht, so daß dieser ihn loslassen mußte. Natürlich verlor der Kleine den Halt, plumpste abermals nieder und — die Frackschöße zerissen.

„Oh, Unglück, oh, Schmerz!" rief er wehmütig. „Da ich liegen im Dreck!"

„Ja, Sie da liegen im Dreck, da haben Sie recht. Doch ich hoffe, daß Sie nicht ewig hier liegen bleiben. Ich habe Eile."

„Ich auch. Ich werd auferstehn. Aber der Frack! Der sein noch oben."

„Na, den werden wir gleich herunterbekommen, wenigstens soviel noch davon oben hängt — ein halbes Schößel."

Der Italiener rappelte sich auf und untersuchte die anderthalb Schwalbenschwänze, die noch dran waren; dann blickte er hinauf zur fehlenden Hälfte.

„Schlimm, sehr schlimm!" stöhnte er.

„Ja, für den dort oben. Wollen Sie ihn wirklich noch herabhaben? Er kann Ihnen nichts nutzen."

„Nein. Ich gleich mir lassen geben ein ander Frack aus Garderoben vom Theater."

„Das ist das klügste. Aber wie sehn Sie denn hier vorn aus? Sind Sie auf dem Bauch spazierengegangen? Nicht bloß auf der Mauer?"

Bei Rialtis Rutsch vom Baum war die vordere Seite seiner Kleidung höchst unglücklich beschädigt worden. Der Kleine blickte an sich nieder und jammerte:

„Ah poveretto mi — ich Unglücklicher!"

„Ja, und hier!"

Der Polizist hob die anderthalb Schwalbenschwänze hoch, unter denen auch die Hose einen bedeutenden Riß aufzuweisen hatte. Der Konzertmeister fühlte nach hinten und betastete den Schaden.

„Auch da! O weh, o weh!"

„Freilich! Sie sind auf allen Seiten in schweren Verlust geraten. Wenn wir ins Theater gehn, werden wir uns in acht nehmen müssen, daß Sie nicht von unberufenen Augen begutachtet werden. Kommen Sie rasch! Ich hoffe, daß Sie mir nicht ausreißen?"

„Ausreißen? Ich? Wie können ich ausreißen bei dieser Anzug!"

„Schön! Also vorwärts!"

Als sie in den Eingang traten, hielt sich der Polizist stets so, daß sein Schatten auf den Kleinen fiel. So brachte er ihn mit vieler Mühe und Vorsicht bis nach der hinteren Treppe. Da erklangen die Geigentöne des Fex. Der Konzertmeister blieb, wie vom Schlag gerührt, einen Augenblick lang stehen.

„Verrat, Verrat!" schrie er dann plötzlich. „Man spielen mein Stück, mein Stück!"

Er rannte fort, so schnell er konnte; der Polizist hinter ihm her, da der Gedanke sehr nahe lag, daß der Flüchtling einen falschen Namen angegeben und sich nach dem Theater hatte bringen lassen, um dort, wo es mehrere Türen gab, eine gute Gelegenheit zur Flucht zu benutzen.

So ging der Dauerlauf die Treppe hinauf, durch mehrere Gänge bis an das erste Garderobezimmer, aus dessen

Tür der im Theatergebäude befindliche Feuerwehrmann trat. Natürlich mußte er annehmen, daß der Vorauseilende ein flüchtiger Erdenbewohner sei, nach dem die Polizei sich sehne; er fing ihn in seinen starken Armen auf.

„Halt, halt!“ sträubte sich Rialti. „Ich müssen fort, fort, sogleich weiter!“

„Nein, Sie bleiben!“ antwortete der Feuerwehrmann. „Und übrigens müssen Sie hier ganz still sein, um nicht zu stören, sonst gebe ich Ihnen eins auf den Schnabel!“

Er holte mit dem Arm aus, um seiner Verheißung Nachdruck zu verleihen. Das machte Eindruck auf den Signor; er wagte nur noch die Bitte, ihn zum Direktor zu bringen.

Als der Leiter des Kunsttempels den Festgehaltenen erblickte, kam er ihm schnell entgegen.

„Um Gottes willen! Wo haben Sie gesteckt?“

Der Gefragte antwortete nicht. Er hörte sein eigenes Stück, und zwar viel besser vorgetragen, als er es vermochte. Das benahm ihm den Atem.

„An der Mauer hat er gehangen, hier mit dem Frack. Da, sehn Sie, Herr Direktor.“

Bei diesen Worten faßte der Polizist den Signor, der Feuerwehrmann griff auch mit zu, und so wirbelten sie ihn mehrere Male um sich selbst herum, so daß jedes Leck, das er beim heutigen Schiffbruch davongetragen hatte, deutlich zum Vorschein kam.

„An der Mauer? Der Herr Konzertmeister?“ fragte der Direktor. „Das ist ja gar nicht möglich!“

„Sie müssen es doch seiner Kleidung ansehn!“

„Ja, die sieht freilich schrecklich aus.“

„Also dieser Herr ist in Wahrheit Signor Rialti?“ erkundigte sich der Polizist.

„Ja.“

„Schön! Dann habe ich meine Pflicht getan und fühle mich zu weiterem nicht mehr berechtigt: Ich empfehle mich!“

Der Beamte entfernte sich mit dem Feuerwehrmann.

„Aber, bester Signor“, lachte der Direktor, „ich bin in

fürchterlicher Sorge um Sie gewesen. Wo haben Sie denn eigentlich bisher gesteckt?"

Soeben erschollen die letzten Akkorde des virtuosen Geigenstückes, und dann hörte man den Beifallssturm. Darum antwortete der Gefragte nicht.

„Das waren mein Stück" rief er außer sich. „Welch ein Beifall! Wer haben gespielen, wer?"

„Glücklicherweise habe ich einen ausgezeichneten Ersatzmann für Sie gefunden, noch im letzten Augenblick."

„Wer? Wo? Ich müssen ihn sehn, sehr, sehr!"

Er rannte fort und gradenwegs auf die Bühne, ohne an den schauderhaften Zustand seiner Kleidung zu denken. Zum Glück war soeben der Vorhang herabgelassen worden, so daß der Anblick des Beschädigten wenigstens dem Publikum erspart blieb. Rialti stürzte auf den Fex zu, in dessen Händen er seine Violine erblickte.

„Wer haben gespielt? Sie, Sie?" fragte er.

„Ja", nickte der Fex.

Erst jetzt betrachtete der Kleine ihn genauer. Er hatte ihn in dem neuen Anzug nicht sofort erkannt.

„Fex, der Fex! Du, du willst haben gespielt mein Stück auf meiner Violine?"

„Ja."

„Das sein nicht wahr, nicht!"

Da zog ihn der Direktor unter beruhigenden Worten mit sich in ein abgelegenes Zimmer hinein. Dort blieben sie eine Weile; dann kam der Direktor allein wieder heraus und winkte den Sepp zu sich heran. Es gab eine ernste Auseinandersetzung, von der nur die letzten Sätze zu verstehen waren, da sie nicht mehr heimlich, sondern mit erhobener Stimme gesprochen wurden.

„Also, er ist wirklich wegen — wegen — — na, auf den Baum gestiegen?" fragte der Direktor.

„Ja, nur deshalb."

„Und kein andrer hat davon gewußt, als Sie?"

„Keiner."

„Sie haben mich in schwere Verlegenheit gebracht, doch — —"

„Oh, ich hab gewußt, daß der Fex es noch besser macht."

„Eben darum will ich Ihnen verzeihen. Wir haben dadurch einen Geiger entdeckt, der sonst wohl noch lange im Verborgenen geblieben wäre; aber es muß auf jeden Fall auch weiter heißen, daß der Signor unwohl geworden ist."

Rialti schlich nach einiger Zeit mit seiner Geige heimlich davon. Er hatte sich aus der Garderobe einen Mantel ausgeborgt.

Beinahe wäre er dabei noch von Liszt erwischt worden; denn kaum hatte er den Gang verlassen, so kam der große Pianist vorbei, da nun sein Vortrag beginnen sollte.

Das kostbare Instrument, das er mitgebracht hatte, wurde auf die Bühne geschafft. Gleich als der Vorhang sich erhob und Liszt vortrat, wurde er von freudigen Rufen empfangen.

Er spielte Themen aus seiner ‚Hunnenschlacht', mit gewohnter, unerreichbarer Meisterschaft, denen er als Dank für den gespendeten Beifall eine Paraphrase folgen ließ. Dann kehrte er in die Loge des Königs zurück.

Jetzt kam die vorletzte Nummer. Mancher Blick hatte erst verwundert auf dem Programm geruht: „Die alte Bettlerin, gedichtet und komponiert vom Fex, gesungen von Signora Mureni." Seit aber der junge Mensch sich als ein so ausgezeichneter Geiger erwies, hatte sich die Spannung, mit der man diesem Vortrag entgegensah, ganz bedeutend gesteigert.

Der Vorhang hob sich, und die Zuhörer sahen wieder das Bühnenbild von Lenis erstem Auftreten. Beifall begrüßte es. Die Musik begann, und die Sängerin trat auf.

Beim ersten Anblick der Sängerin ging es wie eine Enttäuschung durch den Zuschauerraum. Sie trat in gebeugter Haltung ein, mit einem alten Mantel bekleidet, ein Tuch um den Kopf und einen Stock in der Hand. Ihr Gesicht war das eines alten Weibes — ohne Schminke, Farbe und sonstige künstliche Mittel. Man hatte ihr einen warmen Empfang zugedacht, aber diese Erscheinung erkältete die Wärme, mit der man ihrer bisherigen Vorträge gedacht hatte.

Die Blicke flogen von ihr weg nach dem Orchester. Was waren das für Töne, für Harmonien, so fremdartig, herzergreifend; fast schmerzhaft berührten sie die Nerven. Das sang wie klingende Tränen.

In ebensolchen Tönen begann die alte Bettlerin ihr Lied. Ihre Stimme zitterte vor Alter. Sie sang von Krankheit und Hungersnot, von verratener Liebe und zehrendem Gram, verlassen von den Eltern, verlassen von dem Mann, im Kampf mit dem Elend, das Herz voller Jammer — nur ein einziger Strahl wars, der in das Dunkel drang ...

Dabei hob sie ihr Haupt, und ihre Augen gewannen Leben; die Stimme wurde kräftig, voller Halt, die Instrumentalbegleitung stieg im Crescendo empor, und den Arm mit dem Stock hochhebend, sang sie, in Mezzoforte beginnend und im stärksten Fortissimo endend:

„Als alle mich verlassen hatten
in meines Unglücks schwerer Nacht,
stand ich in meines Königs Schatten;
mein König hat an mich gedacht!"

Jetzt, jetzt mehr als zuvor zeigte es sich, welche Kraft in Lenis Stimme lag. Wie ein brausender Strom ergoß sie sich über das ganze Haus. Hingerissen von dieser Mimik, diesem Vortrag, dieser Stimme, brachen jetzt die Hörer in stürmischen Beifall aus.

Doch nicht der Sängerin allein galt dieser, nein, das Lied, der Text wie auch die Melodie, waren so eigenartig, so meisterhaft gehalten, daß man beim Lob der Sängerin auch des Dichters und Komponisten gedenken mußte.

Und wieder begann sie von Entsagung und Anfechtung, von aller Not des Körpers und der Seele. Die Kinder gehen von ihr, Undank im Herzen für die größten Opfer. Jetzt gibt es keine Seele mehr, an der sie sich festhalten kann, um nicht unterzugehen — nein, doch eine, eine erhabene Seele! Der König ist ihr erschienen als rettender Engel mit helfender Hand:

„Als alle mich verlassen hatten
in meines Unglücks schwerer Nacht,
stand ich in meines Königs Schatten;
mein König hat an mich gedacht!"

Und dann beginnt sie von der letzten Tagesreise der irdischen Pilgerfahrt. Das Leben stirbt hin, der Leib neigt sich der Erde zu. Das Auge wird dunkel, und die Sinne verweigern den Dienst. Von fern rauscht die Brandung der Ewigkeit. Mach deine Rechnung mit dem Leben, so arm es auch gewesen sein mag! Mit wem soll sie, die Bettlerin, abrechnen? Wem ist sie etwas schuldig? Den Menschen, die ihrer nicht gedachten? Den Ihren, von denen sie verlassen wurde? Nein, ihrer kann sie nur mit der Bitte gedenken: „Verzeihe ihnen, o Herr, wie ich ihnen verzeihe!" Aber einen gibt es, einen einzigen, dem sie so viel schuldig ist, ihre Rettung von Verzweiflung und Tod. Ihm muß sie die erlösende Tat schuldig bleiben. Aber noch ihre letzten Gedanken gehören ihm, und mit ihrer letzten Kraft richtet sie sich vom Sterbelager empor:

„Als alle mich verlassen hatten
in meines Unglücks schwerer Nacht,
stand ich in meines Königs Schatten;
mein König hat an mich gedacht!"

Die Worte waren verklungen, und die Musik schwieg. Still wie in einem leeren Tempel war es für einen Augenblick. Der König saß still und bewegungslos, den Arm versonnen auf die Brüstung gestützt und das Gesicht in die Hand gelegt.

Nur einer saß unten, der von keiner Erschütterung berührt wurde: der Krikelanton. Der Grimm ließ ihn zu keiner guten Rechnung kommen.

So blieb es fast eine Minute lang, dann aber brach ein unbeschreiblicher Jubel los. Ja, einen solchen Erfolg hatte dieses Haus noch niemals erlebt, und als der Vorhang fiel, nahm der Direktor die Leni an der Hand und führte sie in sein Zimmer. Er schaute sie einige Augenblicke lang zagend an.

„Nein, ich will keine lange Rede halten", sagte er endlich. „Signora Mureni, welche Bedingungen stellen Sie mir, wenn ich Sie für mein Theater verpflichte? Ich bitte um eine gnädige Strafe!"

„Oh, ich werde allerdings sehr gnädig sein", lächelte sie. „Ich strafe Sie nicht."

„Das erleichtert mir das Herz. Ihre Bedingungen werden also nicht gar so drückend sein?"

„Ich kann überhaupt keine Verpflichtung eingehen."

„Ah! Das heißt, bei mir nicht!"

„Nein, überhaupt nicht. Ich bin nicht leichtsinnig und lasse mich durch den heutigen Erfolg nicht zur Selbstüberschätzung verleiten. Ich bin noch ein dummes Ding, das viel, sehr viel zu lernen hat."

„Ists denn gar so viel?"

„So viel, daß es mir zuweilen angst und bange wird. Bedenken Sie, daß ich fast beim Abc habe anfangen müssen und beim Einmaleins. Und welch reiche Kenntnisse gehören oft dazu, um eine Rolle richtig darstellen zu können!"

„Sie haben recht. Ich gestehe Ihnen aufrichtig, daß ich mich im Grunde genommen über den Ernst freue, mit dem sie Ihren hohen Beruf betrachten."

„Ich danke Ihnen und will Ihnen dafür auch ein offenes Geständnis machen, Herr Direktor."

„Nun, ich bin gespannt, es zu hören."

„Ich werde nie vergessen, daß ich meinen ersten Schritt bei Ihnen getan habe. Sie sind also gewissermaßen mein künstlerischer Pate, mein —"

„Wuzelsepp!" unterbrach er sie lächelnd.

„Ja. Sie brauchen sich dieses Vergleiches nicht zu schämen. Der Sepp ist ein tüchtiger Kerl; auf den lasse ich nichts kommen, also auf Sie auch nicht, da Sie ebenso mein Pate sind. Und wenn ich mir einst sagen kann, daß ich das Schulbuch weglegen darf, so werde ich, wenn auch mich nicht für eine ganze Spielzeit verpflichten, doch wenigstens als Gast bei Ihnen singen, damit Sie sehen, daß ich dankbar bin."

„Daß Sie dankbar sind, das haben Sie heute bewiesen. Also darf ich mich darauf verlassen: Gast bei mir —?"

„Ja."

„Die Hand darauf!"

Da wurde die Tür geöffnet. Der König trat ein, während der Direktor sich sofort unter einer tiefen Verbeugung zurückzog.

Ludwig nickte Leni zu.

„Anstellung angenommen?"

„Angeboten worden, aber nicht darauf eingegangen, Majestät!"

„Warum?"

„Ich bin ja noch ein kleines Schuldirndl."

„Recht so! Nicht stolz werden! Sie tragen einen überreichen Gottessegen in sich. Aber bevor Sie über ihn verfügen, müssen Sie sich durch großen Fleiß und ernste Ausdauer würdig machen. Ist der Fex wirklich zugleich Dichter und auch Komponist des letzten Liedes?"

„Ganz gewiß, Majestät."

„Ein wunderbarer Mensch! Vielleicht Ihnen ebenbürtig an Gaben und Tatkraft. Aber jetzt vor allen Dingen von Ihnen. Sie haben mir heut eine seltene Freude bereitet. Ich — ich war eine kurze Zeit sehr glücklich . . ."

Sein Gesicht war plötzlich von einer tiefen Schwermut umschattet —; mit zusammengesunkenen Schultern ging er hinaus. —

Auf dem Gang hinter dem Parkett war unterdessen ein großer Lärm entstanden.

„Zu Hilfe! Zu Hilfe! Wo bin ich?" zeterte eine fette Stimme.

Das war Madame Gualèche. Sie hatte mit Paula auf Leni warten wollen und es vorgezogen, sich zu setzen. Ein Stuhl aber war ihr zu schmal. Darum hatte sie sich von Paula zwei nebeneinander stellen lassen und war, nach ihrer bekannten Weise, sogleich eingeschlafen.

Sank ihr dabei der Kopf zu weit nieder so richtete sie sich im Halbschlummer wieder auf. Durch dieses wiederholte Rücken waren die beiden Stühle nach und nach auseinandergeschoben worden, und als sie jetzt eine etwas kräftigere Bewegung machte rutschte sie zwischen den Stühlen nieder und setzte sich mit einem lauten Plumps auf den Boden. In ihrem ersten Schreck und, noch halb im Schlaf, schrie sie um Hilfe. Leni und Sepp eilten von der andern Seite herbei.

„Was machst denn hier?" fragte Sepp schmunzelnd. „Hast dich wieder hergsetzt, wie dort in der Mühle unten an der Treppenstufe? Mußt doch halt sehr gern da unten auf der Erde sitzen."

„Oh, oh!" stöhnte sie. „Ich Unglückliche! Seht doch einmal nach, ob ich noch ganz bin, ob ich nicht etwas gebrochen habe!"

„Ganz bist noch; das seh i wohl schon. Und zerbrochen wirst auch nix haben; das ist gwiß."

„Aber es tut mir alles weh!"

„Das wird net gfährlich sein. Wer so weich fallt, der kann nix brechen. Dei Knochen sind sehr gut gepolstert; denen kann so ein Fall nix schaden."

„Aber ich fühle es ja!"

„Wo denn?"

„Hier in den Armen und in den Beinen und da hinten am Kreuz und in den Rippen und oben am Hals und sogar auch im Kopf."

„So ist eben alles gebrochen, du armes Wurm. Ich will nur gleich nach dem Siechkorb laufen", lachte Sepp.

„Nach was?" rief sie entsetzt.

„Nach dem Siechkorb."

„Was ist das für ein Korb?"

„Das ist der Korb, in dem die toten Kranken und die lebendigen Leichen, die Versauften und Gehenkten nach dem Krankenhaus und nach der Leichenhalle geschafft werden."

„Und in dem soll ich fortgeschafft werden?" stöhnte sie. „Auf keinen Fall! Lieber sterbe ich!"

„Dann wirst erst recht in den Korb gesteckt."

„So bleibe ich leben, auf alle Fälle!"

„Schön! Wolln sehn, obst aufstehn kannst. Greift mal zu, Paula und Leni! Aber derb; sie ist schwer!"

Die beiden Mädchen griffen an den Armen der Dicken an, und er stellte sich hinter Madame Gualèche, faßte sie um den Leib und kommandierte:

„Jetzt hebts auf! Eins, zwei und drei!"

Sie wandten alle Kräfte an, aber vergeblich. Madame Gualèche war um so schwerer, als sie sich lang ausstreckte und nicht die mindeste Anstrengung machte, die Bemühungen der drei zu unterstützen.

„Es geht net", meinte der Sepp, indem er sie wieder fallen ließ. „Da gibts nur eine einzige Hilf und Rettung. — Den Siechkorb. I werd gleich danach laufen. Komm mit, Schließer, daß wir ihn schnell bringen. Es gehören zwei Leut dazu."

Er zog den Schließer mit sich fort.

„Halt, halt! So bleiben Sie doch! Ich habe nichts gebrochen", schrillte die Stimme der Dicken auf.

„Freilich, alles hast brochen!" übertrieb der Sepp. „Sogar der Hals ist entzwei, er tut dir ja weh!"

„Nein, jetzt nicht mehr. Laßt den Siechkorb, wo er ist! Ich kann ganz allein aufstehn. Paßt auf!"

Sie hielt sich am Stuhl und krabbelte sich ohne alle Unterstützung hoch. Atemlos und pustend stand sie da wie eine Dampfmaschine.

„Verteixeli! Wahrhaftig, 's ist gangen!" rief der Sepp und heuchelte großes Erstaunen.

„Freilich!" keuchte sie.

„Also hast wirklich nix brochen?"

„Nein, nein!"

„Aber den Korb müssen wir dennerst holen, wannst etwa net gut laufen kannst."

„Mich hineinlegen lassen, wo die Leichen gesteckt haben? Auf keinen Fall! Ich kann laufen! Da seht!"

Sie lief so schnell, wie seit Jahren nicht, den Gang hinab, dem Ausgang zu.

„Ja", lachte der Sepp, „du, wannst so sehr gut laufst, kannst bald Schnelläuferin werden oder Postbote hinaus aufs Land! I bin nur froh, daß d' ganz blieben bist. Vorerst sahs g'fährlich aus. I hab eine Angst ausgestanden, wie nie in meine Leben. Jetzt, da kommt auch der Fex. Der wird sich sehr freuen, daß d' net zerbrochen bist!"

Der junge Mann ließ sich den Vorgang erzählen.

„Schalksnarr!" raunte er dem Alten zu. „Kannst die Dummheiten net lassen!"

„Ja, weißt", lachte der Alte, „so ein Gespaß, wanns keinen Schaden macht, ist mei einzige Freud auf der Welt. Was tun wir?"

„Nach Haus gehn wir. — Ists etwa net spät genug?"

„Eigentlich ja. Aber nach dem Jubilari heut abend tät i doch am allerliebsten noch ein Bier mit dir trinken."

„Etwa im Wirtshaus?" lachte der Fex hell auf.

„Freili. Wo sonst."

„Das müßt schön ausschaun, wann i, der Fex, in eine Gaststub käm. Da würden die Leut die Maulsperre kriegen. I bin mein Lebtag noch nirgends einkehrt."

„Aber heut kannsts. Heut bist ein großer Mann!"
„Heut bin i noch immer der Fex."
„Wirsts aber nicht lang bleiben!"
„Vielleicht doch!"
„So? Nachdem der König dich hat in sei Loge kommen lassen? Was hat er dir da eigentlich gesagt?"
„Das werd ich dir morgen erzählen. Jetzt schwatz net so viel, Sepp, wir müssen unsere Damen begleiten."
„Damen begleiten? Himmelsakra, bist auf einmal fein worden! Damen begleiten!"
„Sollen wir sie allein nach der Mühle laufen lassen?"
„Warum net. Der Mond ist aufgangen und scheint wie eine Gaslampe."
„Sepp, wir müssen höflich sein."
„Na, meinetwegen! Aber mit der Dicken werden wir unsere liebe Not und Besorgnis haben."
Madame Gualèche wäre freilich am liebsten heimgefahren; aber da es in dem Städtchen keine Droschken gab, mußte sie auf diese Bequemlichkeit verzichten. Doch schimpfte sie weidlich auf den Konzertmeister, weil er sich um sie nicht gekümmert hatte.
„Das schadet nix", wurde sie vom Sepp getröstet. „Wannst in krummen Armen laufen willst, so kann i dir ja den meinigen geben. Hier hast ihn!"
Er verbeugte sich tief und bot ihr den Arm. Sie wies ihn entrüstet ab. Mit dem Wurzelsepp Arm in Arm zu gehn, sie, Madame Gualèche! Welch eine Zumutung!
Aber als sie die Stadt hinter sich hatten und der schlechtere Weg begann, und sie oft über Steine und Unebenheiten strauchelte, bat sie doch den Alten, sie zu führen.
„Ja, nun ist der Sepp gut!" lachte er. „Na, da hast den Arm. Häng ein! Und wannst herfallen oder dich wieder amals auf die Erd setzen willst, so sags; i hab nix dagegen."
Ein Mann war zu ihrer Unterstützung zu wenig; der Fex mußte sie auf der andern Seite führen. So kam es,

daß dieser keine Zeit und Gelegenheit fand, seine Gedanken mit Paula auszutauschen.

An der Mühle trennte man sich. Paula gab dem Fex die Hand.

„I hab noch gar nicht mit dir sprechen können, lieber Fex", sagte sie weich und innig. „Mei Herz ist voll von dem, was ich g'sehn und g'hört hab, daß ich gar keine Worte find. Aber freuen tu i mi grad so sehr, wie du, daß dir eine solche Ehr widerfahren ist. Sag mir nur das eine: Was hat der König mit dir g'sprochen?"

„Er will mich zu einem großen Meister auf der Violine tun und auch aufs Konservatori hinauf."

„O jegerl! — Wann wohl?"

„Das ist noch net b'stimmt. Es soll erst morgen in der Früh ausg'macht werden. Vielleicht muß i morgen schon von hier fort."

„O Gott!"

„Erschrickst darüber, daß der König mir so eine große Gnad erweisen will?"

„Darüber kann i mi doch nur freun. Aber daß d' von hier fort sollst, darüber bin ich so erschrocken. Hast ja gesagt?"

„Na. I hab noch gar nix gesagt, weder ja noch nein, denn ich hab vor Freude und Glück net reden und antworten können."

„So kommen wir wohl gar nimmer miteinander zusammen?" flüsterte Paula gedrückt.

„O doch. Und wanns gleich am Morgen fortging, so tät ich doch erst von dir Abschied nehmen."

Mittlerweile hatte Leni den Hausschlüssel hervorgeholt. Sie brachte die Tür nicht auf, und der Sepp trat zu ihr, um ihr zu helfen. Da auch die Frau Gualèche bei ihnen an der Tür stand, fand Paula Zeit zu einer leisen, schnellen Bitte.

„Fex, bleib noch ein wengerl auf!"

„Warum?"

„Ich komm noch an den Fluß."
Das war ihre erste heimliche Verabredung, und es überkam den Fex wie ein Rausch. Dennoch warnte er voll aufopfernder Bedenklichkeit:
„Tus lieber net! Wanns dein Vater merkt!"
„Will mi schon in acht nehmen."
„I seh, er hat noch Licht in der Stub. Er muß doch hören, wannst die Tür aufschließest."
„I geh net vornheraus, sondern durch die Hintertür. Also wartest auf mich, Fex?"
„Oh, wie gern, Paula!"
„Laß aber den Sepp nichts merken."
„Oh, der kann alles wissen. Der ist unser Freund, der wirds net verraten."
Die beiden Mädchen betraten mit der Dicken das Haus, und Sepp und Fex halfen ihr die Treppe hinauf.
Da ertönte unten die Klarinette des Müllers.
„Kommt schnell hinab, daß ich euch naushelf!" sagte Paula zu Sepp und Fex. „Das gilt mir."
Sie riegelte die Haustür hinter den beiden zu und trat dann bei ihrem Vater ein.
Dort fand sie trotz der späten Abendstunde zu ihrem Erstaunen den Fingerlfranz. —
Der Bursche war jenseits des Flusses aus geschäftlicher Veranlassung in einigen Dörfern gewesen und am Abend verärgert zu dem Müller gekommen. Er warf nach kurzem, mürrischen Gruß den Stock und den Hut in die Ecke.
„Na, was gibts denn, was hast denn?" fragte der Müller. „Wer hat dich wieder mal so aufbracht?"
„Das fragst auch noch? Kannsts dir doch denken!"
„Hältst mich für allwissend?"
„Na; aber den, über den i mi in der letzten Zeit immer ärgern muß, den kennst doch g'nau."
„Meinst den Fex?"
„Grad den."

„Was hat er dir denn tan?"
„Tan? Gar nix!"
„Und da bist so aus dem Häuserl?"
„Ja, eben weil er nix tan hat, weil er unterlassen hat, was er tun soll!" schimpfte der Fingerlfranz. „Heut war ich drüben hinter den Wassern, und als i nachher überfahren wollt, war ka Fähr net da!"
„Sie liegt am Ufer."
„Ja, am diesseitigen, i war aber am jenseitigen."
„Da bist selber schuld", lachte der Peitschenmüller.
„So! Hat der Fex net da zu sein, wann jemand kommt und überfahren will?" knurrte der Fingerlfranz.
„Nein!" antwortete der Müller grimmig.
„Net? Was?" rief der Franz verblüfft. „Und das sagst du, der Talmüller?"
„Hörsts ja!"
„Er hat doch überfahren müssen, so lang is nur weiß! Seit wann ists anders worden?"
„Seit es ihm beliebt."
„Bist net gescheit!"
„Wohl bin i gescheit; aber der Fex ist heut auch gescheit worden. Er — er — na, wie heißts gleich, wann der Arbeiter seinem Herrn den Gehorsam aufsagt, das neumodische Wort?"
„Ein Streik."
„Ja, ein Streik; der Fex streikt."
„Das wagt er? Wirklich?"
„Heut, als es dunkel war, hat er die Magd zu mir geschickt und mir sagen lassen, daß er heut net mehr überfahren tät."
„Der Halunk! Warum net?"
„Weil er ins Theater gangen ist."
Der Franz sperrte den Mund weit auf.
„Ins — The — a — ter —?" fragte er zögernd.
„Theater, ja."
„Der Fex ins Theater! Hör, Müller, wannst mi etwa

veralbern willst, so kannst mich dauern! — Der Fex hat an der Fähr zu sein, wenn man ihn braucht. I hab net herüber können und seinetwegen bei Nacht fast zwei Stunden umlaufen müssen — über die Brück. Und nun hör ich, daß er im Theater ist!"

„Freilich!" lachte der Müller. „Im Theater ist er."

Sein Lachen aber klang wie das Knurren eines Hundes, der sich zum Zubeißen anschickt.

„Gar zum Konzert, das am heutigen Abend im Theater abgehalten wird?"

„Ja, so hat er mir sagen lassen."

„Und was hast dazu gesagt?" fragte kopfschüttelnd der Fingerlfranz.

„Nix."

„Und dagegen tan?"

„Auch nix."

„Was? Nix und wieder nix! Das willst dir also ruhig gefallen lassen, he?"

„Ja."

„Himmeltausend! I begreif dich nicht!"

„Was hätt i tun sollen?"

„Ihn durch die Polizei zurückholen lassen."

„Geht net!"

„So! Warum denn net?"

„Weilst net zu wissen scheinst, daß der Fex kei Schulbub mehr ist. Er ist groß und ausg'wachsen. I muß ihm nun a mal freie Zeit lassen. Ich muß überhaupt sehr froh sein, daß er mir bisher noch net Lohn abverlangt hat."

Er machte dabei ein so außergewöhnliches Gesicht, daß der Fingerlfranz den Kopf schüttelte.

„Talmüller, jetzt bist mir ein Rätsel!"

„So versuchs zu lösen!"

„Hm! Bist stets streng gegen den Kerl gewesen, und heut plötzlich redest ihm das Wort. Noch das vorletzt Mal hab i grad auch hier gesessen, und er stand an der Tür; da hast ihm die Peitsch ins Gesicht und um die Füße geschlagen, daß die Striemen aufgelaufen sind — und auf einmal nimmst ihn so sehr in Schutz. Hast einen Grund dazu?“

„Ja freilich.“

„Und welchen?“

„Den — den kann i net sagen.“

„Was? Auch mir net, deinem Schwiegersohn?“

„Noch bists nicht.“

„Aber am Sonntag werd is sein.“

„Ah! Wieso denn?“

Der Galgenhumor des Peitschenmüllers brachte den Franz ganz außer Fassung.

„Weil da die Verlobung ist“, stotterte er.

„Ach so, die Verlobung! Hm, ja! Aber du kannst dich doch vielleicht ein wengerl täuschen.“

„So! Machst wohl Spaß?“

„Na, i red leider sehr im Ernst.“

Allmählich färbte sich das Gesicht des Fingerlfranz kirschrot.

„Ich will doch hoffen, daß d' Wort halten wirst!“

„Freilich halt i Wort.“

„Also gut.“

„Aber wem halt i Wort?“

„Nun, doch mir!“

„Dir? Oh, an dich denkt niemand mehr.“

„An mich net? An wen dann?“

„An —“, er beugte sich weit vor und hielt die Hand an den Mund, als ob er ein großes Geheimnis mitzuteilen habe: „— an den König.“

Der Fingerlfranz fuhr zurück.

„An den König? Wieso?“

„Das ist auch a G'heimnis.“

„Meinst, daß is verrat?“

„Na, das grad nicht, aber es kommt doch bei jedem amal die Stund, in der er plaudert.“

„Bei mir net. Wann sichs um die Paula handelt, kann i

schweigen, bis an mein End. Die Paula ist mir versprochen worden, und i will sie haben, i muß sie haben."

„Wirklich?"

„Ja. Sie muß mein werden, selbst wann sich der Teufel dagegenstemmen tät", brüllte Franz wild.

„Pah! Was wolltst dagegen machen?"

„Alles."

„Auch —", und jetzt kam ein gefährliches Lauern und Funkeln in den Blick des Peitschenmüllers — „wanns selbst eine Teufelei wär?"

„Ja."

„So könnt sichs — vielleicht — noch ändern lassen."

„Was?"

„Die G'schicht, die i dem König hab versprechen müssen — heut in der Früh."

„Was für eine Geschichte? Was hast versprechen müssen? Heraus damit. I muß es wissen. Ich hör schon, worauf du hin willst."

„Nun, worauf?"

„Willst etwa dein Jawort zurücknehmen?"

„Ja, das ists."

„Donnerwetter! Warum?"

Er sprang auf und trat in drohender Haltung vor den Vater Paulas hin. So wollte der Peitschenmüller ihn haben, wütend sollte er werden, denn die blinde Wut ist der größte Feind der Überlegung und Vorsicht. Der Müller tat, als bemerkte er die drohende Stellung des gewalttätigen Menschen nicht.

„Weil ich muß", antwortete er bedächtig.

„So! Weilst mußt! Wer zwingt dich denn?"

„Der König."

„Tausendgranaten! Der König! — Er war also wirklich da bei dir?"

„Heut in der Früh."

„Was hat der mit mir und dir zu tun?"

„Schrei net so laut, es brauchts niemand zu hören. Was

wir heut mitnander sprechen, davon darf ka Mensch eine Ahnung haben. Dort steht die Flasche. Nimms Glas und gieß dir ein!"

Der Franz war sehr aufgeregt. Er goß sich nacheinander zwei Gläser voll und trank sie aus, rückte dann seinen Stuhl näher an den Sessel des Müllers, und hörte zitternd vor unterdrückter Wut zu.

„Also der König will, daß du die Paula nicht bekommst."

„Was gehts den an? Was hat der darein zu reden?" knurrte Franz.

„Ein König hat seinen Willen, ohne daß man ihn nach dem Grund fragen darf."

„Ja, aber der Fingerlfranz hat auch seinen Willen", trumpfte er auf. „Es sind alle Gäste zur Verlobung geladen; wann nun aus der Verlobung nix wird, so bin i bloßg'stellt vor aller Welt. Und das soll i mir g'fallen lassen? Auf keinen Fall!"

„Was willst dagegen machen?"

Der Franz goß sich abermals ein Glas voll, trank es auf einen Zug aus und schlug dann trotzig mit der Faust auf den Tisch.

„Was i tät, das weiß i schon."

„Nun, so sags!"

„Wann i die Paula net bekommen soll — der sie erhalten soll, der — dem — den — na, dem gnade Gott!"

„Willst ihn etwa abstechen?"

„Wie ein Kalb! I drück ihm die Seel aus dem Leib! Darauf kannst Gift nehmen."

„Du, das ist gefährlich!"

„Ach was! Mir die Paula nehmen — das ist noch viel gefährlicher! Also, mach ka lange Red, und sags lieber grad heraus, warum i sie net bekommen soll."

„Weil der König einen andern für sie hat."

„Was geht die Paula den König an?"

„Nix, gar nix."

„Nun, so brauchsts dir doch auch net g'fallen zu lassen."

„Oho! Meinst, daß ich ungehorsam sein soll? Das werd i schön bleiben lassen. Das wär mein größter Schaden."

„So! Aber wer ist dann der, der sie bekommen soll?"

„Der Fex."

Da tat der Franz einen Satz, daß er mit dem Kopf an die niedrige Decke stieß.

„Der Fex?" stieß er hervor. „Jetzt hab i mi verhört, oder du hast dich versprochen!"

„Wann i eine lange Red halt, so kann ich mi wohl amal versprechen, aber wann i nur einen einzigen Namen sag, ein einziges Wort, so ists von Gewicht."

„Der Fex, der Fex! Der, der!"

„Was schreist so?

Der Franz lief in der Stube herum wie ein Besessener. Die Augen des Müllers leuchteten vergnügt. Je toller der Viehhändler wurde, desto lieber war es dem Alten.

„Soll i nicht schrein, wannst vom Fex redst?"

„Da hilft kein Aufbegehren und kein Zanken. I muß gehorchen."

„So! Warum?"

„Weil — weil — hm, das ist so eine schlimme G'schicht. Der König hats mir net selber g'sagt, sondern ein anderer hats mir erklären müssen. Nämlich der Fex ist gar net der Sohn von der Zigeunerin."

Der Franz hatte wieder ein Glas ausgetrunken und sich niedergesetzt. Jetzt zuckten seine Beine aufs neue, als wolle er aufspringen, doch der Müller sagte schnell:

„Bleib sitzen! Ist net notwendig, daß d' immer auf- und niederfährst wie ein Hampelmann. Solch wichtige und ernste Sachen müssen auch ernst verhandelt werden. Also horch auf: der Fex ist das Kind eines adeligen Herrn, eines, der Baron g'wesen ist."

„Wer hätt das denken können!"

„I nicht, und du aa nicht. Aber es ist so, und daran ist nix zu ändern. Sein Vater und sei Mutter sind gestorben, und so kann die Sache geheim bleiben; aber um den Fex zu entschädigen für den Adel, den er verliert, soll er die Paula zur Frau bekommen."

Diese Lüge konnte er nur dem Fingerlfranz vorreden, kein andrer hätte sie geglaubt. Der dumme, gewalttätige Bursche überlegte gar nicht, ob etwas Wahres dran sein könne.

„Und das willst dir gefallen lassen?" brüllte er.

„Was soll ich dagegen tun? I muß!"

„Meinetwegen! Aber i muß nicht! I laß mirs nicht gefallen! Das fallt mir gar net ein!"

„Auch du kannst nix dagegen tun."

„Meinst? Da kennst mi schlecht!"

„Ich kenn dich gut. Du bist ein tüchtiger Kerl, aber gegen den Willen des Königs kannst dich doch net wehren."

„Das wollen wir abwarten. Die Paula wird meine Frau."

„Wie willst das anfangen?"

„Klüger, als du denkst!"

„Ich kanns erraten!"

„Nun wie?"

„Du willst zum König gehn und ihm gute Worte geben."

„Fallt mir nicht ein!"

„Oder zum Fex?"

„Da erschieß i mi lieber!"

„So. Oder willst die Paula bitten, daß sie nein sagt, wanns den Fex heiraten sollt?"

„Die? Oh, die ist zuwider worden! Ich glaub, sie nimmt den Fex lieber noch als mich! Na, auf die kann i mich erst recht net verlassen. Ich muß da mit ganz anderen Ziffern rechnen."

„Was für Ziffern?"

„'s ist eigentlich nur eine." Der Fingerlfranz zog die Brauen hoch und setzte eine pfiffige Miene auf. „Eine Null, weißt?"

„Das versteh i net."

„So? Ja, das wird mancher net verstehn. Weißt, wo eine Null vorhanden ist, was ist da?"

„Nix, gar nix."

„Freilich! Jetzt hast recht! Und die Null, die ist alleweil der Fex."

„Ach so! Der Fex ist Null, das heißt, der Fex ist nix, er ist gar nimmer da?"

„Ja."

„Hm! Er ist aber da!"

„Jetzt, ja, jetzt ist er noch da!" grollte Franz.

„Alle Teufel, wenn i dich richtig begreifen tät! Meinst etwa, daß er bald nimmer mehr vorhanden sein wird?"

„Ja, grad das mein ich. Hast was dagegen?"

Da erhob der Müller warnend den Finger.

„Du, das ist Mord!"

„Pah! Wenn eine Schlang oder Otter mir in den Weg kommt, und i tret sie nieder, so ist das auch ein Mord, aber i mach mir den Teufel draus!"

„Aber der Fex ist ein Mensch!"

„Eine Otter ist er, ein Giftwurm, der mir aus dem Weg fort muß! Der Zigeunerbub, der niederträchtige! Ein blöder Kerl, der nix gelernt hat und nix kann. Wer so einen forträumt, der tut der Menschheit doch nur einen Gefallen."

„Aber ein Mord ists dennerst!"

„Red mir net so dumm! Woher weißt denn, daß i ihn morden und erschlagen will?"

„I hab mirs dacht", erwiderte der Peitschenmüller in heuchlerischer Sanftheit, die den andern nur noch mehr aufbrachte.

„Unsinn! Es kann ihm doch ein Unglück g'schehn."

„Freilich, das ist richtig! Aber wann?"

„Ja, wann soll denn die Sache vor sich gehn?"

„Höchst bald. Es hat beinahe klungen, als obs am Sonntag sein sollt, anstatt deiner Verlobung."

„Also morgen?"
„Ja, weißt, weil die Gäst amal g'laden sind."
„Donner und Doria! Das geschieht net!"
„Wie willsts verhüten?"
„I wisch dem Fex noch heut eins aus."
„Du, sags mir net!"
„Warum net?"
„Weil i nix davon wissen mag. Ich hab ka Lust, mich wegen Mitwisserschaft einsperren zu lassen!"
„So! Denkst etwa, i werd mich einsperren lassen?"
„In solchen Dingen kann man net vorsichtig g'nug sein. Weißt, es ist eigentlich gar net nötig, daß der Fex stirbt, er kann auch leben bleiben."
„So! Da erhält er doch die Paula!"
„Na. Weißt, er bekommt die Paula, weil er der Sohn eines so vornehmen Herrn ist. Das kann er beweisen; wann er dös aber nicht beweisen könnt, dann, ja dann —"
„Nun, was wär dann?"
„Nun, dann wär er eben net der Sohn!"
„Und?"
„Und i braucht ihm die Paula net zu geben."
„So! Hm! Aber er kanns ja eben beweisen!"
„So müßt man dafür sorgen, daß ers nimmer kann", drang der Peitschenmüller langsam in das stumpfe Gehirn des Fingerlfranz ein.
„Wieso?"
„Indem — ah, wann i nur laufen könnt!"
„Heul net so und jammer net! Schau an! Kann i denn etwa net laufen? Das ist grad so gut, als obst selber laufen könntst. Hasts verstanden, Talmüller?"
„Meinst, daß dus für mich tun willst?"
„Gern, wanns net menschenunmöglich ist."
„Gar net. 's ist sogar sehr leicht."
„So sags!"
„Man muß ihm seine Beweise nehmen."
„Ach so! Was sinds für Beweise?"

„Eine Photographie und mehrere Papiere."

„Die man ihm stehlen müßt! Was ists denn für ein Bildnis?"

„Eine junge Frau, die sei Mutter sein soll. Und die Papiere sind in einer fremden Sprach geschrieben und untersiegelt. Man nennts Romanisch oder Walachisch."

„Das kenn ich net; aber dös tut ja nix zur Sach. Die Hauptsach ist, wo ers hat."

„Das steckt alles in einer Brieftasche."

„So? Und wo hat er die?"

„Jedenfalls in seiner Joppentasche."

„Und wann da net?"

„Nun, so — so — hm, er hat keinen andern Platz als in der Fähr, weißt, in den Kästen unter den Sitzbänken. Da muß die Brieftasche stecken, wann sie net in seiner Joppe steckt."

Der Fingerlfranz nickte eine Weile in Gedanken vor sich hin. Der Peitschenmüller hielt ihn fest im Blick.

„Wo schlaft er denn, der Fex?" begann wieder der Fingerlfranz.

„In der Fähr. Zuweilen hat er auch im Wald geschlafen; denn in der Nacht ist die Fähr leer gewesen. Jetzt aber ists noch net Sommer, da liegt er im Schiff."

„So weiß i, wie mans machen muß. Man geht zur Fähr und untersucht die Kästen. Und wann die Brieftasche da ist, so nimmt man sie weg."

„Das wär freilich leicht."

„Sind die Kästen verschlossen?"

„Na, 's ist nur ein hölzerner Riegel dran."

„Wenn man die Tasche hat, so braucht man sich an dem Kerl net zu vergreifen. Aber wann die Brieftasch net da ist, muß man sie aus der Joppe nehmen. Net?"

„Ja freilich. Und das ist schwer."

„Gar net."

„Wie willsts anfangen?"

„I schleich mich hin an die Fähr und schau, ob er

schlaft. Wann er schlaft, so drück i ihm den Hals zu und zieh ihm das Ding heraus."

„So wird er dich verklagen!"

„O nein. Das wird er net. Dafür laß nur mich sorgen! Also er ist wirklich heut abend in dem Konzert?"

„Ganz gewiß."

„In seinem Anzug?"

„Er wird um die Erlaubnis beten haben, in einen Winkel kriechen zu dürfen, wo man ihn net erblicken kann."

„Jetzt ists grad halb elf Uhr; da ist er vielleicht noch net wieder da."

„Na, denn sonst wär auch die Paula da."

„Wie? Die ist auch mit?"

„Ja. Die Sängrin — net die alte, dicke, sondern die junge, kam herab und hat mich so lange beten, bis ich erlaubt hab, daß sie mitgehn kann."

„Das hätt i net tan. Wann die Paula mei Frau worden ist, so hat sie zu Haus zu bleiben. Aber weil der Fex noch net da ist, so ists wohl am besten, daß i jetzt nach der Fähr hinübergeh und nachschau, ob die Brieftasch darin versteckt ist."

„Hast recht. Geh schnell!"

„Gut. I werd bald wieder da sein."

„I hab gehört, daß der Knecht vorhin die Tür verschlossen hat", sagte der Peitschenmüller. „Nimm hier den Schlüssel, daß d' hinauskannst und wieder herein, und schau, daß d' mich nicht allzulang warten läßt."

Der Franz nahm den Schlüssel und ging.

Als er hinaus war, brummte der Müller leise vor sich hin.

„Er hats geglaubt, was ich ihm erzählt hab! Nun wird er mir die Tasche bringen, und selbst, wann er deswegen den Fex erschlagen sollt. Dafür wird er die Paula bekommen. Sie muß ihn nehmen, denn ich bin der Vater, und sie hat mir zu gehorchen. Ich hab einen großen Fehler begangen, daß ich den Fex hab leben lassen... Aber wer hat ahnen können, daß er damals zug'schaut hat, als ich die Südana ... Hätt i das gewußt, so hätt er gleich mit fortmüssen! Na, nur erst die Brieftasche wieder her! Nachher hab ich gewonnen und kann wieder ruhig sein."

Es verging fast eine halbe Stunde, ehe der Fingerlfranz zurückkehrte.

„Hast sie?" fragte der Alte gespannt.

„Na."

„So war sie vielleicht net da?"

„Vielleicht? Was denkst von mir! Wanns dagewesen wär, so hätt i sie doch ganz sicher mitbracht. Die ganze Fähr hab ich mit den Händen abtastet, von oben bis unten und von vorn bis hinten, aber nix gefunden, gar nix."

„Was war denn in den zwei Kästen?"

„Ein Werkzeuggerät mit Hammer, Zang, Bohrern und solchen Dingsda und nachher auch ein paar alte Wachsleinwanden."

„Wozu er die brauchen mag?"

„Wohl zum Zudecken, wanns regnet und er in der Fähr schlaft. Horch! Jetzt kommen Leute."

„Das Konzert wird zu End gangen sein. Nun kommt auch die Paula. Willst sie sprechen?"

„Ja, freilich."

„So wart, ich werd sie hereinrufen."

Er dachte, der Franz werde zu einem Angriff auf den Fex williger sein, wenn er zuvor die schöne Geliebte gesehen habe.

Jetzt wurde die Haustür geöffnet. Man hörte Stimmen draußen im Flur und verstand jedes Wort.

„Das sind sie alle", flüsterte der Alte. „Der Fex ist dabei und auch der Wurzelsepp. Was für einen Krambol die Dicke wieder macht! Wann die nur erst wieder aus dem Haus hinaus ist! Wann ich das Zeichen net geb, so dauert der Lärm noch eine ganze Stunde fort."

Er nahm die Klarinette und blies hinein. Darauf ließ

die Paula die beiden Begleiter hinaus, schloß zu und kam herein. Erstaunt sah sie auf den Franz.

Ihr Vater sagte sich, daß er sie nicht erzürnen dürfe, weil sonst zu erwarten stand, daß sie sich dem Franz gegenüber unliebenswürdig zeigen werde, und das hätte den Burschen ja leicht widerhaarig machen können.

„Nun, bist wieder zu Haus?“ sagte er mit großer Freundlichkeit.

„Ja, Vater.“

„Warum kommst net zu mir herein? I will auch hören, wie das Konzert ausg'fallen ist und der Franz da auch.“

„Ausgefallen ists sehr gut.“

„So! Hats schön klungen?“

„Ganz unbeschreiblich. Die Mureni hat g'sungen wie ein Engel. Alles hat geweint, sogar der König auch.“

„Das ist sonderbar! Na, diese Leut mögen immerhin flennen. Sie haben die Zeit dazu!“

„Und aber der Fex!“

„Was ists mit dem?“

„Vater, du glaubst gar net, was der für Aufsehn gemacht hat!“

„Aufsehn? Womit? Etwa mit seinen bloßen Füßen?“

„Nein, sondern auf der Geige. Oh, der hat spielen können!“

„Was? Der Fex hätt geigt? Du hast wohl träumt.“

„So müßten die Herrschaften alle, die auch zug'hört haben, ebenso im Traum gewesen sein; denn sie haben noch mehr Beifall geklatscht als ich.“

„Aber der Mensch kann doch nix.“

„Das haben wir nur g'dacht. Aber er hat sich schon vor Jahren eine alte Geige verschafft —“

„Donnerwetter!“ entfuhr es dem Müller. „Etwa gar der Südana ihre Geige, die damals kein Mensch hat finden können? Nachher hat er heimlich geübt!“

„Ja, und nun ist er ein Künstler worden.“

„Der Heimtücker! Ja, so ist er stets gewesen, hinterrucks und hinterlistig. Aber das werd ich ihm noch austreiben", grollte der Peitschenmüller.

„Das wirst nimmer fertigbringen."

„Meinst etwa, weil er geigen kann, daß er nun net mehr zu gehorchen braucht? Da irrst dich sehr! I bin sein Erzieher und Vormund; es ist noch net mündig und hat mir zu folgen. Wegen den Hopsern und Galoppen, die er g'fiedelt hat, brauch i ka Hochachtung vor ihm zu haben."

„Hopser und Galoppe, da irrst dich freilich sehr. Hast den Herrn Konzertmeister spielen hören?"

„Ja, wann das Fenster aufg'standen hat, Ja, das ist freilich ein Künstler. Das hört man gleich."

„Nun, der ist im Konzert krank geworden und hat net spielen können. Da ist der Fex auf die Bühne g'treten, vor allen Leuten, hat die Geige hergenommen und dem Konzertmeister sei ganzen Stücke g'spielt, daß das Theater vor lauter Geklatsch und Beifall gewackelt hat."

„Bist bei Trost?"

„Es ist wahr. Der Kapellmeister hat ihn gleich anstellen wollen mit freier Station und fünfzehnhundert Mark Gehalt."

„Der ist fünfzehnhundertmal verrückt!"

„Meinst? Der Fex hats aber net ang'nommen!"

„So ist er noch viel verrückter! Aber freilich wird ers sehr gut wissen, daß ers nimmer mit der Geige dermachen kann."

„Oh, net deswegen, sondern weil der König ihn mitnehmen will."

„Der König?"

Der Peitschenmüller verfärbte sich.

„Ja freilich!"

„Was geht der Fex den König an?"

„Oh, der König hat ihn sogar in seine Loge kommen lassen, und hat ihm gesagt, daß er ihn zu einem berühmten Tonmeister tun werd und auch ins Konservatori."

„Was ist das?“

„Das ist die Hochschul für die Musikkünstler.“

Der Müller blickte den Fingerlfranz eine ganze Weile fassungslos an, ohne ein Wort zu reden.

„Glaubsts?“ fragte er ihn dann.

„Warum net?“ Der Fingerlfranz zuckte die Achseln. „Große Herren haben solche Launen. Wann er dann nix lernt, so schicken 's ihn dir wieder.

„Oho! Sie werden ihn net wiederschicken, denn ich werd ihn gar net fortlassen. I bin der Vormund; ohne mich könnens nix machen!“

„Meinst, daß der König dich groß fragen wird? Wannst nein sagst, wird er doch tun, was er will. Darauf kannst dich getrost verlassen.“

„Verteufelte Geschicht! — Paula. jetzt gehst zu Bett! Ich hab nun grad genug gehört; von dem verflixten Konzert. Morgen in der Früh werd ich den Fex ins Gebet nehmen, wie er Vigolinen spielen kann und ohne meine Erlaubnis ins Konzert laufen. Das will ich mir verbitten! Mach, daß d' hinauskommst!“

Sie verließ mit freundlichem Gruß das Zimmer und stieg laut die Treppe zu ihrem Stübchen empor, in der Absicht, es nach einiger Zeit heimlich zu verlassen, um dem Fex ihr Wort zu halten.

Fex war nicht mit seinem alten Sepp hinüber nach der Fähre gegangen. Kaum hatte sich die Haustür hinter ihnen geschlossen, so flüsterte er dem Alten zu:

„Halt, Sepp! Wir bleiben!“

„Warum?“

„Wollen sehn, was der Müller noch so spät mit der Paula hat.“

Er zog Sepp leise an den Laden. Sie blickten in die Stube. Der Müller saß, wie gewöhnlich, in der Nähe des Fensters und neben ihm — —

„Du!“ raunte der Sepp. „Der Franz!“

„Still, daß sie uns nicht hören!“

Sie konnten alles sehen und jedes Wort verstehen. Als Paula dann die Stube verlassen hatte, vermochten sich der Müller und der Franz kaum darüber zu beruhigen, daß der Fex geigen konnte und sogar beim Konzert gespielt habe. Beide aber waren zu unmusikalisch, als daß sie die Bedeutung und Tragweite dieses Umstandes hätten ermessen können.

„Und was wird nun mit unserer Geschicht?“ fragte endlich Franz in gedämpftem Ton, aber doch so, daß die Lauscher es hörten.

„Ja, die ist nun schlimmer worden“, antwortete der Müller mit bedenklichem Gesicht.

„Wieso?“

„Hasts net gehört, daß der Fex vielleicht morgen schon von hier fort muß?“

„Ja. So sind wir ihn los!“

„Und du bist auch die Paula los!“

„Zum Teufel, ja!“

„Denn er nimmt auch die Brieftasch mit. Und dann ists gefehlt.“

„Na, jetzt noch net. Noch ists net Morgen. Wir wollen doch sehn, wer morgen die Brieftasch hat!“

„Der Fex.“

„Pah!“

„Wannst nix tust, so hat er sie.“

„Wer sagt, daß i nix tun werd? Hab i dir net versprochen, daß i die Tasch holen will? — I wart noch eine Weil, bis er auf der Fähr eingeschlafen sein wird. Nachher schleich i mich hin —“

„Und läßt dich erwischen!“

„Oho! I lauf doch net auf dem offenen Weg hin. I mach einen Umweg, weiter aufwärts nach dem Wasser, und von da schleich i mich im Baumschatten am Ufer herab bis an die Fähr.“

„Und er hört dich kommen!“

„Fallt ihm net ein und mir auch net. I zieh die Schuh

eine Streck vorher aus und lauf auf allen vieren hin, so wie ichs amal g'lesen hab in einem Buch, in dem die wilden Indianer sich an ein Haus schlichen."

„Ja, und nachher?"

„Ich wollt ihn bei der Gurgel fassen; aber das ist net sicher genug. Besser ists, i geb ihm gleich einen Klaps auf den Kopf, daß er still ist, und dann nehm ich ihm die Tasch heraus."

„Das ist freilich das Gescheitst, was d' tun kannst. — Und dann?"

„Nun, da bring ich dir die Tasch."

„Aber was wird mit dem Fex?"

„Den laß i liegen."

„Meinst, daß das klug ist? — Entweder wacht er von dem Klaps, den du ihm geben hast, wieder auf; dann wird er sagen, daß er überfallen und bestohlen worden ist —"

„Hab kei Sorg darum! Über den Klaps wird der Fex das Aufwachen vergessen."

„Aber dann findet man ihn in der Früh tot in der Fähr, die Ärzte untersuchen seinen Leichnam und sagen: ‚Er hat einen Hieb erhalten und ist erschlagen worden.' Da beginnt ein großes Nachforschen. Man kann dabei ganz unschuldig mit eingsteckt werden. Das braucht aber net zu sein."

„Nun, was meinst du sonst?"

„Du gibst ihm den Schlag auf den Kopf — nimmst die Brieftasche — und wirfst nachher den Kerl ins Wasser. Verstanden?"

„Ja so! — Es wird nachher heißen, er ist ersoffen."

„Er ist ein guter Schwimmer und hat amal zuviel gewagt. Dann ist uns geholfen, und die Paula ist dein. Topp!"

Sie schlugen ein.

Der Fex drängte den Gefährten vom Fenster fort. In einiger Entfernung blieb er stehen.

„Hasts gehört?" fragte er, vor Aufregung zitternd.

„Ja."
„Sollt mans glauben?"
„Ermordet sollst werden!"
„Erschlagen und ins Wasser geworfen — grad wie ein Aas, was net amal der Schinder brauchen kann. Aber i werd dem Kerl einen Streich spielen. Wart hier! I komm gleich wieder!"
„Er eilte um die Ecke des Hauses. Schon nach einer Minute war er wieder da und hielt einen Gegenstand in der Hand.
„Was hast da herg'holt?"
„Weißt, da im alten Kegelschub, wo i den Topf her bekam, da lag auch das alte Fuchseisen. Da drein soll der Fingerlfranz mit der Hand greifen und sich fangen. Wart nur, Bursch, du sollst mir brav kommen, wart nur! Aber — ah, die Paula!"
Das junge Mädchen kam hinter der anderen Ecke des Hauses hervorgeschlichen.
„Ah!" lächelte der Sepp. „Das also wars, was ihr hinter mir zu wispern und zu flüstern hattet, als i die Haustür aufschließen mußt! Ein Stelldichein. Da darf wohl der alte Sepp net mit dabei sein?"
„Oh, gar wohl könntst mit dabei sein", antwortete der Fex. „Es ist nix unrechts, was wir mitsammen reden werden, und unser Freund bist ja auch; aber doch werd ich dich bitten, hier zu bleiben. Du mußt lauschen, um uns zu sagen, wann der Fingerlfranz kommen wird."
„Will der zu dir kommen?" fragte Paula ängstlich.
„Ja, er wird wohl noch überfahren wollen. Es scheint, daß er in der Früh drüben im Dorf sein muß."
„Da geh i lieber net mit."
„Fürchtst dich vor ihm?"
„Bei der Nacht, ja. Und er braucht auch net zu merken, daß i bei dir bin."
„Er wirds net merken, denn der Sepp soll eben aufpassen und uns benachrichtigen, wann er kommt."

„Er könnts aber doch versehn. Lieber geh i noch amal hinein und wart, bis der Franz fort ist."

„Wirds dir nicht zu lang dauern?"

„O nein. I könnt ja so nimmer schlafen nach allem, was i heut im Theater gehört und gesehn hab."

„So geh, Paula, geh! Ich werd dir Sand an dein Fensterl werfen, wannst herabkommen sollst."

Sie schlich sich wieder ins Haus.

„Jetzt komm, Sepp!" Die Augen des Fex leuchteten im Dunkel auf. „Wir wollen schnell die Falle stellen."

Auf dem Weg nach dem Fluß fragte der Sepp:

„Warum sagst ihr denn eine Lüg? Der Franz will ja gar net überfahren."

„Soll i der Tochter sagen, daß ihr Vater ein Mörder ist?" sagte Fex ernst. „Nein, das tu i der Paula nimmer an. Das brächt ich net übers Herz. Oder du?"

„Na, i aa net."

„Also ists besser, sie ahnt gar nix. Darum hab i mich gefreut, daß sie einstweilen wieder gangen ist. Vorwärts, Sepp, wir sputen uns. Der Kerl kann spät kommen, aber auch bald, und wann er kommt, so müssen wir fertig sein."

„Bin neugierig, was d' machen willst."

„Versohlen will i ihn."

„Ah, die Schuhe?"

„Naa, lieber da, womit der Schuster auf dem Schemel sitzt. Komm nur, du mußt mithelfen."

Die Fähre lag ruhig am Ufer. Fex zog die Kette straffer an, so daß das Heck des Kahnes hart und fest ans Ufer stieß.

„Schau an!" sagte er. „So wird er kommen, auf allen vieren."

Er ließ sich auf die Hände und Füße nieder und kroch nach der Fähre hin, wie es vermutlich auch der Franz tun würde.

„Und nun ist er da am Kahn und will hinein, mit den Händen zuerst. Da wird er grad hierher greifen müssen, auf das Querbrett am Steuer. Daher also muß i die Fuchsfalle legen. Net?“

„Ja, das ist gewiß. Wie machst sie fest?“

„Das ist sehr leicht. Ich hab den Bohrer da, Schrauben, Nägel und Riemen, einen Strick und Bänder auch. Paß auf!“

Er stieg in die Fähre, holte den kleinen Werkzeugkasten hervor und begann Löcher zu bohren. Das Fuchseisen wurde angespannt und so befestigt, daß die Kraft des stärksten Mannes es nicht loszureißen vermochte.

„So, das ist an!“ lachte der Fex. „Nun her mit Wachsleinwanden.“

„Wozu?“

„Die roll ich z‘sammen und leg sie in die Fähr hinein, so daß es scheint, als ob a Mensch dar liegt. Der bin natürlich i.“

„Schlaukopf!“

„Ja, wanns nötig ist, da weiß i schon, was man zu tun hat.“

Als er mit seinen Vorbereitungen fertig war, nahm er einen Strick zur Hand und sprang mit ihm aus der Fähre ans Ufer.

„Was willst mit dem Strick?“

„Den bind i hier mit einem End um den Baum, und das andre kommt um die Füß des Fingerlfranz, daß er fei stillhalten muß.“

„Es muß aber sehr rasch gehn, damit er überrumpelt wird!“

„Hab keine Sorg! I kann eine feine Schlinge machen. Je mehr er zerrt, desto fester zieht er sie zusammen. Und nun wollen wir uns die Gerten und Schwippen schneiden, die wir brauchen.“

„Sapristi! Also Prügel?“ lachte der Sepp glucksend.

„Natürlich! Oder hast Mitleid mit dem Kerl, der mich ermorden will?“

„Gar net! O nein! I werd zuhaun, daß ihm die Schwarte

kracht wie Speck im Tiegel, wann man Wasser hineingießt. Der Kerl ist wert, daß man ihn haut, bis er liegenbleibt."

„So komm! Aber net zu schwach und auch net zu stark dürfen die Ruten sein. Die richtige Geschmeidigkeit müssens haben, daß sie fein aufschwippen und doch net zerbrechen. Solche stehn ganz hier in der Nähe."

„Jesses, aber eine Rachsucht wird er auf uns bekommen!"

„Daraus mach i mir nix. Er wird gar net sehn, von wem er den Star gstochen bekommt. Der Mond scheint net durch die Bäume, und wir werden sehr fleißig arbeiten, aber ka Wörtl dazu sagen."

Der Fex schnitt acht geeignete Stöcke ab und zog dann den Sepp in ein Versteck, das hart am Ufer und ganz in der Nähe des Kahnes lag. Dort harrten sie der Ankunft des Mordgesellen.

„Wird ihm das Eisen Schaden machen?" flüsterte der Wurzelsepp.

„Na. Festhalten wirds ihn und auch ein Stückerl von der Haut mitnehmen. Die starken Knochen aber, die der Franz hat, kanns net zerschlagen."

„Und neugierig bin i, ob er schreien wird."

„Ich aa."

„Wann er schreit, verrät er sich doch selber."

„Aber die Tracht, die er erhalten wird, so still hinzunehmen, das ist auch viel verlangt", lachte Fex. „Hier hast deine Stöcke. Wir haun so lang zu und halten nicht eher an, als bis die zerbrochen sind. Still, sonst hört er uns und net wir ihn."

Sie schmiegten sich aneinander und gaben keinen Laut von sich. Endlich, endlich hörten die beiden das Zerbrechen eines Zweiges. Bald erklang ein leises Rauschen, wie wenn jemand sich auf den Knien im Grase fortschiebt und dabei ein dürres Blatt bewegt. Der Sepp stieß den Fex an.

„Er kommt", raunte er.

„Siehst ihn?"

„Hinter uns. Er schleicht um uns herum."

Trotz dem Halbdunkel sah doch der Sepp, als er sich leise umwandte, die Gestalt des Fingerlfranz ganz dicht an ihrem Versteck vorüberkriechen.

„Wann er sich nur auch fangt!" flüsterte Sepp.

„Auf alle Fälle!"

„Wie wird er erschrecken!"

„Ehe er zur Besinnung kommt, muß i seine Beine festhaben. Aber nachher regnets Hiebe wie Schloßen!"

Der Franz machte seine Sache gar nicht übel. Wer von seinem Nahen nichts wußte, konnte es unmöglich bemerken. In einem kurzen Bogen kroch er um das Versteck der beiden herum und befand sich nun an der Stelle, wo die Fähre fest am Ufer saß. Da blieb er eine ganze Weile regungslos, um zu lauschen. Der Atem des Fex, wenn der Bursche in der Fähre geschlafen hätte wäre trotzdem nicht zu hören gewesen, denn die Wellen rauschten leise.

Jetzt richtete Franz sich langsam auf. Er hob den Kopf über das erhöhte Heck der Fähre ein wenig hoch, um zu sehen, ob der Fex da sein. Trotz dem Mangel an Licht bemerkte er die zusammengerollten Wachsleinenstücke. Er hielt sie wirklich für den Fährmann.

Entschlossen legte er beide Hände auf den hinteren Kahnrand, zog die Leine an und richtete sich halb auf, um in die Fähre zu steigen. Natürlich griff er mit den Händen zuerst hinein — ein lauter, scharfer Knack — — —

„Au, au! Himmeldonnerwetter!" schrie er auf.

„Hat ihn!" flüsterte der Fex.

Einige Augenblicke lang blieb es still. Der Franz verhielt sich regungslos, doch schien es den beiden, als ob sie seine Zähne knirschen hörten.

„Fex!" sagte er dann halblaut.

„Ah! Der Kerl denkt i werd ihm helfen?"

„Fex, Fex! Wach auf!"

„Ja, ich komm schon!" flüsterte der Gerufene.

Er kroch hinaus und nahm das andere Ende des Stricks in die Hand. Der Fingerlfranz wurde von dem Fuchseisen an den Unterarmen festgehalten. Er konnte auch nicht sehen, was hinter ihm vorging, weil er mit dem Bauch hoch auf dem Kahn lag und sein Kopf sich tiefer im Innern der Fähre befand.

Der Fex schlich heran. Zwei schnelle Griffe, und er hatte den Strick um die Beine des gefangenen Fuchses geschlungen. Ein starker Ruck, und er zog sie lang aus, machte einen Knoten, und nun lag der Gefangene so auf dem Rand der Fähre, wie die beiden es sich nur wünschen konnten: der Kopf und die Füße tief, hoch oben aber der Teil, dem die milden Gaben zugedacht waren.

„Hölle und Teufel" schrie er auf, als er fühlte, daß ihm durch eine unsichtbare Kraft die Beine ausgestreckt und dann festgehalten wurden, daß er sie nicht im mindesten bewegen konnte. Die Antwort auf diesen Ruf erfolgte sofort — ein wunderbar nachdrückliches Aufschlagen der Ruten auf den jetzt so erhöhten Körperteil.

Es war, als wenn zwei Dienstmänner einen Zimmerteppich ausklopften; nur nicht so dumpf und leer klangen die Hiebe, sondern viel voller und schärfer.

Bei den ersten Schlägen verhielt sich Franz ganz still. Er war vor Schreck ganz verdutzt. Dann aber brüllte er los!

„Hilfe! Mörder! Mörder! Hilfe!"

Aber je mehr er schrie, desto stärker und dichter fielen die Hiebe. Es war eine Arbeit, der sich die beiden mit einem Eifer hingaben, als ob ihr Leben und ihr ganzes Glück davon abhinge.

Das Geschrei verstummte bald, denn der Fingerlfranz sagte sich, daß er sich in seiner Lage nicht treffen lassen könne, ohne bedenklichen Verdacht gegen sein nächtliches Gebaren zu erwecken. Darum zog er es vor, das Hilferufen zu unterlassen. Er lag da und knirschte mit den Zähnen; trotz seiner so oft gerühmten großen Körperkräfte war er keines Widerstands fähig und vermochte nur dumpf zu fluchen. Es war ihm, als ob sein Körper ausgedehnt würde, meilenlang, und als ob da, wo seine Wildlederhose am breitesten war, ein loderndes Feuer brenne.

Es summte ihm vor den Ohren, und er sah flackernde Lichter vor den Augen — und doch fielen noch immer die Hiebe regelmäßig auf ihn nieder.

Doch nein — jetzt hörten sie auf. Der Fex hatte seinen letzten Stock zerschlagen, und der Sepp hielt zwar den seinen noch unzerbrochen in der Hand, konnte aber den Arm nicht mehr bewegen.

„Komm!“ flüsterte der Fex und zog den Alten fort.

„Wohin?“

„Nach der Mühle.“

„Was willst dort?“

„Hilfe holen für den Franz.“

„Ja, gut! Na, werden die Augen machen, wenn sie ihn erblicken! I möcht dabei sein!“

„I bin dabei. Du aber darfst dich net blicken lassen, sonst denkens gleich, daß wirs gewesen sind.“

„Warum sollens das net denken?“

„Hast eigentlich recht. Komm!“

Sie befanden sich bald an der Mühle. Der Fex bog um die Ecke.

„Was sagen wir?“

„Das wirst hören. Laß nur vorerst mich reden.“

Er sprang über die Hofmauer; Sepp ihm nach. Im Hausflur war es dunkel. Beide traten in die Stube des Hausherrn.

Der Peitschenmüller machte sehr sonderbare Augen, als er die beiden erblickte, anstatt den Fingerlfranz.

„Der Fex!“

„Und ich auch!“ fügte der Sepp freundlich hinzu.

„Der Wurzelsepp! Was wollt ihr hier?“

„Einen Rat sollst uns geben“, bat der Fex. „Es muß etwas g'schehn sein drüben an der Fähr.“

„So! Was denn?“

„I weiß net. Ich trau mich net hin.“

„So? Ach? Wollen sehn! Was gibts also?“

Er griff nach der Peitsche.

„I hatt mit dem Sepp die Sängrin heimbracht und wollt ihn nun nach der Stadt führen, wo er Unterkommen hat“, erzählte der Fex. „Wir sprachen vom Konzert und blieben dabei so oft stehn, daß wir gar net weit vorwärts kamen. Da auf einmal hörten wir um Hilf rufen.“

„Wo?“

„Drüben am Wasser.“

„Alle Wetter! Wer hat gerufen?“

„Wir wissens net. Wir eilten zwar schnell hin. Aber als wir nahe herankamen, erblickten wir zwei Gestalten, fünfmal größer und höher als wir; die schlugen auf einen los, der in der Fähre gelegen hat und immer nur so still vor sich hinwimmerte.“

„Mensch!“ rief der Müller. „Du hast ihm net geholfen?“

„I hab mich net traut!“

„So will ich dir Mut machen!“ brüllte der Peitschenmüller.

Er holte zu einem kräftigen Hieb aus. Da aber trat der Fex einige schnelle Schritte auf ihn zu und riß ihm die Peitsche aus der Hand.

„Mit der Peitsche ists nun aus, Talmüller!“ sagte er kurz.

„Wa — wa was? Vergreifen willst dich an mir?“

„Nein! Schlagen wie der Krikelanton dich geschlagen hat, das will i net; aber dein Zornlappen, den du ausklopfen kannst, wannst Lust dazu hast, der bin i aa net mehr.“

„Halunk!“

„Sei still! Auch das Schimpfen hilft dir nix mehr. I will dir sagen, daß i weiß, wer da drüben geschlagen worden ist. Der Franz ists gewesen.“

„Und du hast ihm net geholfen?“

„I? Dem?“

„Ja, du mußt, denn du weißt, daß er mei Schwiegersohn sein wird!“

„Das wird es net sein — der Mörder!“

„Mör — — —!“

„Ja, der Mörder!“ bekräftigte Fex.

„Was fallt dir ein, ihn so zu schimpfen?“

„Es ist net geschimpft, es ist die reine Wahrheit.“

„Hast Beweise?“ hohnlachte der Müller.

„Ja, das hab ich! — Er hat mich morden sollen!“

„Ah!“

„Ja, erschlagen, ins Wasser werfen — und vorher die Brieftasche abnehmen.“

„Lügner! Das ist die reine Schlechtigkeit von dir, daß d' den braven Kerl in diesen Verdacht bringen willst!“

„Ists etwa auch Schlechtigkeit, wann i sag, daß — du ihn hinschickt hast?“

„Ich? Kerl, du bist wahnsinnig!“

„Nachher hast ihm die Paula dafür geben wollen!“

Der Müller schwieg eine Weile. Er gab sich den Anschein, als ob er vor großem Zorn nicht reden könne; es war aber der Schreck, der ihm die Sprache benahm.

„Wannst krank wärst“, stieß er dann hervor, „so wollt ich sagen, du tätst phantasieren!“

Da wandte sich der Fex ruhig zum Sepp.

„Tu i phantasieren, Sepp?“

„Nein.“

„Hat der Franz mich ermorden sollen?“

„Ja.“

„Und der Müller hat ihn g'schickt?“

„Ja. I kanns beschwören.“

„Da hörsts!“ sagte der Fex zum Müller.

„Himmelsakra! Ist denn die ganze Welt verruckt worden? Auch du, Sepp, klagst mich an!“

„I sag nur die Wahrheit! Weißt, was d' gemacht hast Talmüller?“

„Was i mach, das weiß ich stets!"

„Erst hast die Südana erwürgt — — —"

Der Müller wurde glühend rot und dann totenbleich.

„Mensch, halts Maul!"

„Nachher schickst den Franz zur Fähr, damit er auch den Fex erschlagen soll!"

„Ah, könnt ich nur auf, so tät i dich erschlagen — und zwar auf der Stelle, wo du stehst!"

„So weit kommst gar nimmer! I steh da als Zeuge — i kanns mit tausend Eiden beschwören!"

„Meineide sinds! Wie willst so was wissen?"

„Woher is weiß, und wie is erfahren hab, das werd i dir net sagen, i werds erst sagen, wann i mit dir vor Gericht steh, du in Ketten und Banden — i aber frei und mit gutem Gewissen!"

„Jetzt hört aber alles auf! Diese Kerle kommen zu mir herein und beleidigen mich bis aufs Blut und reden auch noch von einem gutem Gewissen!"

Da legte der Fex ihm die Hand schwer auf die Schulter.

„Willst dich auch noch versündigen an diesem alten, braven Mann, Talmüller?" fragte er in drohendem Ton.

„Brav? Ein Lügner ist er. Ein falscher Angeber, ein böser Leumundsmörder!"

„Nun, ich seh, daß mit dir nimmer zu reden ist, und so will is anderst machen mit dir. Eigentlich sollt ich dich vor Gericht anzeigen, aber —"

„Auch noch! Anzeigen!"

„Ja, aber du hast ein gutes Kind, eine brave Tochter, die sterben würd vor Gram und Herzeleid, wann ihr Vater wegen Mord aufs Schafott käm oder lebenslänglich ins Spinnhaus. — Um ihretwillen will ich jetzt nix sagen, Aber denk ja net etwa, daß es dir für immer geschenkt sei! I werd dich beobachten und dich nimmer aus den Augen lassen. Sobald du die Paula zwingen willst, den Franz zu heiraten, bin i mit der Anzeig da. Und Zeugen hab i mehr, als du denken kannst. Das magst dir merken!"

Der Müller nahm seine ganze Selbstbeherrschung zusammen, seine Bestürzung zu verbergen. Es gelang ihm sogar, einen überlegenen Ton anzuschlagen.

„So! Bist fertig?"

„Noch net ganz. I will dir noch sagen, daß i dein Haus net wieder betreten werd, und die Fähr auch nicht."

„Ach so! Willst wohl fort?"

„Ja."

„Ohne meine Erlaubnis?"

„Nach der Erlaubnis frag ich net", sagte der Fex nun vollkommen ruhig und in einer Haltung, die den Müller mit ganz anderen Augen auf seinen Prügelknaben blicken ließ. „I könnt mir sogar den Lohn verlangen, den du mir net einmal angeboten hast, viel weniger auszahlt, aber ich will von dir ka Geld haben, denn die Sünd klebt daran. Ich schenks dir also. Nun weißts, i geh fort von hier, aber denk ja net, daß i net weiß, was d' machst. Ich werd dich net aus den Augen lassen, und wannst auf die Paula einen Zwang ausübst, so geh i zur Polizei, sag, was i weiß, und laß dich einstecken, dich und auch den Franz! Jetzt bin i fertig mit dir. Ich will mich nimmer mit dir streiten, denn bei dir ist ein jedes Wort verloren, und Hopfen und Malz dazu. Und weilst net auf kannst vom Stuhl, werd ich dein Gesind wecken, damit die Leut hinübergehn zur Fähr und den Fingerlfranz freimachen."

„Hölle und Teufel! Ist er anbunden?"

„Ja, und noch dazu hat er sich im Fuchseisen g'fangen."

„Im — Fuchseisen?"

„In der Fähr hatt ichs liegen, — wann amal ein Mörder kommen tät, daß er sich fangen möcht. Und von wem er die Prügel bekommen hat, das kannst dir nun auch denken und ihm sagen. — I brauch mich vor ihm net zu fürchten, und auch vor dir net und vor keinem Menschen. I steh unter einem dreifachen Schutz — und das ist mein König, mein Gewissen und mein Herrgott. Bei dir hab i in Knechtschaft gelebt allezeit; von jetzt an bin ich frei. Ich schüttle hier den Staub von meinen Füßen. Leb wohl, Peitschenmüller, leb so wohl, wie du leben kannst!"

Er ging, und der Sepp mit ihm. Im Hintergebäude schlief das Gesinde. Die beiden weckten die Leute und sagten ihnen, daß sie mit Laternen nach der Fähre gehen sollten, um den Franz zu holen.

„Und was tun nun wir?" fragte der Sepp.

„Geh du in meine Kapelle, bis i auch hinunterkomm! Wirst net lang zu warten haben."

„Ach so! Willst der Paula das Zeichen geben?"

„Ja."

„So will i gehn."

Auf dem Weg zum Felsen murmelte er vor sich hin.

„In die Kapelle also soll ich! Zu der Leiche hinab! Brrr! Und indessen steht oder sitzt er bei der Paula und macht ihr eine Liebeserklärung! Himmelsakra! Das laß i mir net gfalln! Hab i die jungen Leut zusammengesteckt und beschützt, so will ich auch dabei sein, wanns einander zum erstenmal das Busserl geben. Aber klug anfangen muß ichs —. Wo werdens hingehn?"

Er blieb überlegend stehen.

„Na, wo anders hin als auf den Felsen ans Grab. Da ziehts ihn immer hin, und da gibts auch die Rasenbank, wo man so schön mit der zusammenrucken kann, mit der man net wieder auseinanderrucken will. Also da hinauf muß i steigen."

Er versteckte sich hinter den Sträuchern, um den Lauscher zu spielen. Sein altes, ehrliches Gesicht legte sich dabei in dichte Freudenfalten.

Der Fex hatte an Paulas Fenster ein wenig Sand geworfen. Das Mädchen öffnete.

„Bists, Fex?" fragte es leise von oben herab.

„Ja."

„I komm gleich!"

„Aber nimm dich vor den Knechten und Mägden in acht! Sie stehn auf."

„Warum?“

„Wirsts sehn. Komm, i wart hier.“

Nach wenigen Augenblicken stand sie bei ihm.

„I hab eine große Angst ausgestanden“, flüsterte sie, „weil der Franz hat zu dir kommen wollen. Der hat dir Rache geschworen.“

„Hasts aa gemerkt?“

„Schon oft.“

„I fürcht ihn nicht. Komm, Paula!“

„Wohin?“

„Hinauf zum Felsen. Fürchtest dich?“

„Wannst dabei bist net.“

„Brauchst dich aa sonst net z' fürchten. Die Zigeunerin ist a gute Seel gewesen, und der Herrgott wird sie zu sich genommen haben in seiner großen Gnad und Barmherzigkeit. Weißt, a Mensch, wenn er brav ist, braucht sich an keinem Ort und vor niemand zu fürchten.“

Sie schritten nebeneinander dem Felsen zu. Dabei ergriff sie seine Hand. Als er ihre zarten, weichen Finger in den seinigen fühlte, wurde ihm weich und gut zumute. Er hätte diese Hand festhalten und nie wieder loslassen mögen.

„Willst dich setzen?“ fragte er, als sie an der Rasenbank auf dem Felsen standen.

„Du net aa?“

„Es ist wohl net Platz für zwei!“

„O doch! Wir haben ja nebeneinander gesessen, als wir noch kleine Kinder waren.“

„Ja, klein. Darum hatten wir Platz. Jetzt sind wir beide größer worden.“

„So rücken wir zusammen. Komm!“

Sie zog ihn neben sich nieder. Er fühlte ihre Gestalt warm und weich an der seinigen. Sie hatte früher gar oft seine Hand ergriffen, sie hatte auch neben ihm gesessen. Warum war es heut so viel anders, als früher? Er beantwortete sich diese Frage nicht. Diese beiden jungen, unberührten Menschen waren noch wie Kinder, und dennoch wehte ihnen die Ahnung eines seligen Glückes entgegen. Keins sagte ein Wort. Jedes suchte nach einem Anfang, aber es fiel ihnen keiner ein.

Da sahen sie Laternen näher kommen.

„Was ist das?" fragte Paula unruhig.

„Euer Gesinde."

„Was wollen sie hier?"

„Den Fingerlfranz holen."

„Ist ihm denn was geschehn?"

„Ja, aber brauchst darum net zu erschrecken. Weißt, er fing Streit mit mir an und mit dem Wurzelsepp, und da haben wir — na, weißt schon!"

„Was?"

„Das, was ich damals im Walde tat, als er so unanständig gegen dich war."

„Also eine Prügelei!"

„Nein, keine Prügelei, sondern eine richtige Bestrafung. — Wir haben ihn anbunden und ihm so viel Schläg geben, wie er verdient hat."

„Und nun muß er g'holt werden?"

„Ja."

„So kann er net mehr laufen?"

„I weiß net. Wir haben ihm den Strick net weggenommen. Vielleicht lauft er schnell davon, wann s' ihn nur erst losbunden haben."

„Horch!"

Die Fähre lag gar nicht weit vom Felsen entfernt. Man hörte laute Rufe des Schreckens, des Erstaunens, dazwischen hinein ein tiefes Ächzen.

„Wer hat dich so zugerichtet?" fragte ein Knecht.

„Weiß net", antwortete Franzens Stimme. „Es war finster hier."

„Vielleicht bekommen wir die Täter heraus, wannst erst richtig erzählt hast. Kannst laufen?"

„I weiß net."

„Versuchs doch amal!"

„Ah! Oh! Brr!"

„Tuts weh?"

„Jede Bewegung sticht wie ein Messer und brennt wie Feuer. Ah! Oh! Puh!"

„Du mußt doch schmähliche Hiebe kriegt haben! Das Leder ist hinten ganz entzwei. Solln wir dich lieber tragen?"

„Nein, nein! Da, wohin ihr da greifen müßt, da könnt ichs erst recht vor Schmerz net aushalten. I will lieber versuchen, ob i laufen kann. Führt mich hüben und drüben unterm Arm!"

„So komm!"

Zwei derbe Knechte unterstützten ihn zu beiden Seiten, und er tat einige Schritte, mußte aber bald stehenbleiben.

„Fffffffft" stöhnte er mit zusammengepreßten Lippen.

„Es tut wohl schlimm?"

„Als wenn mir einer die Haut abziehn tät!"

„Brrr! Das muß ein Gefühl sein! Und ein Gesicht tust schneiden, als obst Lebertran mit Essig trunken hättst."

„Hol euch alle zusammen der Teixel!"

„Lieber die, dies gewesen sind!"

„Ja! Wann is herausbekomme, dann können sich die gefaßt machen."

„Was hast nur eigentlich bei der Fähr g'wollt?"

„Der Müller schickt mich mit einem Auftrag zum Fex. I trat an den Kahn und blickt hinein. Dabei legt i mich mit den Händen aufs Brett, und da ist das Eisen z'sammenklappt. Darauf hab i sogleich um Hilfe gerufen, aber anstatt mir Rettung zu bringen, hat man mir die Beine zusammenbunden und dann zug'schlagen."

„Verteixeli! Aber wacker gearbeitet müssen die Kerls haben. Es sind wohl an die acht Ruten gewesen, die zerbrochen dalagen. Da ists kei Wunder, daß dei Haut vor Erstaunen so zerplatzt ist. Mach jetzt, daß d' weiterkommst, sonst sind wir übermorgen noch net in der Mühle!"

„Uh! Puh! Es graut mir!"

„So wart lieber! I will den Schubkarren holen, da legen wir dich drauf, mit dem Bauch nach unten, da tut nachher das, was nach oben blickt, net gar so sehr weh."

„Fallt mir net ein! Vom Schubkarren mag i erst recht nix wissen. Lieber lauf i."

Er setzte sich wieder in Bewegung.

Langsam und mit mancher Unterbrechung gelangten sie endlich nach der Mühle. Der Weg war gewürzt von Bemerkungen, die der Franz gewiß mit Ohrfeigen beantwortet hätte, wenn sein Zustand nicht gar so jämmerlich gewesen wäre.

Der Fex und die Paula hatten diese Unterhaltung mit angehört.

„Habt ihr denn gar so zugeschlagen?" fragte sie leise.

„So, wie ers verdient hat! I erzähls dir schon einmal später. Wanns auf ihn ankommen wär, so lebt i jetzt nicht mehr, sondern ich wär eine Leiche."

„Meinsts im Ernst?"

„Ja."

„Du und net mehr leben! Mein Gott, i glaub, daß ich nimmer wieder fröhlich gewesen wär."

„Ists wahr?"

„Das kannst glauben! Schau dich doch mal um! Hab i einen Menschen, der so zu mir ist wie du? Sag mir einen, Fex!"

„Ja, i weiß halt auch keinen."

„So siehst, daß i recht hab. Weißt, i hab nur den Vater, keine Mutter und keinen Bruder oder ein Schwester. Ich bin ganz allein, und der Vater —"

Sie stockte.

„Den hast net lieb."

„Nein, i hab ihn net lieb", seufzte Paula schwer. „Es ist eine Sünd, wann is sag, aber es ist so, und i kann nix dafür. I fürcht mich vor ihm. 's ist mir oft, als ob i gar net glauben sollt, daß er mein Vater ist. I hab nur dich allein gehabt, solang i leb. Wir haben mitsammen gespielt und sind mitnander aufgewachsen. Und dann hier oben auf dem Felsen, wo kein anderer heraufkommen ist, da haben wir graben und pflanzt und was für Blumen!"

„Ja", lachte er. „Gras und Hahnenfuß und Butterblumen und Löwenzahn. Du hast die Blumen abgerupft von der Wiese, ohne die Wurzeln daran, und sie hier in die Erd gesteckt. Und wanns nachher verwelkt waren, da hast bitterlich geweint und net begreifen können, daß sie net fortwachsen sind."

„Freilich! Ich hab mir die Papiertüten aus der Kuchl geholt und darin das Wasser aus dem Fluß herauftragen. Und wanns unten voll g'wesen sind und i bin heraufkommen, so sinds allemal leer g'wesen. Das war eine Not und Angst!"

„Und weils mit den Papiertüten net gangen ist, so hast nachher deinem Vater sei Filzschuhe wegstibitzt und drin das Wasser geholt. Das ist schon besser gangen, bis der Müller 's gemerkt hat. Da haben wir alle beid ganz gehörige Schwipse bekommen."

„Du aber die meisten, weilst deinen Buckel hing'halten hast, wann der Vater nach mir zielt hat."

„Oh, das hab i gar net gefühlt."

„Du hast überhaupt nie gefühlt, wannst für mich hast leiden und hungern müssen. Und das ists, was i dir nie vergessen werd. Ach ja, das war so schön damals!"

„Ja, schön — schön!" nickte er.

„Aber jetzt, weil der Vater mich mit Gewalt zum Fingerlfranz zwingen will —"

„Und du magst doch net?"

„Nein. I sag dir, daß i in dieser Sach dem Vater nimmer gehorchen werd. Aber schlimm wirds mir ergehn."

„Nein."

„Woher weißt das?"

„I hab meinen Grund."

„Wohl wegn dem, was du dem Vater g'sagt hast, als der Richard Wagner bei ihm gewesen ist?"

„Ja."

„Was war das?"

„Das sag i dir schon noch, wann die Zeit dazu kommen ist. Auch brauchst jetzt vorerst kei Angst zu haben. So, wies jetzt mit dem Franz ausschaut, kann er keine Verlobung halten. Er kann net laufen, net stehn, net sitzen und net liegen. Das würd ein schöner Bräutigam sein."

„I glaub, du hast ihn wegen der Verlobung so verhauen", lachte Paula herzlich auf.

„Vielleicht."

„Ja, so bist halt immer mein Beschützer gewesen. Wie aber wirds dann werden, wannst ganz fortgangen bist von mir?"

„Ganz geh ich net fort."

„I denk, der König hats gewollt?"

„Schau, i meins halt so: Der Körper geht fort, aber der Gedank bleibt da."

„Ach, so ists gemeint!"

„Ja. Oder soll i net an dich denken?"

„Oft! Immer."

„Und du? Denkst auch du an mich?"

„Das kannst noch fragen? In der Früh, wann i aufsteh, werd i gleich an meinen Fex denken und so immerfort am ganzen Tag, bis i einschlaf am Abend."

„So wirds auch bei mir sein; aber weißt, wann i fort bin, und du brauchst mal a Hilf oder a Rat, so sags dem Wurzelsepp. Er ist zuweilen hier, und i werd ihn bitten, öfters herzugehn."

„Das soll mich freun, denn weißt, i hab ihn gern. Er ist net reich und net fein, aber herzensgut."

„Das ist er, drauf kannst dich verlassen. Und darum bitt i dich, wend dich an ihn, wannst einen Freund brauchst und i dir nicht helfen kann. Aber wann i selber kann, so werd is tun."

„Aber du bist net da."

„Trotzdem könnst mirs doch sagen, wannst irgendeine Not oder einen Wunsch hast."

„Durch den Sepp?"

„Ja, oder durch einen Brief."

„So meinst, daß i dir schreiben soll?"

„Ja, du mir und i dir."

„Wanns der Vater erfährt!"

„Der brauchts net z' wissen."

„Ist das net ein Unrecht, Fex?"

„Gott soll mich behüten, von dir ein Unrecht zu verlangen. Wann dei Vater anders wär, so braucht i dich gar net z' bitten, mir zu schreiben. Aber weil er ein Tyrann ist und unverständig, so muß ich ein klein wengerl dei Beschützer sein, und du darfst schon an mich schreiben. Gib mir die Hand darauf, Paula!"

„Hier hast sie!"

Sie reichten sich die Hände. Er zog sie leise näher an sich. Und sie folgte dem Druck seiner Hand, so daß ihr Haar nun seine Wange berührte. Es war wie ein süßer, feiner Rausch, der über ihn kam. Er drückte seine Lippen auf ihr Haar.

„Was machst?" hauchte sie.

Wenn es Tag gewesen wäre, hätte er sehen können, wie tief sie errötete.

„Bist mir bös?" fragte er mit leise zitternder Stimme.

„Nein. Bist ja mei einziger Freund, mei Bruder."

„Ja, und — der Bruder darf die Schwester küssen!"

„Ja, aber nur aufs Haar."

„Du, das glaub i net. Ich hab schon gesehn, daß Geschwister sich richtig auf den Mund küßt haben."

„Fex, Fex, bist auch so einer, der gleich alles haben will. Der Bruder darf die Schwester nur bei einer ganz gwissen Gelegenheit einen richtigen Kuß geben."

„So! Wann gibts denn diese Gelegenheit?“

„Wann sie sich für lange Zeiten trennen — oder sich nach langer Trennung wiedersehn.“

„Hasts net ghört, daß i heut fortgehn werd?“

„Das ist noch net bestimmt!“

„Nun, dann morgen!“

„Oder gar übermorgen!“

„Das ändert gar nix an der Sache. Wer weiß, ob wir uns noch a mal so treffen. Wir müssen jetzt den richtigen Abschied nehmen. Meinst net?“

„Na.“

„So soll i nachher gehn ohne Abschied?“

„O nein.“

„Aber ohne Kuß?“

Sie schwieg.

„Paula!“

Da schmiegte sie das Köpfchen fester an seine Schulter und ergriff seine Hand.

„Fex, sei gut! Es muß ja net sein, und — und — —“

Er strich ihr mit der Hand über den Kopf und antwortete in überquellender Liebe:

„Was bist doch für ein braves Dirndl! Ja, so muß es sein! Man darf nix fordern und auch nix geben, was net gern und von selbst gegeben wird. Bleib immer so, wie du jetzt bist, so wirst einst den sehr glücklich machen, den — den — den — — —“

Er hielt inne. Es fiel ihm schwer, das richtige zarte Wort zu finden.

Sie blickte fragend zu ihm auf.

„Mit dem du dich gern verlobst und net so ungern wie mit dem Fingerlfranz,“ sagte er leise.

Es war ihm, als ob ihre Finger sich fester um seine Hand legten.

„Gibts da einen?“ forschte er sanft.

„Vielleicht später. Daran darf man noch net denken.“

„Warum?“

„Weil — weil — was d'auch heut alles fragst!"

„Weil i fort muß von dir und gern amal tief in dei Herzerl blicken möcht."

„Oh, das ist so klein und gar nix wert. Du aber, oh, mit dir ists was ganz andres."

„Wie meinst das nun?"

„Du wirst ein großer und berühmter Mann sein, ein Mann, nach dem sich alle Händ ausstrecken."

„Da kannst dich sehr irren!"

„O na. I bin nur a armes und dummes Dirndl, aber kennen tu i dich doch. Du bist noch so jung und hast schon gar unsern König für dich gewonnen. Der, wann er die Hand für einen auftut, der weiß gewiß, daß er es auch wert ist, und daß er seinen Weg macht. Du wirst emporsteigen, und i muß unten bleiben."

Das klang tief traurig und entsagungsvoll. Er blickte eine Weile schweigend vor sich hin.

„Ich will aufrichtig sein mit dir, Paula," sagte Fex innig. „Ja, der Herrgott hat mir ein großes Talent verliehn. Was andre lernen nach schwerer Müh, das ist mir wie im Spiel zu eigen worden. Freilich hab ich auch kämpft und sorgt und geübt und gearbeitet im stillen, aber für meine Kraft ist das ein leichtes gewesen. Ich fühls, und i bin überzeugt, daß ich — emporsteigen werd. Aber wannst meinst, daß du unten bleiben wirst, so irrst dich gewaltig. Du bist bei mir gewesen in meiner Armut und Niedrigkeit. Du hast mich net verachtet, du hast mir warm und gut zug'leuchtet wie die liebe Sonn dem armen Wurm im Staub. Wann i hab sterben mögen, so bist du mei Leben gwesen, und wann i am Verzweifeln war, so fand i bei dir den Glauben und die Zuversicht. Und jetzt meinst, daß i meinen Weg allein machen werd? Der Herrgott im Himmel weiß es, daß i lieber der arme Fex bleib, als daß i ein großer Künstler werden und auf dich verzichten sollt. Steig ich hinauf, — so sollst auch mit hinauf, wann net, gut, so bleib i auch da unten. I mag kein andres Glück, als bei dir zu sein, und keinen andern Ruhm, als den, daß die Paula stolz sein kann auf den verachteten Fex!"

So anders, so stolz der junge Mensch, der barfuß und in fast zerlumptem Gewand neben der reichen Müllerstochter saß. Er schien dem Mädchen ein viel Höherer zu sein, denn sonst.

„Fex!"

Das war ihre einzige Antwort.

Da machte er eine rasche Bewegung, als ob er alles von sich abschütteln wollte.

„Jetzt weißt, was ich denk und fühl, Paula. Und nun wirst mir wohl recht sehr bös sein?"

„Fex! Wie könnt i das! Bös sein? Niemals! Im ganzen Leben net!"

„So sag: Willst meine Seele bleiben, wie bisher?"

Sie antwortete nicht, aber sie senkte den Kopf tiefer herab.

Er zog sie fester an sich, hob ihr das Köpfchen und küßte sie auf die widerstrebenden Lippen. Ihre Arme sanken und in ihre Gestalt kam es wie eine Starrheit. Er fühlte es.

„Paula, was hast? fragte er ängstlich, und löste seine Arme von ihr.

Das Mädchen schlug beide Hände vor das Gesicht, aber es schwieg.

„Paula, sei gut!"

Sie antwortete noch immer nicht.

„Jag mich fort! Aber sag mir vorher, daß du mir gut bist, — Paula!"

Auch jetzt blieb sie stumm.

„Willst net ein Wort mit mir reden? Bitte, bitte, schau mich nur amal an!"

Er zog ihre Hände vom Gesicht, erst die eine und dann die andere, leise und langsam, ohne Gewalt anzuwenden.

„Paula, Paula! Mir wird angst um dich!" rief er fast zu laut aus.

„Fex — —"
„Gott sei Dank!"
„O Fex! Was hast tan!"
„Kannst nimmer verzeihen?"
„Ach, Fex, wie war mir nur? Ich kanns gar net beschreiben."
„Sprich net davon!"
„Und doch muß i dirs sagen, daß is dir darum net verzeihen kann, weils gar keine Sünd war. Fex, du kannst net ahnen, und auch i habs net geahnt, wie mir war. Das ist wie ein Zauber. Man ist fast tot; aber hernach da kommt ein Leben, ein Leben so — — oh, Fex, Fex, lieber Fex!"

Sie nahm seinen Kopf in beide Hände und küßte ihn auf den Mund, einmal, zwei- und dreimal. Da stieß er einen überlauten Jubelruf aus, schlang die Arme um ihren Leib, preßte den Kopf an den ihren und schluchzte vor Glück.

Und sie legte ihre Wange an die seinige und weinte mit — vor Glück, wie er.

So hielten sie sich lange, lange Zeit umschlungen. Im Osten ward es heller. Die Tür der Mühle öffnete sich, und der Fingerlfranz trat heraus.

Er hatte sich verbinden lassen und ging nun in einer geborgten Hose mit sehr kleinen Schritten nach Hause. Wenn er geahnt hätte, wie innig vereint diese beiden unverdorbenen und glücklichen Menschenkinder beieinandersaßen!

„Lieber Fex!"
„Meine Paula!"
„I muß fort. Schau, 's ist Tag."

Das hatte er noch gar nicht bemerkt. Er sprang schnell von der Bank auf und blickte sich um.

„Wahrhaftig! Der Morgen ist da! Und nun sollen wir scheiden — auf so lange Zeit!"

„Nein, noch net. Noch bist net fort und mußt erst noch

mit dem König sprechen. Wann i dich seh, so komm i schnell. Leb wohl, mein lieber, lieber Fex!"

Dann legte sie ihre Hände an seine Wangen, blickte ihm warm und innig in die Augen, und lief behend den Felsen hinab.

Er sah ihr lange nach.

„Ists wahr?" seufzte er tief auf. „O Paula, Paula, Paula! Und der Sepp, der Sepp, der solls erfahren. Ich muß zu ihm."

Er eilte fort.

Kaum war er verschwunden, so raschelte es in den Büschen, und der Sepp kroch heraus.

„Und der Sepp, der Sepp, der solls sogleich erfahren. Ich muß zu ihm!" kicherte er. „Na, der weiß es schon seit langer Zeit. Der hat hier gesteckt und sich ei Güte tan an den zweien, die sich da ihre Liebeserklärung gemacht haben, wie zwei Kinder, von denen keins so recht eigentlich weiß, was ein Mannsen und ein Weibsen ist. Aber so muß es sein. Zwei unverdorbene Menschenkinder sinds, fromm und gut und ohne Falschheit, so daß man sei Freud haben kann. Aber so einen kleinen Rüffel muß ich dem Fex dennerst geben. Mit einem hübschen Dirndl tut man net so, als ob man wie ein klans Büberl in der Wiege liegt und die Milchflasch im Maul hat. Da muß man ein wengerl Gschick dran machen; das wollen die Dirndln ja selber so haben. An Schmachtlappen, der sie kaum anzuschauen traut und sie nur so von weitem mit den Fingerspitzen antippst, der kann ihnen gstohlen werden. Das ist gewiß."

Er stieg den Felsen hinab und schritt gemächlich zur Mühle. Gerade als er das Gebäude erreichte, trat die Leni heraus.

„Ah, du bist auch schon munter?" fragte er.

„Nicht schon, sondern noch munter", antworte sie lachend und drückte ihm die Hand.

„So hast gar net geschlafen?"

„Nein.“

„Glaubs dir schon. Die Aufregung von gestern abend her hats net erlaubt. Wohin willst?“

„I wollt ein wengerl im Morgen herumspazieren. Und du, Pat Sepp?“

„I weiß selber net, was i eigentlich vor hatt. Vielleicht hätt i mir ein kleines Platzerl gesucht, wo i einen Schlummer machen konnt.“

„So hast auch nicht geschlafen?“

„Na. I hab mit dem Fex zu tun gehabt. Nun aber, wanns dir recht ist, lauf i ein Stuckerl mit dir.“

„Recht ists mir allemal, das weißt ja.“

Sie gingen auf dem Weg zur Stadt langsam nebeneinander her und sprachen über das gestrige Konzert. Fast hatten sie die ersten Häuser erreicht und wollten sich nun nach rechts ins freie Feld wenden, als ein Mann mit einem großen Kasten auf dem Rücken zwischen den Häusern hervorkam.

„Der Anton!“ sagte Leni erschrocken.

„Ja. Komm, gehn wir schnell weiter!“

„Nein, wir bleiben. Er hat uns gesehn, und wann wir da fortlaufen, so meint er am End gar, daß wir uns vor ihm fürchten.“

„Hast recht. Wir bleiben hier auf der Straße. I bin doch neugierig, was er sagen wird.“

„Er macht ein schlechtes Gesicht. Sepp, i bitt dich schön, sag nix dazu, wann i mit ihm red!“

„Nix? Wozu hab i denn mein Maul?“

„Das hast jetzt nur zum Schweigen. Wannst auch mit redest, so gibts einen richtigen Zank.“

Der Anton war jetzt so nahe herangekommen, daß Leni nichts mehr sagen konnte, ohne von ihm gehört zu werden.

Er blieb mitten auf der Straße stehen, stemmte seinen Stock unter den Kasten, um sich dessen Last zu erleichtern, und sagte:

„Guten Morgen auch, ihr Herrschaften!"

Die beiden dankten. Leni tat dann, als ob sie an ihm vorüber wolle. Er aber wehrte ab.

„Willst weiter? Fürchtest dich etwa vor mir?"

„Das glaubst wohl selber nicht!"

„So — schämst dich also vor mir?"

„Ich wüßt nicht, warum."

„So muß ichs dir sagen?"

„Das hast nicht nötig. Ich hab gar nix dagegen, wannst deine Weisheit für dich allein behältst."

„Wirst aber doch anhören müssen, denn i bin deswegen zu dir herauskommen."

„Ah, nach der Mühle hast also wollen?" fragte Sepp.

„Ja."

„So früh am Tag? Konntst erst ausschlafen. Oder hast etwa eine schlechtes Nachtlager gehabt?"

„Besser wohl als ihr. I bin der Gast von dem Musikprofessor aus Wien, weißt, dessen Frau i vom Felsen herabg'holt hab. Aber i bin ihnen schon in der Früh davongangen, weil i nix mehr von der Stadt wissen will. Vorher aber wollt i zur Leni — oder vielmehr zu der feinen Sängerin. Darum hab i euch auch ganz vornehm grüßt. Ihr seid ja Herrschaften worden."

„Da kannst recht haben", nickte der Sepp.

„Du auch, Wurzelsepp. Hast ja auch mitgsungen beim Konzert und bist ausklatscht worden."

„Ausklatscht? Du, Anton, sag das net noch mal, sonst bist dus, der ausklatscht wird! Man hat mir Beifall und Bravori klatscht, aber vom Ausklatschen ist kei Red gewesen."

„Ja, und von dem Bravori bist nun ganz stolz und dudeldick worden, das seh i."

„I kann auch stolz sein!"

„Auf dich etwa?"

„Jawohl!"

„Und auf dei Pat wohl auch?"

„Noch weit mehr als auf mich!"

„So muß i dir sagen, daß i für so einen Stolz sehr danken tät. Ihr habt Veranlassung, euch zu schämen, zum Stolz aber gibts gar keinen Grund."

„Das sagst, weilst zornig bist und voller Neid und Eifersucht."

„Das brauchst dir net einzubilden. Auf so ein Weibsen kann i nie eifersüchtig sein. Sie hat sich erledigt — verstehst erledigt — für alle Ewigkeit."

„So! Hat sie ihre Sach schlecht gemacht?"

„Nun, wann i gerecht sein will, so muß i zugeben, daß das erste Stück sehr gut gewesen ist."

„Aha!"

„Aber nachher!"

Leni hatte ihre Ruhe bewahrt. Weh tat es noch immer, — sehr weh. Aber sie mußte es überwinden ... Und so sagte sie gleichmütig:

„Laß ihn nur, Sepp! Er verstehts halt net besser, und es ist freilich nix als nur die Eifersucht, wann er sich so zornig gebärdet."

„Oho!" widersprach der Anton. „Eifersucht gibts bei mir net mehr; das sag i noch einmal. Du kannst mir g'stohlen werden. I hab nix dagegen."

„Warum kommst du dann herauf zu mir?"

„Weil is dir sagen will, wie sehr i dich von jetzt an — verachten muß!"

„Nu gut, so hab ichs jetzt gehört. Aber ich mach mir nix daraus. Was so ein dummer Hans von mir denkt, das kann mir sehr gleich sein. Jetzt sind wir fertig, und du kannst gehn."

Leni wandte sich ab von ihm.

„Nein, fertig sind wir net", brauste Anton auf. „So einer ausverschämten Dirn, wie du bist, muß man deutlich —"

„Schweig!" unterbrach sie ihn und trat hart an ihn heran. „Du wärst der Mann dazu, mir ein Zeugnis zu geben! Dich wird kein Mensch nach deiner Meinung fragen. Wir gehn einander nix mehr an, und wannst mir nun nochmals nachlaufst und mich beleidigst, so nehm i die Polizei zu Hilf und laß dich einsperren!"

Er fuhr vor ihrem Zorn zurück.

„Wa—a—as? Ein—sper—ren?"

„Ja, darauf kannst dich verlassen! Geh, wohin du willst, und mach, was du willst! Mich aber laß in Ruh, sonst werd ich mich zu wehren wissen! Mit so einem Menschen, wie du bist, wird kein Aufhebens mehr gemacht. Komm, Sepp, und laß den Maulaffen stehn!"

Sie zog den Alten fort. Der Anton blickte ihnen eine kurze Weile nach.

„Maulaffen hats mich geheißen? Das ist gut!"

Er legete beide Hände an den Mund und rief ihr nach: „Lauf hin, du alte Papiertüte, du! Um dich ists gar net schad, lauf hin mit deinem Pavian. Ihr paßt genau füreinander und könnt euch bald heiraten. Nachher zieht ihr mit dem Drehorgelkasten auf den Jahrmärkten herum und singt den Leuten Gestanzeln vor!"

Er setzte seinen Weg fort und schlug einen Richtsteig ein, der über eine Anhöhe führte.

Er stapfte blindwütend darauf los — — und wußte doch zutiefst im Herzen: es ist nicht wahr — nicht wahr ...

Und wußte, er liebte sie doch — noch immer ...

Auf der Anhöhe lag eine kleine, aber vielbesuchte Gastwirtschaft. Von dort aus hatte man einen herrlichen Ausblick auf die Berge, und besonders gut konnte man den Auf- und Untergang der Sonne betrachten. Darum saßen früh und gegen Abend zahlreiche Badegäste in dem kleinen Anbau, der mit hohen Glasscheiben versehen war.

Auch heute befanden sich trotz der frühen Morgenstunde schon Besucher da, unter ihnen Professor Weinhold aus Wien mit seiner Frau.

Anton stieg den Bergpfad hinauf, auf dem man zwar

mühsamer, aber auch schneller zur Höhe gelangte. Gerade unter dem Anbau, der hart am Abhang lag, erreichte der Pfad einen Vorsprung, der seiner gefährlichen Lage wegen mit einem Geländer versehen war. Um zu verschnaufen, blieb der Bursche kurze Zeit da halten.

Sein Blick fiel hinab in den Grund. Da sah er die Leni und den Sepp, die langsam miteinander durch die Wiesen gingen.

Um ihnen zu zeigen, daß er nicht voller Herzeleid von ihnen scheide, stieß er ein lautes Juhu aus und schwang den Hut dabei. Und dabei klopfte sein Herz so mahnend, so bang . . .

Aber der Trotz steifte ihm den Nacken.

Sie schauten auf.

Der alte Sepp erkannte ihn, riß seinen Hut auch vom Kopf, schwenkte ihn und stimmte nach Gebirglerart einen Trutzgesang an:

„Der Anton steigt den Berg hinauf
und will nicht mehr herunter.
Den Kasten schleppt er mit sich fort,
da drinnen steckt viel Plunder.
Hallodrium, hallodria;
aus dir wird nix, halleluja.
Dein Scheiden macht uns froh,
hallo, halli, hallo!"

Es war hier oben jedes Wort deutlich zu verstehen. Als der Alte den Schlußjodler geendet hatte, antwortete der Krikelanton schlagfertig:

„Der Sepp, der alte Bösewicht,
ist halt sehr naseweise.
Sein alter Hut hat Loch an Loch,
und drunter krabbeln Läuse.
Hallodria, hallodrium;
gebt euch nur keine Müh.
Ihr beid' seid mir halt viel zu dumm,
halli, hallo, halli!"

Der Anton hatte keine Ahnung von dem Reichtum, den er in seiner Stimme besaß. Sie tönte von der Höhe hinab, füllte das ganze Tal und weckte das Echo des Waldes aus seinem Schlummer.

Drunten im Städtchen blieben die Leute auf den Gassen stehen und lauschten dem mächtigen Schall, der nicht aus einer einzigen Kehle zu kommen schien, sondern von einem ganzen Chor.

Auch im Gasthaus über ihm hörte man den Gesang. Daß dort, als er den Jodler begann, eine Glasscheibe klirrte, bemerkte Anton nicht.

Als er geendet hatte, antwortete der Sepp aufreizend wieder von unten:

„Renn mit dem Kopf nur durch die Wand!
Dumm bist halt, wie die Sünden.
Sucht man bei dir nach dem Verstand,
so ist er nicht zu finden.
Hallodrium, hollodria;
dein Scheiden macht uns froh:
Aus dir wird nix, halleluja,
hallo, halli, hallo!“

Und Anton wollte ihm das letzte Wort nicht lassen. Er schwenkte den Hut und sang dazu:

„Euch ärgerts nur, daß ich jetzt geh
und laß euch hinten liegen.
Der Abschied tut mir nimmer weh,
kann stets ’ne andre kriegen.
Hallodria, hallodrium;
gebt euch nur keine Müh!
Ihr beid’ seid mir halt viel zu dumm,
halli, hallo, halli!“

Er sah von oben, daß Sepp ihm weiter standhalten wolle; aber die Leni bat ihn still zu sein. Da gab auch er sich zufrieden.

Jetzt erst hörte er über sich Stimmen. Eine Frau rief in ängstlichem Ton:

„So komm doch herein!“

„Ich kann ja nicht“, antwortete ein Mann.

„Aber so kanns doch nicht bleiben!“

„Nein! Ich zerschneide mir die Kehle! Der Kellner mag einen Hammer bringen!“

„Ja. Wir zerklopfen die Scheibe, daß das Loch weiter wird, dann kannst du herein. — Nein, Mann, Mann, wie du nur nicht sehen konntest, daß das Fenster nicht offen war!“

„Ich dachte nicht daran. — Der Sänger! Diese Stimme, nein, so eine Stimme! Wo mag er sein?“

Anton blickte hoch. Er konnte niemand finden. Die Stimmen der Sprechenden kamen ihm bekannt vor. Er ging weiter. Als er den Absatz verlassen hatte, sah er den Anbau über sich, der sich höchstens acht Ellen über dem Richtweg befand. Ein Kopf mit hochgerötetem Angesicht blickte aus einer der Scheiben herab.

„Alle Teufel!“ rief der Mann, dem der Kopf gehörte. „Da kommt der Anton!“

„Herr Professor, Sie?“ rief dieser hinauf.

„Ja. Ich bin mit dem Kopf durch die Scheibe gefahren und kann nun nicht wieder hinein.“

„Himmelsakra! Solch eine Dummheit!“

„Freilich! Aber es sang da unten einer, und da wollte ich schnell hinausschauen und stieß das Glas durch. Weißt du, wer gesungen hat?“

„Oh, gewiß — ich wars selber!“

Der Professor öffnete in sprachlosem Erstaunen die Lippen.

„Du?“ fragte er endlich langgedehnt. „Unmöglich!“

„Glaubsts nicht?“

„Nein.“

„So hör einmal!“

Er wiederholte den Jodler.

„Wahrhaftig, wahrhaftig, er ists gewesen!“ rief der Professor. „Frau, denke dir nur — ach!“

Jetzt erklangen Schläge gegen das Fenster, und die Glassplitter fielen herab. Die Öffnung wurde vergrößert, und der Professor konnte seinen Kopf langsam wieder zurückziehen, steckte ihn aber sogleich wieder heraus.

„Anton, komm herauf, schnell!"

„Ja, wannst denkst, so komm ich schon."

Er stieg weiter. Unter der Tür der Gastwirtschaft erwartete ihn der Professor, dessen Gesicht von dem Glas mehrfach verletzt war. Er beachtete es aber nicht. Die Blutstropfen, die langsam hervorquollen, wischte er mit dem Taschentuch ab. Er kam Anton mit ausgestreckter Hand entgegen.

„Ich kanns noch immer kaum glauben! Bist du es wirklich gewesen, Anton, der gesungen hat?"

„Freilich. Hasts ja nachher noch gehört."

„Komm herein!"

Er faßte ihn beim Joppenärmel und zog.

„Halt!" wehrte sich Anton. „Dahinein in die gute Stub gehör ich nicht. Die ist nur für die vornehmen Herrschaften da."

„Papperlapapp! Für einen, der eine solche Stimme besitzt, ist keine Stube gut und fein genug. Übrigens ist meine Frau im Nebenzimmer; dort sind wir allein. Ich hab mit dir zu reden, was niemand weiter zu hören braucht. Also komm!"

Er zog ihn fort in die Nebenstube, wo seine Gattin auf sie wartete. Sie wollte sich natürlich zunächst um die Schrammen in seinem Gesicht kümmern, er aber wies ihre Dienste zurück.

„Bitte, laß das jetzt! Ich habe Wichtigeres zu tun."

„Aber du blutest ja!"

„Das sind nur Tropfen. Das heilt in einigen Stunden zu! Komm her, Anton! Tu deinen Kram ab und setz dich nieder!"

Er war dem Tabulettkrämer behilflich, die Tragbänder abzuschnallen.

Als der Kasten auf dem Tisch stand, klopfte er mit der Hand an ihn.

„So! Der hat ausgedient!"

„Wie meinst das?" fragte Anton.

„Daß du ihn nie mehr auf den Rücken nehmen wirst."

„Da kannst dich irren. Ich muß doch mei Gschäft haben!"

„Ja, aber ein anderes. Diesen Kram hier kannst du gleich nebst dem Kasten zum Fenster hinauswerfen, denn mit der Tabulettenkrämerei ist es aus."

„Was soll i sonst tun?"

„Singen."

„Das kann i nebenbei."

„Nebenbei? Nein. Du sollst nichts tun als singen. Das Singen soll von heute an der Hauptzweck deines Lebens, dein Beruf sein, Anton!"

„Meinst, daß i ein Sänger werden soll?"

„Nichts anderes meine ich."

„Mach doch ka Spaß!"

„Es ist mein heiliger Ernst. Mensch, was hast du für eine Stimme!"

Er legte ihm beide Hände auf die Achseln und blickte ihm begeistert ins Gesicht.

„Na, eine Stimme hat doch ein jeder Mensch!" lachte der Anton.

„Ja, aber was für eine! Stimme und Stimme ist ein großer Unterschied. Die deinige ist ein Reichtum, ein Goldbergwerk!"

„Sakra! So kann i a mal reich werden?"

„Du kannst dir eine Million ersingen."

„Jesses! Wieviel ist das?"

„Tausendmal tausend."

„Na, das tät i mir schon gfallen lassen."

„Ja. Ich kenne keinen der jetzigen Sänger, der sich in Beziehung auf die Stimme mit dir messen könnte. Du hast meiner Frau das Leben gerettet und keinen Dank dafür angenommen. Wir kennen dich seit jener Zeit und haben doch keine Ahnung gehabt von dem Pfund, das dir der Herrgott verliehen hat. Soll es etwa vergraben liegenbleiben?"

„Net? So gib mir einen Rat!"

„Ich bin ja Professor der Musik!"

„Das weiß i."

„Ich bilde dich aus."

„Ausbilden? Verdimmi, verdammi! Etwa grad so wie die Leni?"

„Geradeso."

„Daß i in Konzerten sing?"

„Ja."

„Und auf dem Theater?"

„Ja."

„Und dabei muß i auch andre Gewandeln anziehn als gewöhnlich?"

„Ja, freilich müßtest du dich nach der betreffenden Rolle kleiden."

„Und könnts da auch vorkommen, daß i grad mit der Leni auf der Bühne singen müßt?"

„Das könntest du sehr leicht einrichten."

Da schlug der Anton mit der Faust auf den Tisch, daß es krachte.

„So hab ich meine Rache! So wirds gemacht, grad so! Und nachher — aber nein, es geht net."

Der kleinmütige Ton klang nach dem ersten Ausbruch seiner Gefühle fast spaßhaft.

„Warum geht es nicht?" fragte der Professor.

„Wegen den Eltern, die i noch hab."

„Werden sie sich dagegen sträuben?"

„Ja, weil sie doch leben wollen."

„Aber das können sie dann ja viel besser als jetzt! Du wirst viel, viel Geld verdienen!"

„Dann vielleicht, aber jetzt hab i nix. Wie lange Zeit wird es währen, bis i ein Sänger bin?"

„Das ist unbestimmt. Auftreten kannst du schon, bevor du vollkommen ausgebildet bist."

„Bei der Leni hats vom September bis zum Mai gedauert, bis sie im Konzert singen konnt."

„Bei dir wird es bestimmt auch nicht längere Zeit erfordern."

„Nun gut; aber in diesen Monaten wollen meine Eltern leben und i auch."

„Ach so! Das meinst du! Da bin ich ja da!"

„Willst mir etwa geben, was ich brauche?"

„Natürlich! Ich habe dir ja längst bewiesen, daß ich dir gern dankbar sein möchte. Jetzt freut es mich von ganzem Herzen, daß sich endlich eine Gelegenheit dazu gefunden hat, und was für eine!"

„So willst mir das Geld schenken?" staunte der Krikelanton.

„Ja, was ich habe, das ist auch dein."

„Nein, geschenkt mag i nichts haben. Wann du meinst, daß i später viel Geld verdienen werd, so kannst mir ja borgen, was i jetzt brauch; i werd es dir nachher zurückerstatten."

„Was bist du für ein närrischer Kerl!"

„Ja, anders tu is einmal nicht."

„Nun gut, so borge ich es dir."

„Und wann geht es los?"

„Sogleich — sofort!"

„Gern; aber hier darf niemand ein Wort davon erfahren, das ding ich mir aus."

„Auf diese Bedingung geh ich sehr gern ein. Auch mir ist es lieb, wenn kein Mensch etwas erfährt. Wir werden ganz im stillen miteinander studieren, und — Mensch, Mensch hast du eine Stimme! Wir reisen von hier ab und suchen uns einen verborgenen Ort, wo wir an deiner Ausbildung arbeiten können, ohne daß es den Bewohnern auffällt. Also sag, bist du einverstanden?"

„I bin —, wannsts ehrlich meinst."

„So soll der heutige Tag der sein, an dem dein Glück begründet wurde. Für deine Eltern werde ich sorgen!"

„Und was tu i da mit dem Kasten?"

„Der braucht dir nicht am Herzen zu liegen. Er ist dir nur hinderlich. Verschenk ihn!"

„Na, verschenken oder verkaufen tu i ihn nicht. I werd ihn mir aufheben zum Andenken, daß i mal ein Tabulettkrämer gewesen bin. Und wanns fehlschlägt und i doch vielleicht kein Sänger werd, so greif i wieder zum Kasten und fang das Hausieren von neuem an — — —"

KARL MAY

GESAMMELTE WERKE

1 Durch die Wüste
2 Durchs wilde Kurdistan
3 Von Bagdad nach Stambul
4 In den Schluchten des Balkan
5 Durch das Land der Skipetaren
6 Der Schut
7 Winnetou I
8 Winnetou II
9 Winnetou III
10 Sand des Verderbens
11 Am Stillen Ozean
12 Am Rio de la Plata
13 In den Kordilleren
14 Old Surehand I
15 Old Surehand II
16 Menschenjäger
17 Der Mahdi
18 Im Sudan
19 Kapitän Kaiman
20 Die Felsenburg
21 Krüger Bei
22 Satan und Ischariot
23 Auf fremden Pfaden
24 Weihnacht
25 Am Jenseits
26 Der Löwe der Blutrache
27 Bei den Trümmern von Babylon
28 Im Reiche des silbernen Löwen
29 Das versteinerte Gebet
30 Und Friede auf Erden
31 Ardistan
32 Der Mir von Dschinnistan
33 Winnetous Erben
34 „ICH“
35 Unter Geiern
36 Der Schatz im Silbersee
37 Der Ölprinz
38 Halbblut
39 Das Vermächtnis des Inka
40 Der blaurote Methusalem
41 Die Sklavenkarawane
42 Der alte Dessauer
43 Aus dunklem Tann
44 Der Waldschwarze
45 Zepter und Hammer
46 Die Juweleninsel
47 Professor Vitzliputzli
48 Das Zauberwasser
49 Lichte Höhen
50 In Mekka
51 Schloß Rodriganda
52 Die Pyramide des Sonnengottes
53 Benito Juarez
54 Trapper Geierschnabel
55 Der sterbende Kaiser
56 Der Weg nach Waterloo
57 Das Geheimnis des Marabut
58 Der Spion von Ortry
59 Die Herren von Greifenklau
60 Allah il Allah!
61 Der Derwisch
62 Im Tal des Todes
63 Zobeljäger und Kosak
64 Das Buschgespenst
65 Der Fremde aus Indien
66 Der Peitschenmüller
67 Der Silberbauer
68 Der Wurzelsepp
69 Ritter und Rebellen
70 Der Waldläufer
71 Old Firehand
72 Schacht und Hütte
73 Der Habicht
74 Der Verlorene Sohn
75 Sklaven der Schande
76 Der Eremit
77 Die Kinder des Herzogs

–Die Reihe wird fortgesetzt–

KARL-MAY-VERLAG · BAMBERG

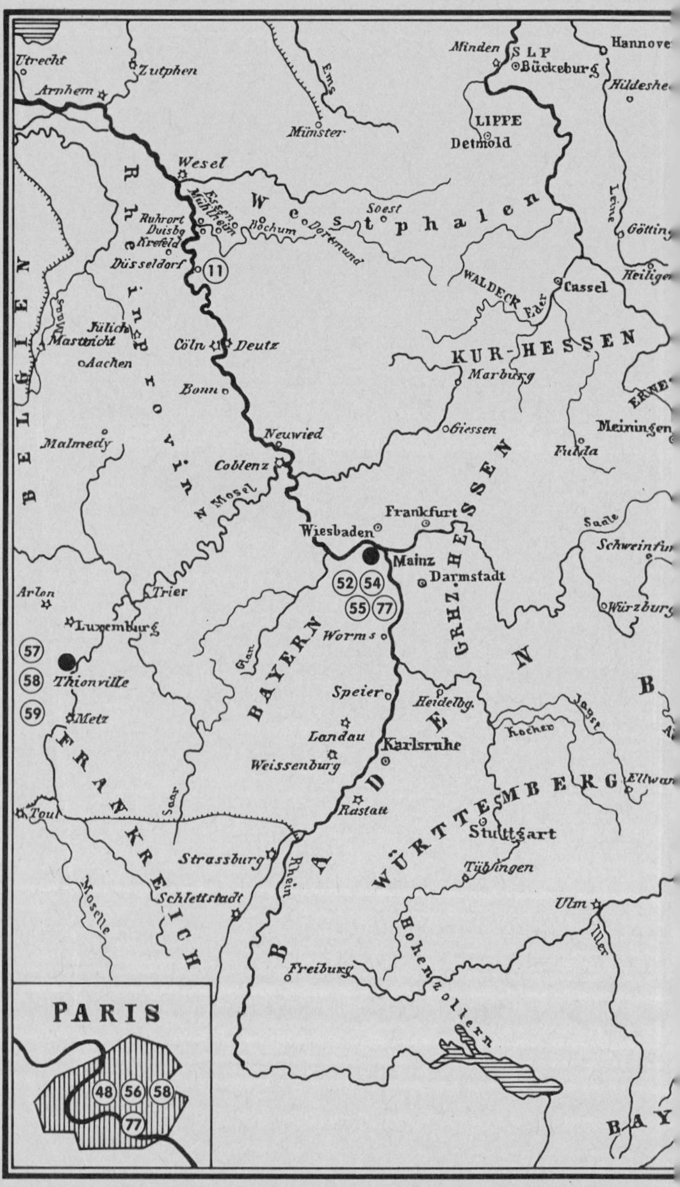
Utrecht
Zutphen
Arnhem
Ems
Minden
SLP
Bückeburg
Hannover
Hildesheim
Münster
LIPPE
Detmold
Wesel
Essen
Mühlheim
Ruhrort
Duisbg
Krefeld
Düsseldorf
Bochum
Dortmund
Soest
Westphalen
Leine
Göttingen
WALDECK
Eder
Cassel
Heiligen
Jülich
Mastricht
Aachen
Cöln
Deutz
Bonn
Rheinprovinz
BELGIEN
Waal
KUR-HESSEN
Marburg
Giessen
Meiningen
Fulda
Malmedy
Neuwied
Coblenz
Mosel
Frankfurt
HESSEN
Wiesbaden
Mainz
Darmstadt
GRHZ. HESSEN
Saale
Schweinfurt
Würzburg
Arlon
Trier
Luxemburg
Thionville
Metz
Worms
Glan
BAYERN
Speier
Heidelbg.
Landau
Karlsruhe
Weissenburg
Kocher
Jagst
BADEN
Rastatt
WÜRTTEMBERG
Ellwangen
Stuttgart
Tübingen
Saar
Toul
FRANKREICH
Strassburg
Rhein
Schlettstadt
Moselle
Ulm
Iller
Hohenzollern
Freiburg
PARIS
BAY
11
52
54
55
77
57
58
59
48
56
58
77